メイフェア・スクエア7番地

エトランジェ伯爵の危険な初恋

ステラ・キャメロン

石山芙美子　訳

JN285985

MIRA

MIRA文庫

All Smiles

by Stella Cameron

Published by Harlequin K.K., Tokyo, 2002

メイフェア・スクエアの物語を心待ちにしていたファンの方々と
すべての反逆者たち——そう、あなたたちに捧《ささ》げる。

エトランジェ伯爵の危険な初恋

■主要登場人物

メグ・スマイルズ……………………メイフェア・スクエア七番地の下宿人。

エトランジェ伯爵ジャン・マルク……モン・ヌアージュ公国の大公位継承者。

サー・セプティマス・スピヴィ………七番地に住み着く幽霊。

シビル・スマイルズ……………………メグの姉。

デジレー王女……………………………ジャン・マルクの異母妹。モン・ヌアージュ公国の王女。

ヴェルボー………………………………ジャン・マルクの従者。

レディ・アップワース(アイラ)………ジャン・マルクの友人。

ウィリアム・ゴドリー・スマイス……スマイルズ姉妹のまたいとこ。

ピエール…………………………………ヴェルボーの従者。

プロローグ

一八二一年
ロンドン　メイフェア・スクエア七番地

わたしはサー・セプティマス・スピヴィである。

幽霊の身も楽ではない。

見過ごされ、顧みられず、忘れ去られ、さらにひどいことに、あたかもわたしがその場にいないかのように、無礼で心ない笑い話の種にされても、じっと耐えねばならぬ。

まあ、むろん、わたしはこの世にはいないわけだが、わたしがどんな人物であるかを――いや、どんな人物であったかを――考慮すれば、その名にふさわしい敬意を払うのが当然だ。

ずっと長いあいだ、ひどく心を痛めてきたが、もう我慢ならん。

父の意見に耳を傾けておくべきだった。父はわたしに、おまえのその寛大さは不幸しか招かない、と忠告したのだ。

ふむ。もっともその父も、人生でどれほど成功したかという点では、とうていわたしに及ばなかった。しかしながら、今回は父の言ったとおりだ。わたしは家族のために美しい家を建てた。家族のためだけにだ。実際には、やむをえず別の世界に住んでいるが、だからといってわたしのすばらしい経歴のなかでも燦然《さんぜん》と輝くあの屋敷が、孫娘とその甥《おい》から今のようなひどい扱いを受けてもいいことにはならん。

わたしは建築家としての業績を評価されて、ナイト爵を授かった。わたしの卓抜した設計作品のなかでも、メイフェア・スクエア七番地の屋敷は最高傑作だ。それを、相続人である孫娘のヘスターとその甥のハンター・ロイドという青二才ときたら、ずいぶん安っぽく見てくれたものだ。あのふたりは、自分たちの評判や社会的信用を貶《おとし》めかねない行為により、わたしの大切な作品の威信にかかわる気高い雰囲気を台なしにしよった。さらに深刻なのは、彼らがたぐいまれなる男の――つまり、わたしの――思い出を汚したことである。

最高級住宅街のメイフェア・スクエアは、野心あふれる純血サラブレッドたちにとっては鼻先にぶらさがる黄金の人参《にんじん》であり、庶民にとっては手が届かないと知りつつ憧《あこが》れる夢の街だ。なかでも抜きんでてすばらしい七番地に、あろうことか下宿人がいるとは！ ヘスターとハンターが部屋を貸しているのだ。

わたしの怒りは頂点に達した。これ以上、このような事態を許してなるものか。まったく我慢ならないことではないか。現在わたしは、自らスケッチを描《か》いて職人に彫刻を施させた階段というお気に入りの見晴らし台を占領することのほかは、とりたててなにもしなくてよい身である。そこには、先祖たちの顔が精妙に彫られており、もちろんわたしの顔もある。ここぞまさしくわたしの終《つい》の住処《すみか》、心穏やかに己の作品を愛《め》でていられる場所なのだ。ところが、いやはや、恩知らずな孫どものおかげで、そうも言っていられなくなっている。どうあろうと、ひとつ懲らしめてやらなければ。

わたしに考えがあるのだ。

メグ・スマイルズとシビル・スマイルズは7Bに住んでいる。ふたりは姉妹で、どこぞの田舎牧師の遺児だ。村の名前は……さて、なんだったか。コッツウォルズ地方の片田舎だったはずだ。ああ、嘆かわしい。あの者たちは、七番地の屋敷が卑しい下宿屋と化している事実をごまかすために、レディ・ヘスターが目をかけ、住居を提供している〝芸術家の卵たち〟などということになっているが、そんなばかげたことがあろうか？　いったいいつから芸術家の卵がパトロンに家賃を払うようになったのか？　それに誰が、お針子やピアノ教師や売れない画家、ましてや骨董《こっとう》商のパトロンになどなるというのか？　ここメイフェア・スクエア七番地の住人ときたら、そろいもそろってそういう輩《やから》なのだ。

メグ・スマイルズが苦労しているのは承知している。わたしとて大いに同情するところだ。あの娘にもっと運が向けば、と願ってもいる。そうは言いながらも、わたしは彼女が屋敷から出ていくよう仕向けるつもりだ。メグが出ていけばシビルもついていくに違いない。その目的を果たすために、わたしは次のように考えた。

十七番地に新しい住人、エトランジェ伯爵ジャン・マルクが越してきた。イギリス人とモン・ヌアージュ公国人の――かの国の人間をなんと呼ぶのかは知らんが――血を引いているけれど、本人はイギリス人であることのほうを気に入っているらしい。モン・ヌアージュはフランスとイタリアの境にあるハイドパークほどの広さしかない国だ。ともかく、エトランジェ伯は故国とは別の地に居場所を求めているらしく、社交界にデビューさせるために妹をロンドンへ連れてきている。裕福で地位のある求婚者と縁組みさせ、その姻戚《いんせき》関係を利用してわが国の上流社会に入りこもうという寸法だろう。まあ、せいぜい頑張るがいい。

妹のデジレー王女は、ロンドン社交界の事情がわかっておらず、エトランジェ伯もそのことは承知している。だからこそ伯爵には、妹のデビューの準備を全面的に任せられる手伝いの者が必要なのだ。若い淑女の基本的なたしなみを手ほどきしてくれる控えめな者が、ひとりといわず、ふたりほど。そういう役目を仰せつかるのにふさわしい者、いや、者たちといえば、スマイルズ姉妹をおいてほかにない。

あの姉妹なら、流行の服や——本人たちは一枚も持っておらぬが——話し方、発声法、ピアノの演奏などに通じているので、申し分のないお相手役となるだろう。だいいち、そのような役目にどれほどの経験がいるだろうか？

むろん、お相手役というのは四六時中つきっきりでお相手を務めるためにいる。したがって、姉妹は十七番地に移り住まざるをえなくなるわけだ。わたしの使命は、メグとシビルが七番地に戻ってこないように仕向けることである。

信用されよ。きっとうまくいくはずだ。

1

「未婚の淑女は、相手として望ましい紳士について話し合ったりするものじゃないわ……そんなあけすけに」シビル・スマイルズが妹のメグをたしなめた。

　メイフェア・スクエア7Bの客間のかなりくたびれた薔薇《ばら》色の長椅子に腰かけたメグは、髪と顔を覆っている黒いレースのマンティーラを直して言った。「じゃあ、どういう人ならあけすけに話していいの？　既婚の淑女？」

「ばかばかしい」シビルが言った。「わたしを赤面させたいんでしょう。そういうの、あなたのよくないところよ」

「わたしは考えていることを話したいだけよ。なにかを考えているときにはね。つまり、世俗的な悩みのせいで瞑想《めいそう》するのをやめざるえないときにはってこと。それに、ある特定の男性について話したわけじゃないでしょう。ただ、男性一般について言っただけよ。なぜ女性はある男性に、ほかの男性に対するよりも魅力を感じたり感じなかったりするのかしらってね。こういうことは、はっきりさせておかなきゃいけないのよ。それも早急に」

「どうして？」ブロンドの髪をした優美で愛らしいシビルは、メグに向かって目をぱちくりさせた。

　ここは慎重さが肝心だ。「そんなに不安そうにしないで、シビルお姉様。はっきりした目的があるわけじゃないんだから。ただ、いろいろな人の意見を聞いているだけよ。理解を深めるためにね」ちょっぴり控えめに言うくらい、あるいは小さな嘘《うそ》をつくのさえ、ときには許されるはずだ。「わたしは、男性は手がいちばん重要だと思うんだけれど、そうじゃなくて？」

「ええ、そうね」

「でも、どうしてそう思うの、シビルお姉様？」

「わたしは……そうね、強いて言うなら、軟弱な手をした男性がいやだからよ。だってほら、男らしくない気がして。それに、手の小さい人も好きじゃないわ。うまく説明できないけど、男の人の手は——まずわたしがその人に興味を覚えたとして、つまり、その人に目がとまったらの話よ——男の人の手はわたしの手よりも大きくなくちゃ。うんと大きく、ね。心の声がそれこそ重要だと言っているの。でも、なぜかはわからない。そう、大きくて、たくましくて、形がよくて、指は長くて、爪の先は丸くて。そんな手がいいわ」

一心に考える姉の様子を見て、メグは笑みをもらした。「そうね。同感だわ」男性の外見について意見を持つなどもってのほかと信じているシビルの口から出た言葉とは、とても思えない。

「それから、男性のなかには自慢にしている人もいるけれど、小さくてつるりとした足も嫌いだわ。これも、理由は自分でもわからないの。ただ、それが重要な条件だという気がするのよ」

「そうね。同感だわ」

「身長はそれほど重要じゃないの。でも堂々とした物腰と、引きしまってがっしりとした肩は必《ひっ》須《す》ね。脚は詰め物なんか入れていなくてもたくましいのがいいわ。特に馬上で脚にぐっと力がこもっているときなんかはね。そう、とっても好ましいわ。淑女が殿方の胸を見ることなんて、殿方がベストの乱れを直すときぐらいだけど、そういう機会がまったくないわけじゃないでしょう。厚い胸板。頑丈そうで、やっぱり筋肉質で。そう、それが大切だわ。魅力的な笑顔にも心を惹《ひ》かれるわね。といってもにやにやしてばかりいる人はいやよ。わたしはまじめな人が好きなんだもの。でも魅力的な笑顔って、ハンサムな紳士によく似合うと思わない？　おまけに、ここにえくぼができたりして」シビルは自分の左右の頬骨の下に手をやった。

メグは、すばらしい告白を続けているシビルがわれに返らないように、身じろぎひとつせずに息をつめていた。シビルも人間だった。憧《あこが》れはあるのだ。シビルもメグとまったく同じように、男性のいくつかの性質に心をときめかせるのだ。

「メグ？」シビルが言った。「あなたもそう思う？」

「ええ、もちろんよ。そのとおりだわ。本当に、お姉様の言うとおりよ。さあ、もっと続けてちょうだい」

「続けるって、なにを？」

ああ、残念。魔法が解けてしまった。「なんでもないわ。もっと言いたいことがあるなら、邪魔したくないと思っただけ。たとえば、これについてはどうかしら、その、殿方の……お尻については？」

仰天という言葉こそ、シビルの表情を語るのにふさわしかった。

「ないのね」メグはあわてて言った。「わかったわ。でも、わたしは一家言あるわよ。やっぱり筋肉がついてなくちゃね。もちろん、ズボンを形よくはきこなすために、よ。ところで話は変わるけれど、わたしは今の窮状をきっとなんとかしてみせるわ。それでちょっと知っておきたいことがあったの。それもなるべく早く。いいことを思いついたから」

シビルの青い瞳が不安そうに細くなった。「まあ、だめ、だめよ、メギー。なにを思いついたか知らないけれど、話を聞く前から胸騒ぎがするわ。きっとまた、その……」そう言って、メグに手を振ってみせる。「また、おかしな異国の思想に感化されてしまったんじゃなくて？　そんなものをかぶるのはおよしなさいよ、メギー。近ごろのあなたときたら、なにを考えているんだかわからないわ。すっかり変わってしまって」

「このマンティーラはね、信心深い教区民の方がお父様へのお土産にくださったものなのよ」メグは姉が警戒しないことを祈りつつ言った。「遠い海の向こうからね。これまで使うあてがなかったけれど、ようやく役に立つわ。これをかぶると、気持が落ち着いて、心静かになるの。身のまわりにあるものでも、こういう効果が得られるのよ、シビルお姉様。それに、もし変わったとすれば、天地がわたしを変えたのよ。いいほうへ、だと思うけど。わたしは意志の強い女、気丈な女よ。不幸が襲ってくるのに、手をこまねいてただじっと座っていたりはしない。落ちぶれるのを待っているだけの女ではないわ。われここにあり」メグは目を閉じて深く息を吸った。

「あなたがなんですって？」シビルが声をひそめた。

メグは鼻から長く深く息を吸い、また言った。「われここにあり、と言っただけよ。いつかお姉様も心の準備ができて、自分の理解を超えるものを怖がらないようになったら、瞑想の仕方を教えてあげるわ」

「まっぴらよ」シビルは色褪《いろあ》せた花柄の絨毯《じゅうたん》の上を行ったり来たりしながら言った。「お父様が生きていらしたら、あなたを許さなかったでしょうに。女が外国人の催す講座へなんか行くとそうなるのね。異国の思想にかぶれるんだわ。あなたの言う瞑想とやらがわたしにはちっとも理解できないし、マントラだかなんだか、あなたがよく唱えている意味のない言葉も、わたしにはさっぱりわからない。呪文《じゅもん》を唱えるのはひとりでいるときだけかと思っていたら、いつでもそんな淑女にあるまじき格好でぶつぶつなにか言って、わたしを心配させて得意になっているんだから。そんなの、まるで――」

「確かに」メグは姉の言葉を引き継いだ。

「ほら、まただわ」シビルがすっくと立ちあがってメグに指を突きつけた。「あなたっていつもこうなのよ。やれやれ。本当にどうしていいかわからないわ。この話はもうおしまいにしましょう」

「そのほうがお姉様のためね」メグは言った。「さあ、座って、シビルお姉様。すばらしい話があるの。もっとあとで話すつもりだったけれど、これを聞けばお姉様も元気になるかもしれない。というのも、ある件で知らせが届くのを待っているところなの。でも、その前に話し合っておいたほうがよさそうだから」

シビルはかぶりを振った。丈夫な生地でできた灰色のモーニングドレスがよく似合っている。まあ、シビルはなんでも似合うのだが。「あなたは恐れている」シビルが言った。「いいから、口を挟まないでちょうだい。以前のあなたは、珍奇な思想を試してみているだけだった。でも今は、あのこと以来――というのがなにかは言わなくてもわかるでしょうけれど――試しているなんてものじゃなくなったわ」

バーリントン・アーケード界隈《かいわい》の馬車道で、わたしが何者かに突き飛ばされたことを言っているのだ。「お姉様には正直に言うわね」メグは言った。「恐れる暇がないように、絶えずなにか考えごとをするときはあるわ」

「正しいことだけを考えていれば」シビルが言った。「恐れなくてもいいはずよ」

メグは、愛すべきシビルを狼狽《ろうばい》させるであろう反論の言葉をなんとかのみこんだ。

「ほらね」シビルが勝ち誇ったように言った。「真実を突きつけられたものだから、なにも言えないんじゃない。なぜこんな行動をとるのかあなたがもう一度よく考えてみてくれたら、お父様は――お父様の霊よ、安らかに――喜んであなたを誇りに思ったはずよ」

「お父様がここにいてくれたらいいのに」メグは言った。

「ええ、本当にね」

「もしお父様がここにいたら」メグは続けた。「わたしは自分の思っていることを話すわ。たぶんお父様は喜ばないでしょうね」

「メギーったら、なんて不遜《ふそん》なの」

「わたしは現実的なのよ。もしお父様に先見の明があって、あの浅ましい親族の男にわが家を相続させなくてすむ方法を見つけてくれていたら、わたしたちは今みたいな苦境に陥らずにすんだの。苦境だと思っているのはわたしだけかもしれないけれど。とにかく、懐かしのパックリー・ヒントンで安穏に暮らしていたはずだわ。ロンドンの下宿で生活苦にあえぐこともなければ、誰かに……殺されそうになることもなく」今さら遠まわしな言い方をしても仕方がない。

いらだたしげに行きつ戻りつしていたシビルが、はっとして足をとめた。窓からの日差しに彼女の髪が輝いている。シビルの柔らかな唇が震えた。「誰かに突き飛ばされたかどうかなんて、わからないはずよ。あれだけの人だったんだから、つまずいたり、誰かに突き飛ばされたと勘違いしたりしても不思議はないわ。メギー、あなたは想像力が豊かだもの」

「それについて考えるのはもうやめましょう」メグは言った。「わたしがこの計画を思いついたのは、スコットランドにいるフィンチから手紙をもらったことがきっかけなの」

「フィンチから手紙が来たの？」とたんにシビルはその話題に気をとられた。長椅子のメグの横にどさりと腰をおろす。「そんな話、ひとことも言わなかったじゃない。フィンチや子爵はお元気なの？　ヘイドンはどうしているって？　それに、あのかわいい小さなオズウィンは？」

姉妹と出会ったころのフィンチは、フィンチ・モアといった。彼女の兄、ラティマー・モアは、今もメグとシビルが暮らす部屋の真下に住んでいる。ラティマーがいるのはメイフェア・スクエア7Aで、スマイルズ姉妹がいるのは7Bだ。姉妹の部屋の上には家主のレディ・ヘスター・ビンガムと、その甥《おい》で弁護士のハンター・ロイドが住んでいる。屋根裏部屋には、メグの友人で画家のアダム・チルワースが暮らしている。そこが7Cだ。レディ・ヘスターの住まいは三階だが、住所はただの七番地である。この屋敷が彼女のものだからだ。フィンチは隣の八番地の屋敷の持ち主であるキルルード子爵ロスと結婚し、今はスコットランドの領地に滞在している。

「メギー？　早く話して」

「ごめんなさい。いろいろ考えていたものだから。みんな元気よ。フィンチはヘイドンのことばかり書いてきたわ。子爵があの子を雇い入れてくれて本当にうれしいって」ヘイドンは駄賃をもらってキルルード子爵に伝言を届けに来た下町の孤児だった。少年は飼い犬のオズウィンと一緒に、子爵のもとにとどまったのだ。「みんなに会いたいわ。社交シーズンのあいだは、ロンドンへ戻ってきてくれるわよね」社交シーズンはまさしく目前に迫っており、メグはそれを利用して、姉妹にとって必ずや手にしなければならないチャンスをものにするつもりだった。

「みんなに会えたら楽しいでしょうね」シビルが言った。「メギー、わたしがときどききついことを言っても許してね。そのマンティーラ、よく似合っているわよ。レース越しだと、瞳がとても神秘的に輝いて見えるわ」

「ありがとう」メグは言った。そして姉を抱きしめようと腕を広げた。

「まあ、その髪！」シビルの口は開いたままふさがらなかった。

こうなることは避けられなかったのだ。「これから起ころうとしていることを説明させて」メグは言った。

「いったい、あなた、なにをしたの？」シビルはごまかされなかった。マンティーラ越しに髪に目を凝らした。「どうしてもっと早く気づかなかったのかしら。メギー、髪が赤くなってるじゃないの」

「ばかなことを言わないで、茶色よ」メグはつばをのみこんだ。「フィンチの手紙は昨日届いたの。彼女、広場の向こうの十七番地に越してきた方たちと知り合いなんですって。その方たちは、確かフランスとイタリアの境にある小さな国からいらしたのよ。モン・ヌアージュとかいう」

「あなたの髪、やっぱり赤よ」シビルがきっぱりと言った。「日光があたって、真っ赤に輝いているもの」

「その男性はエトランジェ伯爵という方で、妹君をロンドンの社交界へデビューさせるために連れていらしたんですって。でも、伯爵は社交界デビューに向けてどんな準備が必要かに疎くて、手伝いを必要とされているの。服装や振る舞いについて助言する妹君のお相手役をね。それに妹君は――どうしてかはわからないけれど――ピアノがあまり得意じゃなくて、きれいな声をお持ちなのに、歌も苦手なんですって」

「あなたのお裁縫の腕前は見事だものね」シビルは話に引きこまれて言った。「それに、あなたほどセンスがよくて流行に敏感な人はいないわ」姉妹がロンドンに来てからというもの、メグが幼いころ身につけた裁縫技術のおかげでささやかな収入を得ていた。しかし、メグは無名であり――有名になりたいとも思わないが――ご婦人たちはそれをいいことに、彼女が縫ったすばらしいドレスに雀《すずめ》の涙ほどの代金しか支払ってくれないのだ。

「それに、お姉様のピアノも見事よ」メグはシビルに言った。「歌も上手だし。わたしたち以上に完璧《かんぺき》なお相手役がいると思う？」

「お願いだから、その髪がどうしてそうなったのか教えてちょうだい」

「やれやれ、どうしてもきかずにはすまさない気？」メグは言った。「いいわ。話すわよ。だからもうこれっきりにしてね。ボンド・ストリートの婦人帽子店の裏に小さなお店があるの。そこは、若い淑女のあいだで――もちろん、それ以外の女性のあいだでも――自分の容姿について相談できる信頼のおける場所として有名なのよ。マダム・スザンヌのお店に行っても、噂《うわさ》を立てられたり詮索《せんさく》されたりする心配は絶対にないわ。それで、わたしはマダムの助言をもらいに行き、力になってもらったというわけ。おっしゃるとおり、わたしの髪は茶色よ。それもねずみのような薄い茶色。なんてつまらない色かしら。わたしには刺激的な要素が必要なのよ、シビルお姉様。お姉様がさっき言った、神秘的な雰囲気がね。赤い髪って神秘的でしょう」

シビルが力なくクッションにもたれかかった。「でも……いくら神秘的に見せたいからって、淑女はあなたのように髪を染めたりはしないわ。どうしてそんなことをする必要があるの、メギー、なぜ？」

「髪になにをしたかは、もう話したでしょう。そろそろ本題へ戻らなきゃ。伝言が届く前に」

「伝言って、誰が持ってくるの？」シビルはうめくように言った。「いったいなんの話？　よくないことでもあったの？　わたしたちの身になにか起こるの？」

冷静さを保つのよ、とメグは自分に言い聞かせた。「今朝早く、わたしはメイフェア・スクエア十七番地のエトランジェ伯爵宛《あて》に手紙を届けさせたの。伯爵が妹君のお相手役を探していらっしゃることを、共通の友人であるキルルード子爵夫人からうかがいましたと書いたわ。ぜひその役を仰せつかりたいと考えております、わたくしがお手伝いすれば、王女様の服装、振る舞い、ロンドン社交界における複雑な作法について、伯爵がご心配なさる必要はございません、とね」

「嘘でしょう」シビルの声は消え入りそうだった。

「しっかりして、シビルお姉様。本当のことなの。わたしたち、ほとんど無一文なのよ。家賃を払えない限り、ここにはいられないわ」

「レディ・ヘスターがわたしたちを追いだしたりするはずがないわ」

「そうでしょうね。下宿人たちのパトロンをしているのだとお友達に話して楽しんでいらっしゃるんだもの。でも実状は違うわ。レディ・ヘスターはお金がいるはずだし、それはわたしたちだってわかっていることじゃない？　もちろん、身にしみて知っているわ。だから、仕事を見つけようと思ったの」

「それで、教えるですって……王女様に？　あなた、王女様って言った？」

メグは心を静め、身じろぎもせず座っていた。「モン・ヌアージュ公国のデジレー王女よ。大公のご息女の」

「それであなたは、王女様のお相手役に名乗りをあげたわけ？」

「わたし以上の適役がいるはずないもの」

シビルは両手で顔を覆った。「あなたが働きに出るなんて。わたしたち、どうなってしまったの？　これからどうなるの？　またいとこのウィリアムに相談して——」

「ウィリアム・ゴドリー・スマイスに相談することなんかないわ。わたしたちはエトランジェ伯爵の相談役になって、伯爵は謝礼を支払うというだけの話よ」

「わたしたち？」シビルが金切り声をあげた。

「そうよ、だってピアノと声楽を教えるのはわたしじゃなくてお姉様だもの。つまり伯爵は二重に幸運というわけ。わたしたちが力を合わせれば、野暮で礼儀知らずで気難しい妹君を魅力的な淑女に変えられるわ」

シビルはメグをじっと見つめていたが、やがてにっこりし、満面に笑みをたたえてくすくす笑いだしたかと思うと、最後には大きな笑い声をあげた。メグは、姉がこんなふうに笑うところをはじめて見た。シビルはやっとのことで笑うのをやめ、両目にレースのハンカチをそっと押しあてて言った。「あなたってどうしようもない人ね。突拍子もないことを言って、わたしを驚かせるなんて。間違いなく、例の瞑想がいけないんだわ。そのせいで空想を現実だと思いこんでしまったのよ。一瞬でもあなたの話を真に受けるなんて、わたしがばかだったわ」

「信じてちょうだい」

「ええ、もちろん信じるわ。あなたは見ず知らずの人、モン・ヌアージュ公国から来た伯爵とやらに手紙を書いて、妹君、つまり王女様のお相手役として雇ってもらいたいと申し出たのね？　王女様が社交界に華々しいデビューを飾るための最良の相談役として。きっと、そうに違いないわ。それに、どうやって染めたのかわからないけれど、髪を赤くしようと思ったのもそのことと関係があるんでしょう」

「まあ、そうね」

「わかったわ」シビルがまたくすくす笑った。

「ちっともわかっていないじゃない」思っていた以上にぶっきらぼうな言い方になってしまった。「わたしはこのすばらしい機会を、わたしたちふたりのために利用するつもりなの。そのためには平凡極まりない外見を精いっぱいよく見せないと。肌がきれいだって人からよく言われるから、さらに磨きをかけるつもりよ。それに、瞳にもなかなか自信があるわ。この瞳をどう魅力的に見せるか考えていたところなの。マンティーラ越しだと神秘的に見えることを教えてくれてありがとう。髪は豊かでつややかだけれど、色が茶色でしょう。だからさっき言ったように染めたの。それに……」メグは床に目を落とした。顔が熱くなる。「この際だから言ってしまうわね。女同士だし、姉妹なんだもの。お互いなんでも打ち明けられなきゃね。わたし、なかなかのスタイルでしょう。胸が大きすぎるって、ずっと思っていたけれど、紳士の多くは大きな胸にとても魅力を感じるらしいから、どうせなら胸をもっと強調しようと思って」

「メギー」

「お願いだから、気絶したりしないで。今はだめ。相談しなきゃならないことがたくさんあるんだから」

「あなた、正気じゃないわ。絶対にそうよ。心配ごとが多すぎて、頭がどうにかなってしまったのね。いったい誰に助けを求めればいいのかしら」

「助けならもうじきやってくるわよ」メグは淡々と言った。「早急にお返事をいただきたいと書いておいたんだもの。伯爵とは旧知の仲であるキルルード子爵の奥様のフィンチは、わたしの友人ですともね。伯爵のお父上が、社交界にデビューするデジレー王女にふさわしい屋敷を探していたとき、力になったのが子爵なのよ」

「つまり、フィンチがあなたに、伯爵に手紙を出すよう勧めたの?」

「まあ、正確には違うけれど」

「じゃあ、あなたは手紙に嘘を書いたの?　フィンチに推薦されたように装ったわけ?」

メグが事実を隠そうとどんなに骨を折ったところで、聡明《そうめい》なシビルがごまかされるはずがなかった。「ええ。ほんのちょっとよ。許される範囲で」

「返事なんて来やしないわ」シビルの口調は、断言するというより、そうであってほしいと願っているふうだった。

のは季節の変わり目で、天気はよいが気温は低い。「わたしのほうは、もうじき生徒が増えると思うの。レディ・チャタムがテディ坊やの上達ぶりにとても満足してくださってね。子供の音楽のレッスンに困っているお友達に、わたしを推薦してくださることになっているの」

かわいそうなシビルお姉様。これほどの才能を、無能で甘やかされた金持の子供のために無駄づかいしなければならないなんて。

「手の焼けるテディ・チャタムみたいな子供に、もう教えなくてもいいのよ。保証するわ」シビルは火かき棒をとり落とした。棒が緑の石でできた炉床に音をたてて落ちる。「メグ」シビルはぱっと振りかえった。「ああ、だめよ、そんなこと考えちゃいけないわ。嘘だと言ってちょうだい」

メグはマンティーラ越しに眉をひそめた。「なにが嘘なの？」

「まさか、あなた、とんでもない空想をしているんじゃ……」シビルはよろよろと戻ってきてメグの隣に腰をおろした。「もしかして、その伯爵と……結婚するつもりなんじゃないでしょうね？」

今度はメグが大笑いする番だった。やっと口がきけるようになると、彼女は言った。「いやねえ。紳士がイングランドの片田舎の牧師の娘なんかと結婚しようと思うはずがないことくらい、わたしたちふたりとも百も承知でしょう。そんなこと、考えてもみなかったわ」

シビルはほっと息をついた。「それならいいけれど。でもメグ、ひょっとして……。そんなはずないわ。それとも、そうなの？」

「わかりやすく言ってよ、シビルお姉様。わたしは瞑想で力を使い果たしているし、内面的な成長を妨げる俗世の悩みごとのせいで疲れきっているの。謎《なぞ》かけみたいなまねはやめて」

「わかったわ」シビルは追いつめられると、なかなか手強《てごわ》い相手になる。彼女は姿勢を正して座り直し、青ざめた唇を引き結んだ。「あなた、エトランジェ伯爵の愛人になるつもり？」

こんなことはめったにないのだが、シビルの言葉にメグは驚いた。メグは室内履きに包まれた足を引き寄せ、瞑想のレッスンのときに着るために自分で縫ったゆったりした緋色《ひいろ》のローブの下で脚を組んだ。「秘密よ」彼女は言った。「それが答え」そして、姉には内緒で手に入れて隠し持っている本に図解されている姿勢をまねて、上に向けたてのひらを両膝に置いた。

「つまり否定はしないのね？」

扉をノックする音がして、レディ・ヘスターの年老いた執事クートが、のっそりと入ってきた。彼は飛びでた目をメグに据えると、かぶりを振った。「淑女にあるまじき振る舞いですぞ」いつもながら、自分の地位は確固たるものであり、思ったことはなんでも口にする権限があるといった口調だ。「なにがどうなっているのやら、見当もつきません。あなたにお客様ですよ、ミス・メグ。お会いになりますか？」

「もちろんよ」メグは即座に言った。

「では、ムッシュ・ヴェルボーをこちらへお通しいたします」

老クートとほとんど入れ違いに、やせ形で濃い茶色の髪をし、たっぷりとした口髭《くちひげ》を生やした男が入ってきた。小さな丸眼鏡が、陰鬱《いんうつ》な濃い茶色の瞳をほとんど覆い隠している。ムッシュ・ヴェルボーはなんとも……威圧的な人物だ。

「まあ、メギー」シビルが小声でつぶやいた。

ムッシュ・ヴェルボーはシビルにはほとんど目を向けなかった。「ミス・メグ・スマイルズ」男はかすかにフランスなまりのある口調でメグに言った。

メグはきちんと座り直したいという気持をかろうじて抑えた。「わたしがメグ・スマイルズです。なにかご用かしら？」

　ムッシュ・ヴェルボーは手に持った分厚い紙の束に目を通し、うなるように言った。「お会いになられます。今すぐに。わたしと一緒においでください」

「伯爵が？」メグは息をするのもやっとの状態で言った。

「答えるだけでよろしい。質問はしないこと。伯爵は、それ以上のことをお許しにはなりません」ムッシュ・ヴェルボーはさっと身を翻して出ていった。

「着替えを手伝って」メグは扉が閉まるなり言った。サテンのローブの留め金をはずしにかかる。

「急がなきゃ」

「伯爵のもとにはせ参じるつもりなの？　あなたと面識もないくせに、召使いかなにかのようにあなたを呼びつけた失礼な人のもとへ？」

「召使いになる覚悟ならできているもの」メグは姉と共有している寝室へ入りしなローブを脱ぎ捨てて言った。「わたしは伯爵にとって最高に満足のいく召使いになるつもりよ。そして、たっぷりと報酬を弾んでもらうわ」

2

十七番地の屋敷は七番地とは似ても似つかなかった。実のところ、七番地の屋敷は一戸建てのテラスハウスであり、古びてはいるもののかなり立派だ。一方、十七番地はふたつの屋敷をひとつにしたものだった。メイフェア・スクエア十六番地はもはや存在しない。

〝立派〟などという言葉では、十七番地の屋敷はとうてい言い表せなかった。

メグはムッシュ・ヴェルボーに示された場所に座った。彼女が腰をおろした真鍮《しんちゅう》の飾り鋲《びょう》のついた茶色の革張りの椅子は、途方もなく大きかった。もしメグが非常に背が高く、椅子の背につけられた頭をもたせかける部分に頭が届くとしても、両側を見渡せるかどうかおぼつかない。

彼女は背筋をのばして浅く腰かけている。ここ、回廊のある図書室兼書斎の壁はつややかな黒い鏡板だ。メグが待っている場所の反対側には、房飾りがついた緑色のベルベットのカーテンがかかった四つの細長い窓が見える。実際は、窓はだいぶ離れたところにあるので、細い長方形の日差しはメグの爪先に届いていなかった。

彼女の爪先は、緑色と金色のオービュッソン織りの絨毯《じゅうたん》にかろうじて触れている程度だった。

伯爵に手紙を書いたのは早まった行動だったのかもしれない。

メグの背後の石のタイル張りの戸口に足音がこだました。規則的な足音だ。男性の規則的な足音——ブーツを履いているに違いない。足音は部屋の外でとまった。その人物を見るために椅子の端からのぞくような危険は冒せない。

足音がまた聞こえ、どんどん近づいてくる。床が石から木になると音は低くなり、絨毯の上ではもっと重い音になった。

メグは姿勢を正し、できるだけ背筋をのばした。

立ちあがったほうがいいだろうか？　そう、もちろんそうすべきだ。

メグはできるだけ上品に腰を前にずらし、ほんの少しだがぎこちなく勢いをつけると、かすかな音を響かせて立ちあがった。それから、膝を曲げてお辞儀をしようとした。

「かけたまえ」男性の声が命じた。かすかにフランスなまりのある低い声だ。

魅力的だ。

それでいて、なんだか恐ろしい。

メグが苦労してまた椅子に座って見あげると、シビルが言っていた望ましい男性の条件にぴったりな人物が立っていた。あいにくこの男性は笑っていなかったので、笑顔が魅力的かどうか、また、えくぼができるかどうかはわからなかった。

彼は背後で両手を組み合わせた。「ミス・スマイルズだね？」

怖《お》じ気づいている場合ではない。「メグ・スマイルズと申します」

「わかっているよ」彼は軽く頭をさげ、メグの手をとろうとした。メグが手をあげようと思ったときには、もう手をとられ、彼の唇が触れんばかりに近づいていた。「お会いできて光栄だ」

彼の手は、シビルの理想そのものだった。顔をあげて彼と目が合うと、メグは体が熱くなると同時に寒気を感じた。彼の瞳は髪と同じく非常に濃い茶色だ。まれに見る端整な顔には威厳が漂っている。

「エトランジェ伯爵だ」彼は言い、メグの手を放した。

メグは今まで伯爵のような人から手にキスをされたことがなかった。というより、誰からであれ、手にキスをされたことなどないのだ。

メグは思いだしたように両手を膝に戻し、長身で堂々とした男性を見つめないようにした。くすんだ色の服に身を包んだこの男性は、シビルをうっとりさせるだろう。でもわたしは、彼に対してときめきを覚えたりはしない。そう、まったくと言っていいほど。

ジャン・マルクはふたりのあいだにわずかに距離をあけた。だが、視線はメグに注いだままだ。

ミス・メグ・スマイルズは、だいぶ苦労してとはいえ、礼儀をわきまえた振る舞いをしている。ジャン・マルクはそう思った。型破りで厚かましい申し出からして、もっと……不作法な人物を想像していたのだ。彼女はわたしの古い友人、キルルードの知り合いだと書いてよこしたが、早急に必要な役目を買ってでているのでなければ、手紙など無視しただろう。手紙のなかで彼女は、わたしが思いもつかなかった仕事にまで言及していた。

ジャン・マルクは片方の手首のあたりにもう一方の肘を載せ、顎を軽くたたいた。問題は、ミス・スマイルズが手紙で約束したことを本当に成し遂げられるかどうかだ。それに、彼女はまわりの敬意を得られるだろうか？　そしてその結果、わたしにとって煩わしい仕事、つまりデジレーの社交界デビューのために割かなければならない時間が少しは減るだろうか？　責任を負うのは当然としても、十七歳の少女のデビューに際してなにをしたらよいかなど、わたしにわかるはずもない。

ミス・スマイルズは特別目立つ女性ではないが、流行の型をしたレモン色のボンネットの縁からのぞく豊かな赤い髪は注目に値する。色の対比が……なんとも刺激的だ。はっきりした色のボンネットのおかげで、魅力的な髪がより鮮やかに見える。彼女を反対側から見ようと、ジャン・マルクは移動した。今度は彼女はまっすぐにこちらを見た。明るい茶色の印象的な瞳だ。上質のコニャックのような色と言えばいいだろうか。唇もなかなかいい。ふっくらしているが厚くはない。肌もすばらしい。色白だが、頬は赤く、健康そのものだ。これは魅力的な、いや、大切なことである。健康は重要な条件なのだから。彼女の黄色い外套《がいとう》は立ち襟でサテン地だ。ジャン・マルクはそういう点はさして気にしなかったが、彼女の印象は重視した。

彼女の服装は、派手な装飾もなく、上質な生地でもないが、実に趣味がいい。ジャン・マルクはロンドンに来て以来、はじめて心が浮き立つのを感じた。

メグは大変な努力をしてじっと座り、あからさまに品定めするような伯爵のまなざしに耐えていた。彼はこちらから見ていたかと思うと、歩いていって別の角度から彼女を眺める。メグは伯爵の視線が顔に注がれ、やがて体のほかの部分へ移っていくのを感じた。今着ている服は、つい最近縫いあげたばかりだった。型紙はフランスの服装図版を参考に自分でつくった。外套と対になったその服はいくぶん少女趣味で派手だけれど、最新流行のものだ。伯爵はわたしが妹君のために流行の先端を行く服をそろえられることをご自分の目で確かめたいのだろう。確かに、王女はすでに必要な服や小物をお持ちかもしれないが、こういう機会にあれこれ買い足すのは当然のことだ。

エトランジェ伯爵はさらに別の位置からメグを観察した。彼女はビーズの刺繍《ししゅう》されたポーチからハンカチをとりだして鼻にあてた。こんなふうに見られながら座っているなんて……。彼の視線はぶしつけだ。

伯爵がメグのハーフブーツに目をとめた。彼女は赤面した。ブーツは新品ではない。くるぶしのあたりに縫いつけた黄色いサテンの薔薇《ばら》も、伯爵の鋭い目をごまかしてはくれないだろう。それに、メグが爪先をのばしても床に足が届かないという事実に伯爵が気づかないはずはない。とても威厳があるとは言いがたい格好だった。

ミス・スマイルズは小柄だな。

ほかの場合なら、それもかまわない。しかし今は問題だ。彼女は堂々として見えなければならない。「よければ立ってみてくれたまえ、ミス・スマイルズ」

腰を前にずらし、絨毯の上へ飛びおりなければならないことは、メグにとって不運だった。まさしく不運だ。自制心のない人間なら、わたしが眉間《みけん》にしわを寄せて、えいっとばかりに飛びおりるさまを見て笑いだすかもしれない。

メグは伯爵をまっすぐに見て言った。「この椅子はかなり大柄な人向けですわ、伯爵。わたくしが座っていると滑稽《こっけい》に見えるのではないでしょうか」彼女はわずかにほほえんだ。ジャン・マルクはそのほほえみが気に入った。彼女は弁解の言葉とほほえみで威厳を回復した。その手並みは見事だ。しかしながら、彼女は経済的にいささか困窮しているらしい。あの履き古されたブーツはなんとかしなければ。彼女を雇ってみる価値があると判断したらの話だが。

「歩いてみてくれるかな、ミス・スマイルズ。机のほうへ。それから机をまわって窓のそばまで。そしてカーテンを開け、通りを見おろすんだ」

メグは脚を動かせるかどうかわからなかった。じろじろ観察されることに耐えなければならなかったからだ。今までこれほどまごついたり、体じゅうがちくちくしたり、顔がほてったり、手足の感覚がなくなったりしたことはない。

けれどもわたしには計画がある。こんな目に遭っても、充分見返りは期待できるのだ。紳士の注目を浴びても平気というだけでなく、目を引くようにならなくては。そう考えると、すでにほてっていた彼女の顔はかっと熱くなった。

メグは気持を落ち着けて伯爵にうなずいてみせると、背中をこわばらせて目線をあげ、机に向かって歩きだした。そしてその拍子につまずいた。

伯爵は一歩でメグの隣に来ると、転ぶ寸前の彼女の腰に腕をまわして支えた。「ブーツの底を見てもらったほうがよさそうだ」彼は言った。「縫い目がほどけているのだろう」そして彼はすぐにメグの体を放した。

伯爵はわたしのブーツが古いことに気づいていたのだ。「ありがとうございます」メグは息も絶え絶えに言った。そのうえわたしの腰に腕をまわした。「ご忠告に従いますわ」足を交互に持ちあげるのをばかばかしく感じながら、彼女は机のところへ歩いていってまわりこみ、窓辺まで行った。それから布が幾重にもなっている重厚なカーテンを開け、石畳に面した光沢のある黒い金属製の柵《さく》を見おろした。柵の門は、地下室と召使いの部屋へおりる階段に続いている。メグは戻るように言われるのを待った。伯爵はなにも言おうとしない。それどころか、少し離れた場所に立って腕を組み、アーチ型の濃い茶色の眉をひそめている。彼女はうつむいて、広場の中央にある公園を眺めた。「いい季節ですね」そう言ったとき、喉が痛いほど脈打っていた。「クロッカスや桜草や、いろいろな花々が咲き始めていて。春になると胸が躍りますわ」

「話すのがお上手だ」彼が言った。

「あなたも」言葉が口をついて出た瞬間、メグは度を失って伯爵を見た。

予想に反して彼はほほえんだ。両頬にくっきりとえくぼが浮かんでいる。

「どうかお許しを」メグは言った。不用意に相手に言葉を返す癖はなんとかならないの？

「いささか率直すぎたが、まあ許そう」

なんて寛大なのかしら。本当にこの厳しい面接をくぐり抜けて職を得、わたしとシビルお姉様が体面を保って暮らせるようになるのだろうか？

「わたしは半分イギリス人なのだ」伯爵はそう言ってメグを驚かせた。「だから言葉に不自由はない。イングランドで教育を受けたし、こちらに領地もある。ウィンザーのテムズ河畔に。あそこで過ごすのが楽しみなんだ」

メグは純粋な興味を示してうなずき、ほほえんだ。「わたくしは国内しか旅したことがないうえにいずれも近場ですけれど、この国を深く愛していますし、祖国への愛は心の灯火《ともしび》ですわ」

伯爵はしばらくのあいだ無言でじっとメグを見つめていた。彼女の心はかき乱された。「きみなら妹の相手役として申し分ないだろう」彼がついに口を開いた。「きみの立ち居振る舞いを見る限りは。きみの特技を聞かせてもらえるかな？」

手紙には誇張して書いてしまった。詳しい話になれば、たいした特技ではないと思われるに違いない。「わたくしには、その、デザインの才能があります。婦人服の。独学ですけれど……隠してても仕方がありませんものね。でも流行には敏感ですし、服装図版から型紙を起こして洋服をつくるのも得意なので、数少ないお得意様には非常に喜んでいただいています」

「だが、名前が知れているというわけではないと?」

メグは目をそらした。「ええ。もう他界しましたが、父が牧師だったもので、人目に立つことをよしとしませんでした。姉のシビルとわたくしが働かざるをえなくなったと知ったら、父はきまり悪く思うでしょう」メグは伯爵を見つめた。「それでもわたくしたち姉妹は働かざるをえないのです、エトランジェ伯爵。一生懸命働きます。わたくしたちは淑女として育てられましたが、だからといって誰かが面倒を見てくれるのを期待してなにもしないでいるわけにもいきません。わたくしたちは慎み深い女性ですけれど、ささやかな特技を身につけております」

伯爵はそこそこ関心を示しているようだったが、表情はいっこうに変化しなかった。

伯爵はわたしの話に心を動かされていないのだ。メグの緊張が高まった。わたしにはこの仕事が必要だ。その先へ進む足がかりとして。この仕事を獲得できなければ、わたしとシビルお姉様が貧困にあえぐことになるのは目に見えている。

「王女様のために力をつくします」メグの口調はいかにも切羽つまっていて、物欲しそうだった。あまりに物欲しそうだった。「王女様の信頼を得て、なにかと不安になりがちな人生の大切な局面を王女様が無事に乗り越えられるよう、自信を持ってお力添えさせていただくつもりです」

「立派な演説だ」伯爵はそう言ったが、また眉間にしわを寄せていた。

「父が亡くなったあと、シビルとわたくしはロンドンへ出ることにしました。滑稽に聞こえるでしょうが、わたくしたちにはもはや住む家がなく、成功を求めてここへ来たのです。そして、自分たちの才能を最大限に活用することにしました。シビルには優れた音楽の才能があり、ピアノと声楽を教えています。妹君は音楽の分野でも指導者を必要とされているはずですわ。姉なら適任です。シビルはお若い方との接し方も心得ていますし」

「黄色がよく似合っているね、ミス・スマイルズ」

メグはなにを言おうとしていたのか忘れてしまった。自分の外套を見おろし、どうにか気持を落ち着かせて答えた。「ありがとうございます」

ジャン・マルクの頭は混乱してきた。この女性は牧師の娘で、辺鄙《へんぴ》な土地の出身らしい。社交の場といっても、洗練された場所とはおよそ呼べないようなところで催される略式の音楽会ぐらいなものだったに決まっている。しかし、彼女には勇気と気品があるので、きちんと役目を果たしてくれるかもしれない。

この仕事に興味のある、もっと有能な人間が見つかっているわけでもないのだ。

「歩き方も美しい。きみには……王女の立ち居振る舞いを非の打ちどころのないものにできるという自信があるのかな？」

「はい」メグは言った。必要なら、レディ・ヘスター・ビンガムに助言を求めればいい。「絶対の自信があります」どれくらい頻繁にエトランジェ伯爵と顔を合わせることになるのかしら。雇ってもらえたらの話だけれど。ちょくちょくだといいのに。だめよ、そんなことを考えては。

「化粧や髪形に関してはどうだろうか？」

「もちろん――」

「ボンネットをとってみたまえ」

メグはごくりとつばをのみこんでから、ゆっくり顎の下のリボンをほどき、ボンネットをとった。マダム・スザンヌの染料のせいでわたしの髪はとんでもない色になってしまったというシビルお姉様の言葉は正しかったのだ。伯爵がこの髪をけばけばしいと思ったらどうしよう。

エトランジェ伯爵は近づいてきて頭をさげると、メグが落ち着かなくなるほど接近して彼女を眺めた。「ふむ、きみの髪はとても魅力的だ。自分で結ったのかね?」

「はい」メグは答えた。召使いを雇う余裕があるにもかかわらず王女のお相手役の仕事に就きたがっているとでも思われたのだろうか?

伯爵は例のゆっくりした足どりでメグのまわりを歩き、あらゆる方向から彼女の髪を観察した。

「こんなに鮮やかな赤毛を見たのははじめてだ。実に珍しい」

染めたのよ。「ありがとうございます」

「きみの白い肌によく映えている」

メグは自分の白い肌がまたしてもほてるのを感じた。「ありがとうございます」

「礼には及ばない」伯爵の顔はメグの右肩から数センチのところにある。彼女は自分の服――向こう見ずにも服装図版のいちばん奇抜なデザインをまねてつくったもので、襟は鍵穴《かぎあな》形に大きくくれている服――に注がれている彼の視線を気にするまいとした。持って生まれた豊かな胸を隠さないことに決めたのだ。

ジャン・マルクは、自分がミス・スマイルズの魅力的な、というより魅惑的な胸もとをじっと観察していることに気づいた。彼女はこれ見よがしに胸を露出させているわけではない。ただ、外套の襟の下に小さなのぞき穴があるだけなのだ。豊かな胸がドレスの襟もとにぎゅっと押しつけられているさまがちらりと見えるくらいの穴が。

「非常に色が白い」ジャン・マルクはつぶやいた。「少しそばかすがある」彼はメグの鼻に視線を移した。「ああ、きみこそわたしが求めている人だ。つまり、妹にとって必要な人だ」言い直したことに気づいたかもしれないが、ミス・スマイルズは表情を変えなかった。彼女はぼんやりと物思いにふけっているようだ。

「大変けっこう」ジャン・マルクは心から言った。「では、きみがこれからすべきことについて話し合おうか」

メグは答えた。「はい」腕をとられ、金色の鉤爪《かぎづめ》形の脚がついた大きな黒檀《こくたん》の机の前にある椅子へ導かれるあいだ、伯爵の手の感触を楽しんでいた。彼は机を挟んで反対側に腰かけ、白い紙を自分の前に引き寄せた。それから指でクリスタルのインク壺《つぼ》の銀の蓋《ふた》を開け、ペン先を浸した。

「姉のシビルには優れた音楽の才能がありまして――」

「それはさっき聞いたよ。彼女にも試しに来てもらうことにしよう。だが、まずはきみにやってもらいたいことを明確にし、わたしの要望に基づいてきみがどのように仕事をこなすのか、手順を考えなければならない」

伯爵はシビルお姉様を雇うことにも同意してくれた。姉の助けが必要なのはもちろんのこと、姉が行儀の悪い子供たちにピアノを教えるという不愉快な仕事をしなくてすむようにしてあげようと、メグは心に誓っていたのだ。

ジャン・マルクは机の引きだしを開け、メグ・スマイルズの手紙をとりだした。手紙は力強く美しい字で書かれており、宛名《あてな》などの書式がきちんとしていることから、常識をわきまえているのがうかがえる。「さて」彼は言い、二枚の上質紙に書かれた手紙を吸いとり台の上にほうった。

「具体的な話に入ろう。デジレー王女は十七歳になったばかりのすばらしい女性だ。世の中のことについては、たいていの男性よりずっとよくわかっている。彼女と同等の地位にある男性たちにも負けないほどだ」

すばらしいわ、とメグはつぶやいた。でも、確かフィンチは手紙で、王女は気難しいとほのめかしていたのではなかったかしら？

「デジレー王女はとてもおとなしい性質なんだ」ジャン・マルクはあえてこともなげに言った。「とはいえ、魅力的だし、これから必要となる礼儀作法を身につけようという心構えはできている。もちろん、礼儀作法を心得ていないわけではないが、そういうものを要求されるような社交の場へ行く機会がなかったんだ。わたしたちの故郷モン・ヌアージュは、小さな国だからね。社交界も同じくささやかなものだ」

ミス・スマイルズがまたなにかつぶやいた。

「デジレー王女は才気煥発《かんぱつ》だ。実のところ、王女が元気旺盛《おうせい》なときは、興奮しすぎたり、しばしば大声で笑ったりするから、たしなめてもらいたい」

ミス・スマイルズは言った。「承知いたしました」

「むろん、社交界デビューを控えて王女の気分が高揚していることは察してやらねばならない。それから王女は服が大好きだ。山ほど持っている。だが似合うものがないので、新しいのを買う必要がある。そういったありとあらゆることに対して、助言を与える自信はあるかな？」

「はい、それはもう。喜んでお手伝いしますわ」

「けっこう」大変けっこうだ、とジャン・マルクは思った。そういうばかげた事柄にかかわるなんて、考えただけでもうんざりする。「それほど大変な仕事ではない。デジレー王女はなんでもすぐに習得するからね。たとえ王女の進歩がはかばかしくないと思われるところがあったとしても、あわてなくていい。王女はきみの心配を察し、言われたとおりにするだろう」

「あわてたりなどしませんわ」ミス・スマイルズは言った。

「よろしい。デジレー王女は従順だ。人を喜ばせるのが好きでね。きみのことも喜ばせようとするだろう。だが、きみは王女が社交界で恥ずかしい思いをしないよう力添えをしてくれればいい」

メグはほほえんで言った。「はい、そうします」どうやらフィンチの手紙の内容を誤解していたらしい。快活な王女にお仕えするのだと思うと、楽しみになってきた。「さしでがましいようですけれど、伯爵が妹君を賞賛なさる様子はとてもほほえましいですわ」

伯爵はペンを走らせていた紙から目をあげた。「ありがとう」一瞬笑みを浮かべた彼は親しげに見えたが、次の瞬間にはぞっとするほど冷ややかになった。「家族のことをよく言うのは当然ではないかな？」

メグは身のほどを思い知った。「父は、家族への愛は神への愛に次いで大切だとわたくしたち姉妹に教えてくれました」

エトランジェ伯爵はメグの言葉を聞き流すべきではないと考えたようだ。時間をかけてなにやら書きつけている。伯爵の頬から顎にかけての鋭いラインや、外側に向かってあがっている眉を、彼女は好ましく思った。彼の首に無造作に結ばれた白いスカーフが、飾り気のない黒の上着とベストに映えている。

伯爵に見とれていることに気づかれてはいけない。「こんなにすてきなお屋敷が借りられて幸運でいらっしゃるわ」メグは言い、濃い色の木材の光沢、膨大な数の革装丁の本、そして格調高い家具類を賞賛のまなざしで見つめた。家具のほとんどはフランス製の年代物だ。

「家具がないときは、それほどすてきとは言えなかった。だがきみの言うとおり、今は悪くないな」

「え、ええ、本当に」つまり、ここにあるものはすべて伯爵の持ち物なのだ。だが、ほんの二、三カ月の滞在のために伯爵がこれだけの調度をそろえたからといって、驚くにはあたらない。

「きみはわたしたちの身分を承知しているものと考えていいのかい？」伯爵が言った。まだペンを走らせている。彼は数秒たってから続けた。「わたしたちの父、ジョルジュ大公はモン・ヌアージュを統治している。どこにある国か知っているかな？」

「はい」メグは言った。

「けっこう。大公の子供はデジレー王女とわたしだけだ。わたしは父に頼まれて、妹を社交界へデビューさせるためにここへ来た」

伯爵の口調には口を挟むことを許さないような響きがあった。

「よかろう」伯爵が椅子を押して立ちあがった。「デジレー王女を連れてくるから、近づきになるといい」

メグはまた不安になってきた。「同席なさいますよね、伯爵？　わたくしと一緒にいても王女様が緊張なさらないように」今日一日でふたりも初対面の相手に会うなんて。

「いいや。きみは威厳を示さなければならない。わかっているね？　王女に対する敬意を失ってもらっては困るが、威厳は保ってもらいたいのだ。王女とある程度は親しくなってほしい。しかし、相手にすんなりと言うことを聞いてもらわなければならない場合には、立場をはっきりさせておく必要がある」

メグにはどういう意味かわからなかった。「もちろん――」

伯爵が指を振って彼女を黙らせた。「戦争のことを考えてごらん、お嬢さん。戦いのさなかに兵士が指揮官に逆らったりすればどうなる？　答えたまえ」

「戦争――」

「全員死ぬ」伯爵はメグのほうを少しも見ずに戸口へ向かった。「慇懃《いんぎん》に命令する。それが、きみがデジレーに対してとるべき態度だ。ところで、フランス語は話せるかな？」

メグは伯爵が心変わりしないことを願いながら答えた。「イギリス人の父に習ってはいました。でも、フランスの方と話したことはありません。学校で習う程度の語学力と申しあげたほうがいいですわね」

「なるほど」伯爵が振りかえった。「ではもう一度念を押すが、きみのここでの役目はフランス語の能力を向上させることではないのだ。どんな場合であれ、この屋敷のなかでフランス語を話してはならない。おわかりかな？」

なんて腹の立つ人だろう。意地悪ね。紛らわしい言い方をして。「そういうことだとは思いませ――」

「では今から思ってくれ、ミス・スマイルズ。なにも不都合はない。デジレーの英語は完璧《かんぺき》だ。ほとんど完璧だ。わからないことがあると口ごもるかもしれない。だが妹は勉強熱心だし、そうでなければ困る。大いに頑張ってもらわなければならない。そういうわけで」伯爵は首をかしげてほほえんだ。「フランス語はいっさい話さないでもらいたい。いいかな？」

「承知しました」メグは、ほっとしたことが声に表れませんようにと思いながら言った。

伯爵の小気味よい足音が戸口の前の石の床を横切って遠ざかった。それほど離れていない場所で、扉の開く音とくぐもった話し声が聞こえる。

箱型の振り子時計のかちかちという音が響く。メグは扉のほうを向いたまま、ほほえみを浮かべた。王女はおひとりで入ってこられるはずだ。それにしても、愛想よくお迎えするほうがいい。時計の音がますます大きくなったような気がする。話し声は今やほとんど聞こえない。

数分たち、さらに数分が過ぎた。メグは、シビルがピアノで弾いていたワルツのメロディをハミングしながら、少しステップを踏んでみた。もしもの場合に備えて、王女にダンスの手ほどきをするのもいいかもしれない。もちろん、わたし自身がワルツのようなとても斬新《ざんしん》な曲で踊る機会はないだろうけれど。

メグは紳士と踊っているかのように腕を持ちあげてくるりとまわり、さらにもう一度まわった。なかなか上手だわ。「ありがとうございます」架空のパートナーにそう言って笑った。「お優しいのね。ええ、暑いわ。あなたもそう思います？」彼女はまた笑い声をあげた。「確かに、おっしゃるとおりだわ」

メグはまたくるりとまわると、大きな革張りの椅子を一周した。音楽は昔から大好きだ。

エトランジェ伯爵が戸口付近の絨毯の端に立っていた。

メグは息を弾ませ、その場に立ちつくした。上気した顔や激しい胸の鼓動をどうすることもできない。もう、ばか、ばか、ばか。穴があったら入りたいわ。「練習をしていましたの」自分でも情けなくなるほど弱々しい声で言った。

「そのようだね」伯爵が言った。口もとが明らかに引きつっている。「仕事熱心な人だ。やはり考え直して、きみの言ったとおり、わたしがデジレー王女を引き合わせることにした。おいで、デジレー」伯爵は身を乗りだして廊下をうかがってから、部屋を出ていった。そして少女の手首をとって現れた。「デジレー、こちらはミス・スマイルズだ。ミス・スマイルズ、モン・ヌアージュ公国のデジレー王女だ。わたしの言ったことを思いだしてほしい。特に、立場と戦争の話を」

今度は伯爵は戸口から出て背後で扉を閉めた。メグと王女は部屋にふたりきりで残された。

メグは膝を曲げて深々とお辞儀をした。こんなに身分の高い相手に、どうやって命令すればいいのだろう。王女がなにも言わないので、メグは背筋をのばしてもう一度ほほえんだ。「お目にかかれて光栄です、デジレー王女。お兄様が殿下のことをいろいろと教えてくださいました。ロンドンでの体験を大変楽しみにしていらっしゃるそうですね。すばらしいパーティや舞踏会へお出かけになっても恥ずかしくないよう、一緒に勉強していきましょう。伯爵がドレスを新調なさるとおっしゃっていました。その際に殿下のお手伝いをさせていただけると思うと、わくわくしますわ」

デジレー王女はメグを見つめていた。話は聞いているらしいが、彼女の兄が言ったような高揚している様子は微塵《みじん》もない。

メグは不安に襲われた。なにか失態を演じたのかもしれない。そうだとすれば、それについてたちまち追及され、ようやく手に入れた幸運を生かせずに終わってしまう。

「立ち居振る舞いといっても難しいものではありません。いわゆる礼儀作法もそうです。王女様はそういうことをすでにご存じのはずですもの」

無言。

メグの目の前に立つ少女はほっそりとしていて、新任の指揮官よりも十五センチほど背が高い。デジレー王女の髪は純然たる茶色というわけではなく、かといって金色でもなかった。おそらく明るい茶色のまっすぐな髪をしている。たぶんまっすぐだろう。王女の髪はふたつに分けられて耳の上で束ねられ、三つ編みにされているのだ。長い二本の三つ編みが少女の細い肩から前に垂れている。少しでも頬に赤みが差していれば、顔が明るく見えるのに。メグほど思いやりがなかったら、青白いと表現するところだ。

「音楽はお好きですか？」メグは尋ねた。

王女は自分の足もとを見おろした。

メグは、傍目《はため》にもわかるほど内気な少女の心をほぐす方法はないものかと思案に暮れた。どうやってこんなにあか抜けないのっぽのあひるを白鳥に変えろというの？　しかもわずかな時間で。あんまりな言い方だ。けれども王女はひょろりとしていて青白く、どちらかといえば洗練されていない。白い胸飾りの布以外は灰色ずくめの格好など、まるで女学生が雨に降られてずぶ濡《ぬ》れになった服を着たまま乾かしてしまったかのようだ。そのうえ、少女はうなだれている。見るからに元気がない。生気が感じられないのだ。スタイルはいいのかもしれないが、ひどくぶかぶかの外出着のせいで少しもそうは見えない。

わたしのやり方は気に入ってもらえなかったけれど、かわいそうなシビルお姉様にとっても、一見不可能なこの企てを成功させることが窮地を逃れる唯一の道なのだ。大事なのは忍耐だ。

「こちらへおいでください」メグは言い、教えられたとおりになんとか威厳を示そうとした。そして、相手が近づいてくるのを待たずに――もっとも、そのような気配はまったく見られないが――王女に歩み寄り、顔を見あげた。「なんて美しい瞳をしていらっしゃるのかしら。灰色なんですね。すてきな色だわ。髪形を変える必要がありますね。そろそろ結いあげてもいいお年ごろですわ。華やかな巻き毛にするのを好む人もいますけれど、わたしはあまりいいとは思わないので、普通に結いあげてみましょう。きれいな髪だわ。でも……」こしがないわ。「量が多いですね。あとで考えましょう。まずはお互いのことを知るところから始めませんか？　おしゃべりをして過ごすんです。もっと狭くてくつろげる部屋に移りましょうか？　伯爵も賛成なさると思いますよ。殿下が楽しみにしていることについて聞かせていただきたいわ。ご希望についても。ロンドンのどんなところがお気に召して、どんなところがお気に召さないのかということもね。大切なのは、殿下がわからないことをわかるようにすることです。それさえすめば、あとは簡単ですわ」メグはいっそうにこやかにほほえんだが、王女はこちらを見もしなかった。「お兄様を呼びましょうか？」

デジレー王女は目を伏せた。

「さあ、さあ」メグは言った。胃がむかむかしてくる。「では、こうしましょう。もっとくつろげる部屋でおしゃべりをするのです。ベルを鳴らして誰か呼びますね」

「この部屋でもいいかしら？《ケス・ク・ヴ・ブヴェ・ビヤン・フエリシ》　そうしてもらえない？《ケス・ク・ヴ・ヴレ》」

メグはサテンの引き綱を片手でつかんだまま動けなくなった。たった今耳にしたものを徐々に理解していく。いったいわたしはここでなにをしているの？　なにがしたいの？　伯爵はフランス語はいっさい話すなと言った。王女の英語は完璧だと請け合いさえした。「英語で話さなければいけませんわ」メグは言った。「お兄様がそうおっしゃっていました」

王女がほっそりとした顔をあげた。メグは、お相手役を任された少女の色の薄い瞳で無表情に見つめられるという、あまりうれしくない名誉に浴した。「全然わからないの《ジュ・ニ・コンプラン・アブソルマン・リヤン》」

ひとことも？　そんなわけはない。英語がまったくわからないなんて、デジレー王女が言うものですか。

再び扉が開き、伯爵が大股で入ってきた。彼の笑顔はすばらしかったが、メグが今直面している事態に対する不安は和らぐことはなかった。

「仲よくやっているではないか」伯爵が言った。「けっこう、けっこう。こういうとき、わたしの直感はいつも正しいのだ。すぐにでも始められるかな、ミス・スマイルズ？　今日の午後からでも」

メグは王女のほうを見てから伯爵に目を移した。「それがよいとお考えなら」

「もちろんだ」伯爵は身をかがめて妹の頬にキスをした。「わたしの言ったことを忘れないでくれたまえ、ミス・スマイルズ。妹はとてもおとなしいが、すぐにきみを頼るようになるだろう。すでにわたしがそうしているようにね。じきに妹はもっとしゃべるようになる。妹には、英語力によりいっそう磨きをかけてもらいたい。それから今夜わたしが帰ってきたときには、かわいらしく髪を結った妹が見たいものだ。晩餐《ばんさん》の席で披露しておくれ、デジレー。ミス・スマイルズがおまえのために仕立屋を雇ってくれる。大勢の仕立屋をな。彼女はそういう事柄についてよく知っているから、相談に乗ってくれるだろう。晩餐を楽しみにしているよ。おまえも一緒に――」

「ジャン・マルク、わたしは《ジュ・スィ》――」

「英語で言うのだ」伯爵は妹をしかりつけた。「わたしがいいと言うまでは、英語を使う約束だったはずだ。わたしはウィンザーへ行かなければならない」彼はメグに言った。「だがすぐに戻ってくる。とんぼ返りはきついが、晩餐の席でお会いしよう。契約について詳しい話をしていなかったね。報酬のことはわたしに任せてもらいたい。充分な額を支払うつもりだ。姉上にも同じ額を支払おう」

「ありがとうございます、伯爵」メグの心は喜びと絶望のあいだをさまよっていた。姉ともども雇ってもらえて、報酬をいただける。これでまた、なんとか暮らしていけるだろう。わたしが弱気にさえならなければ。

「もうひとりのミス・スマイルズは今きみたちが住んでいる七番地にいるんだね?」

メグはうなずいた。

「そうか。デジレーの音楽の授業の時間はきみが適当に決めてくれたまえ。当然ながら、きみはデジレーの相手役であり、妹とわたしの右腕であり、妹の教師であり、親友であり、母親がそばにいない妹にとっての親代わりでもある。よって、妹と部屋を共有し、常に彼女と一緒にいてもらいたい。いかなるときもだ。きみは、わたしたちとともに暮らすのだ」

3

「バーストウが騒ぎ立てていると老クートが教えてくれた」ハンター・ロイドは、ノックに応《こた》えて扉を開けたシビルに言った。「メグが、危険としか思えない怪しげな外国人にかどわかされるはずはないが、どうやらなにかあったみたいだ」

七番地にプライバシーなどありはしない。長年レディ・ヘスター・ビンガムの家政婦と側仕《そばづか》えを兼ねているミセス・バーストウは——レディ・ヘスターがもうひとり雇わないのは節約のためであることを誰もが知っているが——下宿人たちの一挙手一投足をちゃんと把握しているのだ。

「どうぞ」シビルは言った。「バーストウがあなたの伯母様を心配させていなければいいけれど」

「伯母はいつだって心配しているんだ」ハンターは言い、少しだけなかへ入った。「人から噂話《うわさ》を聞くのを待ち構えているのさ。でも、ぼくたちはそんな伯母を見て楽しんでいるだろう？　自分の生きたいように生きる人もいれば、現実に振りまわされる人もいる。伯母は後者なんだ」

シビルはハンターのことをとても好ましく思っていた。彼は名の知れた弁護士でありながら、少しも気どったところがない。ハンターがいまだに七番地に住んでいる理由は謎《なぞ》だ。彼は不平を言ったりはしないが、甥《おい》にとってレディ・ヘスターは厄介な存在だろう。彼はかなりの収入を得ているに違いないし、文句なしにハンサムだ。彼が結婚して引っ越すことになったという知らせをいつ聞いてもおかしくないと、メグとシビルはずっと前から思っていた。

ハンターが首をかしげて言った。「バーストウはどうして騒いでいるのかな？」

「理由なんてないわ、きっと」シビルは言った。「少なくとも……いえ、理由はないのよ」シビルはメグのことが心配でたまらず、誰かに助言を求めたかったし、助けになってもらいたかった。でも、わたしが自分たちの問題を他人に相談したと知れば、メグは失望するだろう。

「シビル」ハンターは言った。緑色の瞳は真剣だ。「バーストウがクートに話していたそうだが、きみはずっと窓際に立っているんだってね。メグはひどくあわてて出かけ、バーストウによれば、その……逢引《あいびき》に行くような格好をしていたと。あくまでもバーストウの言葉で、ぼくの意見ではないよ」

シビルは背筋が寒くなった。「メグはおしゃれをしていたわ。妹はいつもそうなの。バーストウはどうしてそんなことを言ったのかしら。メグはただ新しい黄色の服を着て、髪を——」シビルはぱっと手で口を押さえた。

「髪がどうしたって？」

「なんでもないの」シビルは言い、ハンターの目を見ないようにして引き結んだ唇のあいだから息を吐きだした。「ああ、困ったわ。説明しなければいけないみたいね。わかっていると思うけれど、これは内緒にしてちょうだい。メグは仕事をもらうために出かけたの」

「仕事？」ハンターはわけがわからないと言わんばかりに気の抜けた声を出した。

「ええと……相談役、というか指南役のような仕事だと思うわ。メグはその仕事のことをフィンチから教えてもらったの。まずそれを言うべきだったわね。フィンチがメグに宛《あ》てた手紙によると、モン・ヌアージュ公国の王女様が社交界へデビューするためにロンドンへいらしているんですって。それで、王女様のご存じないことを教えてさしあげる有能な人間が必要というわけ」

「しかし」ハンターは濃紺の上着の裾《すそ》を後ろに払いのけて腰に両手をあてた。そしてかぶりを振った。「意外にユーモアのセンスがあるんだね、シビル」

「まあ、冗談なんかじゃないわ。本当よ。知ってのとおり、わたしたちにはお金が必要なの。一文なしになりたくなければ……」だめ、だめ、だめよ。シビルは無理に笑い、わざと明るい口調で言った。「今のは冗談。でも最初に言ったことは本当よ。メグはわたしが言ったように仕事をもらうために出かけたの。彼女は、やはりモン・ヌアージュ公国からいらしたエトランジェ伯爵と会っているのよ。伯爵は王女様のお兄様なの」

「彼女はなんて言ったんだい、ロイド?」7Cに住んでいる画家であり、メイフェア・スクエアに住む誰よりメグと親しいアダム・チルワースが、ハンターの後ろに来ていた。アダムはいつも不機嫌な顔をしていることで有名だが、今はいつになく険しい表情をしている。

「なにもかも大丈夫よ。ありがとう、アダム」シビルは言った。どうか人を心配させるような愚かなことを言いませんように。そして、わたしとメグの品位を失わずにすみますように。「ふたりとも、訪ねてくださってありがとう」

「だめだよ、シビル」ハンターが言った。「力を貸してくれると助かるんだがな、チルワース。ふたりで知恵を絞れば、この状況を理解できるかもしれない。ぼくひとりでは無理なんだ」

シビルはメグが早く戻ってくることを祈っていた。だが、メグが今すぐ帰ってきて客間でハンターとアダムと鉢合わせするのも困る。

ハンターはシビルに聞いた話をアダムにした。非常に長々と詳細に至るまで。アダムはシビルの知るなかで最も背の高い男性だ。彼は長めの黒い巻き毛と灰色の瞳をしている。瞳は今は髪の色に近い陰りを帯びていた。この威圧的な人物とメグのあいだにある普通では考えられない友情を、シビルは不思議に思っていた。実のところ、かつてのようにふたりでしょっちゅう笑い合っているということはなくなったが、今でもメグはアダムを高く評価している。

「ちくしょう」ハンターがついに話し終えると、アダムは言った。「女がひとりで男の住まいなんかに出かけていくからこんなことになるんだ。馬車に轢《ひ》き殺されそうになってから一週間もたっていないのに。メグはまた危険に身をさらすつもりなのか？　彼女は今どこにいるんだ？」

シビルはごくりとつばをのみこんだ。涙があふれてきそうだった。

「さあ、座って」ハンターが彼女に言った。「チルワースはきみとメグを心配しているだけだよ。きみを動揺させるつもりはなかったんだ」

「おい、ロイド。ぼくがどういうつもりかを勝手に決めつけないでもらいたいね。問題を解決できるなら、シビルを動揺させもするさ。さあ、言うんだ。メグはどこにいる？」

シビルは背を向けて窓辺へ走り寄った。泣いたりしてはいけない。メギーなら、必死に涙をこらえるだろう。わたしもそうしなくては。

「ほらほら」ハンターが言った。彼の見るからに気づかわしげな様子に、シビルはますます情けない気持になった。「助けにならせてもらえないかな？　このままきみをほうってはおけないし、ぼくたちは――」

「メグを救いだす方法がわかるまではここから動かないぞ」アダムはハンターを遮ると同時にシ

ビルの隣へ来た。「泣きたいなら泣けばいい。だが質問には答えてくれ。メグはどこだ？」

シビルは嗚咽《おえつ》をこらえて指さした。

「なにを指さしているんだ？」アダムが鋭い声で言った。「口で言ってくれ」

「じゅ、十七番地よ」シビルはアダムに言った。「以前は十六番地と十七番地だったけど――」

「ふたつの屋敷はひとつになった」アダムが続きを引きとった。「それは誰でも知っているよ。メグはあの屋敷にいると言いたいのかい？」

彼女はうなずいた。

「空き家のはずだが」ハンターが言う。

シビルはかぶりを振った。

「今は違う」アダムが言った。「数週間、夜になるとあそこでなにか作業が行われていたと、バーストウがしゃべっていたよ。美しい調度品が運びこまれ、職人が出入りしていたってね。少し前の話だ。それから老クートが、高貴な人物が住むことになったと言ったんだ。気にもとめなかったが、もっと注意して見ておくべきだったな。この屋敷もなんとかしてもらいたいってことくらいしか思わなかった。ある朝目覚めたら、あのみっともない台座に載ったみっともない動物の壺《つぼ》が誰かの手によって残らず粉々にされていればいいのにとは考えたさ。わが家に入るたびにあれにつまずいたんじゃあ、誰だって嫌気が差すってもんだ」

アダムはよく老朽化した七番地について容赦なく非難するので、誰も気にしなかった。

アダムがレースのカーテンの片側を開けた。

ハンターは反対側を引き開けた。

ふたりはシビルを挟んで立ち、広場を突っきったところにある、木々が芽吹き早咲きの花々が目にも鮮やかな中央の公園の向こうに視線をやった。そこには白い石づくりの十七番地が見える。

「メグが王女のお相手役なんて、無理があるんじゃないかな」ハンターが言った。

「そのとおりだ」アダムが言う。「だが、どうしてもその仕事をもらわなければならない理由があるなら、彼女は迷わず名乗りをあげるだろう」

「笑い物にされる危険を冒してまでそんなことをする理由とはなんだろう？」

「それを探るのさ」アダムが言った。「早急にな。メグが変なことに巻きこまれて立ち直れなくなる前に」

「同感だ。ぼくらはあそこへ行ったほうがいいかな？　若いご婦人の友人として共同戦線を張って、彼女をただちに帰すよう要求するべきだろうか？」

「やれやれ」アダムは飾り帯に両のこぶしをあてた。「王女と伯爵か。メグはなにを考えているんだ？　今ごろばかにされているだろうよ。なにかあったに違いないが、それがなんなのかはわからない。まずは彼女を連れ戻そう、ロイド。ぼくらが行くのがいちばんだ」

シビルは勇気を奮い起こすと、戸口へ駆け寄って扉を閉めた。「お願いだからやめて」彼女はふたりに向かって言った。「メギーが戻ってきたら、あなたたちが心配していたことを伝えて、お相手役を申しでた理由を説明するように言うわ。それから、あなたたちふたりとも、妹がその役目にふさわしくないと頭から決めつけているみたいね。確かに妹はロンドンの社交界とは無縁よ。でも、社交界における複雑な作法にはとても詳しいの。お忘れかしら？　メグは王女と同じく今度デビューする何人かの若い淑女のためにドレスを縫ったのよ。しかも、妹は観察力に優れているし、読書家だわ。生まれだって悪くない。それだけではすべての条件を満たしていることにはならないかもしれないけれど、社交界デビューの指南役を務めたからといって、メグがきまりの悪い思いをするとは限らないわ」

ハンターの頬に赤みが差した。「そうだね、シビル、もちろんだ。怒らせてしまったのなら謝るよ。そんなつもりはなかったんだ。わかっているよね？」

「確かに読書家ではある」アダムが言った。悪びれた様子は少しもない。「だが社交界となると話は別だ。メグはその王女のお相手役になれると思っているようだが、それは無理じゃないかな。雇われたとしても、たとえばの話、われらがメギーはどうやってダンスを教えるんだい？　彼女は故郷の村のダンスパーティに出たことしかないのに。社交界とは大違いだ」

「メギーはダンスが上手よ」シビルはアダムの見くびったような言い方に憤慨して言った。

「それに、もし王女がお相手役になんでも相談してかまわないと思っていたらどうするんだ？　その……もっとこみ入った事柄についてきかれるかもしれないんだぞ」

「おい、チルワース」ハンターが言った。

「あら、メギーならなんだってうまくやってのけるわ」シビルは自信をとり戻して言った。

「本当に？」アダムの鼻孔がふくらんだ。「ぼくの知る限り、メグが結婚について助言を与えられるとは思えないね」

「チルワース」ハンターが戒めるように言った。

「わかってるさ。言葉には気をつけている。きみとメグは優しい女性だ。育ちもいいし、この汚らしい都会には似つかわしくないほど善良だ。ぼくはこう思ったのさ。もし王女から、結婚初夜にどう振る舞うべきかを尋ねられでもしたら、メグは動揺するだろうとね。彼女がそんな目に遭うと思うと、ぼくだって心穏やかではいられない。だめだ。そんなことがあってはならない。ぼくらが行って、メグを連れ戻さなくては」

アダムはいつものように最悪の事態を予想している。シビルは手をもみ合わせ、ハンターに向かって話した。「お願いだから、そんなことしないで。正直言って、わたしもメグのことはとても心配よ。でも、あなたたちが連れ戻しに行ったりしたら、個人的なことを人にしゃべったわたしをメグは絶対に許してくれないわ」

「それなら、きみの迷惑にならない方法を教えてくれないかな？」ハンターが尋ねた。

「なにもしてほしくないのよ」シビルはハンターに念を押した。「バーストウの噂話……そう、あなた方がここへ来たのは、彼女が余計な噂を振りまいたせいなのよね。でも、なにかあればふたりが駆けつけてくれるとわかってありがたいわ」

「きみはこう言いたいのか？　ぼくらが行動を起こすのは、外国から来た伯爵とやらがメグとともに姿を消し――」

「チルワース、頼むよ」ハンターが言った。「ほかの場所で話し合わないか？　シビル、きみの許しがない限り、ぼくたちはなにもしないよ」

「ああ、しないとも」アダムはそう言うと、大股で戸口へ歩いていった。彼はいつも大げさで、ありもしない災難を憂えるのだ。「金持でお偉い伯爵も、きみの許しがない限り、メグになにもしなければいいがな」

4

ジャン・マルクは乗馬用の鞭《むち》でブーツをたたいた。「小言を言われたいなら妻をもらうさ、ヴェルボー。そう思わないか？」

「なんとも申しあげられません」ヴェルボーが言った。

「まさしく。おまえの沈黙こそ小言なんだ。わたしを不愉快にさせるのがおまえの使命だからな。おまえを解雇すべきかもしれん。そう思わないか？」

「なんとも申しあげられません」

ジャン・マルクは目を閉じて上掛けの上に仰向けになり、この従者を言い負かす方法はないものかと考えていた。ヴェルボーがいなくても困るが、いるおかげで多くの決断を迫られる。ヴェルボーは個人で従者を抱えているただひとりの従者だ。ヴェルボーの従者であるピエールは、たくましい体つきの割りにいつもあたふたしていて神経質そうに見える。それは、ヴェルボーが主人の知らないところで暴君ぶりを発揮しているせいではないだろうか？　確かに、ヴェルボーほど思いあがっている従者はいない。だが、彼にはどうしてもいてもらわなくてはならないのだ。

「ミス・スマイルズはお若いですな」ヴェルボーが言った。「それに気立てもいい」

「さっきも聞いたよ。わたしもそう思う。見たところ、ミス・スマイルズは気立てのいい若いご婦人だ」

「王女様は気難しい方だ」

「そんなことはない」ジャン・マルクは言った。ヴェルボーが口のなかでなにかつぶやく。わたしのことを、道理のわからない非常識なやつだと思っているのだ。ジャン・マルクはつけ加えた。

「ミス・スマイルズは強い女性だ。内に秘めた強さがある。彼女にしかるべき権限を与えて、役目を果たしてくれることを信じるよりほかに方法があるというのか？　わたしがなにか言おうものなら、ミス・スマイルズは自信をなくし、その分だけデジレーの社交界デビューに向けての準備が遅れることになるのだぞ」

「そうおっしゃるのであれば」

「そう言っているではないか」

「しかし、ご自分の言葉を信じてはおられない」

「なんだと？　信じているとも」

「大変けっこう」ヴェルボーは戸口へ向かった。「そうやって逃げておいでなさい。ミス・スマイルズを苦しめるといい。彼女に手を貸そうとなさらないことです」

「待て」ジャン・マルクは従者に命じた。「今すぐ戻ってこい。わたしがそばにいれば、デジレーも少しは素直になると思っているんだな？　よろしい、おまえの勝ちだ。おまえの望むとおりにしよう。デジレーとミス・スマイルズにはわたしと一緒にウィンザーへ行ってもらうから、準備を頼む。おまえのせいで時間を無駄にしたから、向こうに一泊しなければならないだろう。もちろん、ミス・スマイルズは来たがらないかもしれないが、とにかく誘ってみるのだ。今日が初対面でなければ、彼女に選択の余地は与えない。しかし人の道というものがあるからな。もし彼女も行くことになったら、姉上に伝言を届けてやれ」

「仰せのとおりに」ヴェルボーはぶつぶつ言いながら荘厳な寝室を出ていった。

ジャン・マルクは途方もなく高価な寝台の天蓋《てんがい》から垂れさがっている贅沢《ぜいたく》なブロンズ色のサテンを見あげた。この寝台は父のジョルジュ大公からの贈り物で、ジャン・マルクがデジレーとともにロンドンへ到着した日に運びこまれた。あまりに華美な気がするが、ジャコビアン様式の技には感心せざるをえない。

「まったく《モン・デュ》」彼は声に出して言い、いらだちをぶちまけた。「わたしは父親ではないんだぞ。そうなった覚えもないし、なるつもりもない。それなのにどうして、野暮ったい異母妹《いもうと》の親代わりを務めなければならないんだ」それというのも、最近まで次期王位継承者と目されていた叔父のルイ公爵が王位継承権を剥奪《はくだつ》されたせいだ。ジャン・マルクの父は、なんの思い入れも愛情もない娘よりも、非嫡出子である息子に王位を譲りたいと考えたのだ。そこでジョルジュ大公は、ジャン・マルクが次期王位継承者であることを公にするべく、デジレーをロンドンの社交界へデビューさせるという口実を思いついた。ジャン・マルクは異母妹のことなどほとんど知らないし、妹も兄のことを命令ばかりしてくる意地悪な赤の他人としか思っていないことなど、いっさいおかまいなしに。

運がよければ、ミス・スマイルズはヴェルボーの突拍子もない誘いを断り、ウィンザーへは同行できないと言うかもしれない。

反対に、ミス・スマイルズが承諾したとしても、それほど悪いことではあるまい。外見は月並みだが、彼女には勇気と創造力がある。それらの性質を持ち合わせていることは好ましい。それが女性なら、ことさら魅力的だ。そうでなければ、こちらが関心を寄せていることには気づかれずに彼女を見つめていたいと思ったりはしないだろう。

ヴェルボーが戻ってきた。「三十分ほどでお支度ができます」彼は言った。

「えい、いまいましい」ジャン・マルクは期待されているとおりの返事をした。「待たされるのは大嫌いだ」

「ミス・スマイルズは残りません」ヴェルボーが言った。

ジャン・マルクは寝台の上で起きあがった。「どういう意味だ？　残らないとは？　わたしたちと一緒にウィンザーへは行かないということか？」

「彼女はウィンザーへ行きます。ここにはいられないでしょう。王女様は気難しい方ですから」

「おまえのおかげで思いだしたよ。あの娘のブーツは履き古しだ。新しいのを買う必要がある。ほかにもいろいろと買いそろえなければならないだろう」

「王女様のことですか？」

ジャン・マルクの怒りは爆発しそうになった。「ミス・スマイルズのことだ。デジレーが服を買うのにつき添うついでに、自分のものもそろえてもらわなければ。失礼にならないようにそれを伝える方法を考えてくれ、ヴェルボー。わたしに直接手紙をよこすという大胆さの割りに、ミス・スマイルズは誇り高いようだ。デジレーにつき添って公の場に出るにはもっと上等な服が必要だと言われれば、侮辱されたと感じるかもしれない」

「公の場とおっしゃいますと？」

「公の場は公の場だ。人前に出るだろう。大夜会や舞踏会や音楽会、そういった退屈な催しのことだ」

ヴェルボーは後ずさりした。いつものきまじめな顔は驚きの表情に変わっている。「なんの地位もない未婚婦人に王女様の付き添いをさせるおつもりですか?」

「ふたりの支度が三十分以内に整えばいいが」ジャン・マルクはヴェルボーの視線を避けて言った。「リバーサイドの屋敷でわたしを待っている友人がいるのだ」ジャン・マルクはヴェルボーのほうへ目を向けた。従者は明らかに先ほどの問いに対する答えを待っている。「そうとも、悪いか。なんの地位もない未婚婦人がデジレーの付き添いをするのだ。わたしがふたりをエスコートする。だが、デジレーの母親であるかのように、ずっとそばに突っ立っているつもりはないぞ。言わせてもらえば、本来なら母親がつき添うべきなんだ」

「それは無理です」

「なんだって?」

「マリー大公妃は賢い方ですから、大公に逆らうようなまねはなさいません」

ヴェルボーはあまりにも内情に詳しい。だが、少なくとも人に言いふらしたりするような人間ではなかった。

「馬車を表にまわすよう手配しておきました」

「ご苦労」ジャン・マルクは言った。「料理人にこちらで晩餐《ばんさん》はとらないと念を押しておいてくれよ。その代わり、明日の晩は特別な料理を用意するように言ってくれ。客人をもてなさなければいけないからな」

「ミス・スマイルズのことですか?」

「もちろん、ミス・スマイルズのことだ」

「もてなす？　お相手役をですか？」

ヴェルボーを言い負かすには正直になるのがいちばんだ。「あの女性が必要なんだ。もし彼女が気まぐれを起こしてここに残りたいと言いだしたら、そうさせればいい。料理人にその旨を伝えてくれ」

「料理人には指示してあります。あなたには奥方が必要ですな」

「わたしに必要なのは平穏な日々だよ、ヴェルボー。これ以上煩わされるのはごめんだ。御者と一緒に御者台に座っていくことにするよ」

ヴェルボーは目をむいた。

「おまえがどう思おうと、わたしは御者の隣に座っていくぞ」

「騒ぎを起こされては困ります。人々が噂《うわさ》をしますよ。あなたは王女様を嫌っておいでだと」

「わたしは……」残念ながらヴェルボーの言うとおりだ。「わかった。だが調子に乗るのではないぞ。弱気になったわけではないからな。わたしは下へ行く」

少なくとも、リバーサイドの屋敷へ着けばデジレーから離れられる。それまでは友好的に振舞い、親しげに接してやれば、妹も少しは心を許すだろう。それがわたしの役目だ。

ミス・スマイルズはボンネットをきちんとかぶって玄関ホールに立っていた。彼女は輝いて見える。黄色の服は彼女によく似合っており、なかなか上等な生地だ。それに……いや、なんでもない。黄色はいい色だから、同色のドレスと外套《がいとう》を買うよう、ヴェルボーから彼女に伝えてもらおう。黄色の夜会服がいい！　彼女を――彼女の美しさを――引き立たせるような服。まさにそれだ。

伯爵は最初に会ったときよりも威圧的に見える、とメグは思った。彼は濃紺の上着にもみ革のズボンと乗馬用のブーツというでたちで、黒いマントを肩にかけ、手に鞭を持っている。伯爵は値踏みするようにメグを凝視していた。きらりと光る瞳のせいで彼はいっそう恐ろしく見える。

「お加減が悪いのですか、伯爵?」ありうる話だ。伯爵は病気で、妹君の世話をひとりではできないから、なんとしても手伝いの者が必要なのかもしれない。ああ、そうでなければいいけれど。

ジャン・マルクは眉をひそめた。わたしはミス・スマイルズから数歩しか離れていないところに立ってどれくらい彼女を見つめていたのだろう? 彼女はとても……女らしい。それは生まれ持った女らしさで、見せかけのものでは決してない。だから彼女に惹《ひ》かれるのだ。彼女は男の気を引くような態度をとってわたしをうんざりさせたりはしない。わたしの知る限り、女性はみんなそういうことをするのに。「わたしはきわめて健康だ。ご心配ありがとう。いろいろと考えごとをしていただけなんだ。デジレー王女とは打ち解けたかな? ところで、妹はどこだ? マントをとりに行くかなにかしたんだろうが」

「いいえ」

「違う? あたたかい服をとりに行ったのではないのか?」

メグはこの仕事を失わないためならなんでもするつもりだった。そうしなければならないのだ。いいえ、シビルお姉様に事情が変わったことを伝えるまでは早まったことをしてはだめ。メグは尻ごみした。わたしは伯爵からこの屋敷に住みこむように言われ、シビルお姉様は七番地に残ることになる。つまり、社交シーズンが終わるまでわたしたちは別々に暮らさなければならない。

そのことをお姉様に知らせるまではおとなしくしていよう。

「妹は」伯爵はいくぶん厳しい口調で言った。「自分の部屋になにかをとりに戻ったのではないのか？」

「どうでしょう。そうかもしれませんが、王女様はわたくしをお待ちにはならずに、直接馬車へ向かわれました」王女はよそよそしく、打ち解けようとはしなかったが、少なくとも英語を話せないふりだけはやめてくれた。

責任という束縛から逃れる機会を失ってはならない、とジャン・マルクは思った。「妹は恥ずかしがり屋なんだ」彼は言った。「そのうちにきみを親友だと思うようになる」

「王女様はお友達がひとりもいないとおっしゃっていました」

「今言ったように、きみなら妹の親友になれる」皮肉を言うなんて浅ましいが、彼はいたたまれない気分になっていたのだ。「馬車が待っている。わたしたちも妹のところへ行ったほうがよさそうだ」

「馬車はまだ来ておりません。デジレー王女は厩《うまや》へ行かれたのです」

デジレー王女は、異母兄とふたりきりで不愉快な時間を過ごすことになるだろう。「そうか。ウィンザーへ遠出するのは、きみにとっても楽しいことだろう。ウィンザー城を過ぎたら、リバーサイドの屋敷はすぐ近くだ。次に向こうへ行くときはきみも一緒に馬で遠乗りに出かけよう」

「馬に乗ったことは一度もありません。ふさわしい服も持っておりません。わたくしは見ているだけにしますわ」

ジャン・マルクは、言われたとおりにすればいいのだと言ってやりたい気持をぐっと抑えた。

「デジレーとの接し方についてききたいことがあればなんでもきいてもらいたい。一度きみを信頼してしまえば、妹は教え甲斐《がい》のある生徒になるはずだ。むろんそうなったあとも、きみへの助力は惜しまないがね」

「ありがとうございます、伯爵」

彼女がため息をついた。明らかにため息をもらしたのだ。自分の役目を果たすつもりであり、わたしの申し出をありがたく思っているという意味だろうか？　それとも、わたしの助けが必要になるほど長くはここにいないという意味だろうか？

「礼には及ばない」ジャン・マルクは言った。彼女のポーチはぱんぱんにふくらんでいる。中身が気になって仕方がない。「家族を思ってのことだ。それに実を言えば、きみという有能な手伝いの者を選んだことにとても満足しているのだ。ミス・スマイルズ、きみは見たところ有能以上だ」

「光栄ですわ、伯爵」どうやらわたしは求めていた機会を本当に手に入れたらしい。性格がよくて裕福だけれど、高根の花の女性を射とめるほどではない夫を見つけられるかもしれない。そういう紳士がいるはずだ。美人ではないが謎《なぞ》めいた雰囲気の女性と、結婚したいと思う紳士がひとりくらいはいるに違いない。きっといる。そして、彼がもはや妻を謎めいているとは思わなくなったころには、妻と一緒にいると安らげることに気づくだろう。ほとんどの場合において、わたしは一緒にいて安らげる女だ。探し求めてやまない新奇な事柄や、超自然的なものに夢中になっていない限りは。

そして、わたしにはシビルお姉様がいる。わたしとわたしの夫がお姉様にふさわしい相手を見つけるまで、三人で楽しく暮らせばいい。「きみは空想にふける癖があるのかい？」

「ミス・スマイルズ？」

　メグははっとした。「はい」

　今度は彼女を驚かせてしまった。「なぜそんなことをお尋ねになりますの？」

「いいえ、まったく。そうではないかと思っただけだ」彼女は非常にわかりやすいと言わざるをえない。奇妙なことに、ジャン・マルクは彼女の天真爛漫《らんまん》さを楽しんでいた。彼は言った。「馬車が来たと言ったのに、聞いていないようだったから」

　メグは伯爵が差しだした腕を見て、ためらいがちに手を置いた。執事が無言で玄関の扉を開け、後ろへさがった。そして後頭部へ撫《な》でつけた薄い銀髪を見せてお辞儀をした。

「ありがとう、レンチ」エトランジェ伯爵が言った。「王女の部屋があるほうの棟にミス・スマイルズの部屋を用意させてくれ」

「仰せのとおりに」執事が言った。

　伯爵はマントをひらりとはおり、乗馬用の鞭を小脇《こわき》に挟んだ。彼は心配するような様子でメグの手に触れた。

　伯爵は礼儀正しく振る舞っているだけよ……ばかね。でも、もし本当にわたしに魅力を感じてくれているとしたら、すてきじゃない？　そうでしょう？　ええ、もちろん。伯爵のような並はずれた美男は見たことがないもの。それに、大人だわ。

「階段はゆっくりおりて」彼が言った。「急だから、転ぶといけない」

大人で、魅力的で、すばらしいわ。メグは息を吸ってよいやら吐いてよいやらわからず、苦しくなった。エトランジェ伯爵は間違いなく〝食べごろ〟だ。そう、社交界にデビューするためのドレスを縫ってあげた若い淑女たちがその言葉をつかっていたのを聞いたことがある。〝食べごろ〟という言葉を。ふたりは階段をおりた。

ジャン・マルクは彼女が震えているような気がした。

「寒くないかい？」彼は尋ねた。「ちょっと待って」手袋を脱ぎ、あたたかい指で彼女の顔に触れた。彼女の頬の柔らかい感触と、こちらを一心に見つめるまなざしは、わたしの心を和ませてくれる。「おや、寒いんだね。この格好では寒いはずだ。馬車に乗りこんで毛布を探そう」

メグは言葉では表現できないほどうっとりしていた。伯爵がそばに来たとたん、感覚などないと思っていた部分に味わったことのない感覚が走ったのだ。でも、わたしはばかな小娘ではないのだから、そんなことで膝の力が抜けたりはしない。

しかし、メグの膝は明らかにがくがくしていた。

「さあ、行こう」エトランジェ伯爵は言い、たまらなく魅力的なえくぼを浮かべてメグにほほえみかけた。ふたりはゆっくりとした足どりで石畳へと歩いていった。「まったく《モン・デュ》」伯爵はひどく立腹した様子で言った。「妹には礼儀をわきまえるよう言って聞かせなければならないな」

メグは内心どきりとした。デジレー王女のことを手のかかる少女だと思っているのはわたしだけではないのだ。伯爵がそれを正直に言ってくれなかったことに、メグは腹が立った。

ジャン・マルクは、自分が怒りを爆発させでもしたら、この若いご婦人は広場を逃げ去ってしまうだろうと思った。「デジレー王女は礼儀作法を忘れてしまったらしい」彼は言った。「馬車の手前側に乗りこんでいる。わたしたちは通りに出て反対側から乗らなければならないが、大丈夫だ。来たまえ、わたしが手を貸そう」

御者も通りへ歩きだしていた。なんとか間に合い、伯爵とメグのために扉を開けて踏み段をおろすことができた。

ジャン・マルクはミス・スマイルズを傍らへ引き寄せ、馬車のなかへ身を乗りだした。「デジレー」彼は言った。「いったいなにを考えているんだ？　なぜわたしたちが来るのを無視して、ミス・スマイルズに通りを歩かせたりした？　どうして通り側の席へ移らなかったのだ？」

「相手役のために？　ふん」

「デジレー」彼はひどく穏やかに言った。「リバーサイドの屋敷に着いたら、おまえと話がしたい。ふたりきりで。それまで、口のきき方には気をつけるのだ。いいな？」

王女は目を伏せただけだった。礼儀知らずのかわいそうな娘だ。王女は反抗心からだけでなく、不幸な境遇にあるせいでひねくれた態度をとるのだと、ジャン・マルクにはわかっていた。王女はボンネットもあたたかい旅行用のマントも身につけていない。一枚の毛布を肩にはおって胸の前でかき合わせている。もう一枚で脚から足首までを包んでいた。余分な毛布はもうなさそうだ。

伯爵の引きしまった体に押しつけられ、メグはいっそう落ち着かなくなった。背後の屋敷の窓から誰かが見ているのではないかという気がしてくる。

「さて」伯爵が言った。「わたしは少しも寒くない」

「それはよかったですわ」メグは小声で言った。

伯爵はマントを脱いでメグの体を包んだ。マントの裾《すそ》が地面についたのに気づき、彼はメグを抱きあげて馬車に乗せた。

シビルお姉様が見ていたらどうしよう？ 七番地の住人すべてが見ていたらどうしよう？ みんなは王女様がすでに馬車に乗っていることを知らないに違いない。

「あたたかいかな？」ジャン・マルクは尋ねた。彼女を抱いて馬車に乗せるあいだ、彼は一瞬ながら心地よい気分――あくまで彼自身が――を満喫した。

「とても」メグは答えた。だが伯爵はさらにマントの片端を持ってメグの体に巻きつけ、反対側も同じようにした。そのとき、彼の手が彼女の体を撫でた。もちろんまったく無意識に、なんの意味もなく。

メグはかっと熱くなった。体じゅうが燃えるように熱い。最高にすばらしい気分だ。

伯爵が乗りこむと、御者は踏み段をあげて扉を閉めた。

ミス・スマイルズは生気にあふれている、とジャン・マルクは思った。生気と活力、そして情熱に？ そう、彼女は情熱を秘めている。彼はミス・スマイルズのほうに身を寄せて彼女を差し招いた。「耳を貸してくれ」彼女が身を乗りだすと彼は言った。

メグは胸がどきどきした。顔に伯爵の息がかかり、耳のすぐそばに彼の唇が寄せられるのがわかる。彼女は座席の上で身じろぎした。

「ジャン・マルクはこらえきれずに忍び笑いをもらした。うぶな娘だ。自分が女であることをまだ意識していないのだろう。いや、女であることを意識していなかったというほうが正しい。そして今日はじめて体験した出来事によって、女としての自分に目覚めたのだ。わたしに対して胸を熱くしているのがわかる。

メグは、なぜ伯爵に笑われているのだろうと思った。ドレスの襟もとに押しつけられている胸がうずく。なぜこんなふうになるの？　胸のうずきは不快どころかその逆だ。まさか！

伯爵のつけているおろしたてのシャツのにおいと、彼の肉体が感じられる気がする。

ジャン・マルクは片手をメグのうなじにあてて、ささやいた。「きみを心から信頼している。デジレーをかばいたい気持を抑えて、妹は辛辣《しんらつ》な物言いをするが本当は優しい子なのだと説明しておくべきだった。わたしに落ち度があったことを許してくれるかい？」

メグはうなずいた。そのとき、彼の唇が額をかすめたような気がした。ああ、なんてすばらしいのかしら。とても……心地よい。わたしったら、はしたない。気をつけないと、わたしが伯爵に関心を寄せていることを悟られてしまう。そうなれば、彼は侮辱されたと思うだろう。

「許してくれるかな、ミス・スマイルズ？」

「ええ」メグはささやいた。「もちろんです、伯爵。すべてにおいて満足していただけるよう精いっぱい努力いたします」

今も満足させてもらえるのだろうか？　だとしたら、とても刺激的だ。「ありがとう。わたしもきみに力添えしよう」

「本当ですの？」

ミス・スマイルズが無意識に印象的な瞳でジャン・マルクを見あげた。「本当だとも」彼はそう言ってほほえんだ。「もう出発したほうがよさそうだ。さもないと、ふいに客が来たことに対して、ミセス・フローリスに思う存分文句を言わせてやる暇がなくなってしまう。そういうことになると、まるで暴君なんだ」

暴君とは誰のことなのか見当もつかなかったが、メグは伯爵につられて笑った。そして彼にマントを巻きつけ直してもらうと、うっとりとした。

ジャン・マルクは馬車の屋根を鞭で鋭く打った。馬車が揺れ、馬具がぶつかり合い、蹄《ひづめ》が地面にあたる音、そして車輪が砂利を噛《か》む音とともに動きだした。

メグが伯爵のほうへ倒れそうになると、彼は片手で支えてくれた。

窓の外をちらりと見たとき、メグは不安が的中したことを知った。メイフェア・スクエア7Bの客間からいくつかの顔がのぞいているのだ。

みんなで噂をしているに違いない。自分たちの見たものについてああでもないこうでもないと考えをめぐらし、わたしが帰ってきたら質問攻めにするに決まっている。

少なくとも謎めいた女にはなれたわけだ。最高の気分だわ。

5

スピヴィだ。

ううっ！　痛い。もう我慢ならん。わたしはどんなことでもうまくやれる。そうだろう？　行きたい場所に行くというだけのことができないなんて憤懣《ふんまん》やる方ない。わたしは怪我《けが》をした。考えてもみてくれ。怪我をしたんだぞ。そんなことはありえない？　まあ、実際にはそうだろう。かつて怪我をしたときの感覚がよみがえってきて、怪我をしたような気分になるのだ。

石の壁にぶつかり、石畳に打ちつけられるとは、まったく屈辱的だ。十七番地の屋敷に忍びこんで偵察しなければならないのに。それも今すぐに。

わたしはどんなことでもやり遂げてきた。家族に言うことを聞かせることはできなかったが。それから、その、今のわたしの状態から連想されるであろう高度な飛行術にも失敗した。だが、くじけはしない。わかったか？

もう一度階段をのぼろう。うむ、完璧《かんぺき》とは言えない。上に行ったり下に行ったりしながら、なんとか進める程度だ。滑空の腕を磨かなければならん。どちらにしても地面に足をつけていられないのだから、空中を滑走するのは簡単だろうと思われるかもしれない。ところが違うのだ。なぜかというと……ちくしょう！　やれやれ、危うく頭から転ぶところだった。まったく、必要な技術を教わるためにあの気味の悪い女教師に報酬をたっぷり弾んだのに。イングランドとスコットランドの女王になるはずだったというメアリーに。あの大ぼら吹きが。死ぬ直前はずいぶん惨めだったと噂《うわさ》に聞いた。目こぼしをしてもらうために看守に賄賂《わいろ》を渡しすぎたのだ。ロンドン塔の看守に。むろん、メアリーはエリザベス一世に対する反逆罪で投獄されていたわけだ。だから、彼女は微動だにせずわたしを指導した。肩から首が落ちないようにじっとしているのだと言っていた。あたかも説明する必要があるかのように。

その話はもういい。わたしは十七番地に入りこまなければならないのだ。使用人たちの話を聞き、あの愚かなメグ・スマイルズがなにをするつもりか探らねばならぬ。わたしが見たと思ったものが現実であり、あの娘と伯爵が一緒に、それもふたりきりで出かけたのなら、計画をもう一度練り直す必要がある。メグの評判は地に落ちる。伯爵は世間の評判がよくない女をそばに置いておきはしないだろう。彼がメグにのぼせあがっていれば話は別だが、それはありえない。もうひとりの、おとなしいシビルのほうを行かせるべきだったのかもしれん。若い男はあの娘に惹《ひ》かれる。守ってやりたいと思ってしまうのだ。やれやれ、若くなくて幸いだ。

そう、わたしはシビルではうまくいかんと思ったのだ。あの娘は臆病《おくびょう》だからな。

わたしはもはや休んではいないのだぞ。長く困難な道のりを経て、七番地の人の出入りを観察するには絶好の場所へと戻ってきて疲労困憊《こんぱい》しているところだ。この場所はかたいけれど——実は階段の親柱の上だが——わたしの、わたしだけの場所なので大いに満足している。

現在、仕方なしにつきあっている仲間のなかには、今のように生きるにはわたしは不器用すぎると言う者がいる。つまり、幽霊としては不器用すぎると。ばかな！　わたしに必要なのはさらなる練習のみだ。集中せねば。考えろ、スピヴィ、考えるのだ。なにがくりかえされているのか

——自尊心のある幽霊ならできるはずのことをなぜ何度もしくじるのかを。

わたしは七番地の屋敷には誰にも気づかれずに出入りできる。

通りを楽々と歩きまわることもできる。これも誰にも気づかれずに。ああ、たしかひとりかふたり、わたしに気づいた者がいたが、得意げな顔でこっそり目配せをしてきた。いったいどういう種類の人間なのだろう。

わたしはどんな建物からも場所からも自由に出ることができる。しかし……メイフェア・スクエア七番地の屋敷を除いては、扉が開いているか、さもなくば誰かの肉体に宿っていない限り、なかへは入れないのだ。そうはいっても、誰もが想像するようなことではない。要するに、見返りを求めない慈善行為として、わたしがきわめて頭の空っぽな人間に頭脳を貸してやる気になり、その人間が孤独ゆえに友人を必要としている場合に限って、相手をうまく操ることができるのだ。ひと目で頭が空っぽだとわかる人間を探しだして……その、乗り移るわけだ。当然、ごく短いあいだだけ。それに、借りたものはいつも完璧な状態で返している。実のところ、相手の人間はわたしの親切のおかげで元気になるくらいだ。

「権威を持って近づきなさい」メアリーはわたしにそう教えてくれた。彼女は権威こそすべてだと狂信している。自分を偉大な人物だと思いこんでいて、イングランドの王位継承権を奪いとられたことについてくどくど話さずにはいられないのだ。「権威を持って入口に近づき、目的の場所にするりと入りこむのだ。できると思っていればできる。そこにいる自分を思い描くのだ。そうすればおまえはそこにいる」

威張りくさったメアリーはそう言った。

いいだろう。十七番地へ入りこみ、使用人たちのいる地下へ速やかにおりていくのだ。誰もが伯爵の噂をしているに違いない。

あたたかいキッチンには——今ではもうあたたかさなど感じられないのだが——顔を真っ赤にした使用人たちの顔が見える。巨大な暖炉に炎が躍り、串《くし》に刺さった鶏がじゅうじゅうと音をたてて火に脂をしたたらせている。すばらしいにおいだ。わたしににおいが感じられるとしたらだが。そうだ、まもなくわたしはそこにいるはずである。いらだつ料理人、横柄なメイド、うろうろする執事、おしゃべりに興じる召使いたち。主人が留守なので、みんなお茶でも飲んでいるに違いない。

百聞は一見にしかずであり、目にしたものこそ現実である。

わたしは今、目的の場所に……。

えい、しまった! ああ、とまれ、とまらんか。頭がくらくらする。どうして扉にぶつかったりするんだ? わたしはこの世にいない……存在しないというのに。

話は決まった。わたしにはすべきことも、それを成し遂げる方法も、すべてを可能にしてくれる最適の助手が誰かもわかっている。飛ぶことになんの支障もなくて助かった。必要とされるほかの技もじきに習得してみせるぞ。

早く行こう。まったくうんざりだ。こんなに努力しなければならない紳士などほかにおらん。これから若い淑女の学校へ行くのだ。厳密には学校ではなく、その近くにひとりぼっちで住んでいる引退した教師のところへ。わたしの親族が——スピヴィ一族のなかでも落ちぶれた一家の親族が——何年も前にその学校を創立したのだ。彼女はそのあとまもなく亡くなった。しかし彼女が雇った者たちが創立者の理念を受け継いでおり、その理念にはわたしも共感するところである。若い淑女が少しでも生意気な言動をしたら、ただちに改めさせること。わたしもそれがいちばんだと思う。

これで万事うまくいくだろう。すべて順調に運ぶはずだ。ああ、まったく、こういう貧民窟《くつ》ときたら本当に汚らしい。見おろしているだけでも不快になる。

ちくしょう、誰かこちらへ飛んでくるぞ。わたしに向かって怒鳴っている。

「そこを動くなかれ。汝《なんじ》、いずこへゆかん」

聞いたか？　いまいましい、高慢ちきでおしゃべりのシェイクスピアだ。「失礼いたしました。お先にどうぞ」やれやれ、あんなまつげの男がわからないはずがない。

あの態度ときたら。ゆらゆら揺れながらわたしを追い越していく。おや、もうひとり自分をはめたたえてやまない男がやってきた。どうして人は、過去にしがみついて生きるのをやめられないんだ？

6

リバーサイドの屋敷が見えてくると、ジャン・マルクは気分が浮き立つどころか、さらに滅入るのを感じた。緑の丘の上に立つ壮大な灰色の城塞《じょうさい》ウィンザー城を目にしたときから、気分が沈み始めていたのだ。ここにはとてもなじみがある。馬車は車輪の音を響かせ、彼が少年時代から愛している土地を通っていく。当時、リバーサイドは彼の母親とその夫のものであった。ジャン・マルクは十八歳の誕生日に、母親と継父からその不規則に広がるチューダー様式の邸宅を贈られた。それにともなって、ジョルジュ大公とその息子ジャン・マルクとのあいだには暗黙の了解――ジャン・マルクの母親とその夫の素性を明らかにしないこと――ができていた。

ふたりの素性はずっと秘密にしてきたし、これからもそうするだろう、とジャン・マルクは思った。母親にひれ伏して、息子だと認めてもらいたくはない。わたしを否定し、息子へのすばらしい贈り物にわざわざ売渡証書を発行して、屋敷を若い伯爵が自分で買ったように見せかけた母親などに。それ以来、母親とは一度も顔を合わせたことがなく、これからも合わせないつもりだ。

「なんて美しいんでしょう」メグは言った。思わず言葉が口をついて出る。リバーサイドの屋敷はパックリー・ヒントンや、そこにある自分の家を思いださせた。もちろん、ここに比べたらうちのランチハウスは本当に小さい。それでも、エリザベス一世の時代に美しかった場所に建てられたもので、骨組みはまだしっかりしていた。今はまたいとこのウィリアム・ゴドリー・スマイスがまわりの雑草をのび放題にしているけれど。

伯爵はさっきからずっと黙りこんでいた。なにも言わず、暗く沈んだ様子で景色を眺めている。妹君のほうはメイフェア・スクエアを出てからひとことも口をきかない。ここに長居しなければいいけれど。さもないと、ありがたくないことに日が落ちてしまう、とメグは思った。

馬車は両側に番兵のような楡《にれ》の木が立ち並ぶ湾曲した私道を進んだ。木陰の柔らかな草地にブルーベルの花が揺れている。ブルーベルや水仙がそこかしこでほころび、小さな白いデイジーも点々と咲いている。

「ミセス・フローリスに話がある」伯爵が言った。「おまえは自分の部屋にミス・スマイルズを案内してあげなさい、デジレー。新しい相手役であり友人である彼女に、親切に感じよくするのだよ。数週間もすれば、彼女は公私にわたっておまえの最も信頼できる人となるだろう。おまえがわたしを必要としているのと同じくらい、もしかしたらそれ以上に、指南役である彼女を必要とするようになるに違いない。恥ずかしがらずに彼女になんでもきくといい。わたしは彼女に、今日おまえの髪を結うように頼んだ。年相応の若い淑女に見えるようにするためには不可欠なことだ。おまえは社交界に出て、早急に花婿を見つけなければならない。三つ編みはもう卒業だ。それから、もう二度と英語が話せないふりをするのではないぞ。わかったか?」

メグはデジレー王女の顔に視線を向けた。哀れな少女の反抗的な表情が絶望のそれへと変わり、王女は打ちひしがれたようにうなずいた。メグは姿勢を正して座った。わたしの役目はデジレー王女に自信を持たせることと、自分を最高に美しく見せる方法を教えることだ。

「わかったのか、デジレー?」伯爵はメグがぞっとするほど冷たい声でくりかえした。こんなふうに話すと、彼のフランス語なまりは強くなる。それはメグの耳に心地よかったけれど、だからといって今の状況では慰めにはならなかった。

デジレー王女は何度もうなずき、メグにぎこちなくほほえみかけさえした。

「よろしい」王女の兄は言った。「ミス・スマイルズ、わたしに用があるときはベルを鳴らして召使いを呼び、わたしを捜しに行かせるといい。妹のことはわたしの最大の関心事だから」

馬車は、正面扉の前にゆっくりととまった。正面扉は、豪華なステンドグラスのはめこまれた切妻づくりの車寄せによって風雨から守られている。車寄せの両側に咲き誇る薔薇《ばら》が、赤煉瓦《れんが》の建物の正面を覆いつくした蔦《つた》の深緑と調和していた。

伯爵は御者が扉を開けるのを待たなかった。地面に飛びおりると、踏み段をおろして最初にメグを、次にデジレー王女を砂利敷きの私道におろした。

「ミセス・フローリス」伯爵は出迎えに現れた丸々とした女性に呼びかけた。「会えてうれしいよ。遅くなってすまない。なかで話そう。デジレー、ミス・スマイルズを案内してあげなさい」

彼はそう言うと、メグのほうを見もせずにミセス・フローリスに続いて大股で家のなかへ入っていった。

伯爵が行ってしまったことを残念に思うなんてどうかしていると、メグにはわかっていた。それなのに、突然、一緒に連れていってもらいたいというせつない気持に襲われた。別の紳士を見つけたほうがいい。わたしとあまり身分が違わず、それでいてわたしの心をとらえるくらい魅力的な殿方を。

デジレーはその場に立ちつくしたまま動く気配もない。

テムズ河が見え、水音が聞こえる。遠く、芽吹いたしだれ柳のしなやかな枝のあいだから、ガラスのように輝く水がゆるやかに流れていくのが見えた。リバーサイドの屋敷は三階建てで、いくつかの棟に分かれている。ひさしの下やスレート葺《ぶ》きの屋根には採光用の窓があった。高い煙突が何本かかたまってそびえ、煙が青空に向かってらせん状にのぼっていく。

メグはデジレー王女が肩越しに何度も馬車のほうを見るのに気づいた。どういうわけか、馬車は予想に反して厩《うまや》へ行っていない。御者はなにをしているのかわからないが、馬のそばをうろうろしていた。

「なかへ入りましょう」メグはついに王女に言った。「お兄様があんなにそうおっしゃっていたじゃありませんか」

毛布をはぎとった王女はくすんだ灰色のドレスを着た体を震わせた。「玄関をあいると真ん中に階段があるの。それをのぼって、ええと、左へ行って。二階の両側に回廊があるわ。左側の部屋は来客用なんだけど、そっちの回廊へ曲がる手前に廊下があって、わたしの棟へ続いているの。廊下の突きあたりまで行ったら、そこの扉を開けて。さらに廊下があって、両側が全部わたしのいえやよ。たぶん居間がいちばんくつろげるわ。右側の三番目の部屋よ。そこで休んでいて。わたしもすぐ行くから」

メグはほとんど完璧《かんぺき》な英語でのすばらしい説明を聞き、王女に一緒に来るように言おうとした。そのとき、王女の目に懇願の色が見えた。メグは静かな声で言った。「大丈夫でしょうか？　殿下をここに残していくなんて。伯爵はきっとお怒りになりますわ」

王女はうなずいた。「すぐに追いつくと約束するわ。お願いだから、ちょっとだけわたしを信じて」

メグは重大な過ちを犯してしまったかもしれないと思いつつ、王女に背を向けて屋敷へ入った。すぐに伯爵にでくわすだろうと恐れていたが、誰にも会わなかった。彼女は急いで階段をのぼり、すぐそばから聞こえてきた女性のよく響く笑い声にどきりとした。さらに、低い男性の声が冗談かなにかを言う。姿を見るまでもなく、メグにはその声の主がエトランジェ伯爵であるとわかった。彼が急いでいたのも当然だ。女性の客人が彼を待っていたのだ。

メグは深呼吸して喉につかえたかたまりをのみくだすと、大急ぎで長い階段をのぼった。屋敷内は壮麗だ。狩りの場面、とり澄ました紳士淑女、直立した子供と犬などを題材にした絵が、壁という壁に飾られている。玄関ホールは三階までの吹き抜けで、左右の回廊を通り越してさらに上に天井が見え、そこは濃い青に塗られて雲の絵が描かれていた。天井の中央にはクリスタルのシャンデリアが頑丈そうな鎖でつるされている。

メグにはなにか言う権利などないし、ましてやエトランジェ伯爵に好意を寄せるなんてめっそうもないことなのだ。メグが伯爵のせいで心を痛めていることを知ったら、彼はさらにおかしそうに笑うだろう。

王女の教えてくれた道順は的確だった。黒大理石と螺鈿《らでん》の装飾が施された金色の寝椅子がある宝石箱のような居間に、ほどなくたどり着いた。メグはなかへ入って扉を閉め、薔薇色のベルベットが張られた座り心地のいい椅子に腰かけた。

表面に濃いピンクの薔薇が散らされた模様のタイルが張ってある暖炉では、火が赤々と燃えている。壁にかかっている石膏《せっこう》の塗られた楕円《だえん》形のパネルや、シャンデリアのろうそくを覆うガラスのシェードにも薔薇の模様が描かれている。天井も薔薇色で、壁と接する回り縁は沈んだ金色だ。上掛けの中央には一輪の薔薇が刺繍《ししゅう》され、美しい鉛の枠のある窓にかかった濃いピンクのベルベットのカーテンは金色の紐《ひも》で束ねられている。

王女のために内装が施された美しく女らしいその部屋は、持ち主にまったく似合っていない。

扉が勢いよく開いた。デジレー王女はなかへ駆けこむと、外へ頭を出して廊下の左右をうかがい、注意深く背後で扉を閉めた。彼女が深呼吸した。灰色の瞳が大きく見える。王女はなにやら興奮しているようで、頬が紅潮してかわいらしく見えるのにメグは気づいた。

もうひとつ気づいたことがある。気づかないはずもない。デジレー王女が馬車のなかで使っていた毛布にくるまれた、かなり大きなものがもぞもぞ動いているのだ。

「もう自分の部屋へさがってかまわないわ」王女が言った。

メグはすでに立ちあがっていたが、どうしていいかわからずにいた。「わたくしの部屋はございません」メグは言った。「殿下のおそばにいますわ」

「えやならあるわ」デジレー王女はぴしゃりと言った。「わたしのえやがあれば、そのそばにあなたのえやもあるのよ。相手役を押しつけられるときはいつもそうだもの」

「とても失礼ですわよ」メグは言葉に気をつけなければならないことも忘れて言った。そうよ、威厳を示すよう言われたじゃないの。「わたくしがここにいるのは、伯爵のご依頼――ご命令により、殿下のお力になるためであって、侮辱を受けるためではありません。感じのよい態度で人に接することをお教えするのはわたくしの役目です。まわりによい印象を与えなくてはなりません。今のような辛辣《しんらつ》な態度では人を怖がらせてしまいます。わたくしはどこへも行きません。まず身支度から始めましょう。覚えていただくことがたくさんあるのは間違いございませんわ」

「わたしはデジレー王女で――」

「わかっております、殿下。殿下はお行儀の悪い甘やかされたお嬢さんでもあるのです。お友達がひとりもいないとおっしゃっていましたね。無理もありませんわ。でも、変われない人間などおりません。殿下も必ず変われますわ。どこで髪を結いましょうか？」

王女が抱えている包みがこんもりと盛りあがったかと思うとぐっと広がり、次に丸くなって上の部分がとがった。片方の端からしっぽの先らしきものが飛びだした。

「動物を抱いていらっしゃるのね。どうして隠しているのです？」

「動物じゃないわ」デジレー王女が言った。驚いたことに、王女の瞳には涙があふれている。

「あら、まあ。それは動物ですわ。飼ってはいけないことになっているのですね？　危険な生き物ですの？」

「こ、これはアリ、バ、ッ、トよ」デジレー王女の唇が震え、涙がこぼれた。「この子は誰にもかわいがってもらえないの。い、と、りぼっちで寂しがってるわ……わたしのように。だからわたしが世話をするわ。絶対に。この子をとりあげようとしたら、家出するから」

デジレー王女がたどたどしく英語を話す様子は痛々しかった。王女の涙を見て、メグも目頭が熱くなる。この寂しがり屋の少女はなんとか事態を収拾しようとしたものの、そのやり方がわからなかったのだ。

動物が大暴れして毛布をはぎとり、王女の腕から飛びだした。

メグは口をぽかんと開けた。見たこともないほど大きな猫が薔薇模様の絨毯《じゅうたん》の上におり、寝椅子の上の見事な上掛けに飛びのった。「ああ、驚いた。どうやって……どこにこの子をかくまっているんですか？　ここのお庭の離れかどこかですの？　誰がえさをやっているんですか？」

「わたしよ」王女が静かに言った。「今日ここへ連れてきたのもわたし。メイフェア・スクエアのわたしのえやに入れてやれないときは、御者が厩で面倒を見てくれるわ。今日は御者台に隠しておいたの。この子は何度か遠出したことがあるから、慣れているわ。モン・ヌアージュからロンドンに来た日に、この子を見つけたの。十七番地の屋敷の裏庭で具合が悪そうにしていたけれど、体を乾かしてえさをやったら、元気になって毛づやもよくなったわ。このとおりね。わたしと一緒にいたがっているの。絶対手放さないわ。でも、ジャン・マルクに告げ口するんでしょう？」

メグはアリバットを見た。柔らかくふさふさした毛はもちろん灰色で、左右の脇腹《わきばら》にはそれぞれうっすらと白い縞《しま》と白い輪の模様がある。目は緑色で、ピンクの鼻をつんと上に向けていた。

「どうしてアリバットという名前にしたんですか？」

「アリバットじゃないわ。アリバットよ。魚の名前。この子は魚が好きだから」

メグは少し考えこんでから、ためらいがちに寝椅子に手をのばした。「大平目《ハリバット》のことですか？」

「そう、ハリバットよ」

Hを発音させるようにしなければいけないわ。白っぽいざらざらする舌がメグの指をなめた。

「どうやってこんなに大きな猫を内緒で飼い続けるおつもりですの？」

「どうやってもよ」少女の声がまた小さくなったので、メグは聞きとるのがやっとだった。「わたしには友達がいとりもいないと言ったでしょう？　あれは嘘《うそ》。アリバットはたったいとりの親友なの。この子が大好きで、この子もわたしが大好きなのよ。一緒にいたいの。わたしは――」

「殿下」メグが口を挟んだ。「Hを発音なさってください」

「あれをしろ、これをしろと言われるのはもうたくさんなの。身なりに気をつかえだの、新しい、う、く……服をたくさん買って、美しく着飾れだのって。わたしは不器量だわ。きれいになんてなれっこない。それから、髪形が違えば違って見えるからなんとかしろって言うけど、どんな髪形にしようと人は変わったりしないわ。その人がどんな人かはここで決まるの」王女は胸にこぶしを押しあてた。「外見では判断できないわ。わたしはアリバットが飼いたいだけなの。でも、彼に見つかったら許してもらえないわ」

メグは言いにくいことを口にした。「お兄様がお許しにならないと？」

「異母兄ね。お父様はジャン・マルクの母親とは結婚しなかったけれど、わたしの母とは結婚したの」

メグはその驚くべき発言をとっさに理解して言った。「そう、エトランジェ伯爵です。あの方のことはほとんど存じませんけれど、殿下のことを心配なさっているようですわ。殿下のことを気にかけてくれる特別な方を見つけてもらいたいと」

「あなむこでしょ」デジレー王女は天井を仰いだ。「あなむこを見つけてどうしろというの？」

「花婿です」メグは訂正した。

「花婿。花婿はわたしとなにをするの？　誰がわたしを求めると思う？　わたしには魅力も色気もないわ。もっと賢明な世の中なら、毎日本を読んで暮らしていても文句を言われなかったでしょうね。わたしは研究者なの。頭がいいと言っているわけじゃないわ。ただ、父の国のことや世界のことを勉強したり、研究したり、話し合ったりするのが好きなの。わたしは男性が恋をするような人間じゃないのよ。そのことはわかっているし、気にはしてないわ」

　この子が、これから数週間わたしが手ほどきする従順な少女、社交界デビューを待ち焦がれる少女なのだろうか？　明らかに違う。夕刻にメイフェア・スクエアへ戻ったら、伯爵に妹君の気持を伝えよう。わたしは間違いなく解雇されるだろう。でも、ほかになにができるだろう？

「あなたはいい人よ」王女が言った。「相手役を探している人がまた見つかるわ」

「そうは思えません」メグは答えて、ハリバットを腕に抱いた。顔や首にこれでもかというほど毛をこすりつけられる。この猫は持ち運ぶには重すぎる。「このお仕事を得られたのは本当に幸運でした。殿下は社交界にデビューなさるつもりはないと伯爵にお伝えしましょうか？」

　デジレー王女の美しい目がさらに大きく見開かれた。「わたしの猫のことも告げ口するんでしょう？　それでこの子は捨てられてしまうんだわ」

　メグはハリバットの頭越しにほほえみ、耳のあいだの柔らかな毛にキスして言った。「いいえ、とんでもない。見てもいない大きな灰色の猫のことなど言うはずがありません。そんな話を誰が信じます？　でも、人目に触れないようにしておいたほうがいいですわ。ここへ連れてくるのは危険です。今日は連れて帰るのを手伝いますが、もう馬車には乗せないことですわ。さもなければ、いつか見つかってしまいますよ。伯爵に会わせていただけますか？」

「ここにいて」王女は言った。「あなたに行ってほしくないの」

　メグは、ロンドンへ戻って、すばらしい計画が手のなかからすり抜けてしまったことをシビルに伝える場面を考えまいとした。

「お願い」デジレー王女は言った。「屋敷のなかを案内させてちょうだい、庭も見せてあげる。兄からそうするように言われたわ」

なぜこの少女はこれほどまでにエトランジェ伯爵を恐れているの？　「お願いします」メグは言った。だが本当は、屋敷内を歩きまわって伯爵とその友人にでくわしたりしたくなかった。

デジレー王女が窓台の下の腰かけの蓋《ふた》を開けると、ハリバットはなかへ飛びこんだ。

「そんなところに入れたら死んでしまいます」メグは言った。

「大丈夫よ。見て——」

メグが近づいて見ると、小さな釘《くぎ》が打ってあって蓋が完全には閉まらないようになっていた。

「それに、なかにはあたたかい毛布が敷いてあるの。ハリバットは前にもここに隠れていたことがあるのよ。この場所が気に入っているんだと思うわ。来て」

王女の住居とされている棟をざっと見てまわると、どれも美しい部屋ばかりだった。ふたりは偶然ミセス・フローリスに出会った。彼女はメグが使うためと思われるふたつの部屋をメイドに整えさせているところだった。ミセス・フローリスはメグににこやかにほほえみかけ、王女にお辞儀をしたが、話しかけてはこなかった。

王女はメグを引っぱっていき、ミセス・フローリスに話を聞かれずにすむところまで来ると言った。「あなたのために部屋を用意しているけれど、やめさせるようなことは言わないで」

メグはにっこりしたが、返事はしなかった。デジレー王女の行動に困惑していたのだ。

リバーサイドの屋敷は美しかった。とても古く、羽目板から銀器に至るまですべてが使いこまれていて趣がある。三階の回廊のはずれにある窓から、馬に乗ったふたつの人影が見えた。男性と女性だ。男性のほうはエトランジェ伯爵だと、メグにはすぐにわかった。

デジレー王女がメグの隣に立っていた。「彼は乗馬が大好きなの。アイラは馬なんか好きじゃないはずだけど、ジャン・マルクのしたいことはなんでもするの」

ジャン・マルク。メグはその名前と名前の主のことを考えた。ぴったり合っている。「おふたりはずいぶん前からのお知り合いなのですか？」失礼だと思いつつも、メグは尋ねた。

「そうでもないわ。たいして親しくもないはずよ。ふたりには共通点がないし。でも、彼女にはいろいろと長所があるから」

メグはこれ以上この話を続けるべきではないと感じた。

ふたりは屋敷をざっと見てまわった。庭は小さくて塀に囲まれていた。高い塀に囲まれてひっそりとたたずむ東屋《あずまや》には板石で仕切られた薔薇の花壇があり、彫刻が施された石のベンチからその花壇を眺められるようになっている。薔薇の低木は蕾《つぼみ》をつけ、花を咲かせ始めており、じきに満開になることが予想された。

「アリ――ハリバットのところへ戻らないと」デジレー王女が言った。「おなかをすかせているわ」

「食べ物をお持ちなんですか？」

「どうにかなるわ」

王女のあいまいな返事は、詮索《せんさく》するなと言わんばかりだった。メグはためらってから言った。

「なかへ戻る前に、少しお話がございます」

「いいわ」

メグは王女の不安そうな目を見て気持が沈んだ。「殿下がわたくしをそばに置きたくないと思われるにせよ、伯爵から託された役目をわたくしに続けさせるにせよ、伯爵にはその旨をお伝えしなければなりません。殿下ご自身が決めてください」

デジレー王女は重心を片方の足からもう一方の足へ移動させ、唇を噛《か》んだ。

「わたくしはなにも言わずに殿下のご意見に従います」メグは言った。

「あなたは仕事を続けたい？」

とても意外でとても難しい質問だ。「ええ、でも――」

「この仕事が必要なのでしょう？」

王女は相手を侮辱しようとしているのでも、無意味な好奇心を満たそうとしているのでもなかった。「ええ、必要です。伯爵との取り決めでは、立ち居振る舞い、社交上のたしなみ、服装、話し方などについて殿下を指導し、殿下の質問にはなんでも答えるようにとのことでした。姉のシビルは……ああ、殿下、シビルほど優しい人はいませんわ。シビルには音楽の才能があるので、殿下にピアノと声楽をお教えすることになっています。窮地に陥っているわたくしたちにとって、これは願ってもない仕事でした。わたくしたちには信託財産があるのですが、支払い額を減らされることになったのです。今ごろはふたりとも結婚しているはずだったのに、まだどちらも嫁いでいないため、財産を節約する必要があるのだと言われました。ご存じのとおり、わたくしたちには両親がおらず、家もありません。今はメイフェア・スクエア七番地に住んでおります。下宿人として。そこはレディ・ヘスター・ビンガムのお屋敷です。奥様には親切にしていただいておりますが、今のままでは暮らしが立たなくなりそうなのです。奥様は家賃の支払いを待ってくれるでしょうが、ご厚意に甘えるつもりはありません。さあ、誰にも知られたくないことをすっかり話しましたわ」メグの頬は悔しさのあまり真っ赤に染まっていた。

「そうだったの。あなたが教養のある人だってことがはっきりしたわ。自分が悪いわけではないのに、転落の憂き目に遭ったのね。でも、あなたはくじけなかった。尊敬するわ」

「ありがとうございます。シビルとわたくしは別の仕事を探すことにいたしますわ。伯爵には伝言を届けさせましょう。どうぞわたくしたちのことはご心配なさらないでください」

「心配はしてないわ」王女は言った。「するつもりもないし。でも、あなたを追いだしたりしたら、ジャン・マルクはわたしのことをものすごく怒るでしょうね。父の命令でわたしを社交界に出すためにイングランドへ渡りはしたけれど、彼はよく知りもしない異母妹の世話など焼きたくないのよ。ほかにもっと楽しみがたくさんあるんですもの。やめることないわ。わたし、あなたに親切にするから。ほどほどには。その代わりあなたは、わたしが目覚ましく進歩していて、あなたの言うことをよく聞いていると、ジャン・マルクに思わせてちょうだい。さあ、もう戻らないと」

　メグは、王女が壁に囲まれた庭から屋敷へと続く扉を開けるのを見つめた。

「さあ、来て、ミス・スマイルズ。わたしの髪を結わなきゃいけないんでしょう?」

　メグはようやく口を閉じることを思いだした。「ええ、そうでしたわ」メグはあとからついていきながら、王女はまた身勝手に戻ってしまったと思った。身勝手で傲慢《ごうまん》だ。少し前までまったく正反対の態度をとっていたのに。だが必要に迫られてメグを大事に扱う気にはなったらしい。

　居間へ戻ると、デジレー王女はハリバットを出してやった。猫はうれしそうに飛びだしてきて、彼女の肩に体をすりつけた。

「手早くやってしまいましょう」王女は言った。「寝室がいいわ。ちょっと違った髪形にすればジャン・マルクは満足するでしょうから、時間なんてかけなくていいのよ」

メグはなにも言わなかった。デジレー王女とハリバットのあとから、黄色と金色に光り輝く寝室へ入っていく。王女は寝台の下から新鮮な白身魚の載った皿をとりだすと、金色の格調高いテーブルの上に置いてハリバットのほうに押しだした。

「さあ」王女は言った。「しなきゃならないことをしてしまってちょうだい」

それから少しして、王女が化粧台の鏡に向かってしかめっ面をしていると、扉をたたく音がした。とても若いメイドが入ってきてお辞儀をすると言った。「殿下、だんな様が晩餐《ばんさん》の席にいらっしゃるようにとおっしゃっています。おふたりで」メイドは糊《のり》のきいた白いエプロンをひらひらさせて去っていった。

「晩餐?」メグは言った。「こちらで晩餐をいただくわけにはいきません。すぐにメイフェア・スクエアへ戻らないと、暗い道を帰るはめになりますわ」

「ばかなこと言わないで」デジレー王女が言った。鏡に映った自分の顔をにらみつけ、細い腕を組んでいる。「今夜リバーサイドを出発しなければならない理由がどこにあるの? こんな時間じゃ、ロンドンへ無事に着けるはずがないわ」

メグはぞっとして、鏡のなかのいらだたしげな灰色の瞳を見つめた。

「殿下の思い違いですわ。もちろん帰りますとも。姉はわたくしが帰ってくるものと思っているのに、帰らなかったらひどく心配しますわ。ああ、帰らなくては」

「無理よ。途方もなく長く危険な道のりを歩いて帰るのでない限りね。それになぜお姉様が心配するの？　ヴェルボーに言われて伝言を届けさせたんでしょう？」

「ええ、でも――」

「それならいいじゃない。これ以上心配するのはよしましょう。このおかしな頭をほどいて、いつもの三つ編みにしてくれない？」

なんとしても帰らなければならない、とメグは思った。伝言には外出すると書いただけで、泊まるとは書いていないのだ。

「自分でおどくわ」

「いけません、殿下。もし触ったら、ハリバットのことを告げ口しますよ」メグのずる賢い脅しを聞いて、王女は動揺した。「そんなことはしませんわ。当然です。あの子はかわいいですし、殿下のお友達である理由はよくわかっていますもの。でも、どうぞ髪には触らないでください。変な感じがするかもしれませんが、よくお似合いですよ。そのままで待っていてください。動かないで」

一刻も早く伯爵にお目にかかり、困っている事情を説明したほうがいい。

メグはクロゼットのそばへ行き、ふさわしい服が見つからなかったらどうしようと思いながら扉を開けた。実際、そこにかかっているほとんどの服は灰色であるうえ野暮ったかった。だがメグはあきらめなかった。一枚一枚調べていき、ついに微妙に色合いの違う二種類の茶色の縞が入ったシルクのドレスを見つけた。メグはそれを引っぱりだし、派手な装身具がごちゃごちゃに入っている蓋のない箱をのぞいた。

「ドレスをお脱ぎになるのを手伝わせてください」メグは言った。「晩餐にはこれをお召しになるといいですわ」

「今着ているので充分よ」

「申しあげたとおりになさってください」メグは、王女の口もとにかすかな笑みが浮かんだような気がした。王女は立ちあがって背を向け、メグにドレスの紐をほどかせた。下着もまたぶかぶかだ。「一歩踏みだしてくださいませ」

王女は言われたとおりにし、メグに手伝ってもらってシルクのドレスを着た。スカートの裾《すそ》を渦巻きの形をした厚いサテンが縁どり、長くぴったりした袖《そで》は肩の部分がふくらんでいる。幸いにもこれはさっきの灰色のドレスほどぶかぶかではなく、レースの縁どりのある四角い襟ぐりは小柄ながらも均整のとれた体を引き立たせていた。

「よし」メグは満足して言った。「もう一度お座りください。ここに宝石箱を持ってきました。なかを見てよろしいですか？」

王女は肩をすくめたが、鏡のなかの自分を見てまんざらでもなさそうな顔をするのをメグは見逃さなかった。

「お似合いですわ」メグは言った。「若いご婦人には少し地味かと思いますけれど、殿下は繊細な方で、派手好きではありませんものね。さあ、これでよろしいですわ」

メグは少女の髪をつやが出るまでとかし、編んで結いあげ、長くほっそりとした首筋と小さな耳を見せるようにしたのだった。メグが見つけた真珠のちりばめられた鼈甲《べっこう》の櫛《くし》はスペイン製のようだ。メグはそれをデジレー王女の結いあげた髪のてっぺんにとめ、生え際に少しだけ髪を垂らした。

「おきれいですよ」メグは言った。

「ばか言わないで。早く晩餐の席へ行かないと、ジャン・マルクがまた召使いをよこしたあげく、わたしをしかりつけるに決まっているわ。この変なドレスを着て髪を結っているのは、彼があなたの働きに満足してくれればいいと思ったからなのよ」

ふたりは寝室を出た。メグは伯爵が喜ぶかどうかなど、もはや気にしていなかった。それほどは。伯爵に慈悲を請い、ロンドンへ帰してくださいと言おう。わたしの働きに満足してくれたなら、頼みを聞いてもらいやすくなるかもしれない。

「ああ、うんざりするわ。ここがもう食堂よ」王女は一階へ着くと言った。

お仕着せの服を着たふたりの召使いが両開きの扉を閉めたところだったが、王女とメグを見てあわててまた開けた。王女とメグが入っていっても、長いテーブルの向こう端にいる男女はまったく気づかないようだった。テーブルの両側にはゆうに十二人ずつは座れるほどの椅子が並べられている。

王女は腕組みして足を踏み鳴らした。

メグはどこかへ消えてしまいたかった。ここでさえなければ、どこでもいい。

伯爵の友人は彼の膝に座り、首に両腕をまわしていた。青紫のドレスを着ているせいで、そのご婦人の肌は青白く見え、胸のふくらみはメグが人前では見たことがないほど露出している。たっぷりとしたつややかな栗色《くりいろ》の髪は後ろでまとめられ、頭頂部に飾られた白い薔薇の蕾の下からいくつもの輪になってさがっている。額の両側に巻き毛が揺れていた。

メグは、料理を給仕するべく脇に控えている召使いのほうを見た。彼らはテーブルの端で抱き合っているふたりに気づいていないかのように、まっすぐ前を凝視している。

「レディ・アップワースは」デジレー王女が小声で言った。「ジャン・マルクと結婚したがっている未亡人よ。そんなことになったら、お父様は怒り狂うでしょうね」

メグは王女の話を聞きながらも、目の前で口づけがくりかえされ、ご婦人が伯爵の手をあらわな胸もとへ持っていく様子から目をそらすことができなかった。

「ジャン・マルク」王女は言った。声が大きくなる。「食事をしに来たわ」

伯爵の友人は彼の唇から唇を離し、声の主を振りかえった。彼女は伯爵の手を胸もとに置いたままでいる。そして笑いだし、ついには手で口を覆ってけたたましい笑い声を抑えようとした。

伯爵は困惑しているようだったが、それでも笑みを浮かべた。

「こちらにいらっしゃい、小さな王女様」ご婦人は言った。「アイラにそのお姿をもっとよく見せてくださいな」

「あなたも来て」王女はメグにささやいた。「一緒にいてちょうだい」

メグはテーブルの片側を王女について歩いていきながら、少し気後れがしていた。

華やかで美しいレディ・アップワースは伯爵の胸にもたれて両手の指を絡めた。「あら、まあ」彼女はデジレー王女が前に立つと言った。「まあ、まあ。おっしゃっていただければ、妹君のお支度はわたくしがしましたのに、ジャン・マルク。なんておかしな格好なの、かわいそうな王女様。いいわ、今後はわたくしがすべて面倒を見てさしあげましょう」

7

「シビル？　きみなのかい？」

暗さを増す宵闇《よいやみ》のなかで男性に呼びかけられ、シビルはびくりとした。誰にも見られずに外出できる時間を見計らってメイフェア・スクエアの中央にある公園に来ていた。そして、七番地と十七番地を見渡せるベンチを選んで腰かけていたのだった。

「シビル？」男はまた言った。さらに近くから聞こえる。「きみだろう？　返事をしておくれ」

男は七番地の前の石畳を歩いて庭に近づいてきた。背丈は人並みだが、がっしりとした体つきをしている。

シビルは目を閉じ、どこかへ行ってと念じた。短期間のうちに、なぜ二度も不幸に見舞われなければいけないの？　またいとこのウィリアム・ゴドリー・スマイスの姿は見間違いようもない。自分ではたいそう自慢にしている、あの野太い大声を聞き間違えるはずもない。

彼は門をくぐってまっすぐにシビルのところへ来た。「シビル・スマイルズ、こんな時間にひとりでこんな場所にいるなんて気でも違ったのかい？　どんな時間であろうときみをこんなところにひとりにしておくなんて、メグはなにを考えているんだ？　きみは世間知らずのお嬢さんだ。ロンドンはきみみたいに無垢《むく》な人の――もちろん、メグもそうだが――住むところではないと、折りに触れて忠告してきたじゃないか」

「こんばんは、ウィリアム」シビルは言った。この男は彼女たちの父親の死後、嬉々《きき》として相続した家に移り住んできてからというもの、なにかにつけてまたいとこである姉妹に説教をしてくるのだ。「ロンドンでなにをしているの?」

「ぼくが先に質問したんだから、質問で返すのはやめてもらいたいね。女性がふたりだけで暮らしたりしているから、こういうことになるんだ。きみたちみたいな育ちのいい女性がロンドンでふたり暮らしとは。こんなことを許しておくわけにはいかない。ともかく朝まで待とう。それからきみたちを故郷のパックリー・ヒントンへ連れて帰る」

ほかのときなら、ウィリアムが彼女とメグにとって恐れるに足りない存在だとわからせてやるところだった。彼などまったく恐れてはいない。だが今、シビルは彼を追い払うことで頭がいっぱいだった。メグが戻ってこないというゆゆしき事実を、そもそもメグが留守であるという事実を知られてはならない。さもないと彼はいっそうしつこくなるだろう。

「さあさあ、来るんだ」ウィリアムは身をかがめてシビルの腕をとった。「ただちにメグと話をしなければならない」

「妹は病気なの」どうか嘘《うそ》が許されますように。

「病気? 馬みたいに丈夫なのに。なんの病気だい?」ウィリアムの力があまりに強くて、シビルは腕を振りほどくことができなかった。それで彼女は仕方なく立ちあがった。「おお、そういえば。ここへ来たのはそのためだというのに、忘れっぽくて困る。バーリントン・アーケードでの恐ろしい出来事のことだ。危うく殺されそうになったと聞いて、心臓がとまるかと思った。それでとるものもとりあえず、きみたちの力になるために駆けつけたのさ。メグは殺されかけたショックで寝こんでいるんだね。ここに来たのは正解だった。ぼくの言うとおりにしてもらうよ」

鼻持ちならない男。あら、わたしとしたことが。心配のあまり心のゆがんだ人間になりさがってしまったようだ。「メグは風邪を引いていて咳《せき》がひどいの。今は寝ているわ。安静にしていなければならないの。お医者様が、治すには睡眠をたっぷりとることだとおっしゃっていたわ。あの出来事は関係ないのよ。あれはただの事故ですもの」

「誰が事故じゃないと言ったんだ？」ウィリアムが鋭い調子で尋ねた。「なにかぼくに隠していることがあるんじゃないのかい？」

「いいえ、まさか。ただ、あなたがそう思っているような口ぶりだったから……メグの事故のことをどうして知っているの？」

「わかっているくせに」ウィリアムは身をかがめてシビルの顔をのぞきこんだ。「百聞は一見にしかずというのは確かだ。バッグズ牧師が言うには、メグには彼がわからなかったそうだが、ぼくはそれは思い違いだろうと言ったのさ。だが彼のほうが正しかったようだ」

ウィリアムがなんの話をしているのか、シビルにはさっぱりわからなかった。「バッグズ牧師？　パックリー・ヒントンの？　メグはいつ彼のことがわからなかったんですって？」

「むろん、事故が起こったときだよ。哀れなバッグズ牧師は教会の用事でロンドンにいたんだ。メグがあんな目に遭ったのを見た驚きを考えてもみてくれ。彼は駆けつけて、メグの手を握った。ところがメグには彼がわからなかったそうだ。彼が村に来た当初から知っているはずなのに、どういうわけだろうね？」

「わたしたちが子供のころ、お父様は彼に親切にしていたわ。よく覚えている。お父様が亡くなってから、彼は村に来てあなたの厚意であの家に居候することになったのよね」シビルはウィリアムに言った。「それからまもなく、わたしたちは故郷を出てしまった」

「だから会ってもわからないと？」

これ以上とぼけるのは無理だ。「わたしならわかるでしょうね」

「もちろん、きみならそうさ。メグはどこか悪いんじゃないのかな？　だからぼんやりしていて、馬車道へ出てしまったんだよ」

「違うわ」シビルはそう言ったが、ウィリアムの意見を聞いて恐ろしくなっていた。「メグは風邪を引いているの。ほかに悪いところなんてないわ」そうだといいけれど。メグが今どこにいるにせよ。

「きみがそう言うならそういうことにしておこう」ウィリアムは保護者気どりでシビルの腕をとって広場から連れだした。「きみたちが経済的に逼迫《ひっぱく》しているということはわかっているんだ。そうなった責任の一端は、メグのおかしな行動にあるんじゃないのかな。だが、ぼくが義務を果たす決意をしたからにはもう心配はいらない」ウィリアムは通りを渡って石畳へとシビルをせかした。「メグには明日の朝、ぼくらの計画を話そう。それまでぼくはきみのところの客間で眠らせてもらう。もうひと晩たりとも、きみたちをふたりきりにはしておけないからね」

メグがいてくれたらいいのに。メグならまたいとこに対して毅然《きぜん》とした態度をとり、自分の意思で帰るのだと思いこませて彼を体よく追い払うすべを心得ているのに。

ふたりが七番地の屋敷の表階段をあがると、玄関扉が勢いよく開いた。アダム・チルワースがいつにもまして険しい顔で立っている。

ウィリアムは不満そうな声をあげた。

「彼女はまだ戻ってこないんだな?」アダムは言った。「こちらは?」

「またいとこのミスター・ウィリアム・ゴドリー・スマイスよ」シビルは答えた。アダムにこれ以上メグのことを言わせないようにする方法を必死に考える。

「ほう」アダムはウィリアムにそっけなくうなずいてみせた。「彼はこの近くに住んでいるのかい?　彼のことなど一度も聞いたことがないが。いろいろと力になってくれているんだろうね」

「この人は誰だい?」ウィリアムはシビルをなかへ通し、帽子を脱いで尋ねた。

「アダム・チルワースだ」アダムは言い、ウィリアムを頭から爪先まで眺めた。「7Cに住んでいる。シビルとメグはぼくの友人だ」

「同じ屋敷に下宿する仲間というわけか」ウィリアムはそこそこ見栄えのいいまっすぐな鼻にしわを寄せた。「ほかに共通することなどひとつもなさそうだ」

シビルがアダムに向かって申し訳なさそうに肩をすくめてみせると、彼はにっこりした。アダムがごくたまに笑顔を見せると、誰でも心を奪われずにはいられない。少年のように若々しくハンサムな顔になり、瞳がきらきらと輝くのだ。

アダムの笑みは表れたときと同じように突然消えた。アダムは言った。「彼女が帰ってくる気配はないんだね?　最初に思ったとおり、事実を確かめに行くべきだった。ともかく、万一の場合に備えて庭にいるきみを見張っていたんだ」

「万一の場合とは?」ウィリアムが言った。美しい金髪が輝き、目には怒りの色が浮かんでいる。

「シビルを救いに行かなければならない場合だよ」アダムは言った。「あんたが近づいてもシビルが気絶する様子はなかったから、知り合いなんだと思ったのさ。そうでなければ駆けつけて、あんたを殴り倒していただろうよ」

ウィリアムは目を丸くしてアダムを見た。「シビルは誰かを待っていたんだな？　誰をだ？　きみも——きみたちふたりは誰かを待っている。誰がいなくなったんだ？」

アダムの頬に赤みが差した。

「言いたまえ」ウィリアムが命じた。

仕方がない。ウィリアムには死んでも知られたくないと思っていることをアダムの口から言わせるわけにはいかなかった。「メグは仕事に応募したの」シビルは言った。「お相手役の仕事にね。今朝、面接に出かけたわ」

「もっと前に、バッグズ牧師が目撃したことを教えてくれた時点で駆けつけるべきだった」ウィリアムはその場をうろうろした。七番地の住人がひとり行方不明だということと、メグが仕事に応募したということのつながりに、まだ気づいていないらしい。彼はシビルに向かって言った。「メグは頭がどうかしてしまったんだ。すぐに話をしなければ。ぼくは客間で待っているから、彼女を起こしてくるんだ」

「できないわ」シビルは消え入りそうな声で言った。「メグは雇われることになったの。そしてその……新しい女主人と出かけて……それで、まだ帰ってこないのよ」

8

まったく困ったものだ。アイラにこんな嬌態《きょうたい》を演じられるなんて。よりによってミス・スマイルズの前で……むろん、デジレーの前でもあるが。「ふたりともかけたまえ」ジャン・マルクは言った。そして、できる限りの威厳を持って――威厳など形なしだが――アイラを膝からおろして右側の椅子に座らせた。「デジレー、おまえはわたしの左側に来なさい。ミス・スマイルズはおまえの隣の席だ」

デジレーの外見に対して侮辱的な発言をしたのはよくないとしても、アイラだけが悪いわけではない。このようなことが二度と起こらないようにしなくては。

憤慨する気持がふくれあがってきたことに、ジャン・マルクは驚いた。アイラに対して怒っているわけではない。えい、いまいましい、わたしは満たされたいのだ。目的に向かって歩いていきたいのだ。わたしは……わたしは誰かを好きになりたい。そして、相手もまたわたしのことが好きで、わたしの一挙手一投足に最大の関心を払っていることを感じたい。

ジャン・マルクははじめて頭に浮かんだ考えを振り払い、デジレーに笑いかけた。デジレーは彼の隣でうつむき、頬を真っ赤にしている。外套《がいとう》とボンネットを脱いだ黄色いドレス姿のミス・スマイルズがその隣に腰かけた。やはりうつむいているが、疲れているように見受けられる。ミス・スマイルズの態度は控えめだが自信に満ちている。彼女は場所柄をわきまえているのだ。

ジャン・マルクは興味を引かれた。「アイラ」彼は言った。「ミス・メグ・スマイルズに会うのははじめてだね？　前にも言ったとおり、彼女はデジレーの相手役を務めることになった。ミス・スマイルズ、こちらはレディ・アップワースだ」

「ミス・スマイルズはとてもよくしてくれたわ」デジレーは早口で言い、アイラを冷ややかに一瞥《いちべつ》した。「わたしにはいとつも取り柄がないのに、一生懸命努力してくれるし、親切にしてくれるの」

「落ち着きなさい。それからHを発音するのを忘れてはいけない」ジャン・マルクは妹をたしなめた。「ミス・スマイルズはおまえの取り柄をいくつも見つけ、自分の役目を充分に果たしてくれた」ジャン・マルクはそう言いながら、ミス・スマイルズの反応を興味津々で見守った。彼女は不審に思えるくらい瞳をきらきらさせてデジレーのほうを見た。「デジレー、おまえが髪を大人の女性のように結いあげたらきれいだろうと思っていたんだ。ドレスも似合っているよ。若い娘がこんな地味な色を着るとは意外だが、よく似合っている。大いに満足だ」彼はアイラのほうを見ようとはしなかった。

「ありがとう」デジレーは彼にほほえみかけた。妹が笑顔を向けたことなど、かつてあっただろうか？　デジレーはさらに続けた。「もうひとりのミス・スマイルズに音楽のレッスンをしてもらうのが楽しみだわ。有能な相手役が見つかってわたしたちは幸運ね」

「それはよかったこと」アイラは狼狽《ろうばい》しているらしく甲高い声を出した。「その方たちが気に入ったならわたくしもうれしいわ、デジレー。でも、わたくしでよければ、いつでも力になってよ。さまざまな事柄について助言が必要になるでしょうから、喜んで相談に乗らせていただくわ」

話がよくない方向に進んでいる、とジャン・マルクは思った。「それはあとで話し合おう」彼はアイラに言った。「デジレーにとってはすべてがはじめての経験なんだ。考えなければならないことが山ほどあるし、必要なことを身につける時間も限られている。今はミス・スマイルズひとりに任せるのがいいだろう」

「そうね」アイラは言った。がっかりしていらいらしているようだ。「まあ、スープのいいにおいがするわ。ああ、おなかがすいた。ジャン・マルク、あなたといるといつも飢えているような気分になるの」

ああ、まったくそのとおりだ、とジャン・マルクは思った。

「ジャン・マルク」デジレーが言った。「ミス・スマイルズはここに泊まるつもりではなかったんですって。お姉様が心配しているだろうって気をもんでいるわ」

彼はスープ用のスプーンを置いた。「姉上には伝言を届けたと思っていたが、違うのかい、ミス・スマイルズ？」

ミス・スマイルズの胸がドレスの深い襟ぐりのなかで盛りあがった。彼女がごくりとつばをのみこむと、喉が動くのがわかる。「はい。ですが、こちらにいるのはほんの二、三時間だと考えていました。日が暮れる前にロンドンへ帰るものと思っていたんです」

ジャン・マルクは赤い髪に魅了されていた。「ヴェルボーがきみをお誘いしたはずだ。きみと妹を。そのとき、こちらに泊まることを姉上に知らせるよう伝えたと思うが」

「彼は泊まるなんて言わなかったわよ」デジレーははしゃいでいるような声で言った。王女とヴェルボーは対立しては楽しんでいる。「わたしがそのことを考えつけばよかったんだけど。ヴェルボーはお兄様と一緒にリバーサイドへ来るようにとしか言わなかったわ。わたしはここにいろいろと置いているから、泊まるかどうかの心配なんてしなかったし」

ヴェルボーときたら、いつもややこしいことをしてくれる。あの恥知らずはデジレーとミス・スマイルズを誘ってみろと主人から言われたのに、ふたりには来るようにと命じたのだ。人に命令できたことに満足するあまり、こちらに泊まることを伝え忘れたのだろう。メイフェア・スクエア十七番地の留守を守ってもらうためにロンドンに残してきたのが悔やまれる。

「ジャン・マルク」デジレーが言った。「ミス・スマイルズを安心させてあげて。彼女は優しいから、人のことをとても心配してしまうのよ」

デジレーがミス・スマイルズを気に入ったのはうれしいが、どこかおかしい気もする。デジレーは今まで友達をつくろうとはしなかった。実際、誰に対しても、よそよそしく気難しい態度をとっていたのだ。

「ミス・スマイルズは本当にいろいろなことを知っているのよ」デジレーは言った。「わたしがなにを尋ねても、確信を持って答えてくれるの。それに器用だわ。わたしに、ほら、水彩画も教えてくれるのよね、ミス・スマイルズ?」

「ええ」ミス・スマイルズが言った。デジレーの話は耳に入っていないらしい。敬愛する姉のことが心配でなにも考えられないのだろう。

「今夜ロンドンへ帰れると言ってあげたいところだが」彼は優しく言った。こういった問題は、普通の男にとっては複雑すぎる。普通の男が興味を持つことにしか興味のない普通の男にとっては。「もう日が暮れているのはわかっているね? こんな時間に馬車で出かけるなど論外だ。そしてきみは自分のことを心配する必要はない。すべてわたしの責任だ。夜が明けたら、姉上のもとへ使いの者を行かせよう。姉上にはわたしから謝る。せっかくすべてうまく運んでいたのだから、それまではどうかくつろいでほしい。きみのおかげで肩の荷がおりた。きみのような人に出会えるなんて、わたしたちは幸運だ。きみとわたしとで、デジレーを社交界へ送りだしてやろう。実のところ、わたしたちは非常にうまくやっていけると確信しているんだ」

「気をつけたほうがよくってよ、ジャン・マルク」アイラが彼にもたれかかり、声をひそめて言った。「彼女のことはほとんど知らないじゃない。あなたはすぐに人を信じすぎるわ。彼女とはほんの二、三時間前に会ったばかりでしょう。キルルード子爵夫妻と本当に知り合いかどうか、怪しいものだわ」

アイラが伯爵に身を寄せてひそひそ話す横で、デジレーもまた兄のほうへ首を傾けてひとこともらさず聞いていた。不幸にも、レディ・アップワースはそれに気づいていない。

「アイラ」デジレーは相手に聞こえるようにささやいた。「ミス・スマイルズは危険だと思う？」

ジャン・マルクはアイラを見た。彼女が眉をひそめて言う。「大いにありうるわね。あなたが賢明にもそういう疑いを持ってくれてうれしいわ」

「ありがとう」デジレーがかすれた声で答えた。「彼女を逮捕させたほうがいいかもしれないわ」

妹とレディ・アップワースが額を寄せ合ってメグ・スマイルズをどうすべきか相談しているあいだ、ジャン・マルクは椅子の背にもたれて腕組みしていた。あとでデジレーをしからなければいけない。だが今はアイラが、妹から見せかけの信頼を寄せられてひどく気をよくしている。

うなずき合い、手ぶりをまじえて話しこむふたりの女性の頭越しに、ジャン・マルクはミス・

スマイルズの瞳を見つめた。彼女の瞳は輝き、口もとにはかすかな笑みが浮かんでいる。

「警官を呼ぶべきかしら?」デジレーが尋ねた。

ミス・スマイルズの瞳は表情豊かだ。彼はもっと近くで見てみたいと思った。

アイラは巻き毛を弾ませて言った。「警官をここへ呼ぶのは難しいと思うわ。でも……」

ミス・スマイルズはきれいな歯をしている。今ちらりと見えたのだ。彼女がジャン・マルクを見たので、ふたりは笑みを交わした。見知らぬ人間を雇うことの危険を肝に銘じておかなければ――いつかそのうちに。

ミス・スマイルズのカールしたまつげはとても濃く、瞳の輝きを際立たせている。特にまばたきしたときはそうだ。彼女はゆっくり目をしばたたき、まっすぐに彼を見つめた。

メグのほうも、伯爵を見つめ、彼から見られることを楽しんでいた。ふたりが分かち合うことのできたうれしい一瞬だ。伯爵が意図したわけでもメグがそうしたわけでもないが、王女を除けば誰もが無邪気に喜びを味わっている。忘れられない瞬間だ。ばかね、伯爵のお顔、そしてあの頼もしいお姿を忘れられる女性なんていないわ。

伯爵はわたしたちが見つめ合っているとは気づいていないのだろう。無表情な顔からして退屈しているに違いなかった。あれほど雄々しい方が女のくだらないおしゃべりに興味を持つはずはないし、一時的に雇っただけの人間に目をとめるはずもない。

「わたくしからジャン・マルクに言うわ」アイラが王女に言った。

「いいえ、わたしの口から言わせて」

この少女をあなどってはいけない、とメグは思った。

ミス・スマイルズが目をそらしたので、ジャン・マルクはがっかりした。部屋を出ていきたい。彼女の手をとってこの部屋を出て、ふたりきりになれる場所へ行って話をしたい。話す？　それは考えものだ。理由もわからず心をかきたてられる女性とふたりきりになって、話がしたいだと？　体の具合でも悪いのだろうか？

スープがさげられ、次の料理が並べられる。ジャン・マルクはそれを気にかけてもいなかった。伯爵がかぶりを振った。そしてますます深刻そうな顔になった。メグには彼が当惑しているように思えた。今夜シビルのことを心配する以外なにもすることがなかったら、瞑想《めいそう》をして心を静めよう。そしてエトランジェ伯爵についてじっくり考えてみよう。もちろん、論理的に。

要するに、わたしはミス・スマイルズとふたりきりになりたいのだ、とジャン・マルクは認めた。そうだ。まさしくそうなのだ。彼女とは今朝はじめて会い、わたしのやりたくないことをやってくれると確信したから雇い入れた。そして今夜、彼女とふたりきりになりたいと願っている。心から愛せる女性にめぐり合ったのかもしれない。わたしはどうかしているに違いないが、とても心地よい幻想にとらわれており、われに返りたくない。むろん、こんなものはよくある気の迷いだ。それ以上のものでないにもかかわらず、わたしはこの気持を楽しんでいるらしい。

「まあ、アイラ、意地悪な人ね。冗談で言っているのかと思っていたのに」妹が大きな声を出した。「もう！　わたしったらばかみたい。ミス・スマイルズに対するあなたの印象を変えようとして、冗談につきあっていたのよ。いじめるなんてひどいわ」テーブルにいる意地悪な張本人、デジレー王女はメグのほうを向いて言った。「わたしたちを許してね。暇な人間はこういうばかな冗談を言うくらいしか楽しみがないのよ」

「本当に」レディ・アップワースは真っ赤になって言った。「ああ、かわいそうなミス・スマイルズ。なにも持っていらっしゃらなかったわよね。でも心配なさらないで。わたくしの持ち物を貸してさしあげるわ。メイドにあなたの部屋まで届けさせるから」彼女は給仕を呼び寄せてなにごとか耳打ちした。

その給仕がメイドになにか言うと、メイドはすぐに部屋を出ていった。

メグは礼を言い、レディ・アップワースの言う〝持ち物〟を想像してみた。どんなものであれ、わたしに合うとは思えない。メグはこっそりレディ・アップワースの見事な体に目を走らせてから、わが身を見た。

ジャン・マルクはミス・スマイルズの視線を追って彼女の考えを察した。アイラが貸してくれる服が、ある部分に関しては大きすぎると感じているらしい。彼にはそうは思えなかった。

給仕がジャン・マルクの肩越しになにか耳打ちした。彼がよく理解もせずにうなずくと、皿がさげられ、次の料理が運ばれてきた。

「あまり早起きしてはいけないよ、ミス・スマイルズ」彼は言った。「くつろいでくれたまえ。姉上には朝いちばんに伝言を届けさせるから、われわれと一緒にリバーサイドを満喫するんだ」

メグはさがってよいと言われているのだと悟った。料理にはほとんど手をつけなかったが、空腹は感じない。彼女は席を立ち、三人に向かって膝を曲げてお辞儀をした。伯爵はテーブルに頰《ほお》杖《づえ》を突いている。なんてまじまじとこちらを見ているのだろう。しかも、かすかに笑っている。

メグはきびすを返して戸口へ向かった。エトランジェ伯爵は、わたしを滑稽《こっけい》に思ったのだ。

メグ・スマイルズの背後で扉が閉まるやいなや、デジレーは席を立った。そしてアイラをしげしげと見て言った。「わたしが晩餐《ばんさん》の席に来たとき、あなたはわたしを侮辱するつもりなどなかったと信じてあげる。ミス・スマイルズは美しい人よ。特別な美しさがあるわ。それであなたは自信を失ってしまったのね。混乱してよく考えもせずあんなことを口にしたんでしょう。許してあげるわ」

アイラはジャン・マルクのほうを見て言った。「妹君にもっと厳しくなさるべきよ。気難しくなる一方だわ。いくら身分が高くても、こんなに傲慢《ごうまん》では殿方が寄りつかないと思うけれど」

ジャン・マルクは言った。「行きなさい、デジレー。明日もまた忙しいんだ。ゆっくりお休み」

デジレーは素直にその場を離れたが、兄の言葉を聞き逃さなかった。

「デジレーは寛大にも、ひどいことを言ったきみに口実をくれたんだ。きみこそデジレーに感謝すべきじゃないか。それに、きみはわたしの客としてここにいるのであって、わたしの妹を教育するためにいるのではない。なにごとにおいてもね」

デジレーは階段をあがって自分の部屋のほうへ飛んでいった。そして、寝室の窓辺に座ってハリバットを抱いているミス・スマイルズを見つけた。腰かけのなかにあった毛布をドレスにかけ、ハリバットの柔らかい頭を口もとに近づけて優しくささやいている。戸口にいるデジレーにも猫が喉を鳴らす音が聞こえた。

「まあ」デジレーは言った。「うれしいじゃない？　あなたのほうがほんの数分早く来ただけなのに、わたしの浮気な猫は喜んであなたの胸に飛びこんだわけね」

ミス・スマイルズははっとして猫をおろした。

「あら、本気で言ったんじゃないのよ」デジレーは言った。「ああ、疲れた。ああいう会話は苦手なの。特にレディ・アップワースみたいな愚かな人が相手だと」

メグは答えなかった。王女について部屋を歩いてまわる。室内履きがあちらへ脱ぎ捨てられ、ストッキングがこちらへ落ちた。櫛《くし》が化粧台に置かれ、ピンが次々にはずされる。

デジレーは編まれた髪をくしゃくしゃにほどくと、うめき声をもらして頭をかいた。それから振り向いてメグに言った。「ドレスを脱がせて」そのドレスもたちまち床にほうり投げられた。王女はレースの縁どりのある丸襟の子供っぽいナイトガウンを、首まできっちりボタンをとめて着こむと、ハリバットを抱きあげた。そして立ちどまって顔をしかめた。「まあ、大変。忘れていたわ」少女は猫をおろして部屋着を探した。

「なにをなさるおつもりです?」

デジレー王女はいらだたしげに手を振った。「あなたってなにも知らないのね。この子は用を足したがっているのよ。だから、させに行くの。隙《すき》を見て横の出入口から外へ出るわ。この階から下へ行ける階段があるから。あなたはここにいて」

「そういうわけにはいきません」メグは反論した。今までにないほど疲れていたが、王女についで廊下を急ぎ、突きあたりのなにもない小部屋へ入った。ゴシック様式の出入口があり、そこから真っ暗な屋敷の庭へ続く階段がのびている。デジレー王女とメグはぴったりくっついて足早に階段をおりた。王女は猫を地面へおろした。メグは目を閉じた。王女は、猫が闇《やみ》のなかへ逃げてしまったと大騒ぎするに違いない。

「早く《ヴィット》、早く《ヴィット》」王女は命じた。

「早くと言われても――ほかのどんなことを言われても、猫にはわからないと思いますわ」

「あの子は絶対にわかっているわ」王女はぴょんぴょんと飛び跳ねた。メグは王女が裸足《はだし》でいるのに気づいてぎょっとした。「ヴィット、ハリバット、ヴィット。ほらね、いい子でしょう？ ちゃんと言われたとおりにするわ。だめよ、ハリバット、まだすんでないじゃない。たっぷりしなさい。ヴィット。朝まで外へ出られないんだから、この機会に充分しておかなきゃ」

「風邪を引きますよ」メグは言った。「裸足ではありませんか」

「ふん！ わたしは雄牛並みに丈夫なのよ。不器量なことでも雄牛並みだけど。父に聞いてみたらいいわ」

「ハリバットは用がすんだみたいですわ」メグは、娘にそれほど残酷なことを言う父親に対しての非難をのみこんだ。「階段をあがってください。ハリバットはわたくしが抱いていきますから」

猫の毛は冷たかったが、鼻をなめてくる舌はあたたかく、ざらざらしていた。

デジレー王女はハリバットを上掛けのなかへ入れて素早く寝台にもぐりこんだ。メグはとがめる気になれなかった。「しばらくお話し相手になりましょうか？ それとも本を読みますか？ 聖書かなにか」

「今日はつき添ってくれてありがとう」デジレーは言った。目はすでに閉じている。「もう寝るわ。自分の部屋はわかっているでしょう。おやすみなさい」

さがってよい、ということね。メグは王女が見ていないとわかっていても丁寧なお辞儀をし、部屋をあとにした。シビルがどんなに心配しているかは努めて考えないようにする。シビルお姉様が十七番地の邸宅を訪れて事情を確かめてくれたらいいのに。でも、わたしを怒らせると思ってそういうことはしないだろう。

メグは自分に割りあてられたすてきな居間に入った。ここもピンクで統一されているが、菫《すみれ》の花模様が至るところに見受けられる。ハリバットの散歩のせいでまだ体が冷えていたので、暖炉に火が入っていることに感謝しながら手をかざした。

「どう頑張っても、今夜シビルお姉様のもとへ戻ることはできないのよ」声に出して自分に言い聞かせてみたが、不安は少しもおさまらなかった。寝台へあがって瞑想をしよう。神秘的だからという理由から始めた瞑想を、今こそ本来の目的のために使うことができそうだ。

寝室でも暖炉に火が燃えていた。淡い緑色で統一され、フランス製の金色の家具が置かれている。メグは思わずうっとりし、たったひと晩しかここで過ごせないのをちょっぴり残念に思った。

メグは高い寝台に広げられている服に気づき、不安と期待の入りまじった気持で近づいた。自分ではシュミーズで寝るつもりでいたのだった。

そこに広げられているネグリジェとローブはとても淡い桃色だった。どちらの襟もとにも銀色の木の葉が刺繍《ししゅう》され、襟ぐりはV字に深くくれている。ローブには小さな銀のボタンが並び、V字形の襟の先端から銀色のサテンのリボンがさがっている。寝台のそばの床には同じ桃色をした柔らかな室内履きがきちんと並べられていた。

メグは生地に触ってみた。上等な布を扱うのには慣れているが、自分が着るのははじめてだ。このゆったりしたネグリジェとローブを着たら、シュミーズ一枚よりはるかに寝心地がいいだろう。レディ・アップワースが親切にも貸してくださったのだから、着てみなければ失礼じゃない？

メグはいつもひとりで身支度をするので、手早く自分の服を脱いで美しい服を頭からかぶった。ネグリジェはふんわりと肌に触れてとても柔らかく、まるで綿ではなくサテンのようだった。ローブは贅沢《ぜいたく》の一語につきる。メグはボタンをとめ、深くくれた襟もとのサテンのリボンを結んだ。あまりにも襟が開いていて、胸が見えそうだ。

かがんで銀の縁どりがある室内履きに足を入れ、すぐに体を起こした。このネグリジェとローブはおよそつつましくない。

メグは用意されていた洗面器で手と顔を洗い、髪をとかし、ポーチからマンティーラをとりだして居間へ急いだ。眠る場所で瞑想するのは難しい。眠気と闘うのに必死になるあまり、集中できないからだ。部屋は暗かったが、なにも見えないほどではなかった。

とてもあたたかいので、眠らずにいるのが大変だ。メグは暖炉から離れたところを選んで絨《じゅう》毯《たん》に座った。借りものの美しいローブの裾《すそ》を丸く広げ、ネグリジェの下の脚を引き寄せて組む。

「自分の心に逆らわない」彼女は言った。「んんんん」声が喉を振動させる。「心を自由にさまよわせ、準備ができたら引き寄せる」

マンティーラを頭と肩にかけたメグは、体のなかから白い光が発せられ、それが体内を満たし、血管を駆けめぐるところを想像した。光が体をあたため、緊張を解き、どんどんわきあがっていく。

突然光が消えた。シビルは今ごろなにを考えているだろう？　きっと寝ていないに違いない。思い浮かんだ唯一の希望はアダムだ。頑固で強情な彼なら、十七番地へ行くと主張したかもしれない。メグは歯ぎしりした。わたしの居場所を教えろと言って、ひと騒動起こしただろうか？

シビルお姉様は心配しているに違いないけれど、すぐに朝になり、使いの者が彼女を安心させてくれるだろう。伯爵が賢明にもおっしゃったように、今夜はなにもできないのだ。

今度は白い光がすぐにあふれた。メグはてのひらを上にして両手を広げ、体の力を抜いていった。鼻歌を歌いながら、まず脚から始める。筋肉を引きしめて、そのままの状態を保ってから一気に力を抜く。あたたかく気だるい感覚に襲われた。

心身を爽快《そうかい》にするこのすばらしい鍛錬を、誰もがいつか行うときが来るだろう。ばかね。また集中力がそがれてしまった。最初からやり直しだ。

「われここにあり」メグは息を吸いながらつぶやいた。息を吐き、またつぶやく。「われここにあり」また息を吸う。「われここにあり」吸って、吐いて。「われここにあり」吸って。

心の奥底へもぐっていくときにはほんの少しだけ痛みがともなう。薄いネグリジェとローブの下であぐらを組んだまま、メグは上半身を絨毯の上にぴったりつけた。四肢の付け根が引っぱられ、背筋が痛む。けれども脚からまた鍛錬を始める。引きしめた状態をしばらく保ってから力を抜く。そしてゆっくりと体の上のほうへ移っていった。

「われここにあり」

メグは心の平穏を得、おとなしい妻を求めている男性の関心を引こうとしていた。はじめは、神秘的な雰囲気と、生まれ持った肉感的な体を故意に見せつけることによって殿方を魅了する。それから相手につくして、その人のすることなすことにわたしが忠実で献身的であることをわかってもらう。そうすれば、彼はわたしがもたらした穏やかな生活を賛美するだろう。

その見返りに、わたしとシビルお姉様を今の苦境から救いだしてくれるに違いない。もちろんわたしたち姉妹は喜んで仕事を続けるけれど、もう暮らしの心配をする必要はなくなるのだ。

「われここにあり」メグはそうつぶやいて、また息を吸い、しばらくとめた。そして吐きだしながら暗い絶望感が吹き払われていくところを想像する。メグは両腕をめいっぱい広げた。「われここにあり」冷たい隙間風が体に吹きつける。

メグは目をつぶって、エトランジェ伯爵の暗く陰った真剣な表情を思い浮かべた。わたしは彼のことを知らない。まったくと言っていいほど。でも彼のことを知りたい。今のところ、彼はデジレー王女の世話から解放されたいという理由から、わたしを必要としているにすぎない。これから先もそうだろう。伯爵には伯爵の関心事があるだろうが、レディ・アップワースがそのなかに少しでも含まれているとは思えない。もっと不可解な、もっと深刻な問題を抱えているに違いない。

伯爵は親切だし、今日は何度か、興味を引かれたようにわたしをじっと見つめていた。でも、わたしのことを笑ったじゃない。わたしのことなど気にもとめていないに決まっている。そうでなければ、うれしいのに。世界じゅうのどんなものでも手に入れられるとしたら、わたしはエトランジェ伯爵を手に入れるだろうから。

メグは体を伏せてじっとしたまま、胸をどきどきさせていた。伯爵のことを考えるだけで、今まで感じたことのないほど興奮を覚える。でも、わたしたちは見ず知らずの間柄だ。そして、見知らぬ場所で出会った見知らぬ人間同士は、普通ではない早さで親しくなるものだ。

「われここにあり」息を吐くと、額を締めつけていた緊張感がゆるんでいった。「われここにあり」

冷気がまたメグの体を包んだ。彼女はネグリジェとローブの襟もとを広げて肩を出し、絨毯の上に伏せたまま上半身を弓なりにした。ほてった背中を、冷たい風が心地よく冷ましていった。ジャン・マルクは完全には閉じられていない扉の内側に立ち、メグ・スマイルズをじっと見つめていた。そして彼女にすっかり魅了されている自分に驚いた。彼女はこちらに背を向け、黒いレースに包まれた頭を揺らし、ゆったりした薄手のローブの下で脚を引き寄せて上半身を伏せている。腕は体の両側に広げられ、背中は弓なりになっていた。

ジャン・マルクの視線は釘《くぎ》づけだった。見たところ、彼女は目を閉じているようだ。ときおり「われここにあり」とつぶやき、体を緊張させて力を抜く。

ここへ来たのはほんの気まぐれだった。まわりからさまざまな要求を突きつけられる彼にとって、彼女だけがある程度対等につきあえる見こみのある特別な存在だった。

わたしは秘密の儀式を邪魔してしまったらしい。来てはいけなかった。すぐにここを立ち去るべきだ。

ミス・スマイルズが肩をあらわにした。ローブの襟が開かれ、たぶん、大きな胸がむきだしになったのだ。そう、豊満な胸がちらちらと燃える炎に照らされて輝いている。じきにすっかり見えるようになるのは明らかだ。

そう考えると、ジャン・マルクの下半身に活力がみなぎり、腿が引きしまった。下腹部が張りつめてかたくなり、解放を求めて脈打ち始める。

彼女は変わった女性だが、あばずれには思えない。見る限り、感じる限りでは。

メグの集中力は衰えた。彼女をとり巻く空間が揺らぎ、狭まっていく。部屋にはほかにもひとつ、かすかに熱を発するものがある。それに、流れる川とその土手で揺れる草の香りをはらんだ風を思わせるようなにおいがする。

メグはじっとして、かすかな音に耳を澄ました。ため息、あるいは誰かが思いだしてついた息だ。彼女は恐ろしくなって身をこわばらせた。

ジャン・マルクは気づかれずに立ち去れるとは思っていなかった。すでに彼女はこちらの存在に気づいている。

メグは体を前に倒した。指で軽く撫《な》でられたような、ぞくぞくする感覚が背中を伝った。これは想像ではない。別の誰かの意識が、肌に触れなくてもその存在を感じさせることのできる意識が、わたしに向けられているのだ。

炎に照らされて微動だにしない彼女。てのひらを上に向けて無意識のうちに哀願しているかのような彼女。無邪気に官能的な姿をさらしている彼女。ジャン・マルクはそんな彼女に心を動かされた。

静寂のなかにメグは彼の存在を感じた。

わたしはひとりではない。彼がここにいるのだ。

9

「許してほしい。邪魔をしてはいけなかったね」

メグはゆっくりと目を開けた。一メートルも離れていないところに伯爵が立っている。顔の見えない黒々とした人影はシャツの部分だけが白く光っていた。彼は上着を着ていないのだ。はしたないと思われずに、伯爵にここにいてくれるよう頼むには、どう言えばいいだろう？　「なぜここへ？」

「怒っているだろうね」ジャン・マルクはメグに欲望を覚えたせいで自分をさげすんでいた。「わたしのことをほとんど知らないのだから。わたしがこんなところにいて驚いただろう」

伯爵の低い声はかすかだが明らかにひび割れていた。興奮しているかのようだ。見ず知らずの男性にこんな気持を抱くのはひどく不道徳なことに違いない。遊び慣れた男性がほとんどなんの経験もない娘に仕掛けた危険な罠《わな》に自分から飛びこもうとしているなんて、わたしは愚かだ。

「ミス・スマイルズ、かまわないだろうか……」わたしはなにを頼もうとしているのかわかっているのだろうか？　なぜここへ来た？　わたしになんの恐れも抱かせないおもしろい娘との戯れを求めてだろうか？　結婚を迫られる恐れがないから？

メグはネグリジェとローブの襟をかき合わせてきちんと座った。人前に出る格好ではない。

「なぜここへいらしたのか教えてくださいませんか？」彼女はマンティーラを引きおろした。髪をほどかなければよかった。これではあまりに無防備すぎる。

「ぶらぶら歩いていたんだ」彼は言った。「どこへ行くあてもなかったんだが、気づけばきみの部屋の前に来ていた。そばに座ってもいいかな？」

伯爵がわたしのそばに座りたいですって？　メグ・スマイルズのそばに？　貧乏な孤児、生活のために服を縫うことを恥じているお針子、伯爵の差し迫った事情につけこんで経歴を偽ったおかげで雇ってもらった女のそばに？

「もちろん、だめに決まっている」ジャン・マルクはミス・スマイルズにというより自分自身に言った。「もう行くよ」ロンドンへ戻って彼女が仕事をやめたいと言ったら、わたしのせいだ。

「こちらへお座りください」メグは言い、彼が一瞬ためらってから近づいてくるのを見つめた。

「眠れないのですか？」

「ああ、ときどき」

伯爵は椅子には座らず、絨毯《じゅうたん》にあぐらをかいた。メグと膝が触れ合いそうなほど近くに。人は必ずしも爵位や特権によって変わるものではない。身分があるからといって謙虚でなかったり、貧しい者を見くだしたりするとは限らないのだ。そうではないだろうか？

エトランジェ伯爵はわたしと同じように黙っている。わたしと同じように言葉に窮しているのだろうか？

伯爵はなにを考えているのだろう？

「ミス・スマイルズ、非常識極まりない振る舞いをして本当に申し訳ない」ジャン・マルクはふいに笑いだしてしまい、そのおかげで気分が落ち着いた。「わたしの誠実さを疑わないとしたら、きみは思っていたほど賢くないようだ。わたしはすぐに立ち去って、ここに迷いこんだことを忘れようと努力するどころか、きみと向き合ってこうして絨毯に座っている。邪魔をしてしまったようだ。きみの……きみの邪魔をし、おそらくきみをおびえさせた。そうに違いない。笑ったりしてすまない。自分でも驚いているんだ」彼は両肘を突き、てのひらで顔を覆った。

できることなら伯爵を慰めてさしあげたい、とメグは思った。でも、そんなことをすれば無礼だと思われるだろう。

沈黙がおりた。

沈黙のせいで、どんな小さな音も、ささいな感情も、強く意識される。穏やかな息づかい。古い木がきしむ音。引きしまった肌に張りついている白いリネンがこすれる音。影ができて美しく見える手。炎に照らされた伯爵の髪。メグの脚とは違って長く筋肉質で、いけないとわかっていながら思わず触れたくなるような脚。彼女は伯爵にうっとりと見とれていた。

「なんの儀式をしていたんだい、ミス・スマイルズ？」

儀式？　そんなことをきかれるとは思ってもいなかった。「儀式ですって？　瞑想《めいそう》のすばらしさを体験していたところです。体の鍛錬と組み合わせて。気持を落ち着けると、心が穏やかになって、いつも安らかでいられるんです」

「いつも安らかで？」瞑想だと？　謎《なぞ》めいたおてんば娘だ。話には聞いていたが、男だけが興味を持つものだと思っていた。

メグは少し笑って言った。「とはいっても、すぐに気が散ってしまいますし、常に安らかな気持ではいられません。でも、ひとりで考えごとをするにはいい方法ですわ」

「なるほど」理解したことにしよう。「きみにもうひとつやってもらいたいことがある。心を穏やかにする方法をわたしに教えるんだ。もちろん、もっとあとでかまわない」

「いたしますわ。喜んで」

ジャン・マルクは、彼女のほうを見るという危険を冒すつもりはなかった。いかに彼女との親密なまじわりを欲しているかを悟られてしまう。アイラと不愉快な言い争いをしたあとで酒を飲みすぎたようだ。

ミス・スマイルズがそっとかすめるように彼の髪に触れた。彼女の動く音を聞き気配を感じなければ気づかなかっただろう。彼女は一瞬ためらってから手を引っこめた。

「おっと、だめだ」ジャン・マルクは言い、彼女の手首をつかまえた。「慰めようとしておきながら、すぐにやめてしまうなんて。手を握ってもらいたいんだ。さあ、きみのてのひらをわたしの手に重ねて。きみの穏やかな心と安らかな気持を感じられたら、わたしも少しはそうなれるかもしれない」

メグは震えた。伯爵がメグの手をとり、自分の左のてのひらと彼女の右のてのひらを合わせた。伯爵がわたしを誘惑しようとしているなら、わたしがやっとの思いでしがみついている理性を奪い去ろうとしているなら、彼は成功したのだ。理性ははがれ落ちんばかりになっている。

「冷たい」伯爵が言った。メグは自分の手のことを言われているのだと気づいた。

伯爵が指を絡めてきた。ふたりはじっとしたまま手をのばして相手に触れていた。メグの腕は肩より高くあがっている。彼女の腕に力が入らなくなると、伯爵は無意識に腕に力をこめて支えた。

「あなたはあたたかいんですね」メグは言った。彼が聞いているかどうかわからなかった。伯爵は空いているほうの手でメグのあげている腕を撫《な》でた。とてもゆっくりと、思いをこめて。あまりにも多くの感覚が押し寄せてきて、メグは圧倒された。彼が言った。「心を穏やかにしてもらった代わりに、あたためてあげよう」

ジャン・マルクは彼女の手を両手で包みこみ、自分のふくらはぎに載せた。すでに本来の関係をはるかに超えた振る舞いに及んでしまったのだ。彼女とともに無邪気な時間を過ごしても害はあるまい。

わたしは無邪気でいられるのだろうか？

「ここに一緒にいるなんて許されませんわ。伯爵、そうでしょう？」正直にならなければ、今夜与えられたいと思っている喜びは奪われるだろう。

「許されないなどと思わなければいい。自分が何者かを忘れ、相手との違いを忘れ――違わないのかもしれないが――相手に与え、相手から受けとることを自らに許せばいい。そうすれば、わたしたちの行為は許されるだけでなく必要になる。それから、わたしたちはほんの数時間前に会ったばかりだということも忘れなければならない」彼は天井を仰ぎ、息をめいっぱい吸いこんだ。「わたしはモン・ヌアージュとイングランド、そして望まれることと望むことの板挟みになっている。わたしの肩には責任が重くのしかかっているんだ。まわりの期待には応《こた》えたい。しかし、わたしの心は別のことを求めていて、どうしたらいいのかわからないんだ」

「伯爵」ミス・スマイルズが穏やかに言った。「お苦しみはわかります」

ジャン・マルクは彼女の言葉を信じた。「これはごく個人的な問題だ。わたしの本当の気持を少しでも誰かに打ち明けたのははじめてだよ」

「なぜわたくしに打ち明けられたのですか？」なんでも真に受ける人間でない限り、そう尋ねずにはいられないだろうとメグは思った。「わたくしのような見ず知らずの人間に」

「きみが見ず知らずの人間だって？」ジャン・マルクは笑みをもらした。「確かに何時間か前にはそうだったが、ここでは」そう言って自分の胸をたたく。「ずっと前からきみのことを探し求めていたような気がする。ああ、そうとは気づかなかったが、今ならわかる。きみには親しみがわくんだ。親しみがわく一方で謎めいていると感じる。きみのことを知りたい……メグ、きみのことをもっとよく知りたいんだ」

伯爵がわたしを名前で呼んだ。彼の舌が紡ぎだしたたまらなく甘美な響きに衝撃を覚える。胃がひどく締めつけられ、めまいがした。あとになって衝動に身を任せたことを後悔するかもしれないが、今は彼の誠実さを信じよう。

「髪がとても豊かだ」伯爵がそう言って少年のように首をわずかにかしげたので、メグは唇を噛《か》みしめた。「わたしが口にするようなことではなかったね。すまない。だが、きみの髪を賞賛せずにはいられないんだ。その柔らかい髪に指を差し入れたくなる。わたしのほうを見てくれ、メグ。怖がることはない」

マダム・スザンヌ特製の〝見事な赤毛になる染料〟のことも、まつげを濃く見せる墨の入った小瓶のことも、あくまで自然に見えるようにつけている頬紅のことも、メグは考えないようにした。優しくて献身的な妻を望む善良な紳士の気を引きたかったのだと、伯爵に説明すべきだろうか？

「メグ、わたしはもう行ったほうがいいかな?」

今度はメグが首をかしげる番だった。そうしながら、どうすればいいのか必死に考えた。伯爵はすでにわたしたちが古くからの友人であるかのように——それは絶対にありえないけれど——わたしを名前で呼んでいる。本来なら、お別れする時間ですと丁重に告げるべきだろう。

メグは伯爵に行ってほしくなかった。

「メグ?」ジャン・マルクはメグのほうに身を乗りだし、彼女が目を見るまで待った。「そうしてほしいなら、わたしはすぐにでも行くよ」彼は卑怯《ひきょう》な自分を恥ずかしく思った。残ってくれと言わせたくて彼女に決断を迫ったのだ。

「あなたはそうなさりたいのですか?」

ああ、彼女はそう簡単にだまされない。「いいや。わたしは時間が許す限りずっときみのそばにいたい。夜が明けるまで、ここに座ってきみと話をしていたい。もしお互いの腕のなかで眠りに落ちることができたなら、わたしは世界一幸せな男だ」

メグは口がきけなかった。こんなふうに積極的な態度をとられると、警戒心を解いてしまう。抱き合って眠ろうなどとほのめかされ、落ち着きを失っていた。

「メグ——」

「伯爵、好きなだけここにいらしてください。わたくしも姉のことが心配で今夜は眠れそうにありませんから。喜んでお話し相手になりますわ」

ジャン・マルクの目頭がうずいた。こんな感覚はずっと忘れていた。男は泣かないものだ。泣いたりするものか。だが、彼女はこれでもかというほどわたしの心を揺り動かす。「メグと呼んでもいいかい？」

「ええ、どうぞ」メグは彼にほほえみかけた。「光栄です」

「わたしのこともジャン・マルクと呼んでもらえたら光栄なんだが。世間にはけしからんことと受けとられるだろうが、ふたりだけのときは信頼し合える友人同士でありたい」ジャン・マルクは錯乱状態に陥りかけていたが、今はむしろ正気を失いたかった。彼は心を奪われた男としての運命に喜んで身を投じた。わたしは妹の相手役として、そして厄介な社交シーズンのあいだの指南役として雇った娘に心を奪われている。いつ、どのような状況で出会ったかなどどうでもいい。生涯でただひとりの相手に出会ったとき、すべての男女がするように、わたしたちも相手に手を差しのべたのだ。「メグ、わたしの名前を呼んでくれ」

メグは親指で伯爵のてのひらをさすっていた。なんて常識はずれな頼みだろう。伯爵は常軌を逸している。「ジャン・マルク。男らしいお名前ですね。あなたにぴったりですわ」

「ありがとう。わたしはデジレーのために努力してきた。妹は性格が悪いわけではなく、家族の者から誤解されたり、不当な扱いを受けたりしたんだ。それでも優しい心を失わなかったのは立派だと思っている。妹はきみを好きになったようだ」

「わたくしも王女様が好きです。王女様の友人となり、悲しんでいらっしゃるときにはお慰めするつもりですわ」

「名士の集いや音楽会などのくだらない催しに行くのはかまわないのかい？」

メグはくすりと笑った。「わたくしがいかに軽薄かわかってしまいますわね。美しく着飾った上流の方々を拝見するのを楽しみにしているんです。それに音楽は大好きですし。うっとり聞きほれてしまいますわ」

「ダンスは好きかい？」

メグは肩をすくめた。「故郷の村では踊ったことがあります。小規模な催しでしたけれど、とても楽しかったですわ。いつかワルツを踊ってみたいんです。流れるように踊らせてくれるパートナーと。ばかげた望みですが、願っていればいつかかなうと信じています」

「わたしもそう思うよ」しばしば絶望の淵《ふち》に沈みそうになるわたしを支えてくれるのは希望と願いだけだ。「きみはわたしを幸福な気分にしてくれる。きみが喜んでデジレーの付き添いをしてくれるなんてうれしい限りだ」ジャン・マルクはもう少しで、きみは新しい服を買うべきだと言いそうになったが、話し合ったとおり、ヴェルボーに任せるのがいちばんだと思った。

「姉のシビルも、デジレー王女を教えるのが楽しくて仕方がなくなるでしょう。シビルはおとなしいけれど、確固たる信念を持って教えるので生徒は彼女を慕うようになります。姉は絶対に怒りませんし、やる気のない生徒を教えることにも楽しさを見いだせるんです」

「それはいい」ジャン・マルクはそう言ったが、心は別のところへ飛んでいた。メグはなんと官能的な唇をしているのだろう。下唇が上唇よりややふっくらとし、ピンク色で柔らかそうで思わせぶりだ。笑ったときの彼女は、どんな男も虜《とりこ》にしてしまう小悪魔だった。「きみの悩みを聞かせてくれ。自分のことばかり話していて恥ずかしいんだ」

「わたくしたちのあいだで、恥ずかしいことなどございません」調子に乗りすぎたかもしれないけれど、言ってしまったことを撤回するのも大げさだ。

「暖炉にもっと石炭をくべよう。火に近づくといい」ジャン・マルクは暖炉のそばに膝を突いて真鍮《しんちゅう》の石炭入れから石炭をすくってくべ、炎を燃え立たせた。

メグはジャン・マルクの言葉に従って暖炉のそばに寄った。彼は両手をこすり合わせて体を後ろへそらし、脚をゆったりとのばした。彼の肩がメグの背中に触れる。

メグはジャン・マルクのことしか考えられなかった。彼の腕と肩が押しつけられ、彼の頭が自分の頭のすぐ上にあるということしか。

「姉とわたくしは生活に困っているのです」メグはためらいがちに言った。「生活費の一部は、シビルの音楽のレッスン料とわたくしが服をデザインしたり縫ったりしたお金でまかなっています。残りは、父がわたくしたちの名前で遺《のこ》してくれた信託財産から出ています。家は男性の親族、またいとこのウィリアム・ゴドリー・スマイスが相続することになりましたが、わたくしたち姉妹には信託財産があるので、働いてさえいれば充分暮らしていけるものと思っていました」

「だが、そうではなかったと？」そういう不当な相続がいまだに当然のように行われているのだ。

「いいえ、そうでした。でも、見通しが甘かったのです。父はわたくしたちが結婚するものと思っていました。父は優しくて単純でした。なにもかもうまくいくと信じていたんです。財産のない平凡な女性は――平凡なのはわたくしだけかもしれませんが――結婚相手を見つけるのが難しいということを、認めようとはしませんでした。それはそれとして、わたくしたちが受けとるお金は減る一方なので、生きていくためにはなにかしなければなりません。それで、あなたに雇っていただけないかとお願いにあがったわけです」

「そしてわたしはきみを雇った」ジャン・マルクは言った。「お互いにとってよかったわけだ」

「ええ、本当に」

「メグ、わたしに寄りかかるといい。そのほうが楽だろう」

メグは苦しいほど動悸《どうき》がした。これははじめての体験だ。でも、もっと知りたい。もっといろいろなことを。ああ、わたしはその大切さを重々承知しているはずの貞操を自ら進んで汚そうとしている。

「きみが平凡だなんてとんでもない」ジャン・マルクは、髪で隠れている彼女の耳もとで静かに言った。「ほら、怖がらないで。きみを傷つけたりはしない。きみを慰める代わりに、ささやかな慰めを与えてもらいたいだけなんだ」

メグは身じろぎひとつできずにいた。

ジャン・マルクは体をずらして彼女の肩に腕をまわした。

メグには借り物のネグリジェとローブがいかにもふさわしくないものに思えた。襟もとを押さえている手が痛くなってきたが、離したりすれば……まあ、多少襟もとがはだけるだろうが、しっかり肩にはおっているのだから、ほんの少し肌が見えるだけだろう。

ジャン・マルクはメグを引き寄せ、肩のくぼみに彼女の頭をもたれさせた。

メグはローブをつかんでいた手を離し、もぞもぞ動いて横向きに座った。ずっと楽になった。そして彼の胸に顔を向けた瞬間、激しい脱力感が言葉にできない部分に広がるのを感じて身をかたくした。

「顔をあげてごらん」ジャン・マルクは言った。「こうしてひそかに会える機会がめったにないなら、きみを心に焼きつけておきたい。今のきみを。わたしを見ておくれ、メグ」

メグがいっこうに顔をあげようとしないので、ジャン・マルクは拒まれるのではないかと不安になった。そのとき彼女が顎をあげ、豊かな赤い髪が後ろに流れて顔を縁どった。石炭をくべたおかげで明るくなった炎が、彼女の頬骨と顎をくっきりと浮かびあがらせ、影を柔らかくしている。彼女を美人ではないと思う人もいるだろうが、それは見る目がないせいだ。炎が鮮やかな髪に映え、豊満な白い乳房を照らしだしている。彼の胸にぴったりと押しつけられたほとんどあらわな乳房を。うっとりするような乳房のあいだには暗い谷間ができていた。

「お互いに惹《ひ》かれ合っていないふりをするのは無理があるんじゃないかな」ジャン・マルクは言った。心からそう思っていた。だが自分の気持を押しつけたくはない。メグの非常に率直なところに惹かれていたし、彼女に対する欲望が芽生えつつあったのだ。キスだけなら拒まないだろう。

メグはジャン・マルクに寄り添い、心をよぎるさまざまな警告を払いのけた。彼は腕をまわして彼女の肩を撫でたあと、胸のすぐ上の素肌を指先で軽くさすった。

ジャン・マルクはメグの顔を見つめた。「キスしてもいいかい？」彼女はとたんに身をかたくしたが、ジャン・マルクは驚きはしなかった。「きみがいやなら、無理強いはしない」

メグの瞳は暗く陰っていたので表情は読みとれなかった。彼女は片手をのばしてシャツの開いた襟もとからのぞくジャン・マルクの首に触れた。そして腱《けん》を、骨を、筋肉を、男の体に触れるのがはじめてであることを示すように用心深く指でたどっていく。「あなたにキスされてみたい」彼女は言った。「でも、きっとご満足いただけないわ」

ジャン・マルクはなんとか笑いをこらえた。メグが心変わりしないうちに、細い腰をつかんで上に向けられた唇を唇でふさいだ。

メグの唇は応えるすべを知らないかのように、わずかに開いたままだ。ジャン・マルクは息を深く吸いこみ、重ねた唇を動かした。ときおり賛辞をささやきながら、腰にあてた手を上へ移動させて胸のすぐ下に触れる。親指に重みのある柔らかな乳房が感じられた。

わたしは人間であり、聖人ではない。

メグの唇が恐る恐る試すように動き、ジャン・マルクを危険なまでに興奮させた。もう彼女をとめることも、自分をとめることもできない。メグが身をすり寄せ、さらに唇を開いた。ジャン・マルクは自分の巧みな動きがメグをおびえさせることなく喜ばせられればいいがと思いつつ、彼女の下唇の内側に舌先を滑りこませた。

メグは身震いした。胸が張り、うずいている。ジャン・マルクの手をとって胸に押しつけたいという衝動を、意志の力でどうにか抑えていた。彼が舌をますます深く差し入れてきた。そして体の位置を変え、膝を突いてメグを前にひざまずかせる。ジャン・マルクはますます性急になり、彼の激情に促されてメグも情熱的になっていった。息を切らしてジャン・マルクに身をもたせかけ、シャツの下に手を滑りこませて彼の肌の感触を味わった。

わたしはどうかしているに違いない。お父様の教区民だったあるご婦人が、とても厄介な問題について教えてくれたことがあった。淑女は殿方の体に関心を持ってはいけない。ましてや愛情を示す行為をするのは絶対にいけないと。

でもあのご婦人も、ジャン・マルクが今わたしにしてくれているようなすばらしいことをしてもらったなら、喜んでそんな行為に及ぶに違いない。

ふたりの唇はぴったりと重ねられていた。ジャン・マルクが腰をぐっと引き寄せたので、メグは彼に密着した。彼の体の一部分がひどくかたくなっている。それがリズミカルにメグをつついた。ああ、これのことなら知っている。ギリシア彫刻の本に載っているのをじっくり見たことがあるし、ひそかに手に入れた本――ヒンズー教の古い教典『リグ・ヴェーダ』の修行法について書かれた本や、瞑想の手引きにしているヨガについて書かれた九世紀の本――にもそれに関する記述があった。

「わたし以外のことを考えているようだね」ジャン・マルクがメグの眉のあたりに向かってささやいた。「わたしのことを考えてくれ、メグ。きみが欲しいんだ」

「あなた以外のことなど考えていません」メグはそう言ってジャン・マルクの首筋に唇を這《は》わせた。それから彼のシャツのボタンをはずして胸を撫でる。濃い胸毛は柔らかかった。胸毛に頬ずりすると、メグは下腹部の奥が熱くなるのを感じた。脚のあいだが潤ってくる。なんて奇妙な感覚だろう。

「もう我慢できない」ジャン・マルクは歯を食いしばって言った。もはや自分を抑えることなどできない。「わたしがどれほどきみに触れたいかわかっているんだろう、メグ？　きみの胸に触れたいんだ。そんなふうにこれみよがしに見せられたら――」

「どうぞ触れて」メグは言った。そうしてもらいたかった。彼に触れられたらどんな感じだろうと想像していたのだ。

ジャン・マルクはわずかに残っていた自制心が吹き飛ぶのを感じた。自分の喉から低いうめき声がもれるのが聞こえた。メグはじっと腰を押しつけたまま彼を見あげている。ジャン・マルクが淡い色のネグリジェの下の首のあたりに置いた指をわずかに動かすと、ネグリジェはローブとともに肩を滑って肘まで落ちた。

「本当に久しぶりだ」ジャン・マルクはメグのうなじにささやきかけた。ローブが引っかかっている肘を布地ごとつかむ。「誰かを好きになるのは」おびえているメグを見たら、良心がとがめてなにもできなくなると思い、目を閉じて身をかがめ、彼女の胸にキスをした。彼女がすすり泣くのが聞こえたが、やめなかった。やめられなかった。メグの乳首はピンク色で、先端が興奮してかたくなっている。わたしが夢中になりつつあるこの風変わりなメグは、情熱的な女性に変身しようとしている。ジャン・マルクはほんの一瞬だけ身を離してシャツを脱ぐと、メグを抱きあげて椅子の上に立たせた。「きみは男を知らないんだね?」

「はい」メグはネグリジェとローブの袖《そで》から腕を抜き、彼の髪に指を絡めた。「今までつつましく暮らしてきました。ほかにどうできたでしょう? わたくしはなにも知りません……知らないんです」

メグはなにも知らないながらも、ジャン・マルクの顔を胸の谷間にうずめた。彼の脚が震える。体のある部分は今にもはじけそうだ。

ジャン・マルクは自分を支配しようとする本能と必死に闘った。

ローブとネグリジェがメグの腰を滑って足もとに落ちた。彼女はジャン・マルクを抱いたまま美しい服を蹴飛《けと》ばした。わたしは生まれてはじめて男性の前で裸で立っている。わたしを雇ってくれた伯爵――女性などよりどりみどりで、わたしの評判や気持など気にもとめない男性の前で。

ジャン・マルクは出ていったほうがいいかと尋ねたのに、わたしが引きとめたのだ。

「どうやって子供ができるのか知っているかい?」彼は尋ねた。

メグは眉をひそめた。体がほてってくる。「もちろん、知っています」

「ちゃんと知っているとは思えないな。男女が床をともにすると、つまり契りを交わすと、女性のほうに子供が宿る場合があるんだ」

「結婚していなければ、子供はできませんわ」

ジャン・マルクは意味のわからない言葉をつぶやき、メグをまた抱きしめた。「できるんだ、メグ。結婚していないときは、できないほうが望ましいがね。だがときには――ちょうど今のように――男女がむつみ合いたいと思うことがある。きみはこういうことについて知らないかもしれないが、わたしに任せてくれれば、すべてうまくいく。わたしがこれからしようとすることは正しいとは言えない。しかし、きみやわたしの生活が脅かされることはないんだ。信じてくれるかい？」

「さっきのようにわたしを抱いて」

ジャン・マルクはメグに素早く激しいキスをした。「ふたりのうちどちらかにでも害が及ぶようなことはしない。信じてくれるね？」

「ええ」メグの神経は張りつめ、欲求を満たしたくて仕方がなかった。彼女は二度とあと戻りできないことを許してしまったのだ。

ジャン・マルクはメグが立っている椅子に腰かけ、彼女を膝に座らせた。彼はボタンをはずしてズボンをなんとか足もとまでおろした。メグの脚のあいだの茂みに指を滑らせると、そこはすでに濡《ぬ》れていた。彼の指は秘めやかな部分のうっとりするほどの柔らかさに包まれている。ふっくらとしたシルクのような手ざわりが彼をなかへと誘う。禁じられた場所へと。

メグは息をすることもできなかった。全身が脈動している。脚のあいだも脈動している。誰も触れたことがなかったけれど、今ジャン・マルクが探っている部分も。メグは彼の肩にしがみついた。

「わたしが導いてあげよう」ジャン・マルクの声は違って聞こえた。「力を抜いて、かわいい人」

それは無理だったが、メグは手をとられて彼の屹立《きつりつ》している部分――すべすべした熱い石のような屹立したものを包みこまされても、拒まなかった。

ジャン・マルクは経験のない女性をどう扱えばいいかわからなかった。「怖がらないで。そのときが来たら、きみがつかんでいるものがきみのなかに入るんだ。とても潤っていてなめらかな場所にね。それが無理なときは、ほかの方法で欲求を満足させられる。きみは欲しいんだね？」

こんな話をするべきではないわ。「そう思うのだけれど、なにが欲しいのかはわからないの。でも、かまわないわ。それをすれば、このうずきをとめられるはずだもの」

ジャン・マルクは勝利の雄叫《おたけ》びをあげそうになった。その代わりにメグの首筋に顔をうずめ、胸を愛撫《あいぶ》した。メグが体を弓なりにしてジャン・マルクの名を呼ぶと、彼は今度は口を使ってさらに彼女に歓喜の声をあげさせた。

メグは息を切らした。ジャン・マルクが胸の先端を吸っている。それは屈辱的であり、また刺激的だった。胸が大きく張り、うずいている。彼が胸を吸うたびに、同じうずきを脚の付け根にも感じた。このうずきを彼にどうにかしてもらいたい。

ジャン・マルクが知っている女性たちはみなこうした行為の経験が豊富だった。ときには主導権を握って自らの貪欲《どんよく》な肉体を満足させつつ、彼の欲求にも応えてくれた。彼はしばしば疲労困憊《こんぱい》したが、いつも満足していた。

いる。彼は彼女を片腕に抱いて長く激しいキスをしながら体を撫でた。メグが脚を閉じようとする。だが激情のあまり、どうしても開いてしまう。彼女がすすり泣きをもらしたので、ジャン・マルクはほほえんでキスを続け、丹念な愛撫の手を速めた。ときおりメグのなかに指を差し入れると、彼女は彼の腿からぐいと腰を引き離そうとする。

メグは息をするためにジャン・マルクから唇を離そうとしたが、そうさせてもらえなかった。全身が熱くなり、耐えられないほど興奮が募る。彼はキスを続け、唇と舌で彼女を支配し、操っていた。彼は口のなかに舌を入れると同時に、欲求が渦巻いている場所へ指を入れた。

ジャン・マルクは、欲せずにはいられないものを求めているメグの小さな熱い場所を、さらに素早く愛撫した。「ジャン・マルク」メグは息も絶え絶えに言った。「感じるの……その部分が。もう我慢できない……どうすればいいの？」

ああ、わたしはそれを知っている。「つかまって」ジャン・マルクはメグに言った。「わたしがきみにしているのと同じことをするんだ。わたしのものを上下にさすってくれ。欲求を満たすにはこうするしかない」実際は違うが、メグを教育する機会はこれからもあるだろう。「そう、ああ、そうだ。やめないで。完璧《かんぺき》だ。ああ、完璧だ」

ジャン・マルクはついにこらえきれなくなり、メグの手をどけて自分の手で己をつかんだ。思わず身を乗りだし、脈動するものの先で彼女の秘所を刺激する。メグは瞬時に声をあげ、全身を震えが伝った。彼女は彼にしっかりしがみつき、無我夢中で自分のなかへ迎え入れようとした。本能こそ偉大なる教師だ。男にとっては意志の限界を試されるときでもある。

メグの髪が乱れて肩に広がっていた。白い肌は光り輝き、湿り気を帯びていて悩ましい。わたしは聖人ではない。「ときには、今わたしがきみにしたようにして、女性が男の欲求を満たすこともある」

「どうするのか教えて」メグはそう言うと、無意識に彼の体をぐっとつかみ、短く切りそろえた爪を肌に食いこませた。

ジャン・マルクは歯を食いしばったまま抵抗しなかった。痛みがわずかに解放を求める衝動を抑えてくれる。彼はメグの耳もとに口を近づけてささやきながら、彼女はおびえるであろうと覚悟した。

ジャン・マルクが冗談だというように笑うのを期待して、メグは彼の顔を見つめた。冗談ではないのだ。彼の言ったことは道理にかなっているもの。わたしには経験がない――なかったけれど、普通に考えれば想像はつく。メグは彼の顔を見おろした。彼女はジャン・マルクがしてくれたすばらしい行為のおかげで全身を震わせながら、彼の腿のあいだに膝を突いた。感極まって涙があふれてくる。一瞬、彼の腹部に顔をもたせかけてかたい毛を頬に感じ、その部分にキスをした。すると彼は何度も痙攣《けいれん》したので、メグは涙ぐみながらほほえみ、あせってはいけないと心に誓った。

彼女はわたしにとって最高の女性だ。そうとしか思えない。メグが優しく愛撫してくれ、今まで誰ひとり――官能の極みに達した瞬間であろうと――キスしたことのない部分に口づけをしてくれたことで、ジャン・マルクは深く感動していた。メグはわたしにキスをして、扇情的な反応を惜しみなく見せてくれる。それは……。理由を深く考えるのはよそう。今だけは。彼女が人の噂《うわさ》にのぼるような事態は避けなければならないが、わたしたちの関係はやましいものではない。

「ありがとう」メグは言った。彼女は彼の先端から唇を離して息をついた。「あなたはわたしを喜びで満たしてくださった。あんな気分は二度と味わえないわ。うれしかった」

メグはジャン・マルクの脚を広げて身を乗りだし、たわわな胸を腿に押しつけて彼を口に含んだ。うれしいだって？　それはわたしのせりふだ。

10

一族の者たちはわたしのことをぼうっとしていて鈍感だと思っているのだ、とデジレーは考えていた。確かにそうかもしれないけれど、いくらぼうっとしているとはいえ、ミス・スマイルズの様子が昨日とどこか違うことくらいはわかる。

そう、ひどく違う。「髪はまた三つ編みにしたいの」デジレーは言った。「こうやって結いあげると頭が痛くなるんだもの。この髪形は昨日限りにするわ」

昨日と同じ黄色いドレスを着たミス・スマイルズが、デジレーの髪をせわしなくあの厄介な髪形に結いあげていた。

「あなたのこと、メグって呼ぶことにする」デジレーは言った。

「それは許されないことですわ」

「あなたに?」

「殿下、わたくしが許すかどうかなど問題ではありません」メグ・スマイルズが鏡に映ったデジレーの顔を見た。「当然、殿下のお決めになったことに口を挟んだりはいたしませんわ」メグの瞳はまぶしいほど輝いている。そして、その下には黒々とした隈《くま》ができていた。

「あなたをなんと呼ぶかはわたしが決めるわ、メグ。昨日はあまり眠らなかったみたいね?」

メグは顔をそむけた。しかしデジレーは、メグの肩がぴくりとあがったのを見逃さなかった。

「どうしたの？　なにかあったの？」

「なんでもありませんわ」メグは答え、気を落ち着けて言い訳を考えた。「くしゃみが出そうになっただけです。確かに昨日はよく眠れませんでした。姉のことが気になって目がさえてしまったもので」

「使いの者が今朝早くロンドンへ発《た》ったから、心配することはないわ。お姉様はあなたが無事だってことをもう知っているはずよ。ちゃんと食べないと、帰りの馬車でおなかがすくわよ」

「食欲がありませんの」メグはいらいらして言った。「でも、心配してくださってありがとうございます。ところで、殿下は大人の女性として社交界へ出るわけですから、人前で髪をおろすことはできません」自分のことは棚にあげて言う。朝日が寝室の壁を染め、ジャン・マルク……伯爵がわたしのもとを去ってから、まだ一、二時間しかたっていない。彼が目を覚ましたとき、おろしていたわたしの髪は彼の頭の下にあった。そして伯爵は無言で服を着たのだ。

「まだ十七歳なのに、どうすれば大人の女性に見てもらえるというの？」王女が尋ねた。

こちらがききたいくらいだ。「わたくしの役目はしきたりについて解説することではございません。経験から言いますと、女性というのは、まわりの状況になじめばずいぶん大人びて見えるものです」

昨晩、伯爵はメグを寝台へ連れていくと、彼女の腕のなかでたちまち寝入ってしまった。しかしメグは眠らなかった。伯爵を見つめる機会を逃したくなかったからだ。懊悩《おうのう》しているかのように濃い茶色のまつげを震わせ、ひっきりなしに頭の向きを変え、何度も寝返りを打つさまを。そして、目を開けた瞬間の無防備な表情を。

伯爵はメグにひとことも声をかけなかった。もちろん彼女は目を閉じて寝たふりをしていた。彼になにを言えばいいのかわからなかったからだ。わたしは愚かだった。世慣れていてすばらしい男性にこれでもかというほど甘い言葉で口説かれ、はしたないまねに及んでしまうなんて世間知らずもいいところだ。

いけないのはわたしなのだ。お父様の教区民の人が厳しく警告してくれたものだった。わたしが〝堕落〟するとしたら――そういう言葉を使っていた――わたしが堕落するとしたら、わたし自身のせいだと。というのも、男性は動物同様、本能的に子孫をつくろうとするものであるから、性的な衝動を抑えられなくても彼らの責任ではないのだ。伯爵は子供はできないと請け合ってくれた。その言葉は本当だろうが、万一そうでなかったらと思うと不安になる。

やっぱり《メ》そう《ウイ》よ。どこか変だわ。デジレーは確信した。「メグ、具合でも悪いの?」

「短期間にいろいろなことがありすぎただけですわ」メグはとっさに言った。そしてすぐに視線を落とす。本当に、経験のないことが次々に起こってしまった。「申し訳ありません。普段はかなり落ち着いているのですが」

「わたしは違うわ。わたしは……気性が激しいの。ジャン・マルクにきいてごらんなさい」

「それはきっと」いつも注意すればいいというものではない。「つらい状況のなかでご自分を守ろうとなさっているだけですわ。まわりは勝手に楽しいと決めつけているけれど、殿下はイングランドにはいたくないのでしょう?」

「まあ、メグ」デジレーはフラシ天の腰掛けの上で向き直り、メグの手をとった。「わかってくれるのね。本当に優しい人だわ。あなたなら、わたしを助けてくれるでしょう?」

メグは身震いした。「どういうことです？」

「できれば、まわりの言いなりにはなりたくないの。それがだめなら、社交シーズンが終わるころにわたしがろくでもない人と婚約しているはめにならないよう協力してちょうだい」

「すてきな殿方と出会ったらどうなさいます？」

「そんな人がいるわけないわ。わたしは社交界に溶けこんでいるところを見せて、ジャン・マルクを喜ばせたいだけなの。親族のなかでいちばん好きだから。言い寄ってくる男を片っ端からはねつけるのに、あなたなら助けになってもらえそう。ただし、こっそりやらないとね。でも男は女ほど利口じゃないから、わたしたちふたりが相手では勝ち目はないわ」デジレーはふいに両手をぱちんと打ち鳴らし、メグを驚かせた。「それに、きっと楽しいわよ。あなたがわたしの知らない秘密を全部教えてくれたらなおさらね」

メグは当惑して首を振った。

「もう、困った人ね」王女が言った。「わかってるでしょう？　あの人たちの秘密よ。まさにそれ。聖なる男性という種の秘密。せめて、男性と女性はどこが同じでどこが違うのかくらいは教えてくれるわよね。一、二枚、絵をこっそりのぞき見たことがあるの。ちっともおもしろくなかったわ。いつもなにかしようのないものが殿方の突きでた部分を覆っているんだもの。図版の載っている専門書ですら、腹の立つことに、小さな黒い四角で隠しているの……そう、隠してるのよ」デジレー王女はいたずらっ子のようにくすくす笑った。「あんな小さな四角なんてない図版があればいいのに。それもあなたにお願いしなくちゃ。黒い小さな四角で隠されていなくて、殿方の本来の姿が描《か》かれている図版を手に入れてちょうだい。あらゆる角度から見た図版よ。殿方の体のそれぞれの部分にどんな役割があるのかについてのわかりやすい解説つきの。あそこには特別な役割があるに違いないわ。わたしたちが眉をひそめたくなるような役割がね。だって、そうでなければところかまわず見せびらかすはずだもの。ほら、あの人たちは自分を男性たらしめているものにひどく満足しているんじゃないかしら。そして、それをわたしに見せてくれないんだわ。あの黒い四角で隠してしまって」

メグは必死に笑いをこらえ、吹きだしてしまうことだけは免れた。「急ぎませんと。もう行かなければならない時間ですわ」

「動揺させてしまったようね」デジレーは満足げに言った。「でも、どうせ誰かの連れ合いになればすぐにわかることよ。心の準備をしておきたいの」

「ハリバットを馬車へ連れていかなければなりませんわ」

「うんと楽しまなければならないわ。うんと、うんとよ。上流《オ・トン》の人たちのなかには、わたしを見てこっそり笑う人もいるでしょうね。わたしに関心を寄せる殿方がいたとしても、それは間違いなく地位や財産が目あてなのよ。わたしも惨めなら相手も惨めだわ。いいえ、相手は惨めだと思わないってこともあるわよね。もしかしたら、わたしと恋愛ごっこをするのを楽しんでくれて、わたしもその人と恋愛ごっこをするのが楽しいかもしれない。ありそうもない話だけれど」

「そこまでになさいませ」メグは、のべつ幕なしにしゃべり続ける王女に閉口して言った。「お兄様を待たせるわけにはまいりません。きっと憤慨なさるでしょう」

「ありうるわね」デジレー王女はそう言ってあくびをした。

「ハリバットを――」

「ハリバットはもう御者台のなかよ。わたしのお友達はとても美しい猫だと思わない？」

その意見にはなんの異論もない。「ええ。レディ・アップワースもご一緒に帰られるのですか？」

「なぜ？」デジレーはそう言ってため息をついた。「そういうことをいちいち気にしすぎよ。アイラはジャン・マルクにとって都合のいい人なの。それは彼女のせいであって、彼が悪いわけではないけれど。彼女ときたら、自分は軽い女ですと言わんばかりなんだもの。彼がここへ来ることを知ればやってくるし、彼がすぐにここに戻ってくると期待してそのまま滞在していることもしょっちゅうだし。彼と結婚したがっているのよ。でも彼はそうは思っていないの」

「それはわかりませんわ」

「わかるわよ」王女がいらだたしげに言った。「ここには仲のいい忠実な使用人が何人かいるの。アイラがジャン・マルクに甘えながら寝室に入りこむ様子を、彼らが話してくれたわ。寝室の扉の向こうから笑い声が聞こえたんですって。彼女ならきっと、あの黒い四角に隠されているものについて詳しく教えてくれるわね」

「デジレー王女」

「わたしって救いがたいわね。でも、この性格は今さらどうしようもないのよ。とにかく聞いた話だと、アイラと伯爵はゆうべ喧嘩《けんか》をし、彼女が寝室から出ていったらしいの。それで、わたしの異母兄は不機嫌になったわけ。殿方がそれなしですますのをいやがることを、なしですますはめになったから。彼はあちこち歩きまわっていたと思ったら、姿が見えなくなったそうよ」王女は肩をすくめた。「乗馬でもしに行ったのね。そうやって頭を冷やしてるみたい」

メグは両手をドレスに押しつけた。伯爵がわたしのところへ来たのは愛人に相手にされなかったからなのだ。彼は、たったひと晩であれ、男としての楽しみを味わわないではいられないという理由で、わたしを堕落させたのだ。彼はわたしを軽蔑《けいべつ》しているに違いない。

「まあ、いいわ」デジレー王女が言った。「そろそろ行かなくては。お願いだから笑って。あなたにはいつもそばにいてもらいたいの。この仕事をいやがってるようなそぶりを見せてはだめ」

「この仕事には満足しております」

「わたしのことが嫌いでも？」王女はメグが選んだ淡いピンクのドレスを見て鼻にしわを寄せた。それは少し流行遅れで生地もあまりよくないが、デジレー王女にとてもよく似合っていた。

「嫌いだなんてめっそうもございません。大好きですわ。さあ、まわってみてください。どこから見ても完璧《かんぺき》かどうか確かめなくては」

王女は頰をふくらましたが、言われたとおりにした。

メグはモスリンでできたピンクの薔薇《ばら》をいくつか手にとり、王女の結いあげた髪に差した。小さなダイヤモンドのイヤリングが少女の透き通った肌に映えている。

「これ以上なにかおっしゃっても」メグは言った。「わたくしはとり合いません。じっと立って言われたとおりになさってください」メグは小さなブラシ――ボタンをかけるのに使う鉤形《かぎがた》の道具を掃除するためのもの――にアラビアやエジプトの女性がまぶたを黒く染めるのに用いるコール墨をなすりつけ、色は薄いけれど長い王女のまつげに塗った。「まばたきしないでください」

デジレー王女は爪先をとんとんと床に打ちつけたが、まばたきはしなかった。

メグは王女の頰にほんの少し、唇にはさらに少なく紅を差した。それから上等なリネンのハンカチで余分な粉を軽く払う。「さあ、ご覧ください」

王女は振り向くと、身をかがめて鏡をのぞきこんだ。そして体をこわばらせた。「わたしじゃないみたい」

「正真正銘、殿下です」

「違うわ。だって……美しいもの」

「殿下はお美しいのです。そうでなければ、化粧をしてもこうはなりません。わたくしはただ、殿下の美しさをほんの少し強調しただけですわ」

デジレー王女はメグと目を合わせ、眉間《みけん》にしわを寄せた。「これって、ごまかしていることにならないかしら？」

「多少はなるかもしれません」メグは嘘《うそ》をつかなかった。「しかし、殿下のような身分の女性で化粧をなさらない方などいらっしゃいません。殿下の瞳と肌はすばらしいんですから」

王女は手を振ると、濃いピンクのサテン地のマントをとった。それをメグに手伝ってもらってはおる。「言いたいことはわかったわ、メグ・スマイルズ。でも、わたしは幻想を抱かないの。お父様はわたしの結婚によってイギリスの上流社会に縁戚《えんせき》を持ちたいわけ。お父様がなぜ、わたしに関心を寄せる殿方がいるなんて考えるのかわからないけれど」外套《がいとう》の袖口《そでぐち》と裾《すそ》は白鳥の羽毛で縁どられている。サテンでできたおそろいのボンネットの縁も同じようになっていた。

メグは部屋を出て階下へおりていくとき、自分のボンネットの紐《ひも》を結んだ。

リバーサイドの屋敷に雇われている者たちが、伯爵と妹君を見送るために集まっていた。

メグは表に出ると、まぶしい朝の光が目に入らないようにうつむいた。伯爵の姿を捜したかったが、そうすべきでないことはわかっていた。

メグが馬車の横に立ったとき、彼女の上に大きな影が落ちた。メグは目の上に手をかざして見あげた。濃い灰色の服に身を包んだ伯爵が巨大な鹿毛《かげ》の馬にまたがっている。実際その馬はかなり大きく、ものすごい勢いで鼻を鳴らしたり、しっぽを振ったりしていた。

「おはよう、デジレー」伯爵がようやく口を開いたので、王女は馬車の踏み段の上で立ちどまった。「こちらを向いてみてくれ」

デジレーは扉の取っ手につかまってわずかに振りかえった。

「すばらしい」伯爵は言った。「ピンクがよく似合っている。メイフェア・スクエアへ戻ったら、すぐに仕立屋を雇うことにしよう」

「わけがわからないわ」王女は言い、よろよろと踏み段をのぼって馬車の座席に腰をおろした。

伯爵が振り向いてメグを見おろした。「あまり眠らなかったようだね」

メグの頬は真っ赤になり、そのせいで体じゅうの血がわきたった。彼女は顎をつんとあげて言った。「ぐっすり眠りました。ご心配なく」

伯爵は声を落とした。「いや、そんなはずはない。きみが朝まで目を覚ましていたことは知っていたが、声をかけて不愉快な気分にさせたくなかったんだ。きみはわたしと口をききたくないだろうと思ったから」

メグは返事をしなかった。

メグはそうとう混乱しているらしい、とジャン・マルクは思った。もうしばらくすれば、この女性と軽はずみな行動に及んでしまったことが、彼女の寝室をあとにしたときに考えていた以上に大きな過ちだったかどうかわかるだろう。

「黄色がよく似合うね、ミス・スマイルズ」話を立ち聞きできるほど近くには誰もいなかったが、ジャン・マルクは危険を冒そうとはしなかった。「黄色の服をしばしば着るといい」

メグがさっとうつむいた。ポーチの持ち手を両手でぎゅっと握りしめる。

ジャン・マルクは体をこわばらせ、落ち着きのない馬が気まぐれに動くとき以外は身じろぎもせずに待っていた。

とうとうメグが顔をあげた。青白い顔にぱっと赤みが差す。彼女はさらに顎をあげた。まっすぐにジャン・マルクを見据えるまなざしは挑戦的だ。彼女は心配してほしくも、哀れんでほしくもないのだ。もっとも、わたしは哀れんでなどいないのだが。わたしを厄介な状況に追いこんだ女性は非常に魅力的だ。だが、こうなったのはどちらの責任だろう？

メグは先に目をそらしたくなかった。だが伯爵の濃い茶色の瞳もいっこうに揺らがない。見つめ合ったままどれくらいここにいるのかしら？　誰か、ふたりの異様な雰囲気に気づくかしら？

エトランジェ伯爵は片脚を振りあげて馬からおりた。すぐに馬丁が現れ、馬を連れ去る。

「馬車へ乗るのに手を貸そう」伯爵はメグの背後にまわると、右手で彼女の腕をとり、左手で馬車の踏み段へ導いた。伯爵がためらったので、メグは彼の手を振りほどこうとして暴れた。「ばかなまねはやめるんだ」彼が穏やかに言った。「注意しないと、なにかあったのではないかとまわりの者に勘ぐられるぞ。確かにあったのだが。気を落ち着けてくれ。きみは大げさに考えすぎているんだ。それに、ひとことでも他言すれば、きみの名誉に傷がつくんだからな。しかも、きみの姉上や七番地に住む友人たちまで巻きこむことになる。わかったかい？」

「わかっています……おかげさまで、わかっていますとも。ご心配は無用ですわ。泣きごとを言ったりはいたしませんから」

「泣きごとを言いたくなるようなことがあったというのか？」ジャン・マルクは憤慨して尋ねた。メグときたら自分の聞きたいことしか聞こうとしないのだから。「そんなふうに考えた女性はきみがはじめてだ。まあいい。きみがこういった問題をどう処理するのがいちばんいいと考えているのかは、あとではっきりさせよう。そうすれば、わたしの言いたいことが理解できるはずだ」

ジャン・マルクがメグを馬車のなかへ入れると、彼女は彼のために場所を空けた。

「わたしは御者台に乗る」彼はそう言い残して扉を閉めた。

「帰ったら、ハリバットを部屋へ連れていくのを手伝ってくれる？」王女が尋ねた。「ジャン・マルクはとても怒っているみたい。今日ハリバットを見つけたら、きっとかんかんになるわ」

「お手伝いします」メグは答えて窓の外を見た。使用人たちはまだ玄関におり、両手を恭しく前で重ね合わせている。「もちろんですわ」

メグの目に涙が浮かんだ。デジレーはメグの顔をじっと見つめて唇を引き結んだ。メグに注がれていた異母兄のまなざしは見なかったことにし、彼女を馬車に乗せたときの彼の態度には気づかなかったことにしなくてはいけない。彼はあたかも恋人――もしくは恋人にしたい女性をエスコートしているかのようだった。すでにメグを口説いているのかもしれない。でも、彼に思いを寄せられて拒絶する女性などいるだろうか？　男と女が人目を避けてなにをするのかは知らない。でも、いずれ探りだしてみせる。メグはもう知っているようだけれど、ジャン・マルクが教えたわけではないだろう。そういうことを教わるには、そうとう時間がかかるに違いないのだから。

デジレーは衝動的にメグに身を寄せ、その手を握りしめた。そして、メグが元気のない悲しげな目をあげてくれるのを待った。「わたしたち、とても楽しくやっていけそうね。あなたとわたしのふたりならね、メグ」デジレーは言った。「あなたのお姉様に早く会いたいわ」

メグはうなずいて寂しそうにほほえんだ。「シビルは才能豊かでとても美人なんです」

「あなたもよ。ジャン・マルクもそう思っているはずだわ」

メグの心臓は高鳴った。「なにがおっしゃりたいのかわかりませんわ」

「わかってるくせに。わたしの知らないことがたくさんあるんだろうけど、わたしって目ざといのよ。あなたはジャン・マルクを意識しているわ。彼に惹《ひ》かれているのね」

「おやめください」メグはそう言って手を引き抜こうとした。

デジレーは続けた。「わたしの言葉を疑ってるなら、考え直すことね。兄は感情を表に出さない人だけれど、あなたを見つめるときの目を見れば、どう思っているかは明らかだわ」

メグは必死で快活さを装った。「殿下、お気になさらないでください。ご自分が恋人を求めていらっしゃるから、わたくしの相手まで考えてくださったんですね。いい傾向ですわ。いやだとおっしゃっていたけれど、社交シーズンを前にして気持が高ぶっているのでしょう」

デジレー王女は考えこむように口をとがらせた。そして眉をあげ、抜け目のない老女のように首を振る。「ふーん」彼女はそう言って鼻を鳴らした。「ごまかすつもりね、メグ・スマイルズ。そうはいかないわ。わたし、あなたと一緒にいることにしたの。でなければ、すぐにモン・ヌアージュへ帰るって言うわ。そんなことになったりしたら、お父様は激怒するでしょうね。怖いわよ。だから忠告しておくけど、わたしの言葉を真剣に聞くことね。耳ざわりのいい言葉は使わないわよ。そう、はっきりと言うわ。あなたにはとても大事な役目があるでしょう。それを第一に考えてちょうだい。ジャン・マルクがなにをたくらんでいようとね」

「たくらむ?」メグは息苦しくなった。「なにをおっしゃっているのかわかりませんけれど、この話はもうやめにしたほうがいいですわ」

「ええ、そうするわ。すぐにね。あなたがちゃんとわたしの言うことを聞いてそれが真実だとすんなり認めてくれさえすれば、この話を蒸しかえす必要もないわ」

「言葉もございませんわ、王女様。王女様は想像力がたくましすぎます」

「想像なんかじゃないわ。リバーサイドを発つとき兄の目がそう言っていたのよ。彼を拒絶しなきゃだめよ。さもないと、彼はあなたを自分のものにするから、厄介なことになるわ。エトランジェ伯爵は好色漢らしい。そういう噂《うわさ》を耳にしたことがあるの。誰かが下品な笑いをもらしながら、兄が最近誰を相手に好色ぶりを発揮したかひそひそ話していたわ。ジャン・マルクはすてきな人よ。外交手腕を生かして祖国のために大いに働いてくれているの。彼はきっとあなたを寝室に引っぱりこもうとするわ。あのしつこさと口のうまさにかかったら、あなたはどうすることもできないでしょうね。黒い四角の後ろにはなにがあるのかその目で確かめてきてもらいたいのはやまやまだけど、彼に体を許したりはしないでちょうだい」

11

ジャン・マルクは十七番地の玄関ホールで足をとめ、妹とメグがせわしなく歩いていく姿を目で追った。デジレーはスカートをたくしあげて階段を駆けあがる。メグはどうにか威厳を保とうとしながらも、王女とほぼ同じ速度で走っている。

メイフェア・スクエアに着いたら、メグはいとまごいをしてすぐに七番地へ帰ってしまい、二度と戻ってこないものとジャン・マルクは覚悟していた。彼女がまだここにいてくれるからといって安心するのは間違いだろう。彼女はいつでも出ていけるのだから。

ヴェルボーが書斎から出てきて言った。「おかえりなさいませ」厚かましい男だ。妙な手を使ってデジレーとメグ――ミス・スマイルズと言わなければ――をウィンザーへ泊まらせるようにし、主人がそれに腹を立てていると承知しながら顔色ひとつ変えないのだから。

「おまえに話がある。今すぐにだ」ジャン・マルクはヴェルボーに言った。従者が、自分のすばらしい思いつきに主人も賛同してくれると決めつけて度を超した振る舞いをするのは、これがはじめてではない。

メグ・スマイルズを必要とする理由が変わってしまった……というか、ほかにも理由が増えたのだ。彼女はデジレーの教育係として申し分ないうえ、ふたりは互いに好意を抱いている。驚くべきことだ。デジレーは誰にも打ち解けようとしなかったのに。しかしジャン・マルクは、もうひとつ別の理由からメグ・スマイルズを必要としていた。これからも彼女としばしば会うことができるのだろうか？　ふたりのあいだに未来はなく、彼女と結婚の約束をすることは公正ではないし、危険がともなう。それでも許される限り関係を続けるつもりだ。

「苦しいのですか？」ヴェルボーが静かにきいた。

ジャン・マルクははっとした。「ばかな！　どういう意味だ？」

ヴェルボーが大げさに肩をすくめてみせた。「彼女をお望みなのでしょう？　彼女との情事を」

だめだ、だめだ。この男には知る権利もないことを、うっかりしゃべらされてなるものか。

「彼女をご覧になっていましたね」ヴェルボーが意味ありげな視線を階段のほうへ向けた。「珍しいことですな」

「おまえと話し合う必要がありそうだ」

「お客様がお待ちです」ヴェルボーがにやりとした。「ミスター・ゴドリー・スマイスという方です。パックリー・ヒントンからいらしたそうですが」

ジャン・マルクは従者の差しだした名刺を受けとった。「ゴドリー・スマイス？　パックリー・ヒントンの？　知らんな」

「はい」

「どこの馬の骨だ？」

「パックリー・ヒントンでございます」

「それはわかっている。どういうやつかときいているのだ」

「ゴドリー・スマイス家の者です」ヴェルボーの態度のわずかな変化は、彼が調子に乗りすぎたと感じていることを物語っていた。「彼が言うには、ミス・スマイルズのまたいとこだそうです。気どった男ですよ」

　家を受け継いだという、またいとこか？　ジャン・マルクは、自分とメグのあいだになにがあったのかかぎつけられたのかもしれないと一瞬不安になったが、そんな考えはすぐに振り払った。

「そこにいるのか？」彼は書斎を指した。

「そうしてもらうのがいちばんだと思いました。親しい方ではありませんから」

　ジャン・マルクは二階にめぐらされている回廊に目を走らせた。ヴェルボーの従者、ピエールが三階からこちらをうかがっている。主人の命令があればすぐに応じられるよう待機しているのだろう。レンチは階段の下に立ってまっすぐ前を向き、白い手袋をはめた両手を体の前でそろえている。ジャン・マルクは気が重くなり、厄介なことはたくさんだと思った。彼はヴェルボーに言った。「誰も入れないでくれ。いいな？」

　ヴェルボーは静かに動いて書斎の扉を大きく開けた。そしてなかに入り、しゃちほこばった金髪の男を腕で示した。「ミスター・パックリー・ヒントンでいらっしゃいます、伯爵」

「パックリー・ヒントンのゴドリー・スマイスです」男は言い、大きな薄い色の目でジャン・マルクをなめるように見つめた。

　ヴェルボーは動じずに言った。「エトランジェ伯爵です」そう言うと、凍った湖を横切るスケーターさながらにすうっと出ていった。

「なにかご用かな？」ジャン・マルクは目の前の人物を観察する時間を稼ぐために言った。

「はい」ゴドリー・スマイスは言った。「ぼくのまたいとこはどこです？　ミス・メグ・スマイルズは？」

とぼけることもできる。ゴドリー・スマイスがメグの仕事のことをあれこれ言いに来たのなら、重要な用件で忙しいので、名前もわからないような使用人にいちいちかかわってはいられないと言うこともできる。そうしよう……いや、だめだ。もしこの男が、気の毒にも本当に彼女の親類なら、敬意を払わねばなるまい。

「彼女はどこかときいて――」

「ああ、むろんわかっている」大きな目を子供のようにぎらぎらさせているこの男がメグのまたいとこだとは信じられない。まったく不愉快なやつだ。「ミス・スマイルズには、これから社交シーズンが終わるまで妹の相手役を務めてもらうことになった。ミス・スマイルズは今、妹のところだろう」

「ぼくはメグを連れ戻しに来たんです。ぼくたちは人に仕えるような家柄ではないので。どうやってメグにそんな役目を引き受けさせたのか想像もつかない」

ほかの者ならうろうろ歩きまわるところだろう。ゴドリー・スマイスはじっとしていられるだけの落ち着きは持っているらしい。ずんぐりとしており、太い首がシャツの襟からはみだしたこの男は、両腕を脇《わき》に垂らしたままじっとしている。自分を険悪な風貌《ふうぼう》に見せようとしているのかもしれない。どう見ても、ひとりよがりの変わり者だが。

「伯爵」ゴドリー・スマイスが言った。「どうかただちに、ぼくのまたいとこをお呼びください」

実のところ、メグは書斎の外の階段の下で、またいとこの厚かましい要求を聞いていた。立ちつくしたまま上を見あげる。ヴェルボーが励ますようにうなずいてくれた。彼は王女の部屋へ来て、ウィリアム・ゴドリー・スマイスがやってきて、伯爵にメグを連れてくるように言っていると知らせてくれたのだった。

ウィリアムと対峙《たいじ》して、すぐに十七番地から出ていってもらうしかない。これから王女とともに御者からハリバットを返してもらいに行き、秘密のクッションの上に隠すはずだった。それはできそうにない。ゆうべあんなことがあったあとでは、そしてウィリアムの言葉を聞いてしまったあとでは、事態を収拾する方法などありはしないのだ。

ウィリアムはしゃべり続けた。そう、しゃべったのだ。伯爵はなぜウィリアムにしゃべらせておくのだろう。「訴訟を起こすことだってできるんです」ウィリアムは鼻につく声で言った。「ぼくのまたいとこは世間を知らない。あなたは馬車に彼女を……彼女ひとりを乗せて連れ去った。見た者がいるんです。そのうえ彼女をひと晩家に帰さなかったんだ」

メグは書斎の扉をそっとたたき、返事を待たずになかへ入った。ジャン・マルクにお辞儀をする。そしてウィリアムの顔を見て、三年前最後に会って以来、彼への嫌悪感がますます募っていることに気づいた。

ウィリアムは腕を広げてメグに歩み寄った。血色のいい顔には卑しむべき哀れみが浮かんでいる。メグが手を差しだそうとしないので、彼はメグの肩をつかみ、湿った唇を額に押しつけてきた。それから身を引いて彼女を眺めまわした。

髪を赤く染めたのだった！　彼がそのことに触れたらどうしよう。

ウィリアムはメグに笑いかけ、瞳をのぞきこんだ。メグは彼の目が大嫌いだった。幼い子供のように薄い青でとても大きな瞳は、ひどくうつろで、あたかもその後ろに誰か隠れているかのようだ。彼はきっとわたしの髪の色についてなにか言うだろう。そしてジャン・マルクは、わたしが狡猾《こうかつ》なぺてん師であることを知るのだ。

「もっと前にきみたちを訪ねるべきだった」ウィリアムは言った。「ぼくがいけなかったんだ。ぼくが義務を果たしてきみたちの生活の面倒を見ていれば、きみも道を踏みはずすことはなかったのに」

「わたしは道を踏みはずしてなんかいないわ」

「きみがすばらしい女性になったのはわかる。そのせいできみは危険にさらされ、保護を必要としているんだ」

メグの視界の隅にジャン・マルクの姿がぼんやり映っていた。彼は腕を組んで一心に耳を傾けている。

「メグ、世間知らずの魅力的な娘をあさる男というのがいるんだ。どうしてこの男が近づいてきたとき、ぼくに便りをよこさなかったんだ？」

メグはジャン・マルクを見つめた。その表情から心の内はほとんど読みとれなかったが、彼はメグにかすかにほほえみかけていた。

「さあ、今ここで言ってもらいたい。汚れなき乙女を辱めた男の前で、ゆうべ彼になにをされたのか、はっきり言うんだ」

ジャン・マルクは歩いていって机の端にもたれかかった。そこからだとウィリアムとメグの双方がよく見える。「これ以上きみに不愉快な非難を聞かせる必要はない」彼はメグに言った。「王女のところへ戻りたまえ。きみのまたいとことわたしとのあいだで話がついたら知らせよう」

「ばかを言うな」ウィリアムが言った。「メグは大切に育てられた非の打ちどころのない娘なんだ。彼女は早くに母上を亡くしたが、お父上の教区のご婦人たちが、姉上ともども立派な淑女に育てあげたんだ」

わたしが癇癪《かんしゃく》を起こして、この気どった臆病《おくびょう》者をどう思っているか聞かせたりすれば、彼はわたしとシビルお姉様をますます窮地へ追いやるだろう。「父の努力を認めてくださってうれしいわ」メグは穏やかに言った。

「汚れなきミス・スマイルズの名誉に汚点を残すようなことはなにも起こっていない」ジャン・マルクは言った。「それに、昨日はふたりきりで遠出をしたのではない。妹もいたんだ」

「ぼくの聞いた話と違うな」ウィリアムは喧嘩《けんか》腰だ。「あなたはメイフェア・スクエアの人間が見ている前で、ぼくのメグを馬車に乗りこませたそうじゃないか。みんなあなたの妹が乗るところは見ていない」

もしメグがいなければ、ジャン・マルクは喜んでこの男の体を持ちあげ、玄関からほうりだしていただろう。「あなたに説明する義務はないが、馬車が厩《うまや》にあるときから、デジレー王女は乗っていたんだ。さあ、お引きとり願おう」

「メグ、ゆうべはどこにいたんだい？」

ジャン・マルクはこれほど腹の立つ親類を持ったメグに同情した。もっとも、自分の一族にもどうしようもない愚か者はいるのだが。

「ウィンザーのそばにある伯爵のお屋敷よ」メグは答えた。「社交シーズンを迎えるにあたって王女様のためにするべきことがたくさんあるの。昨日からそれを始めたのよ」

「あなたは昨日メグに会ったばかりで」ウィリアムがジャン・マルクに言った。上唇を持ちあげてあざけるように笑う。「彼女こそ必要としていたお相手役にぴったりだと確信し、さっそくウィンザーへ連れていってひと晩泊まらせたというのか？」

「そのとおりだ」ジャン・マルクは言った。この男にはうんざりだが、今言ったことはかなり真実に近い。「妹には相手役がどうしても必要だ。ミス・スマイルズは自らの意思で喜んで仕事を始めてくれたんだ。この取り決めに文句はないはずだ」

ウィリアムは両腕を広げてげらげら笑った。「ぼくがそんなに間抜けに見えるか？」彼はメグを指さし、たくましい手足をひけらかすような姿勢をとった。なにを言う気だろう、と彼女は身震いした。「メグは上流社会の複雑な事情などなにもわかってない。上流社会の人間ばかりが集まっている部屋に入れられても、どの人が最新流行の服を着ているかなんてわかりゃしないさ」

ミスター・ゴドリー・スマイスにつきあうのはもうたくさんだ。「ところで」ジャン・マルクは言った。「わたしの見たところ、あなたはミス・スマイルズに対してなんの権利も持っていない。お引きとり願おう」

ゴドリー・スマイスはその場を動こうとしなかった。相手をいらつかせて満足しているのだ。

「ぼくは男性のなかでは彼女に最も近い親類だ」彼は言った。

「ミス・スマイルズは子供ではない」ジャン・マルクは指摘した。それからメグの意気消沈した顔を見て言う。「そうだろう？」

「はい」メグは憤慨して答えた。

「やはりな。出ていきたまえ、ゴドリー・スマイス」

「ちくしょう。ぼくは帰らないぞ。メグと一緒でなければな」

メグはもう一瞬たりともこの修羅場に耐えられなかった。こんなときにそんなことをするのはどうかと思うけれど、ジャン・マルクかウィリアムに正気を疑われたとしても、少しのあいだ瞑《めい》想《そう》にふければ心が落ち着く。ふたりを黙らせることもできるかもしれない。メグはいきなり目を閉じて深く息を吸いこんだ。

ジャン・マルクはうっとりとメグを見守った。彼女が腹部の前で両手を組み合わせると、顔が穏やかになり、血の気がうせ、表情がなくなった。

メグのほうへ一歩踏みだしたゴドリー・スマイスを、ジャン・マルクは腕をつかんで押しとどめた。そして大きくかぶりを振った。

「メグはいったいどうしたんだ？」彼女のまたいとこが尋ねた。「具合が悪いに違いない」

「いや、そうではない」ジャン・マルクが言った。

メグは音もたてずに絨毯《じゅうたん》の上に腰をおろした。そして、ドレスの下で組んだ脚を引き寄せる。ジャン・マルクはかなりの努力を要してゴドリー・スマイスを押さえつけていた。「前にも見たことがあるんだ」ジャン・マルクは言った。「これを瞑想と言うらしい」

ゴドリー・スマイスのうつろな瞳に驚きの色が浮かんだ。彼はジャン・マルクの指を自分の腕から引きはがそうとした。「放せよ。あんたの目は節穴か？　メグはヒステリーの発作を起こしたんだ。たぶんあの事故のせいで神経が参っているんだろう。正気に戻してやらないと」

「無我の境地を邪魔しないほうがいい」ジャン・マルクは頬の内側を噛《か》みしめて吹きだしそうになるのをこらえながら言った。「確かに女性が瞑想するという話は聞いたことがないが、ありえなくはないと思う」

「無我の境地だって？」ゴドリー・スマイスがつぶやいた。「メグが無我の境地にあるというのか？」

メグは少しずつ、ゆっくりと腰を前に曲げていき、上半身をのばして額を絨毯につけた。肩でひねっている腕を広げ、てのひらを上に向ける。

驚くべき女性だ――いろいろな意味で。

「メグは魔法をかけられたんだ」ゴドリー・スマイスは言い、振りかえってジャン・マルクに非難の目を向けた。「彼女になにをしたんだ？」

「われここにあり」メグが言った。「われここにあり」腕がぴくっと動き、やがて完全に静止した。

ゴドリー・スマイスは身震いした。「悪魔の仕業だ」

「そうじゃない」ジャン・マルクは言った。「ミス・スマイルズは古い聖典『ヴェーダ』を学んだのだ。これはヨガとも呼ばれているものだ。彼女はかなりの上級者らしい」

「なんてことだ！」ゴドリー・スマイスは打ちひしがれたように叫んだ。「普通じゃない。すぐに彼女を起こさなくては」

「彼女を失う危険を冒すのか？」ジャン・マルクはゴドリー・スマイスを軽蔑《けいべつ》していたが、それにしても、これからしようとしているつくり話は行きすぎだという気がした。

「どうしてメグを起こすと彼女を失うんだ？」

「彼女がここには存在しないからだ」ジャン・マルクはメグを指し示した。「わたしの記憶が確かなら……そのはずだが、こういう鍛錬を行っている者は魂が肉体から離脱しているのだ」

　ゴドリー・スマイスは激しくもがき、つかまれていた腕を振りほどいた。そしてジャン・マルクを見つめて言った。「なにを言ってるんだ？」

「魂が自由に漂っているときに肉体を刺激すれば、魂が戻ってこられなくなる可能性があるのだ」こんなでたらめな理由をでっちあげたわたしを許したまえ！「彼女を起こしたりすれば、彼女を死なせた罪を背負うはめになるぞ」

「彼女にはぼくたちの声が聞こえているのか？」ゴドリー・スマイスは声を落とした。「彼女の魂はこのあたりにいるのか？」彼はこそこそとまわりを見渡した。

「そう、きみの言うことはどちらも正しい。彼女の魂はあのあたりだろう」

「あのあたり？」ゴドリー・スマイスは天井を見つめた。片眼鏡をとりだして目にあて、素早く周囲を見まわす。そして、あたかも空気や光の仕掛けに隠されているものを探すかのように頭をあげたりさげたりした。「どうしてメグはそんなものの力を借りなきゃいけないんだ？」

「わたしはミス・スマイルズについてほとんどなにも知らないが、聞くところによると、こういったことは精神的な不快感を和らげるために行うらしい。慣れてくると、自由自在に無我の境地へ到達できるそうだ。不愉快なことを避けるためにだがな。今回責められるべきはわたしたちだろう」

　ゴドリー・スマイスはさらに怒りを爆発させようというように鼻息を荒くした。だがじっとしているメグに視線を向けると、真っ青になった。「かわいそうなシビルになんと説明したらいいんだ？」

「なにも説明する必要はない。なぜわざわざ心配させる必要がある?」

メグはわれに返り、できればもっと落ち着いてから覚醒《かくせい》したかったのにと思った。「われここにあり」語尾を引きのばしてつぶやいた。とっさの思いつきで始めた瞑想だったが、心の動揺がおさまり、安らかな気分になったことは間違いない。

彼女は脚を解いて座り直したが、依然として膝の上に置いたてのひらを上に向け、目を閉じたままだった。

「メグの魂は戻ってきたのか?」ウィリアムはきいた。

ここで笑ったら、すべてが台なしだわ。

「エトランジェ伯爵? メグはここにいるのかい?」

「どうなんだい、ミス・スマイルズ?」

メグは目を開けてジャン・マルクの瞳をのぞきこんだ。彼はメグに顔を近づけるために、中腰になって膝に手を突いている。ジャン・マルクのまじめな顔には驚きの表情が浮かんでいたが、瞳はおかしそうに輝いていた。

「ミス・スマイルズだね?」ジャン・マルクは尋ねた。

「メグ・スマイルズですわ」

ジャン・マルクがメグに声をかけたのを見ると、ウィリアムが近寄ってきた。「ぼくはすぐにシビルのところへ戻る」彼は両手を振った。「心配しなくていい。ここで見たことは、シビルには言わないよ。シビルには――」

「シビルお姉様にわたしはすぐに戻ると伝えてちょうだい」メグはそう言ってウィリアムにほほ

えみかけた。「お気づかいいただいてありがとう、ウィリアム。もう少ししたら体力が回復するはずだから、そうしたらデジレー王女に家へ戻ることをお伝えするわ」

ウィリアムはおどおどしながら笑みを返した。「それがいい」彼が言った。「それがいいよ」そして自分の肉体美を見せつけることもなく部屋から飛びだしていった。

メグは雇い主の顔を見ようとしなかった。絨毯に目を落とし、どうすれば優雅に立ちあがれるか考えをめぐらせる。

ジャン・マルクのブーツが目に入った。御者台に乗ってロンドンへ帰ってきたせいでほこりまみれだ。

「姉上はさぞきみに会いたがっているだろうね、メグ」ジャン・マルクは声を落とした。「明日の朝、お目にかかるのを心待ちにしていると姉上に伝えてもらえないだろうか？」

メグは答えた。「わかりました」彼はわたしをやめさせる気はないのだろうか？　こんな醜態をさらしたというのに。

「デジレーは気難しいんだ。というか、今までは気難しく、人と打ち解けようとしなかった。しかし、きみのことはすぐに好きになった。実際、明るくなったように見える。立ちあがるのに手を貸そうか？」ジャン・マルクは手を差しのべた。

メグは彼の手をとり、自分の機敏さをありがたく思いつつ素早く立ちあがった。

「人騒がせなお嬢さんだ」ジャン・マルクは言った。

メグは小首をかしげた。「そうかもしれません」

ジャン・マルクは声をあげて笑い、メグの手を放した。メグは、彼が再び口を開く前になにか言うべきだと思ったが、言葉が見つからなかった。

「妹には仲のいい友人がいなかった。そもそも友達をつくろうとしなかったのだが、あの子を責めることはできない。妹が頼れるはずの人たちが彼女を愛そうとしなかったせいなんだ。あの子はひどく孤独だっただろう。ありのままの妹を受け入れてくれる男性に出会えれば、これほど喜ばしいことはないんだが。できれば、気転がききすぎるところも気に入ってくれる男がいい。あの子は充実した人生を送る資格がある」

「王女様には気転がききすぎるところを補って余りある美点がございます。お優しいし、寛大ですし。これからうんと楽しむつもりなのだそうです。わたくしにそうおっしゃっていました。それに、とてもウィットのある方ですわ」

「まさか」

「あの方を知ろうとなさらなかっただけではありませんか？　でなければ、お会いしてまだ二日もたたないわたくしが王女様についてあれこれ申しあげる必要はないはずですもの」

「そうだな」ジャン・マルクは言った。彼はメグに、七番地からまた戻ってきてくれるのか、それはいつなのかを尋ねたかった。「まったくきみの言うとおりだ」きかないほうがいい。聞きたくないことをわざわざ聞くことはない。

「そろそろシビルのところへ戻りませんと」メグは言った。どうすればいいのだろう。彼の気持がわからないまま帰っていいものだろうか？　彼女は扉のほうへ向かった。

「メグ」

彼女は立ちどまって言った。「わたくしをそんなふうに呼ぶのを使用人に聞かれたら、困ったことになりますわ」

「メグ？」

ジャン・マルクはそう問いかけることによって、どうあってもメグと呼ぶことを示した。「はい、伯爵」彼女は仕方なく振りかえって彼の顔を見た。ジャン・マルクは再びメグに手を差しのべた。たくましくしなやかな手を。彼女はゆっくり彼のほうへ戻り、差しだされた手の上に自分の手を重ねた。

「わたしは後悔していない」ジャン・マルクは言い、メグの手を自分の口もとへ持っていった。そして目を閉じてそっと口づけをする。

メグは胃のあたりが締めつけられるのを感じた。ジャン・マルクは彼女が近寄ってくると思ったかもしれない。しかしメグは、逆に彼の手を両手でつかんだ。「わたくしもです」彼の手首に唇を押しあてる。

「きみは魅惑的だ、メグ・スマイルズ。それに神秘的だ。ちょっぴり手に負えないが」ジャン・マルクはメグの顎を上にあげた。「きみに溺《おぼ》れそうだ」メグはジャン・マルクがゆっくりと身をかがめるあいだも彼から目がそらせなかった。唇に彼の吐息がかかる。「きみの瞳にどんなに惹《ひ》かれているか話したことはあったかい？　そう、上質なコニャックのような色をしている。きみはすでに知っているだろうが」

「そのようなことは知りません」メグは言った。「人には茶色い目だと言われます。茶色の瞳なんてありふれていると」

「きみの瞳はありふれてなんかいない」

「あなたの目も。とても濃い茶色で、黒に近い色なんですね。すごく好きだわ」

「かわいい人」ジャン・マルクは言った。「ついに出会ったのだ……いや、そんなことはどうでもいい。きみにキスしたい」

ほんの一瞬メグは目を伏せたが、すぐに言った。「どうしてわたくしはあなたを遠ざけられないのかしら？　どうしてあなたを拒絶して今すぐ逃げようとしないのかしら？」

「逃げたいのかい？」

メグはすぐそばにあるジャン・マルクの顔をじっと見つめ、自分をのぞきこむ彼の表情を探ると首を振った。

「よかった」ジャン・マルクはささやき、あたたかいてのひらをそっとメグの腰に置いた。顎で彼女のこめかみを撫《な》でる。少し髭《ひげ》ののびた肌のはっとするような感触に、メグは吐息をもらした。

ジャン・マルクはメグに腕をまわし、彼女を爪先立たせた。「昨日会ったばかりなのはわかっている。きみは……きみは、男と女がひと目で惹かれ合うことがあると思うかい？」

「わかりません」メグは嘘《うそ》をついた。「でも考えてみます。そろそろおいとましたほうがいいでしょう」

「ひとつだけ教えてくれ。きみは本当に無我の境地に到達できるのかい？　それとも、そういうふりをしただけかい？」

ジャン・マルクの鼻で頬骨の下のくぼみを撫でられているときに集中するのは至難の業だった。

「はじめは覚えて練習していただけです。そのうちだんだんとわたくしにとって必要なものになっていきました。魂が高みへのぼって冷静で穏やかになれるなんて、めったにできない体験ですもの」

「それなら今日は？　またいとこの前で見せたのは本物の瞑想だったのかい？　極度に緊張したときにはああいう行動に出るのかい？」ジャン・マルクはメグの背中に広げた指先に力をこめた。そして彼女を引き寄せる。メグの胸に彼のかたい胸板が押しつけられた。唇がかすかに触れ合うと、彼女はぞくぞくした。「メグ、恥ずかしがらなくてもいい」

「恥ずかしがってなどいません。考えているだけです」メグがジャン・マルクに頬ずりすると、彼も彼女の動きに合わせて頬ずりを返した。「さっきは気持が落ちこんでいました。ああいうときには習得したことを実践するようにしているんです。でも、ウィリアムの気をそらすために無我の境地に入ったとも言えます。あの人といると窒息しそうなんですもの」

ジャン・マルクの動きがとまった。「彼は事故がどうのと言っていたね、メグ。詮索《せんさく》する気はないが、どういうことか教えてほしい」

「なんでもありません」メグはこれ以上追及されませんようにと願いながら言った。

「いや、なにかあるはずだ」

願いは聞き届けられなかった。

「話してくれ。でないと最悪のことを想像してしまう」ジャン・マルクはメグの耳たぶをそっと噛んだ。そのせいで全身の力を奪いとられ、メグの膝がわなわなと震えた。わずかなあいだに今まで経験したことのない感覚が次々と押し寄せてくる。ここに残ろうか？　もし残れば、彼に思いを寄せられて喜んでいると思われないだろうか？

喜んでいるのは事実だ。それなら、どうあっても家に帰るべきではない。

ジャン・マルクはわずかに顔をあげたが、それ以上顔を遠ざけようとしなかった。「メグ、お願いだ。事故のことを教えてくれ」

「たいしたことではありません」思った以上にきつい口調になってしまった。「馬車と衝突したというだけですわ。バーリントン・アーケードから出てきて、ピカデリー・サーカスのほうへ曲がっても大丈夫だろうと思ったんです。それが、まさか馬車が飛びだしてくるなんて。打撲を負ってショックを受けましたけど、運がよかったですわ。これ以上お話しすることはありません」

ジャン・マルクは話を聞いてすっきりするどころか、ひどく不快な気分になっていた。もっと詳しく話すように迫りたい衝動を抑える。運がよければ、この件について追及する機会があるだろう。その必要があればだが。

思ったとおり、メグはレモンと野の花の香りがする。ジャン・マルクは彼女にキスをしようとした。

メグのたぐいまれな瞳が彼の瞳を探る。

ジャン・マルクの自制心は今にも吹き飛びそうだった。一度目はメグと唇を合わせただけだった。二度目は彼女が唇を押しつけてくる感触を味わった。しかし、いらだちと欲望が募るばかりで、少なくとも必死で抑えつけている秘密の衝動を爆発させる必要があった。

メグの唇は甘く、ジャン・マルクと同様に彼女もキスを求めているのが感じられた。

メグはジャン・マルクの首に腕を絡め、体重を預けた。たくましく力強い男性に守られているのを感じる。彼の存在、そして一瞬こちらに向けられるまなざしに、彼女は感動した。メグにはジャン・マルクの求めているものがわかっていた。彼が唇をなんなく押し開き、ごく自然に舌を滑りこませてくる。自然でありながら、メグから力と抵抗の意思を奪いとってしまうのだった。ジャン・マルクが彼女の体を支えて唇をむさぼると、ふたりの息づかいはまわりに響き渡るほど激しくなった。

メグは上着の上質な生地の下でこわばっているジャン・マルクの肩をてのひらで愛撫《あいぶ》した。昨夜、自分の傍らに裸で横たわっていた姿が思いだされる。そして、思わず彼の体のあちこちに触れたくなった。

ジャン・マルクがあまりにもゆっくりと唇を離したので、メグにも彼が名残惜しい気持なのがわかった。彼は親指でメグの顎をあげると、身を乗りだして彼女の首筋の柔らかい肌に、そして鎖骨のくぼみにキスをした。さらに、はだけた胴着《ボディス》の襟もとからのぞく胸の頂を唇で愛撫する。

突然、ジャン・マルクは体を起こして後ろにさがったが、再びメグの手をとって握りしめた。彼は頭を振り、苦悩の表情を浮かべた。

メグは彼の腕をそっとたたいて言った。「わたくしたちはたくさんのものを分かち合うことができました。生涯忘れません。思い出がわたしを、そしてジャン・マルク、あなたを満足させてくれるでしょう」

彼は危険なまでの憤りを感じた。憤りと反発を。いつまで、父の意思と自分の意思のあいだで、そして息子を思いどおりにしようとする父の期待と自分の欲求のあいだで、板挟みにならなければいけないのだろう?

「わたしは思い出だけで満足するとは約束できない」ジャン・マルクはメグに言った。「もちろん、きみの意見には従うつもりだが、ふたりの関係を儀礼的で他人行儀なものにしておきたいと言われたら、わたしはひどくつらいだろう」

こんなぎょっとするような発言を聞いて、胸を躍らせるべきではないのに。メグは危うく自分も同じ気持であることを打ち明けそうになった。

ジャン・マルクの表情に冷静さが戻った。「メグ」彼は言った。顔とは裏腹に目には動揺の色が浮かんでいる。

「はい、伯爵」

「行ってくれ」彼は無理やりメグに背を向けた。「行くんだ」

12

　メグが帰ってきたとき、わたしひとりしかいなければよかったのに、とシビルは思った。話したいことは山ほどあるけれど、ラティマー・モアやレディ・ヘスターがいては、メグはなにがあったのか語ってはくれないだろう。それなのに、このふたりは居座ることにしたようだ。

「メグが帰ってきたわ」スマイルズ姉妹の客間の窓から外を見ていたレディ・ヘスターが言った。「信じられないわね。ある日の午後いなくなって、次の日の午後まで帰ってこなかった人が、さも普通みたいに歩いてくるんだから。使いの人があなたになんと言ったかなんてどうでもいいわ、シビル。これは大変なことよ」

「レディ・ヘスター」ラティマーが言った。「メグとシビルにはぼくたちの支えが必要なんです。ぼくたちはただ、七番地のみんなに愛されているふたりに手を差しのべればいいんですよ」

　シビルはラティマーのすばらしい言葉からわれに返って言った。「ありがとう」この濃い茶色の巻き毛をした長身の美男子が通れば、間違いなくたくさんの女性が振りかえるだろう。だが、彼は自分の商う外国の骨董品《こっとう》にしか興味がないのだ。

　レディ・ヘスターは金縁の柄つき眼鏡越しにラティマーを見た。彼女のきれいな青い瞳がレンズのせいで大きく見える。「あなたはメグに思いを寄せているのね、ラティマー？」

　レディ・ヘスターのぶしつけな言葉に、シビルはうめき声をあげた。

ラティマーは咳払《せきばら》いして言った。「スマイルズ姉妹はぼくの友人です。ふたりはぼくの妹のフィンチの友人でもある。ぼくはふたりの幸せに対して少しばかり責任があると思っているんです。あなたと同様にね、レディ・ヘスター」

レディ・ヘスターは、うまくかわされたという顔をするどころかつくり笑いを浮かべて言った。「すばらしいお話だこと。あなたがそんなふうに考えていたなんて知らなかったわ」

「奇妙だな。きみのまたいとこは十七番地から戻ってくるなり、またあたふたと出ていった」ラティマーはシビルに言った。「また戻ってこられても困るが」すぐにつけ足す。「すまない」

「いいのよ」シビルが言った。「わたしもそれを考えると頭が痛いわ。ミス・ラヴィニア・アッシュのこともあるし。彼女があんなふうに現れたものだから、まだかなり頭が混乱しているの。なんの連絡もなしに来るなんて。わたしたちと面識もないのに、メグが伯爵家の仕事を世話してくれるはずだと言って聞かないし。支障があるかもしれないなんて思いも寄らないみたい。こんなことを言うのは気が引けるけれど、でも……あの……」

「彼女は普通じゃない」ラティマーがあとを引きとった。「実際、紛れもなくどうかしているよ」

「ミス・ラヴィニア・アッシュは」レディ・ヘスターがひどくもったいぶった口調で言った。

「上流階級の若いご婦人の教育者としては一流よ。わたくしたちに言ったように、彼女は特に身分の高いご婦人しか教えないんだから。彼女のような人材を得られるなんて、伯爵もわが身の幸運が信じられないでしょうね。実際、教育水準がどんどん落ちていると嘆く人もいるわ。それというのも、イギリスの、特に身分の高い家柄のお嬢さんたちを厳しく指導するミス・アッシュのような人が少なくなってきているせいよ」

「彼女はダンス教師らしくありませんよね」シビルが指摘した。

ラティマーがうなずく。「がりがりにやせていて、少しもしなやかじゃない」

「じゃあ、きくけど」レディ・ヘスターは柄つき眼鏡をラティマーのほうへ向けた。「一流の学校における若い淑女の教育について、なにか知っているというの？　なにも知らないんだから、口を挟まないでちょうだい」

ラティマーの笑みが消えた。

「メグが来たわ」レディ・ヘスターは言った。彼女は濃い藤色《ふじいろ》のドレスの裾《すそ》を揺すった。夫の喪に服して長いあいだ黒い服ばかり着ていたが、最近それをやめたのだった。「さあ、みんな落ち着いて。なにごともなかったような顔をしてちょうだい。あれこれきかないのよ、メグの冒険……いえ、新しい仕事のことについて」

玄関の扉が開く音と、老クートが鼻にかかった声でメグに「おかえりなさいませ」と言う声が聞こえた。もうひとり、もっと声の低い人物がなにか言っている。

玄関ホールではアダム・チルワースがあまりに悲しそうな顔をしていたので、メグは涙がこぼれそうになった。「会えてうれしいわ」そう言ってすぐに、久しく会わなかった人に対するような自分の声のよそよそしい響きに気づいた。「冷えるわね。もっとなにか着たほうがいいわ」アダムの世話を焼くことは彼女の生活の一部になっていた。

アダムはわずかにうなずき、メグの髪をまじまじと見つめると、うつむいて足早に屋敷から出ていった。

メグはクートの目が潤んでいるのに気づいた。彼は顔をしかめて言った。「レディ・ヘスターとラティマー・モアがシビルと一緒に上でお待ちです」右手の親指を突き立て、それを左に傾けてメグとシビルの部屋を示した。さらに同じ親指を左に向け、一階にあるラティマーの部屋を指して言う。「お客様がいらっしゃっていますが、お休みになられていると思います。鋭い物言いをなさる背の高いご婦人です。あなたにお話があって来られたそうですが、まずは上の方々に会ってこられたほうがいい」クートは親指を再び二階のほうに向けた。

メグはラティマー・モアの部屋に目をやりつつクートに礼を言い、シビルは泣いているだろうと覚悟しながら急いで二階へあがった。

部屋の入口には、レディ・ヘスターとシビル、そして驚いたことにラティマー・モアが立っていた。

「メギー」シビルがひび割れた弱々しい声で言った。「ああ、メギー。どうにかなってしまいそうだったのよ。入って顔を見せてちょうだい」

「恥を知るべきよ、お嬢さん」レディ・ヘスターが言った。「そりゃあ、放蕩《ほうとう》息子、いえ娘が帰ってきてくれてうれしいけれど、あなたは育ちのいい若いご婦人なのよ。わかっているでしょう。どうするべきか見当もつかないわ。あら！　まあ、あなたの髪！　いったいどうしたの？　ああ、気つけ薬をちょうだい」

シビルはほかのふたりをかき分けて戸口から外に出て、ほっそりした腕でメグを抱きしめた。そして妹の肩に顔をうずめて泣き崩れた。「愛してるわ、メギー。あなたはわたしの英雄よ。あなたがなにをしてくれたのかはわかってるわ。わたしたちふたりのためにしてくれたことは。でも……」

「でもシビルは、一、二枚の銀貨のために妹の名誉が汚されたと思って悲嘆に暮れたのよ」

「あの、レディ・H」ラティマーが言った。レディ・ヘスターのいやがる呼び名を口にすることを明らかに楽しんでいる。「ぼくたちは聖書を読みすぎていますよね？　放蕩息子と銀貨。ふたつのたとえ話をごちゃまぜにしていませんか？　メグ、個人的には、その髪の色ももとの色と同じくらいすてきだと思うよ。それにしても、その赤はすこぶる魅惑的だ。それにとても華やかだ。とてもいいと言えるんじゃないかな。さあ、ふたりともなかへ入って。ミセス・バーストウは当然ながら騒いでいるし、有益なことをしようという人は誰もいないようだから、ぼくがみんなにお茶をいれるとしよう。どうだい？」

　メグは気をとり直して言った。「お願いするわ。ありがとう、ラティマー。本当にありがとう」

彼女がラティマーにほほえみかけると、彼も笑みを返した。ラティマーは本当に魅力的だ。少なくとも、本人がそうあろうと思っているときには。

「おかけください、レディ・ヘスター」メグの手を握りしめ、はなをすすりながらシビルが言った。

　レディ・ヘスターはドレスの裾を広げ、ぼろぼろの長椅子に腰をおろした。その椅子に張られた綾織《あやお》りの布には色褪《いろあ》せた緑の葉とどうにかわかる程度のクリーム色の薔薇《ばら》の模様が入っていたが、今はすり切れてほとんどなくなっている。「お茶を早くね、ラティマー。この子があんまり心配かけるから、気が遠くなりそう。では、わたくしの前に座って、メグ・スマイルズ。ききたいことがあるの」

「メギーはまずお茶を飲んだほうがいいんじゃないかしら」シビルがおずおずと言った。「いろいろなことがあって、ひどく疲れているでしょうから。ラティマー、食器棚の上の容器にビスケットが入っているわ」

ラティマーはやかんを火にかけ、トレイにカップと受け皿を並べたところだった。彼はレディ・ヘスターがこう言うのを聞いて跳びあがった。「問題は、メグがどうしてそんなに疲れたのかということよ。さあ、メグ、言ってごらんなさい。そうよね、明らかに――」

「ぼくたちには関係ないことじゃないですか、レディ・ヘスター」ラティマーが言った。「心配しなければならないことがあったにしろ、楽しいことがあったにしろ、メグが話そうと思わない限りは。それに、いいですか、あなたは大変なことが起こったと決めてかかっていますが、なにも起こらなかったのかもしれませんよ」

「いやな子ね」レディ・ヘスターは言った。「男ってみんなそう。か弱い女性に平気で自分の意見を押しつけるのよ」

「大丈夫なの、メギー?」シビルがきいた。

「ええ、平気よ」メグは嘘《うそ》をついた。ほかにどう言えただろう?「わたしたちのまたいとこはどこ?」

シビルがにっこり笑った。「ウィリアムなら、あなたがすぐに戻ってくると告げるやいなや出ていったわ。大切な用事でどこかへ出かけるんですって。それがすんだら、また来るそうよ」

「最悪だったわ」メグは言った。「彼ったら、エトランジェ伯爵の前で尊大な態度をとったのよ」

「これで最初の問題に戻ったわね」レディ・ヘスターが言った。「わたくしたちはみんな、昨日、伯爵があなたを馬車に乗せるところを見たのよ。ふたりきりだったわね。ばたばたと出かけていって、今まで帰ってこないなんて。ウィンザーのそばにある伯爵のお屋敷に泊まったことはわかっているわ」

「ええ、リバーサイドのお屋敷です。シビルお姉様、本当にごめんなさい。みんなに心配をかけたことはわかっているけれど、日帰りの外出だと思っていたの。夕方までには戻ってこられるって。泊まることになっているとわかったときには、日が暮れて帰れなくなっていたのよ」

「わかってるわ」シビルは言った。「いいのよ。その……あなたが無事で、困ったことが起きなかったのなら」

「困ったことなんて起きてないわ」メグは言った。「運悪く行き違いがあっただけ。でもすんだことだし、ほら、わたしは前とどこも変わらないでしょう」

「ウィンザーでは伯爵とふたりきりだったの？」レディ・ヘスターは、自分の質問がメグとシビルの会話によって中断されたことなど意に介さないかのようにきいた。

「ふたりきりではありません」メグは答えた。「使用人が大勢いましたし、伯爵の親しいご友人のレディ・アップワースと、わたしが今度お相手役を務めるモン・ヌアージュ公国のデジレー王女もいらっしゃいました」

メグがひとこと発するたびに、レディ・ヘスターは目を丸くし、身を乗りだした。そして感心したように頭を振って言った。「たいそうな方々と一緒だったのね」

「わたしは王女様のお相手役として同行しただけですけれど」

「晩餐《ばんさん》には同席しなかったのでしょう？」

胸がこんなに痛まなければ、この会話を楽しめたかもしれないとメグは思った。「いいえ、しました。その晩餐の席で、王女様は生まれてはじめて髪を結われたんです。王女様はとても魅力的なんですよ。聡明《そうめい》で物静かで。ときどきいらいらして、きついことをおっしゃるけれど、かわいらしくて、ご自分なりの美しさをお持ちの方ですわ」

「ふーん」レディ・ヘスターが言う。「言い換えれば、高価な服や装飾品で飾り立てているけれど、平凡な外見ということね。平凡だろうとなんだろうと関係はないけれど。その方と結婚したがる殿方は必ずいるはずだもの」

メグはシビルを見た。ラティマーはいいとして、レディ・ヘスターがいたのでは気楽に話もできない。

ラティマーが紅茶とビスケットの載ったトレイを運んできて、それぞれにカップを渡した。

「きみは休んだほうがいい、メグ」彼は言った。「興奮して疲れただろう?」

「まったくそのとおりだわ」メグは認めた。

レディ・ヘスターが言った。「もちろん、休まなくちゃ。伯爵についてなにもかも話してくれてからね。伯爵はモン・ヌアージュ公国のジョルジュ大公の私生児なんでしょう?」

彼をかばいたいという気持がふくらんできて、メグの全身の筋肉がこわばった。「そんなこと、わたしやあなたが関心を持つようなことじゃありませんわ」

「まあ!」レディ・ヘスターは素早く柄つき眼鏡をかけた。

「エトランジェ伯爵は高貴なお生まれの紳士ですわ。お父様の命を受けた大使としてイングランドへいらっしゃっているから、重責を担っておいでなんです」

「見た目はいいの?」いつもながら、レディ・ヘスターは遠まわしに尋ねるようなことはしなかった。「いいという話よね。それに、女たらしだとか」

「ミス・ラヴィニア・アッシュという人がきみに会いに来ているよ」ラティマーが眉をひそめて言った。「フィンチが使っていた部屋で休んでいる。ちょっとびっくりしたよ。いきなり現れたから。シビルがきみは彼女のことを知らないって——」

「わたくしが話しているのに邪魔しないでちょうだい」レディ・ヘスターが命じた。「その話をする時間なら、あとでいくらでもあるんだから。そのアップワース——アイラとかいう女性については聞いたことがあるわ。彼女のことなら知ってますとも。アップワース卿《きょう》と結婚した人よ。彼はそのとき百歳近かったはずだから、正気を失っていたんじゃないかしら。たしか、バースの市長にも一度もなれなかったのよ。財産はたいしてなかったと思うけれど、アイラにとっては満足よね。称号が手に入ったんだもの。当然、新しい夫を探すでしょう。あの手の女性は常に次の男——そう、次の男を探しているのよ。エトランジェ伯爵は格好のお相手を見つけたわけね。ふたりはどんなふうだった、メグ？」

「ご一緒にいらっしゃるところはほとんど見ていません」

「でも、見たんでしょう？」レディ・ヘスターは意味ありげに眉をつりあげた。「ちらりと相手を見ていたとか、ひそかに触れ合っていたとかいった様子から充分わかるじゃない」

メグはうつむいてスプーンをもてあそんだ。

「まさか、あなたは伯爵に心を奪われたりなどしていないわよね？　あなたのような世間知らずのお嬢さんでも、ああいう殿方があなたに関心を持ったりしないことぐらいわかるでしょう？使用人に手を出すほど好色な人なら話は別だけど」

黙っていては認めるようなものだとわかっていたが、メグは顔をあげられなかった。

「そうね。確かにあなたには魅力があるわ。あの手の殿方はそういう点を見逃さないし。それにそのドレスはかなり目立つもの。おまけにその髪。ああ、間違ったことをしたんじゃないでしょうね？」

「やめてください！」シビルが叫んだので、メグはぎょっとした。「どうしてメグにそんなことをおっしゃるの？　彼女は優しくて善良です。最高の妹であり友人だわ。そんな不快なほのめかしをメグに聞かせないでください」

ラティマーが落ち着かない様子で身じろぎした。「ミス・アッシュに会ってきたほうがいいんじゃないかい、メグ？　長いこと待たせているから」

メグは動揺しつつもラティマーの話に耳を傾けていた。「ミス・アッシュって誰なの？　そんな名前の人は知らないわ」

「伯爵はあなたを思いどおりにしたの？」レデイ・ヘスターが尋ねた。「もしそうなら、すぐに話して。ハンターに伯爵と話をつけてもらうから。わたしが頼めば、伯爵に言ってくれるでしょう。あなたに対してきちんと責任をとらなければ、卑劣な行為がロンドンじゅうに知れ渡るという不面目な事態に陥りますよとね」

「もう充分でしょう、レディ・ヘスター」ラティマーがきわめて穏やかに言った。「興奮しすぎですよ。よろしければ三階へお連れしましょう」

「出ていきたいときに出ていくんだから――」

ラティマーはレディ・ヘスターのカップをとって腕を差しだした。「この続きは明日にしましょう。落ち着いて考える時間があるときに。あなたの思いやりはわかります、レディ・ヘスター。メグを傷つけたくはないでしょう。でも、今はあなたの配慮が足りないせいで彼女が傷ついています」

レディ・ヘスター・ビンガムははじめ動こうとしなかったものの、やがて悠然と立ちあがり、ラティマーの腕をとって部屋を出た。

「ああ、メギー」シビルはそう叫ぶと、妹に駆け寄って抱きしめた。「お父様が亡くなって以来、こんなに恐ろしい思いをしたのははじめてよ。馬車が強盗に襲われたんじゃないかとすら思ったわ」

「どうか許して。それに、わたしたちの雇い主のことも責めないで。勘違いだったんだから。シビルお姉様、お姉様さえよければ、デジレー王女にピアノと声楽を教えてほしいの。明日の朝会うのを楽しみにしているとお姉様に伝えるよう伯爵から言われたわ」事実を一部伏せておくらい許されるだろう。「わたしは王女様の右腕に、これからの大変な時期に頼りになる存在にならなければいけないの。王女様はひどく内気だって言ったでしょう。そういうわけで、わたしは十七番地の王女様のそばで暮らすことになるから」

シビルは両手で自分の頬をぱちんと打った。「だめよ、メギー。十七番地で暮らすですって？　なぜ？」

「もう説明したでしょう。そんなに長いあいだじゃないわ」メグは深く息を吸った。ジャン・マルクに別れを告げることを考えると悲しくなったが、そんな気持は払いのけた。「伯爵と王女様は社交シーズンが終わったらすぐに帰国されるの」そして、彼とは二度と会わないだろう。

「でも、メギー」シビルが言った。「十七番地に住むんでしょう？　みんなに誤解されるわ」

「誤解されようがされまいが、かまわないわ。少なくとも、みんなの退屈な毎日に絶好の噂《うわさ》の種を提供してあげられるわね」

シビルは目をそらした。「あなたがいないと寂しいわ」

これこそ、メグが言われるだろうと思い恐れていた言葉だった。「すぐ近くじゃない。毎日顔を合わせられるし。それに、長いあいだじゃないのよ」

「それはわかっているわ。自分が愚かだということもわかってる。遅かれ早かれあなたは結婚し、わたしはひとりで暮らしていかなければならなくなるんだもの。今度のことは自立するいい機会だと思わなくてはね」

「そうじゃないの」メグは言い、シビルを長椅子へ引っぱっていって座らせた。「シビルお姉様、わたしが結婚しようとさまざまなもくろみを立てたところで、お姉様のほうが先にお嫁に行くでしょうね。わたしが心配なのは生活のことだけなの。だから、生活を安定させるために方策を講じたわけ。でも、わたしのちょっとした思いつきから得られるのは、わたしたちふたりがデジレー王女にお仕えしていただける報酬だけなのよ。もちろん、安楽な暮らしをさせてくれるすばらしい殿方を探すつもりではいるわ。ねえ、シビルお姉様、もしわたしに、そこそこ財産のある相手が見つかって、その人がいい人だったら、お姉様にもふさわしい紳士を紹介してくれるわよ。お姉様は最高の男性と結婚してしかるべきだわ。その最高の男性を見つける機会を、わたしがつくってあげたいの」

シビルはふいにいたずらっぽく笑った。メグを引き寄せてぎゅっと抱きしめる。「もし可能なら、あなたはこの世のすべてを満足のいく状態にするでしょうね」シビルは言った。「すてきな殿方がわたしに思いを寄せるわけがないわ。あなたはわたしを愛してくれていて、実際よりよく見てくれているから、そんなことを考えるのよ。でも、あなたの努力が報われるよう、わたしも最善をつくすわ。あなたが愛することのできるすばらしい殿方にめぐり合えれば、すばらしいことだもの。それに、デジレー王女にお目にかかるのも楽しみだわ。だから、もうわたしのことは心配しないで。わたしが気にかけているのは、あなたが無事かどうかだけ。そして無事だった。だから、ね。もうなんの問題もないわ」

メグはほほえんだ。胸にあたたかいものが広がる。「お姉様と一緒なら、なににも負けないわ。わたしたちは無敵よ」

「そうね」シビルは答えた。「十七番地や王女様のことで、なにかまだ聞かせてもらえることがあって？」

シビルお姉様にジャン・マルクのことを話せる日はやがて来るだろう。でも今は話せない。「十七番地はとても美しいお屋敷なの。大きくて広々としているのよ。王女様のお部屋はすてきだったわ。わたしの部屋もきっとそうね。伯爵がイングランドに持っていらっしゃるリバーサイドの屋敷で与えられたお部屋といったら……」メグは息をのんだ。リバーサイドの屋敷の居間にいるジャン・マルクの姿が、続いてメグの居心地のいい寝室で裸のまま寝台に横たわる彼の姿が目に浮かぶ。「本当にすばらしかったわ。快適で明るくて女性がいかにも喜びそうなの」喜び？確かにそこで喜びを見いだした。不安と欲望と……自己嫌悪も。

「すてきね」シビルは言った。

「お姉様も行けるわよ」メグは言った。わたしはジャン・マルクと一緒にどこかへ行くことはできない。そして、十七番地をあとにする直前に彼と交わしたキスのことも考えてはいけないのだ。

「ウィリアムにはきまりの悪い思いをさせられたわ、シビルお姉様。彼ったら、屋敷の人を使ってわたしを呼んでこさせて、一緒に帰れと言ったのよ」

「まさか！」シビルはつぶやいた。「ひどいことを。でも、彼を追いかえすなんてすごいじゃない」

「ウィリアムには、わたしにどこへ行けだのなにをしろだの言う権利はないと、伯爵がはっきり言ってくださったの。そのとおりよね」

メグはシビルの視線を感じた。目が合ったとたん、なぜ伯爵がメグの問題に首を突っこむのかとシビルが当惑しているのがわかった。

「ウィリアムったら、気どって大口をたたいて、自分を恐ろしく見せようとしていたわ」

「そうでしょうね。でも、彼が潔い引き際を心得ているとは思えないわ。いったいどうやって追いかえしたの？」

「そう潔くもなかったわ」メグは頭を前に傾けてほほえんだ。「わたしね……無我の境地に入らなきゃって思ったの」

シビルはメグをまじまじと見つめてから言った。「やってないわよね」

「やったわ。いつものように、とても穏やかな気分になったの。苦もなく高みへのぼっていけた」

「その場で？」

「伯爵の書斎で。目を閉じてパックリー・ヒントンのことを思い浮かべたの。自然に春の景色を。気がつくと、絨毯《じゅうたん》の上に座っていたわ。脚を組んで――もちろんドレスの下でよ――額を絨毯につけてね。すばらしかったわ」

はじめはくすくす笑っていたシビルも、すぐに声をあげて笑い転げた。頬をピンクに染め、目に涙をにじませている。「それじゃあ」シビルは息を切らした。「それじゃあ、十七番地でのお仕事の心配をする必要はなさそうね。当然、やめさせられたんでしょうから」

「違うのよ」メグはふふっと笑った。「伯爵は崇高な瞑想《めいそう》の仕方を教えてもらいたいんですって。そうすれば、厄介な状況を打開できるからって。ねえ、どう思う？」

「あなただけよ、メグ、そんなことができるのは」

「わたしのことをいたずらなぺてん師だと思っているんでしょう？」

「あなたのことは、ほかにいないくらいすばらしい妹だと思っているわ」シビルは長椅子の背にどさりと寄りかかって腕を組んだ。「明日の朝、あなたの王女様にお会いするわ」

「ええ」

「ふう。かわいそうなラティマーをミス・ラヴィニア・アッシュから解放してあげなくてはね。彼女、だいぶ前にいらしたのよ。あなたは外出中だけどすぐに戻ると言ったら、ここに来るのにたいそう疲れたから休ませてほしいとおっしゃったの。ラティマーが親切にもフィンチの使っていた部屋を貸してくれたわ」

メグはミス・ラヴィニア・アッシュに、というか見ず知らずの人間に会うのは気が進まなかった。「どんな人なの？」

「フィンチの知り合いであることは間違いないみたい。フィンチから、あなたのところに行ってデジレー王女のダンス教師の仕事を世話してもらうよう言われたらしいわ。レディ・ヘスターいわく、ミス・アッシュはめったにいないすばらしい人だから、伯爵はすぐに雇うべきだって」

「ダンス教師？」あまりのことに、すぐには事情がのみこめない。「フィンチに言われて来たというわけ？」

「ミス・アッシュはフィンチからの手紙を持っていたわ」

「わかったわ」ダンス教師というのはいいかもしれない。そのうちデジレー王女にも舞踏会やなにかの招待状が届くようになるだろうから。「でも、どうして伯爵のところではなくわたしのところへ来たのかしら？」

「フィンチからそうするように言われたみたいなの」

わたしが王女様のお相手役になったことをフィンチが知っているはずはない。「ミス・アッシュに会ってみるのがいちばんね」

鋭いノックの音がしたので、シビルが応対に出た。「まあ、ミス・アッシュ」シビルは言った。

「これからお迎えに行こうと思っていたところなんです」

「それはご親切に。妹さんが戻っていらしたと聞いたものですから、会っていただけるかどうかうかがおうかと思いまして。ご都合がよろしくなければ、出直しますけれど」

メグはつばをのみこんで暖炉のほうを向いた。もうしばらくしたら、わたしは十七番地で眠っているだろう。そう、わたしは戻るつもり――夜には王女様のもとへ戻るつもりなのだ。

「お入りください」シビルが言った。「メグとおしゃべりをしていたんです。メグ、こちらがミス・ラヴィニア・アッシュよ。フィンチからの手紙をお持ちなの。フィンチはミス・アッシュをダンス教師として推薦していて、デジレー王女にはそういう人間が必要だと書いているわ」

メグは客に顔を向けた。「こんにちは、ミス・アッシュ」まあ、なんてこと。「おかけになってください」

ミス・アッシュは勧められたとおり座ることのできる場所かどうか思案したが、そのまま立っていた。彼女はアダム・チルワースと同じくらい背が高く、やせている。細い顔、幅の狭い肩、平らな胸と腰。深いバケツのような形の、つばの内側が白いレースで縁どられた黒いシルクのボンネットをかぶっているので、顔色が修道女のように青白く見える。ただし左右の頬骨の上あたりには派手に頬紅をつけていた。黒のボンバジン地のドレスと外套《がいとう》は流行遅れの代物だ。装飾品と言えるのは外套の前をとめている黒玉のボタンくらいで、ドレスの裾は短すぎる。念入りに磨いてはあっても古いブーツはもちろんのこと、棒のように細い脚まで数センチ見えてしまっていた。

「あの、以前ダンスを教えていらしたそうですね」メグは言った。この人を推薦するのなら、せめていくつか質問しておかなければ。

ミス・アッシュは座ることにしたらしく、脚がX字形になった大きな椅子にどっかりと腰をおろして股を広げた。背筋をあまりにぴんとのばしているので、痛いに違いないとメグは思った。「わたくしは何年もダンスを教えていました」ミス・アッシュは言った。頭から出した声が細い鼻を通って聞こえてきたかのようだ。「大勢の若い淑女がわたくしの教育を受けたんです。とてもたくさん。みな身分の高い淑女です」

「それなのに、学校をやめてロンドンまでいらして、たったひとりの若いご婦人を教えようと思われたんですか？」

ミス・アッシュの唇は灰白色で無数の縦じわが入っている。「そう考えたのは確かです」ふいに鋭い口調で言い、小さな青い目をきらりと光らせた。彼女は明らかに苦しそうな様子で深呼吸し、膝の上で手を組むとほほえんだ。「わたくしだって変化を求めても許されるはずですわ。自分の仕事に関して確かな手腕があることは保証します」

メグはミス・アッシュの笑顔が好きになれなかった。唇がめくれ、長い歯はむきだしになり、怒った羊のようなのだ。

「わかってますわ。ねえ、メグ？」シビルが言った。話をまとめるのはいつでもシビルだ。

「ええ」メグは答えた。「失礼ですが、最新のダンスについてはよくご存じなんですか？」

そう尋ねたせいでメグは、ミス・アッシュが羊のような歯をむきだしにし、目を伏せて鼻をふんふん鳴らしながらにやにや笑うのを再び拝むはめになった。「自問してみますわ」ミス・アッシュは言った。「ええ、そうです。わたくしの知らないダンスなどございません」ミス・アッシュは目をしばたたいた。彼女はおしろいを塗らなくてもいいところにまで塗りたくっている。薄いまつげにも粉がついていた。

おかしいと感じるべきではないのだ、とメグは思った。むしろ、こんな大胆な行動を起こしたミス・アッシュの勇気に感心すべきだ。さえないけれど善良なこの女性を、あまり厳しい目で見てはいけない。

「明日の朝、伯爵をお訪ねしたいと思います」ミス・アッシュが言った。「その際に妹君を面接したいのですが」

　メグは思わず言った。「王女様を面接ですって？」

　ミス・アッシュの小さな目が鋭くなり、やがて澄み渡った。「いえ、いえ、そうではありません。誤解していらっしゃるわ。王女様はわたくしと気が合うかどうかお確かめになりたいはずだということです。こういう場合、殿方でしたら当然論理的に考えるでしょう。殿方は分別を持ってよく考えた末に判断をくだしますからね。でもご婦人は、特にお若い方は好きか嫌いかでお決めになる」ミス・アッシュはメグの反応を確かめるように再び鋭い視線を向けた。「ご自分のお気持は大事にするべきですわ。わたくしの言いたいことは以上です。キルルード子爵夫人のように、あなたもわたくしをお気に召して、快く推薦してくださるといいのだけれど」

　問題はそこだ。「伯爵にあなたに会ってくださるようお願いすることはできます」言ったとたん、重荷を背負いこんでしまったような気がした。「明日の午後、早い時間になると思います。それでよろしいですか？」

　ミス・アッシュは眉をひそめた。「それがいちばんいいということであれば、かまいません」

「それと、わたしはしばらくのあいだここには戻ってきません。今は……」メグは、シビルの目に不安の色が浮かんでいるのに気づいた。「今は姉の顔を見に来たんです。姉は王女様に声楽とピアノを教えることになっています。王女様のご指導にあたって、おふたりに力になってもらえそうですね。明日の朝には伯爵の返事をお伝えできると思います。どちらにお泊まりですの？」

「メイ――チェルシーのいとこのところです。でも、彼女は世を捨てて暮らしているので、わたくし以外には誰にも会いません。明朝またこちらにうかがってお返事を待つことにします」ミス・アッシュは立ちあがった。「ご心配には及びません。こういうことには慣れております。あなたがその気に——あなたが呼びに来てくださるまで玄関で待っています」

「あの——」

「ごきげんよう。あなたも、ミス・シビル。あなたのピアノを聴くのを楽しみにしています。若い人はたいてい、どんなに上手な弾き手であろうと、どんなに静かな曲であろうと、猛烈な速さで弾くんですもの。ほとんどの曲がゆっくり弾くようにつくられていることを、あなたはご存じでしょう？　それでは明朝お会いしましょう」

ミス・アッシュは深々と一礼して出ていった。

「わたしたちの楽しくて平和な生活にいったいなにが起こったの？」ふたりきりになるやいなやシビルが言った。「すべてが変わっていくわ。そんなのいや。今夜十七番地へ戻ったりしないで。すぐ近くに住んでいるのに、どうしてそこまでしなくてはならないの？　必要なら夜中に駆けつけることもできる。もちろん、毎朝早くに向こうへ行くことだって苦じゃないはずよ」

「お相手役は王女様と生活をともにしなければならないのよ、シビルお姉様。どうかこれがわたしたちにとってまたとない機会だということを思いだして。大勢の人に会うはずだから、伯爵と妹君が帰国されたあとの仕事が見つかるかもしれないわ」

「あなたと結婚したいという人が現れるかもしれないわね。きっと現れるわ。あなたのことを思うとわくわくするのよ、メギー。本当に。でも、わたしときたら、ひとりでなんとかしなければならないときに、いつだって役に立たないんだもの」

「お姉様をひとりぼっちにはしないわ」メグは言った。「ほら、何度も言ってきたけど、今もう一度言うわ。信じて。わたしだってつらいのよ。でも最後にはふたりともよかったと思えるはずだわ」わたしは二度とかつての自分には戻れないだろう。「着替えて荷物をまとめなくては」

シビルはなにも言わなかった。メグが寝室に入るとすぐ、シビルは客間から出ていった。かなり前には、ハンター・ロイドが今に比べて頻繁にここに立ち寄ってくれていた。彼が今来てくれたらいいのに。彼なら信頼できるし、とやかく言わずに話を聞いてくれるだろう。それに頼めば助言を与えてくれる。だが、ハンターは弁護士として名前が売れ始めてとても忙しいので、七番地にも寝に帰るだけらしい。そしてたいていはほかの住人が起きだす前に家を出る。

「考えこんでいるようだね、シビル？」ラティマー・モアが玄関から声をかけてきた。

シビルは階段の手すりにもたれて彼を見おろした。「メグは今夜十七番地へ戻ってしまうの。お相手役は王女様のそばで暮らさないといけないそうよ」

ラティマーは視線を泳がせた。

「ばかげていてわがままに聞こえるでしょうけど、メグがいなくなると思うと今から寂しくてたまらないわ」

「わがままなんかじゃないさ」ラティマーは言った。

シビルはラティマーのほっそりとした顔と、光があたって赤っぽく輝いている濃い茶色の髪を見つめた。彼は物静かで無口だが、こちらが必要とすれば喜んで話し相手になってくれる。

ラティマーと彼の妹のフィンチは一緒に7Aで暮らしていた。彼女が当時八番地に住んでいたキルルード子爵と結婚するまでは。「フィンチがいなくて寂しい？」シビルは自分のずうずうしさに驚いた。「つまり、その……」

「ああ。でも、妹が幸せになってくれてうれしいんだ。それにぼくには仕事がある」

この人は仕事に慰めを見いだしているのだ。「そうね、あなたには仕事があるものね」

ラティマーは再びシビルを見あげた。「気を悪くしないでもらいたいんだが、困ったことがあれば、ぜひとも力にならせてほしい」

「気を悪くなんてしないわ」シビルは言った。ラティマーの親切がありがたかった。でも、部屋にひとりでいること、玄関の扉を閉めたとたんひとりぼっちになることを思うと、気持が沈んだ。もっと強くなって自立しなくては。「ありがとう、ラティマー。あなたが寂しいときにも言ってちょうだいね」また余計なことを口走ってしまった。

ラティマーがほほえんだ。別人のように見える。ラティマー・モアはとても魅力的な人だ。特に、打ち解けて話しているときは。

「ミス・アッシュと会う覚悟はできたかい?」彼が尋ねた。「彼女はもう充分休んだだろう」

シビルは眉をひそめて言った。「彼女ならさっきいらしたわよ、ラティマー。もうお帰りになったけど、明日の朝またお見えになるの。あなたにお礼を言わなかったの? ずいぶん失礼ね」

今度はラティマーが眉をひそめたが、すぐに表情をゆるめた。「夢中で書類を読んでいたんだ。おそらく彼女はぼくの邪魔をしたくなかったんだろう。おやすみ」

「おやすみなさい」シビルは言い、三階のハンターの部屋を見あげた。彼を訪ねてみる勇気はなかった。

物音が聞こえたので、シビルは7Bのなかへ戻った。メグはグロ・ド・ナプル織りの芥子《けし》色のドレスに着替えていた。ひと重のひだ襟とぎざぎざになった袖《そで》がついたそろいの外套をはおっている。生地はそれほどよくないが、仕立てた人間、つまりメグの完璧《かんぺき》な裁ち方がその点を補っていた。くたびれたつづれ織りの旅行かばんに便箋《びんせん》を押しこんでいたメグは、目をあげてほほえんだ。「表でなにをしていたの？」声が弾んでいる。「誰かと話していたみたいね」

「ラティマーよ。彼はいい人だわ。物思いに沈みがちだけど、とても親切だもの。すごく魅力的だわ」

「本当に？」メグは間を置いた。「美男子だとは思っていたわよ。でも、いつもぼうっとしているじゃない」

「フィンチがいなくて寂しいのよ」

「そうね」メグは眼鏡と小さな裁縫箱を手にとった。「わかるわ。彼がお金に困ると、いつもフィンチが助けてくれたものね。それだけじゃないけれど。あのふたりはとても仲がよかったわ」

「わたしたちが仲がいいようにね」シビルは言った。

メグはふたりの寝室をせわしなく出たり入ったりしていた。ブラシと櫛《くし》、それに何年もかかって集めた髪飾りを――パックリー・ヒントンの家から持ってきたお気に入りのものまで――持ってきている。

それを見てシビルは唇をかたく結んだ。涙がこぼれそうになる。妹は久しく見たことがないほど幸せそうだ。大切にしている品々を広場の向こうの他人の家へ持っていこうとしている――もう帰ってくる気もないように。

「新しい靴とブーツがどうしてもいるわ」メグは言った。

シビルは目をしばたたいて言った。「買わなくちゃならないわね。お金が入ったらすぐに」

メグは立ちどまり、シビルの顔を見た。「お願い、シビルお姉様。うれしそうにして。わたしはうれしいの。わくわくするわ。あなたが弾くピアノに合わせてミス・アッシュが王女様にダンスを教えるところを想像してみて。きっと楽しいわ。わたしもちょっと教えてもらえるかどうかきいてみる。だって、故郷の村でしか踊ったことがないんですもの」

「みんながあなたと踊りたがるわ」シビルが言った。「すてきな殿方に腕をとられて優雅に踊るあなたを見たら、紳士たちはダンスカードに名前を書こうとあなたのところに押し寄せるでしょうね」

メグはまじめな顔つきになった。「わたしはダンスカードなんて持たないのよ、シビルお姉様。使用人だもの。舞踏会に出られる機会なんてほとんどないだろうし、あるとしても、伯爵の代わりに王女様につき添っていなきゃいけないときだけだと思うの」

「じゃあ、誰かにダンスを申しこまれたら？」

「断るしかないわね」

「まあ、そんな」シビルが言った。「そんなの失礼だわ。すぐに王女様のそばに戻ればすむことじゃない」

「そうかもしれない」メグは言った。「もう行かなくちゃ。必要なものは全部持ったと思うわ。シビルお姉様、わたしが言うことをよく聞いてね。明日は髪をふんわりと結ってきて。きつく結いあげてはだめよ。シニヨンに白い花を何本か差すのがいいわ。服は淡い青のドレスがいちばん似合うと思うの。どうかしら？」

「あなたがいいなら、わたしもいいわ。青いドレスならふさわしいでしょう。十一時に行けばいいのよね？」

「そう。さてと、王女様がお休みになる前に、どうしていらっしゃるか様子を見に行くわ」

シビルはメグを引きとめたかったが、我慢した。

「伯爵は妹君のちょっとした進歩をいたく喜ばれるの。王女様が髪を結いあげて食堂に入っていらしたときの伯爵のお顔を見せたかったわ。伯爵はすごくいたずらっぽくお笑いになるから、まわりにいる人間も思わず笑顔になってしまうの」

「そうなの？」

「ええ。わたしが選んだドレスをお召しになった王女様をそれはほめられたのよ。明日は仕立屋と大勢のお針子を呼ぶの。そしてドレスを選んでさっそく仕立てさせるわ」メグは息を継いだ。

「伯爵はわたしのことまでほめてくださったのよ。想像できる？」

「ええ、できるわ」シビルは会ったこともない伯爵をひどく恐れている自分が恥ずかしかった。

「伯爵はその芥子色の服を着たあなたをすごくお気に召すはずよ、メグ。もう行って。みなさんお待ちかねよ」

「本当にお気に召してもらえるかしら？」

シビルは、妹の明るい茶色の美しい瞳と、彼女を官能的に見せている赤い髪をじっと見つめた。まつげを濃くし、ほんのりと頬紅と口紅をつけている。メグは輝いていた。「間違いなくね。伯爵はあなたが行くのが待ちきれないんじゃないかしら？」

メグが深々と息を吸うと胸が盛りあがった。今まで考えたこともなかったけれど、妹の容姿はすばらしい。

玄関の扉が開いていたので、バーストウが入ってきた。ずんぐりとした体にまとった、髪と同じ灰色のお仕着せがきぬずれの音をさせている。彼女ははなはだ不満そうな顔をしていた。「次から次へと騒ぎが起こるものだから、クートは疲れきってしまいました」彼女は言った。「エトランジェ伯爵のところのあの男が下に来ています。横柄な男ですよ。ああいう外国人になにも期待できやしませんけどね。あなたをエスコートするそうですよ。エスコートですって。こんな時間にあなたがどこかへ出かけるはずないと言ってやったんですが、帰ろうとしないんです」

「ありがとう、バーストウ」メグは言った。「いい人ね。あなたがいてくれて助かるわ」

バーストウの顔に一瞬怒りの色が表れ、すぐに消えた。家政婦は言った。「ふん。わたしがいるのはレディ・ヘスターのためですよ。でも、誰にでも親切にすることの大切さはわかっています。もちろん、あなたの力になってあげないこともありません。あなたの振る舞いは気に入らないけれど。それにその髪……。わたしがいい人間で、ミス・シビルを尊敬しているから、髪を染めるなんて売春宿の女がすることだって言わないでおいてあげてるんですよ。あの男とはあなたが話をつけてください」

シビルは、階段をのぼっていくバーストウの足音が三階で消えるまで息をとめていた。やがて吹きだしてしまい、両手で口を覆って必死にこらえようとする。

「わたしのために笑ってくれてありがとう」メグはそう言ったものの、自分もにやにやせずにはいられなかった。「バーストウは長いこと売春宿にいたんでしょうね。あら、急がなくちゃ」

そうね、あなたは確かに急いでいる。シビルは思った。そんなに熱心なのは王女様のお相手役を務めるという以外にも理由があるのかどうか、なんとしても確かめなければ。「伯爵は美男子だと言っていたわよね？」

「ええ、そうよ」メグは胸の下で両手を組んだ。「伯爵にお会いしたとき、お姉様の理想とする殿方の条件を思いだしたわ。シビルお姉様、ジャン・マルクはまさにぴったりの殿方なの。すべてにおいてね。手は大きいし、脚はたくましいし、肩もがっしりしているし、笑うと頬骨の下にえくぼもできるのよ。彼はあなたの理想を体現しているの」

シビルはつばをのみこんだ。胃のあたりに不安がこみあげてくる。「ジャン・マルク？」

メグはさっと体をこわばらせ、顔を赤らめた。

「あなたは伯爵を名前で呼んだわ。普通じゃないわよ。わかってるでしょう？　実際、悪い予感がするわ。メグ、あなたたちのあいだになにもなかったのなら、そんなに親しくなるかしら」

シビルお姉様に嘘をつかなければならないことなど今まで一度もなかったのに。「デジレー王女は伯爵のことをジャン・マルクと呼ぶの」メグは言った。「わたしもうっかり名前で呼んでしまったわ。気づかせてくれてありがとう。もう言わないように気をつけなきゃ。シビルお姉様、思ったんだけど、お姉様が明日の朝向こうへ行くとき、ミス・アッシュも連れていったほうがいいんじゃないかしら。そのときまでには彼女のことを伯爵に話しておくから。もし伯爵がお会いにならないと言ったら、使いをよこすわ」

「誰かが待っているんでしょう？」シビルは言った。こんなに気持が落ちこんだことはない。お父様が亡くなったときでさえ、これほどではなかった。「行きなさい」

「わかったわ」メグがくるりと向きを変え、ドレスの裾がふわりと広がった。彼女の顔は期待に満ちあふれている。「忘れ物があっても、すぐにとりに来られるわね。見送ってちょうだい、シビルお姉様」

メグはスキップを踏みそうな勢いで部屋から出た。

「メグ」シビルは妹の腕をつかんだ。「わたしを見て。お願い」

メグは言うとおりにした。「どうしたの？」

「あなたはこうなってわくわくしているわね」

「そう言ったでしょう」

「仕事を与えてもらったから？」

「わたし……」メグは素早くまばたきした。「ええ、もちろんそうよ」

シビルの意見は違った。「よくよく気をつけてちょうだい。聞くところによると、世の殿方は若くて純真で美しい女性には惹《ひ》きつけられずにいられないんですって。たくましくてハンサムな男性との火遊びは刺激的かもしれないけれど、その人があなたへの興味を失ったら、あなたの評判はずたずたになって将来もなにもなくなってしまうのよ。わたしの言ったこと、よく覚えておいてね」

「わたしがそういうことをしようと思っているみたいな言い方ね」

単刀直入に言ったほうがよさそうだ。「ええ、そうよ。あなたはそういうつもりなんだって確信しているわ。もうなにも言わないで。わたしにはあなたの考えていることがしばしばわかってしまうの。あなたは伯爵のもとへ急いで戻ろうとしているように見えるわ。今までにないほど恐怖を感じているけれど、あなたのために祈っているし、伯爵にお目にかかるのをとても楽しみにしているわ。分別のある家族があなたのことを心配しているからといって、伯爵は気を悪くしたりなさらないでしょうから」

姉に対して憤りを感じたのははじめてだ。メグはどうにか階段のところまで荷物を運んだ。

「お願いだから、わたしのことは心配しないで。わたしは強い人間だってわかってるでしょう？　明日の朝会いましょう」

シビルにはわかっていた。わたしはメグがなにに楽しみを見いだしているのかについて図星を指したのだ。

「失礼ですが」ひどくフランスなまりのある低い男性の声が聞こえた。一瞬のうちに、ヴェルボーが階段を駆けあがってきて、メグの手から荷物を受けとった。「伯爵の命令で参りました。伯爵は馬車で行くようにとおっしゃいましたが、あなたは歩くほうがお好きだろうと申しあげたんです」

「ありがとうございます」メグは静かに言った。玄関まで来ると、ヴェルボーに言う。「姉のミス・シビル・スマイルズをご紹介しますわ。姉は明日から王女様にピアノと声楽をお教えすることになっているんです」

メグの後ろにいたシビルは前に出て素早くお辞儀をした。

メグは驚くべき光景を目にした。ヴェルボーが一心にシビルを見つめているのだ。

「こんばんは」シビルは言った。「妹のことを気づかってくださってありがとうございます。こんな時間にひとりで外に行かせたくなかったんです」

ヴェルボーはひどくゆっくりとシビルに手を差しのべた。シビルが手を出すと、彼はその手をとって自分の口もとへ持っていき、長いこと唇を押しあてていた。メグは、シビルがくすくす笑うか、手を引っこめるかすると思った。だが、シビルはどちらもしなかった。

　メグは今までとは違った目でこのフランス人を観察した。その外国風の挨拶《あいさつ》に興味は引かれたものの、シビルがそれに応《こた》えるとは思わなかった。

「はじめまして《アンシャンテ》」ヴェルボーはようやく口を開き、シビルの手を放した。再びメグの荷物を抱えあげ、彼女を玄関の扉へと促す。彼はシビルを振りかえって言った。「必ず戸締まりをなさってくださいね」

「ええ」シビルはメグのほうを見たまま言った。

　その瞬間、メグは姉の胸の内を悟った。「お姉様がなにを考えているかわかってるわ」メグはシビルに言った。「わたしを――わたしたちふたりのことを心配しているということも。神様が見守っていてくださるわ」

13

スピヴィだ。

どうかわたしがいらいらしていることには目をつぶってもらいたい。

このような状況にあって平気でいられる者などほとんどいまい。まったく大変な仕事だが、やらないわけにはいかんのだ。

メグ・スマイルズはふしだらな娘だ！　そんなことは夢にも思わなかったのに。わたしが留守にして、体力を消耗する滑空の技を駆使したりなんだりしているあいだ、メグは伯爵とその妹と一緒にウィンザーへ行ったのだ。ああいう男が彼女にちょっかいを出す理由なら想像にかたくない。ちょっとした戯れのつもりなのだろう。わたしはやむをえずあとからウィンザーへおもむいたにもかかわらず、ひどく衝撃的な場面に遭遇してしまった。

あのように破廉恥な見世物が人目に触れなかったことはありがたい。あのふたりがどうなってしまうのか把握しておく必要さえなかったら、わたしもあの場に残ったりはしなかった。誰もが驚くであろう。厳密に言えば、ふたりはしなかったのだから。なにをかはおわかりのはずだ。だが無知なメグはしたと思いこんでいる。つまり、あれをだ。

察してほしい。誰も詳しく知りたくはないだろう。

これだけは確かだ。伯爵はわれらがメグ・スマイルズをひと目見て血がわきたつのを感じた。

しかしわたしがすべきは、メグとずっと一緒にいる約束を交わすまで彼の血をわきたったままにしておくことだ。見たところ、伯爵はメグを愛人にするつもりらしい。まさにわたしの思う壺《つぼ》だ。シビルも十七番地に住みこむか、伯爵がメグを住まわせる場所に同居するに違いない。ところが、厄介な問題にぶちあたった。スマイルズ牧師だ。

わたしは余計なお節介はせん。確かに、わたしの屋敷から下宿人を追いだすことの難しさについて多少の愚痴を――小声のひとりごとにすぎないが――こぼしたかもしれないし、スマイルズ姉妹の話をしたには違いない。わたしが心を落ち着けて足を地面につけたままでいる方法を教わりに出かけようとしたところ、問題のスマイルズがひょっこり現れて自己紹介をしてきたのだ。彼はわたしのひとりごとを聞いていたらしく、かわいい娘が貞操を汚さないよう見守ってやってくれと懇願するではないか。

まずいことになった。スマイルズは善人ぶった新参者のひとりだ。われわれは彼らを〝あひるちゃん〟と呼んでいる。天に召されたときに名誉ある翼が生えてくる場所が、わずかに隆起しているからだ。余談はともかく、スマイルズは天界の者になるかもしれぬ好機に恵まれているのに、彼を怒らせるわけにはいかんではないか。わたしも七番地ですべきことをすべて終え、天使の翼をもらおうという気にもう一度なったら、スマイルズに口添えを頼みたいと思うかもしれん。一方で、天界のやつらに翼をつけてやると言わせた暁には断るつもりでいる。そうすればやつらも、わたしが最初に天使適性審査を受けたときに合格させるべきだったと思い知るだろう。わたしはあまりに世俗的だと言われたのだ。天に召される心構えができていないと。善悪だけで人を判断するやつらには我慢ならん。

スマイルズは神になにもかもささげているから、鍛錬をさぼって下界へおりること――それは規則に反する――ができんというので、わたしはメグに目を配っておくと約束した。いついかなるときも――彼女が伯爵の寝台にいるときであろうと――そうするつもりだ。まあ、あの娘はすでに……おほん、その方面に関心を示している。ふたりがどうなるかについてはお知らせしていくつもりだ。

L・アッシュについてまだ話していなかった。彼女はわたしの親類が創立した伝統ある学校を引退した教師だ。L・アッシュが男でないとどうして知りえただろう？　舞踊の師匠――今で言うダンス教師――は男と決まっているのだ。少なくともわたしはそう思っていた。そして、代わりを探している暇はもうない。

コルセットをつけるのがどんなに不快か、ちらりとでも考えてみたことがあるだろうか？　シュミーズについては？　ふた股に分かれている不愉快なパンタロンとかいうものについては？　スカートについては？　どれもこれも不愉快だ。あの女、ミス・ラヴィニア・アッシュも不愉快だ。あの歯ときたら！　あんな女にとりついていなくてはならないなんてまさしく悪夢だ。

幸いにも、わたしは若いころダンスフロアでみなの注目を集めたものだった。新しいステップはあの女が知っているから、完璧《かんぺき》にこなせるだろう。だが、厄介な事態を恐れておらんわけではない。スマイルズ姉妹のまたいとこ、ゴドリー・スマイスが余計なことをして面倒を起こさんとも限らん。そしてミス・メグ・スマイルズがこれまで以上に予測のつかぬ振る舞いに及んで、事態を急展開させたりすれば、そのときは……。そのときはそのときだ。

ともかく今夜はあのすばらしい寝床に戻るとしよう。長きにわたって寝床としてきた場所へ。

あの女はすっかり意識を失ってすやすや眠っている。朝になったら、正気に戻してやろう。だが、夜のあいだこの屋敷は再びわたしのものになり、正面玄関を眺められる階段の親柱のなかのかたい寝床でゆっくり休むのだ。

彫刻の施された寝床はお好きかな？　寝たことがない？　そうだろう。なかへ入るのにちょっとばかりこつがいるのだ――やり方を正しく理解すること、入口に合わせて身を縮めること、といったような。だが、苦労する価値はある。

14

ジャン・マルクは書斎の扉を閉め、そこにもたれかかった。「まったく。ヴェルボー、この家はまるで市場か保護施設だな」

「やるべきことが山ほどあるのです。時間もあまりありません」

「確かに」だが、この喧騒《けんそう》や混乱やひっきりなしの質問を歓迎する必要はない。

「ミス・シビルとミス・メグがいらして幸いでした。ミス・アッシュさえも」ヴェルボーは肩をすくめた。「あのご婦人とは目を合わせないほうがいいでしょう。話も聞かないほうがいい」

「メグは――メグ・スマイルズは、あのご婦人の扱い方をよく心得ている」ジャン・マルクは言った。扉から離れて机の前へ行ったほうがよさそうだ。「シビル・スマイルズはおとなしすぎて、あの圧倒的な傲慢《ごうまん》さには太刀打ちできないのだ。アッシュを雇ったことは悔やんでいないが、この二週間が人生で最も長く感じられたことは認めよう」ダンス教師のせいばかりではない。屋敷のなかを歩くたびに、メグの姿を見たり、声を聞いたりするからなのだ。わたしは現実的だ。メグの姿を追い求めれば、彼女への欲望を募らせる結果になると当然わかっている。

ジャン・マルクは意見や決断を求められたとき以外、メグに近づかなかった。

「芸術家と接するには大いに配慮が必要です」ジャン・マルクの右側に立っているヴェルボーが言った。「音楽家、舞踏家、意匠家、作家、画家、俳優。扱いにくい人たちです。わがままですからね」

「そしてそれぞれ個性的だ」ジャン・マルクは言った。「彼らはわれわれを楽しませてくれるが、すぐそばでなにかやらかされるのはもう二度とごめんこうむりたい。妹の新しいドレスはそろそろ見せてもらえるのか？　メグ・スマイルズのは？」

ヴェルボーは唇を突きだして口ごもった。それからうつむいて体を小刻みに揺する。

「ヴェルボー？」

「はい、そうでございます」

「デジレー王女とメグ・スマイルズのドレスを見られるんだな？」

「王女様のほうは」

「メグ・スマイルズにドレスをつくらせなかったのか？」

「努力はしました」

まったく。「なぜすべてをわたしがやらねばならんのだ？　わたしが雑事に煩わされないですむようにしてくれる人間を雇っていると思っていたが、無駄に金を払っているというわけか？」

ジャン・マルクは立ちあがり、手にしていたペンをほうり投げた。「来い、ヴェルボー。こういうことをどう扱えばいいか教えてやる」

音をたてると多少怒りが和らいだ。今朝は馬に乗り、そのあと時間がなくて着替えられずにいた。かたいブーツのかかとに全体重をかけて木や石の床を踏み鳴らす耳ざわりな音ほど今の気分に合うものはない。

メイドたちがあわてて道を空けた。

ヴェルボーが主人の後ろからどすんどすんと音をたてて階段をあがってくる。いまいましい。この男はおもしろがっている！

ジャン・マルクはデジレーの部屋に続く扉を勢いよく開けて叫んだ。「話があるんだ、デジレー。それにメグ・スマイルズ、きみにも。来てくれ」ああ、大声で権威を示すと実に神経がなだめられる。まだ仕立てあがっていない服を抱えたお針子たちにぶつからないように、彼は歩調をゆるめた。「聞いているのか？」

デジレーが寝室から廊下へひょっこり現れた。不格好な白のローブを身にまとった少女は、手を腰にあててジャン・マルクをまっすぐに見た。「聞こえないわけがないでしょう、ジャン・マルク。怒鳴るんだもの。お父様にだって聞こえるわよ。お父様がどこにいらっしゃるかわかっているわよね」

「もういい、お嬢さん」この娘は生まれた瞬間から無礼でわがままだったに違いない。「わたしはおまえのためにかなり力をつくしているんだ。我慢ならない生意気な態度に目をつぶるつもりはない」

デジレーは目を丸くした。「なにに対しても目をつぶる必要はないじゃない。そこで地団駄を踏んでいるくせに。お兄様を呼んだ覚えはないわよ。理由もなしに大声を出しているのはお兄様のほうだわ。無作法だと思わない？　ああ、お兄様と言い合う元気なんてないわ。なぜそんなふうにまるで……。もう、なにがあったの、ジャン・マルク？」

ジャン・マルクは、デジレーが自分をなににたとえようとしたのか大いに知りたかった。だが、彼女にそれを言わせて喜ばせるつもりはない。

「本当のところ、わたしが会いたいのはミス・メグ・スマイルズだ。おまえはたまたまここにいるから呼んだにすぎない。彼女はいるんだろうな」

デジレーは参ったというように手で顔をあおいで言った。「ジャン・マルク、そう言われてしまっては降参だわ。わざわざ呼んでくださって本当にありがとう」彼女は唇に指をあて、背後を見た。そしてささやく。「メグって変わっているの。謎《なぞ》めいているって言うのかしら。妖精《ようせい》みたいなの。わたしが知っている女性たちとまったく違うけれど、すばらしい人よ。知らないことばかりのわたしに、いやな顔もせずつくしてくれるんだもの。でも、メグは感じやすいの。そうは見えないでしょう。でも本当なのよ。だからメグには大声をあげないで」

ジャン・マルクは異母妹《いもうと》が心から言っているのかどうか考えた。どうやらそうらしい。だが、どうして使用人に気をつかわなければならないのだ？「ご忠告感謝するよ」そう言って妹の横を通り過ぎる。「みんな、どうか仕事を続けてくれ。ぼやぼやしている暇はない。ミス・スマイルズ！ミス・メグ・スマイルズ！すぐに来てくれ」

「伯爵」ヴェルボーが静かに言った。「彼女はとても感じやすいのでは？怖がって逃げられてしまってはお困りになるでしょう」

メグが出てきて言った。「おはようございます、伯爵」彼女は真っ青で……そう、間違いなく震えている。

「おはよう」ジャン・マルクは言った。「一刻の猶予もないことはわかっているだろう」

メグは目を伏せている。「時間は有効に使っていると思います」

「わたしの指図を無視してか？」

「伯爵を無視、ですか？」メグはジャン・マルクと目を合わせた。「どういうことでしょう？この二週間でいろいろなことをやりました。伯爵は可能な限り雑事にはかかわりたくないとおっしゃいましたから」

そうだ。そう言った。その大きな理由は誘惑から身を遠ざけておきたいためだ。

だが、そんな気持とは裏腹に、ジャン・マルクはメグに惹《ひ》かれていた。危険かどうかは問題ではない。どうしても、もう一度彼女と過ごしたかった。メグの瞳には涙が浮かんでいる。ああ、なんてことだ。わたしが心を強く持って自分の意思を貫こうとしているときに、なぜメグは泣きだしたりするんだ？「感情的にならずに、わたしと話をさせてもらえないか？」

メグは一度、さらにもう一度つばをのみこみ、ハンカチを探して視線をさまよわせた。デジレー王女がメグにハンカチを渡し、兄に向かって言った。「ほら。自分がなにをしたのか見てごらんなさい。お兄様がいらいらするから、メグを泣かせてしまったじゃない」

「いいえ」メグは言った。涙で曇る瞳で、ジャン・マルクとその妹を見る。「泣いてなどいませんわ」デジレー王女は混乱しているに違いない。

「よろしい」ジャン・マルクが言った。「答えてもらおう。王女のために努めを果たすにあたって、きみもドレスをつくるよう命じたはずだが？」

「はい」メグは答えた。「もちろん、お断りしました」

「断っただと？　わたしの命令を断れるとでも思っているのか？」

メグはハンカチで口もとを覆った。瞑想《めいそう》しなくては。今すぐに。このひどい状況を乗り越えるには、心を穏やかにする必要がある。彼女はうなだれて目を閉じ、息を吐きだした。

「答えるんだ！」

これは悪夢だ。汗をかいている馬に引かれた馬車がスローモーションのようにわたしに向かってきたときのようなひどい悪夢だ。「大変な出費になります」メグは穏やかに言った。「わたしは使用人です。そんな負担をおかけするなんて考えられません」

ジャン・マルクは顔をこすって落ち着こうとした。「きみがわたしの懐について心配しなくてもいい。ドレスを新調したまえ。それでこの問題は解決だ」

「できません」メグは言った。声が震えていなければいいけれど。

「きみは王女につき添ってロンドン社交界の盛大な催しに出席するんだ。モン・ヌアージュ公国の評判がかかっているというのに、わたしがきみに安っぽいぼろぼろのドレスを着ていくことを許すと思うか？」

デジレーが怒りの声をあげた。

そして静まりかえった。仕立屋やお針子たちがいなくなる。

メグの頬は燃え、脚から力が抜けた。彼女はジャン・マルクの怒りに満ちた目とかたく結ばれた口もとを見つめた。彼はメグに対してではなく、自分自身に対して腹を立てているのだ。メグを見ようとせず、親しげに彼女に触れ話しかけたことを思いだすまいとしていた。そうなのだ。お父様はよくわたしのことを、たぐいまれなほど人を見る目があると言っていた。ジャン・マルクはひどい人ではない。本来の彼は、自分よりずっと目下の者にこんな意地悪な言葉を浴びせるほどひどい人ではないはずだ。

ジャン・マルクは自分がメグに言った言葉にうんざりしていた。わたしになにもしていない女性に――それが誰であろうと――あんな言葉を浴びせるとはなんたるやつだ。わたしはどうしてしまったのだろう？

「伯爵の面目をつぶすようなことはいたしません」メグは言った。「靴とブーツは新調します。でも服のほうは、少し手を加えれば人から見くだされたりしませんわ。わたくしの服は安っぽくはありませんけれど、高価でもありません。ぼろぼろではもちろんありませんわ。それに結局のところ、わたくしは単なる付き添いです。わたくしに目をとめる方などいらっしゃらないでしょう」

メグはわたしの面目をつぶすどころか、とても優しくしてくれた。思いやりがあって悪意のない態度を示してくれたのだ。「一緒に来てもらえるかな？」ジャン・マルクは言った。

彼は返事を待たずにデジレーの部屋を出て音楽室へ歩いていった。そこはミス・シビル・スマイルズが妹にレッスンをする部屋だ。同じ階にある小さな舞踏室から、ピアノの調べが聞こえてきた。ダンスのレッスンが始まるのだろう。

ヴェルボーはいなくなるべきときを心得ているらしく、背後から彼の足音は聞こえなかった。どこかへ行ってしまったのだろう。

音楽室は赤と金で統一されている。天井には念入りに漆喰《しっくい》が塗られ、楽器や群れ遊ぶキューピッドが描かれている。ジャン・マルクの父は、自分の私生児とデジレーのためにこの屋敷を用意したとき、費用に糸目をつけなかった。しかし、ジョルジュ大公が王位を譲りたいと願っているのはジャン・マルクのほうだった。

音楽室の窓からは屋敷の裏にある庭が見おろせる。ジャン・マルクは庭を眺めて心を落ち着けようとした。静かな足音が彼に続いて部屋へ入った。「扉を閉めてくれ」彼はそう言って振りかえった。「頼む」

メグはジャン・マルクとふたりきりになるのは気が進まなかったが、すぐに言われたとおりにした。彼がわたしの父か兄だったら、どんな男も信用するなと注意しただろう。とりわけ、わたしを辱めた男は信用するなと。でも、彼はわたしの父でも兄でもないし、そうであってほしくもない。

「姉上がピアノを弾いている」ジャン・マルクは言った。「彼女には才能がある。おまけにとてもかわいらしい」

「ええ」メグは答えてほほえんだ。

姉上を心から愛しているのだな。ジャン・マルクは尋ねた。「きみもピアノを弾くのかい?」

「下手ですけれど」

「そんなはずはない。デジレーはどうかな? だめかい? それとも、ひとつでもいいところがあるかい?」

「王女様にはすばらしいところがたくさんございます。殿下が魅力的な淑女になるために必要なのは思いやりですわ。殿下のことは一生忘れません。少しのあいだでも、ご一緒に過ごすことができて光栄ですわ」

メグとほんの少し話しただけなのに胸が高鳴る。メグはなぜわたしを責めないのだろう? わたしがいかに最低の男かどうして言わないのだろう?

「デジレー王女は非常にピアノがお上手だとシビルが申しております。王女様はとても優秀で、そんな方をご指導できるのがうれしいと、姉はこちらへうかがうようになって以来何度も言うんですよ。殿下は美しく澄んだソプラノの声をお持ちです。歌うときに緊張なさってしまうのですが、人前で歌うことに慣れていらっしゃらないせいでしょう。そうではありませんか？」

「それは……そうだと思う。デジレーの歌やピアノは一度も聞いたことがないんだ。だが、うれしい話だ。妹のために音楽会を開いて、招待客にあの子の演奏を聞いてもらおう。ミス・シビルにも出席してもらって。デジレーはきみたちふたりのおかげで性格が丸くなったようだ。実際、あの子が人にあんな思いやりを見せたことはなかったんだ」

「人に優しくするきっかけがなかったのでしょう。妹君はとても聡明《そうめい》ですわ、伯爵。王女様の知識には舌を巻くばかりです。妹君はすばらしいご縁に恵まれ、伯爵もそれを誇りに思うことでしょう。間違いありませんわ、伯爵」

「きみが保証してくれるのかい？」ジャン・マルクはメグに手を差しのべた。メグがその手をとろうとしないので、彼は彼女の手をとって豪華な布張りの長椅子へ促した。長椅子はそこでピアノを聴くときにいいように暖炉のそばの鍵盤《けんばん》が見える位置に置かれている。「座ってくつろいでくれ。働きづめで疲れただろう。きみはそれほど強靱《きょうじん》ではない」

メグは赤と金の美しい綾織《あやお》りの座面に浅く腰かけた。ジャン・マルクは、彼女が金色の模様を指でなぞっているのに気づいた。

「それではだめだ」ジャン・マルクは言った。「手を貸そう」彼はあらがう隙《すき》を与えず、メグの向きを変えて両脚を長椅子に載せ、頭と背中にクッションをあてがった。メグはくつろぐどころではなかった。

「デジレー王女のところへ戻らなければなりませんわ。お召し物の仕上がりは順調ですが、わたくしが目を配っておりませんと」

「目を配っていてくれてありがとう」ジャン・マルクは言った。「ところで、きみと話し合わなければいけないことがある。お互いにとって楽しい話ではないが。ドレスの問題で、きみが一歩も譲らなかったのには敬服するよ。たいていの女性は新しいドレスをつくってもらえると聞けば喜ぶのに」

「お金のかかることが好きではないんです。ご厚意から言ってくださったのはわかっていますが、自分でなんとかできますから」

「明日きみを馬車で連れだそう。靴を買うといい。懇意にしているぴったりの店があるんだ」

「報酬をいただいておりますから」メグは言った。淡い緑のドレスの裾《すそ》をもてあそぶ。「自分の靴は自分で買えます」

ジャン・マルクは反論したい気持を抑えて言った。「そんなものに自分の金を使うことはない。こちらにとっても必要なものなんだ。頼むからわたしに買わせてくれ」メグになにかを与えたい。許されるなら、山ほど贈り物をしたいのだ。

メグはゆっくりと吸いこんだ息を吐きだした。まぶたが重くなってきた。いつもならもっとたやすく手に入れられるはずの心の平穏こそ、メグの欲しいものだった。ジャン・マルクが返事を待っている。ときには譲歩しなければならないのだろう。「どうしてもとおっしゃるなら」

「よかった。これで決まりだ。ありがとう。手配しておこう。きみはまったく変わっているね。目に涙をためて立っていても、自分の意見は譲らないんだから。きみみたいな女性に会ったのははじめてだよ、メグ」

　メグの心臓は引っくりかえりそうになった。最近しょっちゅうこの調子だ。

「きみのおかげで自分自身を見つめるようになった。そしてうんざりしている」ジャン・マルクは言った。「きみにあんなことを言う権利はなかった」

　確かに、彼のしたことを笑ってすますわけにはいかない。

「きみはなんて勇敢なんだ」ジャン・マルクは言った。

　わたしは勇敢などではないわ。

「そして美しい。わかっているだろうが」ジャン・マルクは言葉を発するたびにますます厄介な状況に追いこまれていった。

　メグは笑った。「ご冗談を、伯爵。あなたと議論する気はありません。そんな立場ではございませんもの。でも、わたくしが……もうやめておきましょう」

「ふたりきりのときは、わたしはきみをメグと、きみはわたしをジャン・マルクと呼ぶ約束だ」

　メグは長椅子の肘掛けに肘を載せて頬づえを突いた。

「そうだろう？　わたしを許して名前で呼んでくれないか？」

　ジャン・マルクはメグがかすかにほほえむのを見逃さなかった。「こういうお戯れは日常茶飯事なのでしょうね、伯爵。ですが、わたくしはなにもわかりません。わたくしにはなんの取り柄もありませんが、身持ちはかたいのです。それはこれからも変わりません。なにも差しあげませんし、なにもいただきませんわ。わたくしは人に心配をかけたくないんです。とりわけ、心から大切に思う人には」

「わたしのことは心から大切に思ってくれないのかい?」

メグは眉をひそめたが、彼を見ようとしなかった。「そんなことをおききになってはいけません。わたくしは名誉を重んじます。求愛されるか、もしくは結婚するようなことがあるとは思えませんけれど、それでも世間からきちんとした女性に見られたいのです。あなたのような殿方にとって、女性との火遊びなどたいしたことではないのでしょう。つかのまの気晴らしで、不都合などありませんものね」

そのとおりだ。反駁《はんばく》することも、きみとの関係は特別なんだと言ってやることもできない。

「きみの名誉を傷つけない方法があれば、わたしと過ごしてくれるのかい?」

まだあきらめないつもりだろうか? だが、彼の新たな一面を知った今となっては、再びあんなふうに怒鳴りつけられる危険を冒したくはなかった。「できればふたりきりにならないほうがいいと思います」

「今はふたりきりで邪魔は入らない」メグが不安そうな顔をしたので、ジャン・マルクはあわてた。「まあまあ、落ち着いて。みんなはわたしがきみに説教していると思っているはずだ」

「あなたに説教されるいわれは……なんでもありません」

「わたしは過ちを認めたじゃないか。すぐに忘れてくれるとは思っていないが、いつかは許してもらえると期待していいのかな?」

メグは明るい茶の色合いが絶えず変化する瞳をジャン・マルクに向けた。「もう許しております」小さな声で言う。「そうせずにいられませんもの」

「それでは、まだわたしに少しは好意を抱いてくれているんだね?」

「厚かましいですわよ、伯爵。欲しいものはどうあっても手に入れようとなさるんですね」

「ああ、そのとおりだ。わたしはきみが欲しい」ジャン・マルクはいともあっさりと言った。「きみはそうされて当然なのに、わたしはきみにプロポーズすることができないのも事実だ。だが、お互い合意のうえで慰め合うことはできるかもしれない」

希望だ。メグの瞳に希望の光がきらめいたのだ。彼女は男のやり口——地位や特権があり、なんでも自分の思いどおりになって当然だと思っている男がいかに利己的かということをまったくわかっていない。もっとも、父に逆らい、自分の思いどおりにすれば、なにをしようが誰と結婚しようが自由なわけだ。

メグ・スマイルズはわたしの選んだ人生にはふさわしくない。妻としてはふさわしくないのだ。

「これならどうだろう、メグ？　わたしの親友になるのだ。信頼の置ける、わたしのことを絶対に裏切らない友人に」

「あなたを裏切ったりしませんわ」メグは即座に言い、体を起こして彼のほうへ身を乗りだした。「絶対に」

メグを抱きしめてキスしなければ、今日一日を乗りきれそうにない。「ありがとう」ジャン・マルクは言い、メグの正面に来てひざまずいた。ふたりの顔が触れ合わんばかりになる。「きみは天の恵みだ。そうに違いない。われわれが出会ったのはすばらしい偶然だ」

「わたくしたちは出会う運命だったのでしょう」メグは言った。納得してはもらえないだろうが、とにかく説明しなくては。「身分が違うことや、出会う可能性がほとんどなかったことを考えれば、そういうことになるでしょう。でも、そろそろ王女様のところへ戻らなければ」

ジャン・マルクは目を閉じ、メグの肩に額を預けた。「まだここにいてくれ。慰めてほしいんだ、メグ。きみの手で優しく触れられたい」

丁重に断るべきだ。こんなときにこんな場所でそんなことをするわけにはいかない。

「メグ、きみが必要なんだ。こんなささいな頼みまで断らないでくれ」

ジャン・マルクの濃い茶色の巻き毛がメグの頬に触れ、彼女の首筋にキスが植えつけられていく。メグはジャン・マルクの髪をかきあげ、彼の頭に頬をもたせかけた。黒に近いその髪が白い襟の後ろの部分にかかっている。彼女の腰にまわされた手は、日に焼けていて、ところどころになめらかな黒い毛が生えていた。てのひらは大きく、筋肉や骨が浮きあがって見える。手首がシャツの袖口《そでぐち》を押し広げ、太い腱《けん》が彼の力強さを思い起こさせた。

メグはためらいがちにジャン・マルクの手を持ちあげ、てのひらに唇をつけた。彼の震えが体にはっきりと伝わってくる。ジャン・マルクはメグに応《こた》えて彼女の首に、顎に、そして鎖骨のくぼみに、何度も何度も激しくキスをした。

「きみの後ろ盾になりたい」ジャン・マルクはメグの頬に向かってささやいた。覆いかぶさるようにして彼女の下唇をくわえ、舌を動かして刺激した。彼女はクッションの上でのけぞった。メグが彼と同じようにすると、ふたりの行為は激しさを増した。彼の息づかいが荒くなる。「きみは二度と生活の心配をする必要はないんだ」ジャン・マルクは言った。「シビルも。彼女の後ろ盾になれればうれしいよ」

ジャン・マルクに触れられると、メグは快感にのみこまれてなにも考えられなくなった。

「メグ、関係を続けていくことを承知すると言ってくれ。もちろん、デジレーが社交界デビューしたあともということだ」

ジャン・マルクはメグの胸を両手で包みこみ、親指でドレスの薄い生地をこすった。それでは満足できない。メグは彼の裸の胸や腹部を自分の上に感じ、彼の腿で締めつけられたかった。そして恐れと喜びをもたらすあの部分で自分の最も秘めやかな場所に触れてほしかった。

メグはますます熱くなり、彼ともっと触れ合い、もっとしっかり結ばれようと身をよじる自分をどうすることもできなかった。

「きみを絶対に放さない」ジャン・マルクは言った。「絶対に。わたしがきみを求めるように、きみもわたしを求めるようにさせたい。女性としての自分に完全に目覚める心構えはできているはずだ」

きみを絶対に放さないですって？「なにを言っているの、ジャン・マルク」

彼はメグにもう一度熱烈なキスをしてから答えた。「わかりきったことだ。きみはたまらなくすてきで、その魅力にはあらがえない。きみも同じように感じているはずだ。出会ってから日が浅いことは事実だが、そういうことはすぐに、ひと目でわかるものなんだ。わたしたちがそうだったように」

メグは体をこわばらせた。わたしは愚か者だ。心をかき乱す男性に言い寄られたせいで、ものごとが判断できなくなっていた。わたしの生活がどのようになるのかは——少なくとも今回の場合はわからないが、ジャン・マルクの申し出がわたしにとって不名誉なものだということはわかる。彼はわたしに、男女の親密な関係は神聖なものだという考えを捨てろと言っているのだ。

ジャン・マルクは、メグが申し出の意味を完全に理解したのがわかった。そして、それにどう反応したかも。この娘のことを充分に理解せずに、非常にまずいやり方で、ひどく性急にことを運ぼうとしてしまった。メグは情熱的な、そう、とても情熱的な女性だが、これほどまでに意志が強いとは思わなかった。

ジャン＝マルクはメグの顎を持ちあげ、彼女の目を見てほほえんだ。「きみを動揺させてしまった」

「わたくしは自分に失望しました」メグはドレスの乱れを直し、髪を撫《な》でつけた。

「わたしはきみに夢中だ、メグ・スマイルズ。きみを見ているとうっとりしてしまう。はじめて会ったときのきみは、勇敢にも見知らぬ人間に接触してきたけれど控えめな女性だった。きみに触れる前のことだ。メグ、きみに触れる前の。そして、きみをよく見る前のことだ。そんな髪は見たことがない。きみの目はどうだ？　そう、その瞳だ。黒いまつげが映っている。わたしは詩人ではないが、きみを見ていると詩が浮かんでくる。頬と唇の淡い色は……たまらなく愛くるしいよ、かわいい人。きみがわたしを拒んでいることはわかっているが、そんなことをしても無駄だ。きみがさっき言ったように、これは運命なのだ。われわれはこうなる運命だったんだよ」

これ以上なにも言わないで。メグは手探りで〝彼がほかに見たことがない髪〟にヘアピンをぎゅっと押しこみ、ドレスの乱れをさらに直した。腰に巻いた柔らかいベルトには小さなポーチがついており、王女のドレスを縫うお針子たちの手伝いをするのに便利なものがいろいろと入っている。予備のヘアピンや、瞑想をする暇がないときに頭をすっきりさせるための気つけ薬も。メグはポーチのなかに手を入れて気つけ薬を探りあてた。

「きみがいやなら、これ以上無理強いはしない。だが、今夜は食事をともにしてもらいたいんだ。

デジレーの進歩やここで開く催しについて話し合っていれば、誰も不思議には思わないだろう。招待状を出すのが遅くなってしまってはいけないから、急がなくては」

後ろ盾になるというジャン・マルクの申し出を聞いて、メグは侮辱された気がした。わたしは彼に良識のない人間だと思われているようだ。どうして彼を愛しているなどと思ったのだろう？

心臓がとまったように感じる。もちろん、彼を愛しているなんて思ったことはない。子供がはじめて恋《ラムール》に落ちて浮かれているのと同じようなものだ。

「今夜一緒に食事をしよう、メグ」

ジャン・マルクは少しも心が穏やかでないようだった。暗くむっつりとした表情で、日に焼けた顔に高い頬骨がうっすら浮きあがって見える。彼は緊張しているらしい。メグにはそれが感じられた。彼は非常に端整な顔をしている。どんな女性も目を奪われるだろう。

「わたしの部屋に食事を用意させる。誰にも邪魔されることはない」

「もちろんうかがえません」メグは言い、気つけ薬の瓶を握りしめた。「そんなことをすれば屋敷じゅうの噂《うわさ》になることはおわかりでしょう。それはすぐに七番地に伝わります。自分の評判など気にしないとしても、シビルに恥をかかせるわけにはいきません。食事に誘っていただいたことはありがたく思っています。食事をしながらでなくても、おっしゃっていたような重要な事柄について話し合うことはできますわ。さあ、この部屋からは別々に出ていったほうがよろしいでしょう」

ジャン・マルクは立ちあがった。腹を立てて当然の場面だったが、メグが非常に論理的で理にかなったことを言っており、彼女の率直さにますます惹かれるばかりだから、怒れるはずがなかった。だが、メグもわたしに従うようになるはずだ。わたしはこれまで国家のために手強《てごわ》い男たちと何度となく戦ってきた。田舎牧師の娘に負けるはずがない。

彼の表情はいっそう攻撃的になった。メグはわずかにめまいを感じた。だからといって、彼女を責めることはできない。

気つけ薬をとりだそうとしたとき、メグの親指の先から手首の外側にかけて鋭いものが突き刺さった。あまりのことに、痛みよりも驚きを感じた。ねっとりとした生あたたかい血が指を伝う。メグは平静を装ってもう一方の手をポーチのなかに入れ、デジレーがくれたハンカチを探りあてると、それで傷をしっかり押さえた。

メグは立ちあがってお辞儀をした。親指と手首がうずき、血がどくどくと流れだすさまが思い浮かぶ。気分が悪くなりそうだ。「まもなくデジレーがミス・アッシュからダンスのレッスンを受ける時間だ。レッスンのあいだ、舞踏室できみと話せればうれしいんだが。デジレーもきみがいてくれれば喜ぶだろうし、わたしたちは誰にも邪魔されずに話ができる。さあ、行こう」もし従わなければ、痛みを我慢していることに気づかれてしまう。

メグがジャン・マルクの脇《わき》をすり抜けようとした瞬間、彼が腕をつかんだので、血が出ているほうの手が見えてしまった。

「なんてことだ」ジャン・マルクは言った。「いったいどうしたんだ?」

ハンカチは血に染まっていた。薄い布に血が染み渡り、今にもしたたり落ちそうだ。「行かなくては」メグは言った。

ジャン・マルクは、血がリボンのようにメグの肘まで流れて絨毯《じゅうたん》に落ちるのもかまわず、彼女の腕を持ちあげた。メグの手首を押さえ、白い大理石でできた暖炉のそばの引き綱のところまで連れていき、赤いベルベットの紐《ひも》を何度も引っぱった。

ジャン・マルクはメグの腕を放すと、ズボンからシャツの裾を引っぱりだして上等なリネンの生地を破りとった。メグの手を両手で持ちあげ、傷口に張りついたハンカチを注意深くはがす。

メグは傷を見てぞっとした。カーブした傷口は親指の先からふたつの関節を越えて手首のところまで広がっている。

ジャン・マルクはリネンの切れ端を傷口に巻いた。彼が怪我《けが》をしていない四本の指をきつく握っていたので、メグは危うく声をあげそうになった。

「さて」ジャン・マルクは彼女のポーチの口を広げて言った。「どんな危険な凶器を持っていたのか見せてもらおう」

「なにも持っていませんわ」メグはつぶやいた。

ジャン・マルクはメグに鋭い視線を向けて大きな声で悪態をつくと、彼女を引き戻して椅子に座らせた。「頭を低くしていないと失神するぞ」彼は言い、メグのうなじを押して頭をさげさせた。「このままにしているんだ」

ジャン・マルクは再びメグのポーチを開けた。彼の叫び声を聞いてメグは頭をあげたが、素早く押し戻された。

彼の手には髭剃《ひげそ》り用のかみそりが載っていた。刃が象牙《ぞうげ》の柄から引きだされている。刃の部分に触れると、よくとがれていて剣のように鋭かった。まったく物騒な凶器だ。

「これはきみのものではないのか？」

メグは顔をあげた。ジャン・マルクが、よほど狂暴な男でもなければ使わないようなかみそりを手にしている。刃が引きだされていて、柄の部分に血がついている。わたしの血だ。

「メグ？」

「もちろん、わたしのものではありません。どうしてポーチに入っていたのか見当もつきませんわ。なにかを切るときのためにはさみは持ち歩いています。でも、そんなものは見たことがありません」

「レンチはどこにいる？」

「騒がないでください」メグは言い、立ちあがろうとした。「お願いです。人目を引きたくはありません」

メグの反応にジャン・マルクはとまどった。「なぜだい？　傷口を洗って包帯を巻き、止血しようと思っただけだ」

「自分でやります」意識が遠のき、立っているのがやっとだけれど。メグはよろめいて再び椅子に座りこんだ。「どうか使用人を疑わないでください」

「おかしなことを言うな」ジャン・マルクは言い、もう一度傷口を調べた。「疑うだと？　誰かが罪を犯したと言うのか？　誰かが罪をくわだてたとでも？」

「違います！」

「だが、そう言っているように聞こえたぞ。それとも、きみがそのかみそりの刃を引きだしてポーチのなかに入れたのか？」

「それは……いいえ」

「きみは紳士用のかみそりを持っていたことがあるのかい？」

「いいえ」メグはやっと聞きとれるほどの声で言った。

「使ったことは？」

「一度も」

ジャン・マルクは息を吸いこんだ。「この珍しいかみそりを見たことはあるか？」

「ありません」

「よろしい。誰かがかみそりの刃を引きだして、きみが怪我をしそうな場所に忍ばせたことになる。ありうると思うかい？」

「包帯をありがとうございました。シャツは裂け目が目立たないように繕います」

ジャン・マルクはメグの手首を放し、両手で彼女の顔を挟んだ。「メグ・スマイルズ、きみの身に起こったことはわたしの身に起こったことでもあるんだ。致命傷を与えるつもりはなかったのかもしれないが、きみにひどい怪我を負わせようとしたのは確かだ。犯人に心あたりはあるかい？」

「ありません」メグは疲れを感じた。

「しかし、対策を講じなければ。これが事故ではないことはわかるだろう？」

この先混乱が起こってほしくない。「おっしゃるとおりです。誰かがわたくしに怪我を負わせるためにかみそりを入れたのでしょう。誰がなんのためにやったのかはわかりませんが、恐ろしいことです」

「恐ろしかった、だ。もう怖がることはない。わたしがついている。きみに指一本触れさせはしないよ、かわいい人」

メグは目をそらした。

「わたしの邪魔はさせない」ジャン・マルクは言った。「わたしは望むものを手に入れる。わたしが欲しいのはきみだよ。きみがまだその気になれなくてもね。きみが困っているときにはいつでも力になる。さて、こんな愚かなまねをした者を探しだして片をつけるとしよう」

ふいに音楽室の扉が開き、ヴェルボーが重い足どりで入ってきた。きわめて不愉快な顔をしている。「お呼びでしょうか?」彼は後ろ手にばたんと扉を閉めた。

ヴェルボーの不適切な振る舞いを非難するのは後まわしだ。「なぜレンチが来ないのだ?」

「あなたを怖がっているのです。屋敷じゅうの者が怖がっていますよ。怒鳴り散らしたり、ののしったりなさるからです。わたくしはレンチに頼まれて来ました。彼を責めないでください」

「よろしい」ジャン・マルクは穏やかに言った。「いいだろう。おまえは戦争で怪我の手当てをした経験があるな。ミス・スマイルズが怪我をしたんだ。頭のおかしなやつが彼女の手首を切るというすこぶる危険なことを考えたのだ。幸い、計画は失敗に終わった。怪我はしたが、命に別状はない。彼女に水を持ってきてやってくれ」

メグはどうにか立ちあがると、手をしっかり押さえて扉へ向かった。「お気づかいには感謝しますが、それには及びません。自分で手当てをして舞踏室へ参ります。伯爵、どうかこのことを深くお考えにならないでください。事故だったに違いありません。納得のいく理由が見つかるでしょう。わたくしの言葉をお聞き届けください」

「わたしたちが原因を突きとめる」ジャン・マルクは言った。「今日は安静にしているんだ」

廊下からあわただしい足音とくすくす笑う声が聞こえた。扉が勢いよく開き、デジレー王女が駆けこんでくる。その後ろから、顔を真っ赤にしたミス・アッシュが大股で決然と入ってきた。

「あなたに話があるの、メグ」デジレー王女が言った。メグに話しかけているものの、目を細めて兄を探るように見つめている。「ミス・アッシュがダンスのレッスンを始めるって言うんだけど、その前にふたりだけでちょっと話せる?」

「殿下」アッシュの弱々しい声は鼻を通って響いてくるようだった。「練習とその計画こそ大切なんです。これから数時間一生懸命練習することになっているのですよ。始めましょう」

「すぐに舞踏室へ行くから」デジレー王女は言い、ミス・アッシュに背を向けた。「なにかあったみたいね。ちゃんとわかるのよ、メグ。まずその話を聞かせてもらわないと。わたしは勉強しているし本もたくさん読んでいるの。自分のまわりでなにが起きているかちゃんとお見通しなんだから。危ないことがあったに違いないわ。すぐにはぎとらなきゃ」

「はぎとる?」ジャン・マルクが言った。「どういう意味だ?」デジレーがこんな調子のときは信用ならない。

「突きとめなきゃ、だったかしら。間違えたみたい。明らかにするとか、きき だすとか、そういうことよ」

「手を洗ってきたいのですが」メグは言った。傷がずきずきと痛みだす。

「早く行ってきて」デジレーが言った。「午後はミス・アッシュにワルツを教えてもらおうと思ってるの。きっと楽しいわ」

「なぜそんなふうに早いことをよしとするのです?」アッシュは言った。そして花柄のコットンの帽子のてっぺんを押し、顎の下のリボンをしっかり結び直した。ドレスは毎日着ている黒のものだ。「ゆっくりしましょう。そのほうがいいんです。ワルツね。今度の国王陛下はお好きではないでしょう。そのように聞いております。なんであれ、あわてず充分にお楽しみになるのがお好みのようですから」

「そうね」デジレーのひどくはしゃいだ声を聞き、ジャン・マルクは落ち着かなくなった。「一日じゅう食べてばかりいるそうだから。とにかくたくさん食べたいのね。服を着るのにもずいぶん時間をかけてるんですって。使用人をできる限り困らせたいのね。おまけに、長いこと寝室にこもってなにかしていると聞いたわ。なにをしているのかはわたしの情報源が教えてくれなかったの。まったく意地悪だわ。なんであろうと、そうとう時間のかかることみたい。だって、陛下はそのあいだに強いお酒を大量に飲むらしいの。まあ、そんなことはどうでもいいわ。わたしが言いたいのは、国王陛下はゆっくりがお好みでしょうけど、それは陛下に限った話だってこと。王妃様を戴冠《たいかん》式に出席させたがらないのも無理ないわ。陛下にしてみれば、キャロライン王妃は元気がよすぎるのよ。王妃様なら祝典でワルツを踊りたいと思われるはずだわ」

「もういい、デジレー」ジャン・マルクはいらいらすると同時におもしろがっていた。「ミス・アッシュの言うとおりにするんだ」

メグはアッシュが羊のような歯をむきだしにするのがわかった。デジレー王女が言った。「あら、ミス・アッシュがワルツを教えられないことくらいわかっているわ。今のは冗談よ。ワルツなんて最新流行のステップに通じている人しか知らないものね」

ジャン・マルクは、怒りを爆発させてデジレーを満足させようとはしなかった。「さっさと行くんだ」彼は妹に言った。「おまえがちゃんとやっているか見に行くからな。きみはだめだ」一緒に行こうとしたメグに言う。「今日は屋敷を駆けまわれる状態ではないじゃないか」

「どうして？」デジレーは尋ね、メグをのぞきこんだ。そして相手役をなめるように眺める。「手を怪我したのね？　ここでなにがあったの？」視線をメグからジャン・マルクに移す。

「なにもありません」メグは大きな声で言った。「本当です」

王女は首をかしげ、兄の顔をじっと見つめた。「顔が赤いわ、ジャン・マルク」

「そんなことはない。レッスンに行きなさい」

「ここでなにがあったのか、わたしに尋ねられたくないのね」

「お嬢さん、口を閉じたまえ。おまえのせいでミス・スマイルズが困っているじゃないか」

メグは傷が痛むので力になれないとデジレー王女に伝えたかった。

古ぼけた子供っぽいドレスを身にまとった王女は、ジャン・マルクのまわりをまわった。少女の視線はひどくぶしつけだ。実際、彼の、女性が見るべきではない部分にしか興味がないようだった。

メグはふたりを見つめていた。そしてもう一度見つめたかった。どうしても。だが、動揺のあまり視線をそらした。

「どうやら」デジレー王女が言った。「あなたもなにか隠しているみたいね、メグ。本当のことを知っているくせに、わたしには黙っているつもりなんでしょう」

「お言葉の意味がわかりません」メグはそう言ったものの、胃のあたりに不快なかたまりができたように感じた。

「デジレーの話に意味などありはしない」ジャン・マルクが言った。「行けと言ったはずだ、デジレー。そうするんだ」

「わかったわ。わかったわよ。行こうとしていたのに。メグ、任務を果たしてくれてうれしいわ」

「殿下?」メグは言った。

デジレー王女はにやりとした。「あの黒い四角の後ろになにがあるかわかったんでしょう」少女は言った。「次は、あの四角を完全にとり去らなきゃね。問題の四角があの部分を隠していないときは、殿方がなにを考えているのかわたしたちにもわかるんですって。殿方が次にどんなことをするかも」

王女様は本を読みすぎだわ、とメグは思った。

15

デジレーが行ってしまうとすぐ、ジャン・マルクも誰かに呼ばれて出ていった。彼はヴェルボーにメグの傷を手当てするよう言い残していった。使用人は音楽室で、あとから来たファニーという名のメイドとともに手際よく役目を果たした。

「きゃあ、痛そう」ファニーは言い、さらに続けた。「彼女は立派だと思わない、ヴァービー?」

親しげに言ったメイドを、ヴェルボーは濃い茶色の瞳で軽蔑《けいべつ》したようにちらりと見た。「傷はそんなに深くない」彼は言った。眼鏡がきらりと光る。「刃は平らに近い角度で刺さったようだ。もっと深くもっと上のほうを切っていたら」彼は人さし指でメグの手首のほうまでカーブを描いてみせた。「失血死していただろう」

ファニーが叫んだ。「きゃあ」目を閉じて激しく頭を振る。

メグは肩をすくめ、ヴェルボーの言ったことを思い描かないようにした。「ありがとうございます」彼女は手に包帯を巻いてくれている彼に言った。「運がよかったですわ」

ヴェルボーはまじめくさった顔つきでメグを見つめた。「そう思うことにしましょう」彼は言った。

メグはこの機会を利用してヴェルボーを観察した。彼は初対面のとき以来シビルにそれほど関心を示してはいない。しかしシビルとすれ違うたび、彼がいくぶん長く視線を送っていることに、メグは気づいていた。シビルはただ、わずかに頬を赤らめて足を速めるのだった。

ヴェルボーは自信にあふれていて近寄りがたい。教養が高く思慮深い性格のようだ。上等で趣味のいい服が、男らしい容姿を引き立てている。シビルがどう思っているのか問いただして困らせるつもりはないが、姉がこの男に心をまどわされているのは明らかだった。

「ムッシュ・ヴェルボー？　イングランドは気に入りましたか？」

メグの個人的な質問に、ヴェルボーはぎょっとしたようだった。「イングランドはいいところです」彼は答えた。「母国のほうが性に合っていますが」

「痛っ」メグは言った。ヴェルボーは包帯をきつく巻きすぎていたのだが、彼女の声を聞いて目をあげると、なにも言わずに包帯をほどいた。彼の鋭い一瞥《いちべつ》に、メグはうろたえた。

ファニーがメグの肩をたたき、舌打ちをして言った。「あなたは間違いなく立派だわ、ミス・メグ」

メグは再びヴェルボーに射すくめられた。そしてすぐに、彼はほほえみかえせと言わんばかりの満面の笑みをたたえた。「あなたは立派ですよ、ミス・スマイルズ」彼は言った。

メグはその言葉にとても驚き、返事もできなかった。

ファニーはそんなことなど気にもとめていない。「まったくよね、ヴァービー」彼女は楽しそうに言った。「それに、いい人だわ」

ヴェルボーは再び相手を縮みあがらせるような視線でメイドを見た。彼は包帯を巻き終えた。「ここを片づけて仕事に戻れ」ファニーに言う。

ファニーはにこにこしながら言われたとおりにした。

「傷の具合はどうです？」ヴェルボーは尋ねた。

「痛みはほとんどなくなりました。出血は続くでしょうか？」

ヴェルボーは袖《そで》をのばし、スカーフをとめている趣味のいい黒真珠のピンを直した。「それはないでしょう。早く治すために傷口を縫ったり、止血したりすることはできます。やり方なら心得ているので、具合が悪くなったら、わたしのところに来てください」

「ありがとうございました。仕事に戻りたいと思います。ばたばたしたくないのですけれど、片づけなければならない仕事が山積みなんです。どんな理由があっても、予定を遅らせることはできません」

「仕事に戻るといい」ヴェルボーが言った。「ごきげんよう」

メグはその場にたたずんで彼がいなくなるのを見守った。仕事に戻っていいと言われて、彼女の心は浮き立っていた。ダンスと声楽のレッスンがとても楽しみだ。デジレー王女にはすばらしい才能があるもの。

メグが音楽室を出ようとしたとき、シビルが扉から顔をのぞかせて言った。「バグジーが来たわ、メギー。ちょっと前にレンチがあの人をなかに入れている声が聞こえたの。もちろん、わたしたちに会いに来たのよ」

「バッグズ牧師」メグはつぶやいた。「彼はなぜ、たびたびロンドンに出てくるのかしら？」

「わからないわ。早く舞踏室へ行きましょう。わたしたちふたりだけであの人に会わないほうがいいわ」

メグは、シビルが怪我《けが》のことに気づいていないのをありがたく思った。「わたしたちの仕事に他人が口を挟まないでほしいわね」メグは言った。

シビルは頭を振ってメグを促した。「お願いよ。わたし、あの人のそばにいるとぞっとするの。特にじっと見つめられると。一緒に来てくれない？」

「もちろんよ」メグはそう言って立ちあがった。そしてすぐに、姉についていくために小走りになった。

小さな舞踏室では、デジレー王女がアッシュに見守られてステップを踏んでいた。「ほら」シビルがささやいた。「これだけ知らない人が大勢いたら、バッグズ牧師も怖《お》じ気づくわ。長居はしないでしょうね」

「おそらくは」メグは自信がなさそうに言った。

「頭をあげて」アッシュが命じ、歩いていって細く長い鞭《むち》で王女の頭のてっぺんをぴしりとたたいた。「あげて、あげて、あげて」まるで子犬をしつけているような口調だ。

デジレー王女はメグとシビルのほうを向き、ふたりと目を合わせていたずらっぽくにやりと笑った。メグは吹きだしたいのをこらえた。

レンチが舞踏室へ入ってきて告げた。「バッグズ牧師がミス・スマイルズ――両方のミス・スマイルズに会いにいらっしゃっています。今こちらに向かわれているところです。着くまでにもう少し時間がかかるでしょう。牧師はお体が丈夫ではないようですから。お会いになりたくないのでしたら、わたしがおとめしてお引き取り願いますが」

「とんでもありません！」シビルが言った。「そんなの失礼ですもの。お通ししてください」

「今いらしたようです」レンチが言った。

バッグズ牧師は足を引きずってちょこちょこと歩いてきた。その歩き方ならメグもよく覚えていた。黒い法衣に白い襟といった格好で、つばの広い黒の帽子を前に抱えている。相変わらず丸丸と太り、赤ら顔で、ぜいぜい息を切らしていた。

「メグにシビル」牧師はふたりのほうへぺこりと頭をさげて言った。「とうとう会えましたね。七番地を訪ねたら、ここだと言われて。お父上にはお世話になりました。もちろんお母上にも。だから、あなたたちがつつがなく暮らしているかどうか確かめるのは、わたしの義務なんですよ」

　メグとシビルは顔を見合わせた。父が亡くなったのは何年も前のことで、母が亡くなったのはさらに前のことだ。お父様がバグジーに親切にしていたことは覚えているけれど、彼が恩人の娘たちの心配をしたのはこれがはじめてだ、とメグは思った。

「おふたりの考えていることはわかります」バッグズ牧師は朗々とした声で言った。「心配しているなら、なぜもっと早く来なかったのかと思っているのでしょう？　すべてわたしの不徳のいたすところで、お恥ずかしい。わたしはお父上に比べて教区の運営に長《た》けていないもので、パックリー・ヒントンを離れるわけにいかなかったのです」

「ロンドンには数週間前にいらしたそうですね」メグは言った。「またいとこのウィリアムから聞きました」

　バッグズ牧師は悲しそうにかぶりを振った。「確かに。あなたたちにお目にかかろうとしましたが、うまくいきませんでした。ウィリアムからお聞きでしょうが、わたしはバーリントン・アーケードのそばで起こった恐ろしい出来事を目撃したのです。たまたま居合わせたわたしは驚きのあまり動くこともできませんでした。わたしがなにもできないでいるうちに、あなたのまわりに人垣ができてしまったので、その場を立ち去って、できるだけ早くウィリアムにお伝えするのがいちばんだと思ったんです」

「そうですか」メグは言った。この男に礼を言う気にはなれない。「お目にかかれて本当によかったですわ。わたしたちは仕事に戻りますが、お気を悪くなさらないでくださいね。伯爵はわたしたちが個人的なお客様に時間を割いているのを快く思わないでしょうから。パックリー・ヒントンへお帰りになったら、ウィリアムによろしく言ってください。それに、わたしたちは楽しくやっていると」

「ウィリアムは寛大で信心深い人です」バッグズ牧師は言った。「神のしもべに対する彼の親切に応《こた》えないわけにはいきません。彼は」声をひそめる。「おふたりの境遇にひどく心を痛めているんです」彼は王女とミス・アッシュを意味ありげに見つめた。彼女たちは遠慮して離れた場所にいたが、こちらをうかがい、聞き耳を立てている。

「わたしはちっとも気にしま――」

「メグもわたしも、ウィリアムの心づかいには感激しています」シビルがメグを遮った。「彼が心配するようなことはありません。こちらでの待遇は非常に満足のいくものなんです」

バッグズ牧師は考えこむように唇を突きだし、眉間《みけん》にしわを寄せた。「申し訳ないが、ご婦人方、力を貸していただきたい。教会の仕事でロンドンにしばらく滞在することになっています。その……持ち合わせがあまりないんです。お恥ずかしい話ですが、泊まる場所もない次第で、できれば安い下宿を紹介していただきたい。七番地には空いている部屋がありませんかな？」

メグはぞっとして、この男をあきらめさせる方法はないものかと考えた。

シビルはドレスの裾《すそ》を揺らし、袖口のレースをもてあそんでいる。

ミス・アッシュが歩きだした。ピアノのそばに立ちどまってメグをねめつける。

「レディ・ヘスターを訪ねるべきですわ」シビルが出し抜けに言った。「ラティマー・モアという感じのいい方のところの寝室がひとつ空いているんです。家賃を払ってもらえるなら、ラティマーも喜ぶでしょう。ですから、レディ・ヘスターのところへ行ってみてください」

「そうします」バッグズ牧師は興奮した口調で言った。「もちろんそうしますとも。今すぐに。大切なお嬢さんたちのそばに住めるなんてうれしい限りだ。しかも、こんなせちがらい都会で。ありがとう、ありがとう」彼は何度もお辞儀をしながら扉のほうへさがると、背を向けて飛びだしていった。

「もう、シビルお姉様」メグはうめいた。「親切すぎるわ。困っている人を黙って見すごせないのね。だけど、あの人が七番地に住んでも平気なの？　レディ・ヘスターは彼を追いかえしたりしないし、ラティマーだってそうよ。わたしたちのために、仕方なくあの人に部屋を貸すでしょうね」

シビルは腕をしっかりと組み、意外なほどかたくなな顔になった。「わたしたちは聖職者に対して失礼なまねをしてもいいという教育は受けていないわ。泊まるところがないと言う人に知らないふりなんてできて？」

「その厄介な口を開いて、お役に立てませんと言えばよかったのです。それだけのことですわ」

青と銀で統一された小さな舞踏室の静けさのなかに、アッシュの声が突然響き渡った。

「ミス・アッシュ」デジレー王女が言った。唇が真っ青になっている。「いったいどうしたら、そんな無神経なことが言えるの?」

「どうしたら? どうしたらいいかはもう申しあげました」ミス・アッシュは切りかえした。そしてピアノのまわりを大股で歩きまわる。「わたくしは憤慨しているんです。あんな愚かな申し出をするなんて。なにを考えているのです、ミス・スマイルズ? あら、ごめんなさい、あわててしゃべってしまって。もちろん、あなたはなにも考えていなかったのでしょう? 女性は己の立場をわきまえて出すぎたまねは慎まなければなりませんものね。服従こそ女にとって最大の美徳。まったくそのとおりです。でも、七番地にこれ以上厄介な下宿人を送りこむなんて、どうかしているんじゃありませんか? ああ! 腹立たしい」

ミス・アッシュはしばらく黙りこんで荒い息をついた。彼女が大股に歩くたびに見苦しく丸まったストッキングがあらわになる。まるで足首に絡まったソーセージだ。むきだしの脛《すね》は異様に細く真っ白で曲がっているうえ、毛深かった。体から怒りを発散させている。

シビルはメグに近づいてそっと手を重ねた。そして「メグ?」シビルはささやいた。

「なんでもないわ。ちょっとすりむいただけ。ムッシュ・ヴェルボーが包帯を巻いてくれたの。彼はよく気がつく人ね。このことはあとで話すわ」

「なんて間抜けなの」アッシュが叫んだ。「あなたは時間を、人の大切な時間を無駄にしているんですよ」アッシュは足をとめ、肩をすくめて身震いした。ぎらぎら光る小さな目をメグとシビルに向けると、青白い顔がしだいに紅潮していった。

「シビルにそんなことを言う権利は、あなたにはありません」メグは言った。「姉の言ったことはあなたになんの関係もないいんですから」

「いいのよ、メギー」

「いいえ、シビルお姉様、よくないわ。あれは侮辱だもの」メグはダンス教師のほうを向いて言った。「七番地に誰が住むとか住まないとか、どうしてあなたが気にするんです?」

「確かに」王女が穏やかに言った。「ミス・アッシュは説明するべきだわ」

　アッシュは細長い腕を広げて言った。「まあ、わたくし、どうしてしまったのかしら。ああ、本当にごめんなさい。でも、わたくしはあなた方の保護者のつもりなんです。おふたりときたら、あなた方の厚意につけこもうとする男の口車に乗せられてしまうんですもの」

「それではシビルにあんなことを言った理由にはなりません」

「そうでしょうね。あなた方はあまりに……深窓のお育ちですから、だまされやすいんですよ。あんな光景を見せられて、われを忘れてしまったんです。本当にそれだけですわ」

　王女は興味津々でことのなりゆきを見守っていた。

　一方、シビルは明らかに動揺している。

　メグは怒りを抑えて言った。「わかりました。もうこの話はやめにしましょう。デジレー王女のダンスレッスンを続けてください。今日は声楽のレッスンも受けていただきたいので」

　アッシュは鼻を鳴らして顎を突きだした。手を振って王女に前に出るよう促し、鞭で立ち位置を示した。

「メグ」シビルがかすれた声でささやいた。「ミス・アッシュってとても変わっていると思わない？　ときどき別人のようになるんだもの。あんなに怒り狂って。淑女の怒り方じゃなかったわ。あんなふうに怒られて、まだ立ち直れずにいるの」

「彼女は変わっているわ」メグは同意した。「でも、かなりお年を召しているように見えるわね。きっと、関節が痛んだせいでいらいらしたんでしょう。もうこんなことは忘れて仕事に戻りましょう。ふたりのためにピアノを弾いてあげて、シビルお姉様。お願い」

シビルは一瞬ためらったが、ピアノの前に行って椅子に腰かけた。コティヨンのさまざまなステップを踏んでみせるミス・アッシュに合わせて演奏する。その動きはぎこちなく、不自然だ。足をひどくゆっくりとおろし、曲が手足の動きに合うのを拒んでいるのか、伴奏に合わせるつもりはまったくないようだった。

ジャン・マルクが横に並ぶまで、メグは彼が部屋に入ってきたことに気づかなかった。彼は身をかがめて言った。「今日は休んでいるようにと言ったはずだ」

「ムッシュ・ヴェルボーに仕事に戻っていいと言われました。出血はひどかったけれど、浅く広く切れていただけで、深くはありませんでした」

「事態の深刻さを忘れたわけではないだろう？」

忘れようとしているのに。「どうしてかみそりなんかが入っていたのか見当もつきません。あれが自分のものだと名乗りでる人間はいないでしょう。偶然わたくしのポーチに入ってしまったんですわ」

「本当に？」

「座って見学させていただきます」メグはそう断ると、舞踏室を囲むように置かれている青いダマスク織りの布が張られた長椅子へ歩いていった。そこに腰をおろし、怪我をした手をもう一方の手に重ねる。すでに痛みはほとんど引いていた。

「うまいじゃないか、デジレー」ジャン・マルクは通りしなに妹の肩をぽんとたたき、メグの隣に座った。「ワルツがどれくらい上達したか見せてくれ。ワルツが好きだと言っていただろう。ミス・アッシュ、よろしければワルツをお願いしたい」

アッシュは眉をひそめて難色を示したが、デジレー王女の手をとって位置についた。

シビルは顔をあげてにっこり笑った。それから楽譜をとり替えて最初のページを開く。メグの知らない陽気な曲だ。盛りあがっては急降下するその調べを聞き、メグも笑みをもらした。体でリズムをとり、すぐそばにいるジャン・マルクに反応しないようにする。

あんな態度をとられたにもかかわらず、ジャン・マルクに反応してしまう。彼の姿を見るたび、はじめてふたりきりで過ごした夜のことがありありと思いだされた。はじめて知り合った日のことだ。思いだすと下腹部が熱くなる。卑しい娘のように自分の心と体をおとしめるようなまねをしてしまった。そのあとのささやかな触れ合いも、つかのまの愛撫《あいぶ》も間違いだったのだ。でも、そういったことについて考えずにはいられないし、もう一度彼とふたりで過ごしたいと願わずにはいられなかった。

「すばらしい眺めとは言いがたい」ジャン・マルクは妹とミス・アッシュを見つめながら、メグの耳もとにささやきかけた。「デジレーは音楽がとても好きなようだ。うまくリズムに乗っている。だが、なんだあれは！　男になりきるアッシュの才能には感服するがね。実に自然だ。だが、もともとご婦人とは思えない御仁だから」

メグは黙っていた。

「デジレー」ジャン・マルクが声を張りあげた。「おまえはうまくなるだろう、かわい人《シェリ》。だが、ダンスの仕方はしっかり学んでほしい。ミス・スマイルズとわたしが手本を見せよう。よく見ているんだ」

「無理です」メグはつぶやいた。肌がちくちくする。「できません」

「いや、できるはずだ。書斎でひとりで練習していたのを忘れたのかい？」

メグは目をつぶった。「どうして忘れられましょう」

「よろしい。決まりだ。さあ、今度はふたりで練習しよう」ジャン・マルクは大きな声で言った。「シビル・スマイルズ、王女はもう少しゆったりしたもっと優雅なワルツを見学したほうが学ぶところが多いと思う。どうだろう？」

「そう思います」メグは即座に言った。

「わたくしも」シビルも言った。

「そうでしょうとも」ミス・アッシュはいらだちを隠そうともせずにぴしゃりと言った。「シビルは殿方に言われれば、どんなことでも賛成するんですから」

ジャン・マルクは静かな笑い声をもらした。そして立ちあがり、メグにお辞儀をして手を差しのべた。メグは息をついて左手を彼の腕にかけると、フロアへと導かれていった。

ジャン・マルクはわずかに動いてメグを自分に向き合わせた。

彼の笑顔がゆっくりと消えた。

シビルが美しいワルツを弾き始めた。先ほどよりゆったりとした優雅な曲だ。

メグはめまいがした。ジャン・マルクの顔以外はすべてがかすんで見える。ジャン・マルクは頭をさげ、右手をそっとメグの腰にまわした。メグは左手を彼の腕にかけた。音楽がメグのまわりに、そしてメグのなかに流れていた。

彼は、この一瞬を決して忘れないだろうと思った。左手でメグの右手をとり、彼女を引き寄せたいという衝動は抑えこんだ。

ジャン・マルクは確かな足どりで優雅にステップを踏み、メグも軽やかにその動きについていった。「笑ってくれ」彼は言ったが、メグは笑わなかった。「どうしてそんなに深刻な顔をしているんだい?」ふたりは再び円を描いた。メグのしなやかな体がジャン・マルクのリードに従う。彼女が上手に踊れることは最初からわかっていた。「メグ、どうしてそんなに深刻な顔をしているのかときいているんだ」

メグの明るい茶色に輝く瞳は潤んでいた。「伯爵が深刻な顔をなさっているから、わたくしもそうしているのです」彼女は顔をそむけ、なめらかな首に顎の影がうっすらと落ちた。

「深刻な顔などしていない」そう言ったものの、ジャン・マルクもほほえむ気になれなかった。「メグ、きみがどこかのすばらしい紳士にさらわれずにいたのはどういうわけだい? 言い寄ってきた男は大勢いただろうね」

メグが黒いまつげ越しに視線を向けると、ジャン・マルクは自分の愚かさを感じた。これではまるで、好きな娘の愛情が自分だけに向けられているかどうか確かめようとする、恋わずらいの青二才だ。

「言い寄られたことなどありませんわ」メグは言った。「殿方とそういう間柄になる機会は一度もありませんでしたもの。でも、そんなことはどうでもいいんです」

そんなはずはない。そう考えると、ジャン・マルクはなぜか満足した。初々しく敏感なこの娘は顔にうっすら汗をかいている。彼は拍子を刻みだした。「一、二、三、一、二、三」小声で言い、そのテンポに合わせる。少なくとも今なら誰にも怪しまれずにメグを抱いていられる。

「笑うと、たちまち幼く見えますね」メグは言った。「それになんの心配ごともないかのように」

「そんなことはない」

「本気で言っているんですよ。あなたのことを柔和な人だと勘違いする人もいるでしょう」メグは言い、実に楽しそうにほほえんだ。

ジャン・マルクはメグをくるりとまわし、その隙《すき》に彼女の脇腹《わきばら》を軽くつついた。

「きゃっ」メグは声をあげ、瞳をきらめかせた。「ずるいですわよ、伯爵。お気をつけあそばせ、こっそりお返しをしますから。「ぜひお返しをしてもらいたいね、ミス・スマイルズ。考えただけでわくわくする。きみが息を深く吸うたびにふくらむ胸が、どれほど魅力的か知っていたかい？」

彼は眉をあげた。「ぜひお返しをしてもらいたいね、ミス・スマイルズ。考えただけでわくわくする。きみが息を深く吸うたびにふくらむ胸が、どれほど魅力的か知っていたかい？」

メグの唇が開いている様子は最高だ。彼女が言った。「伯爵、なにかにとりつかれていらっしゃるようですね」

「きみにだ」ジャン・マルクには頭上に暗雲が立ちこめるのが見えた。その雲は、自分とメグが分かち合っていた太陽を覆い隠してしまうだろう。そしてふたりは、別々の道を行かなければならない。彼女を説得してお互いに不都合のない形でそばにいてもらうようにしない限りは。今のところ、メグはその提案に傷ついているようだ。

シビルが先ほどの曲を弾き終えて次の曲を弾いていることに、ジャン・マルクはぼんやりと気づいた。それに、手本を見せるだけにしてはあまりに長く踊っている。かまうものか。

「震えているんだね。きみは傷つきやすくて無垢《むく》な人だ」

　メグはうつむいて言った。「わたくしはもう無垢ではありません」

　ジャン・マルクは彼女の腰に置いていた右手の指を広げ、親指で脇腹を愛撫した。「きみはわたしに処女を奪われたと思っているんだね？」

「やめてください！」メグは彼の手を握りしめた。「どうかそんなことは口に出さないで」

「もうひとことだけ言ったら口を閉じるよ。きみは処女のままだ。わたしを信頼してくれ。きみの純潔を奪わないで喜びを得られる方法があると言ったじゃないか」

　メグがよろめいたので、ジャン・マルクは抱きあげるようにして支えた。それから下におろして向きを変え、彼女のドレスの裾を後ろになびかせながらフロアを滑るように進んだ。メグは息もつけなかった。

「わたしの言葉を信じると言うまでやめないよ」

「信じます」メグは言った。赤く染まった頬はなんともそそられる。

「メグ・スマイルズ、きみはわたしの心をかき乱す」もう何年も一緒に踊ってきたかのように、ふたりの息はぴったりだった。「知っているかい？　わたしはぐっすり眠れなくなってしまったんだ。手をのばしても、きみに触れることができない。そこにきみがいないから。そして、はっと目が覚めるんだ。心臓が激しく打ち、べっとり汗をかいている。楽しい夢が一瞬で悪夢に変わるようなものだ」

ふたりはくるくると円を描いた。ジャン・マルクはメグを抱きしめたかった。しっかりと抱き合って音楽に身を任せたかった。

メグが顔をあげた。その顔をのぞきこむと、ジャン・マルクは信じられないほど力がみなぎるのを感じだ。何時間も休みなく走り続け、木をなぎ倒し、深い穴から岩を切りだすことさえできそうな気がする。

「きみといると正気ではいられなくなる。この感覚はなんだろう、メグ？　きみもわたしが感じているものを感じているのかい？」

彼女は唇をなめ、包帯を巻いた手をジャン・マルクの腕に押しつけた。

「メグ、どうなんだい？」

「あなたがおわかりにならない感覚をわたくしが感じているかどうかなんて、わかるわけがないではありませんか？」

「からかわないでくれ。答えてほしい。わたしに対してなにか感じてくれているのかい？　一時的な関心以上のものを」

メグはうつむいてから顔をあげた。「あなた対しての感情はほかの誰にも感じたことのないものです、伯爵。あなたにお会いして、わたくしはそれまでと違う人間になってしまいました」

「それがうれしいと言ってくれ」

「うれしいですわ。でも怖いんです。あなたと会えなくなれば、わたくしの胸は張り裂けてしまうでしょう。こんなことを言うのは愚かであり、自分を弱い立場に追いこむことになるのも承知しています」

シビルは少しテンポが速く勇ましい感じの曲を弾いている。ジャン・マルクはメグにひと息つかせてほほえむと、また踊り始め、より精確なステップを踏んだ。三曲目。このまま続けよう。今さらやめる必要はない。

「きみとならいつまでも踊っていられる」ジャン・マルクは言った。「きみを抱いていると、腕の筋肉が熱くなり、腹部がこわばってくる。ここでは口にすべきでない部分も反応してしまう。わたしはきみだけを見ているんだ」

メグは真っ赤になった。大きく開いた襟もとに浮かんだ汗の滴がゆっくりと流れ落ちる。ジャン・マルクはくるりと反転してメグがほかの者に背を向けるようにすると、左手の人さし指を彼女の胸の谷間へ滑らせ、ドレスの下まで差し入れた。メグは驚きではなく恍惚《こうこつ》の表情を浮かべた。彼は汗で濡《ぬ》れた指を引きだし、手を自分のシャツのなかに入れて素肌に触れた。

「なにをしているのです?」メグはきいた。

「きみと肌を触れ合わせているつもりになっているんだ。きみは熱くてなめらかだね。きみの胸をわたしの胸板に感じたい。向き合って横たわり、抱き合いたい。抱き合えば、きみの感じやすい部分がわたしに触れる。そしてきみを仰向けに寝かせ、うずいている部分を口に含む。それから、きみがわたしを喜ばせるんだ。いや、もう喜ばせてくれているね、メグ。わたしはきみの虜《とりこ》だ」こういうことを言うときは慎重にならなければいけないが、メグがこの言葉を利用してわたしを追いつめる心配はない。それに、本当の気持を言ったまでだ。

メグは乳首と脚のあいだに感じるうずきに耐えられなくなりそうだった。「ダンスがお上手ですね、伯爵」

「こういうときはジャン・マルクと呼んでくれ。きみといるときだけは、自分が完璧《かんぺき》な男だと感じられる。わたしはもう一度きみと抱き合いたいと言ったね。わたしの申し出は身勝手だと思う。きみと永遠に離れ離れになると思うと耐えられなかったんだ。きみとシビルに不自由はさせないよ、メグ。きみたちは美しい小さな家に住むんだ。そこでわたしは本物のわが家でしか味わえない心の平安と喜びを手に入れる。リバーサイドの屋敷のそばがいいかもしれない。ウィンザーのあたりの田園地帯は好きかい？」

「大好きです」メグは言った。ジャン・マルクはわたしを愛人にしたいのだ。高貴な生まれの方――たとえ私生児であろうと――にふさわしい妻にはなれないから。

彼が息をのみ、メグの手をさらに強く握りしめた。

「それじゃあ、承知してくれるのかい？　わたしのそばにいてくれるのかい？」

「考えてみます」メグは言った。涙がこぼれそうになる。そんなことを言うなんて思いもしなかった。「どうかあせらないで」

「わかった」ジャン・マルクは言った。彼が興奮し、よい返事を期待しているのがメグにはわかった。わたしのような身分の者が彼に求められたのだから、有頂天になってもいいはずなのに。

「幸せな気分だ」ジャン・マルクは言った。「きみがわたしと一緒にいるために信念に逆らうことを考えてくれるんだから……。メグ、きみが必要なんだ。きみのためになにかさせてほしい。きみがしてもらって当然のことを」

「あせらないとおっしゃったじゃないですか」

「そうだった。とにかくわたしと踊ってくれ、メグ。わたしたちの夢を壊すようなことはすべて忘れてわたしと踊ってほしい」

それならたやすく応じられる。理性を試されるけれど、難しい頼みではない。ジャン・マルクがメグを必要以上に引き寄せたが、ほかの人は気づかないだろうと彼女は思った。彼はメグの頭に顎が触れるほど下を向き、彼女を何度も何度も回転させた。不安に襲われたせいで疲れているはずなのに、メグの足は軽やかにフロアを滑り、やめたいとは思わなかった。ジャン・マルクは再びメグの腰にまわしている手を広げ、親指で彼女の脇腹を愛撫した。そして人に見られていないと思うたびに、メグの胸を優しく撫《な》でた。

彼はついに口を開いた。「ここにいる者のうち少なくともひとりにはなにか言われているだろう。きみを放さなくてはならない。だが長いあいだではないよ、いとしい人。そうでないと、きみをつかまえてさらっていってしまう。ウィンザーの物件についてさっそく調べてみよう。ロンドンのどこかでもいいかもしれない」

「そんなにあわてなくてもいいでしょう」

「あわてるさ。きみのためではなく、自分のためにね。そう、わたしは小さな隠れ家を持とうと思うんだ。居心地のいい隠れ家を。わたしがひとりで行けるような。きみとふたりなら、なおいいがね」

「ジャン・マルク」

「わかっている。わかっているとも。確かにきみは」彼が言葉を切ったので、メグははっとした。

「きみはわかっていないんだね？　わたしはあらゆる方面から圧力をかけられている。早急に決断をくださねばならないんだ。人生が変わってしまうような決断を。愛する人やものを失うことなど関係なしにね。きみまで失うとしたらあまりに残酷だ。だが、今日はこのへんでやめておこう。きみによく考える時間をあげなくては」

「ありがとうございます」

「きみの望みはなんでもかなえてあげよう、かわいい人。なにひとつ不自由はさせない。メグ、わたしのキス以外もうなにもいらないと言うくらいにね」

メグは首を振って彼を見ないようにした。「ダンスはおしまいにしなくては」まだ踊っていたいけれど。

「なにか言い訳を考えて、わたしが舞踏室を出るとき、きみもついてくればいい」

「いけません」いいえ、どれほどそうしたいことか。

「一緒に来てくれ、メグ。キスをして抱きしめるだけだ」

彼の唇を見たのが間違いだった。メグの唇が勝手に開く。

「きみもそれを望んでいるんだね」ジャン・マルクは言った。「わたしにはわかる。暗闇《くらやみ》のなかで横になり、暖炉の火を眺めよう。きみがいやなら無理にとは言わないが、できることなら、互いに生まれたままの姿で。きみの体を見ると――」

「あなたの体を見ると、わたしは燃えあがってしまう」メグは言った。「でも、そんなことをするのはあまりにも危険だと、ふたりともわかっているはず」

「こちらを見てくれ」ジャン・マルクは言った。

メグは顔をそむけた。

「わたしを見てくれ。お願いだ」

メグは言われたとおりにした。ジャン・マルクはまず彼女の瞳をのぞきこみ、次に唇を見つめ、視線を胸へとさげた。再びメグの唇を見て、自分の唇を開いてゆっくりと上唇をなめる。メグは腹部に衝撃を感じた。彼女の唇も開く。彼はメグの片方の乳房を包みこんで優しく愛撫した。

しばらくのあいだ、ふたりはお互いしか見ていなかった。そして足をとめ、体を前後に揺らす。

「わたしを苦しめないでくれ」彼が言った。

「あなたがわたしを苦しめているのよ、ジャン・マルク」メグはゆっくりと後ろにさがってお辞儀をした。「今のお手本がどれだけ王女様のお役に立ったか見せていただきましょう」彼女は落ち着いた声で言った。

ジャン・マルクは片手を背中にまわして正式な礼をした。メグは最後にもう一度ジャン・マルクを見つめると、急いでピアノのほうへ向かった。シビルが複雑な表情で見守っていた。

「さあ、今度はおまえと踊ろう、デジレー」

デジレー王女は言った。「喜んで」だが少女の視線は明らかに兄とメグのあいだをめまぐるしく行ったり来たりしている。「ふたりともすばらしくダンスが上手ね。ふたりの体がひとつになって見えたわ。それに、最初から最後まですっかり夢中になっているみたいだった。わたしはもっと速い曲で踊りたいわ。シビル、お願いね」

ジャン・マルクは妹をくるりとまわして位置につかせ、シビルの美しいピアノに合わせてフロアを滑るように進んだ。

メグはシビルのこわばった顔をちらりと見やり、隣に腰をおろした。「楽しかったわ」メグはさらりと言った。「ダンスの経験はほとんどないのに、伯爵とはすっかりくつろいだ気分で踊れたの。アッシュはどうしたのかしら？　きっと眠ってしまったのね」

「アッシュのことはどうでもいいわ」シビルは言った。ひどく小さな張りつめた声だ。

「メグ」デジレー王女が肩越しに呼びかけた。「人生がおもしろくなってきたわ。至るところに興味をそそる楽しい雰囲気が漂っているんですもの」

「ダンスに集中なさってください」メグは言った。実のところ、王女のダンスはなかなかだった。ジャン・マルクの言ったとおり、彼女はうまくなるだろう。姿勢がいいし、メグが控えめに化粧を施したおかげで瞳が明るく見え、かわいらしかった。

「メグ」シビルは疑わしげに声を震わせて言った。鍵盤《けんばん》に身を乗りだしている。「ここでは心を乱されるようなことが起こるわ。いろいろなことがありすぎるのよ。すべてを投げだしてもとの静かな生活に戻りたい」

　メグは愕然《がくぜん》として包帯を巻いていないほうのてのひらでドレスを撫でつけた。傷が痛んだが、気にもならなかった。「どういうこと？」彼女は尋ねた。「この仕事は確かに変わっているわ。でも、ここで働いていれば、同じような仕事がきっと見つかるわよ。お金に困るのはもういやでしょう。それにわたしは、わたしたちのどちらかが結婚して窮状から抜けだせるという望みをあきらめていないの」

「そのようね」シビルは打ちひしがれた声で言った。「あなたは変わったわ。わたしはあなたが怖いの」

　メグはしばらくのあいだどうしていいかわからず、鍵盤を走るシビルの指を眺めていた。そして、鍵盤やシビルの手の上に涙がこぼれ落ちるのに気づかないわけにはいかなかった。

「さて」ジャン・マルクが部屋の向こう側から呼びかけた。「デビューは大成功するに違いない。デジレーは天使のように踊るのだから。もう行かなくては。ミス・スマイルズ、あの件は本当に無理なのかい？」

メグは椅子に座ったまま振りかえった。ここからでも、ジャン・マルクの目に希望が浮かんでいるのがわかる。「はい」彼女は言った。「明日の午前中買い物へ出かけるのでしたら、今日じゅうにやっておかなくてはならないことがたくさんありますので」

ジャン・マルクはこぶしを反対側のてのひらに打ちつけ、なにか言いたそうにした。しかし、うなずいて舞踏室から出ていった。王女はひとりでくるくるとまわり続けている。

「どうしたの、シビルお姉様？」メグは静かに尋ねた。「なぜうろたえているの？」

「メギー」シビルは答えた。「あなたのことが心配なの。伯爵はあなたを求めているわ。わたしだって女性を求める殿方の顔くらい見たことがあるのよ。伯爵は決してあなたを妻にはできないのに、あなたが自分のものであるかのような振る舞いをしているわ。ダンスをしていたときもそうよ。伯爵は結婚した男女にしか許されないことを、あなたに求めているんだわ」

「しーっ」メグは言った。「興奮しすぎよ。伯爵がわたしに必要以上の関心を抱いていることは否定しないわ。でも、心配することなんてないのよ。わたしはそんなに愚かじゃないわ」

シビルは椅子の上でメグと向き合った。「あなたは愚かなんかじゃない。あなたは優しいけれど情熱的で、それに……ああ、メグ、あなたは伯爵に恋をしているわ」

16

話があるから来いですって？　お兄様はわたしを呼びつけるようになった、とデジレーは思った。ジャン・マルクは本当に威張っている。確かに、ロンドンに来る前にはほとんど彼と過ごしたことがなかったけれど、この数週間とっているような態度とは無縁の人だと思っていた。

メグは椅子にかけることを拒み、ジャン・マルクの机からいちばん遠い場所に立っている。事実、椅子に座っているデジレーが振りかえらないと、メグの姿はまったく見えなかった。メグは暗い部屋の隅に立ち、黒いレースのマンティーラをかぶっている。「お願い、メグ、座って」デジレーは頼んだ。「ジャン・マルクが遅いから、いらいらしているのはわかるけど、もうすぐ来るわ。マンティーラをとったほうが楽なんじゃない？」はっきり言ってやったわ。

「いらいらしてなんていませんわ」メグはそう言ったが、明らかに動揺していた。「マンティーラをかぶったままでも充分楽です、ご心配なく。最近いっそう瞑想《めいそう》を必要とするようになってしまったんです。瞑想をすると、王女様のために力を発揮できるんですよ。伯爵はなにをお望みなのでしょう？　一日が始まったばかりなのに、もうなにかに怒っていらっしゃるんですね」

「怒っている？」おかしなことを言うものだ。「どうしてジャン・マルクが怒っていると思うの？　まだ顔も見ていないのに。そうかもしれないけれど。アイラが昨日ここに着いたのを知っている？　どうやらうんと朝早く、わたしたちみんながほかのことに気をとられているあいだにこっそり来たみたいね。召使いの話を耳にしたんだけど、彼女、ジャン・マルクの部屋で待つと言い張って、そのことを彼に知らせないでほしいと頼んだそうよ。ジャン・マルクを驚かせようとしたんだろうけど、彼はそんなことされたくないと思わない？」

「わかりません」レディ・アップワースがジャン・マルクと一緒にいると思うと気持が沈むのは、彼への気持が危険なものになっているという証拠だ。「殿下、申し訳ありませんが、少し静かにしていただきたいのですが」

デジレーは、兄とメグが踊っていたとき明らかになった事実に、どうやって探りを入れようか思案していた。ジャン・マルクがメグに目をつけていることは前々から気づいていた。今やふたりが惹《ひ》かれ合っているのは間違いない。

「もう！　早く来なさいよ、ジャン・マルク」デジレーは大声で叫んだ。

それに応《こた》えるかのように、扉が開いてジャン・マルクが入ってきた。そして扉をばたんと閉め、ふたりのほうを見もせずに机へ向かった。「大声を出すのは慎んでくれたまえ、デジレー。若い女性は、いや、どんな女性でもそんなことをするのははしたない」

「あら、そう」王女は言った。「でも、若い殿方は、いいえ、どんな殿方でも大声を出したところではしたなくはないってわけ？」

「いい加減にしろ」ジャン・マルクは一喝した。「くだらないへりくつばかり言って。誰もがジョージ四世の戴冠《たいかん》式を心待ちにしているというのに、ロンドンが吹き飛ぶような大騒ぎをするんじゃない。社交シーズンのロンドンにはめったに来ない人たちが今年はやってくるんだ。これらの招待状はきみに渡さないことにするよ、ミス・スマイルズ」

名前を呼ばれたので、メグは跳びあがった。彼はわたしに気づいているそぶりを見せなかったのに。

「いや、なにも言わないでくれ。手伝ってもらわなくてけっこうだ。おとなしく引っこんでいてくれ。わたしの手間など考えずに任せておきたまえ。ほかにも処理すべき重大な問題を抱えているのだから」

「確かに」デジレー王女は声をひそめるふりをしながら、まわりにちゃんと聞こえる声で言った。「重大な問題ね。今日はレディ・アップワースのご機嫌はいかが?」

ジャン・マルクは顔をしかめた。「彼女が来ていることをなぜ知っているんだ?」

「誰かが言っていたの」王女は澄ましている。「彼女、昨日一日お兄様の部屋に隠れていたんですってね。お兄様をびっくりさせるために。すてきな趣向じゃない?」

メグはほほえんだ。

ジャン・マルクは息を吸って吐きだした。見るからにリラックスして笑みを浮かべた。「妹はわたしをいらつかせたいらしいね、ミス・スマイルズ。そろそろこの子の面倒はほかの男に見てもらわないと。こんなお節介の魔女でもかまわないというくらい心が広く、妹に身のほどをわきまえさせられるくらい強い男に。魔女さん、これは」彼は封筒の束を持ちあげて机の上にばらばらと落とした。「おまえに来た招待状だ。おまえの性格が悪いという噂《うわさ》はあまり広まっていないらしい。モン・ヌアージュ公国のデジレー王女を、夜会やら音楽会やら舞踏会やら名士の集いやらへ引っぱりださなければ落後者になると思いこんでいる人間が、大勢いるようだ。考えただけでわくわくするだろう。わたしのほうは大変な目に遭うわけだ。これらの催しには、顔くらいは出さなければならないからな。もちろん、すべてにミス・スマイルズがつき添い、おまえを支えてくれる」

　メグは黒いレースのマンティーラに感謝した。これのおかげで、屋敷では明らかに変わり者と見なされているが、そのほうがいいのだ。ほかの場所でも、みんなわたしと距離を置くだろうから、煩わしい思いをしなくてすむし、外見をごまかしていることを少なくともある程度は隠しておける。こうなることは予想しておくべきだった。髪の色が褪《あ》せてきているのだ。

「心は穏やかかね、ミス・スマイルズ？」ジャン・マルクがきいた。「絨毯《じゅうたん》に張りついて無我の境地に入るつもりなら、あらかじめ言ってくれよ」

　メグは彼の皮肉を無視した。「ご心配には及びません、伯爵。王女様の招待状には喜んで目を通させていただきます。夜は手が空いておりますから」

「本当かい？」

　ジャン・マルクにまっすぐ見つめられ、メグは赤面した。彼の考えていることはわかる。「ええ。もちろん伯爵の予定は必ず確認します。ほかのお約束があるかどうかは、ムッシュ・ヴェルボーが教えてくれるでしょう。伯爵のお手を煩わす必要はありません」

　ジャン・マルクは椅子の背にもたれ、頭の後ろで両手を組んだ。「きみとヴェルボーはわたしの生活を管理するつもりだな。ヴェルボーはずっとその機会をねらっていたんだ。いいだろう、わたしの生活を管理してくれ、ミス・スマイルズ。催しを楽しむよう努めるつもりだ。舞踏会のために盛装すべきときや、乗馬をするときは教えてくれ。それから、つくり笑いを張りつかせているご婦人方にいい印象を与えなければならないときも。彼女たちが愛してやまないロマンティックな詩人の話でもするとしよう。必要なら、ミセス・ラドクリフのゴシック小説を読んでもいい。とにかく、いいように手配してくれ」

メグは心休まる部屋の隅を離れ、彼の机に歩み寄った。身をかがめて百通はあろうかという招待状を拾い集める。どれも分厚く、クリーム色の封筒には凝った書体で宛名《あてな》が記されていた。

ジャン・マルクは座り直して片手をメグの手に載せた。「傷の具合はどうだ?」彼はささやいた。「痛むかい?」

「少し」メグは言い、身じろぎもせず目を伏せていた。「それが普通ですけれど。でも、ムッシュ・ヴェルボーが包帯を変えてくれましたし、傷口は乾いています。治るまではシビルが助けてくれますわ」

「それはよかった」ジャン・マルクはそうつぶやき、身を乗りだした。メグはレースのマンティーラ越しに彼の吐息を感じた。「話し合ったことについて考えてくれているとうれしいんだが。きみはわたしを燃えあがらせる。きみはたぐいまれなる女性だ、いとしい人。きみみたいな人はほかにいない。わたしはきみを手に入れる。忘れないでくれ。手に入れなければならないんだ」

「それについては、レディ・アップワースもご意見がおありでしょう」

ジャン・マルクは穏やかに笑った。「妬《や》いているのかい? それはうれしいが、彼女は関係ない。わたしが彼女に親切にするのは……そう、長いつきあいだからだ。社交シーズン中、彼女にここにいられるといささか面倒だ。心の隙間《すきま》を埋めてくれるようなふさわしい男性に、彼女が出会ってくれるといいのだが」

メグはなにも言わなかった。レディ・アップワースが社交シーズン中ずっとこの屋敷にいると思うと、ひどく憂鬱《ゆううつ》になった。

ジャン・マルクは頭をさげ、マンティーラを持ちあげてメグの顔をのぞきこんだ。「あの人はなんでもない」彼はささやいた。「わたしが関心を持っているのはきみだけだ」

「ふたりでなにをこそこそやっているの？」デジレー王女が尋ねた。「わたしが出席する催しのことをわたしに相談してくれない理由がわからないわ」

「わたしにはわかる」ジャン・マルクは言った。「おまえの意見など求めていないからだ。おまえのために催しを開こうとしているのを邪魔したくないなら、黙っていることだ。父上の知り合いのレディ・ホランドが、親切にもおまえの舞踏会のためにホランド・ハウスを貸してくださるそうだ」

メグはそれを聞いて息がとまった。

「まあ、それは大ごとだわ」デジレー王女は言った。「さぞかし派手になるでしょうね」

「おまえはこの名誉に感謝すべきだ。だが、その前に考えなければならないことがある。音楽会のことはすでに話したな。最初の催しはそれにしてはどうだろう？　いかに独創的なものにするかはわたしが考える。おまえの催しは最も華やかな興味を引かれるものにしたい。賛成してくれるかい、ミス・スマイルズ？」

「もちろんです」メグは胸を躍らせた。「音楽会のテーマを決めてはどうでしょう？　出席者全員が仮装するんです。たとえば東洋をテーマにするとか？　東洋をイメージして奇抜な衣装がつくられたと、なにかで読んだことがあるんです。仮装して東洋の気分を味わえば、お客様も喜んでくださるのではないでしょうか」

ジャン・マルクはマンティーラ越しにメグを見つめて言った。「そうだな。すばらしい思いつきだ、ミス・スマイルズ。そうだ、そうしよう。おまえはどう思う、デジレー？」

「メグがいいなら、わたしもいいわ」デジレーはすげなく答えた。

ジャン・マルクは、デジレーのメグへの傾倒に今さらながら驚嘆した。妹は相手役をよほど高く評価しているようだ。メグがすばらしい人材なのはすでに明らかだ。「いいだろう。ミス・スマイルズ、お針子たちにきみたちふたりの衣装が必要だと伝えてくれるね？」

「お任せください。もちろん、自分の衣装は簡単に仕立てられます。よろしければ、伯爵の仮装もご用意しますけれど」

よろしければ？「ああ、頼むよ、ミス・スマイルズ。ぜひお願いしたい。今日はボンド・ストリートへ出かけてきみが必要なものを買う予定だったことは忘れていないだろう？」

ボンド・ストリートですって？「そんなところへ行く必要はございません、伯爵。ほかのところで、もっと安価に必要なものを手に入れることができますわ」もっとも、ボンド・ストリートへ行けば、マダム・スザンヌの店で染料を買うことができる。

「御者にはきみをボンド・ストリートへ連れていくよう申しつけてある」ジャン・マルクは言った。「支度ができたら声をかけてくれ。宝石は持っているかい？」

こんなふうに個人的なことをきかれるのはいやなものだ。「母の形見の黒玉のネックレスがあります。シビルと共有なんです。それに、真珠のネックレスとイヤリングを持っています。それで充分だと思いますわ」

「よろしい」ジャン・マルクはそう言って立ちあがった。「それでは支度にかかろう」

レンチが扉をたたいて部屋に入ってきた。「ここでしたか、ミス・メグ」彼は言い、頭痛がしているかのように頭を傾けた。「アダム・チルワースという方が見えました。七番地からいらしたそうです。お会いになりますか？」

アダム・チルワースと聞いて、メグは懐かしい友人にどうしても会いたくなった。「会います」彼女はジャン・マルクのほうを振りかえった。「伯爵が許してくださるのなら。それに、彼とどこかで話をしてもかまわなければ」

「ミスター・チルワースをお通ししてくれ」ジャン・マルクは封筒を集めながら言った。「きみのことを気にかけている人にはお会いするのが礼儀だろう、ミス・メグ。すぐに音楽会の準備にとりかかることを忘れないでくれたまえ。ヴェルボーがピエールにホランド・ハウスの舞踏室の準備を監督させることになっている。時間を無駄にはできない。レディ・ホランドにはすでに感謝の意を伝えてあるんだ」

「ああ、なんてことかしら」デジレー王女はため息をついた。「まったくばかげてるわ」

「おまえにふさわしい相手を見つけるためのもっと簡単で効果的な方法があるなら、ぜひ教えてほしいものだな」

「ミスター・チルワースがいらっしゃいました」レンチが告げた。

メグは進みでてアダムに挨拶《あいさつ》し、彼がマンティーラを見てもなにも言わないでいてくれることに感謝した。「アダム」彼女は言った。「会えてうれしいわ。友達が恋しかったの」

「やれやれ」アダムは言った。「でも、ぼくらは広場の向こうに住んでるんだよ。きみが会いに来るのも簡単だし、言ってくれれば会いに来るさ」

「そうね」メグは言った。「それを聞いて安心したわ。みんなは元気？」ジャン・マルクがこのおしゃべりに退屈しようとかまわない。「ハンターとレディ・ヘスターとラティマー、それに使用人たちは？」

「みんな元気だ」アダムは言い、メグの顔をマンティーラ越しに見つめた。「きみがいなくて寂しがってるけど、帰ってくるとわかってるから。話さなきゃいけないことがあるんだ。でもシビルに、きみを動転させないでくれって言われたよ」

気のせいかもしれないが、彼はいつもよりなまっていない。「なにを言われても動転しないわ」メグは礼儀を思いだした。「こちらはモン・ヌアージュ公国のエトランジェ伯ジャン・マルク卿《きょう》よ。そして妹君のデジレー王女」

アダムは顔をこわばらせたが、ジャン・マルクと王女に近づいてめいめいに頭をさげた。「お目にかかれて光栄です」アダムは言った。「ぼくらのメギーのすばらしさを見抜くなんておふたりはお目が高い。彼女を雇えるなんて幸運ですよ。きっと彼女を誇りに思うでしょう。メギーはすごい人だ」

メグは咳払《せきばら》いして、アダムの気恥ずかしくなるようなほめ言葉を遮った。

アダムはすぐに黙りこみ、指示を待つようにメグの顔を見つめている。

「ふたりきりで話せるところへ行ったほうがいいわ、アダム」メグは言った。

「どうしてだい？」ジャン・マルクが即座に言った。「わたしたちに隠さなければいけないようなことはないはずだろう」

「もちろんです」アダムはすぐに言った。彼の視線はメグを通り越してデジレーに向けられ、そのまま釘《くぎ》づけになった。

「そういうことなら」ジャン・マルクが言った。「座りたまえ。飲み物を用意させよう」

アダムはもごもごと同意を示したが、王女から視線をはずさなかった。王女も彼を見つめかえした。今日の王女は、新しいモーニングドレスを着ていた。ピンクの柔らかくて薄いシルクででき、襟もとふくらんだ袖《そで》には細かい襞《ひだ》がついている。腰から膝にかけても、同じように襞が帯状に施されていた。王女の髪には、メグが共布でこしらえたピンクの花が差してある。王女は見目麗しかった。

「ロンドンの社交シーズンはいかがです、殿下？」アダムが敬語を使ったので、メグは驚いた。

「いろんなことがありすぎて、お疲れじゃなきゃいいが。こう申しておわかりいただけるかどうか、王女様はばか騒ぎがお好きじゃないように見える」

「ええ、そうなの」デジレー王女は言った。

アダムは顔をしかめた。「わたしは物静かな人間なの。メグは王女が容姿端麗なアダムをなめるように見ているのに気づいた。「別に悪いことではありません。こんな大騒ぎは好きではないわ」

メグはジャン・マルクが落ち着きなく身じろぎしているのに気づいた。

「本当にそうね」王女は勢いこんで言った。「お仕事はなにをしているのかきいてもいい？」

「画家をしております、ミス――いえ、王女様。少なくともそれで食べていこうとしています。無名ですし、つてもないから大変ですが」

メグはアダムを弁護したい気持に駆られた。「アダムは才能ある肖像画家なんです。一枚も見せてもらっていないんですけれど。秘密主義なんです。でも、七番地の持ち主であるレディ・ヘスター・ビンガムのお友達がおっしゃるには、アダムが別のお友達のお子さんたちの肖像画を描《か》いて、息をのむほどの出来栄えだったとか。本当に、息をのむほどだったとおっしゃっていました」

アダムはそっぽを向いた。「ありがとう、メギー。でも、それはひいき目というものだ」

「あなたには才能がないって言うの？」

「ぼくは慎み深いから、自画自賛はしない。ほめてもらったことはあるが」

「わたしはロンドンにいるあいだに肖像画を描いてもらわなければならないの」デジレー王女が言った。「父の命令でね。何時間もじっと座っているなんて耐えられないわ」

「気を紛らす方法はありますよ」アダムが進言した。

「じゃあ、あなたに描いてもらうわ」デジレー王女はきっぱりと言った。

メグがジャン・マルクに目を向けると、彼は天井を仰いでいた。

「いいでしょう、ジャン・マルク？」王女は言った。「お願い。彼に描いてもらえるならじっとしていられそうなの」

「考えてみよう」ジャン・マルクは優しく言った。「もちろん、事前にミスター・チルワースの作品を見せてもらわなければならない。彼がこの仕事に興味があればだが」

「いいでしょう？」デジレー王女が尋ねた。「作品を見せてくれるわよね？」

「はい」アダムは言い、めったに見せない魅力的な笑みを王女に向けた。「伯爵が本気でおっしゃっているのなら、正式に申し入れがあるでしょう」

「本気だとも」ジャン・マルクが答えた。あまりに早く話がまとまったので、メグは不安を覚えた。

「メギー、ぼくがここに来たのは、シビルがきみを必要としていると思ったからなんだ」

メグは胸騒ぎを覚えた。「シビルお姉様になにかあったの？　もうすぐここへ来るはずよ」

「来るつもりではいる。きみらの尊敬すべきまたいとこ、ミスター・ウィリアム・ゴドリー・スマイスから逃げだせたらだが」

「ウィリアムですって？」メグは言った。「パックリー・ヒントンにいるとばかり思っていたわ。バッグズ牧師がそう言っていたのよ」

「バッグズ牧師がまた問題なんだ。あの男はラティマーの部屋に間借りすることになったよ。教会の用事でロンドンにいるあいだね。ひどく厄介なことになったもんだ」

メグはそれ以上尋ねる気になれなかった。あとにしよう。「どうしてわたしが七番地に帰る必要があると思うの？」

「思っているだけじゃない。実際にそうなんだ」アダムは部屋にいるほかのふたりに目を向けた。「ここで詳しく話さないほうがいいだろう。きみのまたいとこはシビルときみに対して責任があると思いこんでいる。シビルはなんとか口実をつくってぼくの部屋へ来たんだ。はじめはハンターのところへ行ったそうだが、ほら、彼はほとんど家にいないから」

「ええ、そうね」メグは言った。胸騒ぎはひどくなるばかりだ。「それで、シビルはなんと言ったの？」

「まったく単純なことだよ。ウィリアムが、きみらが仕事をしなくてすむように、問題をすべて解決すると言っているらしい。彼は親類がこんな仕事をしているのはふさわしくないと思ってるんだ。失礼」アダムがジャン・マルクに言うと、伯爵は素早くうなずいた。「あの男はシビルと結婚して、きみらをパックリー・ヒントンに連れ戻す気なのさ」

17

ジャン・マルクはアダムとメグに同行すると申しでた。しかしメグは、そんなことをすれば、ただでさえ傲慢《ごうまん》なまたいとこをますますつけあがらせるだけだと言って、ジャン・マルクを思いとどまらせた。そしてウィリアムはますます意固地になるだろう。てっとり早くまたいとこに使命から手を引かせるには、メグとシビルが彼に大いに感謝してみせ、きっぱりと追いかえしてしまうのがいい。

メグはアダム・チルワースとともに広場を横切った。ジャン・マルクは、あの申し出に対する返事を待っているだろうか？　そして、もしわたしが返事をしなければ、自尊心の強い彼のことだから、二度とあの件には触れないだろうか？　わたしからはもう口にしないでおこう。彼も口にしないことを願わなくてはいけない。

それはメグが望んでいることではなかった。

「今朝、屋敷の玄関から入ってきたゴドリー・スマイスは怒鳴り散らしていた」アダムは言った。「シビルはひどくおびえていたよ。ぼくはあいつに、散歩でもして頭を冷やしてこいと言ったんだ。あいつは一瞬ぼくを殴ろうとしたみたいだが、思いとどまったよ」

メグは懸命に上を向いてアダムの横顔を見つめた。「ウィリアムにも少しは分別があってよかったわ。あなたを見て、どうやっても勝てそうにないと思ったのよ」七番地のそばまで来ると、メグはため息をついた。「あの人はわたしたちに対してなんの権限もないの。それなのに、自分はいちばん近い男の親類だから、わたしたちに責任を感じていると言い張っているのよ。シビルお姉様とわたしが家にいづらくなってパックリー・ヒントンを出なきゃならなかったときは、責任なんて感じていなかったくせに。男性優位の制度って本当に理不尽だわ。特に、女性に財産を相続させないなんていう制度は。そのせいで、わたしたちは苦境に立たされているんだもの、アダム。でも、ウィリアム・ゴドリー・スマイスの施しを受けなければならないほど落ちぶれてはいないわ」

「ああ、そうだ」アダムは腹立たしげに言った。

「わたしたちがパックリー・ヒントンを出るとき、ウィリアムは見向きもしなかったのよ。今になってどうして気が変わったのかしら？」

アダムはメグをちらりと見た。「ぼくには関係ないことだが、きみの立場なら、充分警戒するね。ところで、こんなことをきいて悪いけど、なぜ髪を染めたんだい？」

彼が遠慮がちに尋ねるので、メグはくすくす笑った。「説明できないわ。すごくきまり悪い理由だから」

「きまり悪い？」アダムは片方の眉をあげた。「とても気になるが、きかないでおこう。そのうち話してくれるだろうね」

メグは考えこみ、歯ぎしりした。こんなことを男性であるアダムに頼んでもよいのだろうか？

「あの……お願いがあるんだけれど」メグが足をとめると、アダムも立ちどまって彼女を見つめた。「わたしの計画をいつかあなたに話すと約束したら、わたしのためにボンド・ストリートへ行ってくれる？　お店の場所はきちんと説明するし、店主への手紙も渡すわ」

「なんの店だい？」

「そうね、ある意味で薬局と言えるかしら。そうとも言いきれないんだけれど。たぶん……いえ、ある種の調合薬が買える店なの」

　アダムはきょとんとしていた。

「ごめんなさい。こんなことをお願いするべきじゃないわね」

「メモをくれよ」彼は言った。「どんな店だろうと、なんとか見つけだして、きみの欲しいものを買ってこよう」

　メグは長い吐息をついた。「ああ、ありがとう。今日行ってきてもらえる？」

　アダムは目におかしそうな光をたたえて言った。「きみのためなら、やるよ」

　メグは彼の頬に触れたが、すぐに手を引っこめた。「ありがとう。メモを渡すわね。本当にありがとう、アダム」

「お礼はもう充分だよ」

「買ってきたものをわたしとシビルお姉様の部屋に置いておいてくれれば、なおさら助かるわ。老クートのところにスペアキーがあるから」

「任せてくれ」

　ふたりは再び歩き始め、立ちどまって石炭を積んだ荷馬車に道を譲ると、また歩きだした。

「ほら、水仙が咲いている」アダムが公園を指さした。「勇敢な花だね。今年の冬は寒いし、今もあまり日が照っていないのに、こうやって咲いているなんて。そんな義理もないのに、ぼくらを元気づけてくれるんだ」

「そうね」メグは言い、再びアダムを見あげた。彼はわたしの気を紛らそうとしているのだ。メグは自分の身に起こったことを彼に打ち明けたくなった。もちろん、ジャン・マルクとの親密な関係についてではなく、今の気持や不安についてだ。メグがロンドンに来て以来、アダムはずっと味方でいてくれたし、ふたりで暖炉の前に座って何時間もおしゃべりをしたものだった。彼は複雑で誇り高い人だ。彼がわたしに友情以上のものを感じてくれればいいと思ったこともあるが、結局あきらめざるをえなかった。アダムは仕事にすべてをささげているのだ。

ふたりは七番地の屋敷の玄関に続く階段をのぼった。アダムが自分の鍵《かぎ》で扉を開けた。なかへ入るとふたりは階上に目をやった。彼が言った。「よければ一緒に行こうか?」

「あなたが気絶する心配がなければ、お礼にキスしたいくらいよ」メグは言い、彼にほほえみかけると気分が晴れた。「ありがとう、でもいいわ。またいとこが怖いわけではないのよ。ただ、あの人にうんざりしているだけ。でも、わたしたちを心から気にかけているという彼の言葉を信じて、優しくしてあげるべきなんでしょうね」彼女はポーチからペンと紙をとりだし、玄関ホールのテーブルに身をかがめてアダムに渡すメモを書いた。

アダムが笑顔でメグの頬を撫《な》でたので、彼女は驚いた。「きみみたいな人はいないよ、メギー。きみみたいに優しくて寛大な人は」彼はメグの頬から手を離し、その手を階段のほうへと振ってみせた。「きみとシビルはぼくの大切な人だってことを忘れないでくれ。屋敷じゅうの人間がきみたちを大切に思ってるんだよ。助けが必要なときは、慰めが必要なときは、ぼくのところへ来ればいい。わかったかい?」

メグは重い足どりで階段をのぼりながら言った。「ええ。感謝しているわ。ところで、王女様の絵は描《か》くつもりなの？」

アダムは足をとめた。メグが振りかえって見ると、彼の瞳に考えこむような色が浮かんでいた。「ああ、たぶんね。興味を引かれる顔だ」彼は鼻を鳴らした。「それに、ああいう人を描くのはこれがはじめてじゃないし……」

「ああいう人って？」

「なんでもない」アダムは言った。「運がよきゃ、あの仕事をもらえるさ。うん、ぜひやってみたいな。頑張れよ、メギー。ぼくがついてるってこと、忘れないでくれ」

メグは上の階へ向かう長身のアダムを見送りながら、ほんのつかのま、彼はなにを言おうとしたのだろうと考えた。だが今はシビルを救うのが先だ。

客間はメグが予想していたよりもはるかに気の滅入る事態になっていた。火が細々と燃える暖炉の前に、ウィリアムが立っている。両手を上着の裾《すそ》の下に入れ、たくましい脚を広げていた。そして、不機嫌そうに眉をひそめている。シビルもまた部屋の反対側に立ちつくしていた。外出用の黒い厚手の外套《がいとう》をすでにはおっている。姉はひどく寒がりなのだ。

「こんにちは」メグはウィリアムに言った。そして満面の笑みを浮かべてシビルに言う。「デジレー王女のために音楽会を開くことになったの。きっと楽しいわよ。東洋をテーマにしようと思っているの。みんなで仮装する計画よ。あとで話し合いましょう。知恵を貸してくれるわよね」

「メグ」ウィリアムが険悪な口調で言った。「ぼくの話をちゃんと聞いてくれ。きみとシビル、ふたりともだ。シビルは今まで話を聞いてくれなかったんだ。ぼくは彼女の、そしてきみのためにわざわざやってきたというのに」

ウィリアムに不当な要求などさせはしない。「あなたがシビルお姉様に、そしてわたしに提案をしに来たことは知っているわ。どんな提案かもだいたいわかっているの。本当にうれしいわ。シビルお姉様もそう思っているはずよ。でも残念ながら、あなたの希望とわたしたちの希望は一致しないの」

ウィリアムの襟からはみだしている首が盛りあがり、怒りで顔が真っ赤になった。「いったいどうしたんだ、メグ・スマイルズ？」彼は言った。「きみはいつもかなり……ものごとをはっきり言うが、こんなに不愉快で一方的な口のきき方をしたことはなかった。相手に有無を言わせないなんて、女性にはあるまじきことだ」

彼に非難され、メグは目を伏せた。

「まあ、いいだろう」ウィリアムは言った。言いすぎたことを後悔しているらしい。「きみたちは、心優しい田舎娘にはふさわしくない街で、ふたりきりで暮らしている。きみはシビルより心細かっただろう。きみのほうがしっかりしているから、先に立って決断をくだし、シビルを守ってきたのは明らかだ。こんな勝手の違う街で、若い女性が誰かを守ることができるとしたらの話だが」

「わたしたちは助け合ってきたのよ」シビルが弱々しい声で言い、メグに身を寄せた。「そうよね？」

メグは姉の手をとって言った。「もちろんよ。たったふたりの家族ですもの。亡くなったお父様とお母様のためにも、わたしたちは正直に、助け合って生きていかなくてはならないわ」

ウィリアムは炉棚にもたれ、火を見つめている。思いやりのある態度になったようだった。

「手の具合はどうだい、メグ？」

メグは怪我《けが》をしているほうの手を素早く背後へ隠した。

「バッグズ牧師が伯爵の使用人から詳しい話を聞いたんだ。そして、賢明にも馬を遣わしてぼくに知らせてくれた。すぐに向こうを発《た》ったよ。夜を徹して駆けつけたんだ。危険も顧みずに」

「すりむいただけよ」ときには嘘《うそ》も必要だ。「そんな危険を冒すことはなかったのに」

ウィリアムは体を起こした。彼のことは好きではないが、姿勢がいいのは認めざるをえない。

「危険を顧みる余裕もなかったんだ」彼は言った。「人には、己のなかの悪と向き合い、人生について考えなければならないときがある。ぼくはそうして、いやな気分になった。なぜなら、きみとシビルを出ていかせたことが間違いだったからさ。もちろん、あれは法律に従ったまでだが――きみたちを説得して家にとどまってもらうべきだったんだ」

メグの手を握ったシビルの手に力がこもった。心優しい姉はウィリアムを慰めたいと思っているのだ。メグはシビルの手をつねって黙っているよう警告した。

ウィリアムはふいにまばゆいばかりのほほえみを浮かべた。「だが、すべてすんだことだ。ぼくは自分のやり方が誤っていたと気づき、それを正すことにした。メグ、きみがいないと、シビルは落ち着いて話もできない状態だったんだ。でも、今なら大丈夫だろう。ぼくはシビルに、妻になってほしいと頼んだ。きみたちふたりには、ぼくと一緒にパックリー・ヒントンへ帰ってもらいたい」彼はますます顔をほころばせた。「このことを伝えるのに、どれほどの時間を無駄にしただろう？　正直に言うと、ぼくは以前からこうなることを心底望んでいたんだ。シビルはか弱い女性だ。だから、メグ、きみに家を切り盛りしてもらいたい。そうなれば、きみもうれしいだろう。きみは時間を持て余すのが好きな性分ではないからね。きみたちなら隣人ともうまくやれる。当然、有力なご婦人方と親交を結ぶわけだ。ふたりとも教育を受けているし。少々度を超してね。でも、きみたちのお父上は変わった考えをお持ちだったから。とにかく、きみたちは教養があるから、誰からも頼りにされる女主人になるだろう。ぼくも鼻が高い」

シビルもメグも口を開かなかった。シビルがメグの手をさらに強く握りしめる。

「どうやらぼくは、きみたちの息も言葉も奪ってしまったようだね」ウィリアムは笑い、体を前後に揺らした。明らかに自分に酔いしれている。「ちゃんとわかっているよ。感激しているんだね。人生が劇的に変わるんだもんな。こんなすばらしい機会が訪れるとは夢にも思っていなかっただろう」

「ウィリアム――」

「いいんだ」彼は手をあげて首を振った。「感謝の言葉なんていらないよ。恥ずかしいだけだからね。きみたちの喜ぶ顔が見られてうれしいよ。いや、まったく感無量だ。心が清められて解放された気分だよ。ぼくたちは家族になるんだね」彼はシビルに流し目を送った。「こんな話をするのは早すぎるのかもしれないが、言わずにはいられない。子供が生まれて、ぼくたちのような愛情深い両親に育てられるかと思うと、胸がいっぱいになるよ」

メグはシビルのほうを向いた。姉の正直な反応を見なくては。シビルは眉間《みけん》にしわを寄せて歯を食いしばっている。体は震え、メグの手を握っている手が汗ばんでいる。「わたしが代わりに答えましょうか？」メグがそっと尋ねると、シビルは「ええ」とささやき、ゆっくり頭を振った。

「ご親切な申し出には感謝します」メグはウィリアムに言った。「ご厚意はありがたいけれど、そんな必要はないわ。わたしたちは実入りのよい仕事に就いているから、このままでいるつもりなの」

「きみたちを驚かせてしまったようだ」ウィリアムは言った。「さあさあ、椅子にかけて落ち着いてくれ。これは夢ではないよ。ぼくは消えたりしない。現実のことなんだ。ぼくのような人間がなぜずっと結婚しなかったのか不思議に思っていただろうね。実際、多くの女性に言い寄られたが、誰にも心を許せなかった。その理由が今わかったよ。ぼくの永遠の愛という名誉を勝ちとったのは、シビル、きみだ」

シビルはメグの手を放すと、まっすぐにウィリアムの正面へ歩いていった。「話を聞いていないようね」シビルがそう言い放ったので、メグは驚いた。「わたしはあなたと結婚したくないの。親切なお申し出には感謝するけれど、お受けできません」

メグは拍手しそうになった。

ウィリアムはシビルの手をつかむと、口もとへ持っていった。そして目を閉じ、キスをした。

哀れなシビルの背中はこわばっている。メグは言った。「ウィリアム――」

「いいの」シビルが遮った。「心配しないで、メギー。これはわたしの問題だもの。ウィリアム、すてきなプロポーズをしてくださってありがとう。でも、お受けできません」

「受けるべきだ」彼は言い、ゆっくり顔をあげた。「ぼくがそうするようにと言っているのだから」

「今すぐ帰ってちょうだい」シビルが言った。

「なぜだ？　いったいどうした？　きみは自分の立場をわきまえていると思っていたのに。世の中の道理に逆らったことなどなかったじゃないか。ぼくとの結婚はきみの義務だ」

メグの耳に、びっくりするような言い分が響き渡った。彼は自分の言っていることは正しいと信じこんでいるようだ。

ウィリアムの声が大きくなった。「ぼくと一緒に帰るんだ。ふたりとも。今日じゅうにだ。わかったか？」

「シビルお姉様」メグは言った。「そろそろ十七番地へ行かないと。わたしはボンド・ストリートへ出かけなければならないし、王女様がお姉様をお待ちよ」

「王女様か」ウィリアムは言った。唇がめくれあがる。「自分が王女に仕えるのにふさわしい人間だと思っているなら、さぞ笑い物にされているだろうよ。きみたちは田舎者なんだぞ。彼らがなぜ分不相応な人間を雇っておくのか見当もつかないね。いや、つくにはつくが、つけないほうがいいだろう」

メグはウィリアムをまっすぐに見つめた。「もう行かなくてはならないの。どうぞお引きとりください」

「かみそりの件はどうなったんだ？」ウィリアムが怒鳴った。「使用人は全員調べたんだろうな？　きみの命が危険にさらされているっていうのに、ぼくが帰れると思うか？　きみたちは財産のない庶民の女のように働く必要はないんだ」

「わたしたちにはほとんど財産がないの」メグは指摘した。信託財産が少なくなってきていることを言おうとしたが、自尊心のおかげで思いとどまった。「働いて身を立てることは恥ではないわ」

ウィリアムが深く息を吸いこむと、胸が大きくふくらんだ。「きみたちは一族の名を辱めたんだぞ。ぼくらの先祖に、人に仕えるほど落ちぶれた者はひとりもいなかったんだ」

この人と言い争っても無意味だ。「あなたに恥をかかせるつもりは決してないのよ、ウィリアム」メグは言った。なぜ働くことにしたのか言ってやるべきだろう。「信託財産だけで暮らせるのは数年間で、その後はすぐに支給額が減っていくと知らされたの。現に減っていってるわ。収入を補う必要があるのよ。シビルお姉様が音楽を教え、わたしが縫い物をしても、どんどん悲惨な状況に追いこまれていったわ。そんなときでも、簡単にはくじけなかった。わたしたちは行動を起こしたの。行動を起こしたから、自分の手で運命を切り開くことができるんだってわかったのよ」

ウィリアムは震えていた。それが望みをくじかれた怒りのせいだとは、メグにはわからなかった。彼は逆上し、驚いていた。自分の寛大な申し出を聞けば、ふたりは抱きついてきて、泣いて感謝すると思っていたのに、そうならなかったからだ。

そのとき、扉をたたく音がした。メグが「どうぞ」と言うと、老クートが入ってきた。彼は丸くはれぼったい目で室内を見まわし、うなずいて言った。「お客様ですよ」

ヴェルボーが自信と優雅さを漂わせ、執事の脇《わき》をすり抜けて客間に入ってきた。

「おい」ウィリアムは口から泡を飛ばした。「出ていってもらおう。すぐに出ていけ。家族の問題を話し合っているところなんだ」

ヴェルボーはメグに目を向けた。「エトランジェ伯爵に言われて参りました、ミス・スマイルズ」

「聞こえないのか?」ウィリアムが言った。「ぼくたちは深刻な話をしているんだ。エトランジェ伯爵なんてくそくらえだ」

メグとシビルは同時に息をのんだ。

ヴェルボーはほほえんでいる。引きさがる気配は微塵《みじん》もない。

「出ていけと言っているんだ」ウィリアムが命じた。「警官を呼んでつまみだしてもらわないうちにな」

「いったいどういう理由で?」ヴェルボーは穏やかに答えた。「十七番地へお連れします、ミス・シビル。アッシュが待っていますよ。相談に乗ってほしいそうです。音楽会の件で。早急に。招待状を出さねばなりませんから」

「ええ、もちろんですわ」シビルは答えた。この状況を抜けだせて安堵《あんど》しているのは誰の目にも明らかだ。「すぐに行きます」

「ぼくがいいと言うまで行ってはいけない」ウィリアムが言った。

ヴェルボーはメグのほうを向いた。「わたしがあなたをボンド・ストリートへお連れします。急いで。伯爵がそうおっしゃっています。ただちに出発します。予約の時間があります」

ヴェルボーは短い言葉を羅列する奇妙な話し方をしたが、メグには話の内容が大方理解できた。

メグはウィリアムににっこりとほほえんで言った。「あなたのお心づかいに、シビルお姉様もわたしも深く感激していることは信じてね。もちろん、あなたのご厚意は決して忘れないわ。わたし、お休みをいただいたらパックリー・ヒントンに戻りたいとさえ思っているのよ。ありがとう、ウィリアム。あなたのおかげで楽しい気分になったわ」

「ぼくは……ぼくは……」

「まったくだわ」シビルも言った。「懐かしいパックリー・ヒントンで休暇を過ごせるなんてすばらしいわね。夏の終わりころはどう？」

ウィリアムの顔からは表情が消えている。彼は玄関へずんずん歩いていって扉を開けた。「愚かなきみたちはくだらない考えに感化されてしまったんだ。遅かれ早かれ、少しは常識をとり戻すだろう。それまでは、その愚かさに目をつぶり、きみたちを見守っていてあげよう。謝りさえすれば、戻ってきてやる。謝るに決まってるんだ。覚えておけよ。きみたちはきわめてまずい状況に陥ろうとしているんだ。ここで」彼は胸をたたいた。「きみたちがあいつらと一緒にいるのは危険だと感じるんだ。あいつらはきみたちをよく思っていない」

「行かなくては」ヴェルボーが言った。メグとシビルはポーチを手にとった。

ウィリアムは戸口に立って言った。「おまえの主人に伝えるんだな」ヴェルボーに指を突きつける。「あの家にいるあいだ、ぼくのまたいとこになにかあったら、彼の責任だと。メグがあの家にいるときに、誰かが彼女に怪我をさせようとかみそりを忍ばせたんだ。ひょっとすると、殺そうとしたのかもしれない」

18

スピヴィだ。

やれやれ、ちっともうまくいかん。結局、わたしはただの人間なのだ。つまり、ただ単なる幽霊……いや、そんなことはない。わたしはきわめて複雑な幽霊であり、大いに苦しんできた。わたしが自分の本当の気持と向き合い、それを受け入れるあいだ、どうか我慢してもらいたい。

あーっ。

だめだ、だめだ、だめだ、もう我慢できない。もう無理だ。わたしは血が出るほど強くこぶしを噛《か》んでいた――血が出るとしたらだが。ええい、いまいましいことこのうえない。

あーっ。

どんなにこの足で地団駄を踏み、扉を蹴《け》りつけてやりたいことか。二、三人の召使いに首を申し渡し、泣きながら懇願するところを見てやりたい。義足を持ち主の腿から蹴飛ばしてやったら、あるいはマッチ売りの少女に差しだした硬貨を彼女が手にとろうとした瞬間に引っこめてやったら、さぞかしすっきりするだろう。

わたしは勝利の満足感を味わいたい。

わたしは速やかに思いを遂げて当然なのだ。

やりたいようにやってやるぞ、ちくしょう……失礼。わたしはやりたいようにやる。

さて、少なくともこれでまた冷静になれた。疲労困憊《こんぱい》し、いらだちを抱え、完璧《かんぺき》な解決法は見つからないが。というのもわたしが――誰かさんが、ありがちな可能性というものに気づかなかったからだ。だが、冷静にはなれた。

ウィリアム・ゴドリー・スマイスがシビルと結婚したがっているのだ。そして愚かなスマイルズ姉妹をふたりまとめて、永遠に連れ去るつもりでいる。なんとすばらしい話だろう。どちらか一方が残る心配は少しもないのだ。

しかし、メグ・スマイルズは恋《ラモーレ》をし、味わってしまったのだ――情熱を。彼女は自分が恋に落ちていると思いこんでいる。わたしがなりゆきを阻まない限り、われわれはまもなく目撃してしまうに違いない……おほん。今言いかけたことは忘れてほしい。なんでもないのだ。もちろん、あのような不愉快な見世物のようなものを……不愉快な見世物を、人目にさらすわけにはいかない。信頼されよ。誰にも不快な思いはさせない。

こんな大変な計画に乗りだす前に、ウィリアム・ゴドリー・スマイスのことを知ってさえいれば。

まあ、知らなかったのだから仕方ない。こうなったら、計画を必ず成功させてみせる。迅速に。それが大切だ。迅速に。それこそ必要なことだ。わたしは全力をつくして、あの者たちが待ち望んでいた社交シーズンを混乱に陥れる種をまき、すっかりその気になっているメグと伯爵がさらに親密になる機会を増やすつもりだ。こちらにメモを残し、あちらに伝言を伝え、ほのめかしをするなどして。

エトランジェ伯爵は思っていたほど無情な男ではないという気がしてきた。考えただけでも寒気がするが、あの男には少々……ええい、言ってしまえ、ロマンティックなところさえあるらしい。ああ、ぞっとする。だってそうだろう？　その性質を利用できるかどうか考えてみるつもりだ。

おや、あそこにいるのはミスター・マーロウだ。こちらへ来るのが見えなかった。あの男が飛んでいる姿ときたらまるで亀《かめ》で、重そうな体でやっと浮いており、手足をばたつかせている。

元気にしております。おかげさまで。近ごろは、誰かがいい芝居を書くのを手伝われたんですか？　ほう、手伝うつもりはなかったって？　いいえ、ミスター・シェイクスピアには最近お目にかかっていません。もちろんです。そうおっしゃるなら、あなたが捜していたことは彼には内緒にしておきますよ。

では、ごきげんよう。おっと、高い木に気をつけてくださいよ。はっはっ、実に危ないところでした。さようなら。

行ったか。屋根を越えていった。できるだけ遠くに行ってもらいたいものだ。やかまし屋のクリストファー。われわれは彼をそう呼んでいる。空を飛ぶよりものを書くほうがうまかったのは、彼にとって幸いだった。

もう少しつきあっていただきたい。また進展があればお知らせしよう。

あーっ。

19

メグは深緑色の座席の背にもたれかかり、ジャン・マルクの馬車の窓から外を眺めた。これから予定されているデジレー王女のための催しについて考えていたなら、たびたびこのように馬車で出かけることになると予想していただろう。だがメグはいろいろなことをきちんと考慮していなかった。

パックリー・ヒントンのメグ・スマイルズが、美しい深緑色の馬車でボンド・ストリートに向かっているのだ。馬車は午後の陽光を受けて輝いている。窓からは、仕事や遊びに向かう人の群れが見えた。みな生き生きしており、手ぶりをまじえておしゃべりをしている。

ヴェルボーはメグに手を貸して馬車に乗せ、自分は御者の隣に座っていた。彼がなかに乗ってこなくてよかった。彼といると落ち着かない気分になるのだ。

馬車はボンド・ストリートに入り、立ち並ぶ上品な店の前を滑るように過ぎていった。金持もそうでない者も美しい商品の飾られたショーウィンドーをのぞいている。馬車の速度が落ちると、メグは不安になってきた。驚くことは好きではないのに、なにが起こるにしろ、間違いなく驚くはめになるだろう。どの店に入るのだろう？　自分で靴を買う店を決められるなら、この通りには来ない。こっそりマダム・スザンヌの店に行ったとき以外、ここでなにかを買ったことはなかった。買う余裕がなかったのだ。

馬車がとまった。

メグは窓から外を見ようとはしなかった。

扉が開き、御者が踏み台を出した。どよめきがわき起こったので、メグは陽光に目を細め、なんの騒ぎかを確かめようとした。ヴェルボーがやってきて彼女に手を差しのべると言った。「どうぞ」彼はメグを石畳へ導いた。あたりに人だかりができ、ささやき合ったり、身を乗りだしたり、首をのばしたりしている。

メグは振りかえって馬車の扉についている大公家の紋章を見やると、見物人たちに目を戻した。「みんななんと言っているんですか？」メグはヴェルボーに尋ねた。「誰を見ようというんです？」

ヴェルボーは短く笑った。「あなたですよ。彼らはあなたが見たいんです。どんな身分の高い人物か知りたいのでしょう。店主と従業員があなたを待っています。ほら。ミスター・バークはよほど大切な客でない限り外で待ったりしない」

「それじゃあ、みんながっかりするわね」メグはつぶやき、ミスター・バークと思われる人物のほうへ歩きだした。ほかにふたりの男性と小柄な女性がいる。彼らはみな笑みを浮かべていた。そして頭をさげたり、膝を曲げてお辞儀をしたりする。「わたしを見ても、まだ身分の高い人物だと思っているのかしら？　ばかげているわ」そのばかげた出来事のせいで、メグの鼓動は速くなり、肌がほてった。

見物人が迫ってきて道が狭くなる。

「あれが王子様だわ」女の声が聞こえた。「それで、きっと彼女が王女様よ」

「彼らは自分の見たいものを見る」ヴェルボーがメグに言った。「しゃべらないで」

「でも、あの人たちはわたしを王女様と勘違いしていますわ」

「思わせておけばいい。黙って。ボンジュール、ムッシュ・バーク」

「ようこそいらっしゃいました、伯爵。まことにようこそいらっしゃいました。わたくしどもの品ぞろえにはきっとご満足していただけるでしょう」

ヴェルボーは店主の挨拶《あいさつ》を訂正しなかった。実際、なにも言わなかったのだ。彼はメグに続いて小さな美しい店に入った。ミスター・バークがあわててやってきて示した青い綾織《あやお》りの布が張られた二脚の肘掛け椅子の片方に、ヴェルボーはメグを座らせた。すぐに入口が閉められ、施錠された。見物人たちがショーウィンドーに顔を押しつけている。

ミスター・バークはふさふさした白髪まじりの髪をしているが、年齢不詳だ。彼は店員たちに仕事にとりかかるよう手で合図した。小柄な女性がレモネードのグラスがふたつ載った銀のトレイを運んできた。ヴェルボーが一方をメグに渡し、もう一方を自分でとった。

「わたくしのモットーは」ミスター・バークは言い、手にした一枚の紙に目を走らせた。「そのとき人気のあるあらゆる色の靴をご提供することでございます。型をとるために婦人靴を一足送っていただきましたので、お客様に試していただこうと何足かおつくりしました。足にぴったり合うことを確かめましたら、わたくしどもの職人が夜を日に継いでお望みどおりに仕上げます。ブーツも各色おつくりしますし、お楽しみいただくために美しい装飾品もとりそろえてございます」

「飲み物を飲んで」ヴェルボーに言われ、メグは跳びあがった。

「はい」メグはグラスに口をつけようとして絨毯《じゅうたん》に何滴かこぼしてしまった。店主を見つめ、その話に驚嘆していたせいだ。「ついうっかり——」

「これだ。これこそレモネードだ。実においしい」眼鏡のせいで、ヴェルボーの濃い茶色の瞳はさらに威圧的に見えた。「続けてくれ、ミスター・バーク」

店員の動きがますますせわしなくなった。最高級の子山羊皮《キッド》でつくられた靴をメグの足にあてがい、バックルやリボン飾りを試しては、メグの反応を見守る。最後には、メグを除いて誰もが満足したようだった。メグは徐々にいらいらしていった。彼女はトレイにグラスを置いて言った。

「今年流行の色は厳密には何色あるんです、ミスター・バーク?」

店主は考えこむように唇をすぼめた。「今人気がございますのは、だいたい十色くらいです。そのほかに定番の色が十色から十五色ほどございます」

「そんなはずありませんわ」メグはそう言って立ちあがった。

「それがあるんですよ」ヴェルボーは即座に言ったが、笑みを浮かべていた。「ありがとう、ミスター・バーク。銀色の靴を仕上げて三日以内にメイフェア・スクエアへ届けるようにと、伯爵から申しつかってきた」

「そういたします」ミスター・バークは答えた。「ほかにも何足かお届けするつもりです」

「三日以内に?」メグは手袋をはめて顔をしかめた。治りかけているけれどまだ痛む傷に注意しなくては。

「音楽会に間に合わせるんです。伯爵が予定を早められた。世間をあっと言わせるおつもりだ。社交シーズン最初の大きな催しにすると」

「でも衣装はどうするんです？」

「さらにお針子を雇います」ヴェルボーが言った。

「王女様は――」

「間に合うでしょう」彼がメグを遮った。「あなたが間に合わせるんです」

メグはめまいがした。衣装をつくらなくてはならない。王女にはせめてほほえみ方くらい覚えてもらわないと――やりたかろうがやりたくなかろうが。王女が礼儀正しく楽しそうにしていると約束してくれないなら、ヴェルボーにならって口を閉じているようしつけたほうがいい。やるべきことが多すぎる。最終的にはこれまでの準備が試されるに違いないが、まだ早すぎる。

「来てください」ヴェルボーが言った。わずかに眉をひそめている様子は、まるでメグの不安を反映しているかのようだ。ヴェルボーが彼女を店から連れだした。恐ろしいことに、暇な見物人がさらにたくさん集まってきている。馬車のまわりにも人垣ができていた。

「こんなふうに大げさなことをしていただきたくありません」メグはささやいた。「どうかミスター・バークのところに戻って、今のは間違いでしたと言ってください。あの靴は欲しくありません」

「あなたはすでに承諾したんですよ」

メグが足をとめたので、ヴェルボーも立ちどまらなければならなかった。「靴をあんなにたくさん注文してもらいたくはないし、その必要もないんです。お金が足りません」

「しーっ」ヴェルボーは言った。口もとに笑みが浮かんでいるが、目には有無を言わせない色があった。「静かに。支払いはすんでいます。あなたはお金を出さなくていい」

「それでわたしが喜ぶとでも？」

「伯爵は非常に責任のある立場にいらっしゃるんです。あなたは王女様とともに——王女様の付き添い役として伯爵のお力にならなければならない。ふさわしいドレスが必要です」

「ドレスなら充分持っています」

ヴェルボーは深いため息をついて言った。「あなたは世間の事情がわかっていない。言われたとおりにすべきです。主人のためを思うこと。それがあなたの仕事だ。伯爵の要望にはすべて応《こた》えてください。言うことはそれだけです」

「こんなことまで気をつかうなんて、伯爵はどうかしているんじゃありません？」

「言いすぎです」ヴェルボーが言った。「騒ぎが起きますよ」

「もう起きています。違いますか？　この続きは伯爵と話します。あの方なら道理をわきまえていらっしゃいますから。自尊心の大切さをわかってくださるでしょう」

メグは叫び声に耳を傾けないようにしながら、馬車に歩み寄った。

「だんなをとっちめてやったね、奥様。男なんてあんなもんさ。だろう？　でも、あとでだんなにとっちめられるよ」女の耳ざわりな笑い声が続く。

ヴェルボーは再びメグを馬車のなかへ入れると、自分は御者台にあがった。御者が群集に道を空けろと怒鳴っているのが聞こえる。

メグはほっとすると同時に疲れを感じ、目を閉じた。わたしはお金が必要だからこの仕事を続けているだけだ。そうでしょう？　頭が混乱し、心が千々に乱れる。

メグは目を開けた。ジャン・マルクと話ができると思うと喜びがわきあがる。彼を捜す理由があるのはうれしかった。馬車が動きだし、外の騒ぎに蹄《ひづめ》の音が加わる。メグにはふたつの選択肢があった。ひとつめは、愛人になってほしいというジャン・マルクの申し出を受け入れること。そうすると、とぎれとぎれの至福の時間を手にする代わりにわが身を辱めることになる。ふたつめは、申し出を拒否すること。そうすると、自尊心は守られるが、二度と彼に会えないという現実を受け入れなければならない。受け入れられるだろうか？

喉にかたまりがこみあげてくるのも珍しくはなくなった。最近、泣かずにはいられないようなことが多すぎるのだ。

甲高い悲鳴が聞こえ、メグはぎくりとした。悲鳴に続いて叫び声が聞こえ、通りの人垣が後退した。人々は目を見開き、口をぽかんと開けている。

さらに叫び声があがったので、メグは座席の縁をつかんだ。馬たちが鼻息を荒くし、おびえたようにいななく。その音が狼狽《ろうばい》した群集のざわめきをかき消した。

馬車ががくんと揺れ、前へ動きだす。外にいる人々の顔が恐ろしい角度にさっと傾いた。大きなグラスのなかでピンクの液体の気泡が浮きあがるかのように。ひどい事故になるとメグは確信した。

彼女は祈った。吐き気をこらえて祈った。とまって。静かになって。馬車が激しく揺れるたび、体がたたきつけられる。自分の悲鳴もかき消された。

ここで死ぬのだ。崩壊寸前のこの美しい馬車に押しつぶされて。

車輪がきしる音が耳をつんざく。ヴェルボーの声が響いた。「落ち着かせろ、ばか者」御者に馬を制御するよう注意しているのだ。馬たちは明らかにパニックに陥り、自由になろうとあっちへ走り、こっちへ走りしている。

馬具の耳ざわりな音が鳴り響く。

車体がものすごい勢いで揺さぶられて傾いた。メグはどこにもつかまることができず、座席を滑った。窓をとり囲んでいる磨きこまれた木材に肩が打ちつけられる。涙をこらえようとしたが、だめだった。数センチまた数センチと、車体が傾いていく。もはや片側のふたつの車輪しか地面についていない。

今度は群集の顔が回転した。窓に次々と別の人間が現れる。メグの目にひとりの見物人が、そしてまた別の見物人が飛びこんできた。体がよじれ、扉の取っ手が胃のあたりに食いこむ。そのせいで息ができないので、窓にこぶしを突いて体を支えようとした。大人たちや大きな子供たちは、赤ん坊や幼い子供を抱きあげ、この場面をよく見せようとしている。

ひとり、またひとりと現れては消える人々を、メグはぼんやりと眺めていた。頭に鮮やかなスカーフを巻き、丸々とした幼子を抱えて笑っている器量のいい母親。最新流行の服に身をかためてステッキを振りまわし、口もとにばかにしたような笑みを浮かべている気どった若者たち。自分は関係ないとばかりに、まじめそうな頬のこけた顔をそむけている男。しかしその男もやはり、メグのほうを盗み見ていた。

御者が激しく鞭《むち》を振るう音がしている。馬車が反対に傾き、メグは座席の反対側に投げだされた。その瞬間、すさまじい光景が目に入った。ヴェルボーが御者台からほうりだされ、後ろ向きに宙返りして人だかりのなかへ消えたのだ。

メグは押しつけられているほうの肩にひどい痛みを覚えた。

ほとんど識別できない群集の顔が、またしても泡のように後ろへ流れていった。メグは見覚えのある顔を見たような気がしたが、気づくとすでに消えていた。興奮した馬たちが再び暴走したので、人々は腕を広げて散っていった。

猛進している馬たちがいななき、鼻を鳴らす。その口から飛び散る泡が窓ガラスについた。

突然、馬車ががたんと揺れてほとんどとまった瞬間に後ろに傾いた。メグは頭をクッションにたたきつけられた。馬車はいったん停止したが、再び前に走りだした。メグの頭は前の壁に打ちつけられ、顎が胸にぶつかった。首筋からこめかみへと痛みが走る。

メグは悲鳴をあげ、息を必死で吸いこんだ。ボンネットが頭からずり落ちる。もう耐えられない。車体が大きく傾いた。彼女は怪我《けが》をしていないほうの手で突起している部分につかまった。その甲斐《かい》もなかった。馬車が再び揺れ、メグは床にほうりだされたのだ。

「ジャン・マルク」メグは叫び、こぶしを口に押しあてた。馬車が何度も何度も予測のつかない動きをするので、彼女は床を滑り、周囲にたたきつけられた。かたい床ではなく、柔らかい座席にぶつかるほうがまだましだった。意識が朦朧《もうろう》とする。したたかに殴りつけられたかのようだ。怪我のことを忘れて両手を使おうとするたび、痛みのあまり叫び声をあげた。

突然、馬車が猛烈な勢いで走りだした。メグは後ろに投げだされ、必死に体を丸めた。

馬たちのいななきと人の怒号が群集のざわめきをかき消すと、馬車はきしみをあげてとまった。

メグは息を切らしながらどうにか立ちあがった。急いで外に出ないと危ない。両腕で頭をかばっている男が見える。帽子のせいで顔はほとんど見えないが、うめきながら体を揺すっているのがわかった。さらに車体が大きく傾き、やせた女の顔が目に入る。彼女は腕を組んでおり、なんの

置が少しずつ高くなっていっているらしく、建物の最上階や太陽の輝く青空が見えた。上のほうに目をやると、窓の位置が少しずつ高くなっていっているらしく、

感情も見せずに顔をそむけた。馬車はさらに急な角度に傾いた。上のほうに目をやると、窓の位置が少しずつ高くなっていっているらしく、建物の最上階や太陽の輝く青空が見えた。とまったときと同じように、突然馬たちが走りだし、あがっていた片側の車輪が衝撃とともに地面についた。

メグは声にならない悲鳴をあげた。窓からは馬たちが見える。石畳に蹄の音を響かせ、ショーウィンドーめがけて疾走していく。馬の体は割れたガラスで引き裂かれるに違いない。飛び散ったガラスで人間もひどい怪我を負うだろう。

メグはなんとか叫び声をあげた。そのとき、ひとりの男が馬車とショーウィンドーのあいだに立ちはだかった。彼は馬に飛びつき、なんとか背中にまたがって向きを変えさせようとしている。馬の姿がメグの視界から再び消えた。

ジャン・マルクだ。エトランジェ伯爵こそ、その男だったのだ。メグは暴れる馬の背にまたがっている彼の無事を祈った。いやよ、こんなことで死なないで。彼が命を落とすようなことがあれば、それはわたしのためであり、わたしは助かるかもしれない。彼のいない人生なんて耐えられない。

疾走する馬に続き、馬車も石畳に乗りあげた。馬が再び車道におりた瞬間、メグの胸に希望がわいた。馬車も車道におり、しだいに速度が落ちていく。助かった。ジャン・マルクは難を逃れたのだ。そして、わたしも。

右側の車輪が石畳から車道に落ちた。

左側の車輪がゆっくり地面から浮きあがり、馬車はバランスを失った。「ジャン・マルク！」

メグの叫び声は彼の耳に届かなかった。誰の耳にも届かなかったのだ。馬車は車体の重みでどんどん傾いていき、ゆるやかな弧を描いて横転した。窓ガラスが砕け散った瞬間、メグはとっさに手をのばしたものの、どこにもつかまれなかった。彼女は背中から扉の上に落ち、ガラスの割れた窓からのぞくかたい石畳にたたきつけられた。

粉塵《ふんじん》が鼻につまったが、どうでもよかった。あたりは灰色一色で、まるで目の前に灰色の幕がかかったようだ。メグは咳《せ》きこんだ。静けさが耳に心地よく、その場でじっとしていた。

「なんてことだ《モン・デュ》！」懐かしい声がとどろいた。「さがれ。道を空けろ。見世物ではないぞ。さあ、どけ！」

彼がそばにいる。メグは目をしばたたいた。天を仰ぐ窓から光が差しこんでくる。ボンド・ストリートに仰向けになって上にある窓越しに太陽の輝く空を見あげるなんて、とても奇妙だ。

「ちくしょう！　次にわたしの邪魔をしたやつは殺してやる。ヴェルボー、馬を落ち着かせろ。だが、やつらに触るんじゃないぞ。わかったな？」

「仰せのとおりに」その口調はいつものヴェルボーらしくなかった。「トーマス、手を貸してくれ。頼む」

トーマスというのは御者の名前だ、とメグは冷静に考えた。つまり、従者も御者も無事だったのだ。

馬車の上になっている部分でどさっという音がし、ほどなく窓にジャン・マルクの頭と肩がのぞいた。彼は取っ手をつかんで扉をこじ開け、全開にした。そして後ろを向いて怒鳴る。「わたしが安全を確認するまで、誰も馬車を動かすな」ジャン・マルクはメグを見おろした。「メグ、なにか言ってくれ」

「なんと言えばよろしいのですか？」

「それで充分だ。大丈夫かい？　どんなふうなんだい？」

「どこか痛いところはないかとおききになるのですか？　人形みたいにあちこちへほうりだされたわたくしに、大丈夫かとお尋ねになるのですか？　ええ、大丈夫です。おかげさまで」

ジャン・マルクは注意深く入口の縁に腰をおろし、足を馬車のなかに垂らした。これだけ威勢がよければ、たいしたことはないだろう。「じっとしているんだ。きみをこれ以上ひどい目に遭わせないようにおりていかなければならないからな」

「これ以上ひどい？」メグはくすくす笑った。「もうひどくなりようがありませんわ、伯爵。わたくしを見てください」

ジャン・マルクはメグを見つめた。深緑色のドレスと外套《がいとう》はほこりまみれで、至るところが裂けている。ボンネットはどこにも見あたらず、頭はまるで鳥の巣だ。「ああ、メグ」彼は言った。見るも無残な格好と蒼白《そうはく》な顔にもかかわらず、彼女はたまらなく魅力的だ。「きみを救いだしてあげるからね。それから、きちんと手当てしてもらおう」メグを家に――わたしの家に連れて帰って寝台に寝かせ、主治医に見てもらうあいだ、そばについていよう。

メグのまぶたがさがってくる。ジャン・マルクは恐怖を覚えた。

「メグ」彼はあわてて声をかけた。「眠っちゃだめだ。医者に診てもらうまでは」

「お医者様にかかる余裕がありません」メグの口調は鋭かった。「なにを考えていらっしゃるの？　わたくしの意思に関係なく、いつでも分不相応なことをさせようとなさるんだから」

メグは頭を打ったのだろう。

「しーっ」彼は言った。「すぐにここから出してあげよう。ヴェルボー、聞こえるか？」

「はい、伯爵」

「すぐに毛布を手に入れろ」

「〈バーク靴店〉のバークでございます、伯爵」男が叫んだ。「毛布ならございます。お渡ししましょうか？」

「すぐに頼む」ジャン・マルクは店主のほうを見もせずに答えた。

「毛布ですって？」メグは忍び笑いをもらした。「わたくしはここで寝るのですか？　お医者様はあなたのようによじのぼっていらっしゃるの？」

「きみはヒステリーを起こしているんだ」彼は言った。くそっ、心配のあまり口が滑ってしまった。「ほかの馬車に移るまでのあいだ、きみを毛布でくるんであたたかくしておきたいんだ」

ジャン・マルクのもとに毛布が届いた。彼は大判の毛布を二枚手にすると、大破した馬車のなかに入りこんだ。そして充分注意しながらメグの傍らに着地すると、一枚の毛布を折り畳んでその上にひざまずいた。

メグが顔をそむけようとしたので、ジャン・マルクは彼女の頬に優しく手を添え、自分のほうを向かせた。「かわいそうに」彼は言った。「どうしてきみがこんな目に遭わなければならないんだ？」

「事故ですわ」メグはささやいた。「馬がおびえて暴れだしたんです」

「いや、違う」ジャン・マルクは言い、身をかがめて彼女の瞳をのぞきこんだ。「事故ではない。

きみもやがて気づくはずだ。わたしがちゃんと見えるかい？」

メグが笑った！

「なにかおかしなことを言ったかな？」彼は尋ねた。

「いいえ」メグの優しい声に、ジャン・マルクの心はかきたてられた。「ちょっとまごついただけですわ、伯爵。こんなにそばにいるのに、あなたの顔が見えないはずありませんもの。笑うのも無理ありません。伯爵のお顔を見るのは好きですわ」メグのまぶたが再びおりてきた。

ジャン・マルクはメグから視線をはずすことができなかった。どうかしている。若者のようにときめきを感じることなどもうないと思っていたのに——もっとも、以前もなかったのだが。わたしは人から、皮肉屋で、弱さやもろさとは無縁の人間だと思われていたのだ。

メグはわたしの顔を見るのが好きだと言ったが、それは頭を打って少し混乱したせいだろう。ジャン・マルクはもう一枚の毛布を広げると、メグの首の下に手をあてがってそっと抱き起こし、自分の肩に彼女の顔をもたせかけた。

メグは小声でなにかつぶやくと姿勢を正した。そしてジャン・マルクにほほえみかけた。

「メグ、わたしたちが互いに感じているこの気持は、たやすく忘れられるものではない。たとえ、きみが忘れろと言っても」メグはわずかに目を細め、唇をきつく結んだ。ジャン・マルクは心から愛せる女性に出会ったのだと思った。この心優しい人の出現で、わたしの人生は困難なものになった——彼女とともに人生を送れるならの話だが。「わたしに忘れてほしいのかい、メグ？」

「伯爵」ヴェルボーの声がした。「お話がございます」

「すぐに行く」ジャン・マルクは大声で答え、メグに言った。「互いになにも感じていないふりをしようというのか？　きみを忘れさせようとするつもりかい？　それは無理な話だ。わかるだろう？」

「人生は残酷ですわ」メグは言った。もはや笑みは浮かんでいなかった。「行ける道はふたつしかないのに、そのどちらも選ぶことができないんですもの。あなたが与えてくださるものを受ける道も、すべてをあきらめる道も。もちろん、わたくしのことを忘れていただきたくはありません。わたくしだってあなたを忘れられませんもの」

「伯爵！」ヴェルボーが呼んだ。「犯罪が行われたようです」

「わかっている」ジャン・マルクは大声で短く答えた。「馬に触るなと言っただろう？　やつらを落ち着かせる以外のことはするなと。わかっているだろうな？」

つかのまの沈黙のあと、ヴェルボーが言った。「充分承知しております。ミス・スマイルズは怪我をしたのですか？」

「彼女は休んでいる。大丈夫だ」これ以上望めないほど。ジャン・マルクはメグに毛布を巻きつけると、抱き寄せた。「わたしにはどうすることもできないんだ、メグ。きみはわたしの立場をよく理解してくれているはずだ。だから、わたしたちが制限つきの関係で満足しなければならない理由はわかるだろう？」

わたしがジャン・マルクにふさわしくないからだ。大公の息子であるエトランジェ伯爵の愛人になるのが関の山だからだ。風になぶられて髪が乱れ、首のスカーフがゆるみ、服がほこりにまみれているにもかかわらず、ジャン・マルクはますますりりしく神秘的に見える。もっとも、メグを見つめる瞳に映った激情だけは秘めておけないようだった。

「きみをここから連れださなくては」ジャン・マルクは言った。「馬車をしっかり押さえておかせて、きみをヴェルボーに抱きとってもらおう。そうすれば、きみをこれ以上傷つけなくてすむ」

「動揺はしていますが、傷ついてはいません」

メグにじっと見つめられ、ジャン・マルクは落ち着かなくなった。メグは彼が話しているときは口もとに、彼が黙っているときは瞳に視線を向ける。そのせいで彼は興奮した。「よし、メグ。きみを出してあげよう」

メグは唇の端をわずかにあげて再びほほえんだ。

「またおかしなことを言ったかな?」彼は尋ねた。

「ふふふ。ずっと忘れないように、思い出を反芻《はんすう》していたんです。あまりにもたくさんの、ささやかな思い出を」

ジャン・マルクもひとりの男、欲望を感じる男だった。彼はメグ・スマイルズの唇を奪った。彼女が驚いているあいだは、軽く唇を触れ合わせているだけのつもりだった。しかし、メグは柔らかい唇を開き、目を閉じた。彼は身を震わせてさらに唇を押しつけた。彼女の腕が彼の上着の下にまわされるのがわかった。ジャン・マルクの低いうめき声がメグの吐息とまざり合った。

メグはのびあがってジャン・マルクの唇を求めた。ふたりそろって恐ろしい体験をしたのだから、彼のぬくもりやたくましさを感じたくなるのは当然だ。彼も同じように、生きている実感と男としての喜びを感じたいに違いない。

ジャン・マルクはメグの吐息を奪った。そして再び彼女の心を奪ったのだ。どうしても彼に伝えたい。でも、あなたに恋をしてしまった、などと言えるわけもなかった。そんなことを言えば、誰もが笑うだろう。わたしは彼の使用人で、身分も高くない。一方、ジャン・マルクは王族だ。人々に嘲笑《ちようしよう》され、自分は物笑いの種であり、たやすく高貴な男性の意のままになった愚かな女なのだと気づくはめになるだろう。

　メグのような女性には二度とめぐり合えない。ジャン・マルクは膝を突いて身を乗りだし、メグを抱きしめた。彼女に腕をまわし、わきあがってくる欲望といとしさに身をゆだねる。わたしの心に触れたのは、他人を決して信じないジャン・マルクの心に触れたのはメグがはじめてだということを、彼女は知らない。狂おしいキスで、自分の心の内を思い知らされた。せつなさと欲求と欲望を。できることならメグを手に入れ、そばに置いておきたい。だが、人生の一部でもいいからメグと分かち合いたいと思ってはいても、彼女に自分の気持をすべて打ち明けることはできないのだ。

　ふたりは体を離した。どちらの唇も名残惜しげに開いている。

「いつまでかかるのだろうと不審に思われますわ」メグは言い、キスのせいではれた唇をなめた。

「そうだな」ジャン・マルクはにやりとした。「だが、わたしはきみと何度もキスせずにいられないのはわかっているだろう、メグ・スマイルズ？」

　この人は望んだことは必ず実行しようとする。メグは三本の指を彼の唇にあてた。そして、眉をひそめた。「そうすれば、あなたがお喜びになるのはわかっています。わたくしも同様だということも。でも、わたくしたちにどんな未来が待ち受けているのかはわかりません」

　ジャン・マルクは立ちあがり、メグを抱き起こした。「馬車をしっかり押さえさせろ、ヴェルボー」彼は命じた。「ミス・スマイルズを受けとってくれ。丁重にな」ふたりは互いの瞳をのぞきこんだ。「きわめて丁重に」ジャン・マルクはメグにだけ聞こえるように言った。「わたしにとって最も大切な人だから。わたしは誰も愛したことがないんだ、メグ。だから、人を愛するとどんな気持になるのか知らない。だが、きみといると、今までとは別の人間になったような気がする。すばらしいことだが、そのせいで気が変になる」

「気が変に？　わたくしはあなたに苦痛を与えているのですか？」

「きみはわたしに無上の喜びを与えてくれている。きみと別れなければならないときが来れば、この喜びは奪われるんだ」

20

「そんなに不安そうな顔をしないで」レディ・アップワースがメグに言った。「わたくしは敵じゃないし、看護には慣れているのよ。経験がかなりあるの」

「親切にしていただいてありがとうございます」メグはそう言ったが、この女性につき添ってもらいたくはなかった。世話やなにかをしてくれるのも、ジャン・マルクにいい印象を与えるための手段にしか思えない。

「屋敷じゅうの者が動揺しているわ」レディ・アップワースは言った。「怖かったでしょうね」

「ええ」そうでなかったふりをしても意味はない。「あの恐怖は決して忘れられません」

「あんなことをするほどあなたに恨みを抱いていたのは誰かしら？」

メグはレディ・アップワースに視線を向けたが、なにも言わなかった。今日の事件についてどう考えているかは、ジャン・マルクと話すときに打ち明ければいい。「ご厚意には感謝いたします、レディ・アップワース。でも、姉がついていてくれますから。ひとりでも大丈夫ですし」

レディ・アップワースはほほえんだ。「自立心旺盛《おうせい》なのね、ミス・スマイルズ。そう思わないこと、えーと、ミス・スマイルズ？」彼女がシビルのほうをちらりと見ると、姉はうなずいた。

哀れなシビルは寝台のそばをうろうろし、メグの顔から目を離せずにいる。

メグはお気に入りのナイトガウンを着て、自分で刺繍《ししゅう》を施した柔らかな白いリネンのローブをはおり、そしてレディ・アップワースが無数の切り傷に軟膏《なんこう》を塗りたくるのに耐えていた。砕け散った馬車の窓ガラスの破片がうなじに刺さり、ドレスのなかにまで入りこんで肩を傷つけたのだった。

メグはレディ・アップワースの手をとめて言った。「レディ・アップワース、わたくしのためにお医者様をお呼びにならないよう伯爵を説き伏せていただけますか？」

レディ・アップワースがいきなり笑いだしたので、メグは驚いた。「伯爵のことをよくわかっていないようね。あの人がこうと決めたら、誰も思いとどまらせることはできないのよ。さあ、枕《まくら》に頭をつけて。痛むでしょうけど、傷口はきれいにしたから、ガラスは残っていないはずよ。厄介なのは心に受けた傷のほうね、ミス・スマイルズ。恐ろしい目に遭ったんですもの」

「ありがとうございます」メグは言われたとおり横たわった。レディ・アップワースの親切に対する感謝の念と、この女性にたとえわずかでも好意を持ちたくないという気持がせめぎ合っている。

「伯爵はあなたが落ち着いたら、すぐに会いたいとおっしゃっていたわ」レディ・アップワースが言った。「あなたはもう大丈夫だと伝えましょうか？」

同意するほかない。「お願いします」

シビルがメグの髪をとかして三つ編みにしてくれた。みっともない子供のように見えるに違いないが、赤と金で統一されたメグの寝室は照明を落としてあるので、この姿がはっきりと見えることはないだろう。

「ベルを鳴らすわ」レディ・アップワースは言い、紐《ひも》を引いた。

すぐに扉をたたく音がした。今のベルに応《こた》えたにしては早すぎる。メイドがせかせかと入ってきて、暖炉に石炭をくべた。この部屋はお相手役にあてがわれるには贅沢《ぜいたく》すぎるが、メグは自分がこの部屋を気に入っていることを認めていた。

「ミリーと申します」メイドは言い、メグにお辞儀をした。「お医者様がいらっしゃるとお伝えするよう言われました」

「もう！」メグは思わず口走った。「失礼いたしました、レディ・アップワース」

レディ・アップワースは再び笑って言った。「控えめなくらいよ。わたしなら、もっとひどい言葉を吐きだしていたところだわ。診察のあいだ、そばにいましょうか？」

断るのは失礼だ。「ええ、お願いします」メグは言った。

先ほどより大きな力強いノックの音がした。背が高く恰幅《かっぷく》のいい白髪の男性が入ってきて、退出しようとするミリーに道を空けた。「患者の容態はいかがかな？」彼は陽気なよく通る声で尋ねた。言葉を発するたびに、ふさふさした口髭《くちひげ》が浮きあがる。「ドクター・ウェラーだ。まずは鎮静剤をあげよう。言うまでもないが、あなたはか弱い女性なのだから、当分寝台で安静にしていなければいけない」

メグは医師の目を見ないようにした。さもなければ、彼が言ったことに対して自分がどう思っているか見抜かれてしまいそうだ。

「おとなしいじゃないか。まあ、無理もない」医師は寝台の脇《わき》にあるテーブルにふくらんだかばんを置き、なかをかきまわして、ぞっとするような緑色の液体の入った瓶をとりだした。そしてシビルのほうに目をやった。「この薬を二時間ごとにスプーン一杯飲ませること。そうすれば眠れるだろう。それでも目がさえていたら、もう一杯飲ませるんだ」

シビルが小声でなにかつぶやいた。

メグは、この緑色の液体を一滴たりとも口にするまいと誓った。

「傷を診よう」

「わたくしが手当ていたしましたわ、先生」レディ・アップワースは言い、メグに目配せした。

「主人が亡くなる前の数週間、つき添っていましたのよ。わたくしの見たところ、ミス・スマイルズはどこも骨折していません。大丈夫ですわ。頭もおなかも痛くないそうですし。でも、割れたガラスの上に倒れこんだせいで、うなじと肩に傷を負っていますわ」

それを聞いたドクター・ウェラーはふんと鼻を鳴らした。メグは感謝の気持でいっぱいになった。わたしはアイラ、いいえ、レディ・アップワースのことを誤解していたようだ。医師はメグの上にかがみこんで無数の切り傷を調べた。

「きれいになっているな」彼は髭を浮きあがらせて言った。「ほかに痛むところは本当にないのかね?」

「まったく」メグはあわてて言った。これ以上診察されてはたまらない。

扉をそっとたたく音がして、ジャン・マルクが顔を出すと言った。「入ってもいいかな?」

「はい」メグは答え、自分の返事があまりにも素早く熱がこもっていたことに気づいた。しかも、ジャン・マルクがこんなときに同席するなんて非常識だ。

「心配はいらないでしょう」ドクター・ウェラーは言った。「わたしが彼女のために手ずから調合した薬を置いていきます、伯爵。これを飲めば必ず眠れます。参っている神経には睡眠がいちばんですから」

「そうなのか？」ジャン・マルクは言った。「ミス・スマイルズにあなたの処方薬が効くかどうかは疑問だ。だが、感謝しよう」

　ドクター・ウェラーはジャン・マルクの非難になんの反応も示さず、かばんを閉じた。「彼女の背中には小さな傷がかなりあります。頻繁に消毒してください」

「そうする」ジャン・マルクは言った。そのまなざしはメグにだけ注がれている。

「では、失礼いたします」ドクター・ウェラーはそう言ってその場にたたずんでいた。明らかに、ジャン・マルクが階下までついてきてくれるものと思っているのだ。「では、失礼いたします」医師はくりかえした。

「ご苦労だった」ジャン・マルクは言った。彼はメグを見おろすように立っていたが、考えこむように眉根を寄せた。「出口はご存じだと思うが」

　医師は顔を赤くし、口髭をさかんに動かしたが、部屋を出ていった。

「ミス・スマイルズは勇敢だわ」レディ・アップワースが言った。「わたくしはとてもこれほど勇敢にはなれない」

　シビルが沈黙を破った。「メグはいつでも勇敢ですわ。妹はわたくしたちふたりの面倒を見ているんですもの。あのお医者様は、よくもメグがか弱いなどと、女性はみんなか弱いなどとおっしゃることができたものですわ！」

　姉が突然感情をあらわにしたので、メグは驚き、うれしくなり、誇りに思った。シビルは内気かもしれないけれど、必要なときには自分の意見をずばりと言うのだ。

「あの男は時代錯誤なんだ」ジャン・マルクは言った。顔は笑っていないが、目におかしそうな光が宿っている。「われわれ進歩的な人間は女性を軽んじるほど愚かじゃない」

レディ・アップワースがくすくす笑った。「ずいぶんお上手ね、ジャン・マルク。お見事だわ。女性によく思われるには、おだてるのがいちばんですものね」

ジャン・マルクはアイラを見つめた。「そんなに見え透いていたかい？　それなら、たぶんそうなんだろう」彼は言った。近ごろのアイラには困惑させられる。口ではわたしの援助に感謝していると言うものの、わたしを誘惑しようというそぶりは見せなくなった。ロンドンのこの屋敷に戻ってきて以来、敬意は払ってくれるが、あからさまに近づいてはこない。今度はなにをたくらんでいるのだ？　必ず魂胆があるはずだ。「今夜は忙しくなる」ジャン・マルクはメグに言った。髪をふたつに分けて三つ編みにした彼女は、実に初々しく見える。そう考えると、彼は穏やかな気分ではいられなかった。「今日の出来事は非常に気がかりだ。きみになにが起こったのか慎重に検討しなければならないが、どうかわたしに調べさせてもらいたい。きみがこんなことに巻きこまれる理由がわからないんだ」

「わたくしもです」メグは枕から頭をあげ、高い寝台の上で姿勢を正した。「見当もつきません。そう断言できます」

激しい女性だ。メグと一緒に過ごすたびに、ますますその魅力の虜《とりこ》になっていく。ふたりが互いに感じる情熱は危険なほど燃えさかっている。馬車のなかでキスをすると、彼女は熱烈に応えてくれた。そのせいで、眠れない夜がやってくるのだ。

「断言するというのか？」ジャン・マルクは言った。からかったつもりが、やけに甘い声になってしまった。「そんな姿勢ではつらいだろう。きみの寝室なのだから、もっと楽にして聞いてくれ」

「充分に楽ですわ」メグは言った。「わたくしからもうかがいたいことがございます」

「きいてくれ」

「よろしければ、もう少しあとにさせていただきたいのですが、伯爵」

ほかの者がいては、わたしの喜ぶことが言えないのだな。「では、またあとで」この生意気な娘に無理やり言わせようとは思わない。ジャン・マルクは戸口へ向かい、外に控えていた執事補に話しかけようとした。

「どなた？」メグが尋ねた。「なぜわたくしの寝室の外にいらっしゃるの？」

「あなたの安全を守るよう仰せつかっております」執事補はシビルを見つめ、それからアイラへ目を向けた。「ここにはひとりいれば充分です。あなた方おふたりにはもっと重要な用事がおありでしょう」

「妹のことより重要な用件などありません」シビル・スマイルズは言い、ごくりとつばをのみこんだ。「でも、わたしが少しのあいだはずしても、あなたが妹の面倒を見てくれますわね。そうしてもかまわない、メギー？　王女様が音楽室でわたしをお待ちなの。恐ろしい事故のことはご存じないんだけど、お伝えして時間を有効に使うようにしていただくわね。それから、七番地へ戻って必要な楽譜を探してこなくてはならないの」

「もちろん、そうしてちょうだい」メグは言った。「急いで音楽会の準備をしなければならないということは、さまざまなレッスンに集中しなくてはならないということだと、デジレー王女に言ってもらえる？　にこやかにほほえむことも覚えていただかなくては」

ジャン・マルクは腕を組んだ。「ほほえむだって？　妹ににやにや笑いをさせるよりほかに、もっと重要なことがあるだろう？」

メグは彼のほうを見ようともしなかった。「王女様の笑顔は愛らしいから、まだ完璧《かんぺき》でない点もそれで補うことができると申しあげてちょうだい。ご一緒に鏡を見て言うのよ。誰かになにか言われて辛辣《しんらつ》なユーモアを発揮したいと思っても、愛想よくほほえんでくださいとね。ミス・アッシュはどこ？」

「具合が悪いそうよ」シビルは答えた。ジャン・マルクはダンス教師の話が出ると、落ち着かない気分になった。「ミス・アッシュは虚弱体質だから、お見舞いにも来られないそうなの」

メグは上掛けを脇にどけて言った。「ひとりにしてください。着替えなくては。悠長に寝ている暇などありませんわ」

「寝ているんだ」ジャン・マルクは言い、再び上掛けをかけた。

メグはもう一度上掛けをはねのけると、脚を寝台からおろした。「寝てなどいられません。仕事にかかります」

しようのない人だ。ジャン・マルクはメグの脚を寝台に戻し、上掛けをかけて寝台の片側にもたれかかった。これで再びわたしを無視することはできなくなった。

メグが寝台の反対側に逃れる。

シビルは戸口へ向かった。「メギー、できるだけ早く戻ってくるわ。王女様に頑張っていただくようにするから。無理をしないでちょうだい」

ジャン・マルクはメグが下へおりようとしている側へまわりこんだ。「やめるんだ」彼は言った。「さもないと、か弱いきみの神経がいよいよ参ったということにして、またあの藪《やぶ》医者を呼びにやるぞ」

「感心しないわね」レディ・アップワースが厳しい口調で言った。「女性を侮辱するなんて最低だわ、ジャン・マルク」

メグはジャン・マルクの顔を見つめた。それはあまりに近くにあるので、彼女はどぎまぎして目を伏せた。

「すまなかった」彼はそう言ったが、気持をくじかれたふうでもなかった。「わたしがきみの身を案じているということはわかってくれるね、メグ」

「感謝しております」メグはすぐに答えたが、レディ・アップワースは彼の失言に気づいたに違いない。メグは寝台の真ん中に滑りこむと、おとなしく上掛けを顎まで引きあげた。「気になることはございますが、努めを果たすのは明日の朝からでも間に合うでしょう」

ジャン・マルクは姿勢を正した。

レディ・アップワースが寝台のそばにあった椅子を引き寄せて腰をおろした。

「ああ、そうだ」彼は言った。「ヴェルボーがここへ来る。差し迫った問題を速やかに解決しなくてはならないんだ」

しばらくのあいだ、三人は互いに目を合わせようとしなかった。

ジャン・マルクが暖炉に石炭をくべる。

レディ・アップワースはメグの手をそっとたたいて言った。「ボンド・ストリートで有名な方を見かけたんじゃなくて？　まもなく戴冠《たいかん》式だから、ほとんどの名士がイングランドに来ているはずよ。今年の社交シーズンは華やかになるでしょうね」

メグは戴冠式のことなどすっかり忘れていた。「いいえ」彼女は言った。「靴のことで手いっぱいだったものですから」メグはジャン・マルクに鋭い視線を送ったが、彼は話を聞いていないようだった。

ようやく扉をノックする音がして、ヴェルボーが入ってきた。「お呼びでしょうか、伯爵？」

「だいぶ前にな」ジャン・マルクはハンカチで手をぬぐいながら、強い口調で言った。「重大な話とやらを聞かせてもらおう。ほかの問題を話し合う前に」

ヴェルボーはちらりとメグに目をやったあと、レディ・アップワースをしばらく見つめた。彼女は彼を見つめかえし、いつものように顎をあげた。メグはふたりのあいだに漂う緊張感に気づいて当惑した。ヴェルボーが注目に値する人物であることは間違いない。

「もうお体は大丈夫なのですか、ムッシュ・ヴェルボー？」メグはためらいがちにきいた。「すごい勢いで投げだされましたよね」

「そして足で着地しました」ヴェルボーがふいに大笑いしたので、メグは驚いて跳びあがった。

「馬車から落ちたなんて言わなかったじゃないの、ヴェルボー」レディ・アップワースが言った。

「ええ」ヴェルボーはそっけなく答えた。「伯爵、人払いが必要かと存じますが」

「いや、ヴェルボー」ジャン・マルクは従者の前で手を振った。「今やご婦人方がわれわれ男性社会の扉をたたき、なかに入れろと要求する新しい時代だ。大切な話をご婦人方に聞かせないということがあってはならない。その件はここで話し合おう」

「伯爵?」ヴェルボーは品のいい眉をつりあげた。

「わたしの言葉は聞こえただろう。なにが言いたいのだ?」

「ピエールが」ヴェルボーは明らかに落ち着かない様子で言った。「ピエールがまだ来ておりません」

「おまえの従者か?」ジャン・マルクはピエールとほとんど話したことがなかった。「ピエールがわれわれの問題にどうかかわっているんだ?」

　ヴェルボーはなにか決心したようだった。廊下に戻り、執事補に小声で話しかけている。アイラのサテンのドレスがきぬずれの音をたてたので、ジャン・マルクは彼女がいたことを思いだした。彼女は戸口を一心に見つめている。想像力がたくましければ、アイラはヴェルボーにやたらと注意を向けていると勘ぐりたくなるところだ。ジャン・マルクはそう考えて困惑した。ヴェルボーは仮に女性と親密な関係になっているとしても、それを絶対に隠しておくはずだ。ヴェルボーとアイラ?　ありそうもない取り合わせだ。

「ピエールを待たねばなりません」ヴェルボーは戻ってきて言った。

「そんなことはどうでもいい。すべての事実を考え合わせなくては。ミス・スマイルズに危害を加えたいと思っている者がいるのだろうか?　いそうもない。誰かほかの者をねらった可能性のほうが高いだろう」ジャン・マルクはこの場でそれについて詳しく話すのを控えた。

「あなたの注意を引こうとしたのかもしれないわ、ジャン・マルク」アイラが言った。

　ジャン・マルクは考えこむようにアイラを見つめた。「どんな可能性もないとは言えない」アイラもばかではない。部屋を出ていけと言われれば、疑われていることに気づくだろう。

なぜ従者であるヴェルボーに従者がいるのか尋ねるには今が絶好の機会だ、とメグは思った。なにを言っても、今なら事故に遭って弱っているせいにできる。「伯爵の従者に従者がつくのは、フランスでは普通なのですか？」メグは尋ねた。

レディ・アップワースは笑いをこらえようとはしなかった。

「そんなことはない」ジャン・マルクが答えた。「ヴェルボーは家族ぐるみの親しい友人のためにピエールを教育してやっているんだ。厚意でね。そのうちピエールは、望める限り最高の推薦状をもらってヴェルボーのもとを離れる。いい仕事が得られるだろう。そしてそのあとは、ヴェルボーはやはり厚意から別の若者を預かるに違いない」

がっしりとした体つきの問題の若者がおずおずと入ってきた。目鼻立ちの整った顔はやつれ、茶色の目は下を見ている。「お呼びでしょうか、ムッシュ・ヴェルボー？」ピエールは言った。そわそわと何度も唇を吸っている。そして両手で体を抱くようにした。

メグはいやな気分になった。しっかりしているピエールが今夜は頼りなさそうに見える。染みひとつない服のなかに縮こまっているようだ。メグは唇を吸うのをやめるよう注意したくてたまらなかった。

「どうしたというのだ？」ジャン・マルクは尋ねた。「なにがあった？」

ピエールはヴェルボーのほうを見た。ヴェルボーは鼻から息を吸いこんで言った。「落ち着いて。ご説明申しあげろ」

「伯爵」ピエールは深々と頭をさげ、ジャン・マルクの正面に直立した。「かみそりの件でございます」

「それがどうした？」ジャン・マルクはきいた。

「あれはムッシュ・ヴェルボーのものです」

「そんなはずないわ」アイラは立ちあがりかけたが、再び腰をおろした。

ジャン・マルクは疑惑を覚え、体がこわばった。

メグはなんとか寝台から離れた。地味なローブに裸足《はだし》という姿は子供じみて見える。彼女はほかの人たちの顔が見えるところに立った。「どうして誰もなにもおっしゃらないんです？」実のところ、その言葉はジャン・マルクに向けられていた。「伯爵、わたくし同様あなたも今のひとことしか聞いていません。それなのに、憶測をめぐらせて黙りこんでしまわれた。かみそりというのは、わたくしが手を切ったかみそりですよね？」メグは怪我《けが》をした手を掲げた。

最初に口を開いたのはピエールだった。「そうです」

「そんなにとり乱さないでくれ、ミス・スマイルズ」ジャン・マルクが言った。「まだ体調が思わしくないんだ。どうか寝台へ戻ってくれ」

ジャン・マルクは一瞬メグが逆らうのではないかと思ったが、彼女は考え直したらしく、再び寝台によじのぼった。そしてナイトガウンとローブの裾《すそ》を広げ、脚を組んで例の奇妙な姿勢をとった。さらにてのひらを上に向け、膝に置いた。ジャン・マルクが見ているというのに、メグは深呼吸を始めた。

ヴェルボーが言った。「事情を説明しろ。手短にな」

「わたくしはあの朝遅刻したんです。かみそりを洗っていると、ほかの仕事を言いつけられました。事故だったんです。かみそりを手に持ったままで、気づいたときにはもう手遅れでした。そんなものを持ってムッシュ・ヴェルボーの前に出ることはできません。そしてあのポーチが口を開けたまま近くの椅子に置いてあったんです。かみそりをそこにほうりこみました。ムッシュ・ヴェルボーの用事がすんだら、とりに来るつもりだったんです。戻ってみると、ポーチはなくなっていました。あたりを捜しましたが、どこに行ったのか見当もつきませんでした。あのポーチはそのときはじめて目にしたものだったので」

「ほら、やっぱり！」白いリネンに包まれたメグは、アリアでも歌うかのように両腕を広げた。「事故だったんですわ。災難だったんです。ああ、ピエール、そんなに落ちこまないで。誰にでも間違いはあるわ。うっかりしただけよね。ばかばかしいわ、こんなことはさっさと忘れましょう」

ジャン・マルクは怒りのあまり身をかたくした。このお嬢さんは身のほどをわきまえるべきだ。「それはきみが決めることではない」彼は言った。「ヴェルボー、おまえはどうすべきかわかっているはずだ」

ヴェルボーは黙っていた。従者の沈痛な面持ちが、ジャン・マルクをますますいらだたせた。

「どうすべきかですって？」メグは言った。顔からほほえみが消えていた。

「黙っているんだ」ジャン・マルクは言い放った。

アイラがずうずうしくもメグの手をとり、思いやりのある視線を投げかけた。

「今、この場ででしょうか？」ヴェルボーが尋ねた。

「今、この場でだ。反論は受けつけない。わかったな？　わたしの役目ならわたしがやるが、これはそうではない」

「ピエール」ヴェルボーは言い、両手をこぶしに握りしめた。「新しい勤め口を世話するつもりだ。その件についてはあとで話し合おう」

「まあ」メグが叫んだ。「なんてひどいことを。手を切ったのはわたくしです。血を出したのもわたくしです。ピエールがやめなければならないなら、わたくしもやめなければなりませんわ」

「くだらんことを」ジャン・マルクが言った。「これだから、男がなにか決める場に女を同席させるべきではないんだ。わたしにはきみを守る義務が、使用人すべてを守る義務があるんだ」

「それなら、ピエールを守る義務はどうしてないのです？　故意ではない過ちのせいで非情な仕打ちを受けるピエールを守る義務はないのですか？」

「きみは強情だな、ミス・スマイルズ」ジャン・マルクは言った。「それに、自分の立場を忘れているようだ。よくあることだが」

　メグは戦意を喪失した。ジャン・マルクの言うとおり、わたしは自分の立場を忘れていた。彼女は恥ずかしくなった。とはいえピエールを救いたい。彼はこの世で最も惨めな男であるかのようにがっくりとうなだれている。「お許しください」メグはジャン・マルクに言った。「お怒りはごもっともです。この仕事に就いてまだ日が浅いとはいえ、先ほどのような振る舞いを大目に見ていただこうとは思っていません。しかしながら、それでもなお、ピエールをやめさせないでくださいますようお願い申しあげます。わたくしはすぐにお暇をいただきます。でも、これ以上この人を責めないでください。彼はもう充分罰を受けています」

　メグ・スマイルズはそんなつもりなどなかったのだろうが、彼女の発言にジャン・マルクはまごついた。「ちくしょう」彼は悪態をついた。「汚い言葉を使ったからといって謝りはしないぞ。

おまえもピエールに再び機会を与えてやりたいと思っているのか、ヴェルボー？」

「はい、伯爵」ヴェルボーは即答した。

「わかった。しかし、再び不始末をしでかせば、次の機会はないと思え」

ピエールはうなずいてもごもごと感謝の言葉をつぶやくと、早々に部屋を出ていった。

「きみにはここにいてもらう」ジャン・マルクはメグに言った。「妹にはきみが必要だし、きみはロンドンの社交シーズン中、デジレーの付き添いをすると約束したはずだ。ヴェルボー、話の続きはどこかほかの場所でしよう。ミス・スマイルズは休んだほうがいい。でなければ瞑想《めいそう》かなにか、気分がよくなることをしたほうがいい」

「考え直してくださってありがとうございました」メグは言った。「おふたりのお話が終わるまで、わたくしは黙っております。わたくしに関係のあるお話だとおっしゃっていましたね」

「ええ、そうだったわ」アイラも加勢した。

ジャン・マルクは寝台の支柱に体を預けた。「女性を信用するとこうなるんだ。わかったか、ヴェルボー？　ひとりでもあなどれないうえ、結託して迫ってくる」

ヴェルボーがかすかにほほえんだ。「わたくしも伯爵くらい女性のことが理解できればよいのですが」

ジャン・マルクは鼻の頭にしわを寄せた。「難しいことはない。話をもとに戻そう。トーマスを呼んだほうがよいかな？」

「その必要はないでしょう。彼はこれを見つけたというだけですから。こんなことをする目的は明らかです」ヴェルボーはベストのポケットからなにかをとりだし、ジャン・マルクに手渡した。

「わたくしたちにも見せていただけますか？」メグは言った。だんだん不安になってくる。だが、またしても扉をたたく音が聞こえ、メグはびくりとした。心の平穏と気分がよくなることができる時間が欲しい。

「伯爵」執事補が扉を開けた。「ミスター・レンチがお客様をお連れしました。皆様こちらにいらっしゃるので、それで――」

「わかった」ジャン・マルクは答えた。

「七番地のミスター・ハンター・ロイドです」執事補は告げ、退いてハンターをなかに通した。

「突然お邪魔して申し訳ありません」ハンターはジャン・マルクに言ったが、目はメグのほうを見ていた。「これは七番地のみんなからだよ」彼が持ってきた鮮やかな花束はとても大きく、黄色のサテンのリボンで束ねられている。

メグの目に涙があふれた。「ありがとう、ハンター」感情を抑えられなかった。「なんて優しいんでしょう。みんなは元気？　あなたが恋しかったわ」思ったままを口にしてしまったけれど、かまいはしない。

ハンターも礼儀を忘れてしまった。「ぼくたちもきみが恋しかったよ、メグ。きみとシビルがぼくたちのもとへ帰ってきてくれたら、どんなにうれしいだろう。伯母はきみのことをものすごく心配している。バーストウでさえ、きみに対して好意的なことを言っているくらいだ」ハンターがわずかにほほえんだ。メグはシビルとふたりで、彼がふさわしい女性と結婚することになったと知らされるのも時間の問題だと噂《うわさ》していたことを思いだした。ハンターはとても魅力的だ。

「花を生けてやってくれ、アイラ」ジャン・マルクが言った。

メグはジャン・マルクの様子を見て不安になった。彼はまた怒っている。そんなはずはないけれど、ハンターに腹を立てているように思える。

レディ・アップワースは言われたとおり花束を受けとり、洗面用の水差しに美しく生けた。

「とりあえず、ここでいいわ」彼女はハンターに言い、魅惑的な笑みを浮かべた。「レディ・ヘスター・ビンガムのご子息ね？」

「甥《おい》です」ハンターは訂正し、上着のポケットから包みをとりだした。それをメグに渡す。「きみが頼んだものだ」

「ああ、そうだわ」レディ・アップワースは目を伏せ、再び優雅に腰をおろした。「あなたは弁護士だったわね、ミスター・ハンター」

「ええ、そうです」ハンターはこっそり部屋を見渡した。「ぼくが家に連れて帰ったほうがいいかい、メグ？　こんなときは、まわりに友達がいたほうが落ち着くだろう」

ジャン・マルクはメグに答える隙《すき》を与えなかった。「今はここがミス・スマイルズの家だ」彼の声はひどく冷たかった。「友達はここにもいる。きみの気づかいには彼女も感謝しているはずだ。気兼ねなく、いつでもまた見舞いに来てくれ」

ハンターはひるむどころか、緑色の瞳をジャン・マルクに据えた。このまなざしは法廷で役に立つことだろう。「わたしに出ていけとおっしゃるのですか、伯爵？」

「ミス・スマイルズはひとりになって休んだほうがいいと言ったまでだ」

「ハンター」メグは心配そうに口を挟んだ。「レディ・ヘスターにじきおうかがいしますと伝えてちょうだい。アダムが自分の作品を持ってくると約束してくれたんだけど、まだ来ないの。早くするように伝えてくれる？　アダムはデジレー王女の肖像画を描《か》くかもしれないのよ」

ハンターはメグの話を注意深く聞いていた。彼に会えてうれしいけれど、ここにとどまらなければならない理由があることをわかってくれたらしい。「きみの伝言は伝えるよ」ハンターはメグの傍らへ行くと、彼女の手をとって口づけた。そして彼女を意味ありげに見つめた。「その、不自由はないのかい？　つまり……大丈夫なのかな？」

「ええ、もちろんよ」メグは即座に言った。「心配しないで」

「それなら、早くよくなるんだよ」ハンターは依然として隙を見て部屋を探っている。その理由は謎《なぞ》だった。「約束だ、メギー」

ハンターに愛称で呼ばれたのははじめてのような気がする。メグはうれしくなった。「約束するわ」彼女は言った。

ハンターがレディ・アップワースに頭をさげると、彼女は即座に手を差しだした。ためらったのだとしても、彼はそんな様子はおくびにも出さず、ゆっくりと熱意をこめてレディ・アップワースの手に口づけた。彼女が満足そうにほほえむ。

ヴェルボーはハンターに先んじて戸口へ歩み寄り、客人のために扉を大きく開けた。ハンターが去ると、ヴェルボーはレディ・アップワースをじっと見つめた。彼女はヴェルボーに向かってまつげをひらひらさせている。

「さてと」ジャン・マルクは咳払《せきばら》いした。「きみは七番地の住人たちを虜にしているんだな」ほかの者にしても、あの穏やかなミスター・ロイドにしても、メグは自分たちのものだと言わんばかりの態度をとるのは気に食わない。

「ムッシュ・ヴェルボーが渡したものを、わたくしたちに見せていただけますか?」メグは尋ねた。「ハンターが来る前に渡したものを」

　メグをごまかすのは至難の業だ。それははっきりしている。「なんでもない」ジャン・マルクは言った。今日はメグにとって気の張ることが多すぎた。「きみには関係ないんだ。寝たほうがいい。せっかくだから、ウェラーの特効薬を飲んでみるのも悪くないだろう」

「今のは聞かなかったことにいたします」メグは言った。「本当のことを教えてください。ムッシュ・ヴェルボーはなにを渡したのですか?」

　ジャン・マルクは肩をすくめた。賢い男は一歩も引かない女性に譲歩すべきときを心得ているものだ。「これがあったのは厳密にはどこだったんだ、ヴェルボー?」

「馬勒《ばろく》の鼻革と頰革が交差する部分の下です」

　ヴェルボーがなにを言っているのか、メグには見当もつかなかった。

「これで」ジャン・マルクが言った。「わかっただろう」

「まったくわかりません」

　レディ・アップワースが声をあげた。「あら、まあ」

「これが」ジャン・マルクは言い、手を開いた。てのひらには釘《くぎ》が載っている。「わたしの馬のうち一頭の頭に仕込まれていたのだ。その馬が今日馬車を引いていた。ここの」口の端の少し上に触れる。「革帯の下に。わたしの馬が革帯をしているのは知っているだろう」

　メグは冷たくなった腕をさすった。「釘ですね。蹄《ひづめ》ではじき飛ばされたんですわ。きっとそうです。たまたまそこに挟まったのでしょう」

「そしてたまたま馬の顔に刺さって、あのような災難を引き起こしたというのか?」

「そうでないとは言いきれませんわ」

「いや、言いきれる。説明してやれ、ヴェルボー」

「説明するほどのことはありません。鼻革の下に釘が押しこまれる。その直後トーマスが馬を動かし、鼻革と頬革が引っぱられる。釘が馬の口もとに刺さる。馬が痛がる。暴走する。偶然などありえない」

21

スピヴィだ。

　このように綿密な計画がなぜうまくいかんのだろう？

　ひどく不可解なことが起こっている。ますます不可解になるばかりだ。それというのも、ミス・メグ・スマイルズにしつこく危害を加えようとする者の正体を特定する証拠が、今のところほとんどつかめないのだ。怪しい人物を示す証拠も。だが、当然、ひとつやふたつ考えていることはある。わたしは頭のいい男だからな。少なからぬ知性を活用して、得意であるところの観察を行えばいいだけのことだ。

　想像してみてほしい。当初はエトランジェ伯爵とメグ・スマイルズの仲をとり持つつもりだったわたしが、今はふたりの恋路を阻まざるえないのだ。成果がはっきり期待できるという理由で、あのいやらしいウィリアム・ゴドリー・スマイスとシビル・スマイルズを逢引《あいびき》させなければならないからだ。成就すれば、メグ・スマイルズも太った猫のごとくおとなしくふたりについて出ていくだろう。そして、それがどこであれ、不愉快なまたいとこが頭の弱い姉妹を連れていった場所に落ち着くことだろう。

　だからこそ、伯爵とメグ・スマイルズが、かねてからわたしが恐れていた行為に及ぶのを阻止しなければならないのだ。ミス・シビルが妹についていくなら――たとえメグが伯爵の愛人としてどこかに住むことになったとしても——すべてはうまくいくだろう。だが、そうはなるまい。アッシュのせいでいらいらする。あの女は、この任務にまったく向いておらんのだ。だが、ほかに選択の余地はないので、うまく使わねばならん。彼女になにをさせればいいかはわかっている。

ついでながら、のろまな王女のダンス教師として振る舞うつらさはとても言い表せるものではない。伯爵はわたしを——つまりアッシュを——舞踊の師匠と呼ぶのだ。いやみなやつめ。だが、わたしはアッシュを社交に長《た》けた人間に変えるつもりだ。お察しのとおり、容易なことではない。しかし、成し遂げてみせる。

一連の出来事をとり巻く謎《なぞ》に話を戻そう。いまだにわたしにもわからぬ秘密があるのだ。それがわかれば、あのような災難が続く理由も明らかになるだろう。標的が誰なのかを突きとめなければならん。メグ・スマイルズではないような気がするのだ。彼女があんなことをされなければならないほど重要な人物だとは思えない。

ご承知のとおり、メグのまたいとこはまともな人物だ。彼がシビルと結婚し、姉妹の面倒を見ると言ったとき、なぜメグが喜ばなかったのか理解に苦しむ。あの娘は身のほど知らずな望みを抱いていると言わなければなるまい。おそらくメグは自分が伯爵に恋——こういう空々しい言葉は大嫌いだ——恋をしていると思いこんでいるのだろう。ふん、まったく厚かましい。片腹痛いとはこのことだ。哀れなメグは、愛する伯爵が彼女を踏みつけにするようなことができるとは思ってもいない。それも無理はないだろう。

かまうものか。あの生意気な娘の気持など知ったことではない。今夜まさに、あの忌まわしい出来事を邪魔する必要に迫られるはずだ。いくらゴドリー・スマイスが結婚したいのはメグではなくシビルだからといって、彼も堕落した女を引きとりたいとは思わないだろう。そう思っておいたほうがいい。だが、あのまたいとこにはメグを連れていってもらわなければ。メイフェア・スクエア7Bから永遠に下宿人を追い払うのだ。

ハンターがメグ・スマイルズのまわりをうろついていたのをご覧になったかな？　花束を持ってきたのを。ずいぶん金がかかったに違いない。ああ、なぜあのような子孫を残してしまったのだろう？　わたしの誠意に値しない子孫を守らねばならないのは、なんとつらいことか。

この話はもういい。少々お願いがあるのだ。厄介なことではない。今夜、伯爵とメグ・スマイルズが、えー、一緒にいたり、こっそり会っていたり、人目を避けて歩いていたりしたら……わたしに知らせてほしい。わたしがほかのことに気をとられているといけないからな。心で呼びかけてくれ。諸君の思いがわたしの心に届くよう集中するのだ。もちろん、そのように難しいことを成功させるのは無理であろう。そこまでしてくれとは言わない。頭のなかで静かに呼びかけることくらいは引き受けてほしいと言いたいのだ。

そう、わたしはすばらしいことを思いついた。わたしが駆けつけるまでに、あの行為がある程度進行してしまっていても、それをすっぱりと、完全にやめさせる計略があるのだ。

力を貸していただけるとありがたい。

さて、計略を詳しく説明する前に、わたしが昨年味わった落胆について聞いてほしい。あのときわたしは非常にいやな思いをした。そこではじめて、わたしの屋敷と家族の威厳を保たなければならぬと思い至ったのだ。うまくいくと思っていた。ある若い娘が慎みをかなぐり捨てるまでは。あの娘はなんとも思っていなかったのだ。テーブルの上で戯れることを……いかん、いかん、一瞬とり乱してしまった。彼女は男と戯れていたのだ。それも計画の一部だったのだから、結果的にはそのほうがよかったのだが。しかしながら、あのように嘆かわしい狂態を見せつけられ、わたしはひどくうろたえた。

目的を達成するために、ほかにも何度かそういう出来事を目にしなければならなかった。思いだすと身の毛がよだつ。目の前の光景が夢ではないと確信するまで、何時間も見守らねばならなかったのだ。

よく聞いてほしい。昨年の大失敗――やっとのことで7Aからフィンチ・モアを追いだしたのに、兄のラティマーが居座っていること――の最も腹立たしい点は、協力してもらわねばならない人間を操作できなかったこと、あるいは信頼できなかったことだ。つまり、諸君のような親愛なる読者をということだ。あのときの読者は諸君ほど賢くもないし、あてにもできなかったが。

くれぐれもわたしの言ったとおりにしてほしい。わたしが知っておくべき状況からは目を離さないでくれ。わたしはほかのところで情報を集めるのに忙しいだろうから。しかし、エトランジェ伯爵とメグ・スマイルズがわたしの計画をぶち壊しにする行為に及んだことに気づいたときは、目を閉じてわたしのことを考えてくれ。必ず駆けつける。前車の轍《てつ》を踏まないでもらいたい。われわれが忌み嫌う行為を傍観するだけにとどまり、己の面目をつぶし、わたしの信頼を失うことがないように。

いいかな、身分の高い者同士が契りを結ぶのは、純粋に子孫を残すためだ。男はもっと頻繁に楽しみを得たいという本能的な衝動を感じるだろうが、世慣れた者ならば、そんなときはどこへ行けばいいか知っている。

淑女諸君。男とねんごろになりそうだと感じたら、すぐに立ち去ることだ。

紳士諸君。刺激を追い求める本能的欲求があるのはわかる。しかし、実際行為に及べば、諸君の品位にかかわる。どうか、わたしをがっかりさせないでほしい。

22

ジャン・マルクは手にした本のページを読むともなしに繰っていた。真夜中を過ぎたのであと二日後になった音楽会が終わるまではロンドンにいるつもりだ。そのあと、デジレーとメグとロンドンで家政をとり仕切ってくれている者たちを連れて、数日間ウィンザーへ行くことにしよう。不穏なものが動きだしている。それがなんなのか探る時間が必要だ。それだけでなく、犯人が計画を実行しやすいような混乱状態から抜けだす必要がある。

これまでの事件はメグをねらったものではないだろう。彼女がねらわれなければならない理由はない。反撃に出たいが、妹やメグの身が心配だ。

ヴェルボーが書斎へ入ってきて扉にもたれた。「考えておられたのですね」ヴェルボーが言った。「謀反について。そう言うべきでしょう」

ジャン・マルクは勢いよく立ちあがった。「なんの話をしているんだ？　謀反だと？　そう言ったように聞こえたが」

「公爵の――ルイ様の話です。大公陛下の弟君の。伯爵の叔父上のことです」

「ルイが誰かは知っている」ジャン・マルクは食いしばった歯のあいだから言葉を押しだした。「いまいましいやつだ」

「伯爵は叔父上を嫌っていらっしゃる。彼の地位を手に入れることになっているからですか？

彼が自分のものだと思っていた地位を」

「彼を嫌っているだと?」ジャン・マルクはゆっくりと椅子に腰をおろした。頭の後ろで組んだ手を、お気に入りのすり切れた革張りの安楽椅子の背に載せる。その椅子は、親切にも父がロンドンへ船で送ってくれたものだ。

「嫌っていらっしゃいます」ヴェルボーがくりかえした。

暗闇《くらやみ》のなかで、天井に描かれた田園風景の木々のあいだを、ゆらゆら揺れる暖炉の炎が照らしている。ジャン・マルクは少しだけ瞑想《めいそう》を試みたが、うまくいかず、再び立ちあがった。「嫌ってはいない」彼は言った。「わたしはあの男を憎んでいるのだ。彼が愚かなせいで、わたしが苦境に立たされているから憎んでいる。彼が愚かなせいで、わたしは望んでもいない地位に就かなければならない。父が亡くなるのも待たずにすでにモン・ヌアージュの統治者であるかのような振る舞いをしないだけの分別があれば、彼は今でも大公位継承者だったのだ。そしてわたしは、ルイが継承権を剥奪《はくだつ》されたおかげで父から押しつけられた義務を負わなくてすんだだろう」

ヴェルボーはむっつりとした表情で暖炉の炎を見つめている。

「大公殿下の決心はかたくていらっしゃる」

「ああ」誰にも話す気はないが、ジャン・マルクはまだ希望を捨てていなかった。父がいつか、デジレーが国を治めるのにふさわしい聡明《そうめい》な女性であることに気づいてくれればいいが……手遅れにならないうちに。それに、父は自分がもう長くないと思っているようだが、死期が迫っているという明白な根拠はなにもない。

「公爵には多くの後ろ盾がございます」ヴェルボーは言った。

ジャン・マルクはヴェルボーが言葉を継ぐのを待っていたが、従者はじっと主人を見つめていた。「なにが言いたいんだ?」

ヴェルボーはあわてて上着をはおってきたようだ。ベストを着忘れている。完璧《かんぺき》とは言えない従者の服装を見て、ジャン・マルクは胸騒ぎを覚えた。

「なにが言いたいのだ、ヴェルボー」ジャン・マルクはつめ寄った。

「大公殿下のご意思に逆らおうとすれば謀反になります」

「そうなるな」

「伯爵を亡き者にする企ては、謀反ということです」

ジャン・マルクはかすかにほほえんだ。「考えすぎではないか?」

「そんなことはございません」ヴェルボーは弓なりの眉をひそめた。眼鏡に光が反射して、目が見えない。「確信はないので、この話はしないつもりでした。伯爵を心配させる道理がありません。真相がわからないうちは」ヴェルボーはジャン・マルクの寝室を指さした。「先週のことです。寝台の脇《わき》にグラスを載せたトレイがありました。誰かは知らないがご苦労なことだと思いました。伯爵には寝酒の習慣はございませんから」

「始めるかもしれない」ジャン・マルクはつぶやいた。

「中身はマデイラワインのようでした。そして、変なにおいがしたんです」

ジャン・マルクはじっと耳を傾けている。「それで?」

「薬局へ持っていったんです。調べてもらうのに時間がかかりました。つい先ほど返事を受けとったんです。アコニチンでした」

「アコニチン?」ジャン・マルクの表情がゆがんだ。「とりかぶとだな?」

ヴェルボーがうなずいた。

「おまえは誰かがわたしを毒殺しようとしたと考えているのか?」

「明白な事実です」ヴェルボーは髪を後ろに撫《な》でつけた。「あれを飲めば、伯爵は亡くなっていたでしょう。あの夜以来、伯爵に供されたものには注意していました。そこへ、あの馬車の一件です」

「わたしは乗っていなかった」

「伯爵の馬車です。伯爵が乗っているものと思ったのでしょう」

「憶測にすぎない」だが、そうでないという証拠もない。「どうして……叔父がわたしの暗殺をもくろんでいるとほのめかすのだ?」

ヴェルボーの顔が紅潮した。

「おまえはそうほのめかしている。ばかげた話だ。ルイは判断を誤ったかもしれないが、人殺しまではしない。それに、彼はわたしを気に入っているし、わたしだって昔はそうだった。彼はわかっているはずだ。彼が再び大公位継承者になることをわたしほど望んでいる者はいないということを――」

「公爵ご本人はそれ以上に望んでいらっしゃる」従者はベストのしわをのばそうとして、それを着ていないことに気づき、ぎょっとしたようだった。「失礼いたしました、伯爵。その、このような服装で」

「そんなことはどうでもいい」

「確かに。公爵には熱狂的な支持者がいます。彼らは恩恵を得たいと思っていた。名誉も。それが得られない。今や彼らは憤慨しています。伯爵を亡き者にしたいと思っている。大公位継承者が変わることを願っているのです」

ジャン・マルクは赤い漆塗りの美しい中国製の戸棚に歩み寄った。棚には高級なクリスタルのデカンターが並んでいる。彼はふたつのグラスにブランデーを注《つ》いだ。「ほら」ヴェルボーに言った。「これで気持が落ち着くだろう。わたしもな」

「ありがとうございます」ヴェルボーはグラスをのぞきこみ、口をつけるのをためらっている。

「まったく」ジャン・マルクは怒鳴った。「なにを見ても暗殺者と結びつけなければ気がすまないんだな。わたしのブランデーが飲みたくないのなら、飲まなくていい」ジャン・マルクは一気に飲み干すと、もう一杯注いだ。

ヴェルボーはうなずき、ブランデーを半分ほど飲みくだした。「ごもっともですが、伯爵、あなたの身に起こることは、わたくしにとっても一大事なのです。伯爵をお守りすることはわたくしの義務ですから」

「くだらない。自分の身ぐらい自分で守れる」

「もちろんです。しかし、警戒をゆるめるつもりはありません。彼らは必死なはずだ」

「彼らというのが誰のことなのか具体的にわかっているのか？」

「まだですが、突きとめます」

「座ってくれ」ジャン・マルクは言った。「おまえはいいやつだ、ヴェルボー。だが、ものごとを深刻に考えすぎる」

驚いたことに、ヴェルボーは言われたとおり革張りの椅子に腰をおろした。そしてブランデーに目を向け、おいしそうに飲み始めた。

しばらくのあいだ、ふたりは暖炉の炎を眺めていた。丹念に磨かれた真鍮《しんちゅう》の薪《まき》載せ台が光を放っている。ジャン・マルクはヴェルボーが陰謀説についてさらに話すのを待っていたが、ふたりは黙ってブランデーを飲むだけだった。

「伯爵はますますメグ・スマイルズがお気に召したようですね」従者は主人のまったく予期しなかったことを言った。ブランデーを飲んだおかげで、ヴェルボーはいつになく饒舌《じょうぜつ》になっているらしい。「おもしろい女性です。美人ではないが。違いますか？」

「美人ではない」ジャン・マルクは認めた。メグほどそそられる女性に会ったことがないと言いたい気持を必死に抑えた。

「たぐいまれな人です」ヴェルボーもメグの複雑さに気づいているようだ。「ある意味、世間にはいない女性と言えます」

「そのとおりだ。従来の女性像とはかけ離れている。瞑想をする女性など見たことがあるか？」

「いいえ、伯爵。ミス・スマイルズは毎日瞑想するそうですね。それに、マントラを唱えるとか？　それについては本で読んだことがあります。同じ言葉をくりかえすのです。そうすると、彼女のように無我の境地に到達する。不思議な女性だ」

「それに、心を和ませてくれる」ジャン・マルクは応じた。ヴェルボーに思いをめぐらす材料を与えてしまったが、かまいはしない。

「心を和ませてくれるだけですか？」ヴェルボーは尋ねた。そして立ちあがって赤い戸棚に歩み寄った。再びグラスを満たすと、ジャン・マルクのほうにデカンターを掲げた。「もう一杯いかがです、伯爵?」

「もう充分だ。そうだな、心を和ませてくれるだけではない。彼女にはもっといろいろな面がある。偶然とは奇妙なものだ。わたしが彼女に出会うことなど本来ならありえないのに」

「彼女は伯爵の祈りに応《こた》えて現れたのでしょう。王女様の進歩は目覚ましい。ほほえまれるようになりました。たびたびではありませんが、折りに触れて。そして従順になられた——ミス・スマイルズに対しては」

「そうだな。妹は白鳥に生まれ変わろうとしている。スマイルズ姉妹には感謝しなければならないな。あの舞踊の師匠が役に立ってくれているのかどうかはわからないが」

「アッシュはスマイルズ姉妹と対照的ですね。ダンス教師は別として、ほかのふたりは望ましい人物です」

「まったくだ」ジャン・マルクは思わずにやりとした。身を乗りだして火かき棒をとり、石炭をかきたてた。この部屋は長年使っているかのように居心地がいい。絨毯《じゅうたん》は珍しいもので、天井の絵と同じ図柄が織りこんである。両開きの窓には深緑色のベルベットのカーテンがかけられていた。ふたつある窓の前に大きな机が置かれている。一面の壁が書棚になっており、そこに寝室へ続く扉がはめこまれていた。

ヴェルボーは咳払《せきばら》いし、勢いよくブランデーを飲んだ。度胸をつけようとしているかのようだ。

ジャン・マルクは椅子の背にもたれてヴェルボーを見守った。この男が思っていることを打ち明けるまでなにも言うまい。

ヴェルボーが椅子の上で向きを変えた。

すでに夜も更けている。ジャン・マルクは疲れを感じなかった。実のところ目がさえており、頭のなかは心配ごとでいっぱいだった。

「伯爵はモン・ヌアージュを統治したいとは思っていらっしゃらない」ついにヴェルボーが口を開いた。眼鏡をはずし、膝のあいだでもてあそんでいる。この男は見栄えがする、とジャン・マルクも認めざるをえなかった。「少しも思っていらっしゃらない」

「統治するなどと思ったことはなかった。そんな気にはなれないのだ。かつてはその可能性について考えたことがあったかもしれない。だが、今は別の夢がある」

「どのような夢ですか?」

ジャン・マルクはヴェルボーの出すぎた問いかけをとがめようとはしなかった。「わたしには半分イギリス人の血が流れている。イングランドという国に大いに関心があるんだ。イングランド駐在のモン・ヌアージュ大使として役に立てるだろう。すでに非公式にはその役目をこなしている。それから、農場を経営したい。両立は充分に可能だろう」

「十二分に。そうなさればいい」

ジャン・マルクはグラス越しに目を細めた。「そうすればいいだと? 簡単にいくと思うか?」

「大公殿下がお気持を変え、イングランドでの伯爵の働きを認めるよう仕向けなければなりません」

「父はすでに、ここでのわたしの働きを認めてくれていると思いたいが」

「今のままでは、大公殿下がご決断どおり伯爵を大公位継承者にするのを回避することはできません」

「おまえはわたしに、父の考えを変えさせろと言っているのか？」

「大公殿下は伯爵を最高の相手と結婚させたがっている。むろん、どこかの王女とです。伯爵の結婚によって有力な同盟国を得たいのでしょう」

ジャン・マルクはその言葉を嚙《か》みしめて言った。「デジレーを役に立つ貴族と結婚させようとするのと同じだな」

「そういうことになります。大公殿下はそれがデジレー王女のいちばんの利用価値だとお考えなのです」

ジャン・マルクは妹について考えていることを話したい衝動に駆られたが、黙っていた。

「ご自身の結婚に関しては大公殿下に逆らわなくてはなりません」

「おまえも知ってのとおり、結婚する予定はない。少なくとも、近い将来する予定は」

「予定を変更なさるのです。レディ・アップワースは伯爵の奥方になることを望んでいると態度で示されている。だが、時期尚早の結婚は無効にされます。大公殿下は人の噂《うわさ》にのぼるようなことをお認めにはならないでしょうから」

ジャン・マルクはヴェルボーがアイラをどう思っているのかに興味があったが、それを悟られないよう注意して言った。「あのご婦人にはある評判があるから、結婚はやめておいたほうがいいだろう」

「どんな評判です？」

ヴェルボーとアイラのあいだにはなにかあるようだ。この男がわたしになにか尋ねることなどめったにない。ジャン・マルクは肩をすくめた。「彼女のことを〝感謝の寡婦〟と呼ぶ者がいるのだ。彼女がどんな厚意にも感謝するという意味ではない。彼女が未亡人になってほっとしていると言いたいのだ」

「レディ・アップワースのご主人はずいぶんと高齢でした。それに長いあいだ病床にあったのです。あの方はやっと自由になれたわけだから、感謝するくらい許されるでしょう」

「彼女は愉快なご婦人だ」話がかなり危険な領域に入っている。「だが、わたしには合わない。それを言うなら、おまえがミス・シビル・スマイルズに熱い視線を注いでいるのを見かけたぞ。彼女がおまえに恋心を抱くようになっても不思議はない」

ヴェルボーは深々と息を吸いこんで胸をふくらませた。「愛らしい女性です。それに、汚れを知らない。だから、手を出せません。あの人には優しい心づかいが必要だ。わたくしは優しくありませんので」

「本当か、ヴェルボー？」ジャン・マルクは、ヴェルボーが女性にとって魅力的な男であることをうらやましくさえ思った。「ほかに意中の人でもいるのか？」

「どうでしょう。今は伯爵の話をしているのです。伯爵には意中の人がいらっしゃる。それはご承知のはずです。その人を喜んで寝台へ誘いこみたいと思っていらっしゃる」

「おまえは遠慮というものを知らないな」

「わたくしは率直なのです」ヴェルボーが言った。「そのせいで職を失いかねないということも承知しております。ああ、なぜ――いったいあれはなんだ？」

見たこともないほど大きな猫がさっとやってきて、ふたりのあいだに飛びこんだのだ。灰色と白の毛に緑色の目、そしてピンクの鼻をした猫はその場に座りこみ、ふたりの顔を交互にのぞきこんでいる。

「くそ、猫だ」ジャン・マルクは言った。「どこから来たんだ？　誰の猫だ？　ずいぶんいいものをたらふく食べているようだ。使用人は動物を飼ってはならないとわかっているはずだ。こいつを見たことはあるか？」

「ありません。扉は閉まっているのに、どうやって入ってきたのでしょう？」ヴェルボーがきいた。目に不安の色が浮かんでいる。「この顔は好きになれません」

「扉が開いているときに入りこんでいたのだろう。猫は隠れるのが好きだからな。こいつをつまみだせ」

ヴェルボーは気が進まない様子だ。

猫はゆっくり立ちあがり、背中を丸めた。そしてジャン・マルクのそばへやってくると、気だるそうな顔で彼の脚に体をこすりつけた。やがて、ごろごろと喉を鳴らし始めた。ときどきジャン・マルクを見あげる緑色の目が、おかしなことに笑っているように見える。

「さっき言いかけたことはなんだ？」ジャン・マルクは言い、身をかがめて猫を撫でた。「この猫はあとで片をつける。レンチに話さねばならないな。いや、おまえはいい、ヴェルボー。この家でなにが行われているかわたしはちゃんとお見通しだと、彼らに思い知らせてやらなければならない」

「わたくしの計画は単純です」ヴェルボーが言った。「伯爵がお父上の怒りを買うようなことをなされば、お父上もあなたを継承者にすると言い張っていられなくなる」

ジャン・マルクはふっと笑った。「どうしろというんだ？　イングランドに宣戦布告でもすればいいのか？」

「わたくしの考えはすでにお話ししました。伯爵がご自分よりずっと身分の低い者と結婚すれば、大公殿下が大公位継承者であるあなたに寄せる信頼が崩れるでしょう。大公陛下はそのうちにあなたを許し、喜んであなたをモン・ヌアージュの大使としてここに遣わされるとはいえ、伯爵の奥方の身分が低ければ、位を譲ることはなさらないというわけです」

ジャン・マルクは猫の瞳をのぞきこんで言った。「女性をそんなことに利用できるほど、肝が座ってはいないよ」

「利用するですすと？　その相手が夢にも描いたことのないような家を与えてやるのに？　結婚して子供をつくり、農場を営むのです。そして、お望みどおり故郷につくせばいい。ただし、暮らすのは心の故郷、イングランドです。メグ・スマイルズと結婚なさいませ」

23

ナイトガウンとローブの上にマントをはおっていてもあたたかくない。メグは、ジャン・マルクの続き部屋に通じるふたつの扉のあいだに飾られた重々しい鎧《よろい》の脇《わき》にうずくまっていた。脚が二度と動かないように感じる。

メグは廊下からとっくに立ち去っているはずだった。ヴェルボーがやってきたので、あわてて隠れたのだ。はじめは誰かわからなかったが、その人物がジャン・マルクの書斎に入ってから、話し声が聞こえてきたのだ。

ジャン・マルクもヴェルボーも低い声で話していたが、内容ははっきりとわかった。わたしは多くを聞きすぎてしまった。ヴェルボーはわたしにかかわる思いがけない提案をした。ジャン・マルクの返事はよく聞こえなかったが、声の調子からして、その提案を一蹴《いっしゅう》したようだ。わたしがそれによって驚いたり失望したりするべきではない。

メグはハリバットを追ってここまで来たのだった。猫は彼女の寝室に入りこんで、きょろきょろしていた。一時間前に、デジレー王女がこっそりメグの部屋へやってきた。そしてボンド・ストリートでの一件を聞いてひどく動揺し、メグの寝台にもぐりこんで寝入ってしまった。猫は寝台のそばのテーブルに飛びのって主人の寝顔をのぞきこんでいたが、やがて部屋から飛びだしていったのだ。メグはあとを追った。王女様の愛するハリバットが誰かに見つかり処分されでもしたらと、気が気ではなかった。ハリバットがヴェルボーのあとについてさっとジャン・マルクの書斎へ入りこむのを見たときは、心臓がとまりそうになった。

「仕事に戻ったほうがいい、ヴェルボー」ジャン・マルクの声がはっきり聞こえた。「いいや、猫はわたしのところに置いていけ。飼い主の目星はついている。こいつを見たことは黙っていてもらえるとありがたい」

「わたくしの提案を検討していただけますか?」ヴェルボーは尋ねた。

「わたしには検討すべきことが山のようにあるんだ」それが答えだった。「おやすみ」

まもなくヴェルボーが廊下へ出てきた。疲れた様子で服装も乱れており、彼らしくない。ヴェルボーはジャン・マルクの部屋から足早に去っていった。

メグはゆっくり立ちあがった。脚に血が通い始め、じんじんする。ヴェルボーのあとを追って自分の部屋へ引きかえすのがいちばんだ。

だが、ハリバットを残していくのは賢明ではない。

それは言い訳だった。メグもただの女であり、女としての願望がある。ジャン・マルクに会いたかったし、彼に優しくしてもらいたかった。たとえ彼に卑しい身分の者だと思われていても。自尊心を捨て、彼が与えてくれるささやかなものを受け入れることができるだろうか?

できるかもしれない。

メグは扉をそっとたたいた。逃げだしてしまいたい。しかし、ジャン・マルクの入室を促す声を聞いて思いとどまった。三つ編みにされたままの髪に手をやり、自分のみっともない格好を見おろしたあと、背筋をのばしてなかに入った。一瞬、ハンターが持ってきてくれた包みのことを思った。アダムがよこしてくれたマダム・スザンヌの店の髪の染料だ。できるだけ早く使わせてもらおう。

「メグ？」ハリバットを膝にのせたジャン・マルクがメグを見あげていた。驚いている様子だ。「入って扉を閉めるんだ。暖炉のそばにおいで。なにを考えているんだ？　裸足《はだし》じゃないか。寝ていなければいけないのに。きみはショックを受けたのだから——」

「伯爵、もうなにもおっしゃらないでください。その猫を連れていってもよろしいですか？」

ジャン・マルクはメグをじっと見つめた。「いいや、だめだ。きみに指図される覚えはない。まるで」彼女の姿を示す。「まるで雨に降られてびしょ濡《ぬ》れになった宿なし子のような格好でわたしの部屋に押しかけてきて、わたしに黙れと言い、なんの説明もせずに立ち去ろうというのか？　だめだ、とんでもない。言われたとおりにするんだ。その椅子に座って」彼は向かい側の椅子を指さした。「静かにしなさい。わたしがしゃべる」

「ハリバットがこちらにお邪魔してしまって申し訳ありませんでした。いつもは逃げだしたりしないんです。後生ですから——」

「後生だから、今すぐわたしの言葉に従ってくれ。この猫はきみのものか？」

「いいえ……いえ、あの、はい。わたくしの猫です」

「きみのものじゃないな。嘘《うそ》をつくとはきみらしくもない。あててみせよう。デジレーのものだな」

「申しあげられません」

「つまり、デジレーのものということだね。妹は動物が大好きなのだが、飼うことを許されていない」

「おかわいそうですわ」

「きみがそう言うなら」ジャン・マルクは言った。「朝になったらデジレーと話し合ってみよう。こいつには、今夜ここで寝てもらう」ハリバットはどすんと絨毯《じゅうたん》の上に飛びおり、暖炉の前で丸くなった。不気味な目を大きく開き、ジャン・マルクとメグを交互に見ている。

「とても公正ですわ」メグは言った。「王女様も伯爵のお心づかいに感謝なさるでしょう」

「猫を屋敷に置いておくためには、わたしが納得できるような説明をしてもらわなければならないと言ったらどうする?」

メグの全身にちくちくする痛みが走った。「伯爵を説得しろとおっしゃるんですか?」

「そのとおりだ。どうした? 傷が痛むんだな」

「完全によくなりましたので、ご心配なく」それは正しくない。「だいぶよくなったので、ご心配なく。たいした傷ではありません。首の傷は痛みますが、すぐにおさまるでしょう。手の傷は治りかけています」

ジャン・マルクは椅子の肘掛けを両手でつかみ、肘を固定した。「わたしのせいで二度も怪我《けが》をさせてしまった」

「伯爵のせいではございません。どのみち、今晩ぐっすり眠れば明日にはすっかり治ります」

「わたしと一緒に眠りたくはないかい?」

メグは言葉を失った。

「すばらしい夜になることは保証するよ、メグ」

ジャン・マルクのまなざしに、メグはたじろいだ。しかし同時に胸が高鳴り、全身に震えが走った。


「ありがたいお言葉ですが、その必要はございません。でも、せっかくほかに人がおりませんので、二、三ご相談したいことがございます。よろしいでしょうか？」

ジャン・マルクは椅子に浅く座り直し、腕の力を抜いた。

彼は返事をする気がないようなので、メグは続けた。「伯爵、王女様は一日に平均して三つもの催しに招待されていらっしゃいます。ムッシュ・ヴェルボーから聞いたところによると、伯爵は王女様がそのすべてに出席なさることをお望みだとか」

「そのとおりだ」

「無理ですわ」

「招待はすべて受けてもらう」

「なぜですの、伯爵？」

「ジャン・マルク、だろう？　妹がふさわしい夫を見つけるのに、どんな機会も逃してはならないからだ。いくつかは断るかもしれないが。そんなにたくさんではない。決まったら知らせる」

ハリバットが起きあがり、前と後ろに悠々とのびをしながら大きなあくびをした。それからジャン・マルクの足もとに身を落ち着ける。猫は上を向いて彼の顔をじっと見つめた。

「生意気なやつめ」ジャン・マルクはつぶやいた。

メグは思わず笑ってしまい、ごまかそうとしたが手遅れだった。

ジャン・マルクもにやりとしたので、彼女はうれしくなってかぶりを振った。「ただの猫じゃありませんか。伯爵を好きになったようですわ」

「そのようだ。きみの質問が終わりなら、わたしからもききたいことがあるんだが」

「音楽会のことですね。いよいよですわ」

「招待状はすでに出し、返事が届きつつある。どれも出席の返事だ。きみは衣装のことを気にしているに違いない。わたしの衣装も考えると約束してくれたことを忘れないでくれよ。テーマは東洋だったね？　わたしにどんな格好をさせるつもりだい？」

メグは途方に暮れ、混乱していた。心が弾む一方、不安を覚える。わたしは間違いなく、ここでこの人とふたりきりでいるのだ。そして、わたしは間違いなく愚かだ。

「なにを考えているんだい？」ジャン・マルクが尋ねた。

「靴のことです」メグは欲望と激情に屈してしまいそうだった。体がほてっていたので、緑色のマントの襟もとについているサテンで覆われた留め金をはずした。「ムッシュ・ヴェルボーに、ばかげているとしか思えない注文をとり消してもらうようお願いしました。あれは、少なくとも二十人の女性が何年もかかって消耗する靴とブーツの数ですわ」

「本当に頼んだのかい？」

「ええ。でもあなたのご命令にはそむけないそうで、聞き入れてもらえませんでした」

ハリバットがジャン・マルクの膝に飛びのり、大きな前足を彼の胸に突いて頬をなめた。彼は猫を膝の上にしっかりと押さえつけながら言った。「だからこそヴェルボーを雇っているんだ。彼はわたしの希望をなにより優先してくれる。実際、それについてなにか尋ねることもしない。わたしが頼んだ品物は注文どおりに届く。きみはその靴を履くんだ。わたしが指図したとおりに」

「どうしてもあれだけ大量の靴を買うとおっしゃるなら、代金はお返ししなくてはなりません。その分の借金が返済されるまでお給料はいただかなくてけっこうです。それから、そう、銀の靴のことですわ。ムッシュ・ヴェルボーが音楽会用だと言っていました。あれは必要ありません」

「むろん必要だ。きみの衣装はすでに仕立ての段階に入っている」

「まさか」

「本当だ。わたしに楯《たて》突くのはやめたまえ、メグ。いつもはこんなに反抗的ではないじゃないか。きみらしくないぞ」

メグは自分の手を見つめた。それからほてった頬を撫《な》で、そこに張りついている湿った巻き毛を払いのけた。

「ちょっとおりていてくれるかな」ジャン・マルクはハリバットに言い、猫を注意深く再び暖炉の前におろした。そしてメグに歩み寄り、肘をつかんで立ちあがらせた。「熱いんだね、いとしい人。失礼するよ」彼は彼女の肩からマントをとり去り、自分が座っていた椅子の背にかけた。

「わたくしはハリバットを捜しに来たのです」メグは言った。「連れて帰りたいのですが」

「かわいい人、わたしがきみを帰したくないのと同様、きみも帰りたくないはずだ。そろそろわたしの申し出に対する返事を聞かせてくれてもいいだろう。いつでもきみのところに行けることを知っておきたいのだ」

メグはさかんに目をしばたたいてから、まぶたをきつく閉じた。

「さあ」ジャン・マルクがメグに近づいた。彼をすぐそばに感じる。「そんなに難しいことかい？　わたしのそばにいたくないのかい？」

「それなら、必要なことを決めて準備にかかればいい」

「そうでないことはおわかりのはずです」

メグはうなだれた。「議論の余地はないね？　あとは、危険なことが起こったんですもの。あなたの身がたまらなく心配です。議論の余地は大いにありますわ。あなたが安全だとわかるまで夜も眠れません」

彼は少し息苦しさを感じた。「安心してくれ。自分の問題はいつも自分で片をつけてきたんだ。それに、馬車に乗っていて危険な目に遭ったのはきみなんだよ」

ジャン・マルクは彼女がかすかにほほえむのを見て、その勇敢さに感心した。「危険にさらされているのはわたくしではありません、伯爵。わたくしは――」

「ジャン・マルクだ。ふたりのあいだでそんな堅苦しい呼び方はやめてくれ」

「ジャン・マルク。わたくしが危険にさらされていると考える理由がありません」

「きみはわたしと出会う前に不運な事故に遭っている。詳しい話はバッグズ牧師と話した使用人から聞いた。何者かがきみを殺そうとしてやったと思っているのだろう？」

メグはあたたかそうにしているのに震えている。「そう思っていました。でも、間違っていたんです」彼女は言った。「自分でつまずいたのでしょう」

「それに、かみそりのこともある」

「でも、あれについては真相がわかったではありませんか」メグの瞳がジャン・マルクの瞳を探っている。ジャン・マルクは複雑な表情を瞳に浮かべた。

「ピエールの話はわかっている。わからないのは、彼の仕業だと発覚する恐れがまったくないのに、過ちを告白した理由だ。あれがヴェルボーのかみそりだとわたしにわかるわけがない」

メグは腕を交差させて、大きめのナイトガウンとローブの薄い生地をかき合わせた。ジャン・マルクはとっさに彼女の小さくてほっそりとした足を見つめた。その足に神経を集中させる。ほかの部分を見たら、自分が抑えられなくなるだろう。

「ピエールは本当のことを言ったんです」メグは言った。「職を失う恐れがあったのに、それでも真実を話してくれました。ほめられるべきですわ。あれは事故にすぎなかったんです」

「昨日の午後の出来事は事故とは言えないはずだ」

メグは左右のこめかみに指を二本ずつあてて言った。「ええ」

「メグ」ジャン・マルクは首をかしげてメグの顔をのぞきこんだ。「気分が悪いのかい？」

「ここが突っぱっているんです」メグは眉を指でたたいた。「ひとりになって考えたいのですが」

「わたしと一緒にいなくてはだめだ、少なくとも……。わたしと一緒にいてくれないか？」

メグの目に涙が浮かび、唇がわなないた。

「メグ、メグ、そんなに気にさわるようなことを言ったかい？」

ジャン・マルクには次になにが起こるのかわからなかった。メグがジャン・マルクの腕をつかみ、顔を見あげなければならないほど近づいた。彼の腕をさすり、その手を上着の下に滑りこませて胸を愛撫《あいぶ》する。ジャン・マルクは黙ってじっとしていなければいけないのだとわかっていた。

「答えていただけなくて当然ですが」メグは言った。「あなたには敵がいるのではありませんか？」

嘘は必要最低限にすべきだ。「真実を話そう。きみに裏切られる心配はないからね。実のところ、わたしの死を願っている者がいないとは言えない。しかし、わたしは昨日馬車に乗っていなかった。わたしが乗っていると犯人が思ったとは考えられない」

「人はときとして衝動的な行動をとるものです。馬車を見ただけであなたが乗っていると思いこむことだってありえますわ。そして、よく考えもせず無謀な行動に走ってしまったのかもしれません。あるいは、あながち無謀ではなかったのかもしれません。あなたの姿を見ていたとも考えられますもの」

ジャン・マルクは頭を傾けたが、メグから視線をはずさなかった。

「あなたがあの場にいて、最悪の事態を食いとめられたのはなぜなんです？」

口のなかが乾き、言葉が容易に出てこない。「馬が暴走するのを見たんだ」

「そうですね」メグの声はとても優しかった。「わかっています。でも、あなたはあそこに、ボンド・ストリートにいらっしゃいました。なぜです？」

ジャン・マルクは目を閉じてメグの肩に手を置いた。「もちろん、きみを見守るためさ。だが、きみはそれくらいとっくにわかっていた。ただ、わたしの口から聞きたかっただけだろう」

「そうかもしれません。それをうかがってうっとりしているのは確かです。あなたへの気持を否定できないことはご存じでしょう。あなたといると、恐れるものはなにもないと感じますし、あなたにとって大切な存在になりたいとも思います。でも、あなたのお申し出を受け入れたとして、その後の立場に耐えられると言えば嘘になります」

「厄介な問題についてこれ以上話したくない。きみはわたしのそばにいる。わたしたちは無事だった。今夜はふたりだけのものだ――もしきみが許してくれるなら」

「なんと言えばよろしいのですか？」

「イエスと」ジャン・マルクは大きな手でメグの顔を包みこんだ。「イエスと言ってほしい。そしてわたしの気づかいに身をゆだねてほしい」

「気づかいに？」メグはまつげの下からジャン・マルクの顔を一心に見つめた。「どういう意味ですか、ジャン・マルク？」

「わたしはふたりのためになるような決断をくだすという意味だ。今きみに命をかけて心から誓う」ジャン・マルクはこぶしを胸にあてた。「決してきみを傷つけない。そしてずっときみを守り続ける」

どれほど彼を信じ、彼に身を任せ、彼を受け入れたいことか。「検討していただきたいことがもうひとつあります。王女様のことです。王女様がねらわれているという可能性はないのですか？」

デジレーが？　ジャン・マルクはメグの首に片方の腕をまわして引き寄せた。肘の内側で彼女の傷を負ったうなじをしっかりと、それでいて注意深く抱く。「そうは思えない。理由がないよ、メグ。デジレーはほんの子供だ。確かに王女ではあるが、誰からも、両親からも、重要視されていない」

メグはジャン・マルクをきつく抱きしめた。彼の胸に頬ずりをする。「王女様のことをあなたがそんなふうにおっしゃるなんて耐えられません。あの方がどれほどすばらしいかご存じないのですか？」

「わかりかけてきたよ」

「ご両親にもそれに気づいていただけるよう働きかけてもらえませんか？」

「デジレーの母親はわたしの実母ではないのだ。ヴェルボーがマリー大公妃をかばって言うには、彼女は優しい人だが、大公を恐れているのだそうだ。デジレーについては父と真剣に話し合ってみるつもりではいる。だがまずは、デジレーに大公ですら一目置くような男性をつかまえてもらいたいのだ」

「ああ、あなたが王女様に力を貸してくださるなら、どんなにありがたいことか。実のお母様のことはご存じなのですか？」

ジャン・マルクは考えこんでから口を開いた。「その話は別の機会にしよう。彼女のことは忘れることにしたのだ。そのほうが楽だから。夜は永遠に続かないし」彼は空いているほうの手でメグのローブのボタンをはずし、手を差し入れて胸のふくらみを包みこんだ。ナイトガウンの襟もとからなかに侵入するのはたやすいが、巧みにする時間は、彼女が受け入れる準備を整えるさまを見る時間はある。

「こんなふうにふたりきりでいるところを人に見られたら、この家でのわたくしの評判と権威が台なしになってしまいます」メグは言った。「わたくしは王女様に頼りにされる存在でいなければならないんです」

「問題はそれだけかい？」ジャン・マルクは薄い布地越しに胸のふくらみを優しく撫で、こぼれそうな乳房をてのひらで覆った。親指で愛撫すると、乳首がかたくなってくる。メグが歯のあいだから息を吸いこんだ。「メグ、きみが考えているのは妹のことだけかい？」

「いいえ」彼女はあえいだ。「いいえ、わたしが考えているのは、自分がこうしたかったのだということよ。あなたのそばにいたい。そしてあなたがわたしを喜ばせてくれるように、わたしもあなたを喜ばせたい。あなたの知っているすばらしいことを教えてもらいたい。でも、自分の名誉を汚したくはないの」

「そんなことにはならない」ジャン・マルクは言い、自分がそうできるよう祈った。そして扉まで行って鍵《かぎ》をかけた。

ジャン・マルクは服が窮屈に感じられた。肩をすぼめて上着を落とし、ベストを脱いでスカーフをほどく。しかし努めてあわてないようにし、メグにほほえみかけた。「わたしも熱くなってきた」そう言い、スカーフをとり去ってシャツのボタンをはずした。シャツを脱ぎ捨てると、お気に入りのなめし革の乗馬用ズボンひとつの姿でメグの前に立った。

メグはジャン・マルクの胸を見つめてわずかに唇を開いた。メグ・スマイルズは情熱的な女性だ。メグがその体の最も秘めやかで最も魅力的な部分に感じているうずきが、伝わってくるような気がする。ほてりが焼けつくような熱さに変わった。腹部の筋肉が痛いほど引きつる。彼はいきなり彼女を抱き寄せると、唇を奪った。てのひらにすっぽりおさまるメグの腰を持ちあげ、彼女を爪先立たせる。ふたりの唇が探り合い、求め合い、奪い合い、むさぼり合う。やがてメグの舌が口のなかに分け入ってきた。メグが腰を前に出したが、下腹部を押しつけたのはジャン・マルクのほうだった。メグは隆起したものをはっきりと感じているに違いない。彼は優しく、だが絶え間なく腰を揺すった。メグがかすかに懇願するような声をもらした。

ジャン・マルクはふいに体を引くと、メグの手をとって寝室へせかした。部屋じゅうの明かりを吹き消し、細長い窓のカーテンを開け放つ。部屋に青白い月の光が差しこんだ。彼は再び扉の鍵をかけ、彼女と向き合った。「きみをどんなふうに導いてもかまわないかい？」メグは眉をひそめた。なにを言われたのかわかっていないらしい。ジャン・マルクはそっと彼女の両手をとって関節にキスした。「つまり、男女が愛を交わす方法はたくさんあるんだ。深い愛情はさまざまな形で表現できる。ああ、メグ、わたしをきみの胸に焼きつけてくれるかい？　わたしの胸に永遠にきみが焼きついているように」

メグにわかっているのは、ジャン・マルクが彼女の情熱を呼び覚ましたので、もはや彼のどんな望みも拒めないということだけだ。メグは答えなかったが、哀願するようにジャン・マルクのほうへ両腕をのばし、自分の心に従った。メグ・スマイルズは愛する人の前にひざまずいた。そしてこうべを垂れて待った。

「いとしい人」彼は言った。「もうきみにはあらがえない」

次にメグが聞いたのはジャン・マルクがベルトをはずす音だった。彼は高級なブーツを足から引き抜いて脇にほうった。彼の下半身があらわになったので、彼女は思わず口を開き、目の前の裸身をじっと見つめた。部屋はすべて赤銅色のシルクで覆われているが、ジャン・マルクの体もまた赤銅色だ。まっすぐに立っている彼は長身で肩幅が広く、手足はたくましい。柔らかそうな濃い茶色の胸毛が下腹部まで続いていて、メグに対する欲求をあからさまに示す部分へと案内する矢印のようだ。

メグは衝撃のあまりつかえそうになりながら言った。「それはたびたびそうなるの？」彼のこわばった部分を指さす。

「わたしを興奮させるものが心と体と欲望を刺激したときにこうなるんだ。そして、今感じているもの以外なにも感じられなくなる。感じたくなくなるんだ」ジャン・マルクはその部分を両手で包みこんだ。「自分を抑えようとしても、抑えられない。きみを見ていると、欲望のあまりここが脈打つ」

　この前とはなんとなく違う。不名誉にも彼と会ったばかりでむつみ合ってしまったときとは。

「あなたのそういう姿を永遠に眺めていても飽きないわ。わたしも感じているの。ここで……」

メグは両手で胸のふくらみを覆って頂を撫で、その焼けつくような感覚に吐息をもらした。「ここでも……」脚のあいだに手を持っていくと、そこは潤っており、途方もない快感がわきあがってくる。彼女は息を切らし始めた。

「ああ、だめだ、だめだ」ジャン・マルクが笑いながら言った。そして彼女の手をどけた。「時間はたっぷりあるんだ、それはわたしにやらせてくれ。さあ、始めよう」

　彼はメグの両手を頭上にあげさせた。「恋人の手に身をゆだねれば、すばらしい快感を味わえる。メグ、きみが快感に溺《おぼ》れるかどうか試してみよう」

　ジャン・マルクがメグを細長い両開きの窓のところまでさがらせたとき、彼女は体の力が抜けて抵抗することもできなかった。彼女は壁に背中を押しつけられ、ゆるやかに傾斜した石の窓台に肩をもたせかけた。

「窓の取っ手を握るんだ」彼が言った。「あたって痛いだろうから」

「痛くはないけれど、寒いわ」

「すぐに寒くなくなる」ジャン・マルクは言った。そして彼女のナイトガウンの裾《すそ》を持ちあげ、愛撫しながら手を上へと滑らせていった。「あたたかくなってきたかい？」

「ええ」メグはささやいた。「耐えられないわ」

「よかった。今夜のことを永遠に覚えておいて、今夜はじめて味わう甘美な感覚をこれからも求め続けてもらいたい」メグの腹部はわずかに丸みを帯び、引きしまっている。ウエストはくびれていて、腰のふくらみを強調していた。ジャン・マルクはメグの胸の下あたりを念入りに撫でさすり、彼女を自分の両手におさめられることに喜びを感じた。

「触れて」メグはかすれた声をもらした。「お願い、触れて」

「もう少し待つんだ」ジャン・マルクがなぜじらすのか、メグにはわからなかった。「こうしたほうがやりやすい」彼はメグのナイトガウンを頭の上までめぐりあげてとり去った。メグはとっさに胸を覆い隠した。

ジャン・マルクは歯を食いしばってひざまずいた。メグの腹部にキスし、頬を押しつけ、腰や腿をくりかえし愛撫する。ジャン・マルクが一度だけ脚のあいだに舌を這《は》わせると、メグは彼の上に倒れこみそうになった。

ジャン・マルクは顔をあげ、光を投げかけている美しい月をめでた。そして無造作にメグを抱きあげ、寝台の足もとのほうにあるフラシ天の長椅子に横たえ、手足を広げさせた。次に寝台の垂れ布から重みのあるシルクの飾り紐《ひも》をまたたくまにとりはずす。それでメグの腕と足首を素早く長椅子に縛りつけた。メグが声をあげたときには、彼はすでに彼女の上にのり、湿った部分にかたくなったものを押しつけていた。

メグは激しくあえいでのけぞった。ジャン・マルクが彼女の耳もとにささやきかける。「きみはこんなに興奮している。完璧《かんぺき》だ。まさに完璧だ。どれほどわたしを求めているか見せてもらうよ。胸が月の光を浴びて輝いているね。髪もだ。きみはわたしのものだよ。わたしのなすがままだ。どうするかはわたしが決める」

　ジャン・マルクは手の甲でメグの乳房のまわりを円を描くように優しく愛撫した。彼女は濡れた唇を開いたまま頭を激しく振っている。

　メグは胸のふくらみを彼のほうへ突きだして哀願した。「お願い、ジャン・マルク。口に含んで。どうかお願い」

　メグが哀願すればするほど、ジャン・マルクは豊かで形のよい乳房をゆっくりと優しくなぞった。彼女が身もだえするたび、乳房もなまめかしく揺れるので、彼は耐えられなくなった。ついに我慢の限界に達し、メグの望みをかなえてやった。そして面目を失いそうになった。メグの乳房を口に含んだとたん、下腹部に血液が押し寄せて爆発しそうなほど張りつめたのだ。

　メグの肌は汗ばんでしっとりしていたが、ジャン・マルクほどではなかった。彼は身をかがめ、体を彼女にこすりつけた。ジャン・マルクがメグの唇に何度もキスし、そのつど彼女は彼の唇を噛《か》み、もっと体を密着させようと猛烈な勢いで身をよじった。

　ジャン・マルクは長椅子のメグの腿のあいだに座った。もはや潤った茂みに隠されていない充血した場所へ、脈打つものの先端をあてがう。彼が触れるたびに彼女はむせび泣き、腰を持ちあげた。

　ジャン・マルクはシルクの飾り紐をもう一本はずした。それからメグの最も女らしい部分を隠しているなめらかな襞《ひだ》を開き、飾り紐の柔らかい房を使って彼女をますます高みへのぼらせる。

　メグが声をあげて哀れみを請うと、彼は舌でそれに応《こた》えた。ジャン・マルクが唇で挟んで軽く引っぱると、メグは激しい勢いで腰を持ちあげ、身震いしながら泣き叫んだ。

子供ができてしまうところまで行きかねない。

ジャン・マルクの体じゅうの汗が一気に冷えた。子供。彼とメグの子供。その子は彼自身と同じように、両親になにひとつしてもらえず、そのあげく利用されるはめになるかもしれない。

「ジャン・マルク」メグが静かに言った。「今度はあなたを喜ばせてさしあげたいのですが」

「きみは礼儀正しすぎると言ったかな？」

「いいえ」

「それはうかつだった」月光がメグの体の輪郭を浮かびあがらせている。彼は頭をさげて影の部分に次々と口づけた。特に胸の谷間は時間をかけて念入りに。そのあいだも彼女の甘美な部分をもてあそんだ。

メグが突然腰をリズミカルに上下させ始めたので、ジャン・マルクのかためようとしていた決意が揺らいだ。彼女が腰を突きあげるたび、ふたりの肌がこすれ、彼の下腹部の脈動が速くなっていく。

「わかった」ジャン・マルクは言い、メグに顔を寄せて熱烈なキスをした。「きみも望んでいるんだね、いとしい人。わたしが望んでいることを」

ジャン・マルクはメグのなかへ押し入った。彼女があえいで脚を閉じようとする。彼はさらに深く入りこんだ。メグが壊れてしまうかと思われるほどに。彼女は焼けつくような痛みに襲われ、体がまっぷたつに裂けてしまったかのように感じた。

「ジャン・マルク！」

「しーっ」

「体が引き裂かれてしまったみたい」

ほんのつかのま、ジャン・マルクは動きをとめて彼女に顔を近づけた。「引き裂かれたんだ」彼はそっとつぶやいた。「きみはわたしのものだ。決して放さない」

ジャン・マルクは驚くべき行動に出た。体重を両手で支えて脇を締め、メグのなかで動き始めたのだ。彼の体が月の光に照らされて光っている。ジャン・マルクがメグに胸をつけたとき、彼女の目に彼の引きしまった腰が動くさまが映った。

メグは快感がわきあがるのを感じた。「これが味わえるのは一度きりなのでしょう？」彼女は言った。

「いいや」ジャン・マルクが手短に答える。「人によっては何度も味わえる」

彼がもう一度深く激しく突きあげると、メグは身をよじった。自分のなかに彼がなにかを注ぎこんだのだ。同時にすばらしい官能の波が押し寄せ、体じゅうにあふれた。

「わたしを置いていかないでくれ、メグ」彼が言った。「そんなことはさせない」

彼の口調にメグは動揺した。だがほんの一瞬のことだった。彼女は痛みとともに疲労を覚えた。

ジャン・マルクはメグから離れると、すぐに紐をほどいた。

「縛るべきではなかったのかもしれない。きみがいやなら、二度としないと約束する」

「いやじゃないわ」メグは言い、くすくす笑った。ジャン・マルクがメグを抱き寄せて一緒に立ちあがると、彼女は彼の首に顔をうずめて言った。「毎日ああして。お願い」

「まったく」彼はつぶやいた。「満足するってことを知らないお嬢さんだ。そんなことを言うのは筋肉痛が始まってからにしたほうがいい。気が変わるかもしれないよ」

ジャン・マルクはメグを抱いたまま寝台にあがり、彼女の腰を両脚で抱えこむようにした。そしてあたり前のようにメグの胸をもてあそび、肩にキスをする。しかし、メグは今度は悲鳴をあげた。彼は馬車の窓ガラスで切った傷があることを思いだし、ささやいた。「すまない。忘れていたよ」

メグは言った。「ガラスで切れていない場所はたっぷりあるわ。どうぞ存分に味わって」

これほど満足したこともなければ、これほどふさわしいと思える女性に出会ったこともない。ああ、わたしは間違いを犯した。世間をほとんど知らない娘の純潔を奪ってしまったのだ。そして今、わたしはメグを腕に抱き、彼女が心地よい眠りに落ちていくのを感じている。彼女とこうしていたいのだ。

メグはすでに処女ではなく、結婚もしていない。彼女の人生は永遠に変わってしまった。エトランジェ伯ジャン・マルクの人生も。彼に対してなんの下心もない女性と愛を交わしたのははじめてだ。そして彼は騒動を避けなければならないときに、厄介な問題を起こしてしまったのだ。

ジャン・マルクは太った猫のことを忘れていた。大きな鳴き声が聞こえ、背筋が寒くなる。

「しーっ」彼は命じた。「おとなしく寝ているんだ」

猫はそれに応えて寝台に飛びのり、枕《まくら》もとに座ってしゅーっと小さな音をたてた。

「どうしたの？」メグが眠たげにきく。「ハリバット？　なにが欲しいの？」

「なにを欲しがっても、あげないよ」ジャン・マルクは身を乗りだしてメグの頬に口づけた。

「ぐっすり眠るといい。わたしはすぐにきみにお返しをしてもらえるくらい元気になる。今度はきみがわたしを縛って無理やり愛する番だ」

「無理やり？」メグは吹きだした。

ハリバットがふーっと大きな声をあげて立ちあがった。喉を震わせてうなったり、おびえたように鳴いたりする。

「どうしたのかしら」メグは言った。「こんなことははじめてだわ」

「じっとしているんだ」ジャン・マルクは寝返りを打ち、傍らのランプをつけた。

メグは顔をあげ、眉をひそめて部屋のなかを見渡した。ハリバットは寝台の足もとのほうに座り、背中の毛を逆立てている。

「おい、落ち着け」ジャン・マルクが呼びかけた。

するとハリバットは寝台から飛びおり、書斎へ続く扉のほうに歩いていった。うなり声をあげ、ますます大きな声で鳴く。見えない敵をたたくように、前脚をしきりに動かす。鍵のかかった扉の前で、猫の前脚が空を切り、爪がむきだしになっているのがはっきり見えた。

「ほうっておこう」ジャン・マルクは言い、再びメグを抱き寄せた。「わたしたちに嫉妬《しっと》しているんだ」

メグは笑い声をあげたが、すぐに黙った。今の叫び声は空耳ではない。「聞いた？」ジャン・マルクに尋ねる。「あの声を」

「いいや」彼は言った。

メグはジャン・マルクのほうへ寝返りを打った。彼はメグを引き寄せ、胸のふくらみを見おろした。「集中して」メグは言った。

「してるよ」

「あの音によ。ああ、ジャン・マルク、また聞こえたわ。誰かが痛がっている。痛めつけられているみたい」

「想像力をたくましくするのはもうよそう」

もう一度だけ叫び声がした。

「ほら」ジャン・マルクは言った。「なんでもなかったんだ」

「わたしに聞こえたものがあなたにも聞こえていたのね。男の人が痛がっているように叫んでいたのが。噛まれたか、引っかかれたかしたのよ」

「とんでもないことを言うね」

「そうかしら？ ハリバットがなにかに噛みついたり、引っかいたりしていたのを見たでしょう？ あの子はどこ？ 出てきて。ハリバットはどこへ行ってしまったの？ 鍵のかかった扉を通り抜けたの？」

「もちろん、そんなはずない」ジャン・マルクが起きあがって呼びかけた。「ハリバット、ハリバット、戻っておいで」

「あなたの声が聞こえていないから、戻ってこないのよ」メグは言った。「ハリバットは誰かを……なにかを追いかけているんだわ。この部屋でわたしたちのことをひそかにうかがっている何者かを」

「この屋敷に幽霊がいるとでも？」彼は笑った。「猫につかまるほど間抜けな幽霊が？」

24

控えめで優しい女性の愛はすばらしいものだろう、とヴェルボーは思った。広場の向こうでは、なめらかな肌をしたシビル・スマイルズが眠っている。彼女のもとへ行って隣に横たわりたい。彼女を怖がらせたり傷つけたり不快にさせたりせずに愛を交わす方法が知りたい。

シビルに見つめられていると思うと、ヴェルボーは胸が苦しくなった。会うたびに、彼女は無言の訴えをこめて青く澄んだ瞳を向けてくる。シビルはそのまなざしがどれほどヴェルボーに応《こた》えたい気持を起こさせるかわからずに、彼を誘惑しているのだ。彼女にほほえみかえす以上のことをしないだけの分別が自分にあってよかった。これからは彼女を完全に無視しよう。彼女のためだ。

ヴェルボーは洗練された自分の部屋にじっとしていられなくなった。歩きながら考えごとをしたほうがいい。外に出て。今夜は冷えるので、彼はマントをはおった。

廊下に出て扉を閉めると、家がのしかかってきてささやきかけ、あざけっているような気がした。階段へ向かう途中、主人の続き部屋の前を通り過ぎた。伯爵の望みは男なら誰でもわかる。伯爵がメグ・スマイルズの魅力に屈して手をつけるかどうかはまだわからなかった。ヴェルボーは改めて祈った。そうなって伯爵が大公の意図から自由になれますように。

ヴェルボーは誰にもでくわさずに裏口から屋敷の外へ出ると、素早く庭を抜けて厩《うまや》に続く門へ向かった。馬は一階にいて、二階には所帯を持つ使用人たちが住んでいる。

背中をたたかれたので、彼はぎょっとした。振り向いたときは拳銃《けんじゅう》を握っていた。

「どこへ行くの？」アイラ――レディ・アップワースだった。月の光に照らされ、いっそう美しく見える。

「家にお戻りください」ヴェルボーは厳しい調子でささやいた。「今までどこにいらっしゃったのかはききません。わたくしには関係ございませんので。こんな時間にひとりで外に出るなんてどうかしています」

「今外に出たところだし、あなたと一緒にいるわ。あなたを追ってきたの」

ヴェルボーは拳銃をズボンの腰に戻し、レディ・アップワースの両肩をつかんだ。「どういう意味です？　ふざけているんですか？」ヴェルボーは彼女を揺さぶった。「本当のことをおっしゃってください、レディ・アップワース。嘘《うそ》をついてもわかりますよ。ご自分が困るだけです」

「本当のことならもう言ったわ。あなたのあとを追ってきたと言っているのに、あなたは納得してくれない。助けてほしいの、ヴェルボー。なんでも言うことを聞くわ。どんなことでも」

彼は顔をそむけた。「わたくしがそんなに愚かに見えますか？　あなたのつくり話を信じて、こんなに遅い時間に、屋敷のなかでわたくしを見かけたのはなぜか追及しないとでも？　部屋にお戻りください」

「つくり話じゃないわ。あなたに会いに行ったの。回廊に差しかかったとき、あなたが部屋を出るのが見えたのよ」彼女はヴェルボーに身を投げだし、体を押しつけてしがみついた。「後生だから追いかえさないで。ああ、どうか追いかえさないでちょうだい。必要に迫られてあなたに近づいたのは確かだけれど、出会ったときからずっと、あなたに関心を示してもらいたかったの。ジャン・マルクと一緒のところを見せつけて、あなたの気を引こうとしたわ。でも、あなたは忠実だから、主人のものだと思う女に言い寄ろうとはしなかった。このごろ、わたくしのことを少し気にしてくれているように見えたから、今夜会いに来たの」

レディ・アップワースのぬくもりが伝わってくる。その体は女らしく、押しつけられている部分は欲望をかきたてる。彼女は正しい。少なくとも伯爵が彼女を自分のものと思っていた可能性はある。彼女の体を求めていたあいだは。ヴェルボーが彼女を見つめているのも、彼女に魅力を感じているのも事実だ。

「わたくしはばかだったの」レディ・アップワースは言った。「亡くなった夫が遺《のこ》してくれた財産をほとんど使い果たしてしまったのよ」

ヴェルボーは彼女を押しのけられなかった。「それはどうしようもないことです。わたくしになにができるとおっしゃるのですか？」

「借金がかさんでしまったから、なんとかしなくてはならないの。トランプの借金よ。驚いたでしょうね。でも、わたくしには長いこと人生のささやかな楽しみだったの。ジャン・マルクが助けてくれると思っていたけれど、彼はわたくしに興味をなくしつつあるわ。彼を責める気はないの。人の気持は変わるものだから。でも、彼はある種のことをよく思わない。女が下々の者にまじって賭事《かけごと》をするなんてもってのほかだわ」

「お力にはなれません」ヴェルボーはそう言ったが、レディ・アップワースは彼の心の誰も触れられないと思っていた部分に触れたのだった。ヴェルボーは心の奥底で、彼女が破滅して哀れな境遇に身を落とすのは見たくないと感じていた。

「その気があればなれるわ」レディ・アップワースはつぶやいた。泣いているようだ。月が雲に隠れ、彼女の表情がはっきり見えなくなる。彼女は言った。「わたくしは悪い女ではないの。弱い人間なのよ。前からね。そしてお金に困っている。あなたにお金を無心しているわけじゃないの。友達になって慰めてほしいのよ。ジャン・マルクもしばらくは援助してくれるだろうし、結婚してくれる人が見つかればいいと思っているわ。そうすれば救われる。でも、どうしても欲しいものがあって、それを得られるならすべてを失ってもかまわないの」

ヴェルボーは待ったが、彼女が言葉を続けないので尋ねた。「それで?」人の話し声が聞こえた。少なくともふたりの人間がふたつの家に挟まれた路地から厩の通路へ入ってくる。「静かに。さあ、こちらへ」

ヴェルボーはレディ・アップワースに腕をまわしてライラックの茂みへ急ぎ、その真っ暗な陰に身をひそめた。レディ・アップワースが光るものを身につけているかもしれないと思い、マントをかぶせて抱きかかえるようにした。

騒がしい声の主たちは酔っているらしい。大声を出し、ひとりが静かにしろとたしなめると声を落とす。彼らは石畳に足をとられ、派手な靴音を響かせている。ときおり下品な笑い声があがった。女性と一緒のときに酔漢どもの相手をするような危険は冒したくない。

ようやく四人の男は通り過ぎた。ヴェルボーには彼らの姿がはっきり見えた。そうとう酔っていると見え、ゆっくりとした足どりで、しょっちゅう立ちどまっては転んだ仲間を引っぱり起こしている。

「行ったわ」足音と声が聞こえなくなると、レディ・アップワースは言った。「守ってくれたのね。ありがとう」

ヴェルボーはなにも言わなかった。あたり前のことをしたまでだ。

「わたくしがなにを欲しがっているかまだ知りたい？」

「ええ」彼は答えた。彼にも欲しいものがあったが、それを手に入れるわけにはいかない。

「あなたよ、ヴェルボー。あなたほどそそられる男性に会ったことはないわ。あなたもわたくしが欲しいはずよ。あなたがどんなふうにわたくしを見ていたか知っているわ。あなたには、わたくしの欲望をかきたてる激しさがある。さっきも言ったように、わたくしは悪い女ではないの。情熱的なだけ。欲望を満たしてくれる男性が必要なの。そうしてくれる？」

彼女のあからさまな言葉がヴェルボーを燃えあがらせた。「わたくしとの情事を望んでいるのですか？　こんな野外の物陰で――」

レディ・アップワースがヴェルボーの口に手をあてた。もう一方の手を彼の下腹部に持っていってその部分を握りしめる。

ヴェルボーはぐいと向きを変えて彼女の手から逃れた。「なにをする？」食いしばった歯のあいだから絞りだすように言った。「血迷ったのか？」

「血迷ってなんかいないわ」レディ・アップワースのあたたかい吐息がヴェルボーの肩にかかる。彼女が肩にそっとキスしてきたので、彼は目を閉じて息をとめた。彼女の唇は柔らかく、執拗《しつよう》に肌を這《は》いまわった。彼女は口づけをしながら、ヴェルボーのズボンの前を開けようとしている。彼は腹部にひんやりとした空気を感じた。下腹部はひんやりなどしていなかった。

「はじめての経験だ」ヴェルボーは言い、拳銃を地面に置いた。「女性に襲われ、もてあそばれるのは。美しい女性に。わたしが欲しいというだけの理由で」

「からかわないで。そんなことをすると、あとで大変な目に遭うわよ。あなたがもう一度わたくしを欲しがったときにね。たっぷりじらしてあげるわ」

レディ・アップワースの誘いを拒む理由はない。彼女は美しいし、ヴェルボーがこれまで自分のありあまる欲求を満たす機会はほとんどなかった。「からかってなどいません、レディ・アップワース。それどころではない」

「アイラと呼んで」彼女は言い、マントの下で身をくねらせた。服を脱いでいるようだ。「月がまたわたくしたちと戯れているわ。見て」

ヴェルボーは反射的に上を見た。だが、彼女は笑って言った。「違うわ。わたくしを見て」

彼が言われたとおりにすると、アイラはマントの前を広げた。彼女の胸が月に愛撫《あいぶ》されて白く光っている。腹部と太腿も。脚のあいだの三角形の茂みは黒い影のように見える。

「レディ・アップワース!」

「アイラと呼んで。お願い」アイラは器用にヴェルボーのシャツのボタンをはずした。彼の胸にキスし、舌先で乳首をもてあそぶ。そしてむきだしの胸を押しつけ、それで彼の腹部を撫《な》でた。

彼の腰をつかんで身をかがめ、そそりたつものの先端を片方の胸の頂にこすりつけ、さらにもう一方にも同じようにすると、かすかに恍惚《こうこつ》の叫びをもらす。彼女は狂おしいまでに興奮すると、ヴェルボーを口に含んで歯を立てた。痛さのあまり、彼はアイラを振りほどいた。そして彼女を立ちあがらせ、乳房をわしづかみにして唇を奪った。

「奔放な人だ」ヴェルボーは言った。「あらゆる意味での女だな」

「こういうのはお好き？」

「ああ。こんなところを人に見られたらどうしようとは考えないのか？」

「ええ。考えるのはこの瞬間のことだけ。あなたを自分のものにしている今のことだけ。これでは満足できないわ。ちっともね。でも、まだ始めたばかりね。わたくしを抱きあげて。いいと言うまで」

　ヴェルボーはほんの一瞬ためらってから、アイラのウエストをつかんで言われたとおりにした。

「もっとよ」アイラがあえいだ。「もっと高く。もっと」ヴェルボーは請われたとおりにした。するとアイラはヴェルボーのほうに体を折り曲げ、彼の背後にある壁の縁をつかんだ。そして両脚を彼の首に絡みつける。「わたくしを喜ばせて、ヴェルボー」彼女の声はかすれている。「わたくしを喜ばせてくれたら、あなたも喜ばせてあげる。これから始まることに退屈なんてさせないわ。約束する。ええ、そうよ、約束するわ」

　アイラは叫び声を押し殺した。ヴェルボーは期待どおりのすばらしい相手だ。彼はアイラの下腹部のくぼみに歯を立て、舌を差し入れて彼女を燃えあがらせた。手はアイラの胸をつかんだままだ。ふたつのふくらみを寄せて、爪の先で乳首を刺激する。彼女は、壁から手を離して落ちてしまうのではないかと不安になった。

　アイラは思わず太腿でヴェルボーの頭をぐっと締めつけた。「もうだめ」彼女はうめいた。「もうだめ。耐えられない」そう言うと、彼に覆いかぶさり、たくましい肩にしがみついた。

「もうだめだって、レディ・アップワース？　それほどのことをしましたか？」

彼女はヴェルボーの冗談を聞き流した。「もう準備が整ったでしょう、ヴェルボー？　それに、わたくしのことはアイラと呼んで」

「確かに、そろそろ整ったようだ」ヴェルボーがアイラをゆっくりおろした。ヴェルボーの前に立ったとき、彼女はどれほど彼の準備が整っているかを目にした。

「あなたにはほかにも名前があるのでしょう、ヴェルボー。教えてくれてもいいんじゃないかしら？」

「名前などどうでもいい。今は。そのうちに教える」

アイラはヴェルボーの髪を両手で引っぱった。熱烈にキスをくりかえし、唇に噛《か》みついて血の味を楽しむ。わたくしを支配できるなどと考えないで。あなたの思いどおりにはさせないわ。

「ちくしょう《サクレ・デュ》！」ヴェルボーは彼女を振り払った。「やめなさい。さもないと、力ずくでやめさせますよ」

アイラは笑った。頭をのけぞらせ、けたたましい声をあげる。「そうして、ヴェルボー。すごく感じるんじゃないかしら。わたくしを痛めつけて。たまらなく感じるはずだわ」

ヴェルボーはそれに応えてアイラのヒップをつかみ、彼女をわずかに持ちあげてから再びおろした。その瞬間、寸分たがわぬ正確さでアイラを貫いた。彼女はあえぎ声と悲鳴をあげた。そして足を大きく広げて彼の背後の壁に突き、脚を突っぱった。そのおかげでヴェルボーは彼女をつかまえて何度も上下させることができた。

「これがあなたの考えていたことかい？」彼は尋ねた。まったく息を切らしていない。

アイラは「そうよ」と答え、腕を広げた。すべてをヴェルボーにゆだねた喜びに浸る。ヴェルボーが喜びを味わい、彼女に喜びを与えている今、彼がなにを見ているのかはわかっていた。ヴェルボーの目に映るものを想像しただけで、アイラはますます燃えあがった。

ヴェルボーは自分を解き放ったが、動きをとめようとしなかった。ついにアイラがやめてと懇願し、彼の腕をつかんで地面におりた。

「アイラ」ヴェルボーは言い、マントでアイラをくるんで抱きしめた。

アイラが身を震わせ、わななく腕をヴェルボーにまわした。彼の唇からこぼれた名前には異国の響きがある。彼とひとつになれて最高の気分だ。最高に近い。

「またあなたが欲しくなる」ヴェルボーは彼女のこめかみに口を寄せた。「たびたびね」

「わかってるわ。わたくしもよ」

ヴェルボーはアイラの背中とヒップに手を滑らせて引き寄せた。彼女の首や肩に激しく唇を押しつける。「わたしの寝室へ行こう。すぐに」彼の口調は切迫していた。「さあ、アイラ。服を着るのを手伝ったら、あなたを連れていく」

その言葉どおり、ヴェルボーはアイラを手伝った。アイラがライラックの茂みにほうり投げたシュミーズとナイトガウンを拾って彼女にかぶせ、子供にするように最後まで手を貸してやる。自分の服の乱れを直して拳銃を腰に戻すと、アイラの手をとって十七番地の裏にある庭へ導いた。

アイラは喜んで従った。喉にかたまりがこみあげてくる。自分が本当の幸せや安らぎとは無縁だということはわかりすぎるほどわかっていた。

ヴェルボーの部屋は格調高く、高価な絵画や家具であふれていた。彼はほとんど無言のままアイラを寝室へ連れていき、もう一度服を脱がせた。そしてアイラの髪をといてやると、彼女を寝台に横たえ、自分も服を脱いだ。

ヴェルボーは緊張した面持ちで、濃い茶色の瞳が黒く見えた。彼が隣に滑りこんでアイラを抱きしめる。あまりに長い抱擁にアイラの気持は沈んでいった。彼を愛したくはない。愛するわけにはいかないのだ。だが、ヴェルボーのまなざしを見ると、決心が揺らぐ。こんなふうに抱きしめられたことはない。今まで彼女を抱いた男は体だけが目的だったからだ。

そんなふうに考えるなんて愚かだ。ヴェルボーのやり方は変わっているけれど、一皮むけば、彼もほかの男と同じで欲望を満たしたいだけだ。

アイラの考えを読みとったかのように、ヴェルボーは再び彼女と愛を交わした。いや、愛を交わすのはこれがはじめてだ。彼は優しく激しく彼女を抱いた。アイラはますます混乱し、そのあとで欲望がわきあがってきた。

ヴェルボーはわたくしのことを強くて計算高い女と思っているに違いない。「あなたはすばらしいわ」彼女は言った。「これの使い方が上手ね」アイラは彼の下腹部を荒々しくまさぐった。

「アイラ」ヴェルボーは彼女を抱きしめて言った。「眠るんだ、いとしい人《シェリ》。疲れただろう」

「眠るわ」アイラは言った。「わたくしの望みを話したらね。心配しないで、これからもたびたび楽しませてあげる。あなたが与えてくれるのと同じだけ――いいえ、それ以上のものを与えてあげるわ」

ヴェルボーは体をこわばらせた。寝台の脇《わき》のろうそくにはまだ明かりがともっている。彼はアイラの顎を持ちあげて彼女の顔をのぞきこんだ。ヴェルボーにじっと見つめられ、アイラはとまどった。

「あなたの協力が必要なの、ヴェルボー」

ヴェルボーが視線をアイラの瞳から唇に移し、再び瞳に戻した。「協力？」

気が重く、胃が締めつけられたが、アイラはなんとか口を開いた。「ジャン・マルクの信用を失うのがいやなら、わたくしを助けてちょうだい」

今度はヴェルボーがとまどう番だった。「なにをするつもりだ？」

「あなたに辱められたとジャン・マルクに言うわ。そして、このことをもらせば、誘ったのはわたくしだと彼に言ってやると脅されたとね」アイラの心臓は早鐘を打っていた。

ヴェルボーは眉をひそめたものの、予想に反して怒ってはいないようだ。「それで？」彼は言った。

「あの人はメグ・スマイルズに夢中だわ。どちらにしても、わたくしは彼女のことはなんとも思っていないの。ただ存在しているというだけ。彼女はここにいて、わたくしの行く手を阻んでいる。わたくしはジャン・マルクを失うわけにいかないの。彼の心がメグから離れるようにするのに手を貸してちょうだい。そうでなければ、彼女がわたくしの計画を邪魔しないようにして」

ヴェルボーはアイラにまわしていた腕を引っこめて起きあがった。そして膝を握りしめた。

「あなたは伯爵を愛しているというわけだ」

アイラは自分の感情の激しさにひどく驚いた。呼吸がとまりそうだった。

「答えるんだ」ヴェルボーは穏やかだが、有無を言わせぬ鋭い声で言った。「あの方を愛しているのか？　もしそうなら、なぜこんな手段に訴えた？　なぜ愛し合った……なぜわたしと関係を持ったのだ？　わたしと体を重ねなくても、脅迫することはできたはずだ」彼はアイラを見つめた。瞳には苦悩の色が浮かんでいた。「わたしに抱かれる必要などなかったんだ」

「いいえ、あったわ」アイラはとうとう口を開いた。涙で頬を濡《ぬ》らしたことなど一度もないのに、抑えることができなかった。彼女は頬をぬぐって言った。「ジャン・マルクを愛しているなんてひとことも言っていないわ。彼を失うわけにはいかないと言ったの。わたくしが愛しているのはあなたよ」

25

屋敷をあげて音楽会の招待客を出迎えるようだ。シビルは広い玄関ホールに立って口をあんぐりと開けた。あんぐりだなんて下品な言葉だけれど、この場合、そうとしか言いようがない。

髪粉をはたいたかつらに緑と金のお仕着せを身につけた召使いたちが、一列に並んでレンチの点検を受けている。メイドたちはぱりっと糊《のり》のきいたエプロンを着て四方八方に飛びまわりながらも、落ち着いて見えるよう努めていた。普段は地下からめったにあがってこない料理長も、今日のために雇い入れた臨時の給仕係たちのあいだをせかせかと走りまわっている。お針子たちは美しい布地の束を抱えて階段を駆けあがったり、駆けおりたりしていた。階段の手すりに緑の葉の形をした飾りを巻きつけている者や、それにおびただしい数のピンクの薔薇《ばら》を差しこんでいる者もいた。

二階からは、男声と女声のすばらしい独唱や合唱が聞こえてくる。

シビルはめまいがした。この世はどうかしてしまったのだ。そうでなければ、自分や妹がここにいるはずはない。この屋敷には、夢にも会うとは思わなかった人々がいて、美しいものや最高の食事がある。そして牧師の娘の平凡な人生には起こりえない驚くべき出来事が次々と起こる。

夜には、メイフェア・スクエアのまわりを馬車がぐるっと囲み、その列はここへ続く車道にまで続くだろう。馬車がとまるたび、馬丁役を務める少年――主人の家を象徴する色をした紋章入りのお仕着せに身を包み、馬車の後部にしがみついている――が飛びおりて十七番地の玄関に続く階段を駆けあがる。馬丁が玄関の扉をたたいているあいだ、豪奢《ごうしゃ》な装いの主人たちは扉が開いた瞬間に優雅に入場しようと待ち構えていた。招待客の背後で扉が閉まると、次の馬車が前の馬車の後ろにとまり、また儀式がくりかえされる。

「おはよう、ミス・スマイルズ。とてもいい朝だと思わないか?」

シビルはエトランジェ伯爵をしばらく見つめてから、はっとしてお辞儀をすると言った。「まったくですわ、伯爵」

「衣装の最終的な試着はすませたのかな?」

彼女はためらいがちにほほえんだ。「わたくしは皆様のご到着を人目につかない場所から拝見させていただきたいのです、伯爵。ですから、衣装は必要ありませんわ」

彼は腰にこぶしをあてて行ったり来たりし、横を通り過ぎるたびにシビルを見た。「ふーむ、だめだ、だめだ。きみにも衣装は必要だ。すぐに王女の部屋へ行きたまえ。きみの衣装を仕立てるように手配する」

「いけませんわ」そんなことは絶対にできない。「ありがたいお言葉ですが、けっこうです。わたくしは出席するべきではございませんもの」

「きみの教え子が今夜ピアノを弾くのだよ」

「はい、王女様はすばらしい演奏をなさるでしょう。才能豊かな方ですから」

「そして、きみは妹の楽譜をめくるんだ、ミス・スマイルズ。華やかな催しだから楽しめるだろう」

「ですが――」

「ミス・スマイルズ、これは命令だ。上へ行きたまえ」

シビルは再びお辞儀をして言われたとおりにしたが、心臓が早鐘を打っていた。

最初の回廊まで来ると、立ちどまって階下を見おろす。伯爵が会釈して手を振ったので、シビルはまごついた。彼女は手を振りかえし、再び口をあんぐりと開けた。入館を許されたアダム・チルワースが画布を何巻きか両脇《りょうわき》に挟み、左手に大きなスケッチブックを抱えて伯爵のほうに大股で歩いていく。

伯爵はいまだにシビルを見つめていた。困惑したような表情だった。シビルが口を開けたままだったことに気づいて閉じた瞬間、アダムの声が響き渡った。「いたいた、シビル・スマイルズ。きみに会いに来た人が待ってるよ。七番地で。きみのまたいとこさ」

シビルは消えてしまいたかった。今すぐに。シビルがアダムに向かって首を振ると、今度は伯爵が彼女の注意を促した。伯爵は手招きをしている。見なかったことにしたいけれど、そんなことはできない。

さらにアダムが言った。「そうだよ、シビル、おりてきてよ。ウィリアムってやつは変わってる。あいつがきみとメグのためにやろうとしてることを聞いてもらうまで帰らないぞ」

シビルは、おびえていることに気づかれないよう平静を装いながら引きかえした。とにかく、ウィリアムを怖がるなんてばかげている。シビルは顎をあげ、体を少し揺すった。レディ・アップワースがしていたように。もちろん、まったく同じではないけれど。

「絵を持ってまいりました、伯爵」アダムは言った。「料金を支払えなかった人や、絵が気に入らなかった人の肖像画です」

伯爵はアダムをまっすぐに見つめた。「正直だな、ミスター・チルワース。気に入ったよ。作品は書斎で見よう。ミス・スマイルズ、きみも来てくれ。おお、レンチ」伯爵は厨房《ちゅうぼう》へおりていこうとしていた執事を呼びとめた。「仕立屋に伝えてくれ。ミス・シビル・スマイルズの衣装を仕立てるようにと。今夜のために。日暮れまでに軍隊の兵士全員の軍服を仕立てられるほど大勢のお針子を雇っているのだ。小柄な女性の衣装を一着仕立て、小物を用意するくらい、造作もないはずだ」

レンチは頭をさげたが、表情から主人の指示に難色を示していることがうかがえた。

伯爵はシビルとアダムに書斎へ入るように手で示した。「わたしはきみの絵を見せてもらう」伯爵は言った。「ミス・スマイルズに用件を伝えて、彼女が早く仕事にとりかかれるようにしてやってくれ。今日はきわめて忙しい一日になるから」

アダムとシビルは顔を見合わせた。

「わたしに気をつかわないでくれ」伯爵は言った。「さあ、どうぞ」

まるで伯爵の耳が急に聞こえなくなったように、というわけね。シビルはメグが愛するようになったこの男性から目を離すことができなかった。伯爵はメグへの気持を隠しておけるほど器用ではない。彼がメグの顔をじっと見つめ、その一挙手一投足を追う様子に、シビルは気づいていた。

「わかりました」アダムは口を開いた。「えーと、バッグズ牧師がラティマーの部屋に間借りしてるんだ。そんなことはもう知ってるね。あの牧師もそうとう厄介なやつだ。ウィリアムのためにきみとメグを見張ってることを隠そうともしないんだから。バッグズ牧師が言うには、そうするのが義務なんだって。ウィリアムがきみたちを心配して、二、三週間のうちにロンドンへ引っ越してくるから」

「いい作品だ」伯爵が言った。「実にすばらしい。型破りだが人を惹《ひ》きつける」

「ありがとうございます」アダムは言い、めったに見せない魅力的な笑みを浮かべた。

「越してくるですって？」シビルは言った。「またいとこのウィリアムがロンドンへ引っ越してくるというの？　でも、どうするのかしら？　どこに住むの？　パックリー・ヒントンの地所はどうやって管理するわけ？　収入はあそこから得ているのに」

扉をおずおずとたたく音が聞こえ、三人はそちらに目を向けた。メグが戸口に立っている。クリーム色のモスリンのドレスを着て同じ色の靴を履き、髪をふんわりと結いあげた姿を見て、シビルは息をのんだ。

「どうぞ」伯爵が言った。このときもシビルは、伯爵がメグを頭のてっぺんから爪先までなめるように見つめているのに気づいた。彼は頬の筋肉をこわばらせ、背筋をのばして、こちらへ歩いてくるメグを見守っている。

「きれいだよ、メグ」アダムがほれぼれとして言った。「まるで天使だ。いつか誰かに、そのドレスに合う真珠のネックレスを買ってもらうべきだね。結婚式にでも。花嫁のように美しいよ」

メグの頬に赤みが差した。「ありがとう、アダム。お世辞が上手ね」

「ミスター・チルワースは正直なのさ」伯爵は言い、深々と息を吸ってたくましい胸をふくらませた。そしてまたふいに、絵を眺めはじめた。

「今し方、誰かが仕立屋に伝言をよこしたの」メグはシビルに言った。「今夜のために、お姉様の衣装を仕立てるようにと。お姉様にすぐ来てほしいそうよ」

「またいとこのウィリアムがロンドンへ越してくるそうだよ」アダムはメグに言った。「きみたちに知らせておいたほうがいいと思ったんだ。彼はまた七番地に来ている。バッグズ牧師が今度も馬車の事故を目撃したそうだ。ボンド・ストリートでだったかな？　それでウィリアムに知らせたらしい」

メグは頭を振った。「大あわてでね」小声でつぶやく。「彼を見たんだったわ。はっきりとではなかったけど……見かけたの。忘れていたわ」

「無理もない」アダムは言った。「きみは気丈な人だが、女には変わりないんだ。きみみたいな穏やかな人にとってはあまりにも大事件だったしね。ミスター・ゴドリー・スマイスは、こちらに居を構えてきみたちを住まわせるそうだ。そこなら安全だからって。彼の話によればね」

伯爵の手が大きな机の端をぎゅっとつかんだ。彼は前かがみになってまた別のアダムの絵を眺めている。シビルは、伯爵の指の関節が白くなっているのに気づいた。

「ああ、メグ」シビルは言った。

「不可能だわ」メグは即座に言った。「ウィリアムには責任が――」

「あいつは家を売るつもりだと言ってた」アダムは言った。「きみたちふたりのことを考えると、それしかないらしい。きみたちがパックリー・ヒントンに戻ってこないならって。あいつはきみたちに会えるまで待ってるそうだ。そう伝えるように頼まれたんだ」

ジャン・マルクは口を挟みたかったが、意志の力を振り絞って自分を抑えた。メグとシビルの家の問題であり、今は自分には関係がない。この先もずっと関係がないかもしれない――メグがよそよそしい態度をとり続けるのなら。寝室であのいまいましい猫がわめき始めた瞬間から、メグはふたりの情事をのぞかれたと信じこんでいる。おかげで、彼女が寝台から起きださないようにずっと抱きしめていなければならなかった。彼が眠りに落ちるやいなや、メグは抜けだしたらしい。次に会ったとき、彼女は慇懃《いんぎん》で他人行儀な態度をとるようになっていた。

メグは恥じているのだ。ジャン・マルクの胸に怒りがこみあげてきた。メグ・スマイルズはわたしと愛を交わしたことを恥じており、今や懸命に自尊心をとり戻そうとしている。メグを自分のものにするにはなにをすればいいのだろう？　彼女なしでは生きていけない。

「上へ行ってちょうだい、シビルお姉様」メグは言った。「大丈夫よ。ウィリアムはわたしたちに対してなんの権限もないんだから。それに、家を売ったりしないわ。ただのはったりよ。そんなことをすれば、失うものが多すぎるもの。伯爵、私事でお邪魔をして申し訳ございませんでした。王女様に、おりてきてアダムの絵をご覧になるようにお伝えしましょうか？」

「きみがそう言うなら」メグの言うことはなんでも承諾しよう。頼んでくれれば、あるいはどんな方法でもいいから希望を伝えてくれさえすれば、すべてかなえてやろう。「ミス・シビル、デジレー王女をここへ連れてきてくれ」ジャン・マルクはメグに向き直った。「きみはこの絵をどう思う？」

シビルが書斎から出ていくと、メグはゆっくりと進みでた。彼女の頬は薔薇色で、髪がいちだんと鮮やかに見える。メグが目を伏せてまつげの下からおずおずと見あげたとたん、ジャン・マルクは思わず彼女を抱きしめそうになった。

「若い母親の絵だ」ジャン・マルクは言い、わが子を抱いた茶褐色の髪のふくよかな女性を指さした。「この子が特にかわいらしい」

「ええ」メグは言い、彼の隣に立って絵を見つめた。

メグが机の端をつかんだので、ジャン・マルクもわざと同じようにした。ふたりの手がかすかに触れ合う。彼は、メグが手をどけると思ったが、そうはならなかった。

メグは首をかしげて母子の絵を眺めていた。口がわずかに開いている。窓から差しこむ日の光のおかげで肌が透き通って見えた。瞳がきらきら輝く。「アダム、あなたには才能があるわ」彼女は言い、幼子の口のラインを指で示した。

「そのとおりだ」ジャン・マルクは同意した。そして幼子のえくぼのできた腕を指さすと、その手をメグの手に重ねた。彼女がこちらを見たので、彼は目を合わせた。「ミスター・チルワースは妹の絵も見事に描《か》いてくれると思わないか？」

メグの胸は激しく上下していた。飾り気のないドレスの胸もとは大きく開いており、着る者が着るとそそられるデザインだ。「アダムは王女様を美しく描いてくれるでしょう」彼女はようやく口を開き、自分の手に重ねられたジャン・マルクの手にちらりと目をやった。彼の肌は日に焼けていて、メグの手と並べるといっそう黒く見えた。ジャン・マルクは彼女の肌の柔らかさを思いだした。自分の体に感じたメグの体の柔らかさを。ふたりの体は対照的だった。彼女の丸みのある真っ白な体に巻きつく彼の引きしまった長い手足、彼の胸をかすめる彼女の乳房。そのコントラストに、ジャン・マルクは燃えあがった。今もなお熱くなっている。

メグは手を引っこめてアダムに顔を向けた。彼女の旧友は無関心を装えるほど器用ではない。

「ウィリアムは今、七番地にいるの?」メグは尋ねた。「そうとう長い時間待ってもらうことになるわ。今日はとても忙しいの。あなたが七番地に帰ったとき、彼がまたなにか言ってくるようだったら、話は聞いたけど、わたしとシビルお姉様は明日まで帰れないと伝えてちょうだい。お姉様はわたしの部屋に泊まるとね。彼も七番地に居座るわけにいかないでしょう」

「そんなことはさせないよ」アダムは言った。「任せてくれ、メギー」

メグはほほえんだ。「あの人を窓からほうりだすとか、そういうことはしないでね、アダム。あなたが警官に連れていかれたりしたら大変だから」

デジレー王女が書斎に文字どおり飛びこんできた。走ってはくるくるまわり、また走る。三人に顔を向けるたび、アダムにだけほほえみかけた。「ほら、どう?」王女は言った。「今夜の音楽会のために、愛くるしい妖精《ようせい》みたいになる練習をしているの。大好きなメグを喜ばせるために、いくらでもほほえむつもりよ。わたしの変てこな衣装がどうにか仕上がるといいけれど。全然似合わないのよ。アイラかメグが着ればすてきでしょうね。でも、わたしが着ると、オートミールを入れる金色の大皿みたいだわ。わたしじゃ平凡すぎて、あのきらびやかな服に負けてしまうのよ」

「とんでもない」メグが言った。「ばかなことをおっしゃらないでください。あの衣装は王女様にぴったりです。さあ、きっとびっくりなさってなにもおっしゃれなくなりますわよ」

アダムは息もできない様子だ。一風変わった登場の仕方をした王女を、魅せられたように目で追っている。

「わたしはほかに用事がある」ジャン・マルクは言った。そして刺繍《ししゅう》入りのベルの紐《ひも》を引いた。

「ミス・スマイルズ、手伝ってもらいたい。ミスター・チルワース、王女とここに残ってもらうためにメイドを呼ぼう。妹をどのように描くか話し合ってくれ。どうせ妹が自分の意見を通すだろうから、意見を言うような無駄なことはやめよう」

「よかった」デジレー王女は言った。「ありがとう、ジャン・マルク。あの変てこな衣装を着たところを描いてもらおうと思うの。どうかしら？」

「好きなようにするといい」ジャン・マルクは言い、メグに手ぶりで部屋を出るよう促した。

レンチが現れ、デジレー王女につき添うメイドを急いで呼びに行った。

「ああ」王女はふいに真剣な声を出した。「すばらしいことを思いついたわ。ミスター・チルワースに今夜の音楽会に出席してもらうの。そうすれば、わたしがあの衣装を着ているところを見られるから、あれでいいかどうか決めてもらえるわ。いい考えでしょう、ジャン・マルク？」

ジャン・マルクは承知しないだろう、とメグは思った。だが彼は言った。「ミスター・チルワースがいい考えだと思ってくれるなら、わたしにも異存はない。さあ、ミリーが来た。長い時間引きとめてミスター・チルワースをうんざりさせるなよ、デジレー。今日一日を無駄にするのではないぞ」

ジャン・マルクはメグを従えて玄関ホールを横切り、めったに使われない小さな応接間へ入った。開け放たれた窓から春の空気が流れこんでくる。薔薇を生けた鉢が至るところに置かれている。今夜はこの部屋も使われるだろう。

「扉を閉めてくれ」ジャン・マルクは言った。「妹に目を光らせておかないと。顔立ちのいい男を意識するようになったらしい。ふさわしくない相手にうっとり見とれたりしないだけの分別はあるようだが」

アダムは誰にとってもふさわしい相手だ、とメグは言いたかったが、我慢した。ジャン・マルクとふたりきりでいる時間を引きのばしてはいけない。

「またいとこがきみたちに対してなんの権限もないというのは確かなのかい？」彼は尋ねた。

「はい」その質問にメグは不意を突かれた。「ウィリアムにはわたくしたちに命令する権限などまったくありません。彼がなぜわたくしたちを追いまわす気になったのかわからないんです。確かに彼は、シビルがもう少し若かったころ、彼女に好意を寄せていたようでした。だから、彼がシビルと結婚したいというのは理解できるんです。でも、シビルにその気はないですし、彼女を非難するつもりもありません。彼がロンドンへ引っ越してくるというのはもくろみがあってのことでしょう。ここでは彼は、とるに足りない存在です。パックリー・ヒントンにいれば、土地が――亡き父の土地ですが――ありますから名士と見なされます。それを手放せるはずはありません」

ジャン・マルクは黙って耳を傾けていた。メグが話すのをやめても、じっと視線を向けたままだ。メグは彼のまなざしを避けようとしたが、うまくいかなかった。まるで触れられているかのように彼の手を体に感じる。

「おいで」ジャン・マルクが言った。

断らなくては。彼との個人的な関係を断ち切らなければ。

ジャン・マルクはテーブルの端に腰かけて腕組みをしている。メグは彼の腿に張りついているズボンに視線を走らせ、すぐに目をそらした。

「メグ」

「ミスター・フォン・ウェルテルとマダム・クラリース・ビセットが音楽室で練習していらっしゃいますわ。料理長は臨時雇いの人たちをはじめ、みんなを怒鳴りつけています。花屋も至るところにいます。あの薔薇には参りました。すごい数ですわ。王女様は――」

「口を閉じるんだ。こちらへおいで。でないと無理に来させるぞ。メグ、わたしを怖がることはない。きみに傷つけられて機嫌を損ねてはいるがね」

メグは感情を表さないようにしながら、しっかりとした足どりで彼に近づいた。「わかりました、伯爵。おっしゃるとおりにいたします」

「今、ということかい、いとしい人《シェリ》？　それを聞いてうれしいよ。今夜務めを果たす心の準備はできているかな？」

王女様に付き添って母親のごとく振る舞う準備など、できているはずがない。「はい、ご心配なく。できております」

「わたしがきみになにを期待しているかききたくはないんだね？」

「はい、伯爵」

「それは残念だ。わたしは、きみがなにを期待しているのかいろいろききたいと思っているのだよ、メグ。三日前に愛を交わしたことを忘れてしまったのかい？」

メグは唇に指をあてた。心臓の鼓動が速くなり、脈が乱れる。

「黙れなどと言わないでくれ。どんなふうに愛を交わしたか、忘れてほしいのか？　生まれたままの姿のきみがどんなふうだったか、きみのなかに入ったとき、どんなふうに感じたかを忘れろというのか？」

「あんまりですわ」メグはそう言ってうつむいた。「ひどすぎます。あなたを怒らせたくはありません。あなたを傷つけたいとも思いません。わたくしたちはあんなことをすべきではなかったのです。わたくしもあなたも同罪です。でも……わたくしは純潔を奪われたにもかかわらず、とり乱すわけにはいかないのです。心の広い夫を見つけるために力をつくさなければ。わたくしのことを好いてくれ、シビルが結婚するまで彼女の面倒も見てくれる方を」

ジャン・マルクは立ちあがった。ふたりは今にも触れそうなほど近くにいる。メグは彼のブーツに包まれた足を見おろし、この話が早く終わってくれますようにと祈った。

「きみはわたしのことが好きかい？」ジャン・マルクは尋ねた。

メグは「はい」とつぶやき、自分が強い人間だったら、彼を拒絶できるくらい強い人間だったら、と思った。

「わたしもきみが好きだ。この先ふたりがどうなるかはわからない。きみが望んでいるような約束をすることはできないのだ。だが、きみの相手としてこの身をささげることはできる。きみの恋人としてだ、メグ。きみから慰めを与えてもらい、きみに慰めを与えたい。シビルの面倒も見る。きみたちに住まいを与えよう。きみたち自身の家を。もう生活の心配はしなくていいんだ」

わたしが欲しいのは、敬意と……そして夫だけ。

ジャン・マルクはメグをまわりこんで扉のほうへ行った。鍵《かぎ》をかける音が聞こえた。「これで邪魔は入らない」彼は言った。「わたしが差しだすものが欲しいと言ってくれるまで、きみをここから出さないよ」

「わたくしが欲しいのはあなたです」メグは言い、胸をかき抱いた。「あなたが差しだすものは欲しくありません」

「わたしが欲しい?」ジャン・マルクはメグの背後に立って彼女を勢いよく引き寄せた。「わたしはきみのものだ。きみを求めるようにほかの女性を求めることはない」

「わたくしのほかに愛人はつくらない、卑しい身分の情婦は求めないということですか? 妻にふさわしい人以外が欲しいときには、わたくしのところにしか逃げこまないという意味でしょうか?」ジャン・マルクはメグを自分のほうに向かせた。彼女の手首を痛いほどきつく握りしめて覆いかぶさった。

「すみませんでした」メグは涙をこらえて言った。「あなたを怒らせるつもりはなかったのです」

彼はメグの手首を放し、顎を持ちあげた。「だが、わたしと結婚したいとは思っている」

メグは手を開いた。「無理なのはわかっています。わたくしが結婚を望んでいるなんて、よくそんなひどいことがおっしゃれますね」

「望んでいないのか?」ジャン・マルクの冷たい微笑がメグの心を引き裂いた。「きみは女性だ。女性はそれを望むものだろう」

「わかりました。ええ、確かに望んでいます。あなたを望み、あなたを夢見、そばにいないときもあなたを感じています。どこにいてもあなたを見つめ、あなたなしの人生を送らずにすむ日が来ることを心から願っています。でも、望みがかなうとは思っていません」

ジャン・マルクはメグに口づけようと目を閉じた。こわばった顎の線が彼の苦悩を物語っている。キスは彼女が予想したほど激しいものではなかった。彼は唇を押しつけることも、無理やり体を押しつけることもしなかった。

　ジャン・マルクはメグのてのひらを自分の胸にあて、両手で握りしめた。彼の唇が蝶《ちょう》の羽のように軽く彼女の唇に触れた。メグと同じように彼の呼吸も乱れていた。ジャン・マルクは舌先でメグの唇を割り、上唇を歯で挟んでそっと引いた。何度も何度もキスし、そのたびにゆっくりとしたものになっていく。

　メグは彼にもたれかかった。ジャン・マルクは彼女の顔が見えるようにゆっくり身を引いた。「よくわかった」彼の声は優しいけれどよそよそしかった。「きみの望みをかなえよう。それも悪くはない。きみのおかげで厄介な問題に結論を出すことができた。自分の意思を貫くために父の不興をこうむるなんて、向こう見ずだと思っていたのだ。だが、きみの言葉を聞いて心が決まった」

　メグはジャン・マルクが話すのを見守っていたが、彼を理解できているとは思えなかった。「前にも言ったように、わたしはイングランドのほうが好きだ」ジャン・マルクは言った。「きみを妻に迎えたら、この国にとどまる。父はきみを認めないだろうからね。だが、いずれは父とも和解できるに違いない。デジレーの社交シーズンが終わるのを待って、わたしの意思を表明する。それまで、ふたりの仲を知られてはならない。そのほうがことが容易に運ぶだろう」

　口を開けば、きっと泣きだしてしまう。

「メグ？　わかったかい？」

　彼女はうなずいて天井を仰いだ。涙がこめかみを伝って髪に流れ落ちた。

　ジャン・マルクはメグの両肩に手を置いた。そして人さし指で彼女の顎を撫《な》でた。「どうしたんだ？　なにか気にさわることでも言ったかい？　きみは望むものを手に入れたのだよ。結婚しようと言っているのだ」

脚の力を抜いたら、倒れてしまいそうだ。

「女性は決して理解できそうにない」

「ええ」メグはどうにか口を開いた。「そうでしょうね」

「なぜきみが悲しそうにしているのか教えてくれないか？」

メグは笑った。三本の指を彼の唇にあてる。「お申し出には感謝いたします。もったいないお言葉ですわ。お受けしたいのはやまやまですけれど、あなたがわたくしを憎むようになるのを見たくはありません。あなたはすぐにわたくしを憎むようになるはずですもの」

ジャン・マルクの表情がしだいに険しくなった。眉をつりあげ、ののしりの言葉を口にする。

「メグ」彼は言った。「メグ、わたしは愚か者だ。プロポーズなどしたことがないから、まずいことを言ったらしい」

「あなたは正直でした。あなたはわたくしと結婚するつもりなどなかった。でも結婚すれば、お父様の思いどおりにならなくてすむうえ、わたくしを思いどおりにできる」

「そうだ」ジャン・マルクは言った。「それに、きみが好きなのだ」

「そうなのでしょう。わたくしもあなたが好きです。けれど、結婚するわけにはまいりません」

「メグ――」

「できないのです。光栄に思いますが、お断りしなければなりません」

ジャン・マルクはメグを抱き寄せようとした。だが、押しのけられたので無理強いはしなかった。「もうわたしと過ごすつもりはないのかい?」彼は尋ねた。「気のきかない言葉で求婚したせいで、わたしを拒むのか?」

メグは歩いていって扉の鍵を開けた。「わたくしはあなたと結婚しないと言ったのです。もうひとつのお申し出をお断りするとは言っていません——今はまだ」

26

スピヴィだ。

諸君は暗闇《くらやみ》でもあらゆる動きを察知する生き物のなすがままにされないことを感謝するべきだ。最近加わったひとりかふたりの仲間が、ことさら猫の千里眼について楽しげに話していた。あいつらが言うには、間抜けな幽霊があの生き物の注意を引くのだそうだ。くだらんことを！　わたしは間抜けでも無器用――それがわたしに浴びせられたもうひとつの侮辱的な発言なのだが――でもない。あの鉤爪《かぎづめ》を持つ怪物はわたしの気配を感じとった……いや……違う、ばかどもの言っていたようなことではない。そんなわけがあるか。おそらく猫には実際こちらの世界が見えるのだ。いやはや、また襲われないようによくよく目を光らせていなければなるまい。

それで思いだした。わたしはそうとう本気を出さなければ閉じた扉を通り抜けられないが、猫は苦もなくあの芸当をやってのけるのだ。もしかしたら……そうか、わかったぞ。話を前に戻そう。わたし自身がいろいろなものを引き寄せてしまうのだ。たとえば、十七番地のおとなしい飼い猫を装っているあのけだものを。なんたることだ！

わたしは深手を負っている。むろん、言うなれば、わたしは攻撃に対して勇敢に立ち向かったのだ。しかし、あのけだものはわたしに噛《か》みついた。噛みついたうえに引っかいたのだ。もう行かなくては。レディ・アップワースのやったことには唖然《あぜん》としたが、あの女が伯爵を凶要としているのなら、大いに利用できるだろう。わたしが最も優先すべき仕事は、ミス・シビル・スマイルズの心をあの感心な若者ウィリアム・ゴドリー・スマイスに向けることだ。そのためには、口にするのもおぞましいあのアッシュという女に、使命を果たしてもらわなければならん。ああ、再びあの女に乗り移って行動するかと思うと身の毛がよだつ。

もうひとりのミス・スマイルズについてはなにも考えたくない。恥さらしだ。恥さらしとしか言いようがない。牧師の娘たる者があのようなみだらな行為に及ぶとは……いや、この話はもうけっこう。そもそも、なぜわたしがあの娘に煩わされなければならんのだ?

ごきげんよう。そんなふうに笑わないでいただきたい。わたしを出し抜いたつもりかね?　わたしを負かそうと思うなら、気づかれずに行動することをもっとよく学ばなければならん。この忠告は無視してくれてかまわんよ。純粋な心をすっかり捨て去ればいい。肉欲にふける者たちが浮かれ騒ぐ堕落の神殿に忍びこみ、のぞき見をして楽しむがいい。その結果どうなっても知らんぞ。

27

小舞踏室のフロアには、群青色のベルベットが張られた凝ったつくりの金色の椅子が何列か並んでいる。三階の大舞踏室を使ったほうが賢明ではないかと何度も話し合った。しかしメグが、話をする失礼な招待客がいれば、後ろの席の客に演奏が聞こえなくなると言って、ジャン・マルクを説き伏せたのだった。

メグは正しかったと、ジャン・マルクは思った。多くの招待客たちは身だしなみを整えて自分のことを見ている人間を探したり、ふざけて笑い合ったりするのに夢中で、演奏に耳を傾けるところではない。

メグはどこだ？

「伯爵」ふいに現れたヴェルボーが言った。「大成功ですね。これでことがうまく運ぶでしょう。ロンドンじゅうが今夜の噂《うわさ》で持ちきりになりますよ」

「そうか？」ジャン・マルクは横目でヴェルボーを見つめた。従者は白いトーガを身にまとい、頭には緑の葉の冠をかぶっている。「いったいぜんたい、おまえは誰のつもりだ？」

ヴェルボーはにやりと笑って言った。「カエサルです――もちろん、東洋遠征をしているときの」

「カエサル？　くそっ。わたしもその手を思いつくべきだった。こんな格好をしているなんて、ばかもいいところだ」

「さしでがましいようですが、砂漠の民の族長にふんした伯爵は非常にハンサムに見えます。それとも、奴隷を探している奴隷商人なのですか？」

ジャン・マルクは引き続き目でメグを捜していた。「おまえの従者のピエールとかいう男はこのような催しに慣れているようだ。そのうちおまえに追いつくに違いない」

「彼に必要なのはもっと自分に自信を持つことです」ヴェルボーはピエールのほうを見ようともしなかった。「自分のしくじりをわびてばかりいるのですよ。ミス・スマイルズの手は完治したようですね」

「どうかな。彼女はまだ包帯をしているが、痛いとは言っていない。おまえのピエールが好きとは言いがたいな。卑屈なやつだ」

「彼はまだ若いのです」ヴェルボーは言い、どこかの遊牧民のような衣装をつけたピエールのほうへ一瞬目をやった。「ご心配には及びません」

「手伝ってくれそうな者を探してきてくれ、ヴェルボー。ちょうどいい男がいるではないか。椅子をずらしてフロアを半分空けたいのだ。ダンスをしたい客がいるだろうから」

ヴェルボーは頭をさげ、自分の影とともに退いた。確かにピエールはまだ若いが、もはややめさせられることを恐れてはいない。背筋をのばして動きまわる姿は、どこから見ても颯爽《さっそう》とした若者だ。

熟練したピアニストが四重奏団とともにすばらしい演奏をし、人々のざわめきは最高潮に達した。招待客の衣装は見事だった。さまざまなシルクのドレス、羽根飾り、光沢のあるベルベット、クリスタルのシャンデリアの下で輝く宝石、しなやかな手足のまわりで揺れる薄手の生地でできた色とりどりの巻き飾り。アラブの首長《シーク》や中国の官吏が、砂漠の民たちと酒を酌み交わしている。ハーレムの娘たちは――多くは娘と呼ぶには年をとりすぎているが――嬉々《きき》として役になりきっている。人々の上気した頬や輝く瞳を見れば、催しが成功したのは間違いなかった。エジプト王宮の奴隷にふんした召使いたちがあふれんばかりのごちそうが載った銀のトレイを手に、人波のなかを巡回している。強い酒やそのほかの飲み物が大いに振る舞われていた。

アイラがジャン・マルクのほうにやってきた。彼女もまたハーレムの娘に仮装しているが、ずば抜けて美しい。彼女は悲しげにほほえんだ。大胆にも透き通った緋色《ひいろ》の紗《しゃ》をまとっていて、歩くたびに脚の線がくっきりとわかる。胴着《ボディス》も紗で、丈の短い上着は胸をほとんど隠していない。金の腕輪が二の腕と手首を飾り、衣装の裾《すそ》には金貨形のスパンコールがついていて、しゃりしゃりと音がした。

アイラはジャン・マルクの前に来ると、爪先のとがった金色の靴に包まれた足を片方後ろにさげ、深々とお辞儀をした。

「魅力的だ」ジャン・マルクは言い、片手を差しだした。「楽しんでいるかな?」

「いいえ」

ジャン・マルクは彼女の瞳をのぞきこみ、その返事が冗談ではないことを悟った。「わたしになにかできることはないか、アイラ? 今夜はきみにとっても、古い友人に会い、新しい知り合いをつくるいい機会だと思っていたのだ。人生をやり直さなければならない。きみはそう言っていたから」

「そうだったかしら？」アイラは顔をそむけた。「言ったかもしれないわね。なんて浅はかだったのかしら。こんな集まりに未亡人としてひとりで出席するなんて、これほど惨めなことはないわ」

「きみはわたしの家族も同然だ」

「あなたはわたくしに対して寛大な態度をとってくれるし、わたくしを援助してくれている。ごめんなさい。こんなにもよくしてもらっているのに、恩知らずなことを言って」

　今のアイラはまるで別人だ。「きみらしくもない」ジャン・マルクは言った。「さあ、美しい笑顔を見せてくれ。そしてまわりを見渡してみるのだ。男たちはきみから目を離せなくなる。きみが会釈でもしようものなら、崇拝者が押し寄せるだろう」

「あなたはもうそのひとりではないのね」アイラは抑揚のない声で言った。「ちょっと前まではそうだったのに。でも、今はわたくしに魅力を感じていない」

「さあ、おいで」ジャン・マルクは言った。「モン・ヌアージュから来た人たちを紹介しよう」

今ここで、終わった関係について話し合う気はない。この先も話し合うことはないだろう。

「ジャン・マルク、わたくしはあなた以外の誰にも興味はないの。あなたを追いまわすのをやめれば、あなたはわたくしのところに戻ってくる気になって、すべてがもとどおりになると思っていたわ。でも、そうはならなかった。なぜ心変わりしてしまったの？」

　ジャン・マルクは再びあたりを見まわしたが、デジレーやメグの姿はなかった。「心変わりしたわけではない」彼は言った。「わたしたちの関係はきみが思っているようなものではなかった。きみがそんなことを言うとは驚きだ。あのとき、きみはふたりで分かち合った快楽——肉体的な快楽以外には興味がないように見えた」

「その快楽をまた分かち合えるのよ」

「やめてくれ。きみを傷つけたくはない――だが、心にもないことを口にするつもりもない」

ヴェルボーが見計らったように戻ってきた。ジャン・マルクを見たあとアイラに目を向けて言った。「邸内をひとまわりされてはどうです？　おふたりで。静かな場所を見つけに。皆様はおふたりがよその部屋におられると思うでしょう。よその部屋にいらっしゃる方々は、また別の部屋にいらっしゃると思うはずです」

ジャン・マルクは従者のお節介に唖然《あぜん》として言った。「主催者がいなくなるわけにはいかない。だが、レディ・アップワースは少しとり乱しているから、どこか静かな部屋へ行ったほうがよさそうだ。彼女をお連れして、休めるようにしてさしあげろ」それだけ言うと、彼はふたりに背を向けて招待客のなかに入っていった。

メグはまわりを見渡せる大理石の柱の陰からジャン・マルクを見つめていた。彼女は砂漠の民の族長を描《か》いたスケッチを見つけ、ジャン・マルクの衣装のために写しておいたのだった。長身で姿勢のいい彼が足もとまで届く黒のローブを重ねてまとっている。ゆったりした上着の下にはチュニックを身につけ、幅の広い革のベルトを巻き、きらきら光る三日月形の短剣を差していた。太い生成りの紐《ひも》を巻きつけた黒の頭巾《ずきん》が、歩くたびに顔と肩を撫《な》でる。ジャン・マルクが通ると、女性たちは扇を口もとに持っていってささやき、ため息をついた。男性は彼を羨望《せんぼう》のまなざしで見つめる。しかし、本人はそのことにまったく気づいていないようだ。

この人がわたしのなかに好ましい部分を見いだしたの？　メグは率直なたちだ。自分が魅力的ではあるけれど美しくはないことはわかっていた。つまり、ジャン・マルクは見る目があるのだ。わたしの内面的なよさに気づいたのだから。わたしはすばらしい女性というわけだ。それはそれは。ユーモアやおかしさを解する心は天賦のものだ。この先数週間はこれが必要だろう。

メグの隣に座っているデジレー王女は、口の両端が耳に届きそうなほどの笑みを浮かべ、終始一貫して英語がひとこともわからないふりをしている。紳士が入れ替わり立ち替わりやってきた。王女はひたすらにこにこし、手に口づけを受けている。そして期待に満ちた男性が退くやいなや、真珠をちりばめたピンクの網レースの幾重にもなった襞《ひだ》で手をこっそりぬぐうのだ。

「王女様」メグは小声で言った。「お兄様がいらっしゃいました」

だが、別の男性が近づいてきた。金髪の若者で、魅力的な笑みを浮かべている。彼は王女の前にかがんで手をとり、明るい青の瞳で彼女を見あげた。

「あなたは?」王女はきき、メグのほうへいたずらっぽい視線を投げた。

「アンソニー・フィッツダーラムと申します、殿下。ドーセットシャーとバーナムのフィッツダーラム家の者ですが、今夜はスルタンです」彼は悲しげに自分の白いズボンと、モール刺繍《ししゅう》を施したシャツと羽根飾りのついたターバンを示した。「言わせていただいてよろしければ、とてもお美しいですね、殿下。ピンクがよく似合っていらっしゃる。衣装がすばらしい出来栄えだから殿下はまるで……」彼は真っ赤になり、自分の無作法に愕然《がくぜん》とした。

デジレー王女が自分の隣の席をたたいたので、彼は気をとり直して腰をおろした。彼女が身を乗りだして耳打ちした。メグが見守っていると、彼は最初に眉をひそめ、次に目を見開き、最後には声をあげて笑った。

経験の浅い者がとても手に負えない妙齢の女性を監督すると、こういうことになるのだ。デジレー王女は御しがたい。王女を監督、保護するのがメグの務めである。

「殿下」メグは言った。「申しあげたいことがございます」

王女とミスター・フィッツダーラムは頭を不適当なほど寄せ合ったままだ。

「デジレー王女?」メグは言った。

「なあに、メグ?」

「内緒話はよろしくないですわ」

「ああ」王女はほほえむのをやめた。「わたしを魅惑的に見せようとハーレムの愛人の格好をさせても無駄だってことは、大きな声で言わないほうがいいと思ったの。この生地を見てよ。網の下が肌色のシルクになっているでしょう——素肌に見えるように。それに——」

「それは愛人の衣装ではありません」メグは言った。愛人になるのは望ましくないことなのかどうかは定かでない。「殿下は踊り子なのです。その衣装、とてもよくお似合いですわ」

「わたしもそう思います」ミスター・フィッツダーラムが同意した。

「これは愛人よ」デジレー王女は言い張った。「愛人はこの網の下にもっとたくさんお肉をつけているんだろうけど。そうよね? このあたりがふっくらしていて、ここもこう、きっとこっちもだわ」茶目っ気たっぷりの少女は体のあちこちに手で起伏を描いてみせた。「愛人ってふしだらなのよ。知ってる、ミスター・フィッツダーラム?」

メグは天井を仰いだ。そして目の前に砂漠の民が立っているのに気づいた。自分の顔を隠している銀色のベールの隙間《すきま》から彼の顔を見つめる。

「ここにいたのか」ジャン・マルクは声を落とした。「わたしたちはお互いに相手の衣装を見立てたようなものだ。わたしのこのばかげた衣装はきみのセンスだからな。きみの衣装に関しては自慢できる。きみは動くたびにきらめいているよ、メグ。もっとも、きみはいつもそうだ」

メグは言った。「ありがとうございます」彼はわたしが困るのを見て楽しんだりするべきじゃないわ。

「失敗したな」ジャン・マルクは言った。「今夜のきみは人目を引きすぎる。ほかの男がきみを見つめていると思うといい気持はしない」

「ご心配には及びません。でも、今後は自分で衣装を用意させてください。これを着ているのは伯爵に喜んでいただくため、というよりむしろ、伯爵のご機嫌を損ねないためなんです。美しい衣装ですわ。感謝しております」

ジャン・マルクはメグを移動させ、彼女が自分以外の誰の目にも触れないようにした。「感謝する必要はない」彼はそばの柱に額をもたせかけた。「きみがあれをやるときにいつもとまったく違う格好をしたら楽しいだろうと思ったんだ。瞑想《めいそう》をするときに。これは」彼はベールの下半分をこめかみにとめている水晶のピンに触れた。「目を覆いたいときには、動かすことができる」

「気をつかっていただいてありがとうございます」舞踏室のざわめきが急に聞こえなくなった。

「わたしとしては目を隠さないでくれたほうがいい。少なくとも目を見れば、きみがなにを考えているのか推測することができる」

メグは扇を開いて上気した顔をあおいだ。それから身を乗りだし、デジレー王女を見た。

ジャン・マルクは振りかえって哀れなミスター・フィッツダーラムに目を向けた。「はじめまして。音楽会を楽しんでくれているようだね」

ジャン・マルクの口調は尊大な――父親のようだ。

フィッツダーラムはすでに立ちあがっており、ジャン・マルクに優雅に頭をさげた。「はい、ありがとうございます、伯爵。おかげさまで大変楽しませていただいております」彼は咳払《せきばら》いし、急いで続けた。「妹君は実に魅力的ですね。こんなふうに美しさと知性を兼ね備えたご婦人は珍しい」

メグは笑みを隠してくれる扇に感謝した。

ジャン・マルクは主人らしく威厳を崩さなかった。「そのとおりだ」彼は言った。「デジレーはめったにいない女性なのだ。名前はもううかがったかな？」

ミスター・フィッツダーラムは先ほどの自己紹介をくりかえし、さらに続けた。「父はバリス・フィッツダーラムと申します。優れた判事です。スコットランドでは、まずまずのシングルモルト・ウイスキーをつくる醸造家でもあります」

メグは人が感銘を受けたことがわからないほど間抜けではない。ジャン・マルクはとても感心している。「お父上の噂はいろいろとうかがっている。賛辞ばかりだ。きみはフィッツダーラムを謙遜《けんそん》しすぎだな。わたしはあれを切らしたことがない。実にいい酒だ。本当にうまい」

「ありがとうございます、伯爵。わたしもいずれはその方面の事業を継ぎたいと思っております」フィッツダーラムはジャン・マルクをまっすぐ見つめた。「王女様のもとをしばしばお訪ねしてもよろしいでしょうか、伯爵？」

メグは、ジャン・マルクがデジレー王女の意向をうかがっているのに気づいた。しかし王女はおとなしく従順な態度を装っている。たいそうな女優だ、とメグは思った。

「なるほど、わかった。いいだろう、ミスター・フィッツダーラム。妹は若い人と一緒に過ごす時間があまりないから。さあ、失礼していいかな?」

フィッツダーラムは頭をさげて退いた。自分自身に満足しているようだ。

「ああ、そうだ」王女は若者に聞かれる心配がなくなると言った。「デジレーにはもっと遊び相手が必要だ。一緒に輪を転がしたり、ハリバットやミスター・熊《ベア》とお茶会をしたりする相手がいないのだ」ジャン・マルクはいらだっているというより、おもしろがっているようだ。「自分の得になることにはずいぶんと鼻がきくな、デジレー。おまえのおかげで、忙しさにかまけてほうっておいた問題を思いだした。ハリバットのことだ。ほら、あの猫のことを素直に話してくれるだろう? おや、いつもと違うじゃないか。あの猫をどこで拾ったんだ? この家に隠しておくとはどういうつもりだ? おまえの母上も父上も、おまえが動物を飼うことにいい顔はしないだろう」

王女の顔が真っ青になった。この華奢《きゃしゃ》な少女にとって、頭の上に結いあげられた髪はひどく重そうに見えた。

「伯爵」メグは言った。「妹君をおしかりにならないでください。あれはわたくしが――」

「違うわ」デジレー王女はメグに飛びついて腕をまわした。「あなたははじめてできた親友だけれど、わたしのためにしかられてほしくない。わたしがハリバットを見つけたの、ジャン・マルク。あの子は……具合が悪かった。看病してやったら、元気になったわ。あの子はわたしのたったひとつの宝物なの。わたしのことが大好きで、わたしのそばにいたがってるわ。お願い。お願いだから、ハリバットをどこかへやるなんて言わないで。あの子は——」

「静かに」ジャン・マルクはまくしたてる妹に応《こた》えて言った。「どこかへやったりはしない。そんなにとり乱さないでくれ。おまえは変わったな、デジレー。優しくなった。いや、本来の自分を出せるようになったのかもしれない。あの哀れな動物を飼ってもいいが、またこの前のようにわたしのところへ押しかけてこないようにしてくれよ。あの夜、こっそり部屋に忍びこんできて、ヴェルボーとわたしを仰天させたのだ」

「ああ、どうもありがとう。あの子がわたしの部屋から出ないように充分注意するわ」デジレーは言った。体を震わせ、何度もつばをのみこむ。「ありがとう、ジャン・マルク。ありがとう」

「もういい」彼は言い、身をかがめて妹の頬にキスをした。「これ以上礼を言う必要はない。あの動物が本当に好きなのだな。動物に優しい人間は信頼に値すると思っている。あれはハンサムな猫だから、おまえが夢中になるのもわかるよ。さあ、招待客に注意を向けてくれ。もうすぐおまえにピアノを弾いてもらう」

「あら、弾かなくてはいけないの？」デジレーの口の端がさがり、すぐにまた跳ねあがった。「ミスター・チルワースだわ。来てくれたのね。あの人とても内気でしょう。だから来てくれるかどうか心配だったの」

「来るに決まっている」ジャン・マルクは聞こえよがしに言った。「ふむ。こちらへやってくるぞ」

「ほかにどこへ行くというの？」デジレーが抗議した。「あの人はわたしのことしか知らないのよ。もちろん、メグは別として」

ジャン・マルクはメグの目を見つめた。だが、画家を見たときの王女の喜びようについてメグがなにか思っているとしても、それはわからなかった。

チルワースは申し分のない風貌《ふうぼう》だ。インドの山岳部族にでもふんしているらしい。喉もとの開いているゆったりした白いシャツに白いズボンを身につけた姿は勇ましく見える。革帯が胸の前で交差して腰にまわっていた。そしてライフル銃を背負っている。あれはふさわしくない、とジャン・マルクは思った。短刀ならまだ許せるが、ライフル銃となると話は別だ。

チルワースが来ると、デジレーは手をたたいた。「すてきだわ、ミスター・チルワース。今夜は本来のあなたが出ているんじゃないかしら。自由な人というのはいつも束縛から逃れようとしているものだわ」

チルワースは恥ずかしそうにほほえんだだけだった。

「どうかしら？」デジレー王女は立ちあがって一回転した。彼女のドレスはちょっとした芸術品だ。一枚の細長い生地――ピンクの紗を重ねた肌色の布地――を肩から足もとまで、体全体に巻きつけたように見える。その生地のあいだには、やはり同じように巻きつけた感じの、スパンコールをちりばめたピンクのレースがのぞいている。膝のところで細くなり、裾にかけて広がっていた。まるで透き通った美しい魚だとメグは思った。「この滑稽《こっけい》な衣装を着たところを描いてもらったら、おもしろいと思う？」王女はアダムにきいた。

ジャン・マルクはチルワースの反応を見守った。娘が少女から大人の女性になったことを思い知らされる父親の心境だ。ジャン・マルクにとってデジレーは子供にしか見えないが、もうひとりの男の目の輝きがそれは間違いだと物語っていた。

チルワースが頭を働かせて答えるのにしばらくかかった。「メギーのデザインしたものですね？　よくできている。そうですね、けっこうだと思います」

「けっこう、だけ？」デジレーはなまめかしい女性のように、口をとがらした。

「とてもけっこうだと思います」チルワースは言い、首をかしげた。濃い灰色の瞳には、デジレーを見る喜びがあふれている。この男に称号と有利な地位があればよかったのに、とジャン・マルクは思った。

デジレーは爪先立って画家の耳になにかささやきかけた。彼が首を振ると、王女は再びささやきかけ、じれったがるように体を揺すった。

チルワースがデジレーを見おろして言った。「伯爵、王女様と踊ってもよろしいでしょうか？」

ジャン・マルクはメグがひるんだのを感じた。彼がその申し出を拒むと——拒むだけでなく、それに対して怒りをあらわにすると思っているらしい。「いいだろう」ジャン・マルクは答えた。「許可するが、妹は若いということを忘れないでくれ。振りまわされて疲れないようにな」

デジレーはいそいそとチルワースを引っぱっていった。ジャン・マルクはこの状況に対する自分の分別ある対応に満足していた。どのみち危険はない。

「王女様はアダムと踊っても大丈夫ですわ」メグは言った。「アダムはたいそうまじめな人ですから」

ジャン・マルクは腰の短剣の位置を直した。「大丈夫じゃないのは、ミスター・チルワースのほうだと思う。今夜、なにごとも起きなければ、妹が社交の場でうまくやれると信じていいかもしれない。デジレーは突拍子もないことをする。それに生意気だ。かわいい生意気娘だが、生意気には違いない」

「あのふたりはとても見栄えがしますわ」メグは言った。

「そうだな」ジャン・マルクは言った。「きみのおかげで、デジレーは愛らしくなった。実際、反抗的ではあるが、あの意志の強さは持ち続けるべきだろう」

「わたくしもそう思いますわ」メグは言い、背筋をのばした。「世の中は常に変化しています。いつかは女性も男性と同じように重要な地位に就くようになるでしょう——あらゆる場面で。王女様にもそうなっていただきたいですわ。本当に聡明《そうめい》な方ですもの」

ジャン・マルクは、メグの型破りな見解については意見しないことにした。「そうだな、デジレーは聡明だ」

「伯爵」ヴェルボーが再びジャン・マルクの傍らにやってきた。「レディ・ヘスター・ビンガムがいらっしゃいました」

「レディ・アップワースはどうした?」ジャン・マルクは尋ね、従者に向かって眉をひそめた。

「その、おひとりでいらっしゃいます。そうしたいとおっしゃったので。レディ・ヘスター・ビンガムが、伯爵は自分にお会いになりたいはずだと言い張っています」

ジャン・マルクはヴェルボーではなくメグに目を向けた。彼女のうれしそうな顔から察して、進んで隣人と会ったほうがよさそうだ。ジャン・マルクは振りかえり、年をとってはいるがなかなか美しい長身の金髪女性にほほえみかけた。彼女の横にはハンター・ロイドが立っている。ジャン・マルクはロイドに会釈をした。「お越しいただいてわたしも妹も喜んでおります、レディ・ヘスター」ジャン・マルクは言い、自分の判断に満足した。思ったとおり彼女は、彼が名前を知っていることを喜んでいる。「隣人と親しくつきあうのは大変よいことだと思っているのです。あなたは……非常に魅力的だ」

「あら」レディ・ヘスターはジャン・マルクの胸を扇で軽くたたいた。「お上手ですこと。あなたこそ魅力的ですわ、伯爵。わたしがもう少し若かったら、あなたを見たとたん心臓がとまったでしょう」レディ・ヘスターはメグを見ようとはしなかった。

「その色はなんと言うのですか？」ジャン・マルクは尋ね、レディ・ヘスターのローブをしげしげと見つめた。彼女は頭巾をかぶり、額に金の布を垂らしていて、かなり豊かな胸もとには水晶や黒玉のネックレスをじゃらじゃらさげている。「たしか、薄紫色《ライラック》ではありませんか？」

ジャン・マルクはまたしても扇でさらに強くたたかれた。「女性の衣装についておわかりになりすぎますわ、伯爵。ええ、ライラック色です。そしてわたくしはシークの第一夫人」レディ・ヘスターはにっこりほほえんだ。自分の格好がいたく気に入っているらしい。「いかがかしら？わたくしがこんなことを言ったので驚かれまして？　第一夫人などと。異教徒の習慣ですわ。わたくしは二番だろうと三番だろうと、夫に順番をつけられるのは断じて願いさげです。でも、今夜のためにそういう役になりきることはできますわ。そうでしょう？」

「おっしゃるとおりです。見事になりきっていらっしゃる」ジャン・マルクは言った。「こんばんは、ロイド。伯母上とともに来てくれてうれしいよ。おふたりを迎えられて光栄です。メグがあなたのことをたいそうほめていました、レディ・ヘスター。あなたの厚意と献身的な愛情を」

レディ・ヘスターがついにメグを見た。表情が和らいでいる。「メグはすばらしい女性です」彼女は言った。「技術を持っていて、才能があり、心優しい。友人であるわたくしどもは彼女のことを心配していますの。とにかく優しいお嬢さんですから、強引な人にはつぶされてしまうでしょう。ここにいればメグは安全だと請け合ってくださいますわね」

メグは床に目を落とした。

ジャン・マルクは落ち着きを失っている自分に驚いた。「責任を持って請け合います」そう口にしたとたん、言わなければよかったと思った。「ミス・シビルがわが家にいてくれるあいだは彼女についても同様です。彼女たちなしにはやっていけませんよ、レディ・ヘスター。若い娘を社交界に出す準備など男の手には負えませんから」

「そうでしょうとも」レディ・ヘスターはうなずいた。「お屋敷を案内していただきたいわ。どのように改装されたか興味がありますの。わたくしの祖父はサー・セプティマス・スピヴィという有名な建築家だったのです。七番地を設計しまして、あの屋敷をとても誇りにしておりました。実際、子供が自分の作品を大事に扱ってくれるかどうか自信が持てず、彼らがもっとまともになるまでは死ねないと言っていたそうです。百二歳まで生きたところであきらめざるえませんでしたが、家族の者たちに、おまえたちはこの家を守るのにふさわしくないと言い残して亡くなったという話ですわ。祖父は自分の無能さを棚にあげているうぬぼれ屋だったとか」

ジャン・マルクはレディ・ヘスターと一緒になってくすくす笑った。「孫に聞かせてやるにはもってこいの話だ」彼は言った。

レディ・ヘスターは悲しげな顔をした。「孫がいればですけれど」

「そうですね」ジャン・マルクは言い、その場にふさわしく同情してみせた。「わが家をご案内しましょう」少しも案内したくはないが、メグのためにできることはやらなくては。

「あら」レディ・ヘスターはジャン・マルクの腕にしがみついた。「シビルが来ましたわ。彼女のまわりを飛びまわっている、あのみすぼらしい人は誰でしょう?」

メグはとっさに振りかえり、よろめきそうになった。「アッシュだわ」ため息をついて言った。

「王女様のダンス教師です。今夜ここに来るとは思いませんでした」

「好奇心を抑えきれなかったのでしょう」ヴェルボーが言った。「王女様が踊るところを見届けなければと」

「彼女はデジレーが今夜踊るとは思っていないはずだ」ジャン・マルクは言った。「それに妹のほうは見向きもしない」

「仮装もしていませんわ」レディ・ヘスターが言い、柄つき眼鏡を青い目の前に持っていった。

「彼女はあなたのいないあいだ、あなたの部屋を使っているそうね、メグ。でも、まだ見かけたことがないの。バーストウですら姿を見ていないそうよ——そのほうがいいけれど。あなたはいつも自分のことでぴりぴりしているのに、彼女の役に立ってあげるなんて親切だこと」

「シビルによると、彼女はここにいなければ部屋にこもりきりだそうです」メグはそう言いつつも、シビルの前を興奮気味に跳ねまわっているアッシュに気をとられていた。「失礼いたします」

メグは姉のもとへ急いだ。「どこにいるのかと思っていたの」アッシュにはほとんど目もくれずに言った。「すてきだわ、シビルお姉様。妖精《ようせい》みたい」

「実は、なんにふんしたわけでもないの」シビルは言った。「新しく衣装をつくるには、とりかかるのが遅すぎたものだから」

「東洋の女神だわ」メグは言い、笑みを浮かべた。そしてシビルの頬にキスした。「緑のシフォンね。それを着ると、ずいぶん小柄に見えるわ。生地がお姉様を絡めとってしまったみたい。髪をほとんどおろしているのね。似合っているわ。ミス・アッシュ」メグはもうひとりの女性のほうを見た。「好奇心に勝てなかったんですね。無理もありませんわ。でも、なぜ仮装していないんです？」

「くだらない」アッシュは言い、頬のこけた顔に不満の色を浮かべた。「わたくしがここへ来たのは必要に迫られたからです。義務を果たすために来たんですよ。あなたたちふたりにどうしても話さなければならないことがあって。非常に重要な用件です。わたくしではなく、あなたたちにとって。人から聞かされなければ、こういうことになっていると知らなかったでしょう」

「なんの話です？」メグはきいた。「今は自分の仕事以外のことをしている場合じゃないんです。王女様の音楽会の最中ですもの。話をするのは明日にしてください」

「今夜でなければならないんです」アッシュはそう言ったあと悲鳴をあげた。「あいつを追い払って！　つまみだして！」

「まあ」シビルが声をあげ、片手で口を覆った。「猫だわ、メギー。きれいな猫だこと。どうしてここにいるのかしら？　人に見られて通りへほうりだされる前に助けてやらなくては」

「助けるですって？」アッシュが金切り声を出した。「窓からほうり投げろと言っているんです。あいつは凶暴です。見たでしょう？　あいつはわたくしの足首に噛《か》みついたんです。今だってこちらに向かってうなっている」

ハンター・ロイドとヴェルボーを従えてやってきた黒い装束の人物がメグたちを押し分けた。「わたしの猫だ」ジャン・マルクは言い、ハリバットを抱きあげた。「こいつにも衣装を用意してやるべきだった。この猫は自分の思いどおりにならないと、すねて悪さをする。ハリバットを許してやってくれ、ミス・アッシュ。レディ・ヘスターに屋敷を見ていただくところだ。途中でこいつをわたしの部屋へ戻しておくとしよう」

ジャン・マルクが去っていくあいだ、メグは口をぽかんと開けていたが、やがてふっとほほえんだ。太陽のような彼を見ていると、心の扉が開く。わたしの愛する男性はやはり並みの人ではない。身分の高い人というのはとるに足りないことは無視するものだが、彼は優しいので、それができないのだ。

「ミス・メグとミス・シビルに話さなければならないことがあるんです」アッシュはめげずに言った。「ムッシュ・ヴェルボー、できましたら、三人だけにしていただけるとありがたいのですが」彼女はときおり跳ねるように足踏みしたり、ハリバットに噛まれた場所をさすったりした。

ヴェルボーが礼儀正しくハンターのほうを向いた。ハンターは丸くて白い帽子に、刺繍の施された青いベスト、白いシャツ、白いズボンという格好だ。メグにはなんの仮装なのか見当もつかなかったが、彼は相変わらず魅力的だった。

「では」アッシュは言い、やせこけた腰にこぶしをあてた。「あなたたちふたりによく聞いてもらいたいんです。わたくしの話は重要ですし、あなたたちがいちばん関心のあることですわ。今日、あの立派なミスター・ゴドリー・スマイスといろいろおしゃべりして、自分の耳を疑いました。彼はあなたにプロポーズしたそうですね、シビル。あのように立派ですばらしい男性がね。それに彼はメグにも一緒に住んでほしいと言っている。断ったんですって？　そう聞いたときは、気が遠くなりそうでした」

「あなたになんの関係があるというんです?」メグは言い放った。

「メギー」シビルはとがめるように言った。「気にかけてくださっている人に腹を立てたりしちゃだめよ。行く末を心配してもらえるなんて恵まれていると思わなくては」

「自分たちがいかに恵まれているかわかっているみたいで安心しましたよ」アッシュは言った。

目を伏せ、それに合わせて唇の端をぐいとさげる。「ひとりで生きてきた生まれのよい女性の言うことは聞くものです。こんな機会はめったにありません。神のはからいに感謝して、彼の申し出を受けるべきです。すぐにお願いすれば、あの恋に悩む殿方も、あなたたちを喜ばせたいがためにパックリー・ヒントンの家を売ってロンドンに住まいを買うようなことはしませんよ。あなたたちを養おうにも、ロンドンでは田舎ほどいい暮らしはできません。行きなさい。ぐずぐずせずにミスター・ゴドリー・スマイスのもとへ行くんです。彼が家と土地を売ってしまわないうちに。そうしてしまったとしても、彼はあなたを愛そうとしてくれるでしょう、シビル。あなたが寝室で彼を満足させている限りはね。でも、やがては彼の不幸がふたりの結婚生活をも不幸にします。わたくしの言葉を肝に銘じておきなさい」

「あなたは結婚した経験がありませんよね」メグはシビルの動揺した様子に心を痛めて言った。

「もちろんありません」

「結婚する気になれなかったのでしょう?」

アッシュは短いまつげを伏せた。「すべての女性が良縁に恵まれるわけではありません。だからといって、わたくしがあなたたちの幸せを願わないほど心の狭い人間だということにはなりません。わたくしは伯爵家での役目を終えたら学校へ戻りますが、あなたたちは？　誰のもとへ戻るんです？　確かに、あなたたちはひとりではないけれど、毎年年をとり、あっというまにオールドミスになって驚くことでしょう。そして結婚しておけばよかったと思いながら、この無情な都会で暮らしていくはめになります」

「ミス・アッシュ」メグは悲しい気分になった。「あなたはとても親切な方です。わたしたちの幸せを願ってくださるのね。でも、あなたはわたしたちのまたいとこのことをご存じないんだわ。彼の家に行けば、わたしたちは奴隷のように扱われるでしょう。本を読むことすら許してもらえないかもしれません。ウィリアムは女性が知識を広げるのをよしとしないから。彼に家事を押しつけられてひどい扱いを受けるのは目に見えています。わたしたちに許されるのは、彼の体裁をよくすることだけ。あの人はわたしたちのことが嫌いなんです。ずっとそうだったのに、なぜ急にわたしたちの身を案じるようになったのかわからないわ」

「ミスター・ゴドリー・スマイスはやりたい放題しつくしたんですよ」アッシュは言った。「彼は変わったんです。そして、あなたのことを心から愛しているんですよ、シビル。今や身をかためて息子を持とうという気になっている。あのような望ましい殿方に好意を寄せられたことに感謝しなくては。ぜひとも申し出を受けるべきです。時間を無駄にはできません。今夜彼のもとへ行きなさい。彼は七番地に戻っています。そこであなたの返事を待っているんです。彼はやむにやまれぬ気持から、わたくしを、会ったばかりの者を遣わしたんですよ。わたくしはここへ来たくはなかったのだけれど」

「ウィリアムにはもう返事をしました」シビルは言った。「お断りしたんです」

アッシュは骨張った手をすり合わせた。自分が好奇の視線を浴びていることにはまったく気づいていないようだ。「彼の恋い焦がれる気持を思うと、せつなくてたまりませんわ。こんなふうに感じたことは今までありません。使命を果たさなければと思いますから、あなたたちを説得し続けるつもりです。考え直すんです。あの人のもとへ行きなさい。忘れてはいけないのは、あの立派なバッグズ牧師があなたを見守るために駆けずりまわってくださったということです、メグ・スマイルズ。彼はひどく疲れています。なんて立派な人なのかしら」

「あの人はまだ独身だわ」メグは言い、このとっさの思いつきは悪くないと感じた。「なぜもっと早く思いつかなかったのかしら？　あなたがバッグズ牧師と結婚して、ウィリアムと牧師の面倒を見てあげたらどう？　そうすればウィリアムはわたしたちなんて必要なくなるわ」

アッシュの顔は蒼白《そうはく》になったが、やがてほんのり赤らんだ。彼女はほほえんでメグを手であおいだ。「まあ、からかっているのね。あのすばらしい殿方は決してわたくしになど目を向けませんわ。そんなことを考えるなんてひどくばかげていますわ」

「そんなことありません。事実、バッグズ牧師はあなたをじっと見つめていましたわ」まったくの嘘《うそ》というわけではない。「帰ってよく考えてみて、ミス・アッシュ。それとも、ラヴィニアと呼んでいいかしら？　わたしたちは多くのものを分かち合ってきたんですもの。王女様がもうすぐピアノを弾かれますよ」

「ラヴィニアと呼んでください。そう呼んでもいいかと最後にきかれたのはいつだったかしら」

アッシュは遠くを見つめるような目になり、空いている席を探して腰をおろした。

「メグ」シビルは言った。「今のは意地悪だわ」

「バグジーには奥さんがいないわ。そろそろ結婚してもいいころよ」

「でもあなたは知って……メグ、ハンターがあそこにいてわたしたちを見ているのに気づいた？」

メグは視線をめぐらし、ヴェルボーと話しこんでいるハンターを見つけた。「ハンターはわたしじゃなくお姉様を見ているのよ」彼女はヴェルボーと目を合わせ、手招きした。彼がこちらにやってきた。先ほどはばたばたしていて気づかなかったが、ヴェルボーは足を引きずっている。ハンターはシビルのもとへまっすぐに向かった。すれ違いざまメグにうなずいてみせる。ハンターが言っていることが聞こえた。「やあ、シビル。ええと、深海の生き物にふんしたのかい？失われた世界から来た神秘的な生き物だ」

シビルはくすくす笑った。「失われた東洋の世界からね」彼女は言った。「なんて鋭いのかしら」

ふたりは笑みを交わすと、向こうへ行ってしまった。

メグは寂しさを感じた。シビルの幸せをうらやんでいるのではない。ただ、自分の未来に失望以外のものがあればいいと願っているだけだ。

「あなたの立場は難しい」ヴェルボーが言った。彼がそこにいたことを忘れていた。

「どういう意味かわかりませんわ」

「わかっているはずです」

あらそう？　あなたはいいわよね。ジャン・マルクとずっと一緒にいられるのだから。

「できるなら、あなたを楽にしてあげたい」ヴェルボーがそう言ったので、メグはひどく驚いた。彼はまっすぐ前を見つめている。「伯爵はあなたに好意を持っておられる。あなたをお望みだ。そして、他人には思いも寄らぬほど苦しい選択を迫られているのです」

「確かにそうです。お心づかいには感謝しますわ」

「伯爵はあなたを連れ去り、すべてを忘れたいと願われている」

メグは彼を横目で見て眉をひそめた。「ムッシュ・ヴェルボー、怪我《けが》をしているのですね」

「大丈夫です」ヴェルボーは左右の髪を後ろに撫でつけた。「なんでもありません」

だが、彼の頭の片側がみみずばれになっていて、血がこびりついているのが見えた。「なにがあったんです？　どうあっても話していただきます」

「そんなことはできませんよ、ミス・スマイルズ。それに、そんなことを言ってごまかさないでください。あなたも伯爵を求めている。なぜためらうのです？　あなたの望みをかなえる手助けをさせてもらえませんか？」

そんな途方もない申し出に対しては返事をする気にもなれない。「頭はどうしたのです？　誰に殴られたんです？」

「ばかばかしい。もちろんそんなことではないですよ。今夜は伯爵と一緒にいてください」

「わたしたちのことはほうっておいて」メグは言ってしまってから、ヴェルボーの誘導尋問に腹を立てた。「手当てをしてくれる人を呼んできます」

「あなたのレディ・ヘスターが伯爵を独占しているようです」ヴェルボーは言った。顔の側面の黒ずんだあざは髪では隠しきれない。「伯爵は礼儀正しい方だが、そう長いこと彼女につきあったりはなさらないでしょう。ミス・スマイルズ、伯爵はあなたとともに逃げなければならないのです」

メグはヴェルボーが始めたこの奇妙な会話を誰かが中断してくれないかと、まわりを見渡した。

「わたしは伯爵もご存じないことを知っているんです。信じていただけますか?」

メグはヴェルボーを見つめた。彼は明らかに襲われたのだ。「ええ」彼女は小声で言った。

「よかった。あなたに手を貸していただきたい。今夜伯爵とふたりでここを離れ、身を隠してほしいのです。ここにいてはひどく危険だ」

「わかりませんわ。わたしは何度か不幸な事故に遭いましたが、伯爵に害は及んでいません」

ヴェルボーはたじろいで顔に触れた。「われわれも最初はそう思いました。そしてあることを見逃していたのに気づいたのです。ねらわれているのはあなたではありません。あなたは巻きこまれたんです。あなたが原因で厄介な問題が起こっているのは事実です。とはいえ、今夜伯爵とふたりで逃げてください。あなたは邪魔な人間と思われているのです。伯爵に緊急事態だと納得させるのは大変でしょうが」

メグは後ずさりした。「頭を強く打ったんですね。お医者様に診ていただいたほうがいいわ」

「今はそんなことを言っていられますが、夜が明けるまでにはあなたの考えも変わるでしょう」

28

「こんばんは、お嬢さん」キルトをはいた人目を引く紳士がメグに話しかけてきた。豊かな白髪が彼のハンサムで若々しい顔にそぐわない。「ミス・メグ・スマイルズとお話しできるとうれしいんだが」

メグが眉をひそめると、紳士は頑丈そうな歯を見せてにっこり笑った。

「なぜわたしがきみの名前を知っているのか不審に思ってるんだね」彼は言った。「謎《なぞ》めいた理由が言えればいいんだが。残念ながら答えは簡単さ。人にきいたんだ」

「あら」メグは言い、ほほえみかえした。ベールで顔をほとんど覆い、少しのあいだ静かにマントラを唱えていたところだった。「知りたいことを知るには人にきくのがいちばんだと言いますものね」

「隣に座ってもいいかな?」

メグはこんなときにどうすべきか知らなかった。結局のところ、彼女は若くて保護者のいない未婚女性にすぎないのだ。「わたくしは王女様の――」

「デジレー王女の付き添い役だろう? ああ、それも知ってるよ。わたしみたいな男やもめが隣に座って王女の付き添い役と話したところでゴシップにはならんさ。もしきかれたらこう言えばいい――わたしは王女様に一曲踊っていただこうと思って来たとね」

　メグは脚を覆っている薄い銀色の布地をぎゅっと握りしめた。「なんとでも言ってください」

「ところで、ひとりのようだね？　瞑想《めいそう》でもしてたんじゃないのかい？」

「どうして……」なぜそんなことまで知っているのか尋ねるにはなんと言えばいいだろう？

「きみを見ていてわかったのさ。わたし自身も瞑想をする。インドで兵士をしてたころからだ。山にこもって非常に徳の高い人とともに修行できてうれしかったよ」

　メグは感心した。「うらやましいですわ」

「その」彼は言った。「邪魔してすまなかった。でも、きみと近づきになりたかったんだ。ちょっとばかり寂しかったんじゃないのかい？」

「たぶん」メグは答えた。本当のところ、メグは怖かった。どうやってジャン・マルクに伝えればいいのだろう？　ジャン・マルクに危険が迫っていて、わたしも邪魔者と見なされているために危険が及ぶかもしれないから、ふたりで逃げろとヴェルボーに言われたことを。

「心配ごとがあるんだね」紳士は言った。「ああ、失礼した。わたしはエディンバラのサー・ロバート・ブロディという。伯爵の父上であるジョルジュ大公とは親しい間柄だ」

「そうですの」なぜジャン・マルクはこんなに長いこと戻ってこないのだろう？

「きみはどこの家の出かな？」

　メグはどきりとしてサー・ロバートを見た。「父は、パックリー・ヒントンのスマイルズ牧師と申します。数年前に他界してしまいました。母は父より先に亡くなりました。ですから、どこの家の者でもありません」彼女は一度うつむいてから顔をあげてほほえみかけた。

　サー・ロバートはいまだ赤毛のままの眉をあげた。彼は勇ましい感じで、銀のボタンがついたベルベットの上着に包まれた肩は非常に広い。格子縞《こうしじま》の長靴下がたくましい脚を引き立てている。胸もとと袖口《そでぐち》はレースで覆われていた。「それで」彼は言った。「わたしのことをどう思う？　きみのお眼鏡にかなったかい？」

メグは頬を真っ赤に染めた。

サー・ロバートはメグが膝に置いていた手をそっとたたき、声をあげて笑った。「こんなずるい質問できみのような若いお嬢さんの気を引こうとするなんて、悪ふざけがすぎた。やもめ暮らしが長すぎて、きれいな女性と話したいときにどうすればいいか忘れてしまったのだ。きみはきれいだよ、ミス・スマイルズ」彼は声を落とし、真剣な顔をした。「きみともっと話をする機会が欲しい。きみさえよければ。わたしはこんな白髪頭だが、それほど年寄りではないんだ。妻の死がひどくこたえたようで、髪はそれを引きずっている証拠さ」

「さぞつらかったのでしょうね」メグは思いやりをこめてサー・ロバートを見つめた。彼が悲しそうな目で見つめかえした。「あなたはとてもハンサムだし、お若く見えますわ。その白髪、わたくしは好きです――気品がありますもの」

サー・ロバートは突然笑いだした。そしてメグの手をぎゅっと握りしめ、勢いよく言った。

「よろしいかな？」メグがうなずくと、彼は瞳に愉快そうな色をたたえて手にそっと口づけた。

「きみはすばらしい。とても純粋なんだね。こんな仕事はできるだけ早くやめたほうがいい。家族の愛情とぬくもりにあふれた静かな生活こそきみに必要なものだ。ところで、どうしてここにいることになったんだい？」

「話せば長くなりますわ」メグはジャン・マルクが姿を現さないかと周囲に目を走らせた。「原因の多くは、父の死後、姉のシビルとわたくしの生活が苦しくなったことにあります。自分で生計を立てなくてはならなくなったんです。でも、おかげさまで今では充分な収入があります」

「わたしはロンドンで開業している」サー・ロバートは言った。「外科医なんだ。好ましくない発言だったかな？」

「外科医のお仕事が嫌いなのですか？」

「非常に気に入ってるよ。ご心配なく。だが、優しいお嬢さんと話すには不適切な話題だ。毎年何カ月かはエディンバラで教えてもいる。だから、家がふたつあるんだ。ひとり身の男にとってはかなり手に余る」

「ええ、きっとそうでしょう」メグはサー・ロバートに好感を持った。しっかりと握られた手の感触も悪くない。間違いなく手など握られるべきではないが。白髪でありながら、笑うととても若々しい。赤い眉と青い目――そして興味をそそられる膝も好きだ。

「わたしと踊ってくれるかね、メグ？」サー・ロバートは言った。「見たところ、きみの王女は忙しいようだ」

メグはフロアにいるデジレー王女とアダムに目をとめた。互いにすっかり夢中で、ゆったりしたワルツを踊っている。この曲はふさわしくない。

「どうかな？」サー・ロバートが尋ねた。

「あの……ええ、いいですわ。少しのあいだなら」

さほど離れていない場所にいたジャン・マルクは怒り狂っていた。横に立つヴェルボーはメグを連れて一刻も早く逃げろなどと言っているし、メグはメグでサー・ロバートと楽しそうに踊っている。こみあげてきた怒りは爆発しそうだった。「おまえが心配性だとは知らなかったよ、ヴェルボー。逃げろだと？　今夜？　メグ・スマイルズを連れて？　正気とは思えない。いったいどうしたのだ？」

「これを」ヴェルボーは髪をかきあげ、生え際の血がこびりついた傷跡を見せた。「この傷をご覧ください。ここではお見せできないところにも怪我《けが》を負っています。低い位置にいた者から脚を蹴《け》られました。膝は二度ともとに戻らないでしょう」

「詳しく聞かせてくれ」ジャン・マルクは言った。「いったい誰がそんなひどいことを？」

「顔は見えませんでした。部屋が暗かったので。薄暗いなかで、レディ・アップワースとともに座っていたのです。するとマントを着たふたりの人間が現れました。やつらがランプを消したんです。レディ・アップワースは悲鳴をあげました。そして彼女は口をふさがれた。やつらはわたくしに、彼女を傷つけられたくなければ動くなと言いました。やつらの要求は明解です。伯爵がミス・スマイルズを連れてここを出ること。身を隠し、彼らが迎えに行くまで誰とも接触しないこと」

「いまいましいやつらめ」ジャン・マルクは言った。「傷の手当てをしろ。このことは他言無用だ。わたしをどうにかする自信があるなら、警告などしてこないはずだ」

「やつらの正体すらわからないのですよ」ヴェルボーは言った。

「アイラは」ジャン・マルクはヴェルボーのほうを見た。「アイラはどこにいるのだ？」

「ご自分の部屋です」ヴェルボーは言った。「ご無事ですが、ひどくおびえていらっしゃいます。レディ・アップワースはやつらが近づいてくるのさえわからなかったのです――でも、声は聞いている。わたくしの話を証明してくれるでしょう」

「証明など必要ない。おまえがわたしに嘘《うそ》をついたことなどないからな。おまえはどう思ってい
るのだ？　やつらは誰だ？　目的はなんだ？」

「伯爵の叔父上の仲間でしょう。ほかに誰がいます？」

「わたしになにかあれば、父は真っ先にルイを疑うだろう。だが、叔父が黒幕だとは思えない。
メグはどうして関係あるのだ？」

ヴェルボーは首を振った。

「なんだって彼女はブロディと踊っているのだ？」

「サー・ロバートは望ましい相手です」ヴェルボーは言った。「もっとひどいのをつかんでもお
かしくなかった。ミス・スマイルズは彼よりいい相手をつかまえられはしない。違いますか？」

ジャン・マルクはヴェルボーをにらみつけた。「どういう意味だ？」

「伯爵はすでにお父上を喜ばせるために結婚したりはしないと明言された。だが、お父上の認め
ない相手とは結婚したくない。伯爵は混乱しておられるのです」

「どのような女性であれ、父が認めるかどうかわからない」ジャン・マルクはぴしゃりと言った。

「父とてメグ・スマイルズのことを知れば認めるかもしれないが、その機会を与えてはくれない
だろう」

「やつらの言うことを聞いて逃げてください」ヴェルボーが言った。「そのあいだに大公を説得
できるかもしれません」

「あのふたりを邪魔してくる」ジャン・マルクはメグとスコットランドの紳士を見ながら言った。

「彼女はあの男の娘ほどの年齢だ」

「聞いてください、伯爵。あなたがお逃げになる手助けをさせていただきたいのです」

「逃げろだと？　ごめんだ。わたしをつかまえに来ればいい。もしできるならな。おまえは忘れているようだが、わたしは妹の面倒を見なければならないのだ」

「命がなくなれば、それもできなくなります」

「今の言葉は聞かなかったことにしよう。デジレーにはわたしとメグが必要だ。大いに惹《ひ》かれる話だが、メグを連れていなくなるわけにはいかない」

ヴェルボーは傷が痛むらしく顔をゆがめて言った。「ミス・スマイルズに夢中だということはお認めになるのですね？」

「そんなことは認めない。ひとりにしてくれ。アイラの様子を見てこい。彼女に落ち着くように言うのだ。心配するようなことはなにもない」

「伯爵――」

「行け。わたしは本物の恐怖を味わってきているんだ、ヴェルボー。灼熱《しゃくねつ》の砂漠を這《は》いまわったこともある。こんなことでひるむものか。しかしながら、敵の正体は突きとめるつもりだ。アイラは任せたぞ。わたしはメグを見てくる」

ヴェルボーに長いこと見つめられ、ジャン・マルクは従者がはじめて命令に逆らうのではないかと思った。ようやくヴェルボーが口を開いた。「わたくしを無視するおつもりなら、そうなさればいい。必要とあらば伯爵のために命を投げだす決意は変わりません」ヴェルボーは頭をさげて歩み去った。ひどく足を引きずっている。危険なことが進行しているのは間違いなく、その原因はモン・ヌアージュの大公位と関係があると考えられた。

ジャン・マルクは腕を組んで気を静めた。ヴェルボーは並みの従者ではない。あれほど揺るぎない忠誠心を持つ者はめったにいないだろう。

舞踏室のフロアでは、メグがブロディにほほえみかけ、無意識に魅力を振りまいている。いまいましい男だ。

「いい女ですな。妹君の付き添いの娘は」老齢の兵士がジャン・マルクに話しかけた。「そばに置いておくにはもってこいでしょうな？　主人にはささやかな役得があるに違いない」

ジャン・マルクは愚かな年寄りを殴り倒しそうになったが、メグを腕に抱いたときのことを思いだした。ささやかな役得だと？　わたしは彼女に結婚を申しこんだのに、断られたのだ。面倒を見るという申し出も受け入れてもらえなかった。

「サー・ロバートはたんまり金を持っておりますぞ」老齢の兵士が言った。

「へえ」ジャン・マルクはブロディについて詳しく知らなかった。

「外科医だそうですな。性格も温厚だという評判だ。二、三年前に奥方に先立たれたらしい。新しい妻を探すのも当然でしょうな。サー・ロバートの妻になれば、大切にされ、欲しいものはなんでも手に入る。むろん彼には子供がいないから、そのことも考えているでしょう。どうやらあの娘は彼の注意を引いたようだ。あの衣装は誰が考えたものやら。あの娘が動くたびに、少なからず肌があらわになる。あの胸ときたら……」老人はジャン・マルクの怒りに燃えたまなざしを見て忍び笑いをもらした。「男というのは独占欲が強いようですな。いや、あの娘の胸はたいしたものだ。ほかの部分も一度や二度は堪能《たんのう》してみたい。あなたはもうされたんでしょうね」

「失礼する」ジャン・マルクは言い、その場を去った。そのままシビルがハンター・ロイドと話しこんでいる場所へ向かう。アッシュは椅子に腰かけているが、心ここにあらずといった様子だ。ジャン・マルクは柱にもたれ、踊っている人々を眺めた。今夜はこれ以上の楽器の演奏はできない雰囲気になりつつある。

かみそりと馬車の事故は、少なくとも後者は、わたしをねらったものなのか？　メグはたまま巻きこまれ、わたしの代わりに怪我をしたのか？　ジャン・マルクは不安げに体を動かした。

ブロディはメグをやけにそばへ引き寄せている。そんなまねをされているのに、メグはとてもうれしそうだ。

よくない展開だ。妹はウイスキー蒸留所の後継者ではなく貧しい画家に関心を示している。事態はいっこうに思惑どおりに進まない。もっとも、わたしがほかのことに気をとられていなければ、うまくやれたはずだ。

招待客の数ははじめと変わっていない。これ以上ないくらいの騒がしさだ。誰もが楽しんでいるように見える。明日の朝には、この音楽会のことが噂《うわさ》になるだろう。

なかには、あからさまな情事にふける紳士淑女もいた。若者の前では度が過ぎる。今後は、振る舞う酒の量を少し控えよう。

人々はピアノと弦楽器の優雅な演奏を楽しんでいた。椅子が部屋から運びだされ、客のほとんどが踊っている。バリトン歌手とソプラノ歌手までが踊っている。バリトン歌手がソプラノ歌手の大きく開いた胸もとに砂糖菓子をわざと落として唇と舌で拾いあげると、女性歌手は喜びに体をくねらせた。

デジレーはここにいるべきではない。

メグは頬を上気させてくすくす笑いながら外科医から目をそらし、なにか言っている。ダンスをやめたいらしい。ブロディはメグの手をとってゆっくりとフロアをあとにするあいだ、ずっと彼女に話しかけていた。

ジャン・マルクのなかで見境のない怒りが爆発した。「ようやく戻ってきたか」ふたりが近づいてくると、ジャン・マルクはメグに言った。「役目を忘れていたようだな」

メグはジャン・マルクの前に来ると、目を見開き、不安そうな顔をした。「踊っているあいだも、王女様のご様子はうかがっておりました、伯爵」

「そうは見えなかったが」

「伯爵」ブロディが口を挟んだ。「責められる者がいるとしたら、それはわたしです。わたしがメグを無理やりダンスに誘いました。彼女は断ったのですが、いつでも王女様のご様子はうかがえると言って説き伏せたんです」

「彼女の名前はミス・スマイルズだ。そのようななれなれしい呼び方はやめてもらおう」

ブロディは肩をすくめた。もはやほほえんではいない。彼がハンサムだということに、ジャン・マルクはいやおうなく気づかされた。

「失礼してよろしいかな」ジャン・マルクは言った。

「では、また」ブロディは動じずに言った。「ミス・スマイルズ、きみの後見人がいないところで会いたい。お訪ねしてもよろしいかな?」

メグはブロディを見た。彼女が葛藤《かっとう》しているのを見て、ジャン・マルクはいささか胸のすく思いがした。メグは自分とシビルを養ってくれる夫を必要としている。この男は申し分ない候補者かもしれない。しかし、メグの求めている候補者ではないのだ。

「ええ」メグが答えた。「ええ、どうぞ。すばらしいことですわ。わたくしの自宅へおいでください。主人が使用人のお客様を歓迎するとは思えませんので」

「十七番地で会えばいい」ジャン・マルクは言った。メグがこの男と会うなら、わたしの目が届き、彼女の安全が守れるところにしてもらおう。

「なんてご親切なんだ」ブロディは言った。「公園を散歩でもしよう、メグ。乗馬でもいい」

「彼女は乗馬はしない」ジャン・マルクは言った。「それに馬も持っていない」

「ちょうどいい」ブロディは言った。「わたしが教えてあげよう、メギー・スマイルズ。うちには小さな灰色の雌馬がいる。きみにぴったりだよ。また来るから、そのとき細かいことを決めよう」

「無理でしょうな」ジャン・マルクは言った。自分がなにを言おうとしているかも、あとで後悔するはめになることもわかっていたが、抑えることができなかった。「ぜひお寄りいただきたい。だが、われわれは忙しいのです。メグには寸暇を惜しんで働いてもらうだけの手当を払ってあるのでね」

29

シビルはハンターから離れると、メグに駆け寄って腕を絡ませた。ふたりは、ジャン・マルクが舞踏室のフロアを横切ってデジレー王女のところへ向かうのを見守っていた。彼は身をかがめて王女の耳になにかささやくと、手を彼女の腰にあてて追い立てた。

残されたアダムはジャン・マルクの後ろ姿を見つめていた。ジャン・マルクの威圧的な雰囲気を感じて、人々が道を空ける。すべての人がジャン・マルクを目で追っていた。

「伯爵はアダムの気持を傷つけたわ」シビルが言った。

「アダムはお姉様が思っているより強いわ」メグはそう言ったが、ジャン・マルクに対する激しい怒りが酸のように喉を焦がしていた。「伯爵は妹君のためを思っているのよ。王女様はとてもお若いから」

「あなたは伯爵を愛しているのね」シビルがつぶやいた。

メグはシビルのほうを見た。姉が非難しているのは否定できない。「サー・ロバート・ブロディにはお目にかかった？」メグはなんとか話題を変えようと尋ねた。「とてもいい方で、わたしに興味をお持ちかもしれないの」

「彼はあなたに興味を持っているわ」シビルはいらいらした口調で言った。「でも、あなたは彼に興味を持っていない。メギー、伯爵はあなたにふさわしくないわ。あの方は……こういうことはよくわからないけれど、あの方はある意味あなたを求めていると思うの。でも、あなたを妻にするつもりはないのでしょう？」

「そうね。でもそれが唯一の手段だとしたら……」メグは言おうとしていた言葉をのみこんだ。

「お願い、シビルお姉様。その話はしないで。こんなつらい目に遭うのははじめてだけれど、冷静さを失わないと約束するわ。お姉様こそ、ムッシュ・ヴェルボーをじっと見つめるのはやめたほうがいいわよ。彼はお姉様の相手としては世間慣れしすぎているわ。ふたりの差は埋まらないでしょうね」

シビルは顎をあげ、メグに向かって眉をひそめた。「憎まれ口なんてあなたらしくないわよ。ムッシュ・ヴェルボーには興味を引かれるわ。あなたが言うように、とても世間慣れしているようね。そのせいで見とれてしまうのかもしれない。ねえ、いいこと？　あの人を見たいと思ったらそうするわ。わたしはおとなしいけれど、想像力がないわけじゃないの。いろいろ想像して楽しんでいるわ。もちろん、あの人とわたしが合わないことくらい承知のうえよ」

シビルの口から反抗的な言葉が飛びだすことはめったにない。メグは目をしばたたいて言った。

「よかったわ。それなら安心ね。怒らせるつもりはなかったの。ごめんなさい」

「いいのよ」シビルは首を振った。「ふたりともつらい思いをしているんだし……ああ、メグ、王女様はピアノも歌もご披露されていないわ。とても努力なさったのに」

「お姉様が努力したのよ」メグはつぶやいた。「伯爵はこういうことが得意ではないのね。かわいそうな方。この件はお話ししておくわ」

「間に合わないわよ」

「わかってる。でも、また機会があるわよ」

ハンターが心配そうに近づいてきた。ひどく深刻な顔をしている。「なにかあったようだね。ぼくにはわかるんだ、メグ。頼む、ここでいやな思いをしているなら、七番地に帰ってきてくれ」

「それはできないわ」メグは言った。「でも、ありがとう、ハンター」

「なぜできないんだい？　その……お金のためかい？　もしそうなら、そんなことを心配する必要はない」

シビルは自信をなくし、今にも泣きだしてしまいそうだった。

「ありがとう、ハンター」メグは言った。「わたしたちはなんとかうまくやっていくけれど、あなたとレディ・ヘスターのご厚意は決して忘れないわ」

「ぼくはただ……」ハンターの頬に赤みが差した。「きみたちの個人的な問題に口を挟んですまなかった。伯母を捜してくるよ。家に帰りたがっているといけないから」

「ハンター」シビルが呼びかけたが、彼は行ってしまった。

「落ち着いて」メグは言った。「大丈夫よ。少し自尊心を傷つけたかもしれないけれど、ハンターはとてもいい人だもの。お姉様が優しい言葉をかけてあげれば、彼はきまり悪さを忘れてしまうわ。彼はお姉様が大好きなんですもの」

シビルは勢いよく扇を動かした。「ばかね、メグ。ハンターはわたしたちのことを妹のように思っているだけよ。そのうちに、花嫁となる人を連れてくるわ」彼女は真剣な顔になった。「その女性が彼と同じくらいすばらしい人だといいけれど」

メグはこれ以上なにか言う自信がなかった。シビルを見るハンターの目に愛情が宿っているのは誰の目にも明らかであり、それは兄が妹に対して抱くようなものではない。

「兄と妹で思いだしたわ」メグは言った。

シビルがメグの顔をのぞきこんだ。「なに?」

「デジレー王女を助けに行ったほうがいいと思うの。ジャン――伯爵が王女様をひどくおしかりになるかもしれないから。どうしても泊まるのがいやなら、必ずアダムやミス・アッシュと一緒に帰ってね。明日また会いましょう」

メグはシビルのもとを去ると、いまだひしめき合う人々をかき分け、やっとのことで比較的涼しい回廊へたどり着いた。そして王女の部屋に直行した。ジャン・マルクは、今夜妹が節度を欠いた振る舞いをしたことについて山ほど言いたいことがあるに違いない。

ジャン・マルクは短気だ。ふたりきりでいるあいだですらそうだが――そしてメグにはそのときのことが忘れられなかったが――怒っていても、どこか不安げなのだ。

葉飾りから落ちたピンクの薔薇《ばら》が床に散らばっている。舞踏室から出た招待客たちが、笑ったり互いにもたれかかったりしながら階段をおりていった。開け放った玄関の扉から冷たい夜気が入りこんできたのが感じられ、馬車が屋敷の前に着いては去っていく音が聞こえた。

メグは立ちどまって人々を見つめた。貴婦人たちのマントの襟もとや袖口《そでぐち》や裾《すそ》には白鳥の羽毛があしらわれている。そして耳たぶや胸もとや手首には宝石が輝いていた。衣装は数時間着ていたせいで少ししわになっていたが、それでもすべてが贅沢《ぜいたく》極まりない。メグは王女の部屋に向かって歩きだした。ジャン・マルクが彼女のためにつくらせた銀色の紗《しゃ》の衣装をまとっていると、神秘的な気分になる。われを忘れたいと思ったら、ときどきこれを着てみよう。いつかこの服が、二度と味わえない時間のたったひとつの思い出になるかもしれない。

心理学の授業のときに見せてもらった古代の本の翻訳には、なんと書いてあっただろう？　人の心はよくも悪くもなる。ものを見極める力があれば、心は解き放たれ、その結果よくなるのだ。よい心と解放を目指してもっと頑張らなくてはならない。そうすれば、手に入らないものを欲しがらなくなるだろう。おそらく。

サー・ロバート・ブロディは訪ねてきてくれる。メグはそう確信していた。まだよく知り合っていないが、彼には好意を抱いている。サー・ロバートはメグに寂しくはないかと尋ねたが、実のところ、自分は寂しいので生活をともにしてくれる妻を探していると語ったも同然だ。彼との生活は悪くないだろう。

しかしそれも、ジャン・マルクの思い出を消し去ってはくれない。

自分がしようとしている苦渋の選択を受け入れられるだろうか？　それとも、一生ジャン・マルクを求め続けようか？

彼と結ばれる日が来るのだろうか？

自分の飽くなき欲求について考えるのはやめ、王女様の心配をしよう。異母兄から厳しいおしかりを受けているに違いない。わたしがジャン・マルクの望みをくじいたせいで——少なくともふたつの申し出のどちらもはねつけたせいで、彼の怒りが増大したのは間違いない。

ほかにもわたしを手もとに置いておく方法があれば、ジャン・マルクはわたしとの結婚を望まないはずだ。愛する男性をそんなふうに縛りつけておきたい女がいるだろうか？

王女の棟は静まりかえっていた。メグは廊下へ出ると、立ちどまって耳を澄ました。なにも聞こえない。ジャン・マルクを誤解していたのかもしれない。彼は自分の部屋へ帰ったか、招待客を見送るために戻ったかしたのだろうか？　彼の姿は見ていない。わたしとすれ違うことなく自分の部屋か玄関へ向かうのは困難だ。

廊下のいちばん端にある王女の居間の扉が開き、ジャン・マルクが出てきた。いまだに黒いローブをまとった彼は静かに扉を閉め、メグのほうに顔を向けた。

メグはジャン・マルクを見つめたが、彼は立ち去るように手ぶりで示した。

「ハリバット」メグはつぶやいた。ジャン・マルクは灰色と白の大きな猫を抱えている。「だめ」彼女は小声で言った。「その子を連れていかないで」

ジャン・マルクはきびすを返してメグとは反対の方向へずんずん歩いていった。マントと頭巾《ずきん》をなびかせている。

メグは走りだした。愛するハリバットをジャン・マルクにとりあげられたら、王女の胸は張り裂けてしまう。大声で叫びたい。だが、ここで休んでいるメイドを起こすのはいいとしても、王女は眠っていてジャン・マルクの仕打ちに気づいていないのかもしれないと思うと、それはできなかった。

ジャン・マルクが廊下の突きあたりを曲がった。メグがそこにたどり着いたとき、彼の姿はなかった。涙がこみあげてくる。頭巾がずり落ちてきたが、かまわず髪飾りごとはずして先を急いだ。次の角まで来ると、立ちどまって息をついてからそこを曲がった。

黒いひらひらするものがメグの視界を横切った。ジャン・マルクは、彼女も見たことがある短い通路へ入っていった。その先には上にあがる狭くて曲がりくねった階段があり、以前は使用人の住居だったが今は貯蔵庫として使われている場所へ続いている。

メグは階段の下に着くと小声で呼びかけた。「ジャン・マルク、待って。お願い」だが、彼はほとんど階段をのぼりきっており、振りかえろうとしなかった。

ジャン・マルクがどうあっても残酷な仕打ちをするつもりなら、わたしにはとめられないかもしれない。だが、とにかくやってみなくては。メグは急いで階段をのぼった。階段はだいぶ傷んでおり、踏み段の中心がすり減っている。手すりがないので、暗闇《くらやみ》のなか壁を手で探りながら進んだ。

階段の上の扉は閉ざされていた。

メグの頭にひどく恐ろしい考えが浮かんだ。あそこには屋根窓がある。ジャン・マルクはハリバットを屋根窓から外へ出し、自力でおりる道を探させるつもりかもしれない。猫が死んだとしても、機会は与えてやったと言うことができるように。

いいえ。わたしの知っているジャン・マルクはそんな人ではない。

メグは扉を開け、なにかかたいものにぶつかってしまいそうな暗い闇のなかへ踏みだした。闇が黒い帳《とばり》のように感じられる。彼女は立ちどまって聞き耳を立てた。子供が唇を吸うような音がかすかに聞こえてくる。メグはわが身をきつくかき抱いてささやいた。「ジャン・マルク？　どうしたの？」

扉がばたんと閉まり、声が響いた。「待っていたよ」

メグは身じろぎもせずに立ちつくし、気を張りつめてジャン・マルクの気配を感じとろうとした。彼がどこにいるかわかるはずだ。ふたりのあいだには強く引きつけ合うものがあるのだから。だが、今はそれが感じられない。「わたくしはここです」彼女はそう言ったものの、ひどくどきどきしていた。「今夜はいろいろありましたわ。でも、気持が高ぶっていたからといって、デジレー王女を責めないでください。あの方には今まであまり楽しいことがなかったんです。本当にそうだと思いますわ」

「黙れ」

メグは体を震わせ、ジャン・マルクがどこにいるか見定めようとした。目がまだ暗闇に慣れていないのだ。

「今夜ひとつ学んだだろう？　人には生まれながらに身分があり、自分の身分をわきまえるだけの分別が必要なんだ」

「どこにいるのです？」メグは言った。「なぜこんなふうに話をするんです？」

「静かにしろ」

「ハリバットはどこです？」

頬をしたたかに殴られ、メグの目に涙があふれた。痛みのせいではない。激しく動揺しているのだ。

「さあ、言われたとおり口を閉じる気になったか？」

この人はジャン・マルクではない。

わたしの居場所を誰も知らない。ああ、わたしは……わたしはここで息絶え、長いこと見つけてもらえないのだ。「あなたは誰？」

反対側の頬を殴られ、メグはうずくまった。この人物は——それが誰であれ——メグの問いに答える気はないようだ。殴られるよりは黙っていたほうがいい。

「ダンスはできるか？」

「ダンス？」

「聞こえただろう。踊れるか？」

「少しなら」

「いいだろう。きれいな女が踊るところを見たい」

たちまちメグは筋肉質の腕をまわされて抱き起こされた。顔にかかる息がブランデー臭い。男の手は彼女を支えるだけでなく、この機に乗じて触れられたくない部分を這《は》いまわった。

「やめて！」メグは言った。

男は忍び笑いをもらし、衣装の裾をたくしあげてメグの肌を撫《な》でまわした。彼女は振り払おうともがいたが、男は声をあげて笑い、胴着《ボディス》の下にぐいと手を差し入れた。「伯爵が目をとめたのも当然だ」彼は言った。「これならどんな男も満足するな。メロンは至るところで育てられている。おまえの乳房がメロンだとしたら、さぞやいい金になるはずだ。賭《か》けてもいいが、こいつはどんなメロンよりいい味だろう。味見しないとな、ん？　そうしてほしいか？」

「放して」メグはかすれた声で叫んだ。

男はメグの一方の胸の頂を痛いほどきつくつまみ、彼女をテーブルの上にのぼらせた。「心配するな」彼は言った。「このテーブルは大きいんだ。充分に踊れるさ」

メグはがたがたと震え、なにも考えられなかった。

「さあ、踊るんだ」男は言った。

「どうして？　どうしてこんなことをするの？」

「すぐにわかるさ」男は答えた。「踊れ」

メグは脚を動かすことができなかった。

腰をぎゅっとつねられ、びくりとした。そして足を引きずるように動かす。

「だめだ、だめだ。足をあげろ。ほら、靴を脱げ。こんなものは邪魔だ」男はメグの腰をつかんで靴を脱がせた。

メグは震えながら嗚咽《おえつ》をもらした。怒りがこみあげてくる。

「これが役に立つぜ」男は言った。「人間あたたまれば気持がほぐれると言うからな」

松明《たいまつ》の炎がゆらめいた。

メグは卒倒しそうだった。この男に恐ろしいことをされそうになっているのに、逃げ道がない。

「これを使って楽しもうぜ」男は言い、松明の油を振り落として火の勢いを弱めた。「松明を振るから、それを飛び越えて踊るんだ」

「やめて」メグは言った。「お願い、やめてください。衣装に火がついてしまうわ」

「消せばいい」

「どうかここから出して」

炎がゆっくりとメグの裸足《はだし》の足に迫ってくる。彼女はスリットの入ったドレスを膝まで持ちあげた。炎の熱がメグの脚をあぶる。

「踊れ」男の声が大きくなった。「踊れ。踊るんだ。さあ」

男がメグの足めがけて松明を振り、彼女は跳びあがって炎をよけた。

「ほかのものに火が燃え移ってしまうわ」メグは言った。この声に聞き覚えはない。「燃えるとしたら、おまえだけだ」男は落ち着き払って言った。「だが、注意するよな?」

男は松明を握ったまま遠ざけると、メグに近づいて頭を押さえつけた。唇を奪われ、メグは吐き気を催した。

男はつかんだときと同じようにいきなりメグを放した。再び炎が足首に迫ってくる。メグはまたもや跳びあがった。男は頭巾ですっぽり顔を覆っており――そのせいでジャン・マルクと見誤ったのだが――松明の明かりがあっても、正体を見極めることはできなかった。

「まったく不名誉だ」男は言った。「まったく時間の無駄だ。命令されてやってるんだからな。どうして楽しまないわけがある? 服を脱いでもらおうか」

メグの肌は冷たくなり、こわばった。

「言われたとおりにしろ」

「いやよ」わたしを裸にしたければ、自分ですればいい。松明を握っていては難しいだろう。

ボディスの前身ごろに男の指がかかった。メグが身をよじって逃れると、男は暗闇のなかでうなり声をあげた。

「おれではご不満というわけか? 満足できるのは私生児の伯爵だけなんだな。ちくしょう。跳べよ。もう一度跳んでみろ」

男が松明を何度も振りまわし、メグは必死に動きをとらえて跳びあがった。そのたびに、炎が肌を焦がす。

「おまえの口から聞きたい言葉がある」男は言った。「まず、こう言うんだ。わたしはここにふさわしくありません。ほら、言ってみろ」

松明が足にあたり、メグは悲鳴をあげた。だが、命じられたとおりその言葉を口にする。

「よろしい。次はこうだ。わたしは卑しい者です。身のほど知らずでした。思いあがったまねをして申し訳ありません」

今度はメグも即座にくりかえした。

「だんだんよくなってきた」男は言った。「言え。わたしはここを出ていきます。今夜。どうにかして伯爵も一緒に出ていかせます」

「どうやって——」

炎がメグの足首をあぶり、彼女は再び悲鳴をあげた。

「どうにかして伯爵も一緒に出ていかせます」男が言い、メグはくりかえした。「心配するな。手はずはすべて整っている。おまえは伯爵を説き伏せるだけでいい。おれのことはしゃべらずにな。これはみんなおまえが考えたことなんだ。わかったな？」

「だめよ、そんなことできない——きゃあ」

「言うことを聞かないと、痛い目に遭うぞ。今度こそわかったな？」

「わかったわ」

「いい子だ。もう一度キスしてやろうか？」

シビルとアッシュをエスコートしなければならないことも忘れ、アダムは先に伯爵の屋敷を出て七番地へ帰ってしまった。

「ミスター・チルワースなどいなくてけっこう」アッシュは帰り支度ができると言った。「広場に人っ子ひとりいないわけじゃないんです。もう帰ってくれと促されるのはごめんですよ」

シビルもエスコートなしで家に帰ることに不安はなかったが、ずっと年上の女性と一緒にされるのはいやだった。

シビルとアッシュが屋敷を出るとき、レンチが尊大な態度で頭をさげた。そして彼はすぐにもっと重要な客のほうへ注意を向けた。

「メグが帰るかもしれないと思っていたんです」石畳まで来ると、シビルは言った。

「早く七番地へ戻るように彼女を説得したほうがいいですわ」アッシュは言った。「そして、あなたたちふたりはパックリー・ヒントンへ帰るのです」

シビルは疲れていたので言いかえすこともしなかった。

「公園を抜けていきましょう」アッシュは言った。「夜のこのくらいの時間は香りがすばらしいですよ」

シビルはアッシュに、真夜中過ぎの公園を何回くらい歩きまわったことがあるのか尋ねそうになった。そんなことをきいても意味はないだろう。

ふたりは腕を組み、エトランジェ伯爵の屋敷の前の板石敷きの道を横切って公園に続く丸石敷きの道へ出た。アッシュの言ったとおり公園の花々がいい香りを漂わせている。「夜気が気持ちいいですね」シビルは言った。「美しい夜だこと」

アッシュがなにかぶつぶつ言った。

「バッグズ牧師についてメグが言ったことを考えてみたほうがいいですよ」シビルは言った。

「あなたがひとりぼっちでいるとは思いたくありませんもの」

「わたくしはひとりでいてもこのうえなく幸せです。ご心配なく」アッシュはどんどん先へ歩いていった。「バッグズ牧師がわたくしに関心を持つことなどありません」

「そんなことわかりませんわ」シビルは言った。「まあ、ミス・アッシュ、あれ」シビルはアッシュをぐいと自分の脇《わき》に引き寄せた。「誰かがこちらに来るわ」

アッシュが鼻を鳴らした。「ここは公の遊歩道ですよ。どうして来ちゃいけないんです？」

厚手の外套《がいとう》を着てシルクハットをかぶった背が低くずんどうな人物がやってくる。ふたりのそばまで来ると、男は杖《つえ》で帽子の縁を押しあげた。「こんばんは。早く家へお帰りなさい。こんな時間にご婦人が外にいるもんじゃない。悪党がうようよしてるからね」男はがみがみ言った。

「ありがとうございます」シビルはそう言ったが、声がうわずっていた。

「なんだって？」男は尋ねた。そしてシビルの言葉を聞きとろうとするかのように頭を傾けた。

「ずいぶんと声が小さいね、お嬢さん」

アッシュがシビルから腕を振りほどいて言った。「急がないと、ミス・スマイルズ」

「それには及ばんよ」男はそう言うと、そのまま通り過ぎるのではなく、シビルに腕をまわして耳ざわりな大声で歌いはじめた。

シビルは男の丸々とした腹を押してもがいた。

すると男はシビルをさらにきつく抱きしめ、千鳥足で歩き始めた——シビルの行きたい方向とは逆の方向へ。

シビルの首に濡《ぬ》れた服があたり、滴が外套の襟のなかへゆっくりと落ちる。むかつくようなきつい酒のにおいに、彼女は歯を食いしばった。

男はシビルの耳もとに顔を近づけて言った。「一緒に楽しもうや、お嬢さん。よし、一曲歌ってやろう。河からあがった哀れな娘」男はわめいた。「肌が真っ白だったとさ。ただし青くないところだけ。河からあがった哀れな娘。ほら、あんたも歌えよ」

男がよろめくと、シビルも一緒によろめいた。懸命にもがいても、男の手から逃れられない。シビルは男とふたりきりになっていた。アッシュは逃げてしまったようだ。シビルはどうにか後ろを振りかえったが、アッシュの姿は影も形もなかった。

恐怖が体じゅうに染み渡る。脚が震えて力が入らず、動かすこともままならない。

「おれの行きつけのところへ行こう」男は言った。「すぐそこだからよ。まったくみんなわかってやしない。楽しくやれる場所を探してるなら、近くにあるだろって話さ。河からあがった哀れな娘」男は大声で歌った。「肌が真っ白だったとさ。ただし青くないところだけ。指は魚のごちそうだ。河からあがった哀れな娘。手にも足にも指はなし。小さな鼻はもぎとられ。みんなみんな水の底。娘の夢も、手の指も、足の指も、小さな鼻も」

シビルは悲鳴をあげようと口を開いたが、革手袋をはめた手にふさがれた。地面から薄い靄《もや》が立ちのぼっている。ふたりは七番地からいちばん遠い出口から公園を出た。十七番地に主人を迎えに行く馬車はどんどん少なくなっていた。

「おれに寄りかかんな、お嬢さん」男は言った。「誰も助けに来やしないよ。どうしてかって？

誰だって酔っ払いはひと目でわかるし、酔った女に情けをかけるもんかね。こいつは酔っ払いだ！」男は叫んだ。「酔った女房なんかと誰がかかわるもんか」

シビルは再びもがいて男の向こう脛《ずね》を蹴飛《けと》ばした。よろめいて男の腕から逃れ、かたい玉石敷きの道に倒れた。

「ほらほら、だめだよ」男はシビルの上にかがみこんだ。男が覆面をしているのがわかった。

「いい子だから立つんだ」男の声の調子が変わった。

「いやよ」シビルはあえぎながら言った。

「やめろ」聞き覚えのある怒鳴り声が響いた。「やめろと言ったんだ。すぐに警官が来るぞ」

「なんだと……」シビルを襲った男は帽子を落として後ずさりした。「そんなわけないだろう。だまされないぞ」

ウィリアム・ゴドリー・スマイスが――冷えこむ闇のなかで彼のシャツの袖がかすかに光っている――男に飛びかかった。地面に倒れていたシビルが見あげると、驚いたことにまたいとこは何度もこぶしをくりだしていた。シビルのところに生あたたかい液体が飛んできた。それが見知らぬ男の血だと気づき、彼女は嫌悪感を催した。

「わかった」男が叫んだ。「わかったって。もう充分だ」

シビルが次に聞いたのはどすんどすんという重たい足音だった。ウィリアムが見おろしている。先ほどの男はシルクハットをかぶりながら逃げていった。

「もっと前に行動を起こすべきだった」ウィリアムがひとりごとのようにつぶやいた。「ぼくはいったいなにをしていたんだ？」

シビルはやっとのことで体を起こした。またいとこが傍らにひざまずいた。

「かわいそうに、シビル」彼は言った。今し方の騒動のせいで動揺しているようだ。「頼むから、そのままじっとしていてくれ。ぼくが連れて帰ってあげよう」

ウィリアムに抱きあげられたので、シビルはあわてて自分で歩けると主張した。

「だめだ」彼は言った。「歩かせるわけにはいかない。怪我《けが》がないかどうか確かめるまではだめだ。骨が折れていないかもね。メグはどこだい?」

「メグが十七番地にいなければならないことは知っているじゃない」

「きみを七番地に連れて帰って落ち着くのを見届ける。それからメグを呼びにやるよ」

ここで口論して体力を消耗するのはやめよう。

ウィリアムは七番地に着き、シビルを抱えて階段をあがると、静まりかえった家のなかへ入った。

「どうしてわかったの?」シビルはそう尋ねてからすぐに続けた。「ミス・アッシュね、当然。彼女があなたを呼んでくれてとても助かったわ」この男のことは大嫌いだけれど、助けてくれたことには感謝している。

「彼女はもう休むと言っていた」ウィリアムは言った。「変な女だ」

「いい人よ」シビルは言った。「もうおろしてちょうだい、ウィリアム」

ウィリアムはシビルの言葉など耳に入らないかのように彼女を抱いて階段をあがり、7Bへ入った。そして、古ぼけた薔薇色の長椅子にシビルをおろした。すぐに彼女のボンネットのリボンをほどき、頭からはずしてやる。彼はシビルの顔をのぞきこむと、やかんを火にかけた。「お茶を飲むといい」ウィリアムは言った。「それに、汚れた顔をふくのにお湯で湿らせた布がいるな。あの酔っ払いになにかかけられたのかい？」

「お酒だと思うわ」シビルは強い臭気に困惑しながら言った。

ウィリアムは布を湿らせ、顔や首をぬぐわれるのを拒もうとするシビルの手を払った。ほどなくやかんから蒸気があがったので、彼は紅茶をいれて彼女にカップを渡した。「それを飲んで椅子の背にもたれかかるんだ。きみにかける毛布をとってこよう」

ウィリアムは寝室に入り、上掛けを持って戻ってくると、それをシビルにかけた。

彼女は感謝しながら紅茶を飲んだ。ウィリアムの気づかいのおかげで心が落ち着いてくる。感謝しているとはいえ、依然として彼を好きにはなれなかった。

「教訓を学んだだろう？」ウィリアムがきいた。

「ええ、そうね」シビルは言った。「ひとりで出歩かないわ──夜には、二度と」

「まったくだ。そんなことはしちゃいけない。シビル……」彼は近づいてきて、長椅子の上の彼女の足もとに腰をおろした。「シビル、この気持をどう伝えればいいのかわからない。なにから話せばいいだろう。ぼくはどうしようもない男だ。肝心なときにうまくしゃべれない」

彼を黙らせるべきなのに言葉が出てこなかった。

「きみはすばらしい人だ。子供のころからそうだった。ぼくは物心ついたときからずっときみを愛してきた」

血液が体を循環するのをやめてしまったかのようだ。シビルは身じろぎもせずに座っていた。

「ぼくは永遠にきみを守りたい。目覚めた直後に見るのも、寝る直前に見るのも、きみの顔であってほしい。きみこそ、愛したいと望み、夢見てきた人だ。それなのに、きみに対してずっとよくない態度をとっていた。怒鳴ったり、要求したり。許してくれるかい？　さっきも言ったように、ぼくはどうしていいかわからないんだ。思いのたけをきみに伝えるすべを見つけられずにいる」

シビルはウィリアムの真摯《しんし》な顔を見つめ、いい方法はないものかと思った。ウィリアムを傷つけたくはないけれど、彼の愛に応《こた》えるわけにもいかない。

「ぼくは女の子に話しかけたり、女の子といちゃついたりするのが苦手な少年だった。不器用なことが長年の悩みの種だ。気持を伝えられないにしても、お父上が亡くなったあともあの家に残ってくれるようにきみに懇願すべきだった。きみが去って以来、ぼくは永遠の罰を申し渡されたような気分なんだ。だから、きみがどんな暮らしをしているのか常に知っておくようにしていたのさ」

「ありがとう」あまりにそっけなく聞こえる。これがシビルに言える精いっぱいの言葉だった。

「どういたしまして」ウィリアムはシビルの手からカップと受け皿をとると傍らに置いた。そして彼女の冷たい手をとって唇にあてた。「愛している、シビル。これからもずっと。お願いだ、ぼくの妻になると言ってくれ」

30

十七番地の前に着ける馬車はもはやなくなった。ハンター・ロイドはありがたく思った。ありがたく思えることなどほかにはないも同然だ。

ぼくのことをまじめで責任感はあるが情熱とは無縁だと思っている大勢の友人知人に、ひと泡吹かせてやりたいと心から思うときがある。

責任感はある。そして情熱的でもあるのだ。あいにく、さまざまな責任のおかげで自分のなかの別の一面を――情熱的な一面を――探る機会がほとんどない。

ちくしょう。

いやな役目はみんな押しつけられる。ハンターはメグを捜しだしてシビルが公園で襲われたことを伝えなければならなかった。そしてシビルは助けてもらったあの下劣なウィリアム・ゴドリー・スマイスのプロポーズを受ける気になりつつあると。

ゴドリー・スマイスが使いを頼みにやってきたときには、あのにやけた間抜け面を見て、普段は決して座らない被告人席に座るはめになるようなことをやらかしそうになった。

靄《もや》が濃くなったが、地面の上でどんどん広がり、一メートルほどの高さまでしか立ちのぼらない。そのせいで、気味の悪いことに鈍い足音はしてもまったく響かないのだ。ついていないことに、アダムは眠っているか、もしくはふてくされているかだ。おそらく後者だろう。アダムはデジレー王女の肖像画を描《か》くという実入りのいい仕事をものにした。しかしあの愚か者は王女をものにできないからといって絶望しているらしい。

ハンターは十七番地の階段をのぼって扉の前に来た。そして鍵《かぎ》がかかっていないのがわかるとほっとした。伯爵家のもったいぶった執事、さらに言うならこの家の誰とも相対する気にはなれない。入りこんだことについてなにか言われたら謝ればいい。簡単なことだ。

荘厳な玄関ホールには、ほのかに明かりがともっていた。

なぜいちばん厄介な問題について考えなかったのだろう？　どこに行けばメグに会えるのか見当もつかない。それに、真夜中に他人の家をこそこそ歩きまわっていい道理がない。どう考えても謝るだけではすまないだろう。

それでもメグを見つけなければならない。メグがいてくれれば、シビルもウィリアムのしつこい要求をはねつけられるだろう。シビルがあのうすのろと無理やり結婚させられるのを、メグが許すはずがない。

ハンターは大きな中央階段――そこには、しおれた薔薇《ばら》のついた緑の葉飾りがだらりと垂れさがっている――まで来るとゆっくりとのぼった。使用人が舞踏室の片づけをしているはずだ。なかに入り、忘れ物をしたふりをしてメグがどこにいるかきいてみよう。

舞踏室の扉はほんの少しだけ開いていた。隙間《すきま》からかすかな光がもれている。

ハンターは扉を押してなかに入った。そして無意識に後ろ手に扉を閉めた。

薄暗い部屋のなかは、ぞっとするほどひどい散らかりようだった。グラスがあちこちに散乱している。壁際の絨毯《じゅうたん》にまで転がっていた。食べかけの料理が載った皿は、それに飽きた招待客が捨て置いたままになっている。椅子はてんでんばらばらの方向を向いており、いくつかは倒れていた。テーブルクロスは斜めにずり落ち、その下には割れた食器が転がっている。散らばった花びらがケーキのかけらと一緒にダンスフロアの床にこびりついていた。壁に飾られていたリボンはずたずたに引き裂かれている。あたり一面に酒のにおいが漂っていた。

だが、使用人の姿はどこにもない。

「ロイドか?」ハンターに呼びかけたのは伯爵の声だった。「なにか用か? みんな帰ったぞ」

伯爵はハンターの右手にいるので、扉が開いていたとしても見えなかっただろう。

「ほかにも方法はあるが正直に話すのがいちばんだ。「メグ・スマイルズに話があるんです。どこにいるのかわからないので、ここから捜そうと思って」

「もう休んでいるはずだ。彼女の仕事は容易ではない。睡眠が必要だ」

「ちょっとおかしなことになっているんです、伯爵」ハンターは攻撃的にならないように言った。「メグがいろいろと不愉快な目に遭っていることは知っています。ぼくは彼女と知り合って二年になるんです。メグは穏やかに暮らす穏やかな女性と言える。彼女に危害を加えようとする者がいるとは実に意外です」

エトランジェ伯爵はいまだに黒いローブを着たまま、青い綾織《あやお》りの布が張られた小さな長椅子に寝そべって足を投げだしていた。片方のこぶしで頭を支えていて、少しも気持が休まらないように見える。「なぜ彼女に危害を加えようとする者がいると思うのだ?」彼は言った。

「その答えは伯爵もご存じのはずです」

「一連の事故は……ただの事故だろう。二度と起こらないかもしれない」

ハンターは伯爵を見おろした。フランス風の、もしくは彼の祖国風のハンサムなやつだ。女性はいつも自分が神秘的だと思いこんだものにだまされる。「伯爵、これ以上心配する必要はないと思っているのですか？　メグの身に起きたことは、たまたま驚くべき偶然の一致でひとりの女性に降りかかったのだと？」

「くそっ、そんなわけはない」頭が手から滑り落ち、伯爵は金箔《きんぱく》をはられた木の肘掛けにこめかみをぶつける寸前のところで、みっともなく体勢を立て直した。

伯爵はほろ酔い加減のようだ、とハンターは思った。「ウィリアム・ゴドリー・スマイスをご存じですか？　メグとシビルのまたいとこです」

「煩わしい男だ」

「ええ、その煩わしい男がシビルに結婚を迫っているんです。さっきシビルが帰宅する途中、また不運な出来事がありました。男が彼女に近づいて連れ去ろうとしたんです」シビルがそんな忌まわしい目に遭ったかと思うと、ハンターは嫌悪を催した。「助けたのはゴドリー・スマイスでした。彼はその直後にシビルとメグを保護しなければならないと言いだしたんです。それも早急にと。そしてずうずうしくもぼくのところに来て、メグを捜してきてほしいと言いました。間違いなく、ロンドンに家を確保し、シビルをそこへ連れていって――妻として――住まわせるつもりです。もちろんメグも一緒だとほのめかしていました」

「そんなことをさせてたまるか」エトランジェ伯爵は体を起こして長い脚をおろすと、それが珍しいものであるかのように自分の足をじっと見つめた。「ふん。メグ・スマイルズはわたしと一緒にいる。この家にいるのだ。彼女はまたいとこのことなど好きではない」

「好き嫌いは関係ないんです。ゴドリー・スマイスという男は、当然ながら動揺しているシビルと、そしておそらく姉妹の経済的な問題につけこんで自分の思いどおりにしようとしているんですから。そもそも、シビルに求婚したからといって、誰があいつを責められます？」

伯爵が見あげたので、ハンターはシビルへの自分の好意が明らかになったことに気づいた。

「まあ、そうだろう」伯爵は腕を大げさにさすっている。「この舞踏室の有様を見てくれ。ひどいものだ」

「そう言わざるえませんね」ハンターは同意した。「使用人は伯爵がお休みになったものと思って、朝になってから片づけることにしたんですよ」

「いや、違う。わたしが追い払ったのだ。騒がしいといったらなかった。頭ががんがんする。はた迷惑なわめき声やら音楽やらを聞きすぎたせいだ」

赤ワインやらマデイラワインやらなんやらを飲みすぎたせいだ、とハンターは思った。

伯爵が手をあげた。「あれはなんだ？　くそ。まだうろついているやつがいる。運がよければここへは来るまい」

回廊から、足を引きずる音ときぬずれの音が聞こえてくる。ハンターは後ずさりして近くの椅子に腰をおろした。不機嫌な主人のほかにも誰かとでくわしたいとは思わない。

「音をたてなければ行ってしまうさ」伯爵はささやいた。

「あるいは、この部屋に誰もいないと思って入ってくるかもしれません」ハンターは言った。

伯爵はベルトに差した短剣をまさぐっていた。短剣が具合の悪い位置にあるようだ。「いまいましい知ったかぶりの弁護士みたいな口調だ」彼は言い、息を吸いこんだ。「まったく」

「弁護士ですから」ハンターは指摘した。「怪我《けが》をなさらないでくださいよ、伯爵」

「入ってくるぞ。くそっ」

ハンターが身じろぎもせず座っていると、扉のひとつがゆっくり開いた。闖入者《ちんにゅう》は扉を閉めなかった。

「ハリバット！」切羽つまったようにささやく声がした。「ハリバット、いるの？ おいで、ハリバット」立て続けにキスをするような音が続いた。「おいで、いい子ね。メグのところへいらっしゃい。新鮮なお肉を探してきてあげるわよ。おまえの好きなキドニーパイも少しね。出ておいで、ハリバット。もう怖い思いはさせないわ。痛っ。痛い！ ねえ、出てきてちょうだい、ハリバット。クリーム菓子《シラバブ》だって探してきてあげる。だーい好きよね。体によくないけど、ちょっとなら食べてもいいわ」

エトランジェ伯爵はすでに立ちあがっていた。ハンターは伯爵が自分と同じことを考えているのがわかった――メグを驚かせたくない。

メグはかがみこむようにして障害物のあいだを移動し、優しい声で猫に呼びかけている。ハンターは立ちあがって伯爵の腕をそっとたたいた。こちらに顔を向けた伯爵に、回廊のほうを指さしてメグに気づかれないうちに出ていこうと伝えた。

不運にも、次に聞こえたのは短剣が長椅子にあたってがちゃりという音だった。

メグがさっと振り向いた。

「心配しなくていい」伯爵は言った。まだひそめている声はかすれていた。「ここにいるのはきみの友人だけだ、メグ、ほかにはいない。探すのを手伝おう……その、ハリバットを」

「ああ、驚いた」メグは仰天して言い、どさりと椅子に座りこんだ。ジャン・マルクとハンターがいるなんて。メグは足首が隠れていることを確かめた。この暗がりでは火ぶくれに気づかれる心配はない。火傷《やけど》はひどく、ずきずき痛んだ。

メグは動揺していた。彼女をだましてあとを追わせたあの恐ろしい男は、始めたときと同じように突然乱暴をやめた。最後にもう一度、ジャン・マルクを説得してふたりで即刻逃げるように念を押すと、立ち去ったのだった。メグがテーブルからおりて靴を拾いあげ、階段を這《は》いおりたときには、男の姿はなかった。奇跡的に、もしくは思惑どおり、メグの足の裏は無傷だったものの、体重をかけるたびに、そして衣装の裾《すそ》がこすれるたびに、足首に激痛が走る。

ジャン・マルクは素早くメグに歩み寄った。傍らに立つと、メグの顎に指を添えて顔をあげさせた。「もう休んでいなければならないのに。夜が明けたら、きみはきわめて忙しいんだ」

今夜のジャン・マルクの言動はまったくどうかしている。「仕事を怠けるつもりはありません」メグは言った。ばかげているかもしれないが、ジャン・マルクはこの機会を利用して、サー・ロバート・ブロディが訪ねてきても早く切りあげるように念押ししている気がした。「ハリバットが――あの子が王女様の部屋から逃げだしたのです。連れ戻さなければなりませんわ」暴漢が立ち去るとすぐ、おびえた猫は隠れていた場所から飛びだしてメグの脇《わき》を駆け抜けていったのだ。

「伯爵」ハンターが口を開いた。「よろしければ――」

「もちろんかまわない」ジャン・マルクは言った。「話の続きは夜が明けてからにしよう。それから、もう一方の件についてもそうしてもらえればありがたい」

ハンターはもう衣装を着ていなかった。メグは彼をじっと見つめた。ハンターは狼狽《ろうばい》している。

「なにかあったの?」彼女はハンターに尋ねた。

「ええと……いいや」

「きみはいい人だ、ロイド」ジャン・マルクは言った。メグの顔から目を離そうとしない。「朝になってからでかまわないだろう? え?」

ハンターがたてた音は同意と受けとれた。

メグの意識は遠のいていった。肌が冷たくなる。額をぬぐうと、汗をかいているのがわかった。

「具合が悪いようだな」ジャン・マルクは言い、メグの傍らに片膝を突いた。「メグ、わたしのほうを見てごらん。まったく、部屋が暗すぎる。わたしを見るのだ」

メグは支えていられないほど頭が重く感じられたが、言われたとおりにした。「ひどい目に遭いました」彼女は言った。「あなたは本当のことを話せとおっしゃるでしょうから、今申しあげたほうがいいでしょう。なにもなかったふりをする元気が残っていないんです。ハンター、シビルお姉様にはなにも言わないと約束して」

ハンターはジャン・マルクのそばに立ってメグをのぞきこんだ。「約束する。約束するよ」彼は言った。「なにがあったんだい?」

「襲われたの」その言葉が引き起こす衝撃を考えて、メグは一瞬口をつぐんだ。「わたくしは王女様のお手伝いをしようとお部屋へ向かっていました。そして王女様の居間から出てきた男を見て、あなただと思ったんです、伯爵。あなたは――男はハリバットを抱いていました。伯爵はあの子をどこかへやってしまうおつもりかもしれないと心配になり、あとを追ってかつて使用人の住まいだった部屋へ行ったんです。そうしたら、男が――その正体はわかりませんが――襲いかかってきました。そしてわたくしを殴ったのです」

「なんてことだ」ジャン・マルクはつぶやいた。「よく見せてごらん」

メグは顔をあげた。「体に受けた傷より心に受けた衝撃のほうがひどかったですわ」彼女は言った。

「あざになっている。見てくれ、ロイド。そのけだものがメグを殴りつけたのだ」

「男はわたくしをテーブルにのせて踊らせました。松明《たいまつ》を突きつけて無理やり踊らせたんです」

完全な沈黙が訪れた。

ハンターがメグの片手をとり、こすってあたためた。

「信じられない」ジャン・マルクは言った。彼が頬に触れると、メグは痛みを感じた。「男はきみに火傷をさせたのか？」

「はい」控えめに言ったところで意味はない。「足首と足の両側に」

「くそっ、火傷だなどと」ジャン・マルクは言った。「それでもきみはここまで猫を捜しに来たのだね？　ほかになにを……男はきみにほかにもなにかしたかい？」

「男は」メグはうつむいた。「男は頭巾《ずきん》をかぶっていて、それで顔を隠していました。誰なのかわかりません。でも……話し方からしてイギリス人ではないようでした」

「メグ？」ジャン・マルクは指の背のほうでメグの顎を何度も撫《な》でた。「男の服装や話し方をきいているのではない――それも知りたいが。男がほかにもなにかしたかときいているのだ」

「キスをしました」メグはささやいて身を震わせた。「ほかにも無礼なことを。でも、男は松明を持っていたので自由に動けなかったんです」

ハンターがメグの手を強く握りしめた。

「きみは休まなければいけない」ジャン・マルクはメグに言った。「わたしはこの屋敷にいる犯人を見つけださなければならない。彼が激高しているのがわかった。わずかな明かりのもとでも、きみの助けは貴重だ、ロイド。メグが姉上の幸せについて案じる必要はないと思うが、ともかくきみがなんとかしてくれるだろう」

「もちろんです。すぐ七番地に戻ります」

「ありがとう。明日、家の者とともにウィンザーへ移るが、その前にきみと話し合うことにする」

「仰せのとおりに」ハンターは言った。

ジャン・マルクはすでに全神経をメグに注いでいた。「ヴェルボーを起こして火傷の手当てをさせよう。失礼する、ロイド」ジャン・マルクはメグを抱きあげると舞踏室をあとにした。そして何度もメグの顔をのぞきこみながら、ヴェルボーの部屋へと向かった。

ハンターは、メグを抱いて階上へあがるエトランジェ伯爵を見守った。使用人に対してそこそこの責任感と相応の関心を抱いている主人の態度とは思えない。伯爵が妹君のお相手役に惹《ひ》かれているのは間違いない。そうなれば、メギーが悲しむことになる――彼女が伯爵に夢中になっているのだとしたら。

今夜できることはなにもない。できることがあるとしてだが。あとでメグが助けを必要としたとき力になってあげるのが、ぼくにできる精いっぱいのことだ。ハンターは階段を駆けおり、靄がかかってじっとりとした夜の闇《やみ》へ飛びだした。湿った土と夜露に濡《ぬ》れた薔薇の香りに顔がほころんだ。公園を赤いものがさっと横切ったので、彼は即座に神経を研ぎ澄ました。

女が広場の反対側へ走っていく。ハンターは気づかれないようにと願いながらあとを追った。

本能的に怪しいと感じた。女は公園を出て通りを渡り、七番地の階段をあがっている。あれはレディ・アップワースだ。彼女は一度見れば忘れられないし、音楽会では言葉も交わしている。

彼女は玄関の前でうろうろしていて、どうしてよいかわからない様子だ。ハンターは行動を起こすことにし、急いで近づいた。「レディ・アップワース？」彼は聞こえるくらいの大きさではあっても相手をおびえさせない愛想のいい口調を心がけた。「ハンター・ロイドです。エトランジェ伯爵のお宅でお会いしましたね」

レディ・アップワースははっとして振りかえり、喉に手をあてた。

ハンターは笑顔を張りつかせて彼女の隣に立った。「失礼ですが、ずいぶん夜遅くにおいでになりましたね。なにかご用でも？」

ハンターが見た赤いものはレディ・アップワースの衣装だった。彼女は衣装の上からマントをはおっている。「お恥ずかしいわ」彼女は言った。ハンターはちゃりちゃりという音を聞いて、レディ・アップワースの衣装の裾には金貨形のスパンコールがついていたことを思いだした。

「先ほど気になることを耳にしましたの。なにかしなければならない義務はないけれど、どちらのミス・スマイルズも大好きですし、大変なことに巻きこまれないようにわたくしがおふたりを救ってあげられると思ったのです」

ハンターは眉をひそめた。レディ・アップワースは非常に美しい顔をしている。彼はそういう顔を見ても冷静さを失わずにいるすべを心得ているが、彼女のきれいな瞳には誠実さが表れていた。それに、落ち着かない様子からして、良心がなにをしろと告げたにせよ、できれば情報を提供したくはないようだ。

「シビルと話をしなければなりません」彼女は言った。「姉妹のまたいとこのミスター・ウィリアム・ゴドリー・スマイスが今、彼女のところにいるかどうかご存じ？」

ハンターは自分の鍵で扉を開け、レディ・アップワースをなかに導いた。そして声をひそめて答えた。「いると思います。ぼくもご一緒しましょうか？　シビルとメグは二階に住んでいるんです」

レディ・アップワースは考えこんでから言った。「ご迷惑でなければ、お願いします」彼女は先に立って階段へ向かった。「美しいわ」彼女は言った。「この人たちはどなたなんです？　階段の手すりや親柱に彫られている人たちは？」

「ぼくの先祖ですよ」ハンターは苦笑して言った。「たいした人たちじゃないけれど、この屋敷の建築家が――伯母の祖父なんですが――一族の者たちは非凡であり、こんなふうに後世に残す価値があると考えたんです。これらがその建築家を彫ったものだそうです。ほら」彼は同一人物と思われるいくつかの顔を指さした。「サー・セプティマス・スピヴィです。ぼくは彼に似ているらしいから、容姿には恵まれなかったというわけです」ハンターは笑い、レディ・アップワースのあとから階段をのぼった。

レディ・アップワースは再び立ちどまって言った。「赤ん坊が彫られているのね。悲しいですわ。幼くして亡くなったんでしょうね。これには……」彼女は顔を近づけた。「この顔には目鼻が彫られていないわ。子孫の顔を彫るためかしら」

「おそらく」７Ｂに着いたので、ハンターはほっとした。「ここがメグとシビルの住まいです。扉の下から明かりがもれている。またいとこがまだいるようだ。彼をご存じなんですか？」

レディ・アップワースは美しい顎をあげた。「面識はありません。彼はわたくしのことが好きではないのです。だから、あなたにいていただけるとありがたいわ。わたくしのために。そしてシビルのために」

「同席しましょう」ハンターは言い、扉をノックした。

すぐさま扉が開くと、ウィリアム・ゴドリー・スマイスが立っていた。「そろそろだと思っていた」彼は言い、ふたりに入るよう促した。「ぼくは忙しいから、早いところ話をすませなきゃならないんだ。きみのことは引きとめないよ、ロイド。だが、メグ……」ゴドリー・スマイスははっとして身をこわばらせ、レディ・アップワースを見つめた。「きみはメグじゃない」

「ええ」彼女は言い、部屋に足を踏み入れた。「わたくしはミス・スマイルズを訪ねてきたの。ミスター・ロイドはここにいて、あとでわたくしを十七番地まで送ってくださることになっているのよ」

「こんばんは、レディ・アップワース」シビルが言った。部屋の中央に立った彼女は困惑している様子だ。

「ぼくはメグを連れてきてくれと言ったんだぞ、ロイド」ゴドリー・スマイスが言った。ハンターは自分がこの男を嫌っていることにもはや疑いを抱いていなかった。「彼女はどこだ？」

「休んでいると思う」ハンターは答えた。本当のことはなるべく言わないほうがいい。「寝室に押し入ってさらってくるわけにはいかないだろう？　なにを話さなきゃならないとしても、明日の朝まで待つんだな」

ゴドリー・スマイスはレディ・アップワースを注意深く見つめている。彼女のほうも同様だった。彼女は、ゴドリー・スマイスが明らかにあわてているのをおもしろがっているかのように唇の両端をあげた。「またお会いできてうれしいわ」彼女は言った。「昔のことを語り合う時間をつくらなくてはいけないわね。だって、わたくしたちふたりとも、おもしろいことにかかわったんですもの」

「シビルは疲れているんです」ゴドリー・スマイスは言った。「こんな時間に訪ねてくるなんて、礼儀をわきまえているとは言いがたい。お引きとりください」

「あなたの最近のお話をうかがえないってわけ？」

ゴドリー・スマイスの健康そうな顔色がどす黒く変わった。「シビル、もう休んだほうがいい。できるだけゆっくり寝るんだよ。話は夜が明けてからにしよう。あまり早い時間でないほうがいい」

「賭博場《とばく》では相変わらず負けていらっしゃるのね」レディ・アップワースはゴドリー・スマイスに言った。「賭事《かけごと》からなかなか足を洗えない人っているのよ」

ハンターは興味をそそられ、ふたりのあいだの言葉による闘い、そして無言の闘いを見守った。「ぼくは意志の強い男だ」ゴドリー・スマイスは言った。「レディ・アップワース、あなたこそ乏しい財産を減らし続けているのではないんですか？」

彼女は笑い声をあげた。「とんでもない、わたくしは改心したのよ。それにしても、トビー・

ショートのところで見たあの見苦しい光景は一生忘れられなくてよ。あなたはいかさまをとがめられて、負けた分を払えなかった」

「よくそんなことが言えますね」ゴドリー・スマイスはこわばった低い声で言った。「別の方とお間違えですよ」彼は意味ありげにシビルのほうへ目をやった。

レディ・アップワースは考えこんでいるようだった。「そうかもしれないわ」ついに口を開いた。「ああいう場所では似たような騒動がよくありますものね――あったと言うべきかしら。わたくしが愛する夫を失った悲しみを忘れるために騒々しい場所に出入りしていたのは、ずいぶん昔のことですもの」

ゴドリー・スマイスはうなずいた。「そうでしょう。シビル、ぼくは下に行ってバッグズ牧師のところに泊めてもらえるように頼んでくるよ。きみの近くにいないと気が休まらないからね。困ったことがあれば、すぐにぼくのところへ来るんだよ」彼は探るような目でまずレディ・アップワースを、次にハンターを見つめ、扉へ向かった。「上に戻れよ、ロイド。レディ・アップワースはぼくがお見送りする。今は人と話をするような時間じゃない」

確かにそろそろ退散すべきだ。「きみがそう言うなら」ハンターはゴドリー・スマイスに言った。伯爵も夜が明ける前にシビルがゴドリー・スマイスのプロポーズを受けるかどうか知りたいわけではないようだった。ここに残っていても、どうにもならない。

「おひとりでどうぞ、ミスター・ゴドリー・スマイス」レディ・アップワースが言った。「ミスター・ロイドが送ってくださいますから。でもその前に、明日のことでシビルに伯爵のご指示を伝えなければなりませんの」

ゴドリー・スマイスはレディ・アップワースをシビルのもとに残していきたくなさそうだった。しかし、シビルに笑いかけてレディ・アップワースに頭をさげると部屋を出ていった。やがて、階段をおりていく彼の足音が聞こえた。

「とても遅い時間ね」レディ・アップワースがシビルに言った。「でも、あなたのところへ来なければならなかったの。ミスター・ロイド、これ以上あなたをお引きとめできません。どうかお休みください。シビルとわたくしはいろいろと話がありますから」

「待っていますよ」彼は言った。「あなたをひとりで帰すわけにはいきません」

「大丈夫ですわ」レディ・アップワースは言い、マントの懐から拳銃《けんじゅう》をとりだした。そして、すぐにまたしまいこんだ。「自分を守るすべは身につけなければならなかったんです。わたくしは心得ておりますわ」

ハンターはシビルが息をのむ音を聞いた。彼も武器を見て驚いていたが、少なくともそういったものには慣れている。もっとも、女性が手にしているのを見るのははじめてだった。「シビルとふたりきりになりたいんですね」彼は言った。「わかりました。でも、あなたからお呼びがかかるのを自分の部屋で待っています。いくらあなたが大丈夫だと思っても、こんな時間にひとりで十七番地へ帰るなんて問題外ですよ」

ハンターが後ろ手に扉を閉めると、シビルは腰をおろした。そして両手に顔をうずめた。

「よく聞いて」レディ・アップワースは言った。「あなたのまたいとこがいつ戻ってくるかわからないから。長いあいだあなたをひとりにしておくとは思えないわ。わたくしが一緒となればなおさら」

シビルは顔をあげた。「もう遅いですわ、レディ・アップワース。とても疲れているんです」もはや自分が正しい判断ができるかどうかわからない——なにに対しても。

「元気を出して」レディ・アップワースは言った。「わたくしだって口では言えないほど疲れているのにやってきたのよ。あなたたちには助けが必要だから。あなたたちに危険が迫っているの。だからわたくしは危険を冒すことにした。あなたたちを救うために。あなたとメグはエトランジェ伯爵のもとで働くのを今すぐやめなければならないわ」

シビルは悪寒を感じた。身も心も疲れきっていて意識を失いそうだ。

「わたくしの言ったことがわかって、シビル？　ここから逃げなければならないわ——遠くへ」

メグがいてくれたらいいのに。だが、なんとか強い態度で臨まなくては。妹がいたらとるであろう強い態度で。「よくわかりました、レディ・アップワース」シビルは言った。「でも、ご心配なさらないでください。わたしたちは大丈夫ですから。おかげさまで、今では暮らしもだいぶ楽になりました。うまくやっていけますわ」

「違うのよ」レディ・アップワースの口調が厳しくなった。「わたくしの話を聞いてくれていないのね。あなたたちに危険が迫っていると言ったのよ。そうとうな危険が。逃げる手はずは整えてあげる。あなたたちが経済的に困っていることは知っているわ。でも、援助してあげるから。充分なお金を得られるようにするわ。わたくしにはできるし、そうするつもりよ」

シビルの疲れはどこかに行ってしまった。彼女はレディ・アップワースの顔を注意深く見つめ、真意を確かめようとした。

レディ・アップワースがほほえんだ。「言うことを聞いたほうが賢明だとわかってきたようね。

シビル、あなたたちを助けられなかったら、わたくしは決して自分を許すことができないわ」

シビルはスカートを撫でつけ、思いも寄らなかったこの問題にどう対処すべきか考えた。「なぜわたしたちが危険にさらされているとお思いなのですか？　わたしたちはとるに足りないありふれた人間です。わたしたちを不幸にして得をする人などいませんわ」

「あなたと妹さんはありふれてなどいないわ」レディ・アップワースは言った。「あなたたちには才能がある。あなたのその穏やかさは魅力的だし、妹さんはわたくしが長い年月のあいだに出会ったなかでいちばん個性的だわ。殿方が惹きつけられるのも当然ね。だからこそ、ふさわしい人に出会う機会を持たなくては」

シビルはレディ・アップワースが好きになれなかった。「メグにはとてもふさわしい方がいるんです。サー・ロバート・ブロディですわ。外科のお医者様で、妹に関心をお持ちなんです」

「まだ早いわ」

「なんですって？」シビルは言い、眉をひそめた。「まだ早いってどういう意味です？」

レディ・アップワースはマントを後ろに払って腰かけた。「一度会っただけでふたりの仲が進展すると思うのは早計だと言ったのよ。シビル、まじめに聞いてちょうだい。情報源は明かせないけれど、いくつかのことから判断すると、あなたたちはある人にとって邪魔な存在だから、命が危険にさらされるかもしれないわ」

「それは誰です？」シビルは腕をさすった。体じゅうに鳥肌が立っている。

「ジャン・マルクは夜が明けたら家の者を連れてウィンザーへ行くつもりよ。あなたたちを――もちろん、わたしくも一緒に連れていって、あそこでデジレーにふさわしい催しを開くに違いないわ。彼はリバーサイドの屋敷にいれば、みんな安全だと思っているのよ。敵から身を守るにはそのほうがいいとね。わたくしはそうは思わないわ。ジャン・マルクは動転してしまってものごとをきちんと考えられなくなっているのよ。真相に向き合うのが怖いんだわ」

シビルは震えながらきいた。「真相とは？」

「ああ、わからないわ」レディ・アップワースは顔の前で手を振り、いらだたしげに言った。「なんらかの恐ろしい陰謀が進められているのよ。次々にいやな事件が起こっているわ。みんなのことが心配だけれど、あなたとメグのことは特によ。あの屋敷にいる者の数をできるだけ減らすことね。こっそりもぐりこんでいる者や臨時に雇っている者の、身元を確かめたほうがいいかもしれないわ。まずは、あなたたちにとってどうするのがいちばんいいか話し合いましょう」

「その必要はないと思います」シビルはきっぱりと言った。「そろそろ休ませていただきたいのですが」

レディ・アップワースは立ちあがってマントを脱いだ。なんと魅力的な姿だろう。そのあでやかさに目が吸い寄せられてしまう――わたしとは大違いだ。シビルは、比較をしようとした自分がおかしくなった。

「わたくしは裕福ではないわ」レディ・アップワースは言った。「でも、このばかげた騒動が解決するまでおふたりに不自由をさせないだけの財産はあるの」

「ご厚意はありがたいのですが、わたしたちにはお金など必要ありません」恥ずかしがっている場合ではない。貧民扱いして当然と見なされているのだと思うと、品位を傷つけられた気がした。

「あなたたちがどういう状況にあって、なぜそうなったのか話してちょうだい」

この人には慎みというものがない。「話すつもりはありませんので」シビルは言った。

「経済的に豊かでないことを恥じているのね。わたくしの前で恥ずかしがることなんてないわ。わたくしだってお金に困ったことがないわけではないもの。わたくしはお金と結婚したのよ。さあ、ばかげた自尊心は捨てて。手短に説明してちょうだい。なにがあったの？　あなたたちはパックリー・ヒントンで暮らしていて、お父様は牧師、資産家の牧師だったのよね」

シビルは考えてから口を開いた。「そのとおりです。父は裕福な家の出でした」

「そして、あなたとメグが遺産を受け継いだのでしょう？」

どうしてかはわからないが、レディ・アップワースはその答えをすでに知っているようだ。そんなことはどうでもいいのかもしれない。「わたしたちには信託財産が遺《のこ》され、充分な支給金がもらえることになりました。家やそのほかの地所はいちばん近い男の親類であるウィリアムが相続したんです。家は男子が相続するものと決まっていますから。困ったことに、数カ月前、支給額が減っていくことになると知らされました。父はわたしたちが今ごろまでには結婚していると思っていたのです。その様子がないので、この先お金を受けとれるとしても、額はかなり減ってしまうと説明されました」

「そうだったの」レディ・アップワースは透き通った赤い衣装をなびかせて部屋を歩きまわっていた。顔をしかめ、洗練された眉のあいだにしわを寄せている。

「なんとかやっていけますわ。支給金と働いた報酬で、充分暮らしていけます」

「お気の毒に」レディ・アップワースは言った。「あなたたちは育ちがいいのだから、こんな生活はふさわしくないわ。わたくしがこれから話すことを他言しないと約束してちょうだい」

命令以外のなにものでもなかった。レディ・アップワースには高圧的な雰囲気がある。人が自分に従うのは当然と思っているのだ。

「さあ、シビル、約束してちょうだい。わたくしもあなたの力になると約束するわ。わたくしを信頼してよかったと思うはずよ」

「今も信頼していますわ」シビルは即座に答えた。本当だろうか？「辛辣《しんらつ》なことを言っていても、本当はお優しいんです」彼女は怖くなって黙りこんだ。

レディ・アップワースはころころと笑った。「そうかしら？　そうね、おっしゃるとおりよ。さあ、どうかよく聞いて。わたくしがウィリアムと賭博場で会ったことがあると話していたのは聞いたわね」

「はい」そういった場所については耳にしたことはあるが、どういうところかは想像もつかない。

「あそこは愚か者が賭博で、払いきれない額のお金をすってしまう最低の場所よ。あら、もちろん大金を失ってもまったく懐が痛まない大金持のどら息子もいるわ。でも、そうでない者はひと晩の負けで身を滅ぼすこともある」

「でも、ウィリアムは違いますよね？」シビルは尋ねた。「賭博に興味は持っても、相続してあんなに満足していた財産をふいにしたりはしないはずです」

「彼には得る権利のない財産をね。そうでしょう？」

「権利はありますわ」シビルは抑揚のない声で言った。「男性ですから。ウィリアムにはあり、メグとわたしにはないんです」

「ひどい話ね。女ってなにかにつけてそういう目に遭うんだもの。ウィリアムは賭博にそうとうのめりこんでいたの。きっと今でもよ。最後に彼を見かけたのはその手の場所だったわ。あの人、いかさまをとがめられていたの。不愉快だし、評判にかかわることだわ」

「とがめられていた?」シビルは言った。「でも、事実だと証明されたわけじゃないんでしょう」

「彼をかばうなんて驚きだわ」

「親族ですもの」

「そうね。でも、あのときは間違いではなかった。告発は正しかったの。いいこと? あの人が賭《か》けたのは家よ。パックリー・ヒントンの家。そして彼は負けたの」

ウィリアムがあのランチハウスを賭けた? そして失った? でも、そんなことをするはずが――できるはずがない。「ありえませんわ。ウィリアムがそんなことをするはずありません」

「したって言ってるじゃない。でも、いかさまを暴かれた。そこに住んでいる限り、家は彼のものと言えるけれど、売った場合の収益はあなたたちと平等に分けなきゃならないんだもの」

シビルもメグもそういう条項があることは知っている。だが、ウィリアムが家を売るとは思わなかったので、気にもしなかったのだ。落ち着いてこれからどうすべきか考えたい。「どうかその話を表沙汰《おもてざた》にしないでください」シビルは言った。

レディ・アップワースは幾重にもなった赤い紗《しゃ》をなびかせてシビルに駆け寄った。そしてシビルの両肩に手をかけた。「この話が人にもれる心配はないと言っているでしょう――ここだけの話にしないと。あなたたちは危険にさらされているとも言ったわよね」

「ウィリアムのことですか?」シビルはささやいた。

「彼が自分の名誉を守るためになにをする気なのかはわからないけれど、死に物狂いになっているから、必要だと思えばなんだってするわよ」

「確かに、父の遺言はあなたのおっしゃったとおりになっています。その条項はウィリアムが家を手放さないように加えられたものですわ」

「でもミスター・ゴドリー・スマイスは手放すつもりだと思うわ。賭博の借金はそうそう待ってもらえないから、一刻も早く行動を起こさなければならなかったのよ。彼はあなたに求婚した。それが第一段階というわけね」

シビルは声をひそめた。「そして、家を売ったお金のうちわたしの分が彼のものになる」

「そう。でも、まだメグと彼女の分のお金をなんとかしなきゃならない。どうする気かしら？」

「ウィリアムはメグがわたしたちと一緒に住み、彼の親切に対する見返りとして家を売ったお金を受けとる権利を放棄すると期待しているのでしょう。メグはそんなことしませんわ」

「あなたのためでも？　メグはそうしたほうがあなたのためだと思うんじゃない？」

「メグは賢明です。なにが最善かはわかるでしょう。わたしのために遺産を放棄させるわけにはいきません」

「それで、あなたはどうするつもりなの？」

「ウィリアムのプロポーズを受けます、もちろん」

31

ジャン・マルクはメグをおろしたくなかった。腕に抱いているあいだは、メグの身を案じなくてすむ。

頭がさえない。赤ワインの飲みすぎだ。こんなことはめったにないのだが、なにかのきっかけで腹が立ったときのことを思いだすたびにまた腹が立つので、気を紛らしていないと自分の行動を抑制できなくなりそうだった。

「歩けますわ」メグは言い、おろしてもらおうと体を動かした。

ジャン・マルクの腕のなかで身動きすると、彼の欲望を呼び覚ますようなことをすると、どれほど危険か彼女にはわかっていない。

ジャン・マルクの欲望はすでに目覚めていた。「きみを抱いていくよ、メグ。ヴェルボーなら医者を呼んだほうがいいかどうかわかるだろう」

「お医者様はけっこうです」メグは言い、再び身をよじった。「少し火ぶくれになっているだけですもの。お医者様もわたくしができる以上のことはしてくださいませんわ」

「メグ」ジャン・マルクは立ちどまって彼女の体をさらに上に引き寄せた。「わたしの胸に頭を預けてくれ。きみを感じていたい。わたしがどれほどきみを感じ、きみがそばにいてくれると確信したいか、きみには決してわかってもらえないだろう」

メグは目を見開いてからまぶたをおろし、唇をわずかに動かした。黙りこくっていることもできたのに。ジャン・マルクは彼女の眉に優しく口づけた。メグはなにごとかささやくと、ゆっくり目を閉じた。体の力を抜いてもたれかかったのがわかる。

「きみはわたしから逃げようとしている」彼は息をついた。「わたしから逃げだしたいのだ。きみを傷つけないという言葉を信じていないから」それも無理はない。

ジャン・マルクは長い廊下の突きあたりまで行き、ヴェルボーの部屋に続く控えの間に入ると、立ちつくした。

「ピエール？」ジャン・マルクは眉をひそめた。「なにをしている？」

「ムッシュ・ヴェルボーに呼ばれたときのために待機しているのです」ヴェルボーの机の椅子に座っていたピエールは言った。そしてメグを見て尋ねた。「なにかいたしましょうか？」

「ああ。わたしがヴェルボーを起こしてくるまで、ミス・スマイルズを見ていてくれ」

「承知しました《ウイ・ムッシュ》」ピエールはそう言ったが、困惑した様子で立ちあがった。

「ミス・スマイルズは瞑想《めいそう》しているのだ、ピエール。彼女はこういうことに習熟していて、神経をなだめるために実践する。静かに座らせておいてやるのがいちばんんだ」

「仰せのとおりに」ピエールは言った。「ミス・スマイルズに手のことをおわび申しあげたいと思っておりました」

「気持はわかる」ジャン・マルクは言った。「だが今夜はだめだ。わたしはすぐに戻る」

「ムッシュ・ヴェルボーを起こさないほうがよろしいかと思います」ピエールが言った。「お加減が悪いので」

ジャン・マルクは紫と金の縞模様《しま》のシルクが張られた長椅子にメグをそっとおろした。「酔っているのか？　まったく、ありがたいことだ。あいつがほんの少しの酒で具合が悪くなるのを見るのははじめてではない」

「ムッシュ・ヴェルボーが襲われたことはお聞きになっていますよね？」ピエールは言った。彼の上着とズボンは上等な黒い毛織物《カージミヤ》で、首にスカーフを東洋風に巻いている。実にしゃれていた。

「ヴェルボーはわたしのところに来たんだ」ジャン・マルクは言った。「音楽会の最中に。少々とり乱していたが、あいつはあれよりひどい目にも遭ったことがある」彼は寝室へ入っていった。天蓋《てんがい》つきの寝台の脇《わき》には、ろうそくの明かりが揺らめいている。天蓋は濃い紫色のベルベットだ。ジャン・マルクは歩み寄って従者をのぞきこんだ。「なにが……またなにかあったのか？　おまえは――」

「舞踏室でお会いしたときより、傷だらけでしょう？」ヴェルボーはゆがんだ笑みを浮かべた。「新しい友人が、ここで――わたくしの寝室で待ち構えていました。わたくしにやるべきことを思いださせたかったのです」

「わたしをロンドンから出ていかせろと？」

「はい」ヴェルボーの顔は透けて見えそうなほど白い。「残念ながら、伯爵が承知したとは言ってやれませんでした。もう一度伯爵に話してみると言ったのですが、納得してもらえなかったのです。おかげで、わたくしの外見はさらに個性的になりました。次は骨をばらばらにしてくれるそうです」

「わたしの屋敷に」ジャン・マルクは当惑して頭を振った。「わたしの屋敷に悪党が自由に出入りしているのか」

「やつらは屋敷内のことがよくわかっているようでした」

「助けは呼べなかったのか？　叫ばなかったのか？」

「さるぐつわを噛《か》まされていたので無理でした」

「明日、ウィンザーに発《た》つ」

「無駄です。すぐに見つかってしまうでしょう」

ジャン・マルクもまた、相手はすぐに追ってくるだろうと思っていたが、黙っていた。だが、見知らぬ者がリバーサイドの屋敷に気づかれることなく忍びこむのは容易ではない。ここは出入りが多すぎるから、招待客や訪問客は言うに及ばず、毎日やってくる大勢の行商人や職人に紛れこむのは造作もないことだ。

「見せてみろ」ジャン・マルクは言った。「ひと目でわかる怪我《けが》は説明しなくていい。ほかにどんなことをされたんだ？」

「ひどいものをお見せすることはできますよ。鞭《むち》で背中を打たれましたが、軟膏《なんこう》があります。どうにかして塗るつもりです」

「ピエールにやらせろ」

ヴェルボーは首を振った。「ピエールはそういうことに慣れておりません」

「ミス・スマイルズを連れてきたのだ。彼女が足首に負った火傷《やけど》を見てもらいたかったんだが、無理だな」

「火傷ですか、伯爵？　彼女はなぜ火傷を？」

「おまえの友人のひとりにやられたのは間違いない。踊りながら松明《たいまつ》を跳び越えさせられたんだ。無礼なまねもされたらしい」ジャン・マルクは探るようなヴェルボーの視線を感じた。「ああ、わたしは怒っている。それが知りたいのならな。卑劣なやつが彼女に手を触れたかと思うと、胸がむかつく。わたしがねらわれているせいで、まわりの者まで危険にさらされるとわかり、はらわたが煮えくりかえっている」

「卑劣ですね」ヴェルボーは静かに同意した。「やつらには遠慮も大義名分もない」

ジャン・マルクは興味深げにヴェルボーを見つめた。「やつらを知っているような口ぶりだな」

「知っていますよ」ヴェルボーが傲然《ごうぜん》と言った。「伯爵もご存じのはずです」ジャン・マルクはヴェルボーに背を向けた。「やつらは引きさがるつもりはない」ヴェルボーは言った。「伯爵はこの事態をご覧になった。もうおわかりでしょう。やつらはできれば伯爵を亡き者にしたいのです。そしてそれは危険が大きすぎる。報復されるかもしれない。あなたを追い払うのが次善の策というわけです」

「やつらの思いどおりにはさせない」

「なぜです？　なぜご自分が望んでいないもののために戦うのですか？」

「今まではその理由がはっきりしなかった」ジャン・マルクは言った。「だが、ようやくなぜ自分が大公位継承者に甘んじているのかわかったのだ。自分のためではない。父のためでもあるが、もうひとりの人間のためでもある。それが誰かは言えない。どこで誰が聞いているかわからないからな。名前を明かせば、もうひとつの命がわれわれが恐れている以上の危険にさらされる」

「お父上のため？」ヴェルボーは言った。そして顔をしかめ、肩をすくめた。「伯爵に愛情のかけらも見せたことのない方を守るつもりですか？」

ジャン・マルクは遠い目をして言った。「父の本心は知る由もない。父は今まで教えられてきたこと、それが義務だと思っていることに基づいて決断をくだしているのだ。だが父とて人間だから、正しい道をとるとは限らない」

「つまり、お父上は心の奥では伯爵を愛していらっしゃるとお思いなのですか？」

「この話はここまでだ」そうであってほしいというせつない気持があまりに強く、話を続けることはできなかった。

ピエールが部屋へ入ってきた。「レディ・アップワースがいらっしゃっています。ムッシュ・ヴェルボーにお会いになりたいそうです」

「まったく」ジャン・マルクは言った。「こんな時間になんの用があるというのだ？」

「ムッシュ・ヴェルボーの怪我を心配しておられるのでしょう」ピエールが答えた。

ヴェルボーは言った。「あの方は最近、わたくしにいろいろ相談されていました。幸せなご婦人ではありませんね」

「レディ・アップワースはミス・スマイルズを慰めていらっしゃいます」ピエールが言った。

ジャン・マルクはお手あげという身ぶりをした。「ミス・スマイルズの邪魔をするなと言っただろう」

「レディ・アップワースを追いかえしますか？」

アイラがつかつかと寝室に入ってきて、ひどく軽蔑《けいべつ》したようにピエールを見た。それからジャン・マルクにほほえみかけ、すぐさまヴェルボーに注意を向けた。そして爪先立ちで寝台に歩み寄った。「ムッシュ・ヴェルボー？　ああ、急いであなたのそばから離れるのではなかったわ。あの者たちはまたあなたを襲ったのね？」

「例のやつらはヴェルボーの背中に鞭を振るったのだ」ジャン・マルクは言った。「ピエール、軟膏を持ってきて塗ってやれ」

「急いで」アイラがピエールに言った。「すぐに持ってくるのよ」彼女ははおっていたマントを脱いで脇へほうった。「怖かったから、しばらく部屋に閉じこもっていたの。それから、用事をすませに行ったのよ。なぜもっと早く戻ってこなかったのかしら？　あなたはわたくしにとてもよくしてくれたのに」

「おしゃべりは勘弁してください」ヴェルボーがそう言ったので、ジャン・マルクは唇を引きつらせた。こんなふうに女性に心配され、従者はうろたえているのだ。

「自分の立場をわきまえてちょうだい」アイラは言った。そして素早く上掛けをはいだ。「早く。ヴェルボーは上掛けを押さえようとしたが、間に合わなかった。「うつぶせになって。早く。殿方のお世話には慣れているのよ。主人は亡くなる前に長いこと伏せっていて、わたくし以外の者を近づけようとしなかったから。ピエール？」

ピエールは従順に蓋《ふた》をとった瓶を掲げた。

アイラはヴェルボーを見つめた。無理やりうつぶせにさせる必要がありそうだ。「言われたとおりにしてちょうだい。でないと押さえつけて――」

「わかった。わかりましたよ」ヴェルボーが遮った。「あちらを向いてください」

アイラはあきれたようにてのひらを上に向けたが、言われたとおりにした。ヴェルボーはかぶりを振ったものの、シーツを腰まで引きあげてうつぶせになった。

「もういいぞ」ジャン・マルクは笑いを押し殺して言った。

アイラはピエールから軟膏を受けとってヴェルボーのそばへ行った。一瞬のうちにヴェルボーのナイトシャツが頭までめくりあげられる。すさまじい傷跡を見て、アイラは怒りのあまり小鼻をふくらませた。そして厚いマットレスに腰をおろし、ねばねばした白い軟膏をヴェルボーの背中にそっと塗り広げた。

アイラの手つきがやけに優しいことに、ジャン・マルクは気づいた。

ヴェルボーが息をのむたびに、アイラは軽く舌を鳴らして彼を黙らせ、いたわりの言葉をつぶやく。

ピエールが寝室から出ていった。

ジャン・マルクは寝台の上のふたりをしばらく眺めていた。彼らのあいだになにかあるはずはない――今のところは。「火傷にはどんな薬がいいのだ?」彼は尋ねた。

「ピエールが持ってきてくれるでしょう」ヴェルボーは言った。「火傷は空気に触れると痛みます。包帯を巻いてください。その調合薬は一部ではよく知られています。昔からある治療薬ですが、よく効きますよ。あまりに痛むようなら、ブランデーを飲ませて和らげてあげるといいでしょう。ああっ」

軟膏だらけのアイラの指は男の傷に魔法のような効き目があるらしい。

ジャン・マルクが寝室を出るとき、ヴェルボーもアイラも気にもとめなかった。

ピエールは会話をすべて聞いていたと見え、ジャン・マルクに瓶を渡した。「これには銀が入っているそうです。真偽のほどはわかりませんが、傷の治りが早くなり、痛みが和らぐと言われています」

メグは長椅子の背に頬を預けていた。顔にはベールがかかっている。「また眠ってしまったようだ」ジャン・マルクは言った。「今は眠るのがいちばんだが、目覚めたときに自分の部屋にいたほうが安心するだろう。ふたりで彼女をそっと持ちあげるのに人の手を借りたくなかった。だがジャン・マルクはメグを抱きあげるのに人の手を借りたくなかった。

彼女がジャン・マルクのほうを見て言った。「眠ってはいません」

「そうかい?」ジャン・マルクは言った。「では、こうやって行くのがいちばんだ」彼はメグの足首に触れないように注意しながらいきなり彼女を抱えあげた。

メグはベールをあげようとはしなかったが、ごく自然なことのように彼の胸に頭をもたせかけた。

「レディ・アップワースが出ていったら、ヴェルボーの様子に気をつけてやってくれ」ジャン・マルクはピエールに言った。「あいつはどんなに痛みがひどくても、泣きごとは言いそうにない。必要だと思ったら、迷わず医者を呼びにやれ」

「お任せください、伯爵」

ピエールが扉を開けると、ジャン・マルクは礼を言って部屋を出た。そして足早に自分の部屋へ向かった。あそこなら武器がすぐ手にとれるから、誰かが押し入ってきても応戦できる自信がある。

メグは意識が朦朧《もうろう》としてきたようだ。ジャン・マルクは彼女の足首の火ぶくれをちらりと見てぞっとした。これをつくった野蛮人はメグを焼き殺すこともできたのだ。そうなっていたら、今とはすっかり違っていただろう。メグが、子供のようにあどけない様子で安心しきってこの腕に抱かれることもなかったのだ。

　ジャン・マルクは理性をかき集めてメグを寝室に運びこみ、寝台の上掛けの上に横たえた。

　メグを守りたい、そばにとどめておきたいという欲求が、ジャン・マルクの喉を締めつける。必要最低限の愛情しか示さずに人と距離を置いていた彼が、はじめてこんな気持になったのだ。

　ヴェルボーの提案どおり、父のことを、そしてデジレーとモン・ヌアージュのことをもう心配しないようにすることはできる。メグ・スマイルズへの愛情を公にし、公務を離れ、イングランドを終《つい》の住処《すみか》とすることもできる。そして、リバーサイドの屋敷の主人が管理することになっている何百エーカーもの肥沃《ひよく》な土地を耕すのだ。キャッスルベリーという小さな村の住民も、代理である管理人ではなく領主が采配《さいはい》を振るとわかれば喜ぶだろう。手を入れたほうがいい教会と、修繕が必要な学校がある。家畜を買い入れ、小作人の家は必要なら改築しなければ。人生は単純ですばらしいものだと思えるようになり、傍らには支えてくれる女性がいる。生まれてはじめて満ち足りた気分を味わえるかもしれない。父に大使として尽力するように望まれれば、喜んで役目を果たそう。

　それから、デジレーのことがある。あの生意気な娘は貧しい画家と駆け落ちしようとたくらんでいるかもしれない。才能のある画家だが、財産もなく、もちろん名家の出でもない。そんなことを許すわけにはいかないのだ。まして異母妹《いもうと》のための具体的な計画がある今、恋にのぼせてもらっては困る。

アダム・チルワースが十七歳のひどく甘やかされた王女と結婚しようなどと考えているかどうか疑わしいのも確かだ。

メグの火傷を早く手当てしなくては。患部を消毒するべきだろう。そうすれば、メグは悲鳴をあげ、身をよじり、さらに痛い思いをするに違いないが。

ピエールに渡された液体は金属のつんとくるにおいがした。

「楽にしてあげるからね、メギー」ジャン・マルクは言った。「少し痛いかもしれないが、我慢してくれ」

メグは小さな水晶のピンをはずしてベールをとり去った。「ジャン・マルク、これからどうなるのでしょう?」

彼はぴたりと動きをとめた。

「この屋敷を出なければならないと言われたのです」メグは視線をそらした。「そして、あなたを連れていくようにと。わたくしたちのまわりで大変なことが起こっていて、相手の希望がかなわなければ、恐ろしいことになると脅されました」

「わたしも同じことを言われた。わたしの場合はヴェルボーを襲ったやつらが、彼を通して伝えてきたのだ」

「ムッシュ・ヴェルボーはわたくしにもそう言いました。でも……先ほどお話ししたように、屋根裏にいた男も同じことを言ったのです」

「もはやそうするのがいいかどうかわからないが、明朝ここを発つ」ジャン・マルクは言った。「家の者は選んで連れていく。きみとシビルは来るんだ。アッシュも同行させたほうがいい。事前に全員と話をする」

「なにをお望みなのですか？」

「権威だ。向こうに行くすべての者にわたしの権威をもう一度認識させたい。予期せぬ訪問者は誰であろうとただちに追いかえす。わたしが徹底的に尋問したあとで。この事件の真相を暴いてみせる。真実が明らかになった暁には犯人を処罰するつもりだ」

「うまくいくことを願っておりますが、わたくしはご一緒できません」

ジャン・マルクは笑い、愉快な気分になれればいいのにと思った。「当然、一緒に行けるさ」

「無理です。姉のためにここに残る必要があるのです。わたくしたちにかかわる重大な問題が起こったので」ヴェルボーの寝室の外でジャン・マルクを待っているあいだに、レディ・アップワースが貴重な情報をもたらしてくれたのだ。

「どうして知っているのだ？」

「人から聞きました」レディ・アップワースの信頼を裏切ることはできない。「ともかく、どうか一緒に来いとはおっしゃらないで」

血管を怒りが駆けめぐったので、彼はグラスにブランデーをたっぷり注《つ》ぐと、ひと息に半分ほどあおった。

ジャン・マルクが強い酒を大量に飲んで酔っていることに、メグはすでに気づいていた。彼の様子に不安が募る。ジャン・マルクがメグの唇にグラスの縁を押しつけて傾けたので、彼女は芳《ほう》醇《じゅん》な液体をひと口すするはめになり、喉が焼けるような気がした。

ジャン・マルクはメグの背中の後ろに枕《まくら》を並べ、ドレスの裾《すそ》をそろそろと膝まであげた。はいている銀のシルクのストッキングが炎の熱で溶け、火傷をさらにひどい状態にしている。

「これをとり除かなくては」彼は言い、てきぱきとストッキングを裂き始めた。こういうことに慣れているかのようだ。メグはときどき痛みを感じ、息をのんだ。「とれたよ」ジャン・マルクがそう言ったとき、患部からシルクははがされていた。さらに二、三度引き裂いてストッキングをすっかりとり去った。

「恥ずかしいですわ」メグは言った。

「どうしてだい？　わたしはきみの脚以外の部分もみんな見たことがあるのに」

メグは両手で胸のふくらみを覆った。肌がほてってくる。

ジャン・マルクは薬が簡単に塗れたのでほっとしたが、時間を充分にかけた。メグの両足をさすり、土踏まずに口づけてから痛々しい火傷に触れた。薬を塗りこむたびに即座に痛みが和らぐかのようにメグが吐息をもらすので、彼は力を得た。

とうとう火傷の部分に薬をたっぷり塗り終えると、ジャン・マルクはメグの脚の下に白いリネンのシーツを広げた。「きみはここにいるのだ」彼は言った。「必要なものがあれば、わたしがとってくる。夜が明けたら、きみは楽な姿勢で馬車に乗り、わたしと一緒にウィンザーへ行くんだ」

「話を聞いていらっしゃらなかったの？　ウィンザーへは参りません」

「行くのだ。わたしがシビルに話そう。どれほど危険な状況にあるかわかれば、きみともども同行すると言うに違いない」

「やめて。どうかやめてください。シビルはそうするのがいちばんいいのだと思って今の決心を変えるでしょう。殿方の権威に影響されやすいんです」

「だから、わたしはきみの姉上が好きなんだ」ジャン・マルクはほほえんで言った。メグがほほえみかえしてくれたので、ほっとした。「笑顔のほうがいい、いとしい人。きみにリバーサイドの領地のすべてを見てもらうのが楽しみだ。じきにキャッスルベリーの村人たちと近づきになれるよ。牧師夫人は、きみが教区のために活躍してくれれば、たいそう喜ぶだろう」

彼は今までのように今度も自分のやり方を押し通せると信じているのだ。

ジャン・マルクのそばにいたくないと言えば嘘《うそ》になるけれど、そうできたとしても心から喜べはしない。彼は世間からさげすまれないためだけに結婚を申しこんでいるのだから。

ジャン・マルクがメグの顔を凝視している。彼女も彼を見た。

「ああ、メグ」彼は言い、寝台のメグの隣に腰をおろした。「きみはわたしにとって混乱のもとだ。だが、心の平穏をかき乱されてこれほどうれしいと思ったことはない」

「妙なほめ方をなさいますね」彼女は言った。「正直に言いますわ。あなたがわたくしの平穏な人生をかき乱したんです。あなたがわたくしに苦渋の選択を迫っていらっしゃるのだわ。わたくしが望んだわけではありません。でも、あなたといる時間はとてもすばらしい。あなたにこんなにも翻弄《ほんろう》されるなんてわたくしは愚かなのでしょうか?」

「そんなことはない」ジャン・マルクはひどくゆっくり身をかがめ、じっとメグの唇を見つめていたかと思うと唇を重ねた。執拗《しつよう》にキスをする。キスの巧みさが経験の豊富さを物語っていたが、メグは息を切らして目を閉じ、唇が重なっていればふたりはひとつなのだという感覚に身をゆだねた。

メグの首に手をまわし、ジャン・マルクは彼女を枕の上に横たえた。メグは痛いほどの欲望を覚えた。彼に全神経を敏感にされ、神経が肌のすぐ下にあってジャン・マルクの愛撫《あいぶ》を求めているように感じた。

ジャン・マルクは片膝を折ってメグを起こし、片腕で彼女の頭と肩を支えた。そしてメグをわずかに揺すりながら、顔を隅々まで観察した。熱烈に抱き合っていると、彼が心穏やかになっていく気がする。メグは自分を破滅させる未知なる力を感じた。全身はジャン・マルクの値踏みするような視線にさらされている。彼は突然メグの腿を撫《な》であげると、手を服の下に差し入れて腹部の上で指を広げた。

「いけないとおわかりのはず」メグはささやいた。

「だが、わたしはこうしたいし、きみもそれを望んでいる」ジャン・マルクがささやきかえした。

彼はメグの秘められた部分を覆い隠す茂みをもてあそび、衣装の襟もとから露出している胸のふくらみに口づけた。

メグは体じゅうがうずいた。「ジャン・マルク、お願い」

「どうしてほしいんだい?」ジャン・マルクはメグの深い胸の谷間に顔をうずめながら尋ねた。

彼が舌を這《は》わせた部分がぞくぞくする。

「わからないわ」メグは言った。わかっているのは、彼が与えてくれる感覚以外なにも感じられないということだけだ。

ジャン・マルクはドレスの下から手を出すと、メグの胴着《ボディス》の前をとめている繊細な銀の留め金をはずし、肌をあらわにさせた。メグは一瞬胸を見おろし、すぐに目をそむけた。耐えられないわ。彼がつくらせたボディスのおかげで、胸の豊かさが強調され、張りつめた感じやすい肌が押しこめられたようになっている。

「ジャン・マルク？」

「なにをしてほしいかは言わなくていい。今はね」

唇をふさがれ、メグは長いことなにも言えなかった。ジャン・マルクがキスをしながらも再び熱い部分に手をのばしてかすめるように触れるたびに、彼女は身をよじった。

ジャン・マルクがさらに奥へと侵入して愛撫すると、彼女は腰をくねらせた。彼は唇をきつく結んで歯を食いしばった。そしてメグの小さくて敏感な襞《ひだ》を親指と人さし指で軽くつまんだ。

メグは声をあげた。

ジャン・マルクの顔がさらにこわばる。それから彼は再びメグの一部をつまんで刺激した。はじめは軽い愛撫で彼女を興奮させ、しだいに指の動きを激しくしていく。ジャン・マルクは腕のなかにいるメグを自分のほうに向け、乳首を口に含んだ。彼女はわれを忘れた。彼の頭を胸に押しつけると髪にキスし、素早い指の動きに合わせて腰を持ちあげた。身をよじりながら潤ってなめらかになっている部分を押しつけ、ジャン・マルクに手をのばしたが、脚が思うように動かせないまま彼に押さえつけられた。

「やめないで」メグはあえいだ。「お願いだから」

「それが許されるならね」彼はつぶやいた。「今は休んだほうがいい。きみは精神的に打撃を受けているのだから」

「ここでやめるほうが、もっとひどい打撃ですわ。どうか服を脱いでください」

ジャン・マルクはメグを見つめて言った。「きみは本当に礼儀正しい。それなら、当然望みをかなえてあげないと」彼は絶えず唇か手で彼女に触れながら服を脱いだ。「きみのためにつくらせた凝った衣装がこんなに邪魔になるとは」

メグが神経質な笑い声をもらすと、ジャン・マルクは両手で彼女の胸を優しく撫で、もみしだいた。彼が荒々しく舌を這わせると、魔法のように彼女の息づかいが乱れる。メグがもう一秒たりとも耐えられないと感じた瞬間、燃えるように熱い衝撃の波が意思を持つかのごとく押し寄せてきた。ジャン・マルクにつままれた部分に、うずくような、痛むような、すばらしい快感がわきあがる。腹部がきゅっと引きしまった。メグはあえいで彼に手をのばし、手の届く限りの場所に触れた。

「きみは並はずれた人だ」ジャン・マルクは言い、這いまわるメグの手をなんとかとらえようとした。「とても情熱的なんだね。恐れ入るよ。だが、きみがしようとしていることを続けたら、自分の積極性を後悔するはめになる」

話しているあいだジャン・マルクが少し注意散漫になっていたので、メグは彼の下腹部を包みこんだ。ジャン・マルクは手をどけようとしたが、メグに強く握りしめられ、うなり声をあげた。「きみはひどい人だ。だめだよ……メグ……服を脱ぐのではなかった」

「あなたが服を脱いだのは、わたしと同じことを求めているからだわ」メグには自分がはしたないまねをしていることがわかっていた。そして、彼に求められたら、何度でもわが身を投げだすつもりだ。

メグの衣装のスカートはボディスとは別になっている。ジャン・マルクは手間どっていらいらしながら、なんとかメグのスカートを脱がせて下に落とした。彼がメグのなかに押し入ると、彼女は腰を持ちあげてそれを促した。ジャン・マルクが動くと、激しい興奮の波にさらわれた。

彼は遠くに行ってしまった。故意にではあるが、遠い存在になってしまったのだ。

ジャン・マルクが喜んで差しだそうとしているものを受けとらなければ、わたしには思い出以外なにも残らない。そうなれば、どうやって生きていけばいいのだろう？

今はそんなことを考えたくない。

ジャン・マルクの胸毛がメグの乳首をくすぐった。彼に満足に身を寄せることもできない。

「メグ、自分を解き放つんだ。わたしに身を任せて。さあ」

そんなことはできないと言ってもおかしくなかったが、メグの体は要求どおり動き、彼女は彼に喜びを与え、彼から喜びを受けとる無力な器となった。

ジャン・マルクがメグを再び貫いた。そして両腕を立て、彼女の顔を見おろした。「運命は残酷だ」彼は言った。「わたしは……きみはわたしの夢だ。夢なんだ。くそっ」ジャン・マルクはメグに覆いかぶさり、首筋に顔をうずめた。

彼女はじっと横たわったまま、ジャン・マルクの怒りは理解できると思った。

「足首をよけい傷つけてしまったかい？」

メグは彼の髪に顔をうずめてほほえんだ。「足首って？」

ジャン・マルクは笑わなかった。身じろぎしてメグを引き寄せ、苦しいほどきつく抱きしめる。顔は彼女の首筋につけたままだ。彼は無我夢中でメグをかき抱いた。

ふたりともつらいけれど、わたしがいかに無力感に襲われているかジャン・マルクには決して理解できないだろう。

「明日は出発の前にやるべきことがたくさんある」彼は言った。「きみはデジレーと一緒にいてくれ。護衛をつける――できる限りわたしがそばにいるが」

「昼間は安全でしょう」メグは言った。「普段どおり振る舞ったほうが怪しまれません。でも、あなたが――」

「わたしが直接許可しない限り、誰もこの屋敷には入れない」ジャン・マルクは頭をあげてメグを見た。「誰ひとりね」

「ミスター・フィッツダーラムやサー・ロバートは――」

「ミスター・フィッツダーラムはウィンザーに招待する。サー・ロバート・ブロディには、きみは会うつもりはないと伝えよう」

わたしがジャン・マルクの言いなりになるかのような言動はやめてほしい。「こんなときには、お友達としてお目にかかるのがせめてもの礼儀ですわ」

彼は目を細めた。「ほかの男に会ってほしくない。ブロディが訪ねてきたら、会えないと伝えるのだ」

「いやです」

「わたしは決心したんだ。きみを決して放さない」

メグは涙をこぼしそうになった。ジャン・マルクは勝手にことを進めようとしている。自分の思いどおりにして、ふたりとも穏やかに暮らしていけると考えているのだ。

「わたしがきみを守る。どんなときも――」

「守っていただく必要はありません。わたくしはあなたのそばにいることを自分に許してきました——いいえ、そのために未婚女性に求められることをすべて喜んで無視してきました。後悔はしていません。わたくしには思い出がすべてなのですから。でも、姉はあなたに面倒を見てもらうことに決して納得がいかないでしょうし、それを受け入れもしないでしょう。わたくしには、姉を無視することはできないのです」

ジャン・マルクは激しい情熱にのみこまれた。濃い茶色の瞳がぎらぎらと輝きだした。ほのかな明かりが彼のこわばった筋肉質の体を浮かびあがらせている。

「あなたはわたくしに対して責任を感じる必要はないのです」メグは静かに言った。

ジャン・マルクはぞっとするような笑みを浮かべた。「そう思っているのだとしたら、きみはなにもわかっていないね」彼は言った。「シビルがひとり暮らしを続けてはいけない理由がわからない。なんの不自由もないはずだ。きみが訪ねてやればいい。シビルだってきみに頼らなくなれば、結婚するかもしれない。きみがいるせいで、シビルは自分に自信を持つことができないのだ。彼女はもっとしっかりするべきだよ」

ジャン・マルクは素早くメグの唇を奪った。彼女は傲慢なキスにあらがったものの、すぐさま情熱的に応《こた》え始め、彼の髪に指を絡めて息を切らした。ふたりは互いを奪いつくした。

ジャン・マルクが再びメグの首筋に顔をうずめると、彼女は指で彼の頬を撫でた。

「きみは無視できない事実に気づくべきだ」彼は言った。「わたしたちは愛を交わした。また愛を交わすだろう。すでに子供ができているかもしれない。わたしの子供が」

メグは言葉を失い、その場に凍りついた。

「子供ができたら、なんとしても結婚してもらう。自分の子供は決して私生児にはしない。今すぐ結婚するか、もう少しあとでするか。好きにするといい。いずれにせよ、きみはわたしのものだ。わたしは自分のものをあきらめたりはしない」

32

スピヴィだ。

わたしは根に持つような人間ではなく、今も根に持ってはいないが、自分の名誉、そしてスピヴィ家の名誉は守らなければならん。

あの恩知らずの青二才ハンターには愛想がつきた。実際、自分の先祖をたいした人たちではないと言ったのだ！　そのうえ、わたしと比較されるのは侮辱だと思っている。

けっこう。あいつが自分の完璧《かんぺき》な容姿に――つまるところ、わたしの完璧な容姿に――敬意を払わぬなら、それでもいい。どこか別の場所へ行って自分で生計を立てるんだな。なぜあいつはわたしの並はずれてすばらしい屋敷でのうのうと暮らしていられるのだ？　さらに目ざわりな邪魔者たちをあと何人か始末したら、次はハンターの番だ。

再び人間に――当然、ラヴィニア・アッシュという人間に――乗り移って行動を起こさなければならぬと痛感しつつある。前にもそうしたことはあったのだが、諸君にはどうでもいいことだろう。舞踊の師匠が男でないとは、なんたる不運だ。まあ、問題はない。あの女を使いものになるようにし、きちんとわたしの指示に従ってもらおう。あの女はわたしが阻止したいことを阻止するのに最適の場所にいなければならん。エトランジェ伯爵とメグ・スマイルズが結婚しようものなら、シビル・スマイルズは七番地に残り、わたしの計画が一歩も進まないという結果になるのは目に見えている。
シビル・スマイルズにはなんとしてもゴドリー・スマイスと結婚してもらい、彼と、そしてメグとともに出ていってもらわなくては。あの男がどんな目的でどこへ彼女たちを連れていく気であろうと、かまいはしない。ゴドリー・スマイスのプロポーズを受けると言ったというだけで、シビルがあの男と本当に結婚するつもりだと思っているなら、考え直したほうがいい。間違っているかもしれないが――そんなことは今まで一度もないけれど――わたしのきわめてあたる直感によれば、彼女はまたいとこをなんらかの方法で欺こうとしているのだ。

親愛なる読者諸君、エトランジェ伯爵とはしたないメグが幸せになることを願うがいい。ふたりが結ばれるようにな。諸君はロマンティックだから。ああ、こんな言葉はぞっとする……ぞっとするところだ。諸君が自分たちのことしか頭にないあのふたりの破廉恥な振る舞いを好意的に見ているのは重々承知している。

慎みはもはや過去のものだと心得ておいたほうがいいだろう。諸君は自らを恥じるべきだ。理由はわかっておられるな。

諸君はきっと王妃と称するキャロラインの恥ずべき行為にほくそ笑み、七月に行われる新王ジョージ四世の戴冠《たいかん》式という見世物とそれに続くどんちゃん騒ぎを心待ちにしているのだろう。せいぜい楽しむといい。

33

使用人たちがひとりずつジャン・マルクの部屋へ現れた。みんな書斎へ入ってきて、不安のあまり不思議そうに主人を見つめるだけだった。

ジャン・マルクはひとりずつに、ウィンザーへ行くように、またはメイフェア・スクエア十七番地に残るように申し渡した。すぐに戻ってきたいと思っているし、ウィンザーの屋敷には充分な数の使用人がいる。しかし彼らはロンドンの屋敷の者たちほど洗練されておらず、経験も浅い。ウィンザーではデジレーが客を迎えるかもしれないから、メイフェア・スクエアの者たちにも手伝ってもらうほうが賢明だろう。

最後の使用人が去ると、ジャン・マルクは立ちあがり、彼にしては自信がない様子で寝室の扉へ向かった。軽くノックし、メグの返事を待ってなかに入った。

メグは、デジレーが今朝早く大急ぎで持ってきた美しいレモン色のネグリジェとローブを着て、ジャン・マルクの寝台の上で柔らかい枕《まくら》に寄りかかっている。ほんの少し前の、一緒に過ごした夜のことはあまりにも鮮明だった。彼は言った。「邪魔をしたかな？　瞑想《めいそう》をしていたのだね」

メグは顔を腕で覆っており、すぐにどけようとはしなかった。

「きみは並はずれた女性だ」ジャン・マルクは言った。「だがそれは、もう何度も言っているね。わたしに腹を立てているのか、メグ？　前よりもっと？　こんなふうにわたしと距離を置かなければいけないと思っているのはそのせいなのか？」

「いいえ」メグは腕をどけた。「集中力を高めて心を落ち着かせ、雑念を払うと、癒《いや》されるんです」

ジャン・マルクは寝台の足もとのほうへ近づいた。「やはりきみはわたしに腹を立てている」

「腹を立ててはいません。考えこんでいるのです。あなたもこんなことをしていて本当にいいとは思っていらっしゃらないはずです。わたくしを囚人のように手もとに置いておくおつもりなら、わたくしがあなたの期待にそむいたり、自分本位になったりすると覚悟なさってくださいね。どうしてそんなふうにお考えになるのです？」

自分が当然だと思っていたことをメグに言うのはまずいやり方だったとわかったが、とり消すわけにもいかない。「義務を果たしてほしくないというのか。今の状況では、きみの安全を守り、きみに対して責任を負わなければならないんだ」

「でもそれは、あなたが……あなたがわたくしとの情交を楽しんでいらして、今後もそうするおつもりだからというだけですわ。万一子供ができたら、あなたはその子が欲しいとお思いになるでしょう。そして、それが大変な重荷だと感じるようになるのです。自ら好んで選ぶわけではありませんが、あなたは欲しいものを手に入れる別の方法がわからないのです——少なくとも今は。そんなことでは、深い信頼に基づいた人生を始められるはずがありません。不幸になるとわかっているのに、わたくしはあなたを拒めない」メグが顔にかかった髪を後ろへ払いのけると、丸みを帯びた肩からローブがずり落ちた。

「きみは考えすぎだ。瞑想をしすぎているせいかもしれない。わかりきっていることをまた説明する気にはなれないよ」わたしがメグを愛していることにあくまで気づかないふりをするなら、それでもいい。

「仕事にかかりたいのですが。病人扱いしていただかなくてけっこうですわ」

「きみは火傷《やけど》を負っている。世話をする理由は充分にあるわけだ。それに、きみが危険にさらされていることもわかっている——おそらくわたしとかかわったせいで。だが、わたしと会う前に起きた事故のことも忘れるわけにはいかない。それがほかの事件と無関係なのかどうか、本当に事故だったのかどうか、今でも疑問だ。とにかく、そういうわけだから、きみはわたしが守れる場所にいなければならないのだ。デジレーを含め、家の者たちはみな、きみはここにいるべきだと思っている」

「あなたの手前そういうふりをしているんです」メグは言った。

「彼らはなにもほのめかしたりはしないよ。自分の部屋以外ではね。デジレーをここへ呼ぼう。そうすればあの子も安心するし、ゴシップを防ぐことができる」

寝室の扉を勢いよくたたく音がしたので、ジャン・マルクは眉をひそめた。

メグは起きあがって背筋をのばし、ローブをきちんとはおった。ジャン・マルクの顔を見れば、彼が昨夜ほとんど寝ておらず、警戒を強めていることがわかる。わたしが危険にさらされているというのは嘘《うそ》ではないようだ。

断りもなく、ピエールが寝室に飛びこんできた。メグを見てたじろぎ、立ち去ろうとした。

「なにごとだ?」ジャン・マルクは言った。「幽霊でも見たような顔をして」

「ひどく厄介なことが起こりました」ピエールは答え、落ち着かない様子でメグをちらりと見た。

「ほかの場所でお話ししたほうがよいかと思います」

メグを仲間はずれにしたりすれば、ふたりの関係は間違いなく悪化するだろう。「ここで話してくれ。ミス・スマイルズに聞かれてまずいようなことはないはずだ」

ピエールは少しも納得したようではなかったが、ジャン・マルクの近くへと移動した。「ひとりの少女が参っております」ピエールは言った。メグは彼の身なりがいささか乱れ、手が震えているのに気づいた。「その子を信じるなら、奇妙で恐ろしい話があるそうなのですが、伯爵のほかには誰にも話さないと」

「すぐにここへ連れてこい」ジャン・マルクは言った。

ピエールは下唇を吸った。そして首を振った。「話の要点はわかっています。レディ・アップワースが少女に伝言を頼んだのだそうです。あの方が恐ろしい災難に見舞われたとか」

「だったらなおさら、その娘をここへ来させろ」

ピエールがすぐに飛びだしていくと、メグは言った。「ゆうべお話ししたとき、レディ・アップワースは元気そうでしたし、ムッシュ・ヴェルボーの具合以外のことを心配している様子はありませんでした」認めたくはないが、レディ・アップワースを好きになりつつある。「あら、シビルはもうとっくに来ていなければならないのに。どうして来ないのかしら？」

「そのうち来るさ」ジャン・マルクは言った。「娘には書斎で会ったほうがいいだろう」

ジャン・マルクはわたしを不安にさせたくないのだ。「女性がいたほうが、その子も落ち着くと思うんです。なにを言いに来たのか知りたいですし」

ピエールが濃い茶色の髪をした十二歳くらいのかわいらしい少女を案内してきたので、議論は

しにしている。

打ち切りになった。その子は粗末だが清潔な格好をしており、おびえるどころか好奇心をむきだ
「これがその娘です」ピエールは自分の言葉を疑っているかのように言った。「ベティといいます。マウント・ストリートのそばにある両親のパン屋で働いているそうです。〈ラムリーズ〉という店です」

「こんにちは」ジャン・マルクは言った。優しく話しかけていると、メグは思った。「わたしはエトランジェ伯爵で、ここはわたしの屋敷だ」

「知ってます」ベティが答えた。「だからここへ来たんです。女の人に頼まれました。だんな様、あなたと話すようにって」

「さっさと話して帰るんだ」ピエールが厳しい口調で言った。

「ゆっくりでいい」ジャン・マルクは即座にピエールの言葉を否定した。「来てくれてありがとう」

少女は明るい茶色の目を輝かせてにっこりほほえんだ。「あの人、あたしにシリング銀貨を一枚くれたんです。シリング銀貨をもらったのなんてはじめて」

「よかったね」ジャン・マルクは言った。「帰りにソブリン金貨をあげよう」

ベティはくすくす笑った。大金が手に入ってうれしいらしく、肩をすくめた。「今朝早くのことです。うちは三時に仕事を始めるから、あたしは使い終わった水を捨てに行ったんです。そしたら、あの人があたしにひそひそ話しかけてきたから、びっくりしちゃった」

「そうだろうね」ジャン・マルクは言った。「その人は名前を言ったかい？」

「アイラって。あなたにそう伝えるように言われました」

メグは膝に置いた手を握りしめた。なにを聞かされるのか怖くて仕方がない。

「アイラはわたしの仲のいい友達だ」ジャン・マルクは言った。「彼女はなんと言ったのだね？」

「あたし、裏通りにいたんです。あの人は二輪馬車に乗ってたんだけど、御者はいませんでした。あの人は縛られてて逃げられなかったんです。あたし、助けようとしました。でも、あの人が時間がないから話を聞いてここへ行きなさいって」

「今はお昼だ」ジャン・マルクは指摘した。「伝言を頼まれたのは午前三時だと言ったね。なぜすぐに来なかったんだい？」

「だって、いろいろあったんだもん。とにかく、鞭《むち》でぶたれないためにはまずやらなきゃいけないことがあったの。だからすぐに来られなかったんです」

「お父さんとお母さんに伝言を頼まれたと言わなかったのかい？」

少女はためらってから口を開いた。「父さんや母さんには、シリング銀貨のことを言いたくなかったから」

「話を続けてちょうだい」メグが優しく言った。横から口を出されてジャン・マルクはいらついた。辛抱強く問いただしているのに。

ベティが言った。「あの女の人、男につかまったんです。なんかのためにどっかへ行ったら、そいつにつかまっちゃったんだって。顔から血を流してました」

メグは叫び声をのみこんだ。

「男は外国人でした。しゃべり方がちょっとだんな様みたいだったな。しゃべってるのを聞いたんです。そいつが戻ってきたんで、あたしは隠れました。そいつ、ほかの男と話してたの。すっごく怒ってた。絶対に。あたしが隠れる前に、あの女の人が捜さないでとあなたに伝えてくれって言ってました。これから船に乗るけど、行き先はわからないんだって。みんなにひどいことをしたから、こんな目に遭うんだけど、自分がいなくなっても驚かないように、あなたに知らせておきたかったって言ってました。ソブリン金貨をもらえますか？」

「すぐにね」ジャン・マルクは言った。「マウント・ストリートの裏通りだね？」

ベティは体重を右足にかけたり左足にかけたりしながら答えた。「はい、だんな様」

「男は馬車に戻ってきた。きみは御者が来るのを見たんだね？　そして馬車が走り去るのを見たんだろう？」

「店に戻らなきゃいけなかったから」

「きみは隠れていたと言ったね。それなら、次になにが起こったか知っているはずだ」

「馬車が走りだしました」

「それをどこから見ていたんだい？」

「裏通りを出たとこ。暗かったし、店に戻らなきゃいけなかったの。ソブリン金貨をくれるんでしょう？」

少女の心配そうな顔を見て、メグは泣きたくなった。

「ヴェルボーはどこだ？」ジャン・マルクがきいた。声に動揺がにじみでている。

「まだ休んでおられます」ピエールは答えた。「ムッシュ・ヴェルボーがこの知らせを聞いてどうお思いになるか心配ですが、きっと乗り越えられるでしょう」

ジャン・マルクは濃い色の上着の裾《すそ》を後ろに払って腰にこぶしをあてると、顔を突きだした。「はっきり言ったらどうだ。ヴェルボーはアイラの相談相手になっていたことは認めたが、感情に左右されるような男ではない。どうして彼女のことでそこまでとり乱すのだ？」

ピエールはうろたえてさらに唇を吸った。「わたくしには関係ございません」彼はつぶやいた。「わたくしがなにか申しあげるべきではないのです」

「話してもらおう。さあ、説明してくれ」

「ムッシュ・ヴェルボーとレディ・アップワースは、ええと、その、仲がよろしいようでした」

「仲が悪いようには見えなかっただと？　もっとなにか知っているはずだ」

ピエールは深々とため息をついた。「ムッシュ・ヴェルボーはレディ・アップワースに好意を抱いていらっしゃると思います」彼は顔をそむけて片手をあげた。「すべてお話ししたほうがよろしいでしょう。おふたりは互いに好意を寄せておいでです。もしかしたら好意以上のものを」

ジャン・マルクはすぐには返事をしなかった。今の言葉を聞いて、明らかに当惑しているようだ。

「ムッシュ・ヴェルボーはわたくしに全幅の信頼を置いてくださっています。この話があの方の耳に――」

「入りはしない」ジャン・マルクはピエールの言葉を遮った。「だが、もしおまえの言うことが正しければ、ヴェルボーはレディ・アップワースを捜しだそうとするだろう」

「この娘の話からして、それは無理かと」ピエールは指摘した。

「それでも、彼は捜すさ」

「もうひとりの男のことも話したほうがいい？」ベティはピエールを見ながらきいた。「あとからあの女の人を連れていっちゃった男のこと」

部屋がしんと静まりかえった。どうやらベティは、ジャン・マルクを満足させ、彼が約束してくれたソブリン金貨を是が非でも手に入れるつもりらしい。

「忘れていたことがあるなら、話すんだ」ピエールは言った。そしてジャン・マルクに向かって肩をすくめてみせた。「どこまで本当かわかったものではありませんよ」

ベティは顔を真っ赤にして言った。「あたし、帰ったほうがいいみたい」

「ふたりの男がアイラをさらったということかい？」ジャン・マルクはきいた。「心配しなくていい。みんなきみの味方だから大丈夫だよ。なにを言っても、厄介な目に遭うことはない」

「その男がやってきて、女の人をさらった男から、女の人をさらっていったの。つまり、外国人がはじめにあの女の人をさらったんです。それで、裏通りまで来た――たぶん道に迷っちゃったのね。で、裏通りにいるときに、ほかの男が女の人をさらっていったんです」

「さっきの話と違うじゃないか。きみは、外国なまりのある男が戻ってきて誰かと言葉を交わし、また馬車に乗ってレディ・アップワースを連れ去ったと言っていただろう？」

「忘れてたんです」ベティはうつむいた。「ときどき話がごっちゃになっちゃうの。外国人の男が話してた男が最後に女の人をさらっていったんです。ずんぐりしてたけど素早かったのよ。御者台に飛びのって、あっというまにいなくなっちゃったんだから。置いていかれた男のほうは、なんかひどいことを言ってたみたい。意味はわかんなかったけど。そのあと、その男もどっか行っちゃいました」

ジャン・マルクは深く考えこむように目を閉じた。「それじゃあ」彼は口を開いた。「レディ・アップワースは――アイラは――外国人の男、置き去りにされた男に船でどこかへ連れていかれると言っていたのだね？」

「はい」

「わかった。つまり、アイラは船に乗せられなかったと考えていいね？」

「たぶん」

「では、顔から血を流している女性を連れた素早くてずんぐりした男を捜そう。ふたりに気づいた人がいるかもしれない」

ベティは再び元気になった。「ああ、そうよ。ふたりのことを見かけた人から話が聞けるかも。あのずんぐりした男、そんなふうには見えなかったけど、もうひとりの男を突き飛ばして引っくりかえらせちゃったんです。そうだ、忘れてた。男は帽子をかぶってました。よく牧師さんがかぶってる変てこなやつを。ずんぐりしたほうの男が」


伯爵に言われて、シビルははじめて彼の部屋へ足を踏み入れたが、とり乱していてまわりを観察するどころではなかった。豪華で男性的で上品な内装には目もくれなかった。

「ミス・スマイルズ」伯爵が声をかけた。「きみが来てくれてほっとした。もっと早く来るはずだったと思うが。具合が悪いわけではなさそうだね」

この方はわたしの具合やわたしが遅刻したことを気にかけてはいない。「メグはどこでしょうか？」シビルは尋ねた。「部屋にいないんです」

「ここにいるのだ。妹と一緒にわたしの寝室にいる。驚かないでもらいたいが、彼女はゆうべ不愉快な目に遭ったので、身の安全を考慮してわたしの目が届くところにいてもらうことにした」

たちまちシビルは寒気を感じた。「本当のことをおっしゃってください」シビルは歯をかちかち鳴らしながら別の部屋へ続く扉へ向かった。

伯爵がシビルの脇《わき》に来て肘をつかんだ。そして彼女を椅子に導いた。「まず、バッグズ牧師のことを話しておきたい。すでにラティマー・モアには、あの男が七番地の部屋に戻ってきたら引きとめておくように言ってある――戻ってくるとは思えないが。あいつは危険だ。あの男を見かけるか噂《うわさ》を聞くかしたら、すぐにわたしのもとへ来てくれ。ひとりで立ち向かおうとしないことだ」

なんてばかげたことを言うのだろう。「なぜわたくしがバッグズ牧師に立ち向かうのです？　なんのために？　あの人は間抜けなお人よしですわ。危険なはずがありません。とんでもないお話です」

伯爵のまなざしから、彼がなにかを打ち明けようかどうしようか決めかねているのがうかがえた。「わたしの指示に従ってくれ。あの男は信用できない。それだけだ」

シビルは伯爵を一心に見つめた。「いいえ、伯爵、それだけではありませんわね。バッグズ牧師がなにをしたとお思いなのか説明してください。そうしていただければ、彼に出会ったときにどう対応すればいいかわかりますわ」

メグに言われたのならば驚かなかっただろうが、シビルの言葉に伯爵はぎょっとした。「きみたち姉妹は子供のころに厳しくしつけられるべきだったな。出すぎた振る舞いが多すぎる。わかった。いいだろう。きみに隠し立てしても意味はない。ある娘が言うには、バッグズ牧師と思われる人物がレディ・アップワースを連れ去ったらしいのだ――彼女の意思に反して」

伯爵の有無を言わせぬ視線を浴び、シビルはポーチの紐《ひも》をもてあそんだ。

「なにか言うことはないのかい、ミス・スマイルズ？」

「バッグズ牧師が？」笑うのは失礼だ。「レディ・アップワースと失踪《しっそう》ですって？」シビルはこらえきれずに笑ってしまった。

シビルはようやく声をあげて笑うのをやめ、にっこりした。伯爵も笑顔だったので、彼女はほっとした。

「わたしはきみに忠告した」彼は真剣な口調で言った。「それを軽く考えないほうがいい。今、バッグズとレディ・アップワースを捜させている。じきにもっと大勢を駆りだすつもりだ。ほかにも心配なことがある。メグに近づいて彼女の足首に火傷を追わせた者がいるのだ。忌まわしいことだが、命に別状は――」

「ああ、メグ。すぐに会わせてください」

「すぐにな。犯人は逃げおおせているので、メグを落ち着かせるためにこの部屋に連れてきた。守られていると感じられるように。メグに会っても、とり乱さないでくれ。彼女を安心させてやってほしい」

メグは自分のものだと言わんばかりだ。シビルは伯爵の断固とした表情を眺めた。この人は欲しいものを手に入れる資格が自分にあるかどうか疑ったこともないのだ。そして、今までわたしとずっと一緒にいたメギー・スマイルズを連れ去ろうとしている。この人は自分の考えを押し通して誰かを傷つけることなどなんとも思っていないのだ。

「きみが考えていることをぜひとも知りたい」伯爵が言った。

シビルはぎょっとして椅子の上で体の向きを変えた。心臓が早鐘を打っている。「わたくしは伯爵にとってひどい厄介者かもしれません」じっと見つめられることには慣れていない。とりわけ、裕福で権力があり、誰からも求められる男性の視線には。

「シビル」彼は静かに言った。名前で呼ばれたので、シビルは驚いた。「わたしのことをどう思っているのか教えてくれないか？」

彼女は立ちあがった。「メグのところへ行かなくては」

伯爵がうなずいて言った。「そうだな」彼は先に立って進み、別の部屋に続く扉をたたいた。

王女の声がした。「どうぞ」ふたりはなかに入った。伯爵は笑顔でシビルを先に通した。

「姉上が来たよ。きみの身になにがあったのかとても知りたがっている」

シビルは言いたいことは自分で言うと伝えたかったが、思いとどまった。

「きみはショックを受けたが、順調に立ち直りつつあると話しておいた。これからウィンザーへ発《た》つことを忘れずに説明してくれ。思っていたよりだいぶ出発が遅れそうだが、姉上にも……いったいなんだ？」

書斎で、女性が声を震わせてなにかわけのわからないことを言っているのが聞こえる。シビルがさっと振りかえると、アッシュが無様に飛び跳ねている姿が目に入った。手を体の前で組み合わせ、右へ左へ跳ねている。

「なにごとだ？」ジャン・マルクが尋ねた。「おとなしく静かにしていてくれ。ミス・スマイルズは――ミス・メグ・スマイルズはこんな騒ぎに耐えられる状態ではないのだ」

「ああっ」アッシュは声をあげ、あちこちを走りまわった。そして黒いドレスの裾を揺さぶり始めたので、足首で丸まっているストッキングがむきだしになった。「こちらへうかがう必要があったのです。ああっ。しっ、しっ」

アッシュの言葉に憤慨したとでも言いたげに、ドレスの下からハリバットが現れた。猫は丸々とした灰色のお尻を床につけて座り、アッシュに歯をむいた。シビルには、緑色の目を細めたハリバットが獲物を見てにんまりしているように思えてならなかった。

「この猫は凶暴な悪魔です」アッシュが言った。「わたしを憎んでいるんですよ」

「そこにいたのね、ハリバット」デジレー王女が言った。彼女は寝台の脇の椅子に座っている。

「さあ、いらっしゃい、いたずらっ子ちゃん。心配してたのよ。どこに隠れていたの？」はじめて会ったときから、王女はなんと成長したことだろう。メグの指示どおり、カールさせた髪を優雅に結いあげて、こめかみに後れ毛を散らしている。王女が着ているピンクの昼用ドレスは、シルクで縞《しま》をつけたシーヌ織りのサテン地でできていた。

アッシュは書斎の扉をきっちり閉めた。ハリバットに注意を向けたまま、伯爵の寝室が見渡せるところまで近づく。「殿下」アッシュは王女に言った。「あなたは音楽室にいることになっているはずです。お針子たちが何時間もぼんやりと突っ立ってあなたを待っているでしょうね」

「午前中の予定がすべてとりやめになったことはみんな知っているわ」デジレー王女は言った。

「あなたも聞いているはずよ、ミス・アッシュ」

アッシュは背筋をのばした。「そうでした。忘れていた重大な義務を果たさなければとあせっていたものですから。ミス・スマイルズ、あなたは非常に危険な方向に進もうとしているのです。自分の名誉を汚そうとしているのですよ。もはや守るべき名誉などほとんどないでしょうけれど。すぐに七番地へお帰りなさい。きっと、あなたのまたいとこのあのすばらしいミスター・ゴドリー・スマイスが力になってくれます。彼は寛大ですから、あなたの恥知らずな行為も家族の愛情から大目に見てくれるでしょう。彼が貞操の疑わしい縁者を見捨てるような人でないことに感謝すべきですよ」

伯爵の自制心は吹き飛んでしまったようだ。

ハリバットは寝台の足もとのほうに行っていたのに、今や戻ってきてアッシュを見あげ、再び歯をむいている。

アッシュは一歩さがって言った。「もちろん、わたくしには関係のないことです。他人に奉仕するばかりの人生を送ってきた平凡な女のことなど無視してください。あなたを気にかけていることを伝え、考えた末の忠告をしたかっただけなんです、ミス・スマイルズ」

メグが礼を言うと黙りこくってしまったので、シビルは口をぽかんと開けた。メグは必要とあらば、必ず相手に身のほどをわきまえさせるのに。

伯爵がアッシュをきっとにらみつけた。「あなたの今後について考え直したほうがよさそうだ、ミス――」

「なにも問題はありませんわ」メグがあわてて伯爵を遮った。「ミス・アッシュはいつも若い女性を指導なさっているから、わたくしがもう人から指図されるような子供でないことをお忘れになったのでしょう」

「あの、わたくしは——」

「お願いです、ミス・アッシュ」メグが言った。「その話はまた今度にしてください。わたしが怪我《けが》をしているのはおわかりでしょう」彼女はたっぷり薬を塗られた足首を示した。「火傷をしたんです。伯爵がご親切にもここで手当てしてくださった理由はあとで説明します。お心づかいには感謝しますわ」

アッシュはこぶしを握りしめ、ドレスにたたきつけた。「いいですわ」彼女は言った。そして眉を思いきりひそめ、大きな歯をむきだしにして顔をしかめた。「いいですとも」アッシュはあっけにとられている一同を尻目《しりめ》に、片足を踏み鳴らしてから駆けだしていき、書斎の扉を後ろ手にたたきつけるように閉めた。

「どうかしている」伯爵が言った。そして、しゃがみこんでハリバットの頭をかいた。「この賢いやつはそれを見抜いているのだ」

シビルがほほえみかけると、メグはばつの悪そうな顔をした。レモン色の贅沢《ぜいたく》なネグリジェとローブを着たメグは、ローブの襟からさがったサテンの長いリボンをいじっている。

王女のほうへ目を向けると、こちらはひどく浮かない顔をしていた。シビルにはなぜかわからなかった。

「今日の午後にはウィンザーへ発ちたかったのに」伯爵はくだけた調子で言った。「あいにく明日の早朝まで延期しなくてはならない——うまくいったとしても」

「よかった！」王女はそう叫んで椅子の背にどさりと寄りかかると、祈りをささげるかのように唇を動かした。

「なにがよかったんだ、デジレー？」伯爵が尋ねた。

デジレー王女はハリバットを抱きあげて縞模様の毛に顔をすりつけた。シビルには王女がなんらかの理由で表情を隠しているように感じられた。

「デジレー？」

「あら、特に理由なんてないわ、ジャン・マルク。ここでの刺激的な暮らしが好きになってきたってだけよ。ほら、今朝ミスター・フィッツダーラムが訪ねていらしたし。できれば明日も来たいとおっしゃっていたわ。いらしていただけるわね――出発があまり早くなければ」

シビルはメグとふたりきりになりたかった。

「舞踏会のドレスのことだけど」王女は身を乗りだして元気よく言った。「シビル、わたしの桃色と金色のドレスは見た？　はじめはどうかと思ったけど、わたしの髪によく映るってメグに説得されたの」

この生意気娘は自分の兄を退屈させて部屋から追いだすつもりらしい、とシビルは思った。

「そのとおりですわ」シビルは言った。「どちらの色も殿下によくお似合いですもの。髪はどうなさいます？　あの斬新《ざんしん》な夜会帽を試すおつもりですか？」

「メグがね、金の葉のリースを――」

伯爵が大きな咳払《せきばら》いをした。

「金の葉を生え際にめぐらして、顔や首にかかる毛をカールさせるんです」メグが言った。シビルは妹のまじめな表情に感心した。「頭のてっぺんにも小さなリースをかぶせます」

王女にしては珍しく大げさに拍手をした。

「失礼させてもらう」伯爵が言った。「ミス・スマイルズを決してひとりにしないように。わたしはすぐに戻る」

部屋に自分たちだけしかいなくなると、三人は遠慮がちに笑った。「よくありませんわ」メグが言った。

「仕方がなかったのよ」王女は言った。「ジャン・マルクの前では大事な話ができないんだもの。わたし、絶望の淵《ふち》に沈んでいるから、どうしてもふたりに相談に乗ってほしいのよ」

このお嬢様は自分に酔っているのだ、とシビルは思った。

「メグ、シビル、あなたたちだけが頼りなの。だって、アダム・チルワースのことをよく知っているんですもの」

「さっきは、ミスター・フィッツダーラムに思いを寄せていらっしゃるのかと思いましたけれど」メグが指摘した。

「それは……もう、どうしてかわかってるくせに。アダム・チルワースってとびきりハンサムだと思わない？」

シビルとメグは目を見合わせた。「そうですわね」メグが答えた。

「それに、とても才能があるわ。わたしの肖像画は傑作になると思うの」

メグは首をかしげ、落ち着かない様子で脚を動かした。「ほんの数週間前、おしゃれや殿方にはまったく興味がなかったのはどちらのお嬢様でしょう？」

「からかわないでちょうだい。ミスター・チルワースと一緒になれなければ、わたしの人生はおしまいだわ」

シビルは今にも吹きだしてしまいそうだった。

「たとえアダムがほかの点では殿下にふさわしいとしても、とてもお若い殿下のお相手としては、少々年をとりすぎているのではありませんか？」メグがきいた。

「わたしは子供じゃないわ」王女が言い放った。「わたしよりかなり年上の女性の多くより、精神的にはずっと大人よ。彼とそれほど年が離れているわけじゃないし」

シビルは、貧乏なアダムにのぼせあがってしまったこの少女が気の毒になった。彼は王女の気を引こうなどと思っていないに違いない。アダムには自分だけの世界があり、そこは自分の絵のことで占められているのだから。

「いいわ」デジレー王女は言い、もがいているハリバットを抱えて立ちあがった。「わたしの悩みをまじめに考えてくれないのね。あなたたちなら力になってくれると思ったのに、彼に対する真剣な思いを信じてくれないなんて。もちろん、あなたたちを責めたりしないわ。わたしが彼を選んだことに驚いているんでしょう。わたしのことをわかっていない証拠ね。わたしは決して因習に縛られたりしないの。そろそろ部屋に戻って瞑想するわ。ミリーがすてきな緑のマンティーラを手に入れてくれたの。そうよ、そうしましょう」

姉妹はふたりきりになるまで口を開かなかった。「瞑想ですって？」シビルは言った。「まったく、あなたみたいな人はひとりでたくさんなのに」

「そんなことはどうでもいいわ」メグが言った。「話したいことが山ほどあるの。急がないとジャン・マルクが戻ってきてしまう」

シビルは王女が座っていた椅子に腰をおろした。「なにで火傷したの？」

「松明《たいまつ》で。長くて胸の悪くなる話よ。でも、もう気分はよくなったわ」

「伯爵の寝台へ連れてきてもらったから？」

メグの頬が真っ赤になった。

シビルは泣きたくなかったが、目に涙があふれるのをとめられなかった。「なにがあったかわかってるわ。あなたがどんなに伯爵を愛しているか知っているから。ここ数週間、あなたを見るたびにそれを思い知らされたわ。彼も熱烈にあなたを求めている。わたしは世間知らずだけれど、ばかではないの。女性に欲望を抱いているときの殿方の顔くらいわかるわ」

「やめて」メグの声は叫びに近かった。「シビルお姉様、もうやめて。お姉様の口からそんな言葉を聞くなんて耐えられないわ」

「本当のことを言われてきまりが悪くなったの？　伯爵はしばらくあなたを求めるでしょう。それはかなり長いあいだかもしれないけど、そのうちあなたの純真無垢《むく》なところも珍しいとは思わなくなってしまうわ。彼になにをされたとしても、あなたが純真無垢であることに変わりはないの。でも、彼はもっと華やかで目立って教養があって高貴な生まれの、社交界の花に心を移すはずよ」

メグは弁解しなかった。できなかった。「お姉様の言うとおりよ」彼女は言った。「当然、わたしがジャン・マルクを愛していると言いたいのよね。ああ、シビルお姉様、今はまだすべてを話すことはできないの。この先も話せるかどうかわからない。どうか今までのようにわたしの味方でいてちょうだい。そしてわたしを理解しようとしてほしいの」

シビルはポーチからハンカチをとりだしてはなをかんだ。「あなたはわたしの妹で親友よ」彼女は言った。「それは変えたくても変わらない。変えるつもりもないわ。でも、あなたのことがとても心配なの」

姉は気づいているのだ、とメグは思った。「ジャン・マルクを好きになるつもりなんてなかったの。でも、はじめて会ったときから……そう、最初から惹《ひ》かれていたのよ。わたしたちはちょうど、男性の魅力について話したばかりだった。お姉様が男性のどこに魅力を感じるかをね。シビルお姉様、彼を見たとき、お姉様の理想にぴったりだと思ったの。そして、彼のことが頭から離れなくなった」

「あの方を無視できる女性なんていないわ」シビルはしぶしぶ認めた。「デジレー王女の音楽会で、ご婦人たちがどんなに彼に夢中になっていたことか。どうするつもりなの？」

どうするつもりか決めていたとしても、シビルに打ち明ける気にはなれなかった。どんな状況であろうと、ジャン・マルクを拒める自信がないということも言えなかった。

「いいわ」メグが黙っているので、シビルは言った。「でも、どうしたいのかわかったら、まずわたしに話してちょうだい」

メグは言った。「どうしたいのかはもうわかっているの。彼のそばにいたい」

メグの告白はジャン・マルクの書斎にもはっきりと聞こえた。彼は今し方使者から届けられた手紙を持って戻ってきたところだった。彼は扉の前で立ちどまった。そのまま音をたてずに赤褐色のつづれ織り地を張った長椅子に腰をおろし、聞き耳をたてていたのだ。

この恋にこんなにも死に物狂いになっているなんて。聞きたくてたまらない言葉を聞けるのではないかと思い、盗み聞きまでしてしまった。もう充分なはずだ。メグはわたしのそばにいたいと思ってくれているのだから。それでもメグが、なにが起ころうとわたしのそばにいると言ってくれなければ、わたしを愛していると言ってくれなければ、充分ではないのだ。

多くを望みすぎているな。

シビルとメグが声を落としたので、ジャン・マルクは自分が部屋に入ってきた音が聞こえたのだろうかと思った。

彼は厳重な封蝋《ふうろう》を――父の印章を押した封蝋を開け、クリーム色の厚い便箋《びんせん》を一枚とりだした。

父の力強く自信に満ちた文字が書かれている。

ジャン・マルク

おまえは元気でやっていて、妹のせいで頭がどうにかなったというようなことはないものと信じている。あの娘は非常に厄介だ。

そちらの様子をたびたび手紙で知らせてくれて感謝している。おまえが書いていたデジレの知性と成長ぶりのこと、興味と満足を覚えながら読んだ。聡明《そうめい》な娘であることはわかっていたが、これほど成長していたとは気づかなかった。

遺憾ながら、弟ルイ公爵がわたしの逆鱗《げきりん》に触れたことを知らせなければならない。あの愚か者は、大それた危険な野望を――当人にとって危険な野望を抱いていた。ルイがわたしの子供に危害を加えるという卑劣な手段によって、わたし亡きあと、大公位を奪いとろうとしていた証拠をつかんだ。国務大臣と話し合った末、ルイをモン・ヌアージュから追放することに同意せざるをえなかった。この件を口外しないでほしい。充分な時間が過ぎ、適当と思われる時機が来たら、ルイの死を公表する。

ジャン・マルクは何度もこの文章を読みかえしたが、大公の〝追放〟という言葉は〝死刑〟を意味するという結論にしか達しなかった。そしてさらに読み進めた。

吉報もある。弟の死を悼み、彼の愚かな選択を残念に思っているが、最も重要な決断をくだすことにした。これから告げることを、おまえがわたしと同様喜んでくれるものと思っている。

失望したとしても耐えてほしいのだが、当然の選択ながら、大公位をデジレー王女に譲ることにした。本人にはまだ知らせるべきではない。あれは若いが、わたしの強い精神力を脈脈と受け継いでいるように思う。二、三年のあいだは、しかるべき教育を施すつもりだ。ルイが自殺したであろうことは述べただろうか？　そう、そうなのだ。そういうことにしておこう。

デジレーが大公位を継ぐからといって、できるだけ早く地位のあるふさわしい伴侶《はんりょ》を見つけてもらいたいという希望に変わりはない。モン・ヌアージュにとって必要な婚姻だ。当然、事前に話し合ったとおり、相手はイギリス人でなければならない。王子か公爵が望ましいが、血統が申し分なく、その者との縁組がモン・ヌアージュの国益になるなら、それより低い身分の相手を受け入れることもやぶさかではない。

わたしはイングランドに行くことにした。数週間のうちに到着する。デジレーの婚約者に祝福を述べ、将来の統治者の夫としてなにを期待されているかを言って聞かせよう。

手紙は形式的な署名で終わっていた。「愛情を示す言葉もなしか?」ジャン・マルクはそうつぶやき、皮肉っぽい笑みを浮かべた。父がたったひとりの息子に対して親愛の言葉をかけたことなど一度もない。

やがて、勝利の喜びが憤りをうわまわった。うまくいかないながら、デジレーの潜在能力を父にわからせようと何度も試みてきた。これからは、大公が自らデジレーを評価するだろう。妹こそふさわしいと思っていた地位にデジレーが就くなら、なんの異存もない。

寝室からは、スマイルズ姉妹の話し声が高くなったり低くなったりしながら聞こえていた。彼は手紙を畳むと、机に歩み寄って引きだしの鍵《かぎ》を開けた。少し押すと、奥の羽目板が落ちるようになっている。彼は封筒を羽目板の奥に隠し、注意深く引きだしを閉めた。

長椅子に戻ると、どさりと腰をおろして背もたれに頭を預けた。疲労のせいで不安までが薄れている。屋敷のなかであろうと別の場所であろうと、信頼できる者が見ていてくれるのでない限り、メグを置いていきはしない。同時に、アイラの行方についての知らせを待つつもりだ。

ふいに、ジャン・マルクは起きあがった。父の手紙は、モン・ヌアージュに人生をささげる義務から解き放ってくれただけではない。今やメグとの結婚をためらう理由はほとんどなくなったのだ。時機を見て、身分の違いを気にする必要はなくなったとメグに伝えよう。

34

「ジャン・マルクはわたしを愛人にしたいのよ」メグは唇をぎゅっと結び、血の気の引いた姉の顔を見つめた。

「どうしてそこまで愚かなの？」シビルが言った。「伯爵があなたに飽きてほかの女性に乗り替えるまでしか続かない体だけの関係のために、なぜ信じてきたものをすべて捨てられるの？」

メグは考えたくないことを頭から追い払った。「伯爵はわたしたちをウィンザーに住まわせたいと考えているわ。シビルお姉様はわたしと一緒にいればいいのよ。どうやって暮らしていけばいいか頭を悩ませなくてすむわ」

シビルの外套《がいとう》は深緑色で、サテンを巻いた留め金がついている。同じ深緑色のサテンのボンネットにはつやのある孔雀《くじゃく》の羽根でできたふたつの飾り房がついていて、金髪をより美しく見せていた。

「考えてみて、シビルお姉様。いっさい生活の心配をしなくていいのよ」

「そして身も心も売り渡すのね！」シビルがこんなふうに声を荒らげるのは聞いたことがない。「お父様が教えてくださったことを、生きていくうえでの信条として大事にしてきたことを忘れてしまったの？　あんな人と一緒にいたいがために、正しい心にそむくわけ？　恥ずかしいわよ、メグ。恥ずかしいわ。そんなことが通用するはずないじゃない」

シビルの激しい言葉に、メグは身を震わせて言った。「彼は結婚しようと言ってくれたのだけれど、わたしは正しいことだと思えないの」

陽光が窓越しにあたたかい光を投げかけている。

「彼は軽蔑《けいべつ》にも値しない冷酷な策士よ」シビルが言った。「伯爵ともあろう人が牧師の遺児なんかと、財産のない孤児なんかと結婚するなんてなぜ思うわけ？　ああいう人たちは利益のためだけに結婚するの。彼はあなたからなにを得られるというのよ？」

「もうこの話はしたくないわ」メグは言った。ひとりになって、自分のできる方法で心を静める必要がある。

「話さなければならないことがあるの。伯爵がバッグズ牧師について言ったことはどういう意味？　あのかわいそうな人にはたびたびいらいらさせられるけど、彼は犯罪に手を染めるような悪い人じゃないわ」

「たぶん本当なんだと思う」メグは言った。そしてぎこちなく体を動かし、寝台の脇《わき》から足を垂らした。「見た人がいるの。少なくとも、わたしにはバッグズ牧師としか思えないわ。その人物の特徴が彼にそっくりなんだもの。彼がレディ・アップワースを連れ去ったんだとしたら、恐ろしく奇妙なことが起こっているのよ。ムッシュ・ヴェルボーがゆうべ襲われて怪我《けが》をしたの。床に就いていなくてはいけないのに、レディ・アップワースの捜索隊に加わっているわ。あのふたりは仲がいいみたい。わたしが全然知らないことがたくさんあるのよ」

「ムッシュ・ヴェルボーが襲われた？」シビルは歩きまわるのをやめ、メグの前に立った。「今度はそれもバッグズ牧師の仕業だと言うんでしょう。いったいどういうつもり？」シビルがそうきいたとき、メグはローブの前をかき合わせた。

「もう黙ってなんかいられない。今ごちゃごちゃ言っている問題よりも、シビルお姉様のことのほうがよほど心配だわ。ゆうべウィリアムが来たことを話さないつもり？」

「どうしてそれを知っているの？　誰に聞いたの？」

「レディ・アップワースよ。ゆうべ遅くに。そのあとすぐに、なんらかの理由でもう一度出かけ、悪者につかまってしまったのね」

シビルはドレスの裾《すそ》を広げて腰をおろすと、背筋をのばした。普段と違い、よそよそしい態度だ。メグの顔を見ようとしない。「それこそわたしが話したかったことだわ。わたし、気が変わったの。今までウィリアムの本当の姿が見えていなかったのね。彼は紳士だし優しい人だわ。それにわたしを愛してくれている。そういうことよ」

メグは深く息を吸いこんで下におりた。そしてすぐにシビルの傍らへ行った。「ウィリアムは変わってやしないわ。お姉様はわたしのことばかり言うけれど……自分こそだまされているんじゃない。わたしたちのまたいとこはいい人なんかじゃないわ。彼にかかわってはだめよ」

「彼のことを二度とそんなふうに言わないで。わたしたち、結婚するわ。すぐにね」

「ああ、シビルお姉様」姉は隠しごとのできない人だ。「そんなことをする気になったのは、お姉様が正しくないと思っていることをわたしにさせないためでしょう？　わたしのためにそんなひどい犠牲を払うつもり？　だめよ。そんなことはさせられないわ。お姉様にもわかっているはずよ」

隣室で扉の閉まる音がして、男性の重々しい足音が近づいてきた。「入ってもいいかな？」ジヤン・マルクが尋ねた。

「どうぞ」シビルが即座に答えた。

「ジャン・マルクに会っててっとり早く片をつけ、自分の思いどおりにことを運ぶつもり?」メグは小声で尋ねた。「彼にはなにも言わないで。お願い」

ジャン・マルクは笑みを浮かべ、うれしそうに手をこすり合わせながら入ってきた。「きみたちは本当に仲がいいね。デジレーにも姉妹がいるとよかったな」

メグはジャン・マルクから目をそらせなかった。彼を求めるあまり、息がとまってしまいそうだ。

「わたくし、結婚することになりました」シビルが言った。「ミスター・ゴドリー・スマイスと。準備が整い次第、できるだけ早く式をあげるつもりです」

「ほう」ジャン・マルクはうなずき、手の動きをとめた。「ゴドリー・スマイスとね」

「だめよ」メグは自分が借りもののネグリジェとローブという格好であることに気づいた。「そんなことはやめて。いいわね? お姉様は彼のことなんて好きではないじゃない。実際、毛嫌いしているわ」

シビルはつばをのみこんだ。目に涙があふれている。「人の心は他人にはわからないものだわ。あなたがそう言ったのよ」

ジャン・マルクは椅子を持ちあげてシビルのそばに置いた。「座るんだ、メグ。足を床につけてはいけない。喧嘩《けんか》をしてみせてくれなくても、元気になったことはわかっていたのに」彼は寝台の端に腰かけた。「わたしのことづてに対して、七番地のラティマー・モアが返事をよこしてくれた。バッグズはゆうべ部屋に戻っていないらしい。実のところ、ミスター・モアがかなり遅く帰宅したときにバッグズが出ていくのを見たそうだ。バッグズは帰ってこなかったのだ」

「バッグズ牧師は帽子をかぶっていたのですか？」メグがきいた。

「ああ。モアが屋敷に入ると、ゴドリー・スマイスが玄関にいて、彼を見て――もしくは彼に見られて動揺していたらしい」

「ラティマーがそう思いこんだだけかもしれません」シビルが言った。「彼に確かなことがわかるはずありませんわ」

ジャン・マルクはシビル・スマイルズをしげしげと見つめた。彼女はまたもや人が変わってしまったようだ。決然とした表情で瞳から光を放っている――まったくいつものシビルらしくない。

「恐ろしい出来事がすでにいくつか起こっています」シビルが言った。「今度はメグとムッシュ・ヴェルボーが襲われ、お気の毒にもレディ・アップワースがさらわれました。一連の出来事はすべてバッグズ牧師の仕業だとお思いなのですか？」

「もちろん、そうじゃないわ」メグが口を挟んだ。ジャン・マルクは、彼女の弁護に任せることにした。「でも、バグジーがバーリントン・アーケードのそばにいたのを覚えているでしょう？それに、ボンド・ストリートにも」

「バッグズ牧師があなたをつけていたのは、彼とウィリアムがわたしたちを心配したからだと言っていたじゃない」シビルは握りしめたこぶしを椅子の肘掛けにおろした。「あなたはバッグズ牧師がレディ・アップワースを連れ去るところを見たの？　その目で？」

ジャン・マルクが言った。「目ざとい少女が彼を――あるいは、彼とおぼしき人物を見たのだ。

だが、もっと証拠が欲しいというきみの気持もわかる。実際、わたしもきみと同じように疑問を持っているから、ピエールをマウント・ストリートにある少女の両親が営むパン屋へ遣わして、娘を再びよこすように申しつけている」

「ジャン・マルク、まだわたくしたちに話していないことがあるのですか?」

メグが彼を名前で呼ぶのを聞いて、シビルは椅子の肘掛けを握りしめた。

ジャン・マルク本人はいらだちではなく喜びを感じ、メグにほほえみかけた。「きみたちが知る必要のあることは全部話した」彼は言った。メグは否定するかもしれないが、ふたりのあいだの距離は縮まりつつある。

「ほかにもあるはずだわ」メグは自分が犯した過ちに気づいていない様子で言った。「きき方を変えます。事件にかかわっているのはひとつの集団だとお思いですか? それともふたつ? 彼らが危害を加えようとしているのは、もしくは脅迫してなにかをさせるか、あるいはさせないようにしようとしている相手は誰なんです? それがわたくしだとは思えません。理由がないではありませんか」

「そのとおりだ」事実を打ち明ければ、メグを危険にさらすことになる。ジャン・マルクは立ちあがった。「この問題は適切に対処できる者の手にゆだねてほしい。この棟の入口に見張りを立たせてある。きみたちはここでくつろいでいてくれ」

「わたくしはごまかされませんわ、伯爵」

ジャン・マルクは驚いてシビル・スマイルズを見つめた。彼女は立ちあがって胸をそらした。頬が真っ赤に染まっている。

「あなたの気分を害したところで、妹と違い、わたくしには仕事以外失うものなどありません。それも、どのみちやめさせていただくつもりです」

「シビルお姉様」メグは言い、姉の手に触れた。「ほかのことはともかく、伯爵はわたしたちに親切にしてくださったわ。なにか言う前によく考えてちょうだい」

「わたしが伯爵を軽蔑していると言う前に？　彼はあなたを思いどおりにし、そして——」

「シビルお姉様、もうやめて」

「そして、なんだ？」ジャン・マルクは尋ねた。自分には腹を立てる資格などほとんどないとわかっているが、シビルに身のほどをわきまえさせてやりたかった。「少し前にきみがわたしについて言っていたことは聞いてしまった。きみはわたしを見くびっているね。だが、わたしのことなど、わたしのメグに対する気持などわかっていないではないか」

シビルが手をあげた瞬間、ジャン・マルクはたたかれるのではないかと思った。だが、彼女はそうはせず、彼から離れた。「あなたはメグを愛人になさりたいのです。あなたはメグと結婚するとおっしゃっていますが、妹は信じられずにいます。メグはあなたを愛しているんです。そして、あなたはその愛を利用している」

「状況は変わるのだ」ジャン・マルクはシビルに言った。ついに抑えきれずに怒りが爆発した。「愛についてなにを知っているというのだ？　なにも知らないではないか。それが無難な選択だからという理由で、ゴドリー・スマイスのようなやつと結婚するくらいだものな。まったく冷静な判断だよ。今日をもって、わたしの立場は変わったのだ。メグと結婚しても、もはや周囲にはなんの影響もない。だから、わたしたちは結婚する。きみが祝福しようがしまいが」

こんなシビルを見たのははじめてだ。だが、その違和感もジャン・マルクの宣言を聞いて吹き飛んでしまった。結婚によって不都合が生じる心配がなくなったので、わたしと一緒になることができる。彼が言ったのは、言いたいのは、そういうことだ。つまり、今やわたしのせいでもっと重要な問題に悪影響が及ぶことはなくなったから結婚しようというわけだ。

「なにも言うことはないの？」シビルがメグにきいた。

「ないわ」メグは首を振った。言いたいことは山ほどあるが、シビルの前では口にできない。「どうかしているわ。ひどい話よ。もうここにはいたくない。すぐにウィリアムのところへ帰るわ。結婚式はバッグズ牧師にとり行ってもらいたいとウィリアムに頼むつもりよ。式には招待するわね」

ジャン・マルクはシビルと扉のあいだに立ちふさがった。「そんなことを許すわけにはいかない。メグのためにも、ここにいてくれ。せめて、バッグズ牧師とゴドリー・スマイスについて、もっと詳しいことがわかるまで」

伯爵もメグも、わたしがどんなにおびえているか気づいていない。気づかれてはならないのだ。ウィリアムが追いつめられてわたしたちを殺そうとする前に、ランチハウスを、そしてメグと自分自身を救えるかどうかはわたし次第なのだ。シビルは必死に心を奮い立たせた。この問題はわたしひとりでなんとかしなくては。事情を知っていることを、そして口ではなんと言おうとウィリアムと結婚する気などないことを彼に悟られてはならない。無謀でずるいやり方だけれど、これしか方法がないのだ。今のところメグは真相に気づいていない。万一気づけば、わたしの身を案じて計画を邪魔しようとするだろう。

「ミス・スマイルズ」ジャン・マルクが言った。「協力してもらえないか？」

「わたくしは七番地へ戻らなければなりません。でないとウィリアムが捜しに来ますわ。彼には、メグにわたくしたちが結婚することを知らせ、説得して一緒に戻ってくると言ってきたんです」

「メグはきみと一緒に戻ったりしない」ジャン・マルクは言った。愛する女性を自分の目の届かないところへ行かせたりはしない。すべての危険が去ったあとも。「わかるだろう？　彼女はどこかに行ける状態ではない」

「メグ、一緒に来る？」

「お姉様が帰るのをとめることはできないけれど、一緒には行けないわ。お姉様のことが心配だわ」

「心配しないで」心配することなどなにもないと思えたらいいのに。「できるだけ早く予定を知らせに来るわ」海辺に立っていたら、うなりをあげながら容赦なく返していく波に足をとられたような気持だ。この恐怖に打ち勝たなければ。

ジャン・マルクはシビルの様子を注意深く見つめた。なにかありそうだ……いや、メグよりもシビルの心がわかるはずはない。だが、シビルの態度は百八十度変わってしまった。メグの話からして、姉妹はゴドリー・スマイスをよく思っていなかったはずだ。なぜ心変わりしたのだろう？　突然愛が芽生えることなどありえない。シビルは、メグをわたしから引き離そうとしているのだろうか？　いや、考えられない。ほかに理由があるはずだ。ほかに考えがあってのことだろうが、それを問いただしていいものだろうか？

「失礼したね、ミス・スマイルズ」ジャン・マルクは言い、メグの目を見ないようにした。「祝福の言葉を述べるのをうっかり忘れていた。ミスター・ゴドリー・スマイスのことはよく知らないが、きみが選んだのだから、立派な人物なのだろう。どうかお幸せに」

メグは目を閉じた。顔に苦悩の表情がよぎる。そして深々と息を吸いこんだ。

「そうやって隠すんだね、メグ」彼は考えこむように言った。「心に秘めた思いが目に表れているから、本心を見抜かれたくないわけだ。そんなことをするのは、慎み深いからではなく弱いからじゃないのかな」きついことを言いすぎたが、かなり的を射ているはずだ。

シビルが言った。「メグはそのへんの人とは違うのです。それさえご存じないなんて、メグのことなどなにもわかっていらっしゃらないのね」

「それくらいわかっている。わたしはメグのいない人生など耐えられないということが、きみにはわからないのか?」

シビルは眉をひそめた。そして誠意を推し量るようにジャン・マルクの顔をしげしげと見つめた。「あなたのような方でも、メグの心を傷つけたりはしないと思えればいいのですけれど」

スマイルズ姉妹の両親に会っておきたかった。メグにしろシビルにしろ、これほどすばらしい女性はめったにいない。意志の強い両親に育てられたのだろう。

「なにもおっしゃっていただけないようですね」シビルが言った。

ジャン・マルクが首をかしげると、メグは視線を感じて彼のほうを見た。今度は彼女も自分の気持を隠しておくことができなかった。ふたつの瞳が明るく輝き、激しい感情をあらわにしている。

「きみの心を傷つけたりはしない」ジャン・マルクは言った。「きみの望むような人間になるには、きみの手助けが必要だ。だが、きみを傷つけるようなまねは決してしない」

「あなたが故意にわたくしを傷つけることはないでしょう」メグは感情を抑えて言った。「あなたからも、こんなことはやめるようにシビルにおっしゃってください」

　メグを苦しめていると思うと、シビルは罪悪感で胸がつまりそうだった。だが、妹のためにも自分のためにも、今は弱気になっていられない。「なにを言っても役に立たないことは、伯爵もご存じよ。なんの解決にもならないわ。わたしは戻ってくると言ったはずよ。ほかに話すべきことができたら、戻ってくるわ」

「伯爵！」

　書斎からピエールの声が聞こえた。彼はずんずん近づいてきて寝室の扉を大きく開けた。「おまえか。あの娘を連れてきたか？」

　ピエールは何枚ものケープがついた厚手の外套をしっかりと着こみ、両手でシルクハットを抱えていた。「なんとご説明してよいかわかりません」彼は言った。

「よく聞こえるようにもっと前に出て」メグがシビルにささやいた。「わたしはお姉様の後ろに立つから」

　シビルは言われたとおりにして、ジャン・マルクのすぐ隣に立った。

　ピエールはちらりとシビルを見たが、なんの関心も示さなかった。「伯爵、仰せのとおりマウント・ストリートへ行ってきました。ベティという少女を捜しに」

「わかっている」ジャン・マルクがいらだたしげに言った。「わかりきっていることをわざわざ言うな」

ピエールは下唇を吸ってこうべを垂れた。そして両腕をあげてから重そうにおろした。「いったいどういうことでしょう？　あの娘はレディ・アップワースの名前も、伯爵との関係も、この家のことも知っていました。牧師の様子も説明できた。まったく理解に苦しむのですが、わたくしたちはどんどん危険な事態に陥っているようです」

ジャン・マルクは早く要点を言えと怒鳴りつけたい衝動を意志の力で抑えつけた。「おまえの言うとおりなのだろう」彼は言った。できればスマイルズ姉妹の前で認めたくはなかった。「なにがあったのか聞かせてくれ」

「わたくしはマウント・ストリートを端から端まで歩きまわりました。パン屋は何軒かありましたが、〈ラムリーズ〉という店はなく、誰ひとりベティというパン屋の娘を知らなかったのです」

35

「誰に連れ去られたにせよ、レディ・アップワースは消えてしまったのです」ヴェルボーがジャン・マルクに言った。「少女が存在しなかったというのは確かに不可解ですが、バッグズは七番地から姿を消しています。これは事実だ。しかも、ゆうべからいないのです。事件にかかわっているのでしょう。わからないのはその理由です」

ふたりは並んで二階のデジレーの部屋へ急いだ。ヴェルボーが戻り、捜索は失敗に終わったとの知らせを受け、ジャン・マルクは話を聞こうと従者のもとへ行ったのだった。その隙《すき》にメグは、自分とシビルは許可をもらっていると言って見張りの者を納得させ、自室へ戻ってしまった。

「手に負えませんね、伯爵」ヴェルボーがメグのことを言った。「今あの調子で、これからおとなしくなる見こみはあるのでしょうか？」

「おまえの知ったことではない」ジャン・マルクは父の手紙の内容をまだ誰にも話す気になれなかった。「メグ！」

たちまち彼女は廊下に姿を見せた。「怒鳴る必要はありませんわ、伯爵。らしくありませんね」

「説教はやめてもらおう。なぜわたしにそむいた？」理由のひとつはすぐにわかった。メグは群青色のドレスを着て同じ色の靴を履き、髪を簡単に、だが優美に結いあげている。なぜメグの髪はときどき赤みが薄れて見えるのだろう？「さあ、どう申し開きするつもりだ？」ジャン・マルクは彼女に近づいてきた。

「その必要はございません、伯爵」メグは慇懃無礼《いんぎんぶれい》に膝を曲げてお辞儀をした。「王女様にまたお客様がありましたら、同席しなければなりません。ふさわしい服装でなければそれはかないませんもの」

「客はもう迎えない」ジャン・マルクは大声を出し、使用人がいないかと後ろを振りかえった。廊下の向こうにひとり現れ、こちらに向かって歩いてくる。「ああ、おまえでいい」ジャン・マルクは召使いを指さした。「すぐにレンチのところへ行き、わたしの許可なしには誰もこの屋敷に入れるなと伝えろ」

「かしこまりました、伯爵」召使いは床につきそうなほど深く頭をさげて立ち去った。

「この問題は片づいた。姉上はどこだ？」

メグは突然沈痛の面持ちになった。「家に戻りました」彼女は言った。「ここに残るように説得できなかったのです」

「どうしてそんなに意地悪なの、お兄様？」デジレーがメグの居間から顔を突きだした。首にハリバットがしがみついており、顔をあげることができない様子だ。「なぜお客様を迎えちゃいけないの？　サー・ロバートが来たら、わたしも一緒にいていいとメグが言ってくれたのに。きっと楽しいと思うわ」

「王女様の客ではなかったのか？」ジャン・マルクは眉をつりあげたが、彼の問いただすような視線にも、メグはひるまなかった。「客には帰ってもらうから、どちらにとっても楽しいことなどないぞ。メグ・スマイルズ、きみは休まなければならない。わかったか？　さあ、自分の部屋に戻るのだ。わたしは忙しい。話はあとにしよう」

ジャン・マルクは女たちを残して足早に回廊へ向かった。ヴェルボーも足並みをそろえる。この男は仕事をこなせるほど回復したと言い張っているが、アイラを捜しだそうという気持に突き動かされているのだろう。

「どうなさるおつもりです?」ヴェルボーは尋ねた。

「わたしがメグ・スマイルズを連れて逃げても意味はなかっただろう?」

「いいえ。そうなさっていたら、ゆうべの事件は起こらなかったはずです。やつらはあなたに思い知らせようとしたのではないでしょうか」

ジャン・マルクは歩みをとめた。「そうかもしれない。ああ、きっとそうだ。そこで、われわれの意図は内緒にしておく必要がある。素早く行動し、誰にも見られてはならない。バッグズという男がなぜアイラを連れ去ったのかはわからないが、やってみるしかないだろう。バッグズを見つけだして知っていることをききだすのだ。そのために、七番地を見張るつもりだ。わたしの考えはこうだ。ミス・シビルがバッグズに結婚式をとり行ってもらいたいと言えば、ゴドリー・スマイスはあの牧師のところへ行くだろう。そのとき、ゴドリー・スマイスのあとをつけるのだ。あのふたりについては、よく知っておかなければならない」

「わたくしもご一緒します」

「おまえはここに残り、家の者の安全を守ってくれ。武器は持っているか?」

「もちろんです」ヴェルボーは言った。「常に持ち歩いています。あいにく、ゆうべの衣装には拳銃《けんじゅう》を隠しておけなかったので、あのような目に遭いました。ですが、この屋敷の警備はほかの者でもできます。どうかお供させてください」

ジャン・マルクはヴェルボーの肩をつかんだ。「こうしている時間が惜しい。なるべく目立たないほうがいいのだ。ふたりよりひとりのほうが人目につかない。言われたとおりにしろ」

ジャン・マルクは返事を待たずに走りだして玄関へおり、レンチからマントを受けとった。

「ありがとう」彼は執事に言った。「わたしの許可なしには誰も、誰ひとり屋敷に入れるなという命令はわかっているな。わたしはこれからすぐに外出するから、すべての訪問客を断れということだ。いいな？」

レンチの表情が引きしまった。「承知いたしました、伯爵。お許しがない以上、誰ひとり通しません」

「頼んだぞ」ジャン・マルクはひらりとマントをはおったが、正面玄関は使わず、急いで屋敷のなかを通り抜けて裏庭の門から外に出た。そこには厩《うまや》があり、馬丁たちが馬の世話をする手をとめてこちらを見つめた。ジャン・マルクは、自分の家の裏口から出てもおかしいことはないだろうという顔つきで手を振った。

十七番地と十八番地のあいだの狭い道は人ひとりがやっと通れるほどの幅なので、身をひそめて広場を見張るには格好の場所だ。彼は七番地がよく見える位置に立って待ち続けた。

ちらりと懐中時計に目をやるたび、こういうときにはなかなか時間が過ぎないものだと思った。ハンター・ロイドが七番地から出てきて、八番地から現れた男と立ち話を始めた。八番地の屋敷はジャン・マルクの旧友であるキルルード子爵ロスとその妻のものだ。ラティマー・モアが子爵夫人の兄だと思うと妙な気がした。現在キルルード家の者はスコットランド領にいるので、ロイドと話している相手は屋敷の執事だろう。それにしては、ふたりはずいぶん親しげにしゃべってからそれぞれの方向へ去っていった。

雨が降りだした。たいしたことはないが、まったくついていない。

再び七番地の扉が開いた。ついに現れた！　たたずんであたりをうかがっているのは今度こそウィリアム・ゴドリー・スマイスだ。手袋をはめながら階段をおり、そこでまた立ちどまって再びまわりを見た。それから十七番地をじっと見据えたあと、足早に歩きだした。

ゴドリー・スマイスが広場の出口から大通りへ出て右に折れるのを見届けると、ジャン・マルクは隠れていた場所をあとにした。

次の瞬間、彼は引きかえした。

シビルが現れたのだ。ドレスの裾《すそ》を持ちあげて石畳を走り、ゴドリー・スマイスが曲がった場所へと向かっていった。いったん立ちどまって左右を見たあと、彼女が結婚するつもりの男と同じ方向へ走りだした。

女どもはみんな邪魔ばかりする。シビルは尾行の妨げになるだろう。ぐずぐずしているとふたりとも見失ってしまうぞ。ジャン・マルクは狭い道を出て歩きだした。足どりは軽く、散歩でもしているようだ。

雨脚が強くなってきた。角を曲がって標的の姿をとらえるころには、ジャン・マルクの帽子の縁から滴が垂れていた。シビルが振り向いてわたしを見とがめ、計画が台なしにならないことを祈ろう。だが、シビルもジャン・マルクと同様ゴドリー・スマイスの行き先を突きとめようとしているらしい――本人に気づかれないように。シビルがあとをつけているということは、ゴドリー・スマイスが結婚式の相談をするためにバッグズを連れてくると言って出かけたということだ。

メグは、ハリバットが外に出たがるたびに使っている階段から屋敷を出た。薔薇《ばら》園のそばの門から、早朝掃除係がみんなのいやがる仕事をする裏庭へ出られるのだ。

メグは悪臭に顔をしかめながら、足首の痛みにもめげず急いで石畳に出ると、はじめにウィリアムが、続いてシビルが曲がった左の方向に折れた。人目につかないよう行動するのに慣れていない姉が、ウィリアムの行き先を突きとめようとしているらしい。シビルがウィリアムに見つかりませんように。運がよければ、シビルに追いついて一緒に尾行することができる。姉がなにを考えているのかは察しがつく。シビルが結婚式はバッグズ牧師にとり行ってもらいたいと言えば、あのいまいましい男は牧師を捜しに行くに決まっている。ウィリアムがなぜシビルと結婚することにしたのかは定かでないが、その決意はかたく、相手の気が変わらないうちに夫婦になってしまおうとあせっているのは間違いない。シビルはバッグズになんらかの疑いを抱いていて、彼がレディ・アップワースと一緒にいるのかどうか確かめるつもりなのだ。

メグは広場の出口まで来ると右に折れた。彼女が屋敷を出るほんの少し前に、シビルがそちらへ曲がったのが見えたのだ。大通りは広く、馬車が泥水を跳ねあげながら行き交っていた。急ぎ足で通り過ぎる人々は雨が目に入らないようにうつむいている。メグも目の上に手をかざして先を急いだ。遠くのほうに深緑色のものがちらりと見えた。シビルに違いない。メグはドレスの裾を持ちあげると、周囲の好奇の視線などおかまいなしに痛む足を引きずって駆けだした。

ヴェルボーは普段エトランジェ伯爵に逆らわないようにしている。ふたりの関係が長年うまくいっているのは、ヴェルボーが伯爵の激しやすさを充分に心得ており、主人に反抗しないようにしているからだ。

今回ばかりは、伯爵のあとをつけ、事態が主人の手に余れば自分がなんとかしようとしか考えられなかった。ゴドリー・スマイスの行く先になにが待ち受けているのか、伯爵にもわたしにもわからない。予想どおりバッグズ牧師がアイラの失踪《しっそう》に荷担しているなら、職を失う危険を冒しても命令に逆らう価値はある。

思っていたよりも伯爵に離されてしまったが、ピエールとふたりきりになり、十七番地の留守を預かってほしいこと、そしてそれは責任重大であることを理解させるのに手間どったせいだ。ともかく、伯爵は非常に背が高い。広場を出てどちらへ向かったかは見届けていた。幸い、長くまっすぐな通りに出るので、再び角を曲がるか建物のなかに入ってしまうかする前に、伯爵を――そしてゴドリー・スマイスを――見つけられるかもしれない。

ヴェルボーは大通りを右に曲がると、なりふりかまわず走りだした。石畳の脇《わき》へよけて石段をのぼり、前方に目を凝らす。彼は思わず歓声をあげそうになった。黒いマントをまとった見間違えようのない長身の人物が少し離れた庭園へ向かっている。見失ってはいなかったのだ。わたしが追いつけば、伯爵も心強いだろう。迫りつつある対決に際し、仲間ができるのだから。

シビルはタプウェル・パークをとり囲む高くて白い柵《さく》の切れ目からなかに入りこんだ。石の門柱の上にはそれぞれ熊《くま》と怪獣《グリフイン》がいて見張りをしているものの、門そのものは閉じられて鎖がかかっていた。この庭園は個人のもので、持ち主は洗練された人だ。たとえ、ほど近くに見える同じ名前の屋敷が多少荒れ果てていても。やがて街の騒音が聞こえなくなった。屋敷へとまっすぐのびる私道の片側が芝の生えた土手になっており、樫《かし》の老木が立っている。ウィリアムは背中を丸め、とぼとぼと右のほうへ土手をのぼっていった。そして土手の向こう側へ消えた。シビルは気づかれては大変と思い、少なくとも一キロ半はある土手を迂回《うかい》することにした。

明らかに、ウィリアムは前にもこの道を通ったことがあるようだ。庭園を突っ切って近道をし、庭園に囲まれたタプウェル・ハウスの向こう側の通りへ出るつもりなのだ。彼は商人が出入りする小さな門を抜け、丸石敷きのみすぼらしい通りへ出た。シビルも音をたてないように急いであとを追った。はすにかぶったビーバーの毛皮の帽子と、その縁からのぞく色褪《いろあ》せた金髪から目を離さないようにする。

危険を冒してでも彼に近づかなければ。

アストリー・レーンとモナ・アベニューの交差点に来ると、ウィリアムは左に折れた。シビルはその角へ急ぎ、頭を突きだした。彼は間違いなくチューダー様式の大きな宿屋へ向かっていた。そこは梁《はり》がむきだしになっていて二階より上が道路にせりだしている。ぎーぎー音をたてて揺れている看板には〈ひと休み亭《フロッグズ・プレス》〉と書かれていた。ウィリアムがためらうことなくそのなかへ入ったので、シビルもすぐに追いかけた。入口の扉の前に立っただけで、ビールのにおいで気持が悪くなる。主人らしき人物がウィリアムに陽気に挨拶《あいさつ》する声が聞こえてきた。

「お客さんですよ」主人が言った。「バッグズ牧師とそのお友達です」〝お友達〟という部分を強調している。「あれは上玉だ。牧師さんがものにしてると思いませんかね?」

「賢い者は黙して語らずと言うだろう?」ウィリアムは言い、下卑た笑い声をあげた。

「賢い人ならね」主人が言った。「あんたんとこの牧師さんは口を閉じていられないんだから」

ウィリアムは鼻で笑うと、階段をのぼっていったようだった。シビルは一分ほど待ってからなかに入り、恥ずかしさに顔を赤らめながら丸々太った主人の前を通り過ぎた。彼はうれしそうに舌を鳴らしたが、なにも言わなかった。

シビルがウィリアムの足音を頼りに三階まで来るやいなや、左手にあるふたつの部屋のうちのひとつ、通りに面したほうから声が聞こえてきた。右手にはもうひとつ部屋があり、左のふたつよりも大きいようだ。

シビルは身を隠す場所を探した。今の声はバッグズとウィリアムに違いない。女性の声はレディ・アップワースだろう。レディ・アップワースの声を聞いて、シビルはたいそうほっとした。隠れられそうなのは右手の部屋だけだ。シビルは爪先立って歩いていってなかをのぞいた。そしてすぐに、この居間には故郷の家の家具が置かれていることに気づいた。なかにはスマイルズ家に代々受け継がれてきたものもあった。だが、ここで泣くわけにはいかない。

シビルがなかに入って扉の陰に隠れようとしたとたん、ウィリアムにぶつかってしまった。

「シビル」ウィリアムが恐怖以外のなにものでもない表情を浮かべてつぶやいた。彼は唇に指をあて、背後の部屋の隅にシビルを押しやった。そして彼女の耳もとでささやく。「なにを考えているんだ?　人の言うことはちゃんと聞くようにしなきゃ。ぼくは思ってもみなかった厄介ごとに巻きこまれてしまったんだ。音をたてたり動いたりしないでくれ。言うことを聞いてもらわないと、ぼくの苦労が水の泡になってしまう」

シビルはうなずいたが、彼の悪事などすべてお見通しだと言ってやりたくて仕方がなかった。

「また誰か来る」ウィリアムが小声で言った。「今度は誰だ？」

肩ごしに振り返りながらうつむき加減で入ってきたのは伯爵だった。黒いマントを翻し、帽子の縁から雨の滴をしたたらせている。伯爵はまっすぐ居間を横切ると、向き直ってウィリアムとシビルの顔を見た。

伯爵は手に恐ろしい拳銃を握っていた。それをウィリアムに向ける。「逃げるんだ、シビル」彼は押し殺した声で言った。「早く言われたとおりにしろ」

「命令するのはそこまでだ」ウィリアムも拳銃をとりだしてシビルにあてた。シビルは叫ぼうとして口を開いたが、すぐにふさがれた。「後ろにさがれ、エトランジェ。壁際に行くんだ。ぼくからよく見えるところにな」

伯爵は腹を立てたものの、とり乱しはしなかった。「シビルにそんなものを向けるのはよせ。おまえの婚約者だろう？　なぜ気が変わったのだ？」彼は悠然と歩きだし、廊下からは見えない位置にある椅子に腰をおろした。

「すまない、シビル」ウィリアムが言った。「とっさにそこまで頭がまわらなくて。どうか許してくれ」

シビルが黙っているので、ジャン・マルクは愛想よくほほえみかけた。「では、問題のふたりは廊下を挟んだ向こう側の部屋にいるのだな？　彼らがずっと閉じこもったきりなのを、人は不思議に思っているだろう。しかしとにかくアイラの声を聞き、生きているとわかれば安心できるだろう。よい状態かどうかは別として。銃を捨てろ、ゴドリー・スマイス。おまえが撃てばこちらも撃つ。そして警官がここへなだれこんでくるぞ」

「バッグズのやつ、なぜぼくに刃向かったんだ?」ゴドリー・スマイスが言った。ジャン・マルクの言葉など聞こえていないようだ。「あの女をここに連れてくるべきじゃなかった」

「どこに連れていくつもりだったの?」シビルが穏やかにきいた。

ジャン・マルクは落ち着いた態度のシビルを感心しながら見つめていた。「そうだ、どこへ連れていこうとしたのだ?」彼も尋ねた。

ゴドリー・スマイスはじろりとにらんだが、答えようとしなかった。「ぼくがバッグズと話し合うあいだ、ふたりともここにいるんだ。いや、それより屋敷に帰ったほうがいい。あとでどうなったか知らせてやるから」

「屋敷に帰れだと?」ジャン・マルクはせせら笑った。「そうすれば、おまえにとっては好都合だろう。だが、わたしにとっては違う。しーっ」静かな足音が階段をあがってくる。

「ちくしょう!」ゴドリー・スマイスが言った。「もう誰も来させねえ。知らないやつが来たら追いかえしてくれと主人に言ってくる」

「そしてさらにまわりの注意を引くのか?」ジャン・マルクは尋ねた。

足音は階段の上でとまった。足音の主はバッグズとアイラの話に聞き耳を立てているらしい。その人物は居間とは反対側へ歩き始めた。扉の開く音がし、話し声が大きくなったかと思うと、次の瞬間静まりかえった。

ジャン・マルクは即座に立ちあがって扉から顔を出した。すると、愛するメグ・スマイルズがバッグズとアイラのいる部屋に入っていくところだった。

彼は天を仰いだ。「なんてことだ」

「ばかばかしい」メグの声が響き渡った。「まったくばかげてるわ。どういうつもりでこんなことをしたの？」

ジャン・マルクはゴドリー・スマイスとシビルにそこを動くなと目で合図して廊下を横切ろうとした。そのとき、人影が目に入り、また誰かやってきたのがわかった。

「いい加減にしてくれ」ジャン・マルクは必死に声を抑えて吐き捨てた。

片手に銃、片手に剣を持ったヴェルボーが階段をあがりきって何歩か歩いたところで、注意深く見つめているジャン・マルクに気づいた。ジャン・マルクは銃口をゴドリー・スマイスに向けたまま、小声でヴェルボーにそばに来るよう命じた。

「ばか者」従者がそばに来ると、ジャン・マルクは言った。「誰も撃ち殺されずにすんだら奇跡だな。ゴドリー・スマイス、その椅子に座れ！　ミス・スマイルズ、きみはあそこの椅子だ。ヴェルボー、ふたりを見張っていろ。ぴくりとも動かないようにな」

ゴドリー・スマイスはさっとシビルを引き寄せると、こめかみに銃口をあてた。「こんなことをするのも、きみを危険な目に遭わせたくないからなんだ。心配ないよ、シビル。きみを傷つけるようなことはしない」

「じゃあ、なぜわたしをこんなふうにつかまえているの？」シビルは言った。「今のは言い訳だってみんなに白状したようなものね」

ゴドリー・スマイスの表情がめまぐるしく変わった。狼狽《ろうばい》のあまり、どんどんおかしな顔になっていく。「ああ、そうだな」彼はもごもごとつぶやき、シビルを放した。「だが、ほかのやつが邪魔をすれば、本当に撃つぞ」

「おとなしく座っていればいいのだ」ジャン・マルクが穏やかに言った。

ゴドリー・スマイスはなにかぼそぼそ言っていたが、結局は言われたとおりにした。手に持った銃をはじめはジャン・マルクに、続いてヴェルボーに向けた。

「アイラに会いたいのです」ヴェルボーが言った。「声が聞こえました。行かせてください」

「こいつを見張っているんだ」ジャン・マルクが応じた。

「バッグズと話したい」ゴドリー・スマイスが主張した。「あいつはおびえている。追いつめられたらなにをしでかすかわからないぞ。ぼくなら扱い方を心得ている」

「メギーのところへ行かなくちゃ」シビルはそう言って跳びあがった。「あの男は悪人よ。妹になにかするかもしれない」

「人の話を聞け」ジャン・マルクが言った。「ヴェルボー、おまえはもっと分別があってもいいのではないか」

「メギーのところへ行かせて」シビルがかたくなに言い張った。

「静かにするんだ」ジャン・マルクは彼女に言った。「わかった。こうしよう。危険はないはずだから、ゴドリー・スマイス、おまえとミス・スマイルズが先に行くんだ。ヴェルボーとわたしは銃を持ってあとから行く。まるでサーカスだ」そしてヴェルボーにささやいた。「注意しろよ。やつらはばらばらに逃げだすかもしれない」

「承知しました、伯爵」

ゴドリー・スマイスとシビルが寄り添うように廊下を横切り、すぐ後ろにジャン・マルクとヴエルボーが続いた。四人はそのまま寝室になっている部屋へ入った。

彼らはとんでもない光景を目にした。つばの広い帽子をかぶり、丸い顔に白髪まじりの無精髭《ひげ》を生やしたバッグズは、幅のある窓台に座っている。そして大型の銃でアイラをねらっていた。彼女はいまだに赤いハーレムの女性の衣装を身につけ、髪をおろしている。そして寝台の上で脚を組み、小さな銀の銃を牧師に向けていた。

メグはおかしさをこらえきれなくなったらしく、彫刻の施された古いチェストの上に突っ伏した。「あの人たち……」メグはむせてしゃっくりのような音をたてた。「あの人たち、ひと晩じゅうああしていたに違いないわ。ふたりとも動こうとしないの。眠りこけたりしたら、相手にう、撃たれると思ったから。でなければ、相手が眠ったら撃つつもりだったのかも」

「バッグズ」ゴドリー・スマイスがものすごい剣幕で言った。「なぜその女を連れてきたんだ?」

「それがあんたの望みだと思ったんだ」バッグズは体を揺らした。ときどきまぶたが閉じそうになる。そのたびに身震いし、片目をつぶってねらいを定めた。銃を構えている腕がわなわなと震えている。

「ぼくは、その女が二度とぼくの話をできないようにしろと言ったんだ」

「どんな話だ?」ジャン・マルクはとっさに尋ねた。

「なんでもない」ゴドリー・スマイスは怒鳴った。「おまえには関係ない」

「バッグズ牧師はわたくしの命を救ってくれたのよ」アイラが眠そうな目をジャン・マルクに向けて言った。「そのつもりはなかったんでしょうけど、もうひとりの男にさらわれていたら、そうね、たぶんあの世に行っていたでしょうね。バグジー、本当のことを言わなくちゃね。バグジーって最高なのよ。いい人なんだけど、境遇のせいでこうなってしまったの。わたくしたち、お互いのことはなんでも知っている。なんでも」銃を握った手がだんだんとさがってくる。アイラははっとして再び牧師にねらいを定めた。

「こいつらに本当のことを言うのは危険だ」バッグズは言い、銃が重くなってきたらしく右手をもう一方の手で支えた。「あんたらの誰とも話す気はない」

「わたしのせいだ」ヴェルボーが言った。そして片手で顔を覆った。「自分を守ろうとしたばかりに」

「ヴェルボー？」ジャン・マルクはうろたえて言った。「おまえが？　おまえがすべてにかかわっていたのか？」

アイラが優しい口調で言った。「ヴェルボーは悪くないわ。悪いのはわたくし。わたくしがやったの。自分の利益のために。でも、すべては終わったわ。あなたの叔父のルイは、自分が大公になったら、わたくしを大公妃にしてくれると言ったの。ルイはね、そのうちあなたを亡き者にするつもりだったのよ、ジャン・マルク。そうなれば、わたくしには頼る人がいなくなってしまう。でも彼に手を貸せば充分な見返りがある。ただし、失敗すれば死ぬ――実際、失敗したけれど――」

ジャン・マルクは机の引きだしにしまった手紙のことを考えた。叔父のルイが死んだ今となっては、あらゆる陰謀が意味のないものとなったのだ。「きみはわたしを愛してくれていると思っていたよ」彼の声には皮肉がにじんでいた。「立ち直れそうにないな」

「アイラのことをそんなふうに言わないでください」ヴェルボーが口を挟んだ。「彼女は寄る辺ない身の上で、財産も減る一方だった。生きていくために必要なことをしたまでです。わたくしたちがもっと早く出会えていたら……。わたくしは彼女より前から卑劣な行為に手を染めていました。あなたが大公の寵愛《ちょうあい》を失って叔父上に忠誠を誓うように仕向けろと命じられたのです」

ヴェルボーはひどく惨めな顔になった。「はじめは断りました」

「だが、気が変わったのだな」ジャン・マルクは苦い失望を味わった。

「ある人のために、従わざるをえなかった。わかってくださいとは申しません。わたくしにそんな資格はない。わたくしは自分の犯した許されない過ちをねたに脅されたので、従者の立場を利用して、あなたの情報を流しました。あなたとミス・スマイルズの仲をとり持とうとしたのも、おふたりが結ばれれば、大公は伯爵を大公位継承者になさらないだろうと考えたからです。彼女が十七番地へやってきて、伯爵がいつもと違う反応を示されたとき、絶好の機会だと思いました。実のところ、うまくいくという自信はありませんでした——ミス・スマイルズをウィンザーに泊まらせるように画策し、翌日おふたりが戻っていらっしゃるまでは」

嗚咽《おえつ》が聞こえたので、ジャン・マルクはメグのほうを見た。彼女は手の甲で涙をぬぐっていた。

「驚いたな」ジャン・マルクは言った。「わたしは裏切られ、暗殺の標的にされてきた。それなのに、ここにいる誰もがわたしに同情を寄せていないとは！」

アイラの瞳が潤んできた。「ヴェルボーは知らなかったのね。あなたがメグと結婚してお父様のお怒りを買えば、わたくしの命はつきたも同然だったということを。あなたが自らわたくし以上にふさわしくない花嫁を見つけてくれれば、ルイにとってわたくしは用なしの存在になる。許してね、メグ。本当のことを言っただけなの——もう二度と口にしないわ」

メグはすすりあげたが、誰にも顔を向けようとはしなかった。「それがシビルやわたし、そしてウィリアムやバッグズ牧師とどう関係するのですか？　どうしてわたしはひどい目に遭ったんです？」

シビルが、やはりすすりあげながら言った。「レディ・アップワース、わたし、あなたが話してくださったことをうまく説明できそうにありませんわ」

「いいわ、わたくしが話すから」アイラはゴドリー・スマイスの抗議を無視して、彼の賭《かけ》にまつわるとんでもない話を披露した。ゴドリー・スマイスはシビルと結婚し、メグを同居させて、姉妹の父から受け継いだランチハウスの売却金を自分だけのものにしようとしたのだった。「彼はバッグズをロンドンに呼び寄せて、メグを始末しようとしていたの。彼女は言いなりにならないと思ったから。そこで、バグジーは七番地で暮らすようになり、メグの行動をつぶさに観察したというわけ」

「おまえがそんなことを知っているはずがない」ゴドリー・スマイスがぴしゃりと言った。

「ところが知っているのよ」アイラは猫撫《な》で声で言った。「バグジーとわたくしは一夜をともにしたんですもの。ねえ、バグジー？　わたくしたちは親密な関係なの」

「言葉に気をつけろ」バッグズは言った。肉づきのいい顔は真っ赤になっている。「わたしは評判を重んじるんだ」

複数の笑いが起こった。

バッグズは無視して続けた。「ミスター・ゴドリー・スマイスはわたしを養ってくれている。それは気高い志からだと思っていた。だが、違ったんだ。こいつは自分のために手を汚してくれる人間が欲しかっただけさ。わたしは今の生活を捨てられなかった。ほかに誰か見つかりそうにないしな。それで、こいつはわたしに選択を迫った。パックリー・ヒントンを出ていき、どこかよそで暮らすか、ミス・メグ・スマイルズを亡き者にして賭の借金の穴埋めに手を貸すか。こいつにしてみれば、本当はシビルも片づけたいところだったが、あんまり疑いを招くようなまねをしちゃまずいと思ったのさ。早いとこ金をつくらなきゃならなかったから――」

「黙れ」ゴドリー・スマイスはあわてているようだった。「愚か者め。今まで会ったなかで最悪の聖職者だ」

「ええ、同感よ」メグは言った。「でも、一連の出来事となんの関係があるの？」

「バーリントン・アーケードの事故はバッグズの仕業だったんだ」ゴドリー・スマイスは突然しゃべり始めた。一生懸命なあまり顔がてかっている。「ボンド・ストリートで起こった事故も、こいつが仕組んだんだ」

「刃を出したかみそりを入れたのも、この人なの？」

「違う」バッグズが憤慨して言った。

「あれはピエールがうっかり落としたということがわかったではないか」ジャン・マルクが指摘した。「メグ、きみと出会う少し前に、わたしに毒を盛ろうとした者がいたのだ。このふたつはここで暴露された犯罪とは無関係のようだ」

「あなたの毒殺をくわだてた者などおりません」ヴェルボーがふいに腰をおろし、大きなハンカチで額をぬぐった。「わたくしのつくり話です。あなたを屋敷から出ていかせるために、ちょっとした嘘《うそ》をつきました。メグ・スマイルズのような身分の低い相手と結婚なされば、大公があなたを後継ぎにとは考えなくなると思ったのです。どうしてもそうする必要があった。理由は言えませんが、あることを公にされたくなかったのです。あなたは明らかにミス・スマイルズに熱をあげておられた。すべてうまくいくかに見えましたが、あなたはことを急ごうとはなさらなかった」

メグはジャン・マルクに目を向けた。彼の顔には怒りがみなぎっている。信じていた者たちに裏切られた怒りだろう。

ジャン・マルクがまっすぐメグを見つめた。

彼女は目をそらした。

「メグ」ジャン・マルクは言った。「結婚してくれるかい?」

うめき声や、つぶやきが聞こえた。「いったいなにを考えているんだ?」

「なんだってこんなときにそんな話を?」

メグはきまり悪さといらだちを覚えた。「どうかしてらっしゃるわ。わたくしのことをどれほど軽んじているか、どれほどさげすんでいるか、これだけ見せつけておきながら、結婚したいなどとおっしゃるのですか?」

「誰がムッシュ・ヴェルボーを襲ったのです?」シビルが尋ねた。「メグ、誰があなたを襲ったのかしら?」

「確かに」メグの言葉に傷つきながらも、ジャン・マルクは同意した。「これまでの話からして、ほかにも誰かいるのは間違いない。叔父のルイに忠誠をつくす者たちが今でも暗殺の機会をねらっているらしい」ジャン・マルクは、ルイの追従者たちが手を引いたとは思えなかった。

「それとも、ここにいる誰かが、始めたことをやり遂げようと機会を待っているのかしら」メグが言った。

ジャン・マルクも同じことを考えていたが、それを口にしてメグとシビルをおびえさせたくなかった。「こちらへおいで、メグ」彼は言った。彼女がためらっているので、さらに続ける。「早く。わたしへの反感はこの際抜きにして。助かることが先決だ」メグはジャン・マルクに歩み寄った。群青色のドレスと同じ色のマントが彼女の瞳を強調している――もともと印象的な瞳なのだが。「宿の主人のところへ行って、警官を呼んでもらってくれ。大至急だ。誰もあがってこさせるなと言ってくれ」

メグは彼の言葉に従い、片足を引きずりながら部屋を出ていった。

「でたらめもいいところだ」ゴドリー・スマイスが言った。「レディ・アップワースは賭博場《とばく》にいるところをぼくに目撃されたと知って、自分を守るために中傷しているんだ。全部でたらめさ。ぼくはとがめられるようなことなどしていない」

「伯爵」シビルが言った。「今の音、お聞きになりまして？」

確かに聞こえた。

シビルは立ちあがって扉へ向かった。「メグだわ。助けが必要か見てまいります」

ジャン・マルクはシビルの腰に手をまわしてこちらを向かせた。「きみが行っても事態を悪化させるだけだ。みんな静かに」

扉が勢いよくばたんと開き、壁にたたきつけられた。入口に立っていたのはラヴィニア・アップワースだった。濡《ぬ》れてめちゃくちゃになった髪から雨の滴が垂れ、顔を伝って、すでにびしょ濡れの肩にしたたっている。彼女はピエールの耳をつかんでいた。彼は痛みに耐えかねて悲鳴をあげ、アッシュの指を振り払おうとしている。

ご覧あれ、読者諸君。わたし、サー・セプティマス・スピヴィは、このような愚か者どもよりはるかに優れていると言ったではないか。屈辱的なことに――ああ、いや、不名誉なことにと言ったほうがふさわしいだろう。不名誉なことに、アッシュの体を使わなければならんが、ほかに方法がないのだ。わたしが介入しなかったら、この者たちは途方に暮れていただろう。

「来るんだ、メグ」アッシュが大声で言った。「すぐになかへ入れ。警官が来たりしたら、恥さらしもいいところだ。もう充分みっともないのに。自分たちの手で片をつけるべきなんだ」

その場にいた者は一様にぽかんと口を開けた。

アッシュはピエールの耳をぐいとひねり、彼がわめいてもひるまなかった。「わたしがすべてを明らかにしよう」彼女は言った。「諸君に真相を話す。しかと聞いておけ。かわいそうに、諸君は事件の発端がなにかわかっていないし、いい加減に計画されたこの事件を解決するすべも知らないときている」

「ご尽力には感謝する、ミス・アッシュ」ジャン・マルクは言った。「だが、その無礼な口のき方はいただけないな。人を侮辱しないように話してくれ」

「ラヴィニア」メグが戻ってきて言った。「かわいそうなピエールを放してあげて。彼はここにいるみんなと同じことをしただけよ。自分も力になりたくてあとをつけてきたんだわ」

「あ、ありがとうございます、ミス・スマイルズ」ピエールが下唇を吸いながら言った。

メグは肩幅が広くがっしりとしたピエールを見つめた。

「しっかりするんだ、ゴドリー・スマイス」アッシュがぴしゃりと言った。「おまえの願いどおりになるんだぞ。それがわたしにとって都合がいい——つまり、みんなにとって最善なのだから。シビルだってほかに選択の余地がないことくらいわかっている。彼女はおまえと結婚し、メグはおまえたち夫婦と一緒に暮らす。それが今いちばん重要なことだ」

アイラがやっていられないというように銃を振りかざした。「メグとシビルの信託財産の支給額が減るように手をまわしたのは、ほかならぬゴドリー・スマイスなのよ」

「やめてくれ」バッグズが言った。「言いたいだけ言っただろう?」

「メグとシビルも知っておくべきだわ」アイラが答えた。

「メグはどこへも行かない」ジャン・マルクが言った。もはやゴドリー・スマイスの悪行などうでもいい。この男はもうおしまいだ。それにしても、舞踊の師匠は厄介で不可解な人物だ。話し方に人が思わず納得してしまいそうな迫力がある。「メグはこの先ずっとわたしのそばにいるのだ」

ジャン・マルクの言葉を聞いてこんなにもたやすく喜んでしまうなんて、とメグは思った。彼に比べて自分がどれほど卑しい身分か、いやというほど聞かされてきて、今もまた聞かされたのに。でも、どんな身分に生まれようと、女性は自らの意思を持っているのだ。

「わたし、ウィリアムなんかと絶対に結婚しません」シビルは腕を組んでウィリアムから顔をそむけた。「もともと、まったくそんなつもりはありませんでした。彼を欺いてその悪行を明らかにしようとしたんです。彼が犯罪者ならば、賭に負けて手放そうとしたものを――つまりわたしたちの家を所有することは許されないはずですわ」

最後までやり遂げる力を与えたまえ。ああ、これもわずか二、三人の人間が出入りするのを眺めながら、お気に入りの親柱に座っているためだ。気力を振り絞り、最善をつくさなければならん。貫禄《かんろく》もなにもあったものではないこの哀れな女に乗り移った状態で。ハンター・ロイドを片づけなければならないことを忘れるな。あいつが無礼にも人を軽視したことを思いだすと、今でも不愉快になる。わたしに容貌《ようぼう》が似ているのがいやだと？　はん！　こちらこそ願いさげだ！

「誰が」メグは言った。あまりにいろいろな事が起こるので疲れきっていた。「誰が誰を襲ったの？　十七番地のお屋敷で」彼女はヴェルボーに目を向けずにはいられなかった。

「わたしにはわかっている」ヴェルボーは言った。「あなたはわたしが裏で糸を引いていたと思っていらっしゃるようだが、それは違います。もしそうなら、自分を殴らせたりしますか？　しかし、誰がこんなことをしたのかを言うわけにはいかないのです」

「打ち明けられないことがあるというわけか」ジャン・マルクが口を開いた。「もはや隠し立てしている場合ではないぞ。わたしの父の敵に、おまえにとってきわめて不名誉な秘密を知られてしまったのだな？」

「きわめて不名誉で……破滅を招くことです……その方にとって。伯爵、どうかこれ以上問いつめないでください」

「この音は」ジャン・マルクはゆっくりと言い、目を閉じて耳を澄ました。

メグも耳を澄ました。「そう、この音よ。何度も聞いたことがあったのに、どうして気づかなかった——」

「おまえがこの男についていって、暗闇《くらやみ》で襲われたときにね」アッシュが再びピエールの耳をぐいぐい引っぱった。「おまえの鈍感さが信じられんよ。こいつは外国の仲間と会っていて、自分がなにをしたか話していたんだ。わたしは知っている。その場にいたからな」

「そんなはずはない」ピエールが抗議した。

「この愚か者は自分で罪を告白しただろう?」アッシュが指摘した。「この男は暗闇で仕事をするのがお好きなようだ。ムッシュ・ヴェルボーを小突きまわしたのもこいつだ。憎さゆえに。ムッシュ・ヴェルボーが不注意だったゆえに。さらにこの男はレディ・アップワースの誘拐に手を貸して楽しんでいた」

「彼が唇を吸う音を聞いたわ」メグは言った。「あの恐ろしい部屋でわたしに火を突きつけたとき」

アッシュは空いているほうの腕を風車のようにぶんぶん振りまわした。「やっとわかったのか。この男がおまえを始末してくれていたらどんなに——いや、始末してしまっていたらと思うとぞっとするね。でも、こいつも諸君と同様おびえていたんだ。つかまったらどうしようとね。成功を確信したら逃げだすつもりだったんだろう」

ジャン・マルクは目を細くしてピエールを見つめ、ゆっくり近づいた。どうすればこいつに最もひどい苦痛を味わわせてやれるだろう。「おまえは無力な女性に乱暴を働いて楽しんだのだ」

彼は言った。「今ならおまえも、無力とはどういう気持かわかるだろう」

「それがどうした?」アッシュがわめいた。「そんなことはどうでもいい。伯爵、この男はお父上のもとへ送りかえすべきだ。お父上がなんとかしてくれるだろう。ミスター・ゴドリー・スマイス、シビルの言葉に耳など貸さず、彼女とメグを連れていってくれ。そしてバッグズ、おまえはどこへなりと行ってしまえ。わたしの寛大さに感謝するんだな。ムッシュ・ヴェルボーも大公のもとへ送られるべきだ。当然、モン・ヌアージュで裁かれなければ。マリー大公妃が気の毒だ」アッシュの笑いは同情を微塵《みじん》も感じさせなかった。「それから、レディ・アップワース」アッシュは長い鼻をぼりぼりかいた。「あなたはどうしたものだろう?」

「ヴェルボー、わたくし、あなたについていくわ」アイラが言った。

「それが妥当だ」アッシュは勢いよく言った。誰ひとり彼女の指示に従うつもりなどないことに気づいていないようだ。「伯爵、あなたは家に帰って、あの不愉快な妹君を結婚させるという務めにとりかかるのがいいだろう」

「父の奥方になにがあったのだ?」ジャン・マルクはマリー大公妃に話を戻した。

ヴェルボーが前に進みでた。恐ろしい形相でアッシュをにらみつけて言う。「余計なことをべらべら言って。すぐに口を閉じないなら、無理にでも閉じさせるぞ」

アッシュはさもばかにしたような薄笑いを浮かべた。「どうやって?　わたしを殺すのか?　おお、怖い怖い。マリー大公妃は夫よりずいぶん若くて……それはそれはなまめかしいとか」

「いい加減にしろ!」

「いいだろう」アッシュは言った。再び真顔に戻っている。「それにしても、不義を利用しようとするようなやつらに見られるべきではなかったな。おかげでおまえは、こんなにも大変な目に遭ったのだ」

ジャン・マルクがヴェルボーを見つめると、従者は目をそらした。「愚か者め」ジャン・マルクはそれしか言わなかった。マリー大公妃とは血のつながりがないからだ。

「さあ」アッシュが言った。「これですべて丸くおさまった」

「なにもかもが明らかになった」ジャン・マルクは言いながら、ピエールを――少なくともこの場で――どうすべきかずっと考えていた。「きみがなにか忘れていたとしても、重要なことではないだろう」

「恐れ入ります、伯爵」アッシュが言った。「あなたは思っていたほど間抜けじゃないな」

メグは息をのみ、ジャン・マルクを見つめた。彼はアッシュに向かって眉をひそめているものの、怒っているというよりおもしろがっているようだ。「きわめて失礼だということは別にして、きみには並はずれた才能がある。その話し方はまるで――」

「男の人のようだわ」メグが彼の言葉を引きとった。

アッシュがかんかんに腹を立てて「痛いっ！」と怒鳴った。ピエールが身をよじり、自分を苦しめている相手の腕に噛《か》みついたのだ。「けだもの」アッシュが叫んだ。「自分の立場をわきまえない――痛いっ――低俗な生き物め！」

ピエールは目をぎらつかせてアッシュの脇腹にこぶしをくらわせた。アッシュがかがみこむと、すかさず首の後ろを殴りつける。

ヴェルボーがピエールをとり押さえようとしたときにはもう遅かった。

「わたしを公爵のところへ送りつけることはできない」ピエールはルイのことを口にしてから狂ったような笑い声をあげた。「絶対にな」

ピエールはジャン・マルクの手を振りほどいて部屋を横切ると、放射状の仕切りがある張りだし窓に突っこんだ。

ガラスが砕け散り、きらめく雨となって降り注ぐ。体あたりしたために窓枠に渡された仕切りが折れ、彼の体はその上にのって落ちていった。

ジャン・マルクは足早に窓へ歩み寄って通りを見おろした。

ピエールは地面に激突する前に死んでいた。

ばらばらになった仕切りのうちの一本がピエールの背中から刺さって胸から突きでている。目をかっと見開き、口を大きく開けた死に顔は驚いているかのようだ。

下から、部屋のなかから、悲鳴があがる。シビルとメグは抱き合った。バッグズが窓台に腰かけ、見晴らしのよくなったところから、あっけにとられて家々や通りを眺めていた。

表は騒がしいにもかかわらず、寝室には沈黙が垂れこめている。

バッグズが立ちあがって下を見おろした。「わたしもあの男のあとを追っただろう。これほど疲れきっていなければな」彼は銃を寝台に投げだした。「そして、これほど臆病《おくびょう》でなければな」

階段をばたばたとあがってくる複数の足音が、警官の到着を告げた。彼らはジャン・マルクの命令に従ってゴドリー・スマイスとバッグズを連行した。意外なことに、ふたりは抵抗も不平もなく立ち去った。それらはあとからやってくるのだろう、とジャン・マルクは思った。彼はメグを見やって、自分に対する怒りを和らげてくれたしるしを探した。だが、見つからなかった。彼女はこちらを見ようともしない。

ジャン・マルクを見たら、気持がくじけてしまう、とメグは思った。よく考えもせずにそんなことをすれば、自尊心をなくして自分自身を見失うはめになる。

「行きましょう、シビルお姉様」メグは言った。「帰って話をしなくては」

「話?」シビルの声は震えている。「それなら七番地でしたいわ、メギー。わたし、これからもあそこにいるつもりよ」

メグは、自分もメイフェア・スクエアに住み続けるつもりだとは言えなかった。そうできるかどうか自信がない。少なくとも、ジャン・マルクがすぐそばにいるあいだは。

「わたしはあきらめないからな」アッシュが怒鳴った。まるで別人のような声だ。「ああ、なんたることだ。とても耐えられない。邪魔をしているやつがいるに決まっている。そいつを突きとめてやるからな。そして首を切り落としてくれるわ。やり方を教えてくれる者ならよく知っているんだ」

野太い声で怒鳴りながら、アッシュは廊下へ出て階段をおりていった。

「驚いたな」ジャン・マルクは言った。「あの剣幕はどう見ても……男だ」

メグはシビルの肩に腕をまわすと、愛する人を最後に一瞥《いちべつ》し、姉を支えながら〈フロッグズ・ブレス〉をあとにした。

ヴェルボーはアイラの手から銃をとり、バッグズが寝台に打ち捨てた銃を拾いあげると、自分の銃とともにジャン・マルクに手渡した。「お考えになる時間が必要でしょう」ヴェルボーは言った。「わたくしたちはメイフェア・スクエアへ戻って伯爵のご命令をお待ちしておりますので、ご安心ください」
ジャン・マルクはうなずいてふたりに背を向けた。
ヴェルボーとアイラが扉を閉めて立ち去り、ジャン・マルクはひとり残された。

36

「メグ、あなたね。来てくれたんだ！」デジレー王女が馬車の扉を開けて踏み段にのった。「早く出てきて顔を見せてちょうだい。ああ、メグ。わたしがどんな目に遭っていたか、あなたには想像もつかないでしょうね」

「昨日お別れしたばかりではありませんか、殿下」メグはさんさんと降り注ぐ陽光の下に踏みだした。空には雲ひとつない。刈りとったばかりの草のにおいに鼻孔をくすぐられ、彼女は深く息を吸いこんだ。リバーサイドの屋敷に目をやると、正面は色とりどりの薔薇《ばら》で覆われており、その向こうにはきらめく川が見えた。

「ねえ、早くったら」王女は言い、待ちきれない様子で顔をしかめた。緑のリボンのそろいの引き綱と首輪につながれたハリバットが、しゅーっという音を出した。「どうにもならないの。本当にお手あげなんだから。もちろん、たいてい黙りこんでるんだけど、恐ろしく不機嫌な顔をしているのよ。ミスター・チルワースをウィンザーに招いて肖像画の続きを描《か》いてもらってもいいと言ったくせに、彼に使いを出そうとしないし、いつ出すのかも教えてくれないの。気難しくなってしまって、いやになるわ」

「そうですの？　どなたが？」

「わかってるくせに。あの人が落ちこんでいるせいで、わたしはひどい迷惑をこうむっているの。

彼を励ましてあげて。あなたならできるわ。あなたにしかできないのよ」

馬車を雇ってここまで来てしまうなんて、ひどく向こう見ずだった。でも、来ないではいられなかったのだ。ジャン・マルクの顔をもう二度と見られないのだと思うと、昨夜は一睡もできなかった。この先ずっとそんな眠れぬ夜が続くとしたら、耐えられない。

「ここへ来るのをこれ以上先のばしにしないでくれてありがとう」デジレー王女は左右交互の足で飛び跳ねながら言った。ピンクとラベンダー色のドレスがよく似合っている。髪のほうはぼさぼさでひどい有様だ。「昨日起こったことは全部聞いたわ。アッシュが怒り狂ってミリーにみんな話したの。当然ミリーは誰彼かまわずしゃべりまくったというわけ。もうあなたに会えないんじゃないかと思ってひどく心配したのよ。哀れで卑劣なピエールが邪悪なルイ叔父様の手先だったなんてとても信じられないわ。本当はね、認めるのはきまり悪いんだけど、わたし、叔父様のことがけっこう好きだったの。わたしに優しくしてくれたから――わたしがいることに気づいてくれたときはだけど。叔父様はもうこの世にいないのよ」

王女の様子から察すると、アッシュはマリー大公妃とヴェルボーのことは言わなかったようだ。昨日見聞きしたことを二度と思いださずにすめばいいのに。「殿下の叔父様はとても危険な人物だったのです。あなたのお兄様の命を奪うか、名誉を汚すか――どちらにせよ、より確実な方法でお兄様を始末しようとたくらんでいたのですから」決して忘れられないこと――自分がジャン・マルクの名誉を汚す道具にされたこと――には触れなかった。

「ヴェルボーがかわいそう」デジレー王女は言った。「今モン・ヌアージュに向かっているところよ――もちろんアイラと一緒に。彼女の勇気には驚いたわ」

「レディ・アップワースは恋をしているのです」

ふたりは黙りこんだ。

王女が咳払《せきばら》いした。「実を言うと、ヴェルボーはシビルが好きなのかと思ってたわ」

「好きだったと思います。ムッシュ・ヴェルボーはお互いふさわしい相手ではないということに気づいたのでしょう。以前のようにシビルをじっと見つめることはなくなりましたもの。姉も彼への関心を失いました。同様に」

「シビルは七番地にずっといることになるのね。悲しくないのかしら？　寂しくないのかしら？」

「そんな思いはさせません」メグは罪悪感を覚えながら言った。今日わたしの心を占めているのはシビルのことではない。「でも、そうですね。姉はずっと七番地にいるでしょう。今はあそこがわが家だと言っていましたから」

デジレー王女は口のまわりに白い線が浮かびあがるほど唇をきつく結んだ。「言ったでしょう、昨日の夕方ここに着いたときから、ジャン・マルクは手に負えないの。さあ、キャッスルベリーまで歩いていって彼を捜すのよ」

一瞬メグは躊躇《ちゅうちょ》した。やると誓ったことを実行する自信がなかった。

デジレー王女はハリバットを片腕でどうにか抱きかかえてメグの手をつかむと、草原を横切る小道へ導いた。「ジャン・マルクはそれはもう気難しいの」王女は深刻そうに言った。「彼って本当に厄介だと思うけど、あなたなら扱い方を心得ているものね。ジャン・マルクをつけあがらせたりしないし。あなたほどジャン・マルクをうまく扱える人は見たことがないわ」彼女は立ちどまって片手をあげた。「彼が人間に戻るまで少しのあいだ辛抱してあげて。今のあの人は人間とは言えないの。少なくとも、最後に会ったときはそうだったわ。すごい勢いで村へ飛んでいったのよ。なにもかもきちんとしなきゃ気がすまなくなったみたい――ほら、昨日の夜遅くからね。学校も、教会も、家も、店も、なにからなにまで。村の人たちのためにお医者様を連れてくるらしいの。家畜もね。村の人たちが彼に直接不満を聞いてもらえる日を毎週つくっちゃうし。もうその旨を知らせる手紙をみんなに出してしまったの。それに、教会のためになにか役に立ちたいと、スマザーズ牧師夫妻に申しでたのよ。ジャン・マルクは果たすべき責任をほうっておいた自分に対して腹を立てているのだというふりをしているの。そういうことも少しはあるかもしれない。でも本当は、あなたのことをどうしようもなく愛していて、あなたを失うのが怖いのよ。だから、さっきも言ったように、どうでもいいことに夢中になっているの。それは彼も否定しないわ」

メグはデジレー王女の話を聞いているうちに胸がいっぱいになった。癇癪《かんしゃく》持ちで不安に満ちていた少女が、たった数週間のうちに自信に満ちた女性へと変身してしまった。

「ばかげているでしょう」デジレー王女は続けた。「あなたみたいに優しくて、知的で、気品があって、才能豊かで、すてきな人がふさわしくないですって？　ジャン・マルクに？　ねえ、急いで、メグ。そんなにのろのろ歩くような年じゃないでしょう！」

ふたりは小走りに牧草地を抜け、別の小道に入った。明るい日差しのなかで、雛菊《ひなぎく》、芥子《けし》、野生の青いアイリス、きんぽうげといった色鮮やかな花々が揺れている。蝶《ちょう》は美しい羽をはためかせ、野の花の甘い香りは草のにおいとまざり合っていた。

小道を行くと五本の横木を渡した門があり、デジレー王女は慎みを忘れてそれをよじのぼって乗り越えた。メグも乗り越えたが、王女に比べて少しだけ見苦しくない程度だった。ふたりは手をつなぎ、ドレスの裾《すそ》が脚にまつわりつかないようにしながら再び歩きだした。足首の火傷《やけど》も今日はそれほど痛まないが、赤くむけた肌に布がこすれるとひりひりする。

最初に現れた集落は広々とした敷地のなかにあった。それぞれの小さな庭には花々があふれかえっている。茅葺《かやぶ》き屋根の上では鳥がさえずっていた。赤い頬をした子供たちが遊んでいて、母親たちは塀越しにおしゃべりをしていたが、話をやめてメグと王女が通るのを見つめた。

石づくりの家々の間隔がしだいに狭まっていき、やがて両側に店がびっしり立ち並ぶ道に出た。村の中心には広大な芝生があり、白い柵《さく》で囲まれたなかに墓地と、建物全体を小さく見せてしまう尖塔《せんとう》をいただく教会が立っている。

「ジャン・マルクはあそこよ」デジレー王女は息を切らして言った。「ウェリントンがいるもの」

たくましい灰色の馬が教会の柵の外で草をはんでいる。

「伯爵はご自分の馬にウェリントンという名前をつけたんですの？　おかしな名前ですこと」

王女は肩をすくめた。「彼はウェリントン将軍を尊敬しているのよ。いけない？」

王女は門を開けて前庭に駆けこんだ。メグもあとを追ったが、途中で立ちどまった。道は扉の開いた教会へ続いていた。

「いらっしゃいよ」デジレー王女がせかした。「お願い、メグ。ことの重大さがわかってないのね。あなたが待たせれば待たせるほど、ジャン・マルクはどんどん手に負えなくなるのよ」

この少女は、ジャン・マルクが不機嫌なのはわたしのことが恋しいからだと思っている。だが、メグには確信が持てなかった。

「ジャン・マルクはすべてをやり直すことにしたの。なにもかもよ——わたしのことも含めて」

デジレー王女は両腕を広げた。「話すのを忘れていたわ。わたし、お父様の後継者になったの。ジャン・マルクは喜んでくれたわ。彼自身は後継ぎになりたくないみたい。お父様は優しい方ではないの。親切でもないし、親しみやすくもないわ。それに、誰に対しても感謝をしないし——わたしのお母様に対してもね。かわいそうなジャン・マルク。彼にはあなたが必要だわ、メグ」

メグは顔をあげてまっすぐ歩いていき、教会に足を踏み入れた。こぢんまりとした美しいところで、日差しがステンドグラスを通して色とりどりの光を投げかけている。そして心安らぐ場所でもあり、ゴブラン織りの膝布団や磨きあげられた真鍮《しんちゅう》、糊《のり》のきいたリネン類を見れば、多くの人の手がかけられているのがわかった。

すぐにジャン・マルクの姿が目に飛びこんできた。彼は頬をふくらませて祭壇の前にある身廊の端に立っている。目の前のテーブルには、山と積まれた切り花と何本か花が生けられた背の高い緑色の花瓶が置かれていた。

メグは側廊を通って近づいた。もっと勇気がわくまでジャン・マルクに気づかれませんように。彼はとげの多い大輪の白薔薇を一本とって花瓶に差した。さまざまな角度に生けてみては、後ろにさがって出来栄えを見、さらに何本か差した。

メグはデジレー王女にささやきかけようと振りかえった。王女の姿はなかった。

「苦痛だ」ジャン・マルクがつぶやいた。「苦痛だ、苦痛だ」彼は花瓶から花をすべて引き抜き、またやり直し始めた。今度はとげをものともせずに花々を片手で握りしめる。それに全種類の雛菊、薔薇、アイリス、ダリア、菊、そして緑の葉を加えてまとめた。無秩序な花束を丸ごと花瓶へつめこむ。茎を握って下に落とすようにする。それからてのひらを打ち合わせて再び後ろにさがった。「よし」彼は言った。「エトランジェによる最新の生け方だ――完全なる混乱だ」

メグは顔をほころばせ、足を引きずって歩きだした。

ジャン・マルクが振りかえり、メグを見た。首のスカーフをぐいと動かし、指についた草の染みを見て顔をしかめた。

「花を生けるのがお好きだとは知りませんでした」ようやく声が出るようになるとメグは言った。

「好きなもんか。うっかりミセス・スマザーズに――牧師夫人に――お手伝いしたいと申しでてしまったのだ。これを見てくれ」彼は花がぎっしりつまった花瓶を示した。

メグはゆっくりとジャン・マルクの脇《わき》に歩み寄り、彼の努力の成果をじっと眺めた。「もう一度生け直したほうがいいでしょうね。お手伝いしますわ」

ジャン・マルクはメグを長いこと見つめた。あまりに長く見つめられ、彼女の肌は焼けるように熱くなった。「いいだろう。そうしようではないか」彼は再び花瓶から花を引き抜き、テーブルに置いた。

「まず、花は」メグは彼が先ほど選んだ白薔薇を差しだして言った。「花瓶の底にとげのようなものがあるので、その上に茎の下の部分をしっかり固定します」

ジャン・マルクがぐいと突き刺すと、薔薇は衛兵のごとく花瓶の真ん中に立った。彼はさも満足そうな顔をした。続けて何本か刺していくものの、メグの位置からだと右に傾いて見えた。

次にメグは紫のアイリスを渡したが、今度はジャン・マルクの手を自分の手で包みこむようにしてふさわしい位置へと導いた。ふたりは同じ要領で次々に花を差していった。横に並ぶと、彼女の頭のてっぺんはジャン・マルクの肩の位置にある。メグの胸に彼の腕が押しつけられた。

思いがけないことに、ジャン・マルクが素早くメグの後ろにまわった。彼女の手に自分の手を添えて仕上げに入る。彼の吐息がメグのこめかみにかかり、頰を撫《な》でた。メグの背中とジャン・マルクのたくましい胸が、そして彼女の腰と彼の下腹部がぴったり合わさっている。ジャン・マルクが反応していることに、彼女は気づいていないふりをした。

「すばらしい出来栄えですわ」メグは言った。「才能がおありです」

ジャン・マルクは鼻を鳴らした。「ああ、確かに才能はある。問題はどんな才能があるかだ」

「あなたはご自分の望む才能をすべてお持ちですわ」

ジャン・マルクが空いているほうの手をメグにまわし、指を広げて腹部に触れた。

「教会のなかですわよ」メグがとがめた。

「ああ」ジャン・マルクはそう言ったが、手を離そうとしなかった。

「馬車を雇ってウィンザーまで来たのです」彼女は言った。「実は、十七番地の前にあなたの馬車がとまっていました。どこに行けば手ごろな馬車を拾えるか御者にきくと、彼は有料でウィンザーまで連れていこうと言ってくれました。支払うのは帰りでいいそうです。厚かましいまねをしてしまいました。申し訳ありません」

厚かましいだって？　そんなことはない。そもそも、わたしが御者に目立つ場所にいろと言いつけたのだ。メグがほんのわずかでもウィンザーへ来たいようなそぶりを見せたときのために。

「来てくれてうれしいよ、メグ」わたしが自分を抑えられなくなってきみのあとを追いまわす前に来てくれて。

「ありがとうございます」

ずいぶん堅苦しい。

「あなたがわたくしにもはや興味をお持ちでないことはわかっております」メグが言った。

おそらく興味を持っているのだ、とジャン・マルクは思った。こうしてかたくなったものを押しつけ、彼女の腹部や腿を撫でると、息づかいが荒くなってくるくらいだから――彼女だって同じだ。

「あれだけいろいろあったあとですもの。興味をなくされて当然です。でも、わたくしたちのあいだに起こったことやその結末に、あなたがよくない感情を抱いておられるのではと思ったのです。少しお時間をとっていただき、そもそもどうしてあなたがわたくしと親密な関係になるべきでなかったのか説明させてください」

「この教会は好きかい？」ジャン・マルクがきいた。

メグはまわりを見ずに言った。「ええ、そうですね、とても。おかげさまで」

「よかった。わたしもだ。キャッスルベリーの村はどうかな？」

「きれいで魅力的ですわ」

「すぐにもっとよくするつもりだ。きみが前に泊まったことのあるリバーサイドの屋敷は好きかな？」

「美しいお屋敷だと思います。居心地がよくてすばらしい場所ですわ。まるで……わが家のように」

よし、いいぞ。「きみは見る目があるね。最後に生理があったのはいつだい？」

重苦しい沈黙が漂ったので、ジャン・マルクはメグを放した。個人的なことを露骨にきかれ、彼女は仰天しているようだ。

メグがうつむいたが、その頬が真っ赤に染まっているのをジャン・マルクは見逃さなかった。

「こんな質問をすべきではなかった」彼は言った。「すまない」

「教会を出て、話ができる場所を見つけたほうがいいですわ」

「ああ、そうだな」ジャン・マルクが腕を差しだすと、メグは礼儀正しく手をかけた。

デジレーが外で待っていた。リボンでつないだハリバットを飼い主のあとからついてこさせる訓練をしているらしい。ジャン・マルクは妹の目を見て心を決めた。

「猫と一緒に先に帰ってくれ」デジレーにそう言いながら、素早く二度うなずいた。あらかじめ了解ずみの合図だ。「メグはわたしが連れて帰る」

デジレーはほほえんだが、いくぶん興奮しているようだ。猫を抱きあげると、彼の言葉をそれ以上待たずに駆けだした。リバーサイドの屋敷に戻ったら、すばらしい計画を実行に移すつもりなのだろう。

ジャン・マルクはほっとした。メグはほかのことで頭がいっぱいらしく、デジレーの高揚ぶりに気づいていない。

「川のそばはどうかな？」彼はきいた。「静かな場所はいくらでもあるし、今日は絶好の日和だ」

幸せをつかむ最後の機会をふいにするには絶好の日和だ。

メグは肯定も否定もせず、ジャン・マルクの腕から手を離して歩き始めた。彼はメグの横に並び、ふたりは村の通りを抜けてその先の小道へ出た。ふたりとも口を開かない。メグが柵を乗り越える際に手を貸すと、彼女は礼を述べ、ジャン・マルクが「どういたしまして」と言ったくらいだ。

ジャン・マルクは不安のあまり、メグの様子を注視しないわけにいかなかった。レモン色のドレスの裾が、鮮やかな花をつけた背の高い草をさらさらと音をたてながらなぎ倒していく。いったんは倒された花も彼女が通り過ぎるとすぐにまた起きあがった。

メグは顎をつんとあげていた。麦藁《むぎわら》のボンネットのせいで顔は見えない。カールした後れ毛がひと房うなじに躍っていた。

すぐに川辺に着いてしまい、メグは立ちどまって、どのあたりへ行くか彼に目で尋ねた。

ジャン・マルクは彼女の手をとりたかったが、そうはせずに柳の木陰を指さした。柳は川のほうへ枝を垂れ、枝先がきらきら光る水面に浸っている。

彼は草の上に腰をおろして木に背中をもたせかけた。そしてメグに手を差しだした。「心が安らぐな」彼は言った。「隣へおいで」

彼女はジャン・マルクを見おろして言った。「立ったままでけっこうです」

「それなら、わたしも立っていないと」

「どうか座ったままでいらしてください。たまには女性も殿方を見おろしてみたいのだとお思いになったことはありませんか?」

「変わったことを言うね」ジャン・マルクはそのことについて考えてみた。「だが、きみの言うとおりかもしれない」

「わたくしはぺてん師ですわ」メグは言った。「雇っていただくために嘘《うそ》をつきました。フィンチ――キルルード子爵夫人は、あなたが求めておられた役目をわたくしがやってはどうかなどとは言ってはいません。子爵のご友人であるあなたがメイフェア・スクエアに越してくると教えてくれただけなのです。もちろん、妹君のことと、あなたがおひとりでなにもかもなさるのは大変だろうということが手紙に書いてありました。それで絶好の機会だと思い、飛びついたのです。申し訳ありませんでした」

「わたしにはきみが必要だった。どのような経緯でわたしのもとへ来たにせよ、きみには感謝しているのだ。それに、紹介を受けたというのは、すぐに嘘だとわかったよ。それにはあえて触れなかったんだ」

「まさか」

「いや、そのまさかだ。わたしもデジレーのことで嘘をついた。あれは魅力的で従順で、社交界デビューを心待ちにしていると言ったね。妹はひどくいやがっていたのに」

「ええ、存じておりました。お会いしてすぐにあの方の態度でわかりましたが、続けさせていただくことにしたのです。お金が必要でしたから」

「どうか座ってくれ、メグ」

川の流れを見つめていたメグは振りかえり、言われたとおりにした。瞑想《めいそう》をするときのように両脚をドレスの下に入れ、前かがみになって草をちぎった。「わたくしの計画では」彼女は言った。「あなたと王女様を通じて適当な男性と知り合い、結婚するつもりでした。わたくしたちの財政的な窮状を乗りきるにはそれしかないと思い、そうすることにしたんです。あなたをとことた。


ん利用しようと思っていたのですわ」

「そうなのかい？」彼は優しく尋ねた。

ふたりの目が合った。ジャン・マルクはメグの唇を、とがった顎を、そして豊かな胸を見つめた。

「ええ」彼女は言った。

「わかった。だが、わたしもすぐにきみをとことん利用しようと思ったのだ――ああいう形でね。楽しませてもらった。きみはどうかな？」

メグの鼻の下に小さな汗の滴が浮かんでいた。なめらかな肌が輝いている。彼女の体がかすかに震えているのが感覚的にわかり、ジャン・マルクの欲望はいっそう高まった。

「いいんだ。いずれにせよ、わたしは楽しかった」

「わたくしもです。というより、一度味わってみて、ああいうことが楽しいのだとわかりました。それからは、あなたにあれをしていただきたいとばかり思い続けていました」

メグのおかしな言いまわしに、彼は必死で笑いをこらえた。「なぜ今日わたしのところへ来てくれたんだい？」

彼女の明るい茶色の瞳がまぶしすぎるほどきらめいた。「それは……ばかげているかもしれませんが、あなたがまだわずかなりともわたくしを求めてくださっているのかどうか、おうかがいしたかったんです」

慎重にやれ、エトランジェ。激しい思いをそのままぶつけたら、メグはおびえて逃げてしまうかもしれない。そんなことになったら、メグに求婚するのに耐えがたいほど長い時間がかかってしまう。

ジャン・マルクはなんとしても思いを遂げるつもりだった。

「あなたを困らせてしまいましたわね」彼女は言った。「あなたが必要となさっているのは、わたくしとはかけ離れた女性ですわ。本当はこう言おうとしていたんです。あなたになんらかの慰めを差しあげることができるなら、わたくしは……」

「きみは？」

「あなたの望む関係でおそばにいて、永遠に結婚など期待しないつもりでした。さあ、これで全部お話ししましたわ。もうおいとましなければ」

「ああ、メギー、きみをどこへも行かせないよ。わたしと一緒でなければ。決して行かせない」彼はメグが身をかたくしているのに気づいたが、両腕をまわして引き寄せた。「きみはたった今、わたしの望む関係でわたしのそばにいてくれると言ったね。その申し出を受けるよ。そうと決まれば、すぐに準備をしなければ。ここに部屋を用意して、ロンドンのどこかにきみの気に入る家を構えよう。スコットランドに別荘を持ってもいい」

メグの胸は高鳴り、体はジャン・マルクに反応している。激しい感情がわきあがり、そのせいでめまいがした。ジャン・マルクにボンネットをとられたとき、再び理性をとり戻した。「わたくしの外見はすべて偽りなんです」彼女は言った。「わたくしは平凡な女ですわ。コール墨を落とせばまつげはあまり濃くありません。エジプト人が使う化粧品で、今ではほかの国の女性もつけています。わたくしも目を魅力的に見せるために塗っているのです。あでやかな顔になりたくて頬紅も差しています。口紅も使っています」

「口紅ね」彼はつぶやき、キスをしようと顔を近づけた。「本当だ。だがきみは忘れている。わたしはコール墨も紅もつけていないきみを見たことがある。そしてやはりたまらなく魅力的だと思ったのだ」

ジャン・マルクの唇が近づいてくると、メグはわずかに唇を開いた。息づかいと鼓動が速くなり、彼だけがうずかせてくれる体のあちこちがうずいた。

「いけないわ!」彼女は唇を結んで身を引き、再び川のほうを振り向いた。

「どうしたんだ?」ジャン・マルクは尋ねた。「瞑想もベールも、突然沈黙の世界に入ってしまうこともまやかしだったと言うつもりかい?」

「違います」メグは憤慨して言った。「あれは本当です。わたくしはああいう人間ですわ」

彼はメグのうなじに手を触れた。このかぐわしくあたたかい草の上でメグと愛を交わしたら、すばらしく官能的だろう。

「エトランジェ伯爵、あなたはご存じないのです。わたくしの髪がさえないくすんだ茶色だということを。栗色《くりいろ》と言ったほうがいいかしら。わたくしは売春婦のように髪を赤く染めているのです」

リバーサイドの屋敷の一階にあるすべての部屋は扉や窓が開け放たれ、メグが選んだ野の花で豪華に飾りつけられていた。彼女がロンドンからここへ着いて四十八時間後には、ゆらめくろうそくの明かり、銀色のモール、中央に芥子や雛菊をあしらったチュールのクッションで、屋敷じゅうが夢の世界に変わっていた。

シビルはいまだにすべてが現実とは思えなかった。シビルとハンターのそばにはアダムとラテイマーとレディ・ヘスターがいる。レディ・ヘスターはリバーサイドの屋敷や敷地内の聖シメオン礼拝堂で行われた婚礼をほめたたえた。結婚予告について疑問を抱いていた彼女も、それが式に先立って三回公告され、結婚の許可は正式なものだと聞いて納得していた。レディ・ヘスターが言うところのロマンティックなエトランジェ伯爵は、この夢のような日の計画をひとりで立て、花嫁を驚かせたのだった。メグはできあがったウエディングドレスを今日まで見せてもらえなかった。

レディ・ヘスターは知らないが、シビルは知っていることがある。メグのドレスは途中で変更され、なんとか間に合ったのだ。デザインはデジレー王女が楽譜に挟んであるのを見つけた図案がもとになっている。王女はそれがどこから紛れこんだのか覚えていなかったが、メグに似合うという判断は正しかった。

シビルからさほど遠くない場所で、ジャン・マルクが花嫁の顎を持ちあげ、ほほえみかけていた。「招待客には彼らだけで楽しんでもらうことにして、そろそろ失礼しよう。わたしたちがいると、彼らも肩が凝るだろうから」

「だめよ」メグが言った。「かわいそうなアダムのそばにいる王女様を見張っていないと」

「なぜアダムがかわいそうなんだい?」

メグは哀れみの表情を浮かべて夫の顔を見つめた。「アダムは王女様のことをおもしろい絵の題材と思っているの。でも王女様はそんな彼を見て、自分に惹《ひ》かれていると誤解しているんだもの」

「それについてチルワースと話し合った」

メグはたじろいだ。「本当に？」

「なにも心配いらないよ。もうそのことは考えなくていい。部屋へさがらせてもらおう」

メグの胃が引っくりかえった。「ラティマーは寂しい人なの。おわかりでしょう？」

「そうかな。彼は充分見栄えのする男だ。非常に魅力的だ。もう疲れてしまったよ」

「以前はハンターとシビルがお似合いだと思っていたけれど」

「この世は思うようにならないことばかりだ」

「サー・ロバートがいらしてくださってうれしいわ。アンソニー・フィッツダーラムも。まあ、あの人ったら、王女様から目が離せないみたい」

「まさか」ジャン・マルクは首をのばして哀れなフィッツダーラムを捜した。「本当だ。まあ、この問題を解決する時間はある。きみは疲れていないのかい？」

リバーサイドの家政をすべて掌握しているレンチが、人ごみを抜けてふたりのほうへせかせかとやってきた。「伯爵」彼は言った。「お目通りを請う人物が参りました。入口で待たせています。騒ぎを起こしそうな気がいたしましたので」

「心配するな」ジャン・マルクがそう言ってレンチの背中をぽんとたたいたので、執事はよろめいた。「伯爵夫人と階上へ引きあげる前にその人物と話をしてみよう」

レンチが瞳をきらりとさせたのを、というより訳知り顔でかすかにほほえんだのを、メグは見逃さなかった。「ありがとうございます、伯爵」執事は言った。

ジャン・マルクは声を張りあげた。「わたしたちは引きあげさせてもらう。あとははめをはずして存分に楽しんでくれ」

　忍び笑いがわき起こった。

「わたくしたちがどこへ行くのか知られてしまったじゃない」メグはいらいらしながらささやいた。「恥ずかしいったらないわ」

「みんなわたしたちがうらやましいのさ。恥ずかしく思うことはない」

　歓声と笑いのなか、ふたりは金色ずくめの大広間を出た。開け放たれた玄関の前で、入ってこようとするラヴィニア・アッシュを、レンチが押しとどめていた。

「ああ、やっと来た」アッシュが言った。

「彼女の声と話し方はすっかり変わってしまったわね」メグは言った。「こんなことがあるなんてはじめて知ったわ」

「わたしを締めだしたな」アッシュが言った。「結婚式だと？」

「すまない」ジャン・マルクは謝った。あとでレンチにひとこと言ってやらなければ。〝お目通りを請う人物〟が誰か執事にはよくわかっていたはずだ。「きみも大歓迎だ、ミス・アッシュ」

「とんでもない。異議を申し立ててやりたかったくらいだ。おまえたちはすでにそれぞれ別の相手と結婚しているとでも言ってやったものを」

　メグは息をのんだ。

「わたしたちは別の相手と結婚してなどいない」ジャン・マルクはそっけなく言った。「ごきげんよう」

「そんなことはかまわない。結婚を阻止できればいいのだ。そのドレスはどこで手に入れた？」

メグは膝をがくがくさせた。「これはわたしのために仕立てられたのよ」

「嘘だ。それはわたしのものだ。わたしがデザインしたんだぞ。それもおまえのためではない」

「頭がどうかしてしまったらしい。メグ、行こう」

アッシュがわめいた。「わたしを置いていくようなまねはさせないぞ。よろしい。おまえたちを祝福しよう。わたしがいかに寛大かわかるというものだ。シビルはおまえたちと一緒に住むだろう？」彼女の声が玄関に響き渡った。「アダム・チルワースのアトリエをここに設けたらどうだ？　ラティマー・モアもおまえたちの役に立つかもしれない」

「シビルは七番地に残ります」メグは言った。「ラティマーとアダムも。あの人たちには自分の生活があるんです。あなたにはかかわりのないことだわ」

「だめだ」アッシュは言い張った。「シビルはおまえたちと一緒に暮らすべきだ。ロンドンのような都会で若い女性がひとり住まいなどしてはいけない」

ジャン・マルクはアッシュにかまわずメグを抱き寄せた。「強引にならないと、いつまでもきみを寝室に連れていけそうにないな」

「しーっ」メグは彼の唇に指をあてた。

ジャン・マルクは階段をのぼり始めた。

「なんたる侮辱」アッシュが怒鳴った。「これが諸君のためにつくしたわたしへの報いとは。いいか、こんなことはやめるべきだ。おまえたちがどこへ行くのか知っているぞ。性懲りもなく肉欲にふけるつもりだな。わたしがここに残って手に負えないのぞき魔どもをおとなしくさせておくと思ったら大間違いだ」

「完全におかしくなったようだ」ジャン・マルクはそう言って立ちどまり、メグに長く熱のこもったキスをした。彼女は息がとまりそうになった。

「笑いたければ笑うがいい」アッシュのわめき声が追いかけてきた。「わたしはもう行く。だが、これで終わったと思うなよ。わたしはかたい樫《かし》でできた懐かしい憩いの場へ帰る。あそこほど活力をとり戻せるところはない。立派な親柱がいかに気力の回復に役立つかわからないだろう――今はまだな」

メグはジャン・マルクを見あげて言った。「親柱ですって？」


何十本も置かれた金色のろうそくが寝室を照らしていた。部屋を明るくし、暖炉に火を入れておくようにジャン・マルクが指示しておいたのだ。厚い石壁に覆われた屋敷内は夜になると冷えこむ。それに彼は火の明かりに照らされたメグが見たかった。

ジャン・マルクは扉を閉めると、メグが緊張しているのに気づいた。まるでふたりがこれまで一度も愛を交わしたことがないかのようだ。

ウエディングドレスは豪華な象牙《ぞうげ》色のサテン地で、胸の谷間が見えるほど襟もとが大きく開き、胴着《ボディス》の部分全体に細かいプリーツが美しく寄せられている。共布のベルトには前の部分にダイヤモンドと真珠をちりばめた留め金がついていた。ジャン・マルクはメグに歩み寄り、彼女の瞳にほほえみかけながら留め金をはずしてベルトをとり去った。

「この部屋、ずいぶん明るいわ」彼女は言った。

「わたしが言いつけておいたのだ。きみをじっくり見たいから。これまでは機会がなかった」

メグはうつむいた。

ドレスの袖《そで》は大きくふくらんでおり、内側から網目状の芯《しん》で補強されている。袖のふくらみはサテン地のかたい布によって手首の部分で絞られていた。襟もとのレースがメグの白い肩を引き立てている。長く引いた裾にも同じレースがあしらわれており、スカート部分もすばらしい出来だ。

「このドレスを着たきみは完璧《かんぺき》だ」彼は言った。「だがこれを脱がせたら、もっと完璧だろう」

メグは震えていて、不自然なほど身をこわばらせている。ジャン・マルクは彼女の背後にまわり、ボディスをとめているサテン地でくるまれたボタンをウエストまではずしていく。そしてウエディングドレスを肩から滑らせた。

ドレスは手首のところでとまった。

「とても変な感じ」メグが言った。「自分で脱がせて。そのほうが早いわ」

「それはそうだ。でも、早くないほうがいいんだよ」

ジャン・マルクは袖口を広げて腕からドレスを引き抜いた。下に落ちたドレスが綿雲のように見える。彼は手を差しだして彼女がそれをまたぐのを手伝った。

メグは凝った刺繍《ししゅう》を施したシュミーズと幾重にもなったペティコートという姿で立っている。

ジャン・マルクは解いても解いても現れる紐《ひも》と格闘し、ついにペティコートをすべてとり去った。残っているのは、シュミーズとズロース、白いシルクのストッキングと靴、頭のてっぺんのシニヨンにとめられた椿《つばき》の形の金色のピンだけだ。椿の芯にはダイヤモンドがはめこまれ、耳にもダイヤモンドと真珠が、小さな蕾《つぼみ》の列のようにさがっていた。首にはジャン・マルクからの結婚祝いであるダイヤモンドのネックレスがかかっている。

ジャン・マルクがシュミーズに手をのばすと、メグは押しのけた。「あなたも服を脱いで」彼女は言った。情熱のあまり声が震えている。「今すぐ。わかった？」

「ああ、わかったとも、奥様」彼は答え、言われたとおりにした。

メグはイヤリングをはずし、髪からピンをすべて引き抜いた。シュミーズの前を解くと、火に照らされた薄手のリネン越しに乳房の輪郭が浮かびあがる。そのシュミーズも肩からはずし、ズロースを脱ぐ。それから靴を蹴《け》るように脱いだ。

ジャン・マルクはすでに一糸まとわぬ姿になっており、欲望をあらわにしていた。

メグの髪が肩にこぼれ落ちた。ジャン・マルクは彼女の髪に指を差し入れ、ひと房手にとって口づけた。「きみはそうとうなおてんば娘だ。知っていたかい？　付き添い役でお針子で、そのうえ髪を染めたりして」

メグは反省しているようなそぶりも見せなかった。

ジャン・マルクはメグの体を余すところなく見つめた。大きく見開いた瞳、誘うような唇、そそられる胸のふくらみ。視線をさげる。ほっそりとした腹部、丸みを帯びた腿、そしてそのあいだの茂み。メグはストッキングを脱ぐのを忘れている。さらに、深い胸の谷間にダイヤモンドのネックレスが光っているのを見て、彼の欲望はさらに募った。

「愛しているわ」メグが言った。

ジャン・マルクはほほえむことができなかった。口をきくこともできない。喉が凍りついてしまったかのようだ。彼は手をだらりと垂らすと、頭をさげてメグの乳首を唇と舌先で愛撫《あいぶ》した。

彼女が息をのんでこぶしを握る。彼はもう片方の乳首を歯のあいだに挟んでそっと引っぱった。ジャン・マルクが触れるたびにメグはびくりとした。あまりに感じやすい肌が愛撫に耐えられないかのように。

彼がメグの腿のあいだを撫でると、今すぐにもふたりの結婚を確実なものにできることがわかった。

思いがけないことに、メグがジャン・マルクの首に腕をまわして唇を重ねてきた。口を大きく開けたり、くりかえし唇を噛《か》んだりして、彼の呼吸を奪う。ジャン・マルクは息を弾ませた。ジャン・マルクの体はメグを求めていた。メグに優しく撫でられると、彼はくずおれそうになった。

「暖炉のそばに寄って」メグがささやいた。「顔をよく見せてちょうだい。あなたはこの世でいちばんハンサムな人よ」

「奥様、きみこそこの世でいちばん美しく、いちばん癪にさわる人だよ。時間をかけてゆっくり手ほどきするような優しくて抜かりのない夫でありたいが、もう自分を抑えられそうにない」

メグは舌で唇を湿らせると、顎をあげて再び彼にキスをした。

ジャン・マルクが足を踏ん張る前に、メグは彼の首にしがみついてぶらさがった。両脚をジャン・マルクの腰に巻きつけ、唇をむさぼりながら彼に体をこすりつける。ジャン・マルクはとうとう耐えきれなくなって彼女をドレスの上に押し倒し、手足を広げさせた。

「優しくて、抜かりのない」メグは荒い息をついた。「抜かりのない夫は……時間を……かけて……くれるものだわ。そうすれば、ふたりで愛を極められる。もう一度」

「愛しているよ、メグ」

メグはあふれてくる涙をとめようとはしなかった。「うれしいわ。わたし、まだなの」

ジャン・マルクは眉をつりあげた。「なにがだい？」

「無神経にも教会のなかであなたがきいたことよ。もう何週間も前から来ていないの」

エピローグ

一八二一年八月
ロンドン　メイフェア・スクエア七番地

ご機嫌いかがかな、読者諸君。

わたしは裏切られ続けている――諸君全員に。諸君に親切にしたのが間違いだった。諸君に、子孫に、そしてそのほかの者たちに。

七番地からひとりではあるが下宿人が出ていったのだから喜ぶべきだと言う者もいるようだ。なぜだ？　まったく理解できん。どこも空室にできないというのに、なぜ浮かれ騒ぐ気になれるというのだ？　ご存じのとおり、シビルはメグと一緒に出ていくはずだったが、わたしは失敗したのだ。いや、いや、わたしは失敗などしていない。運命がわたしを陥れたのだ。

諸君は勝ったと思いこんでご満悦に違いない。貴族の男と卑しい娘の愚かな結婚を望んでいたのだから。そして、わたしの計画が妨害されるところを見たかったのだから。勝利に酔いしれるがいい。それも今のうちだけだ。遠からず、七番地を侵略する連中に新たな攻撃を仕掛けてやる――次の計画は必ず成功させてみせるぞ。諸君がわたしに敬意を払っていれば、わたしが次にねらいを定めた相手を教えてやったものを。だが……。

途方もなく贅沢《ぜいたく》なエトランジェの婚礼を見たか？　どのような食事が出たのか、無駄なものを売りつけた商人にエトランジェ伯爵がいくら払ったのか、正確に突きとめてやる。初夜というのは花嫁が恥じらい、花婿はその先に待ち受けている発見を期待して熱くなっているものと思われているかもしれん。恥じらう？　はん！　発見？　まったく！

誰のせいでわたしの努力が水の泡になったのかはわかっている。そいつがこんなまねをしたのははじめてではないのだ。あの三流作家め。あの女がわたしに隠れて諸君に入れ知恵しているのだろう？　そして諸君をあおってわたしの英知に挑戦させているのだ。そうでなければ、諸君もわたしの望みに従い、あの出来事が起こりそうなときに警告してくれただろう。そうしてくれれば、防ぎようがあったのに。

いいだろう。もともとあの女に敬意など払っておらんが、これからは礼儀正しく接することもしないぞ。まもなくわたしが考えだした次なる愉快な攻撃に、あの女が翻弄《ほんろう》されることになるだろう。

そしてもうひとつ。すでに言ったことだが、諸君は注意が散漫なようなので、今一度念を押しておく。そうでもしないと、わたしの友人がこの個人的な要素をばかげたものとして描写しかねない。彫刻を施した親柱はたとえようもないほど美しいし、そこに彫られたわが一族は全員見目麗しい――わたしを含めて。わたしがあそこを終《つい》の住処《すみか》に選んだのはごく当然のことだ。いわば、屋敷の鼓動を感じるのに絶好の場所なのだから。

では、また会おう――すぐにな。したり顔などするのではないぞ。

スピヴィ

アウトウエスト
ウォーターズビル
フロッグ・クロッシング

親愛なる皆様へ
あの男の言うことにまどわされないでください。彼は思いあがった間抜けなんですから。大丈夫、きっと次も裏をかいてやれます。でも、さらなる陰謀がなければそれもかないません。彼にはお気に入りの親柱へ逃げ帰ってもらいましょう。彼がそこにいるあいだ、わたしたちは感覚を研ぎ澄まし、次なる彼のたくらみに備えるのです。

愛すべき忠実な永遠の三流作家　ステラ・キャメロン

訳者あとがき

本書は、これまでにコンテンポラリー・ロマンスやヒストリカル・ロマンスなど六十余りの作品を世に送りだし、アメリカで数々の賞を受賞しているロマンティック・サスペンスの巨匠、ステラ・キャメロンが二〇〇〇年に発表した作品の全訳で、十九世紀前半のロンドンを舞台にしたメイフェア・スクエア・シリーズの第二作にあたります。同シリーズは、メイフェア・スクエア七番地の個性的な住人たちに起こるスリリングな事件とロマンスを描いたもので、アメリカではすでに三作目までが出版されました。四作目も、もうすぐ出版されることになっています。いずれも共通のキャラクターが登場し、一作ごとにそれぞれ違う人物にスポットをあてて描かれています。一作目はラティマー・モアの妹フィンチが八番地に住むキルルード子爵と結ばれるまでを描いたストーリー、三作目は本書のヒロインであるメグ・スマイルズの姉シビルをめぐるストーリーとなっており、未発表の四作目では、どうやらラティマー・モアがヒーローとなるようです。

すでにご存じとは思いますが、この時代、イギリスでは女性の権利はまったく認められていませんでした。社会的に影響力を持った一部の女性を除き、女性というものは一般的に、男性の庇《ひ》護《ご》を受け、経済的にも精神的にも男性に依存している存在と見なされていたのです。それにもかかわらずメイフェア・スクエア・シリーズに登場する女性は、みな非常に独立心が強く進取の気性に富んでおり、ときには勇敢に、ときにはしたたかに自分の道を切り開いていきます。本書のヒロイン、メグもまた、経済的に恵まれない状況にありながら、姉のシビルと支え合い自分の才能を生かして必死に、そして朗らかにこの時代を生きていこうとしています。この点に、作者ステラ・キャメロンの、同胞である女性読者へのメッセージを感じることができるでしょう。

ステラ・キャメロンはイギリスのドーセットにある海辺の街ウェイマスで生まれ育ちました。その後ロンドンに出て医学テキストの編集に携わり、あるパーティでアメリカ空軍の将校だった夫と出会って結婚します。息子ひとりに娘ふたりと子供にも恵まれ、現在は初孫に夢中の日々だとか。アメリカワシントン州のシアトルでこのうえなく幸せな生活を送っているものの、季節の変わり目には決まって故郷イギリスの美しい景色を思い起こすそうです。本書にもテムズ河畔の美しい春の田園風景が描かれていますが、今でもイギリスに行けば、川面《かわも》に枝垂れる柳、萌《も》えいづる緑、草原に咲き乱れる野の花と、十九世紀からさほど変わらない牧歌的で心和む風景を見ることができます。きっとステラ・キャメロンも、目に焼きついたその光景を思い浮かべながらこの作品を描いたのでしょう。みなさんにも、イギリスの春の美しさを感じながらストーリーを楽しんでいただければ幸いです。

二〇〇二年　七月

石山芙美子

訳者　石山芙美子
1970年神奈川県横浜市生まれ。情報通信関連の会社に勤務し、結婚を機に退職。その後翻訳の勉強を始め、現在に至る。

メイフェア・スクエア7番地
エトランジェ伯爵の危険な初恋

2002年9月15日発行　第1刷

著　　　者／ステラ・キャメロン
訳　　　者／石山芙美子（いしやま　ふみこ）
発　行　人／溝口皆子
発　行　所／株式会社ハーレクイン
東京都千代田区内神田1-14-6
電話／03-3292-8091（営業）
03-3292-8457（読者サービス係）
印刷・製本／大日本印刷株式会社
装　幀　者／土岐浩一
表紙イラスト／田村映二

定価はカバーに表示してあります。落丁·乱丁本はお取り替えいたします。

ISBN4-596-91043-X

MIRA文庫

キャンディス・キャンプ　細郷妙子 訳
裸足の伯爵夫人
おてんばレディ、チャリティの婚約者は、妻殺しと噂されるデュア伯爵だった。19世紀のロンドンを舞台にしたロマンティック・サスペンス。

キャンディス・キャンプ　細郷妙子 訳
令嬢とスキャンダル
ヴィクトリア時代の英国。令嬢プリシラの家に記憶を失った若い男が助けを求めてきた。その日から、彼女の恋と冒険の日々が始まった。

スーザン・ウィッグス　岡 聖子 訳
希望の灯
19世紀、妻を亡くし世捨人のように暮らす灯台守ジェシーは、嵐の翌朝浜でひとりの女性を助けた。女は彼を救う天使なのか？　それとも…。

ノーラ・ロバーツ　入江真奈 訳
ハウスメイトの心得
作家志望のジャッキーが借りた家に、構想中の西部劇の主人公そっくりな男性が現れた！　ベストセラー作家が描くハッピーなラブストーリー。

ノーラ・ロバーツ　佐野 晶 訳
アリゾナの赤い花
建築技師アブラは、さぼっている男に怒ってビールを浴びせかけた！　『ハウスメイトの心得』のコーディが主役で登場。爽やかなラブストーリー。

ノーラ・ロバーツ　飛田野裕子 訳
砂塵きらめく果て
一八七五年、父の消息を求めてアリゾナの砂漠を訪れたセーラ。しかしそこに父の姿はなく、ある孤独なガンマンとの出会いが待っていた。

MIRA文庫

ノーラ・ロバーツ
森　洋子 訳
ホット・アイス
宝をしめす手記を横取りし、車を奪って逃走するが、車の持ち主の女性に仲間に入れろと迫られた！　宝石泥棒と令嬢のアドベンチャー・ロマンス。

ノーラ・ロバーツ
堀内静子 訳
プリンセスの復讐（上・下）
母の祖国アメリカで暮らす中東の王女の素顔は、憎しみに燃える宝石泥棒だった。王国で開かれた結婚式の夜、彼女は静かに標的へと向かう。

ノーラ・ロバーツ
飛田野裕子 訳
聖なる罪
手がかりは司祭の肩衣、そして〝罪は許された〟のメッセージ。精神科医テスが挑む、連続殺人の真相とは⁉　ノーラ・ロバーツのサスペンス大作。

サンドラ・ブラウン
松村和紀子 訳
侵入者
無実の罪で投獄された弁護士グレイウルフは脱獄を決行。逃走中に出会った女性写真家を人質にとる。全米ベストセラー作家初期の傑作。

サンドラ・ブラウン
霜月　桂 訳
星をなくした夜
孤児たちを亡命させるため、ケリーは用心棒を雇い密林を抜ける。守ってくれるはずの男が最も危険な存在となった。情熱的な冒険ロマン。

サンドラ・ブラウン
新井ひろみ 訳
27通のラブレター
自分宛でないとわかっていても、傷を負った男にとって、それだけが生きる支えだった。手紙が心を結びつけたせつなくやさしいラブストーリー。

MIRA文庫

ヘザー・グレアム
風音さやか 訳
視線の先の狂気
不思議な能力を持つマディスンはFBIの捜査に加わる。繰り返し見る悪夢の謎が解けたとき、待ち受けていた衝撃の事実とは……。

ヘザー・グレアム
笠原博子 訳
ミステリー・ウィーク
スコットランドの古城で、殺人劇の犯人捜しをするゲームの最中に城主夫人が謎の死を遂げた。3年後、同じ参加者が集いゲームを再開する。

ジャスミン・クレスウェル
米崎邦子 訳
夜を欺く闇
放火事件を最後に財閥の相続人クレアは姿を消した。7年後、クレアを名乗る女性が現れる。欲望が絡み合う家族の絆は解き明かされるのか?

メアリー・リン・バクスター
霜月 桂 訳
終われないふたり
殺人事件、脅迫…。でも彼女が本当に恐れているのは、捜査を担当する元夫なのかもしれない。愛と陰謀が交錯するロマンティック・サスペンス。

ジョアン・ロス
笠原博子 訳
オートクチュール
本当に欲しいものを手に入れる方法は? 富と権力の渦巻く全米屈指のデパート・チェーンを舞台に、愛を求める孤独な人々の姿を描く。

シャロン・サラ
平江まゆみ 訳
ムーンライト・ローズ
死体に薔薇を供える殺人者の夢を見たカブリエルは、それが現実の殺人事件だと知り驚愕する。夢の中の殺人者は彼自身だったのだ。